반항인

현대지성 클래식 52

반항인

L'HOMME RÉVOLTÉ

알베르 카뮈 | 유기환 옮김

현대
지성

일러두기

1. 이 책은 플레이아드Pléiade 전집 『시론』(1965)에 실린 『반항인』*L'Homme révolté*을 우리말로 번역한 것이다.
2. 번역의 대본으로는 Albert Camus, *L'Homme révolté* in *Oeuvres Complètes, Essais*, Bibliothèque de la Pléiade, Paris, Gallimard, 1965년판을 사용했음을 밝혀둔다.
3. [원주]로 표기된 주는 저자가 붙인 것이고, 나머지는 옮긴이가 붙인 주다.
4. 프랑스어 작품은 원어를 병기하고, 다른 언어 작품은 원어를 병기하지 않았다.
5. 이 책에 사용한 부호의 기준은 아래와 같다.

　『　』 : 단행본, 신문, 잡지

　「　」 : 논문

　" " : 대화 또는 인용

　' ' : 생각 또는 강조

차례 ──────────────────────────────

장 그르니에에게

나는 저 엄숙하고 괴로워하는 대지에 숨김없이 내 마음을 바쳤다. 그리고 종종 성스러운 밤이면, 대지가 진 숙명의 무거운 짐과 더불어 죽는 날까지 두려움 없이 대지를 성실히 사랑할 것과 대지의 수수께끼 가운데 아무것도 무시하지 않을 것을 대지를 향해 맹세했다. 그리하여 나는 죽음의 끈으로 대지와 맺어졌다.

-횔덜린, 『엠페도클레스의 죽음』

1. 알베르 카뮈에 대하여

문체로 유명한 알베르 카뮈(Albert Camus, 1913-1960)는 문학과는 전혀 상관없는 농장 노동자와 가난한 하녀 사이에서 태어났다. 29세에 눈부신 햇빛이 가득한 소설 『이방인』*L'Etranger*(1942)을 칙칙한 안개에 젖은 파리에 내놓아 대번에 스타덤에 올랐고, 44세에 노벨문학상을 수상함으로써 프랑스를 떠들썩하게 했다. 그리고 3년 후, 알제리 전쟁에서 연방제를 주장한 카뮈의 입장에 대한 찬반이 뜨겁게 달아올랐을 때, 뜻밖의 자동차 사고로 홀연히 세상을 떠났다. 사후에도 그의 영향력은 조금도 줄어들 기미가 없다. 프랑스인이 가장 좋아하는 작가 명단에는 늘 카뮈의 이름이 들어 있고, 『이방인』은 프랑스 최대 출판사인 갈리마르 출판사에서 가장 많이 팔린 책으로 꼽힌다.

'이방인'은 소설의 제목이기도 하지만, 카뮈 자신의 정체성을 함의하기도 한다. 식민지 알제리에서 태어난 카뮈는 알제리에서는 '프랑스인' 취급을 받았고, 프랑스에서는 '알제리인' 취급을 받았다. 소년 카뮈가 중등교육을 받을 수 있었던 것은 일종의 천혜였다. 알제리 하층민은 초등학교를 졸업하면 노동자가 되는 것이 정해진 길이었는데, 그는 다행히 장학생으로 중학교에 입학할 수 있었다. 학창 시절에 그는 격심한 이방감異邦感에 시달렸다. 학교에서는 자기만 노동자 가족 출신이었고, 집에서는 자기만 책을 읽는 학생이었기 때문이다. 작가가 되어 파리에서 생활할 때는 또 어땠는가? 프랑스 지식인 사회에서도 학연은 아주 중요하게 작용했다. 제2차 세계대전 직후 프랑스 지성계를 주름잡은 것은 사르트르, 메를로퐁티, 레몽 아롱 등 명문 고등사범학교 출신들이었다. 이런 최고 엘리트들 사이에서 식민지 알제 대학 출신 카뮈가 느꼈을 소외감과 이방감이 어느 정도였을지 짐작하기란 어렵지 않다.

카뮈의 삶을 이야기할 때 노벨문학상 수상 이야기를 강조하지 않을 수 없다. 1957년 10월 17일에 스웨덴 한림원이 카뮈를 수상자로 발표했을 때, 젊은 카뮈는 환희와 공포를 동시에 느꼈다. 당시 노벨문학상을 받으리라고 예상된 작가는 따로 있었기 때문이다. 대중도, 카뮈도, 심지어 그 자신도 수상을 예상한 작가의 이름은 앙드레 말로였다. 수상자 선정 소식을 들은 카뮈는 집으로 들어오면서 이렇게 말했다고 한다. "인생은 한 편의 소설이야!La vie est un roman!" 44세의 카뮈는 프랑스 작가로서는 역대 최연소 수상자였다.

당대 최고 작가 카뮈를 낳은 어머니가 청각장애인으로 문맹이었다는 사실 또한 기억할 만하다. 평생 침묵과 두려움 속에 살아온 어머니는 아들이 노벨문학상을 받았으니 얼마나 자랑스러웠을까? 하지만 그녀는 대견한 아들의 글을 단 한 줄도 읽을 수 없었다. 카뮈가 교통사고로 죽은 날, 그의 서류 가방에는 미완성 소설『최초의 인간』 *Le Premier homme*(1994)의 원고가 들어 있었는데, 원고의 맨 앞장에는 이런 헌사가 있었다. "이 책을 결코 읽을 수 없을 당신께A toi qui ne pourras jamais lire ce livre" 아들의 기막힌 사망 소식과 함께 자신에게 남겨진 원고를 보며 어머니는 어떤 생각을 했을까? 카뮈의 삶을 보면 카뮈의 말을 되풀이하지 않을 수 없다. "인생은 한 편의 소설이야!"

2.『반항인』에 대하여

카뮈는 시인 르네 샤르에게 쓴 편지에서『반항인』*L'Homme révolté*(1951)을 이렇게 평가했다. "『반항인』은 파란곡절을 겪은 책이며, 내게 친구보다 적을 더 많이 만들어준 책입니다. (그런데 친구들은 적들보다 결코 더 큰 목소리를 내지 않았습니다.) 나는 여느 사람들처럼 적을 두고 싶지 않아요. 그러나 내가 다시 한번 그것을 써야 한다 해도 지금과 똑같이 쓸 겁니다. 내 책 중에서 가장 사랑하는 책은 다름 아닌『반항인』입니다."[1]『반항인』은 카뮈가 "가장 사랑하는 책"이고, "가장 중요한 책"[2]이다.

1　Roger Quilliot, "Commentaires" in Albert Camus, Oeuvres Complètes, Essais, Bibliothèque de la Pléiade, Gallimard, 1965, p. 1629.

2　Ibid., p. 1629.

그러나 가장 사랑하는 책, 가장 중요한 그 책이 카뮈를 얼마나 괴롭혔던가. 1951년 『반항인』이 출간되자마자 이 책을 둘러싸고 일대 논쟁이 벌어졌다. 『반항인』에 비판적 자세를 취한 사람들은 주로 좌파 계열의 지식인들이었다. 그중 중요한 이름들을 논쟁의 순서대로 열거하자면, 앙드레 브르통, 에메 파르티, 마르셀 모레, 피에르 에르베, 가스통 르발, 장 폴 사르트르 등이 있다. 1947년 정치적 논쟁 끝에 메를로퐁티와 절교를 경험한 바 있는 카뮈에게는 특히 사르트르와 논쟁하는 것이 고통스러웠는데, 논쟁의 전개 과정은 다음과 같다. 먼저 사르트르의 제자인 프랑시스 장송이 카뮈가 스탈린 체제를 마르크스 이론의 논리적 귀결이라고 보는 것은 잘못이라고 비판했다. 다음으로 카뮈가 장송이 아니라 그의 스승인 사르트르에게 답하면서 역사 자체가 아니라 역사를 '절대적인 것'으로 만들려는 마르크스주의자들의 태도가 문제라고 주장했다. 끝으로 사르트르는 자신을 겨냥해 반론을 제기하는 카뮈의 무례에 불쾌감을 표하며 『반항인』의 저자를 심약한 모럴리스트로 규정했다. 이로써 『이방인』 출간 이후 10년간 이어진 카뮈와 사르트르의 우정은 결정적 종말에 이르렀다.

　　그렇다면 『반항인』은 왜 이데올로기 논쟁을 불러일으켰고, 특히 진보적 지식인 진영의 비판을 초래했을까? 그리고 논쟁과 비판과는 별도로, 정치사상적 차원에서 『반항인』의 진정한 의미는 무엇일까? 이런 물음에 답하기 위해 「옮긴이의 말」에 이어 세 편의 글을 수록하고자 한다. 첫째, 「아닙니다, 나는 실존주의자가 아닙니다」(1945)는 『카뮈 전집』 제2권에 실린 『시시포스 신화』 해설에 수록된 글인데, 사르트르와의 차이를 강조하면서 부조리와 반항의 관계를 설명한다. 둘째, 「상파울루의『디아리우』*Diario* 신문 인터뷰」(1949)는『카뮈 전집』제2권에 실린『반항인』해설에 수록된 글로, 억압과 자유의 문 제를 중심으로 반항의 필요성을 역설한다. 셋째, 「카뮈의 사회·정치 사상과 반항」은 옮긴이가 몇 해 전에 쓴 논문 「카뮈의 정치사상과 공 산주의」를 요약하고 수정한 글로『반항인』의 핵심 주제를 소개하고 있다. 모쪼록 세 편의 글이 '한계와 균형을 동반한 저항'이라는 카뮈 의 지중해 사상을 이해하는 데 도움이 되길 바란다.

3. 번역 개정판을 출간하며

오래전에 번역한『반항인』의 수정본을 내는 감회가 새롭기 그지없다. 우파 지식인 레몽 아롱과 함께 옳은 것보다는 좌파 지식인 사르트르 와 함께 틀리는 것이 낫다고 하던 전후 사상사적 관점에서 보면,『반 항인』논쟁이 카뮈를 절필 상태로 몰고 간 이유를 짐작하기 어렵지 않다. 그러나 마르크스주의가 퇴색하고 현실이 이념을 압도하는 오 늘날의 관점에서 보면, 왜 카뮈가 폭정으로 변한 교조적인 혁명의 예 를 열거하면서 균형과 중용을 그토록 역설했는지 짐작하기 또한 어 렵지 않다. 어쩌면 카뮈의 죄는 진정 옳은 말을 했으나 그 시기가 너 무 일렀던 것일지도 모른다.

　이데올로기적인 감회와는 별도로, 번역문을 수정하기 위해 다시 원문을 정독하니 건조한 문체에서 오히려 감상적인 연민이 느껴진 다. 시대의 이념적 주류를 정면으로 거스르는 주장을 담은 글이기 때 문인지, 평소의 간결하고 투명한 문체가 사라지고 설명적인 문장이 반복적으로 길게 이어짐을 새삼스럽게 발견한다. 젊은 날에 카뮈의 문체를 글쓰기의 전범으로 삼았던 옮긴이로서는 '도전'이 '도발'로 오해될까 두려워하는 듯한 문장을 읽는 슬픔이 남다르다.

냉전 시대의 공산주의 비판서로 읽히던 『반항인』을 21세기에는 어떻게 읽어야 할까? 카뮈의 저술 가운데 가장 두꺼운 이 책은 역사의 물꼬를 돌린 반항의 여울목을 빠짐없이 개관하고 있다. 대강만 간추려도 카인의 살인, 스파르타쿠스 반란, 사드의 신성모독, 프랑스대혁명, 낭만주의자들의 반항, 기독교 신학, 헤겔 철학, 니체의 허무주의, 마르크스주의, 러시아혁명, 초현실주의, 히틀러의 파시즘, 스탈린의 전체주의 등 서양사를 꿰뚫는 거대 담론이 숨 가쁘게 지나간다. 알제 대학에서 철학을 전공한 카뮈가 그리스적 균형의 시각에서 소개하는 '서구 저항의 역사', 바로 그것이 21세기에 『반항인』을 읽는 새로운 묘미가 아닐까?

2023년 8월

옮긴이 유기환

격정에 의한 충동적 범죄와 논리에 의한 이성적 범죄가 있다. 형법은 사전 음모 여부에 따라 아주 손쉽게 양자를 구분한다. 우리는 바야흐로 사전 음모와 완전범죄의 시대에 있다. 우리 시대의 범죄자들은 더 이상 자비로운 용서를 간청하던 무력한 아이들이 아니다. 반대로 그들은 어른들이며, 그들의 알리바이는 반박의 여지가 없을 정도로 치밀하다. 이 알리바이는 살인자를 재판관으로 바꿔놓을 수도 있는 만능의 철학이다.

『폭풍의 언덕』에서 히스클리프는 캐시를 소유할 수만 있다면 세상 누구라도 죽였을 테지만, 그럼에도 그는 이 살인이 합리적이라거나 체계적으로 정당화할 수 있다고 주장하지는 않았으리라. 만약 그가 주변 사람을 죽인다면, 바로 거기서 그의 신념은 송두리째 무너진다. 이러한 신념에는 사랑의 힘과 열의가 전제되어 있다. 그가 지닌 사랑의 힘이 지극한 까닭에 그의 살인은 불법 침입을 한 듯 엉뚱한 형국으로 치닫고 만다. 그러나 사랑의 힘도 열의도 없기에 사람들이 자신을 교의로 무장하는 순간부터, 그리고 범죄가 자신의 논리를 세우는 순간부터, 범죄는 바로 그 이성과 함께 불어나고 삼단논법의 온갖 양상을 띤다. 절규처럼 고독했던 범죄가 이제 과학처럼 보편적인 것이 되었다. 어제는 심판을 받았던 범죄가 오늘은 입법을 한다.

　　그렇다고 여기서 분개하지 말자. 이 시론試論의 의도는 논리에 의한 범죄를 다시 한번 시대의 현실로 받아들이고, 그에 대한 갖가지 정당화를 면밀하게 검토하는 데 있다. 이것은 우리 시대를 제대로 이해하기 위한 노력의 일환이다. 아마도 사람들은 50년 만에 7000만 명의 인간을 추방하거나 노예로 삼거나 살해하는 시대는 참으로, 또한 우선적으로 심판받는 게 마땅하다고 생각하리라. 그럼에도 죄를 심판하기 전에 유죄를 밝히는 게 먼저가 아닐까. 폭군이 자신의 위대한 영광을 위해 도시를 파괴하고, 정복자의 전차에 노예를 매어 축제의 도시에서 끌고 다니며, 운집한 군중 앞에서 맹수에게 포로를 내던지는 원초적인 시대에는 범죄가 아무리 노골적이더라도 양심은 확고하고 판단은 명료할 수 있었다. 그러나 자유의 기치 아래 건설된 노예 수용소, 인간에 대한 사랑이나 초인에 대한 취향에 의해 정당화되는 대규모 학살은 판단을 흐리게 한다. 우리 시대 특유의 기이한 전도 현상에 따라 범죄자가 무죄의 탈을 쓰는 날, 죄 없는 사람이 도리어 정당성을 제시하도록 재촉받는다. 이 시론의 야심적인 의도는 이 같은 이상한 도전을 받아들이고 그것을 세심하게 살펴보는 데 있다.

문제는 죄 없는 자가 행동에 돌입하는 순간부터 과연 살인이 불가피했는지를 알아보는 일이다. 우리는 우리를 둘러싸고 있는 사람들 가운데에서만, 그리고 우리가 속한 이 순간 속에서만 행동할 수 있다. 우리가 우리 앞에 있는 타인을 살해할 권리 혹은 이 타인의 피살에 동의할 권리가 우리에게 있는지 없는지를 알지 못하는 한, 그 무엇도 알지 못하는 셈이리라. 오늘날 일체의 행동이 직접적이든 간접적이든 살인에 이르는 이상, 우리는 살인을 허용해야 하는지, 그렇다면 왜 그래야 하는지를 알기 전에는 행동할 수 없다.

그러므로 중요한 것은 섣불리 사물의 근본으로 거슬러 올라가는 일이 아니라, 세계가 지금 이대로인 한 이 세계에서 어떻게 처신해야 할지를 아는 일이다. 부정否定의 시대에는 자살 문제를 성찰하는 일이 유의미했다. 그러나 이데올로기의 시대에는 살인 문제를 천착하지 않을 수 없다. 만약 살인이 타당한 것이라면, 우리 시대와 우리 자신은 모두 그 결과 속에서 살아가는 셈이다. 만약 살인이 타당한 것이 아니라면, 우리는 광기 속에서 살아가는 셈이며, 광기의 결과를 감수하거나 방향을 수정하는 것 외에 다른 출구는 없다. 어쨌든 세기의 피와 아우성 속에서 제기된 문제에 우리는 분명한 답을 제시해야 한다. 현재 우리가 이 문제를 정면으로 맞닥뜨리고 있기 때문이다. 30년 전에는 사람들이 살인을 결심하기 전에 자살로써 자신을 철저히 부정했다. 신이 속임수를 쓰고, 신과 함께 만인이 속임수를 쓰고, 심지어 나 자신마저 속임수를 쓰므로 나는 죽는다. 즉 문제는 자살이었다. 그러나 오늘날의 이데올로기는 유일한 기만자인 타인만을 부정한다. 따라서 사람들은 살인한다. 새벽마다 요란한 몸치장을 한 살인자들이 슬그머니 독방으로 발을 들여놓는 것이다. 즉 문제는 살인이다.

위의 두 가지 추론은 서로 맞붙어 있다. 아니, 둘은 우리에게 달라붙어 있다. 어찌나 꽉 달라붙어 있는지 우리의 문제를 우리가 선택할 수 없을 정도다. 오히려 그 둘이 차례로 우리를 선택한다. 선택됨을 받아들이기로 하자. 이 시론의 목적은 자살과 부조리의 개념에서 시작된 성찰을 살인과 반항의 지평에서 계속 추구하는 데 있다.

그러나 이 성찰은 지금으로서는 하나의 개념, 즉 부조리의 개념만을 제공할 뿐이다. 부조리의 개념은 그것대로 살인의 문제와 관련해 하나의 모순 외에는 아무것도 가져다주지 않는다. 부조리의 감정은 사람들이 그것에서 하나의 행동 규범을 끌어내고자 할 때 살인을 적어도 문제없는 것으로, 결국 가능한 것으로 만들어버린다. 만약 사람들이 아무것도 믿지 않는다면, 만약 아무것도 의미가 없다면, 만약 우리가 아무런 가치도 긍정할 수 없다면, 모든 것이 가능하게 되고 아무것도 중요하지 않게 된다. 찬성도 반대도 없으며, 살인자는 옳지도 그르지도 않게 된다. 사람들은 화장터의 불꽃을 쑤셔 일으킬 수도 있고, 나병 환자를 간호하는 데 헌신할 수도 있다. 악덕과 미덕은 단지 우연이나 변덕에 지나지 않게 된다.

사정이 이렇다면 사람들은 행동하지 않으려고 결심할 터다. 이런 결심은 인간의 불완전성을 적당히 슬퍼하든가 아니면 적어도 타인의 살인을 용인하는 사태에 이를 수 있다. 또는 사람들이 비극적인 딜레탕티슴으로 행동을 대체하려고 생각할 수도 있을 터다. 이렇게 되면, 인간의 목숨이란 한낱 판돈에 불과하게 된다. 끝으로 사람들은 무용하지 않은 행동만을 취하려고 할 수도 있다. 이 경우 행동 지침이 될 상위 가치가 없기에, 사람들은 즉시 효과를 볼 수 있는 행동만을 지향할 것이다. 모든 것이 옳지도 그르지도 선하지도 악하지도 않기에 가장 효율적인 것, 곧 가장 강한 것이 규범으로 나타날 수밖에 없다. 이때 세계는 더 이상 정의로운 사람들과 불의한 사람들로 나뉘지 않고 주인과 노예로 나뉠 것이다. 그리하여 어느 쪽을 봐도 부정과 허무주의의 한복판에서 살인은 특권적 지위를 점하게 된다.

따라서 우리가 부조리의 입장에 서고자 한다면, 우리는 덧없는 양심의 가책에 대한 논리의 우위를 인정하면서 살인을 결심할 수밖에 없다. 물론 여기에는 몇몇 조치가 필요하리라. 그러나 경험에 비추어 보면 그 조치란 생각보다 많지 않다. 게다가 통상 그렇듯 제 손을 대지 않고 타인의 손을 빌려 살인하는 것은 언제나 가능하다. 논리가 충족된다면, 모든 것은 논리의 이름으로 처리될 것이다.

그러나 살인이 가능하다는 사실과 살인이 불가능하다는 사실을 번갈아 인정하는 태도로는 논리가 충족될 수 없다. 왜냐하면 부조리의 분석은 살인을 하든 하지 않든 상관없게 만든 뒤, 가장 중요한 결론에 이르러 살인을 단죄하는 것으로 끝나기 때문이다. 부조리 추론의 마지막 결론은 과연 자살을 거부하는 동시에 인간의 질문과 세계의 침묵 사이의 대결을 유지하는 것이었다.[3] 자살은 대결의 종식을 의미한다. 그러므로 부조리의 추론이 자살에 동의한다면, 그것은 자

---

3   『시시포스 신화』*Le Mythe de Sisyphe*를 볼 것. [원주]

체의 전제를 부정하는 셈이 된다. 부조리의 추론에 따르면, 자살이라는 결론은 도피나 모면이라고 할 수 있다. 그렇다면 부조리의 추론은 삶을 필요 불가결한 선善으로 인정하는 것이 분명하다. 왜냐하면 삶이야말로 정녕 그 대결을 가능하게 해주며, 삶이 없다면 그 부조리한 내기도 버팀목을 갖지 못할 것이기 때문이다. 즉 삶이 부조리하다고 말하려면 살아 있을 필요가 있다. 특별히 이기적인 사람이 아니고서야 어떻게 이 같은 추론의 혜택을 독차지하겠는가? 선은 선으로 인정되는 순간부터 만인의 것이다. 요컨대 자살에 정합성을 부여하지 못한다면, 살인에도 정합성을 부여할 수 없다. 부조리의 사상에 깊이 젖은 사람이라면 아마도 운명적인 살인은 인정할지언정, 추론에 의한 살인은 받아들일 수 없으리라. 전술한 양자 대결에 비추어 살인과 자살은 동일하며, 둘은 함께 취해지거나 함께 버려질 수밖에 없다.

그러므로 자살의 정당화를 받아들이는 절대적 허무주의가 더 쉽게 논리적 살인으로 치닫는다. 우리 시대는 살인의 정당화 또한 어렵지 않게 받아들이는데, 그것은 허무주의의 특징인 삶에 대한 무관심 때문이다. 하기야 삶에 대한 열정이 너무도 강했던 나머지 그 열정이 과도한 범죄로 폭발한 시대가 분명히 있었다. 그러나 이러한 과잉은 마치 무서운 향락의 불에 덴 화상과도 같은 것이었다. 말하자면 그것은 모든 게 똑같다는 식의 옹색한 논리로 성립되는 천편일률적 질서의 산물이 아니었다. 그런데 이 옹색한 논리가 우리 시대에 자양을 제공한 자살의 가치를 살인의 정당화라는 극단적 결과로 밀어붙였다. 그리고 이 논리는 집단 자살로 절정에 이른다. 1945년 히틀러의 묵시록이 명백한 증거다. 자기 자신을 파괴한다는 것은 소굴 속에서 죽음의 지고한 신격화를 준비하던 미치광이들에게는 아무것도 아니었다. 중요한 것은 자기 혼자만을 파괴하는 게 아니라 자신과 함께 전 세계를 파괴하는 것이었다. 어떻게 보면 고독 속에서 자살하는 사람은 타인의 생명을 박탈할 권리를 자신에게 인정하지 않기 때문에 여전히 하나의 가치를 유지하는 셈이다. 그는 자살을 결심함으로써 얻는 무서운 힘과 무한한 자유를 결코 타인을 지배하는 데 사용하지 않는다. 모름지기 고독한 자살은 원한에 의한 것이 아닌 한 고결하거나 도도한 데가 있다. 그런데 우리는 늘 무엇인가의 이름으로 고결하고 도도해진다. 자살하는 사람은 늘 이 세계에 그가 관심을 가진 무엇, 관심을 가질 수밖에 없는 무엇이 있기에 자살한다. 자살하는 사람은 자신과 함께 모든 것을 파괴하고 가져간다고 생각하지만, 사실은 죽음 자체에서 하나의 가치, 어쩌면 살아볼 만했을지도 모를 하나의 가치가 태어난다. 그러므로 절대적 부정은 자살로 완성되지 않는다. 자신과 타인을 절대적으로 파괴해야만 절대적 부정이 완성될 수 있다. 오직 이런 감미로운 극단을 지향함으로써만 절대적 부정의 삶을 살 수 있는 것이다. 여기서 자살과 살인은 한 범주의 두 얼굴이 되는데, 이 범주란 한계 지어진 인간 조건의 고통보다 대지와 하늘을 절멸시키는 암흑의 열광을 선호하는 불행한 지성의 범주다.

만일 자살의 타당성을 인정하지 않는다면, 우리는 살인에도 타당성을 부여할 수 없다. 적당히 반쪽짜리 허무주의자가 되기란 불가능하다. 부조리의 추론이 부조리를 말하는 사람의 생명을 유지시키는 동시에 타인의 생명을 희생시키는 결론에 이를 수는 없다. 우리가 절대적 부정의 불가능성을 인정한(어떤 방식으로든 산다는 것은 그 불가

반항인

능성을 인정하는 것이다) 순간부터 절대로 부정이 불가한 으뜸가는 것, 그것은 바로 타인의 생명이다. 그리하여 우리로 하여금 살인을 이러나저러나 상관없는 것으로 여기게 했던 바로 그 개념이 뒤이어 살인의 정당성을 벗겨버리는 것이다. 우리는 빠져나오려고 애썼던 불편한 조건 속으로 되돌아온다. 실제로 이러한 추론은 우리에게 사람이 살인을 할 수 있다는 사실과 사람이 살인을 할 수 없다는 사실을 동시에 확인시켜준다. 이 추론은 우리를 모순 속으로 내던진다. 살인을 막을 수 있는 그 무엇도, 살인을 정당화할 수 있는 그 무엇도 갖추지 못한 채 위협하기도 하고 위협당하기도 하는 우리를, 허무주의에 들뜬 한 시대 전체에 떠밀려 손에는 무기를 들고 목은 조인 채 고독 속에 내던져진 우리를.

실생활의 경험, 하나의 출발점, 이를테면 실존에서 데카르트의 방법적 회의에 해당하는 부조리의 진정한 성격을 무시하면서 우리가 부조리 속에서 살아가려는 순간부터, 이 같은 본질적인 모순은 다른 수많은 모순과 함께 어김없이 모습을 드러낸다. 부조리란 그 자체로 모순적인 것이다.

부조리는 내용상 모순이다. 왜냐하면 산다는 것 자체가 일종의 가치판단인데 부조리는 삶을 유지하기를 원하면서도 가치판단을 배제하기 때문이다. 살아 숨 쉰다는 것, 이는 곧 판단한다는 것이다. 삶이란 영원한 선택이라고 말하는 것은 확실히 잘못되었다. 그러나 선택이 배제된 삶이란 상상할 수 없다는 것 또한 사실이다. 단순하게 볼 때, 부조리의 입장이란 실제 행동에서는 상상할 수 없다. 표현의 차원에서도 상상할 수 없다. 모름지기 의미 부정의 철학은 그 철학이 표현된다는 사실 자체의 모순 위에 선다. 의미 부정의 철학은 비논리적인 것에 최소한의 논리를 부여하고, 그 철학이 옳다면 당연히 결론이 없어야 하는 곳에 결론을 도입한다. 말한다는 것은 곧 수정한다는 것이다. 그러기에 침묵이 아무것도 의미하지 않는 것이라면, 의미 부정에 근거한 유일한 논리적 태도는 아마도 침묵일 것이다. 완전한 부조리는 침묵하려 애쓴다. 만약 부조리가 말을 한다면 그것은 부조리가 스스로 만족하고 있거나, 나중에 살펴보겠지만 스스로를 잠정적인 것으로 간주하기 때문이다. 이러한 만족과 판단은 부조리한 입장의 뿌리 깊은 모호성을 잘 드러낸다. 어떤 면에서 인간의 고독한 모습을 표현하고자 하는 부조리는 인간을 거울 앞에서 살게 한다. 애초의 찢어지는 듯한 고통은 그리하여 안락한 것이 될 수도 있다. 상처를 살그머니 긁으면 드디어 쾌감이 오는 것이다.

　위대한 부조리의 모험가들이 적지 않았다. 그들의 위대성은 부조리의 요구 조건을 지키기 위해 그들이 얼마나 부조리에 만족하기를 거부했는가에 따라 측정된다. 그들은 최하가 아니라 최상을 위해 파괴한다. 니체는 "뒤엎으려고만 할 뿐 자신을 창조하지 않는 자들이야말로 나의 적이다"라고 말했다. 그는 뒤엎는다. 하지만 그것은 창조하기 위해서다. 그는 "돼지 낯짝"을 한 향락자들을 비판하고 청렴과 성실을 찬양한다. 이런 맥락에서 자기만족을 피하고자 부조리의 추론은 체념을 찾아낸다. 부조리의 추론은 외부로 발산하기를 거부하고 자의적인 헐벗음 속으로, 침묵의 태도 속으로, 반항의 기이한 고행 속으로 빠져든다. "거리의 진흙탕에서 삐악삐악 우는 알량한 범죄"를

　　　　　반항인

노래한 랭보는 하라르[4]로 달려가 거기서 가족 없이 사는 것을 불평할 따름이었다. 그에게 삶은 "만인이 출연하는 하나의 소극笑劇"이었다. 그러나 죽을 때, 그는 누이를 향해 이렇게 외쳤다. "나는 땅속으로 갈 것이다. 그러나 너는, 너는 태양 속으로 걸어가거라!"

삶의 규범으로 간주되는 부조리는 그러므로 모순적이다. 부조리가 살인을 정당화할 만한 가치를 제공하지 않는다고 해서 무엇이 놀랍겠는가? 게다가 어떤 특별한 감정을 토대로 하나의 태도를 설정하는 것은 가능한 일이 아니다. 부조리 감정이란 다른 감정들과 공존하는 하나의 감정이다. 그것이 양차 대전 동안 수많은 사상과 행동에 자신의 색조를 부여했다는 사실은 단지 그 영향력과 정당성을 증명할 따름이다. 하나의 감정이 강력하다는 사실이 그것의 보편성을 담보하지는 못한다. 우리 시대 전체의 오류는 일종의 절망적인 감정, 극복해야 할 절망적인 감정에서 출발해 행동의 보편적인 규범들을 만들어냈다고 생각한 데 있다. 커다란 고통은 커다란 행복과 마찬가지로 추론의 발단이 될 수 있다. 그것은 매개체이다. 그러나 매개체는 문자 그대로 매개체인 이상 추론의 끝까지 유지될 수는 없다. 그러므로 부조리의 감수성을 전제하면서 자신과 타인의 질병을 진단하는 일이 합당한 행위라 할지라도 이 감정 속에서는, 이 감정이 상정하는 허무주의 속에서는 하나의 출발점, 이미 체험한 위기 또는 실존적 차

---

4   하라르Harrar는 랭보가 시필詩筆을 놓고 만년을 보낸 아프리카 에티오피아의 도시 이름이다.

원에서의 방법적 회의만을 볼 수 있을 뿐이다. 그렇다면 거울의 유희를 깨뜨려야 하며, 부조리를 극복하는 불가항력의 운동 속으로 돌입해야 한다.

거울이 깨지면, 이 세기의 질문들에 대답하는 데 소용될 만한 것은 아무것도 남지 않는다. 방법적 회의와 마찬가지로, 부조리는 모든 것을 백지상태로 돌려놓았다. 부조리는 우리를 막다른 궁지로 내몬다. 그러나 방법적 회의와 마찬가지로, 부조리는 스스로 반성함으로써 하나의 새로운 탐구를 유도할 수 있다. 부조리에서 출발한 추론은 방법적 회의에서 출발한 추론과 똑같은 방식으로 추구된다. 나는 아무것도 믿지 않으며 모든 것은 부조리하다고 외치지만, 나는 내 외침에 대해서는 의심할 수 없고 적어도 나의 항의만은 믿어야 한다. 부조리 경험의 테두리 내에서 이처럼 내게 주어진 최초이자 유일하게 명징한 사실은 바로 반항이다. 일체의 상식을 잃은 채 살인하거나 살인에 동의하도록 내몰린 내가 이제 의지할 것이라고는 내가 처한 고통스러운 상황으로 인해 한층 강화된 이 명징한 사실 외에 아무것도 없다. 반항은 부당하고 이해할 수 없는 조건 앞에서, 불합리한 광경으로부터 태동한다. 그러나 반항의 맹목적 충동은 혼돈 가운데서도 질서를 요구하고, 흩어져 사라져가는 것 가운데서도 통일을 요구한다. 추문이 끝나야 한다고, 지금까지 쉼 없이 바다 위에 쓰여 흔들리던 것이 이제는 고정되어야 한다고 반항은 외치고 주장하고 바란다. 반항의 관심은 변혁에 있다. 그러나 변혁한다는 것은 곧 행동한다는 것인데, 행동한다는 것은 내일이면 살인한다는 것이 될 터다. 반항이 살인의 정당성 여부를 모르고 있음에도 말이다. 행동을 낳는 반항은 그 행동을 스스로 정당화하지 않을 수 없다. 다시 말해 반항은 자신의 타당성을 자신에게서 끌어내야 하는데, 다른 어떤 것에서도 그 타당성을 끌어낼 수 없기 때문이다. 반항이 어떻게 행동해야 하는가를 알기 위해서는 자신을 점검하는 일을 게을리하지 말아야 한다.

형이상학적인 것이든 역사적인 것이든 두 세기에 걸친 반항이 바로 우리의 탐구 대상이다. 오직 역사가만이 그 뒤에 등장한 여러 교의와 운동을 세세히 논할 수 있으리라. 그러나 역사가가 아니더라도, 적어도 그로부터 주요 맥락 정도는 찾아볼 수 있지 않을까. 본문의 내용은 단지 몇몇 역사적 좌표와 하나의 가설을 제공할 뿐인데, 이 가설이 설정 가능한 유일한 가설도 아니다. 게다가 이 가설은 모든 것을 훤히 밝히기에는 턱없이 부족하다. 하지만 이 가설은 부분적으로는 우리 시대의 진행 방향을 설명하고, 전체적으로는 우리 시대의 과도함을 설명한다. 본문에서 언급되는 놀라운 역사는 유럽의 오만한 역사다.

어쨌든 우리는 반항의 태도, 반항의 주장, 반항의 성과에 대한 탐색을 끝낸 후에 비로소 그 타당성을 이해할 수 있었다. 아마도 반항의 결실 가운데에는 부조리가 우리에게 제시할 수 없었던 행동 규범, 적어도 살인할 권리와 의무에 대한 지침, 끝으로 창조의 희망이 담겨 있다. 인간은 지금 이대로의 존재이기를 거부하는 유일한 피조물이다. 문제는 이 거부가 인간을 자신과 타인의 파괴로 몰고 가지 않을지, 모든 반항이 보편적 살인의 정당화로 귀결되지 않을지, 아니면 그 반대로 반항이 불가능한 무죄 주장을 포기하고 합리적인 유죄의 원리를 찾아낼 수 있을지를 검토하는 데 있다.

제1장 　　　　　반항인

반항인이란 누구인가? '아니요Non'라고 말하는 사람이다. 그에게 거부란 포기하지 않는 것을 의미한다. 그러므로 그는 반항의 시초부터 '예oui'라고 말하는 사람이기도 하다. 평생 명령을 받아온 한 노예가 돌연 새로운 명령을 받아들일 수 없다고 판단한다. 이 '아니요'의 내용은 무엇인가?

이를테면 그것은 "이런 일이 너무 오래도록 계속되었소", "거기까지는 좋소. 하지만 그 이상은 안 되오", "이건 지나친 일이요" 또는 "당신도 넘지 말아야 할 선이 있소"를 뜻한다. 요컨대 '아니요'는 어떤 경계선의 존재를 긍정한다. 두 권리가 맞서 서로를 한정하는 이 경계선 너머까지 상대편이 침범한다는 반항자의 느낌, '이건 좀 지나치다'라는 반항자의 느낌 속에서 바로 한계의 관념이 발견된다. 반항 운동은 참을 수 없다고 판단되는 침해에 대한 절대적 거부에 근거하는 동시에, 정당한 권리에 대한 막연한 확신, 좀 더 엄밀히 말하면 반항자가 가지는 '…할 권리가 있다'라는 느낌에 근거한다. 반항은 어떤 식으로든, 어떤 곳에서든 스스로 옳다는 감정 없이는 일어나지 않는다. 반항하는 노예가 '아니요'와 '예'를 동시에 말하는 것은 이런 의미에서다. 그는 경계선을 인정하는 동시에, 경계선의 이편에 유지하고자 하는 모든 것을 긍정한다. 그는 자기 속에 '…할 만한 가치가 있는' 무엇인가, 사람들이 유의해야 할 무엇인가가 있다는 사실을 고집스레 증명하려 한다. 어떤 의미에서 그는 자신을 핍박하는 명령에 자신이 인정할 수 있는 범위 이상으로 핍박받지 않을 권리를 대립시킨다.

모든 반항에는 침해자에 대한 반감과 동시에 인간 자신의 특정 부분에 대한 즉각적이고도 전적인 긍정이 존재한다. 그러므로 반항자는 암암리에 가치판단을 개입시키고, 어떤 대가를 치르더라도 그것을 위기의 한복판에서 유지해나간다. 그때까지, 반항자는 적어도 침묵한다. 다시 말해 그 조건이 부당한 것일지라도 하나의 조건을 받아들여야 하는 절망 상태를 말없이 견딘다. 침묵한다는 것은 타인으로 하여금 자신이 아무것도 판단하거나 욕망하지 않는다고 믿게 하는 것인데, 기실 그것은 아무것도 욕망하지 않는 것이 되기도 한다. 절망이란 부조리와 마찬가지로 전체적으로는 모든 것을 판단하고 욕망하지만, 개별적으로는 아무것도 판단하거나 욕망하지 않는다. 침묵이 그 점을 잘 드러낸다. 그러나 반항자가 말을 하는 순간부터, 심지어 '아니요'라고 말할 때조차 그는 욕망하고 판단한다. 반항자의 어원은 반대쪽으로 방향을 돌리는 자를 뜻한다. 그는 주인의 채찍 아래 걷고 있었다. 그가 돌연 몸을 돌려 주인과 맞선다. 그는 바람직하지 못한 것에 바람직한 것을 대립시킨다. 모든 가치가 반항을 불러일으키지는 않지만, 모든 반항은 암묵적으로 하나의 가치를 내세운다. 문제는 적어도 가치가 아닐까?

분명치 않을지라도, 반항 운동에서 의식의 각성이 태동한다. 일시적일지언정 인간 내부에 인간이 동일화할 수 있는 무엇인가가 존재한다는 번뜩이는 각성이 돌연 찾아드는 것이다. 이런 동일화는 지금까지 현실적으로 느껴보지 못한 것이었다. 반역의 충동이 일어나기 전까지 노예는 온갖 착취를 묵묵히 감내했다. 거부를 유발한 명령보다 더 참기 어려운 명령조차 그는 아무런 반발 없이 받아들였다. 아마도 마음속에서는 그 명령을 거부하면서도 인내심을 발휘했을 텐데, 왜냐하면 그가 아직은 자신의 권리를 의식하기보다 눈앞의 이익에 매몰되어 침묵했기 때문이다. 마침내 한계점에 이르러 인내심을 잃었을 때, 이번에는 반대로 이전에 받아들였던 것까지 모두 부정하는 하나의 운동이 시작된다. 이런 비약은 대부분 소급적이다. 노예는 주인의 치욕적 명령을 거부하는 순간, 노예라는 신분마저도 거부한다. 반항 운동은 노예가 단순히 거부하는 것에 그치지 않고 더 멀리 나아가도록 이끈다. 그는 이제 동등하게 대우받기를 요구하면서, 적에게 묵인했던 한계마저 넘어선다. 처음에는 극한 상황에 놓인 인간의 불가항력적인 저항이었으나 이제는 저항과 동일화되고 저항으로 요약되는 인간 자체가 된다. 단지 존중받고 싶었던 내면의 일부분, 반항자는 이제 그것을 다른 어떤 것보다 상위에 두고 다른 어떤 것보다, 심지어 생명보다 더 소중한 것이라고 선언한다. 그 일부분은 그에게 최고선이 된다. 이전에는 타협 속에 안주하던 노예가 대번에 "일이 이렇게 된 이상…" '전체인가 무無인가'의 극한 속으로 돌진한다. 반항과 함께 의식이 태어나는 것이다.

  그러나 이 의식이 아직은 몹시 막연한 전체에 대한 의식인 동시에, 인간을 전체에 희생시킬 가능성을 예고하는 무無에 대한 의식임을 우리는 안다. 반항자는 전체가 되기를, 말하자면 그가 갑자기 의식하게 된 선善, 곧 자신을 존중받는 존재, 인정받는 존재로 만들어줄 선에 전적으로 동일화되기를 원한다. 그럴 수 없다면 반항자는 무가 되기를, 다시 말해 그를 지배하고 있는 완력에 의해 결정적으로 쓰러지기를 원한다. 마지막 한계선에서 예컨대 그가 자유라고 부를 그 배타적인 인정을 상실할 바에야 차라리 죽음이라는 최후의 추락을 받아들인다. 무릎 꿇고 살기보다는 차라리 서서 죽기를 택하는 것이다.

훌륭한 저술가들에 따르면, 가치란 "대개 사실에서 권리로의 이행, (일반적으로 공동으로 바라는 것의 중개로써) 바람에서 바람직함으로의 이행을 나타낸다."[5] 이미 살펴본 대로, 반항의 경우 권리로의 이행이 뚜렷이 드러난다. "그렇게 되어야 할 텐데"에서 "나는 그렇게 되기를 바란다"로의 이행도 마찬가지다. 그러나 그보다 더 분명한 것은 아마도 공동선으로의 개인의 초월이라는 개념일 것이다. 흔히 생각하는 것과는 달리, 반항이 개인적 성향에서 태동함에도 반항은 오히려 개인이라는 관념 자체를 문제 삼는다는 사실에서 '전체인가 무無인가'의 문제가 잘 드러낸다. 만일 개인이 반항 운동 속에서 죽기를 수락하고 또 죽는다면, 그는 하나의 선, 개인의 운명 이상으로 여겨지는 선을 위해 자신을 희생한다는 사실을 보여주는 셈이다. 자신이 수호하는 권리를 부정하기보다 차라리 죽음을 선택한다면, 그것은 그가 그 권리를 자신보다 더 상위에 두기 때문이다. 그리하여 그는 아직은 막연할지라도 만인과 더불어 자신과 공통되게 느끼는 어떤 가치의 이름으로 행동한다. 모름지기 반항 행동에 전제된 긍정은 개인을 초월하는 무엇인가까지 확대된다는 사실을 우리는 확인할 수 있다. 긍정이 개인을 고독에서 끌어내어 행동의 동기를 제공하기 때문이다. 일체의 행동에 선행하는 이 가치가 순수한 역사철학과는 반대된다는 사실을 주목할 필요가 있다[거기서는 가치가 (만약 그것이 획득된다면) 행동의 궁극에 이르러서야 획득된다]. 반항의 분석은 현대 사상의 가정과는 달리 오히려 그리스인들의 생각과 마찬가지로, 적어도 인간

---

5 랄랑드Lalande, 『철학 어휘 사전』*Vocabulaire philosophique*. [원주]

에게는 인간 본성이라는 게 있다는 심증으로 통한다. 인간의 내면에 지켜 보존해야 할 것이 아무것도 없다면 왜 반항을 하겠는가? 노예가 명령을 거역하고 분연히 떨쳐 일어나는 것은 자신과 동시에 모든 인간 존재를 위해서다. 그 명령으로 자기 내부의 그 무엇, 자기 혼자에게만 속하는 것이 아닌 그 무엇, 모든 인간, 심지어 자기를 모욕하고 억압하는 자조차 지니는 공통적 본성[6] 같은 그 무엇이 부정되었다고 판단할 때, 노예는 분연히 일어선다.

두 가지 관찰이 이 같은 추론을 뒷받침할 것이다. 우선, 반항 운동은 본질상 이기적인 운동이 아니다. 반항 운동도 이기적인 동기에서 비롯될 수는 있다. 그러나 반항자는 억압에 맞서는 것과 마찬가지로 거짓에 맞서서도 반항할 것이다. 게다가 이기적인 동기에서 출발했다 하더라도 더없이 심오한 충동 속에서 반항자는 내기에 전부를 걸기 때문에, 아무것도 남겨 보존하지 않는다. 확실히 그는 자신에 대한 존중을 요구한다. 하지만 이 요구는 반항자의 행동이 공통의 인간 본성과 일치된다는 범위 내에서 이루어진다.

다음으로 반항은 오직 그리고 반드시 피억압자에게서만 발생하는 것이 아니라, 타인이 억압당하는 광경을 목격할 때도 발생할 수 있다. 이 경우, 타인과의 동일화가 일어난다. 하지만 이 경우 동일화는 상상을 통해 박해가 나에게 가해지는 것이라고 여기는 착각, 즉 심리적 동일화가 아니라는 사실을 분명히 밝혀두자. 반대로, 우리 자

---

6 피해자들의 공통적 본성은 피해자와 가해자 똑같이 지닌 본성이다. 다만 가해자가 그런 사실을 모를 뿐이다. [원주]

신이 박해를 당하면서도 반항하지 않았다 해도 타인이 당하는 것을 보면 오히려 참을 수 없을 때가 있다. 감옥에서 동료가 혹독하게 채찍질당하는 광경을 본 러시아 테러리스트가 항의의 표시로 자살한 행위는 이 위대한 충동을 잘 설명한다. 그것은 단순한 이익 공동체적 감정에서 비롯되지 않는다. 우리가 적으로 간주하는 사람들에게 가해지는 불의마저 우리의 반항을 불러일으킬 때가 있기 때문이다. 오직 운명의 동일화가 존재할 뿐이다. 개인은 그 자신만으로 그가 수호하고자 하는 가치가 되지는 않는다. 그 가치를 구성하기 위해서는 적어도 만인이 필요하다. 반항을 통해 인간은 자신을 초월해 진정 타인 속으로 들어간다. 이런 관점에서 인간의 연대성은 다분히 형이상학적이다. 다만, 지금 당장은 쇠사슬 속에서 태동하는 구체적인 연대성이 중요하다.

우리는 또한 셸러[7]가 정의한 원한怨恨[8] 같은 지극히 부정적인 개념과 비교함으로써, 반항이 추구하는 가치의 긍정적인 양상을 분명히 밝힐 수도 있다. 사실, 반항 운동은 그 낱말의 가장 강력한 의미로 볼 때 권리 요구 행위 이상의 것이다. 셸러가 적절하게 정의했듯 원한이란 자가 중독이요, 밀폐된 병 속에서 무력감이 지속됨으로써 발생한 불건전한 분비물이다. 반면, 반항은 존재를 깨뜨리고 부수어 밖으로 흘러넘치게 한다. 반항은 물길을 터서 고여 있던 물을 격류로

---

7 Max Scheler(1874-1928). 유대계 독일 철학자다. 그는 칸트의 형식주의를 비판하면서 실질적 가치 윤리학을 수립하고자 했고, 만년에 철학적 인간학을 제창했다.

8 『원한의 인간』*L'Homme du ressentiment*, N.R.F. [원주]

만든다. 셸러는 욕망과 소유에 집착하는 여성들의 심리에서 원한이
중요한 자리를 차지한다는 사실을 지적하면서 원한의 수동적인 양상
을 강조한다. 이와 반대로, 반항의 근저에는 넘치는 능동성과 활력의
원리가 있다. 원한이 시기심으로 짙게 윤색되어 있다는 셸러의 주장
또한 옳다. 일반인은 현재 소유하지 못한 것에 시기심을 느낀다. 그러
나 반항자는 현재 있는 그대로의 자기를 지키려고 한다. 반항자는 현
재 그가 소유하지 않은 재산이나 남이 빼앗아간 재산을 요구하지 않
는다. 그의 목표는 자신이 지닌 그 무엇을 타인들에게서 인정받는 것
이다. 이때 그 무엇이란 자신이 욕망하는 것보다 더 중요한 것으로서
자신이 이미 인정한 것이다. 반항은 현실주의적이지 않다. 셸러에 따
르면 원한은 강자에게서 자라는가 약자에게서 자라는가에 따라 출
세욕이 되거나 앙심이 된다. 그러나 둘 가운데 어떤 경우든 사람들은
현재의 자기와는 다른 것이 되기를 바란다. 원한은 항상 자기 자신에
대한 원한이다. 이와 반대로 반항자는 시초부터 현재 있는 그대로의
자기에게 변화를 가하는 것을 거부한다. 그는 처음부터 정복하려고
애쓰지 않고 자신을 내세우려고 애쓴다.

　　원한은 대상이 겪기를 바라는 고통을 상정하고서 미리부터 즐거
워하는 것처럼 보인다. 니체와 셸러가 테르툴리아누스[9]의 글에서 원
한에 대한 훌륭한 설명을 찾은 것은 적절했다. 이 글에서 작자는 천
상의 복자福者들이 누리는 가장 큰 행복의 원천은 아마도 지옥에서

9　Septimius Florens Tertullianus(160-220). 엄격한 가르침으로 유명한 기독교 교부로서 '삼
　　위일체'라는 신학 용어를 가장 먼저 사용한 사람으로 알려져 있다.

불타는 로마 황제들을 구경하는 일일 것이라고 말했다. 이런 행복은 또한 사형 집행을 구경하러 가는 신사들의 행복이기도 하다. 한편 반항은 굴욕을 거부하는 데 그치고, 타인에게 그 굴욕을 요구하지는 않는다. 반항은 심지어 자신의 완전성이 존중되기만 한다면 고통을 위한 고통까지도 받아들인다.

그러므로 우리는 셸러가 반항 정신을 원한과 동일시하는 이유를 이해할 수 없다. (그가 인간애의 비기독교적 형태로 취급하는) 인도주의에 내재하는 원한에 대한 셸러의 비판은 아마도 인도주의적 이상주의의 몇몇 애매한 형태나 공포정치의 몇몇 기술技術에는 적용될 수 있을지 모른다. 그러나 자신의 조건에 저항하는 인간의 반항, 즉 만인 공통의 존엄성을 수호하기 위해 일어서는 개인의 충동에 관한 한, 그것은 오류로 전락한다. 셸러는 인도주의가 세계에 대한 증오를 동반한다는 사실을 논증하고자 한다. 그의 개념 규정에 따르면, 인도주의란 개별적 존재를 일일이 사랑할 필요가 없도록 아예 인류 전체를 사랑하는 것이다. 몇몇 경우에 그것은 옳다. 그리고 셸러에게 인도주의는 벤담이나 루소에 의해 대표된다는 사실을 고려하면, 우리는 셸러를 더 잘 이해하게 된다. 하지만 인간을 위한 인간의 정열은 이해관계의 산술적 계산과는 다른 것에서, 인간 본성에 대한 순전히 이론적인 믿음과는 다른 것에서 생겨날 수도 있다. 공리주의자들과 에밀의 스승에 맞서는 논리의 한 예로 도스토옙스키의 이반 카라마조프[10]에

---

10   이반 카라마조프는 도스토옙스키의 소설 『카라마조프가의 형제들』에 나오는 삼형제 중 차남으로 냉엄한 지성을 가진 무신론자다.

의해 구현된 논리, 즉 반항 운동에서 형이상학적 저항으로 나아가는 논리가 있다. 이런 사실을 알고 있는 셸러는 그 개념을 이렇게 요약한다. "인간 존재 외의 다른 존재에게 탕진해도 좋을 만큼의 충분한 사랑은 이 세계에 없다." 이 명제가 옳다고 해도, 그것이 상정하는 현기증 나는 절망은 단순히 경멸하고 말 것이 아니다. 사실상 이 명제는 카라마조프의 반항에 담긴 격심한 고통의 특징을 간과하고 있다. 이반의 드라마는 대상 없는 사랑이 너무도 많다는 사실에서 비롯된다. 그런데 신이 부정되어 그 사랑이 쓸모없어졌으므로, 사람들은 너그러운 공감의 이름으로 인간 존재에게 그 사랑을 쏟으려고 결심하는 것이다.

요컨대 우리가 지금까지 살펴본 반항 운동에서는 마음의 빈곤으로, 헛된 주장을 목적으로 추구되는 추상적 이상은 배제된다. 반항 운동은 인간 내면에서 관념으로 환원될 수 없는 그 무엇, 존재 외의 다른 어떤 것에도 봉사할 수 없는 그 뜨거운 부분을 존중할 것을 요구한다. 그렇다면 이것은 어떤 반항에도 원한의 감정이 전혀 없다는 사실을 뜻할까? 아니다, 원한의 세기를 사는 우리는 그렇지 않다는 사실을 잘 안다. 반항 개념을 배반하지 않으려면, 우리는 이 개념을 더없이 폭넓게 이해해야 한다.

반항은 모든 면에서 원한을 넘어선다. 『폭풍의 언덕』에서 히스클리프가 신보다 자신의 사랑을 택하며 사랑하는 여인과 결합할 수만 있다면 지옥이라도 좋다고 말할 때, 이 말은 모욕당한 젊음의 발언일 뿐만 아니라 전 생애를 통한 뜨거운 체험의 발언이기도 하다. 이와 똑같은 충동이 에크하르트[11]로 하여금 이단의 놀라운 열정 속에서 예수 없는 천국보다 예수 있는 지옥이 낫다고 말하게 한다. 이것이 바로 사랑의 충동이다. 그러므로 우리는 셸러에 반하여 반항 운동을 관통하는 정열적인 긍정, 반항 운동을 원한으로부터 구별해주는 그 정열적인 긍정을 아무리 강조해도 지나치지 않으리라. 창조하는 것이 전혀 없기에 일견 부정적으로 보일지라도, 반항이란 항상 지켜야 할 인간 내부의 그 무엇을 드러내기에 심오하게 긍정적인 것이 아닐 수 없다.

그러나 결국 반항과 그것이 실어 나르는 가치는 상대적이지 않은가? 사람들이 반항하는 이유는 시대와 문명에 따라 변하는 듯 보인다. 힌두교의 불가촉천민, 잉카제국의 전사戰士, 중앙아프리카의 원시인, 초기 기독교 교단의 교인이 모두 동일한 반항 개념을 지니지 않았다는 점은 새삼 언급할 필요가 없다. 심지어 위의 경우 반항 개념이란 전혀 의미조차 없다고 말할 수 있으리라. 그렇지만 그리스 노예, 중세 농노, 르네상스 시대의 용병대장, 섭정 시대의 파리 부르주아, 1900년대의 러시아 지식인, 현재의 노동자는 반항의 이유가 서로 다를지언정 반항의 정당성만큼은 틀림없이 서로 일치하리라. 바꾸어 말하면 반항이라는 문제는 오직 서구 사상 안에서만 정확한 의미를 획득하는 듯하다. 셸러의 말대로, 불평등이 대단히 큰 사회(예컨대 카

---

11 Meister Johannes Eckhart(1260-1327). 독일 신학자로서 신플라톤주의에 물든 그의 교리는 프란체스코회에서 이단으로 비판받았다.

스트제도의 인도) 혹은 반대로 평등이 절대적인 사회(예컨대 몇몇 원시 사회)에서는 반항 정신을 표현하기 어렵다는 사실에 주목한다면, 이런 점이 한층 더 분명해질 수 있으리라. 한 사회에서 반항 정신은 이론적 평등이 심대한 사실적 불평등을 은폐하는 집단에서만 성립 가능하다. 그러므로 반항의 문제는 우리 서구 사회의 내부에서만 의미를 지닌다. 이 지점에서 우리는 반항의 문제가 개인주의의 발전과 상관있다고 단언하고 싶은 유혹을 느낀다. 하지만 앞에서 고찰한 사항들을 고려할 때, 이런 결론은 경계의 대상이 아닐 수 없다.

셸러의 지적에서 끌어낼 수 있는 것은 기껏해야 정치적 자유의 이론으로 우리 사회에서 인간 개념이 자라났다는 사실과 이 자유의 실천으로 일정한 불만이 싹텄다는 사실이다. 현실적 자유는 인간이 자유라는 개념에 대한 의식에 비례해 증대되지는 못했다. 이러한 관찰로부터 다음의 사실을 연역할 수 있다. 반항이란 자기 권리를 의식하는 더없이 명석한 인간의 행위이다. 그러나 여기서 오로지 개인의 권리만이 중요하다고 말할 수는 없다. 반대로, 전술한 연대성에 비추어 볼 때 인류가 모험을 거치는 동안 점점 확대되는 의식이 중요한 듯하다. 잉카제국의 신민이나 인도의 불가촉천민은 반항의 문제를 제기하지 않았다. 사실 그들이 문제를 제기하기도 전에 신성한 해답을 통해 문제가 이미 전통 속에서 해결되어 있었다. 신성의 세계에서 반항의 문제가 발견되지 않는 것은 모든 해답이 한꺼번에 주어져 있기에 사실상 현실적인 문젯거리를 찾아볼 수 없기 때문이다. 신화가 형이상학을 대신하는 것이다. 더 이상의 물음은 없고 오직 영원한 해답과 주석이 있을 뿐인데, 그것들은 뒤이어 형이상학적인 것이 될 수도 있다. 그러나 인간이 신성으로 들어가기 전이거나 그 속으로 들어가기 위해서는, 또는 인간이 신성에서 나온 후이거나 그 속에서 나오기 위해서는 물음과 반항이 발생한다. 반항인이란 신성 이전이나 신성 이후에 위치하는 사람이며, 인간적인 질서를 요구하는 데 전념하는 사람이다. 인간적인 질서에서는 모든 해답이 인간적으로, 즉 합리적으로 표현된다. 이때 모든 물음과 말은 반항이 된다. 반면 신성의 세계에서는 모든 말이 은총의 행위이다. 그리하여 인간 정신에는 단지 두 개의 세계만이 존재한다고 할 수 있다. 그것은 신성의 세계(기독교적 언어를 빌리자면 은총의 세계)[12]와 반항의 세계다. 한쪽 세계의 소멸은 다른 쪽 세계의 출현을 뜻한다. 그 출현이 당혹스러운 형태로 이루어질 가능성이 있다 하더라도 말이다. 여기서 우리는 다시 한번 '전체인가 무無인가'의 문제에 직면한다. 반항 문제가 관심의 대상이 된 것은 오늘날의 사회가 신성에 거리를 두고자 했던 사실과 관계된다. 우리는 신성 없는 역사 속에 살고 있다. 물론 인간은 반역으로 요약되는 존재가 아니다. 그러나 오늘날의 역사에서 전개되는 수많은 분쟁으로 미루어, 반항은 인간의 본질적 차원의 일부라고 말하지 않을 수 없다. 반항은 우리 시대의 역사적 현실이다. 현실을 피하지 않는 한, 우리는 반항 속에서 우리의 가치를 찾아야 한다. 신성과 신성의 절대적 가치로부터 괴리된 인간이 과연 스스로 행동 규범을 찾아

---

12 물론 초기 기독교 사상에는 일종의 형이상학적 반항이 있다. 그러나 그리스도의 부활, 재림의 예고, 영원한 삶의 약속으로 해석되는 신의 왕국은 형이상학적 반항을 무용한 것으로 만드는 만능의 해답이다. [원주]

낼 수 있을 것인가? 바로 이것이 반항에 의해 제기되는 문제다.

　우리는 반항이 행동을 시작하는 지점에서 막연할지언정 하나의
가치가 태동함을 확인했다. 이제 우리는 반항 사상과 반항 행위의 현
대적 형태 속에서도 이 가치를 재발견할 수 있는가 자문해야 할 것이
고, 이 가치가 거기서 발견된다면 그 내용을 정리해야 할 것이다. 그
러나 그전에, 이 가치의 터전은 바로 반항 자체라는 사실에 주목하자.
인간의 연대성은 반항 운동에 근거를 두고 있고, 반항 운동은 인간의
연대성에 힘입어 정당화된다. 따라서 이 연대성을 부정하고 파괴하
려는 모든 반항은 반항이라는 이름을 내걸 수 없으며, 사실상 살인에
대한 동의로 전락한다고 말할 수 있다. 그와 마찬가지로 인간의 연대
성은 신성 밖에서는 오직 반항의 차원에서만 생명력을 얻는다. 반항
사상의 진정한 드라마는 이렇게 예고된다. 존재하기 위해 인간은 반
항해야 하지만, 인간의 반항은 반항 자체에 내재된 한계를 존중해야
한다. 인간은 바로 이 한계 안에서 서로 결속함으로써 존재하기 시작
한다. 한마디로 반항 사상은 반성 없이 존재할 수 없다. 그것은 영원
한 긴장이다. 반항 사상의 과업과 행동을 뒤쫓아가면서, 우리는 반항
사상이 시초의 고결함에 충실히 머물러 있는지, 아니면 권태와 광기
때문에 굴종에 도취한 채 시초의 고결함을 망각하고 있는지 판단해
야 하리라.

　그에 앞서 세계의 부조리와 명백한 불모성에서 출발한 하나의
성찰이 반항 정신에 힘입어 실현한 최초의 진일보를 언급해두자. 부
조리의 경험에서 고통이란 개인적인 것이다. 반항 운동을 기점으로,

고통은 집단적인 것이 되며 만인의 모험이 된다. 이방감에 사로잡힌 인간이 실현한 최초의 진일보는 그 이방감을 만인이 공유하고 있다는 사실, 인간 현실이 전체적으로 자아와 세계에 대한 거리감으로 그늘져 있다는 사실을 인식했다는 데 있다. 단지 한 사람을 괴롭혔던 질병이 집단적 페스트가 되는 것이다. 우리의 일상적 시련 속에서 반항은 사고의 순서에서 '코기토cogito'[13]와 같은 역할을 한다. 반항은 최초의 명석판명한 사실이고, 이 명석판명한 사실은 개인을 고독에서 끌어낸다. 요컨대 반항은 모든 사람 위에 최초의 가치를 정립시키는 공동의 토대이다. 나는 반항한다, 그러므로 우리는 존재한다.

---

13 '코기토'는 '나는 생각한다'라는 뜻의 라틴어로 데카르트의 유명한 명제, "나는 생각한다, 그러므로 나는 존재한다"라는 명제의 전제에 해당한다.

제2장 형이상학적 반항

형이상학적 반항이란 인간이 자신의 조건과 창조 전체에 항거하는 운동이다. 그것은 인간과 창조의 목적에 이의를 제기하는 까닭에 형이상학적이다. 노예는 자신의 신분에 주어진 조건에 항의한다. 형이상학적 반항자는 인간으로서 자신에게 주어진 조건에 항의한다. 반항하는 노예는 자신의 내면에 무엇인가가 있어서 주인이 자기를 대하는 방식을 받아들일 수 없다고 단언한다. 형이상학적 반항자는 창조에 의해 기만당했다고 선언한다. 어느 경우든, 단지 순수하고 소박한 부정否定만 문제가 되는 것은 아니다. 두 경우 모두에서 우리는 하나의 가치판단을 발견하게 되는데, 반항자는 이 가치판단의 이름으로 자신의 조건에 동의하기를 거부한다.

주인에 항거하는 노예가 인간 존재로서의 주인을 부정하는 게 아니라는 사실에 유의하자. 노예는 주인으로서의 그를 부정한다. 노예는 주인이 당연히 노예를 부정할 권리를 갖고 있다는 사실을 부정한다. 노예의 요구를 소홀히 여기고 노예의 요구에 응하지 않는 만큼 주인은 실격된다. 만일 개인이 만인에 의해 인정되는 공통 가치를 누릴 수 없다면, 그때 개인은 다른 개인에게 불가해한 존재가 된다. 반항하는 자는 그 가치가 자기에게도 응당 인정되기를 요구한다. 이와 같은 원칙 없이는 무질서와 범죄가 세계를 지배하리라는 사실을 알고 있기 때문이다. 반항 운동은 그에게 명증성과 통일성의 요구로 나타난다. 가장 초보적인 반역일지라도, 그것은 역설적으로 질서에 대한 갈망을 표현한다.

이 주장은 형이상학적 반항자에게도 구구절절 적용된다. 형이상학적 반항자는 부서진 세계 위에서 부서진 세계의 통일을 요구하기 위해 항거한다. 그는 세계 속에 보이는 불의의 원리를 자기 속에 있는 정의의 원리와 대립시킨다. 그러므로 그는 애초에 이 모순을 해결하는 것 외에는 아무것도 원치 않는다. 즉 그는 가능하면 정의의 일원적 지배가 확립되기를, 그것이 불가능하다면 불의의 일원적 지배가 확립되기를 바란다. 그때까지 그는 그 모순을 규탄한다. 인간 조건의 불완전한 면에는 죽음으로 항의하고 인간 조건의 불합리한 면에는 악으로 항의하는 형이상학적 반항은 삶과 죽음의 고통에 대한 거부인 동시에 행복한 통일에 대한 요구다. 보편적인 죽음의 고통이 인간 조건을 규정한다면, 반항은 그 조건을 문제 삼는다. 반항자는 필멸의 조건을 거부하는 동시에 자신을 필멸의 조건 속에서 살게 하는 권능도 인정하지 않는다. 그렇기에 형이상학적 반항자는 흔히 생각하듯 무신론자가 아니라 반드시 신성모독자다. 한마디로 그는 신이야말로 죽음의 아버지요 최대의 추문이라는 사실을 고발하면서, 무엇보다 먼저 질서의 이름으로 신을 모독한다.

반항하는 노예 이야기로 돌아가서 이 점을 밝히자. 반항하는 노예는 항의함으로써 반항의 대상인 주인의 존재를 정립했다. 그러나 동시에 그는 주인의 권력이 자신의 종속에 의존한다는 사실을 보여주었고, 자신의 권력, 즉 지금까지 자신을 지배해온 주인의 우월성을 계속 문제 삼을 수 있는 권력을 긍정했다. 이런 점에서 주인과 노예는 동일한 문제의 두 가지 국면이라고 할 수 있다. 한쪽의 일시적 왕위는 다른 쪽의 복종만큼이나 상대적이다. 반항의 순간에 번갈아 자신을 내세우던 두 힘은 서로를 파괴하는 필사의 투쟁 속에서 마침내 어느 한쪽이 잠정적으로 사라지게 된다.

이와 마찬가지로 형이상학적 반항자가 하나의 권능에 맞서 일어설 때, 그는 항거의 순간에만 권능의 존재를 인정할 뿐이다. 그런 뒤에 그는 덧없는 권능이 우리의 덧없는 인간 조건이나 다를 바 없다는 이유로 이 우월적 존재를 인간과 똑같은 굴욕의 모험 속으로 끌어내린다. 형이상학적 반항자는 이 우월적 존재를 우리의 거부하는 힘 아래 굴복시키고, 고개 숙이지 않는 인간 앞에서 거꾸로 고개 숙이게 하고, 우리의 부조리한 존재 속에 강제로 통합시키고, 마침내 만인의 동의에 바탕을 둔 영원한 안정, 즉 초시간적 은둔처에서 끌어내어 역사 속에 편입시킨다. 그리하여 반항은 어떤 우월적 존재도 반항의 차원에서는 모순된 것이라고 단정한다.

따라서 형이상학적 반항의 역사는 무신론의 역사와 혼동될 수 없다. 어떤 면에서 그것은 종교적 감정의 현대사와 혼동된다. 반항자는 부정하기보다는 도전한다. 반항자는 적어도 원초적으로는 신을 없애지 않는다. 단지 그는 대등한 자격으로 신에게 말할 뿐이다. 그러나 문제는 예의를 갖춘 대화가 아니라 이기려는 욕망, 자극적인 논쟁이다. 노예는 정의 요구를 시작으로 끝내는 왕위를 원하기에 이른다. 이번에는 자신이 지배해야 하는 것이다. 인간 조건에 대한 봉기는 하늘을 정복하려는 과도한 원정遠征으로 이어지는데, 이는 하늘에서 왕을 사로잡아 끌어내린 뒤 먼저 왕의 실권失權을 선언하고 그다음에는 왕의 사형을 선고하기 위해서다. 인간의 반역은 형이상학적 혁명으로 끝난다. 그 반역은 겉치레에서 행동으로 나아가고, 댄디에서 혁명가로 나아간다. 신의 옥좌가 뒤집히면 반역자는 인간 조건 속에서 헛되이 찾아 헤매었던 정의, 질서, 통일을 이제 자기 손으로 창조해야 하며, 그렇게 함으로써 신의 실권을 정당화해야 한다는 사실을 깨달을 것이다. 그리고 필요하다면 범죄를 저질러서라도 인간의 제국을 건설하기 위한 절망적인 노력이 시작될 것이다. 그 일은 실로 무서운 결과를 낳을 텐데, 우리는 아직 그 가운데 몇 가지만을 알고 있을 뿐이다. 그러나 이 결과는 결코 반항 자체에 기인하지 않는다. 반항자가 자신의 근원을 망각하고, '예'와 '아니요' 사이의 팽팽한 긴장에 지친 나머지 전적인 부정이나 전적인 복종에 함몰될 때, 바로 그때 이러한 결과가 빚어진다. 형이상학적 반항은 최초의 운동에서 노예의 반란이 제시하는 것과 똑같은 긍정적인 내용을 제시한다. 우리의 작업은 반항의 긍정적인 내용이 그것을 표방하는 여러 행동을 통해 어떻게 변화하는지 살피는 일이며, 자신의 근원에 대한 반항자의 불충실성 또는 충실성이 어떤 결과를 초래하는지 가늠하는 일이다.

카인의 후예

엄밀한 의미의 형이상학적 반항은 18세기 말에야 비로소 논리정연한
형태로 사상사에 나타난다. 바로 그때, 벽이 무너지는 굉음과 함께 현
대의 문이 열린다. 그러나 그 순간부터 이 영향이 끊임없이 퍼져나가
우리 시대의 역사를 형성했다고 해도 과언이 아니다. 그렇다면 형이
상학적 반항이 이전에는 의미를 지니지 못했단 말인가? 형이상학적
반항의 본보기는 아주 먼 옛날에도 있었다. 우리 시대를 기꺼이 프로
메테우스적인 시대라고 일컫는 것을 보라. 과연 우리 시대는 진실로
프로메테우스적인가?

초기의 신통계보학神統系譜學은 용서받을 길이 없는 영원한 순교
자, 아니 스스로 용서받기를 거부했던 순교자, 즉 세계의 끝에서 쇠사
슬로 돌기둥에 묶인 프로메테우스를 우리에게 보여준다. 아이스킬로
스[14]는 이 영웅의 지위를 한층 더 강화히고 더욱 명철한 존재로 재창
조한다. ("내가 예견하지 못한 그 어떤 불행도 내게 닥치지 못하리라.") 그
리하여 작가는 이 영웅이 제신諸神에 대한 증오를 외치게 하여 마침
내 그를 폭풍우 몰아치는 숙명적 절망의 바다에 빠뜨린 채 번개와 벼
락의 제물로 만든다. "아! 내가 참아내는 이 불의를 보라!"

그러므로 우리는 고대인들이 형이상학적 반항을 몰랐다고 말할
수 없다. 그들은 사탄보다 훨씬 먼저 고통스럽고도 고귀한 '반역자'

---

14 Aeschylos(B.C.525-B.C.456). 고대 그리스의 극작가로 『페르시아인들』, 『사슬에 묶인 프로
메테우스』 등 일곱 편의 비극 작품을 남겼다.

의 이미지를 확립했고, 우리에게 더없이 위대한 반항적 지성의 신화를 남겼다. 찬양과 겸양의 신화를 강조했던 그리스인의 무궁한 천재성은 반역에도 본보기를 제공할 줄 알았던 것이다. 확실히 프로메테우스적 특성 가운데 몇 가지는 우리가 겪고 있는 반항의 역사 속에서 되살아난다. 예컨대 죽음에 대한 투쟁("나는 인간을 죽음의 강박관념에서 해방했노라"), 메시아사상("나는 인간의 마음에 맹목적 희망을 심었노라"), 박애주의("제우스의 적… 너무도 인간을 사랑했기에")가 그것이다.

그러나 우리는 아이스킬로스 삼부작의 마지막 부분인 「불을 가져온 프로메테우스」가 용서받은 반항자의 지배를 알리고 있다는 사실을 잊어서는 안 된다. 그리스인들은 아무것도 극단화하지 않는다. 그들이 더없이 대담하게 행동할 때도 한계를 충실히 지키는데, 그들은 이 한계를 신성시한다. 그들은 창조 전체가 아니라, 다만 여러 신 가운데 하나일 뿐이며 수명 또한 제한된 제우스에게 반역을 일으킨 것이다. 프로메테우스 자신도 반신半神에 지나지 않는다. 문제는 특별한 결산, 즉 불을 훔친 사건과 관련된 재산상의 분쟁이지 선과 악 사이의 보편적인 투쟁이 아니다.

고대인들은 운명을 믿었을지라도 그보다 먼저 그들 자신이 그 일부인 자연을 믿었다. 자연에 대한 반항은 곧 자기 자신에 대한 반항이다. 이를테면 벽에 제 머리를 부딪치는 꼴이다. 그러므로 단 하나의 논리적인 반항은 자살이다. 우리가 자연의 힘을 참아내듯, 그리스적 운명은 우리가 참아내야 할 하나의 힘이다. 경계선을 넘어서는 과도한 행동은 그리스인들에게 채찍으로 바다를 때리는 행위, 즉 야만인들의 광기에 지나지 않는다. 그리스인들은 과도함이 존재하는 이상 과도함을 묘사하지만, 그에 대해 일정한 자리를 정해줌으로써 일종의 한계를 부여한다. 파트로클로스[15]가 죽은 뒤 이루어진 아킬레우스의 도발이나 자신의 운명을 향한 비극적 영웅들의 저주가 전적인 단죄를 불러온 것은 아니다. 오이디푸스는 자신이 무죄가 아니라는 것을 알고 있다. 그러나 그는 본의 아니게 죄인이 되었고, 자신이 운명의 일부를 이루고 있다. 그는 비통해할지언정 돌이킬 수 없는 말을 내뱉지는 않는다. 안티고네 역시 반항하기는 하나 전통과 관례를 지키기 위해 반항하고, 오빠들에게 무덤의 안식을 주기 위해 반항한다. 어떤 의미에서 안티고네의 반항은 보수적이다. 그리스적인 성찰, 두 얼굴을 지닌 이 사유에는 거의 언제나 가장 절망적인 선율 뒤에, 비참하게 장님이 되어서도 모든 것이 잘되었다고 인정하는 오이디푸스의 말이 대응 선율로 흐른다. 이를테면 '예'가 '아니요'에 균형을 맞추는 것이다. 플라톤이 칼리클레스[16]를 통해 니체적 인간의 전형을 미리 보여줄 때, 칼리클레스는 법률을 거부하는 동시에 자연을 부르짖는다. 칼리클레스는 이렇게 외친다. "우리에게 필요 불가결한 자연성을 지닌 인간이 나타나기를…. 그는 스스로 해방되어 우리의 인습, 우리의 마법, 우리의 주술, 예외 없이 자연에 반하는 이 법률들을 짓밟

---

15 Patroklos. 그리스의 영웅 아킬레우스의 전우이자 동성 애인으로, 트로이 전쟁에서 트로이의 왕자 헥토르의 공격을 받아 전사했다. 그때까지 트로이 전쟁에 참전하지 않았던 아킬레우스는 장례 치르기를 거부할 정도로 슬퍼했고, 곧바로 참전하여 헥토르를 죽이고 시체를 전차에 매달아 끌고 왔다.

16 Callicles. 플라톤이 지은 『고르기아스』의 작중 인물로 전통적 가치관에 맞서는 자연적 정의관을 내세운다.

는다. 우리의 노예는 분연히 떨쳐 일어나 주인을 자처한다."

형이상학적 반항은 단순한 창조관을 전제로 하는데, 그리스인
은 그것을 갖고 있지 않았다. 그리스인의 경우 한쪽에 신이 있고 다
른 쪽에 인간이 있는 게 아니라, 인간에서 신으로 가는 여러 단계가
있었다. 유죄에 대립하는 무죄의 관념, 선과 악의 투쟁으로 요약되는
역사관 등은 그들에게 생소했다. 그들의 세계에서 결정적 범죄란 과
도한 행동뿐이었기 때문에 범죄보다는 과오가 더 많았다. 그런데 우
리의 세계인 전적으로 역사적인 세계에서는 더 이상 과오란 없고 오
직 범죄만이 있을 뿐인데, 그 가운데 첫째가는 범죄가 절도節度다. 그
리하여 우리는 그리스신화에서 드러나는 잔인함과 관대함의 기이한
혼합을 이해하게 된다. 그리스인은 결코 사상으로써 방어진지를 구
축하지 않았다. 이 점에서 우리 현대인은 그들에 비해 몹시 타락했다.
반항이란 결국 누군가에게 반대해서 상상되는 것이다. 창조자이며
따라서 만물의 책임자인 인격신의 개념만이 인간의 항의에 의미를
부여할 수 있다. 이런 까닭에, 반항의 역사는 서구 세계에서 기독교의
역사와 불가분의 관계에 있다고 말할 수 있으리라. 반항이 자신의 표
현 양식을 찾아내기 시작한 것은 고대 사상의 말기다. 그 표현 양식
은 과도기의 사상가들에게서, 특히 에피쿠로스[17]와 루크레티우스[18]에

17 Epicurus(B.C.341-B.C.270). 고대 그리스의 철학자로서 쾌락주의자로 알려져 있다. 그러나
    그의 쾌락은 방탕과 문란이 아니라 고통의 부재를 가리켰다. 원자론적 유물론을 주장하
    며 인간 세계에서 죽음의 공포를 극복하는 방법, 마음의 평온을 구현하는 방법 등을 탐
    구했다.

18 Titus Lucretius(B.C.98-B.C.55). 고대 로마의 시인이자 철학자로 마음의 불안을 제거하는

반항인

게서 가장 심오하게 드러난다.

에피쿠로스의 참담한 비애는 이미 새로운 소리를 들려준다. 이 비애는 대개 그리스 정신에게 익숙한 죽음에 관한 고뇌로부터 태어난다. 이 고뇌에 담긴 비장한 어조는 사뭇 계시적이다. "우리는 온갖 것에 대해 우리의 안전을 확보할 수 있다. 그러나 죽음에 관한 한, 우리는 요새가 파괴된 성채의 주민이나 매한가지다." 루크레티우스는 분명히 말한다. "이 광막한 세계의 실체는 죽음과 파멸에 이르도록 예정되었다." 그러니 왜 향락을 뒤로 미룰 것인가? "기다림에서 기다림으로, 온통 기다림 속에서 우리는 삶을 소진하고, 결국 고통스럽게 죽는다"라고 에피쿠로스는 말한다. 그러므로 향락해야 한다. 하지만 이 무슨 기이한 향락인가! 그 향락은 성벽의 구멍이란 구멍은 모두 막아버리고, 적막한 어둠 속에서 빵과 물을 확보하는 데 있다. 죽음이 우리를 위협하므로 죽음이 아무것도 아님을 증명할 필요가 있다. 에픽테토스Epictetus와 마르쿠스 아우렐리우스Marcus Aurelius처럼, 에피쿠로스는 존재로부터 죽음을 추방한다. "우리에게 죽음이란 아무것도 아니다. 해체된 것은 감각할 수 없고 감각할 수 없는 것은 우리에게 아무런 의미가 없기 때문이다." 그렇다면 그것은 무無란 말인가? 아니다. 세상의 모든 것은 물질인바, 죽는다는 것은 원소로 되돌아감을 의미하기 때문이다. 존재, 그것은 바로 돌이다. 에피쿠로스가 말하는 특별한 쾌락이 무엇보다 고통의 부재를 뜻하는 이상, 그것은 바로 돌의

───

데 주력했다. 에피쿠로스의 원자론 철학을 바탕으로, 이 세계의 온갖 존재와 현상이 물질적인 까닭에 신, 죽음 등이 전적으로 무의미하다고 설파했다.

행복이다.

운명에서 해방되기 위해 에피쿠로스는 훗날 프랑스의 위대한 고전 작품들이 되풀이할 놀라운 행동, 즉 감성의 말살을 시도한다. 먼저, 그는 감성의 첫 번째 절규인 희망을 말살한다. 이 그리스 철학자가 제신諸神에 대해 언급하는 바는 달리 이해할 수 없다. 인간의 모든 불행은 성채의 적막에서 끌어낸 인간을 구원의 기대 속으로 내던지는 희망으로부터 온다. 이런 불합리한 행동은 정성스레 붕대로 감은 상처를 다시 헤집는 결과를 가져올 뿐이다. 그러므로 에피쿠로스는 신들을 부정하는 게 아니라 신들을 멀리한다. 하지만 현기증이 날 정도로 지나치게 멀리하기 때문에 영혼은 다시 성벽에 갇힐 수밖에 없다. "행복한 불멸의 존재는 홀로 평화롭기 그지없고, 누구와도 분쟁을 일으키지 않는다." 루크레티우스는 한술 더 떠 이렇게 말한다. "신들은 바로 그 신이라는 본성에 의해 우리 인간사에서 벗어난 이방의 존재들로서, 더없이 깊은 평화 속에서 불멸을 누린다." 그러니 신들을 잊고, 절대로 생각하지 말자. 그러면 "낮의 사유도 밤의 꿈도 그대에게 아무런 문제를 일으키지 않으리라."

좀 더 나중에, 그러나 중요한 뉘앙스의 차이와 함께, 사람들은 반항이라는 영원한 주제를 다시 만날 것이다. 보상도 징벌도 내리지 않는 신, 귀머거리 신이야말로 반항자들이 상상할 수 있는 유일한 존재이다. 훗날 비니[19]가 신의 침묵을 저주하는 것과 달리, 에피쿠로스는

---

19 Alfred de Vigny(1797-1863). 19세기 프랑스 낭만주의 시인으로 천재의 고독과 반항을 라이트모티프로 삼아 시를 썼다.

인간이 죽어야 하는 이상 인간의 침묵이 신의 말씀보다 운명에 대한 더 좋은 대책이 될 수 있다고 판단한다. 이 기이한 철학자의 기나긴 노력은 인간 주위에 성벽을 구축하고, 성채를 공고히 하며, 인간 희망의 억누를 길 없는 외침을 질식시키는 데 경주된다. 이런 전략적 후퇴가 완전히 이루어질 때, 그제야 비로소 에피쿠로스는 인간 세상의 신처럼 승리를 노래할 텐데, 이 노래는 그의 반항이 지닌 방어적 특성을 잘 드러낸다. "나는 그대의 계략을 좌절시켰노라. 오, 운명이여, 나는 그대가 내게 이를 수 있는 모든 길을 막았노라. 우리는 그대에게도, 어떤 사악한 힘에게도 정복당하지 않으리라. 그리고 불가피한 출발의 종이 울릴 때, 헛되이 생에 매달리는 자들을 향한 우리의 경멸이 아름다운 노래가 울려 퍼지는 가운데 폭발하리라. 아, 우리는 얼마나 고결하게 살아왔던가!"

루크레티우스는 자기 시대에서 유일하게 이런 논리를 한층 더 멀리 밀고 나가 현대적 반항에 이르게 했다. 근본적으로 그가 에피쿠로스에게 덧보탠 것이라고는 아무것도 없다. 루크레티우스 역시 의미가 불분명한 어떤 설명의 원리도 거부한다. 원자란 단지 최후의 피신처일 뿐이다. 그 피신처에서 최초의 원소로 환원된 존재가 일종의 눈멀고 귀먹은 불멸을, 이를테면 에피쿠로스에게도 그에게도 유일하게 가능한 행복으로 드러나는 불멸의 죽음을 추구한다.

그렇지만 루크레티우스는 원자들이 스스로 결합되지 않는다는 사실을 인정해야 한다. 그래서 그는 하나의 고차원적 법칙 또는 그가 부정하려는 운명에 동의하기보다 차라리 원자가 서로 만나고 결합하는 우연적인 운동, 즉 클리나멘clinamen[20]을 인정한다. 여기서 현대의 중요한 문제가 대두된다는 사실에 주목해야 한다. 즉 지성이 인간을 운명에서 벗어나게 하면, 그것은 인간을 우연에 맡기는 결과를 초래한다. 그러한 까닭에 지성은 인간에게 다시 하나의 운명, 이번에는 역사적인 운명을 부여하려고 애쓴다. 루크레티우스는 아직 여기까지 이르지는 못했었다. 운명과 죽음에 대한 그의 증오는 원자가 우연히 존재를 형성하고 존재가 우연히 원자로 분해되는 이 취한 듯한 대지에 만족한다. 그러나 그의 언어는 모종의 새로운 감수성을 보여준다. 구멍이란 구멍을 다 막아놓은 성채는 이제 방어진지로 변한다. '뫼니아 문디Mænia mundi', 즉 세계의 성채라는 어휘는 루크레티우스 수사학의 비밀을 푸는 중요한 열쇠 가운데 하나다. 물론 이 방어진지에서 중요한 일은 희망을 침묵하게 하는 것이다. 그러나 에피쿠로스의 방법적 체념은 때로 저주의 관冠으로 장식되는 살 떨리는 고뇌로 변한다. 루크레티우스에게 경건함이란 "무엇에도 흔들리지 않는 정신으로 모든 것을 통찰할 수 있는 능력"이다. 그러나 이 정신은 인간에게 가해지는 불의를 보고 전율한다. 노여움이 정신을 짓누르자 범죄, 무죄, 유죄, 징벌 같은 새로운 개념이 사물의 본성에 관한 웅대한 시를 관통한다. 저자는 그 시에서 "종교가 저지른 최초의 범죄", 즉 이피게네이아Iphigeneia의 유린당한 무죄를 언급하고, "흔히 죄 있는 자들의 편에 서서 가당찮은 징벌로 죄 없는 자들의 목숨을 빼앗는" 신의 행위를 들먹인다. 루크레티우스가 내세의 징벌에 대한 공포를 비웃는

---

20 에피쿠로스와 루크레티우스 철학에서 원자의 일탈 운동을 가리킨다.

반항인

다면, 그것은 에피쿠로스처럼 방어적 반항 때문이 아니라 공격적 추론 때문이다. 지금 이 순간에도 선이 보상받지 못하는 광경을 무수히 목격하건만, 훗날 어떻게 악이 응징된단 말인가?

에피쿠로스는 루크레티우스의 서사시에서 실제와 달리 훌륭한 반역자로 묘사된다. "만인이 보기에 인류는 이 땅에서 비루하기 짝이 없는 삶을 영위하고 있었다. 왜냐하면 천계의 꼭대기에서 무서운 표정으로 필멸의 인간들을 위협하는 종교의 무게에 짓눌려 있었기 때문이다. 그런데 최초로 한 그리스인이, 한 인간이 종교에 맞서 감히 제 필멸의 눈을 쳐들고 항거했으니…. 그리하여 이번에는 종교가 뒤집히고 짓밟혔다. 그리고 승리가 우리를, 바로 우리를 천상까지 오르게 했다." 우리는 여기서 새로운 독신瀆神과 과거의 저주 사이에 존재하는 차이점을 본다. 그리스의 영웅들이 신이 되기를 바랄 수는 있었지만, 그것은 기존의 신들과 공존하려는 것이었다. 말하자면 그 경우 승진이 문제였다. 루크레티우스의 인간은 그와 반대로 혁명을 수행하려 한다. 인간은 자격 없고 죄 많은 신들을 부정하며 스스로 신을 대신한다. 인간은 방어진지에서 나와 인간적인 고통의 이름으로 신성에 대해 최초의 공격을 개시한다. 고대 세계에서 살인이란 속죄할 수도 설명할 수도 없는 것이다. 그러나 루크레티우스에게 인간의 살인이란 이미 신의 살인에 대한 응답에 불과하다. 루크레티우스의 시가 마치 신을 고발하듯 페스트로 인한 시체들로 가득 찬 신전의 광경으로 끝나는 것은 우연이 아니다.

이 새로운 언어는 에피쿠로스와 루크레티우스의 동시대인들이 지닌 감수성 가운데 서서히 싹트기 시작한 인격신人格神의 관념 없이는 이해할 수 없다. 반항이 사적私的으로 책임 여부를 따질 수 있는 대상이 바로 인격신이다. 인격신이 지배하는 즉시 반항은 더없이 사나운 결의 속에서 일어나 단호히 '아니요'라고 말한다. 카인과 더불어 최초의 반항은 최초의 범죄에 일치한다. 오늘날 우리가 겪고 있는 반항의 역사는 프로메테우스의 제자들의 역사라기보다는 오히려 카인의 후예들의 역사다. 이러한 의미에서 반항적 에너지를 촉발하는 것은 특히 구약의 신이다. 거꾸로 파스칼Blaise Pascal처럼 반항적 지성의 여정을 모두 끝마치면, 오히려 아브라함과 이삭과 야곱의 신에게 복종하게 된다. 가장 의심하는 영혼은 가장 철저한 얀센주의[21]를 열망하는 법이다.

이러한 관점에서 보면, 신약은 부드러운 신을 제시하며 신과 인간 사이에 중개자를 둠으로써 세상의 모든 카인에게 미리 답하려는 시도로 간주될 수 있다. 그리스도는 두 가지 중요한 문제, 즉 악과 죽음의 문제를 해결하러 왔는데, 이 두 가지 문제는 정히 반항자들의 문제이기도 하다. 그리스도의 해결책은 우선 악과 죽음을 자신이 떠맡는 데 있었다. 인간 신인 그 역시 인내하며 고통을 겪는다. 그가 찢기고 죽임을 당한 이상, 악도 죽음도 절대적으로 그의 탓이라고 할 수 없다. 골고다의 밤이 인간 역사에서 그토록 중요한 것은 오로지 그 암흑 속에서 신이 보란 듯 전통적 특권을 내버린 채 절망이 포함

---

21 얀센주의는 네덜란드 신학자 얀센Cornelius Jansen(1585-1638)이 창시한 교리로서 성 아우구스티누스Aurelius Augustinus의 교설을 받들어 인간의 자유의지를 제한하고 신의 은총에 대한 철저한 믿음을 요구했다. 1713년 교황청에 의해 이단시되어 소멸했다.

된 죽음의 고뇌를 끝까지 살아냈기 때문이다. "주여, 왜 저를 버리시나이까?Lama sabactani?"와 죽음의 고통에 직면한 그리스도의 무서운 회의는 이렇게 설명된다. 죽음의 고통이 영원한 희망에 기댈 수 있다면, 그 고통은 한결 가벼워지리라. 신이 인간이 되기 위해서는 반드시 절망해야 한다.

그리스 사상과 기독교 사상의 합작품인 그노시스설gnosticisme[22]은 유대 사상에 대한 반동으로서 두 세기에 걸쳐 이러한 운동을 강조하려고 애썼다. 예컨대 우리는 발렌티누스[23]가 상상한 여러 중개자를 알고 있다. 그러나 이 형이상학적 축제의 아이온[24]은 헬레니즘의 매개적 진리와 같은 역할을 한다. 아이온은 비참한 인간과 가혹한 신의 대결에서 발생하는 부조리를 줄이고자 한다. 이 신은 마르키온 Marcion[25]이 말하는 하위의 신, 즉 잔인하며 호전적인 신을 가리킨다. 이 신은 유한의 세계와 죽음을 창조했다. 우리는 이 신을 증오해야 하고, 고행으로써 그의 창조를 부정해야 하며, 궁극적으로는 금욕으로써 그의 창조를 파괴해야 한다. 따라서 중요한 것은 오만하고 반항

---

22 1세기 후반에 일어난 지적이고 신비주의적인 교설로 영혼과 물질을 분리하는 이원론에 기반을 두었다. 신의 피조물인 영혼이 악마의 창조물인 물질, 즉 육체에 갇혀 있으므로 영지(그노시스)를 얻어서 탈출해야 한다는 것이 기본 개념이다. 정통 기독교는 신앙을 통해 구원이 이루어진다고 생각하지만, 그노시스설은 참된 지식, 즉 '그노시스'를 획득함으로써 구원이 이루어진다고 주장했다.

23 Valentinus. 2세기경 로마 신학자로 초기 그노시스파 교부였다.

24 아이온은 그노시스파가 주장한 영구불변의 힘을 가리킨다.

25 그노시스설의 영향을 받은 초기 기독교 신학자 마르키온은 폭력적인 구약의 신과 자애로운 신약의 신이 다르다고 주장했다. 그는 구약성경을 배척하고 신약성경을 정경으로 인정함으로써 유대교와 단절하고자 했다.

적인 고행이다. 간단히 말해 마르키온은 상위의 신을 더욱 거룩하게 찬미하기 위해 반항의 대상을 하위의 신에게로 국한했다.[26] 그노시스파는 그리스적 기원으로 인해 균형을 찾는 동시에 기독교 내의 유대적 유산을 파괴하려는 경향을 띤다. 그노시스파는 또한 아우구스티누스주의가 모든 반항에 논거를 제공하기에 진작부터 아우구스티누스주의를 피하려 했다. 예를 들어 바실레이데스[27]에게 순교자란 죄지은 자이며, 이 점에서는 그리스도도 마찬가지다. 왜냐하면 그들은 고통을 당하기 때문이다. 이것은 기이한 생각이지만 고통을 정당화하려는 생각이기도 하다. 그노시스파는 전능하고 독단적인 은총을 오의전수奧義傳受, 즉 심오한 교리 전수라는 그리스적 개념으로 대체했을 뿐인데, 이 개념은 인간에게 온갖 가능성을 열어준다. 기독교 세계를 좀 더 접근 가능하게 만들고자 헬레니즘이 가장 나쁜 죄악으로 간주했던 반항에게서 반항의 이유를 빼앗기 위해 그노시스파 2세대의 수많은 분파는 그리스 사상의 다양하고 집요한 노력을 답습했다. 그러나 교회는 이러한 노력을 단죄했고, 단죄와 함께 반항자들을 증식시키는 결과에 이르렀다.

카인의 후예들이 수 세기에 걸쳐 승리를 구가함에 따라, 구약의 신은 기대치 않았던 행운을 얻었다고 할 수 있다. 역설적으로 독신자瀆神者들은 기독교가 역사의 무대에서 추방하고자 했던 샘 많은 신을 부활시켜 놓았다. 그들이 보여준 의미심장한 대담성 가운데 하나는

---

26   말하자면 마르키온은 신약의 신에게는 반항이 아니라 찬양을 바친다.

27   Basileidés. 130년경 이집트 알렉산드리아에서 설교했던 그노시스파 철학자다.

그리스도의 역사를 십자가 꼭대기에서, 임종의 고통 직전에 내뱉은 쓰디쓴 절규에서 정지시킴으로써 그리스도마저 자기들 편으로 끌어들인 데 있다. 그리하여 반항인들이 품은 창조의 관념에 걸맞은 증오의 신의 무자비한 모습이 존속되었다. 도스토옙스키와 니체까지, 반항은 정당한 이유 없이 카인의 제물보다 아벨의 제물을 더 좋아함으로써 최초의 살인을 촉발한 신, 즉 잔인하고 변덕스러운 신을 겨냥한다. 도스토옙스키는 상상으로, 니체는 실제로 반항 사상의 장場을 무한히 확장할 것이고, 마침내 사랑의 신에게까지 책임을 물을 것이다. 니체는 동시대인들의 영혼 속에서 신을 죽은 것으로 간주한다. 그리하여 그는 선배인 슈티르너[28]처럼 도덕이라는 허울 아래 당대의 정신 속에 머무르는 신의 환상을 공격한다. 그러나 그들에 이르기까지는, 예컨대 리베르탱 사상pensée libertine [29]은 (사드[30]가 "싱거운 소설"이라고 불렀던) 그리스도의 역사를 부정하는 데 그쳤고, 이 부정에서조차 무서운 신의 전통은 공고히 유지되었다.

반대로 서구가 기독교적인 한, 복음은 천국과 지상 사이 중개자 역할을 계속했다. 반항의 고독한 절규가 있을 때마다 더없이 혹독한 고통의 이미지가 제시되곤 했다. 그리스도가 고통을, 그것도 자원하

---

28 Max Stirner(1806-1856). 『유일자와 그 소유』를 저술한 독일의 철학자로 철저한 자기주의의 철학을 수립했다.

29 리베르탱 사상은 종교의 율법을 벗어나 관능적 쾌락에 탐닉하는 사람들의 생각을 가리킨다. 특히 18세기에 강렬하게 표출된 이 사상을 대표하는 이는 사드 후작이다.

30 Donatien Alphonse François de Sade(1740-1814). 변태적인 성행위 묘사로 여러 차례 투옥되었고, 그의 소설에 묘사된 성도착증은 사디즘이란 용어를 낳았다.

여 고통을 받은 이상, 이제 어떤 고통도 부당하지 않으며 고통은 매번 필연성을 띤다. 어떤 의미에서 인간 심성에 관련된 기독교의 신랄한 직관과 염세주의는 일반화된 불의가 총체적인 정의만큼이나 인간에게 만족스럽다는 사실을 뜻한다. 오직 죄 없는 신의 희생만이 인간 무죄의 장구하고도 보편적인 질곡을 정당화할 수 있었다. 오직 신의 고통, 그것도 가장 비참한 고통만이 인간의 고뇌를 덜어줄 수 있었다. 만일 하늘에서 땅까지 모든 것이 예외 없이 고통을 당한다면, 그때 비로소 하나의 기이한 행복이 가능해지리라.

그러나 기독교가 승리의 시기에서 벗어나 이성의 비판에 맡겨진 순간부터 그리스도의 신성이 부정되었고, 그에 따라 고통은 다시 인간의 몫이 되었다. 이제 신성을 박탈당한 예수는 아브라함의 신을 대표하는 자들이 구경거리로 처형했던 죄 없는 인간에 지나지 않는다. 노예와 주인 사이를 가르는 심연이 다시 열리고, 반항은 시샘하는 신의 무표정한 얼굴 앞에서 여전히 절규한다. 리베르탱 사상가들과 예술가들은 여느 때처럼 신중하게 그리스도의 도덕과 신성을 공격함으로써 새로운 결별을 준비했다. 화가 칼로[31]는 환각을 불러일으키는 부랑자들의 세계를 잘 그렸는데, 그들의 냉소는 우선 모자 밑에 숨겨져 있다가 마침내 몰리에르Moliere의 돈 후안과 함께 하늘까지 치솟아 오를 것이다. 18세기 말의 혁명적인 동시에 불경스러운 격동을 준비하는 두 세기 동안, 리베르탱 사상가들은 그리스도를 죄 없는 인

---

31 Jacques Callot(1592-1635). 바로크 판화가로 술주정꾼, 집시, 거지 등 소외자들의 세계를 즐겨 그렸다.

간 또는 어리석은 바보로 만들고자 최선을 다했다. 다시 말하면 그들은 그리스도를 인간의 세계 속에, 인간이 지닌 고귀하거나 하잘것없는 그 무엇 속에 끌어넣고자 했다. 바야흐로 천상이라는 적을 대대적으로 공격하기 위해 지상의 청소가 완결된 것이다.

절대적 부정

역사적으로 볼 때 최초의 논리 정연한 공격은 사드의 공격인데, 사드는 멜리에Meslier 신부와 볼테르Voltaire에 이르는 리베르탱 사상의 온갖 논거를 집대성하여 거대한 무기로 탈바꿈시킨다. 그의 부정은 말할 것도 없이 가장 극단적이다. 반항으로부터 사드는 오로지 절대적인 '아니요'만을 끌어낸다.

27년간의 투옥도 사실상 그의 지성을 타협적으로 만들지 못한다. 그처럼 오랜 유폐는 비굴한 하인 아니면 살인마를 낳기 마련이고, 가끔은 한 인간 속에 두 전형 모두를 낳기도 한다. 영혼이 감옥에서도 복종의 윤리가 아닌 모종의 윤리를 구축할 정도로 강력하다면, 이 윤리는 대개 지배의 윤리가 될 것이다. 모름지기 고독의 윤리는 권력을 전제로 한다. 사드가 대표적인 예를 제공하는데, 사회가 그를 가혹한 방식으로 다룰 때 그 역시 가혹한 방식으로 대응하기 때문이다. 작가로서의 사드는 우리 시대의 독자들로부터 다소의 환호와 무분별한 칭찬을 받고 있으나 이류에 지나지 않는다. 그는 오늘날 문학과는 상관없는 이유로 찬양받고 있다.

사람들은 사슬에 묶인 철학자, 절대적 반항의 최초 이론가인 그에게 열광한다. 그는 과연 그런 사람이 될 수 있었다. 감옥의 심연에서 꿈은 한량없고 현실은 아무것도 구속하지 않는다. 사슬에 묶인 지성은 광란의 상태에서 얻을 수 있는 것을 명증의 상태에서는 잃게 된다. 사드는 단 하나의 논리, 감정의 논리밖에 몰랐다. 그는 하나의 철학을 확립했던 게 아니라 학대받는 자의 기괴한 꿈을 추구했다. 다만 그 꿈이 예언적이었을 뿐이다. 자유에 대한 과격한 요구가 사드를 노예의 왕국으로 몰고 갔다. 금지된 삶에 대한 사드의 끝없는 갈증은 광란에서 광란으로 옮겨 가는 보편적 파괴의 꿈에서 충족되었다. 적어도 이 점에서 사드는 우리의 동시대인이다. 끊임없이 이어지는 그의 부정의 행로를 뒤좇아보자.

문학인

사드는 무신론자인가? 그가 투옥되기 전에 쓴 『사제와 빈사자의 대화』*Dialogue entre un prêtre et un moribond*에서 이를 인정한 적이 있다고 일컬어진다. 그러나 뒤이어 사람들은 그의 광적인 독신瀆神 행위를 보고 그렇게 단정하기를 망설인다.

사드가 창조한 가장 잔인한 인물 가운데 하나인 생퐁은 결코 신을 부정하지 않는다. 생퐁은 그노시스파의 사악한 창조신 이론을 발전시켜 적당한 결론을 끌어내는 데 그친다. 생퐁을 사드와 동일시하지 말라고 사람들은 말할 것이다. 물론이다. 작중 인물은 결코 자신을 창조한 소설가일 수 없다. 그러나 소설가가 동시에 모든 작중 인물일 가능성은 충분히 있다. 사드의 모든 무신론적 인물은 원칙적으로 신이 부재한다고 주장한다. 신의 존재가 무관심과 악독함과 잔인함을 상정하기 때문이다. 사드의 가장 위대한 작품은 신의 어리석음과 증오를 증명하는 것으로 끝난다. 무고한 쥐스틴은 뇌우 속으로 달려가고, 범죄자 누아르쇠이유는 쥐스틴이 벼락을 피한다면 개종하겠노라고 단언한다. 쥐스틴이 벼락에 맞음으로써 누아르쇠이유가 승리를 거두니, 인간의 범죄는 신의 범죄에 응답하기를 계속하리라. 이런 맥락에서 파스칼의 내기le pari pascalien[32]에 조응하여 리베르탱의 내기가 생겨난다.

그러므로 사드가 정립한 신의 개념은 인간을 짓부수고 인간을 부정하는 범죄적 신이다. 사드에 따르면, 살인이 신의 속성이라는 사실이 종교 역사에서 충분히 드러난다. 그렇다면 인간이 고결해야 할 이유가 무엇인가? 이 죄수가 취한 최초의 행동은 극단적인 결론으로 치닫는 것이었다. 신이 인간을 죽이고 부정한다면, 인간이 인간을 죽이고 부정하는 것을 그 무엇도 금할 수 없다. 이런 경직된 도전은 1782년의 『사제와 빈사자의 대화』에서 나타난 조용한 부정과 닮은 점이 전혀 없다. "아무것도 나의 것이 아니며, 아무것도 내게서 발원한 것이 아니다"라고 외치며 "아니다, 아니다, 미덕과 악덕 모든 게 관에 들어가면 구분 없이 뒤섞인다"라고 결론짓는 자가 조용하고 행복할 리 없다. 사드에 의하면, 신의 개념이란 "그가 인간에게 용서할 수 없는" 유일한 것이다. '용서하다'라는 낱말 자체가 이미 고문을 가르치는 교사인 그에게는 탐탁하지 않다. 사드는 자신의 절망적 세계관과 죄수로서의 조건이 절대적으로 거부하는 그 개념을 정작 자신이 받아들이는 것을 용서하지 못한다. 그리하여 이중의 반항이 사드의 추론을 이끈다. 즉 세계의 질서에 대한 반항과 자기 자신에 대한 반항이다. 이 두 반항은 학대받는 자의 어지러운 마음을 제외한 모든

---

32 파스칼이 무신론자를 신앙으로 이끌기 위해 사용한 개념이다. 수학적 확률론으로서 신의 존재냐 신의 부재냐 하는 문제에 봉착했을 때, 존재에 걸면 영생을 얻을 가능성이 있으나 부재에 걸면 지상의 쾌락, 즉 무無밖에 얻을 수 없다는 논법이다.

곳에서 서로 모순을 일으키기 때문에, 그의 추론은 우리가 그것을 논리의 빛 속에서 탐구하느냐 혹은 연민의 노력 속에서 탐구하느냐에 따라 끊임없이 애매한 것이 되기도 하고 정당한 것이 되기도 한다.

신이 인간과 인간의 도덕을 부정하는 이상, 사드는 인간과 인간의 도덕을 부정할 것이다. 그러나 사드는 동시에 지금까지 그의 입장에 도움을 주었고 또 공범 관계에 있던 신마저 부정할 것이다. 무엇의 이름으로? 인간들의 증오로 감옥의 벽에 갇힌 자에게 가장 강한 본능, 즉 성적 본능의 이름으로다. 성적 본능이란 무엇인가? 그것은 한편 자연의 부르짖음 자체이고,[33] 다른 한편으로는 다른 존재들을 파괴해서라도 완전히 소유하려는 맹목적인 열정이다. 당대의 이데올로기적 장치가 기계론적 화법으로 그렇게 했듯, 사드는 자연의 이름으로 신을 부정하고 자연을 파괴의 힘으로 만들 것이다. 그에게 자연이란 곧 섹스다. 그의 논리는 욕망의 에너지만이 유일한 지배자가 될 무법의 세계로 그를 인도한다. 바로 거기에 얼에 들뜬 그의 왕국이 있으니, 이 왕국에서 그는 자신의 가장 아름다운 절규를 발견한다. "우리의 욕망 가운데 하나에 비추어 볼 때, 지상의 모든 피조물인들 무슨 의미가 있단 말인가!" 자연은 범죄를 요하고, 자연은 창조를 위해 파괴를 요하며, 따라서 인간이 자아를 파괴하는 순간부터 인간은 자연의 창조를 돕는 셈이라는 사실을 논증하는 사드의 주인공들은 모든 것을 날려버릴 폭발을 원치 않을 수 없을 정도로 몹시 부당

---

33 사드의 대죄인들은 그들이 불가항력의 엄청난 성욕을 지니고 있다는 사실에 근거하여 그들의 범죄를 변명한다. [원주]

하게 억압당했던 죄수 사드의 절대적 자유 확립을 목표로 삼는다. 이 점에서 그는 동시대와 대립한다. 그가 요구하는 자유란 원리의 자유가 아니라 본능의 자유이다.

사드는 아마도 범세계적 공화국을 꿈꾼 듯한데, 현명한 개혁자인 자메라는 인물을 통해 그 구상을 우리에게 소개한다. 그는 반항운동이 가속화되어 점점 더 한계를 지키지 못하게 되자 반항의 여러 방향 가운데 하나가 전 세계의 해방이 되었다는 사실을 보여준다. 그러나 그의 내면의 모든 것이 이 경건한 꿈에 반발한다. 그는 인류의 친구가 아니다. 그는 박애주의자들을 증오한다. 그가 가끔 언급하는 평등이란 것도 수학적인 개념이다. 그것은 인간이라는 사물들의 대등함이자 다 같은 희생자들의 동등함이다. 자신의 욕망을 끝까지 밀고 나가는 사람은 모든 것을 지배해야 하거니와, 그의 진정한 성취는 증오에 있다. 사드의 공화국은 자유가 아니라 방종을 원리로 삼는 것이다. 이 기이한 민주주의자는 이렇게 기술한다. "정의란 실제로 존재하지 않는다. 그것은 온갖 정념의 신이다."

이 점에 관한 한 『규방 철학』*Philosopie du boudoir*의 작중 인물 돌망세가 읽는 풍자문, 즉 「프랑스인들이여, 공화국 시민이 되려거든 좀 더 노력하라」라는 희한한 소제목을 단 유명한 풍자문보다 더 시사적인 것은 없다. 피에르 클로소프스키Pierre Klossowski[34]가 올바르게 강조했듯, 이 풍자문은 혁명가들에게 다음과 같은 사실을 증명하고 있다. 혁명가들의 공화국이 신권적인 왕의 시해에 근거하고 있고, 1793년 1월

---

34 『나의 이웃 사드』*Sade, mon prochain*(쇠이유 출판사) [원주]

21일[35] 신을 단두대에서 처형함으로써 그들이 범죄의 추방과 사악한 본능의 징벌을 영원히 불가능하게 만들었다는 사실이 그것이다. 군주제는 군주제 자체와 함께 군주제의 법적 근거를 마련해주는 신의 관념을 유지했다. 그런데 공화국은 홀로 서서 지탱하는 것이고, 공화국의 도덕은 신의 계명 없이 확립되어야 한다. 그렇기는 하지만 클로소프스키의 바람대로 사드가 독신瀆神의 감정을 깊이 품고 있었는지, 거의 종교적이라고 할 만한 그의 공포심이 그로 하여금 자신이 진술하는 결론에 이르게 했는지는 의심스럽다. 그보다는 오히려 먼저 결론을 내린 후에, 당시 정부에 요구하려 했던 파격적 방종의 허용을 정당화하는 논거를 찾아냈을 성싶다. 정념의 논리는 추론의 전통적 순서를 역전시켜 전제 앞에 결론을 갖다놓는다. 이 점을 이해하기 위해서는 기막힌 일련의 궤변을 접하는 것으로 충분한데, 이 궤변을 통해 사드는 중상 비방, 도둑질, 살인을 정당화하고, 그것이 새로운 사회에서는 허용되어야 한다고 주장한다.

바로 이 지점에서 그의 사상이 가장 심오해진다. 그는 당대 보기 드문 통찰력으로 자유와 미덕의 우쭐대는 결합을 거부한다. 자유란 특히 그것이 죄수의 꿈일 때 한계를 지킬 수 없는 법이다. 자유란 범죄이다. 범죄가 아닌 자유는 이미 자유가 아니다. 이런 본질적인 사실에 관한 한 사드의 의견은 확고했다. 오직 모순만을 설교했던 사드가 사형의 문제에 관해서는 하나의 일관된 논리, 절대적으로 정연한 하나의 논리를 찾아낸다. 세련된 처형의 애호가요, 성범죄 이론가인 그

---

35 1793년 1월 21일은 루이 16세를 처형한 날이다.

도 법의 범죄만큼은 결코 참을 수 없었다. "국법에 따라 내가 단두대를 눈앞에 둔 채 감금되어 있다는 사실은 모든 상상의 바스티유 감옥이 주었던 고통보다 백 배나 더 큰 고통을 내게 주었다." 그는 공포정치가 실시되는 동안 공개적으로 절제할 용기와 자신을 감옥으로 보낸 장모를 위해 관대하게 증언할 용기를 이런 공포에서 길어냈다. 몇 년 후 노디에[36]는 사드가 집요하게 옹호한 입장을 자기도 모르는 사이 분명하게 요약한다. "감정의 극점에서 사람을 죽이는 것은 이해가 된다. 그러나 명예로운 임무라는 구실 아래 진지한 숙고를 거쳐 침착하게 남을 시켜 살인하는 것, 그것은 이해가 안 된다." 우리는 여기서 사드가 한층 발전시킬 사상의 실마리를 발견한다. 살인하는 자는 자신의 몸으로 대가를 치러야 한다. 알다시피 사드는 우리 현대인보다 더 도덕적이다.

그러나 사형에 대한 그의 증오는 처음에는 단지, 자신들 역시 죄인임에도 자신들의 도덕성 또는 자신들이 취한 입장의 도덕성을 믿은 나머지 감히 타인을 징벌하려 드는 사람들에 대한 증오였다. 자기 스스로 죄를 지으면서 동시에 타인들을 징벌할 수는 없다. 감옥 문을 열든지, 아니면 불가능하겠지만 자신의 미덕을 증명해야 한다. 단한 번일지라도 살인에 동의하는 순간부터 살인을 전면적으로 인정하지 않을 수 없다. 자연의 본성에 따라 행동하는 범죄자는 독직瀆職 없이 법률의 편에 서지 못한다. "그대들이 공화국 시민이 되려거든 좀 더 노력하라"라는 말은 이런 뜻이다. "유일하게 합리적인 범죄의 자

---

36 Charles Nodier(1780-1844). 프랑스 소설가로서 환상적인 단편소설로 잘 알려져 있다.

반항인

유를 인정하라, 그리고 은총에 들어가듯 영원히 반역에 들어가라." 그리하여 악에 대한 전적인 복종은 빛과 천부적인 선善으로 가득한 공화국을 전율케 할 무시무시한 고행으로 통한다. 공화국 최초의 폭동이 『소돔의 120일[37]』*Cent vingt journées de Sodome*의 원고를 불태워버렸다는 사실은 우연이지만 의미심장하다. 과연 공화국은 어김없이 이 이단적인 자유를 고발했고, 그처럼 위협적인 동지를 또다시 감옥에 넣었다. 그러나 이로써 공화국은 그 동지가 자신의 반항 논리를 더 멀리 밀고 갈 수 있는 끔찍한 기회를 제공한 셈이었다.

범세계적 공화국은 사드에게 하나의 꿈일 수 있었으나 결코 유혹일 수는 없었다. 그의 진정한 정치적 입장은 시니시즘[38]이다. 『범죄동호회』*Société des Amis du crime*의 작중 인물들은 실제로는 얼마든지 위반할 용의가 있으나 겉으로는 정부와 법률에 찬동을 표한다. 그러므로 회원들은 보수파 의원에게 투표한다. 사드의 구상은 당국의 호의적 중립을 전제로 한다. 범죄 공화국은 적어도 잠정직으로는 세계적인 것이 될 수 없다. 범죄 공화국은 법률에 복종하는 척해야 한다. 그렇지만 살인의 법칙 외에 어떤 법칙도 없는 세계에서, 범죄의 하늘 아래 범죄적 본성의 이름으로 사드는 실제로 욕망이라는 지칠 줄 모르는 법률에만 복종한다. 그러나 한없이 욕망함은 또한 한없이 욕망됨을 받아들이는 것으로 귀착한다. 파괴함의 자유는 파괴당할 수 있음을

---

37 사드의 작품으로서 온갖 변태성욕을 묘사하고 있다.

38 시니시즘cynisme은 견유주의, 냉소주의 등으로 번역되는데, 고정관념에 개의치 않으며 자연 그대로의 삶을 추구하는 태도를 가리킨다.

전제로 한다. 그러므로 투쟁하여 지배해야 한다. 이 세계의 법률은 힘의 법률 외에 아무것도 아니다. 그것의 원동력은 힘의 의지이다.

범죄 애호가는 실제로 두 종류의 힘만을 존중한다. 하나는 출생의 우연에 근거한 힘으로서 그가 사회에서 발견하는 힘이다. 다른 하나는 악랄한 행위 덕분에 사드의 통상 주인공인 위대한 리베르탱 귀족의 반열에 오른 피억압자가 어렵게 손에 넣는 힘이다. 이 소규모 권력 집단, 이 입문자들은 자기들이 모든 권리를 쥐고 있음을 안다. 단 한순간이라도 이 무시무시한 특권을 의심하는 자는 즉시 집단에서 추방되어 또다시 희생자가 된다. 그들은 일종의 도덕적 극렬 보수주의에 이르는데, 그 속에서 일단의 남녀가 기이한 지식을 지니고 있다는 이유로 결연히 노예 계급 위에 군림한다. 그들에게 가장 중요한 것은 점점 확대되는 욕망의 권리를 철저히 행사할 수 있도록 자기 자신을 단련하는 일이다.

세계가 범죄의 법률을 받아들이지 않는 한, 그들은 세계에 자신의 권리를 주장할 수 없다. 사드는 그의 나라가 '공화국'이 되기 위해 또 다른 노력을 기울이리라고는 결코 생각하지 못했다. 그러나 범죄와 욕망이 세계의 법률이 되지 못한다면, 한정된 영역이나마 지배하지 못한다면, 그것들은 더 이상 통일의 원리가 아니라 분쟁의 씨앗이라고 해야 할 것이다. 그것들은 이미 법률이 아니며, 따라서 인간은 분열과 우연으로 되돌아간다. 그러므로 새로운 법률에 걸맞은 하나의 세계를 창조해야 한다. 천지창조에서 충족되지 못한 통일의 요구가 이 소우주에서 기필코 충족된다. 철조망을 둘러치고 전망 초소를 세워서라도 법률이 시행되는 영역을 지체 없이 경계 지어야 한다.

사드의 경우 권력의 법률은 밀폐된 영역, 이를테면 일곱 겹의 성벽으로 둘러싸인 성을 창조한다. 그 속에서 빠져나오기란 불가능하며 그곳에서 욕망과 범죄의 사회가 무자비한 규율에 따라 문제없이 운영된다. 가장 방종한 반항, 즉 자유에 대한 전적인 요구는 대다수의 노예화로 통한다. 사드에게 인간 해방은 이런 방탕의 지하 굴에서 완수되거니와, 그곳에서 악덕의 정치국政治局이 영원히 지옥으로 끌려온 남녀의 생사를 지배한다. 그의 작품에는 이런 특권적인 영역들의 묘사가 넘친다. 여러 작품에서 희생자들이 무기력하게 절대적으로 복종할 때마다, 봉건적 탕아들은 희생자들에게 『소돔의 120일』에서 블랑지 공작이 신민들에게 한 말을 되풀이한다. "그대들은 이 세상에서 이미 죽은 사람들이노라."

사드는 또한 바스티유 감옥일지라도 '자유'의 탑에서 살았다. 절대적 반항은 그와 더불어 불결한 성채에 매몰되는데, 학대자도 피학대자도 그곳에서 빠져나올 수 없다. 자유를 확립하기 위해 그는 절대적 필연을 구축해야 한다. 욕망의 무한한 자유는 타자의 부정과 연민의 말살을 뜻한다. 감정이라는 '정신적 약점'을 없애야 한다. 밀폐된 장소와 규율이 이 일을 준비할 것이다. 사드가 만든 가공의 성城에서 중요한 역할을 하는 규율은 불신의 세계를 신성화한다. 그것은 뜻하지 않았던 애정이나 연민이 즐거운 쾌락을 방해하는 일이 없도록 미리 모든 것에 대비하게 한다. 계율에 따라 구현되는 기이한 쾌락! "매일 아침 10시에 일어날지어다…!" 그러나 쾌락이 애정으로 변하는 사태를 막아야 하며, 쾌락을 괄호 속에 넣어 공고히 해야 한다. 또한 쾌락의 대상을 결코 사람으로 보아서는 안 된다. 만약 인간이 "절대적으로 물질적인 식물의 일종"이라면, 인간은 대상으로, 곧 실험 대상으로 취급될 수밖에 없다. 철조망을 둘러친 사드의 공화국에는 오직 기계와 기술자들만 있다. 규율은 기계 사용법으로서 모든 일에 간섭한다. 이 욕된 수도원은 뜻깊게도 종교 단체의 규율을 모방한 규율을 소유하고 있다. 탕아는 그리하여 공개적인 고해에 몰두한다. 그러나 고해의 지침이 바뀌었다. "품행이 방정하니, 그는 비난받을 자로다."

동시대의 관례에 따라 사드는 이런 식으로 이상 사회를 건설한다. 그러나 동시대와는 거꾸로 인간의 타고난 악을 법전화한다. 선구자로서 그는 자신이 쟁탈한 자유를 수치화할 정도로 세심하게 권력과 증오의 도시를 건설한다. 그는 자신의 철학을 범죄의 차디찬 출납부 속에 이렇게 요약한다. "3월 1일 이전의 피살자 : 10. 3월 1일 이후의 피살자 : 20. 돌아간 자 : 16. 합계 : 46." 선구자임이 틀림없으나 보다시피 아직은 온건하다.

만일 모든 일이 여기서 그친다면 사드는 별로 인정받지 못한 선구자 정도의 관심밖에 못 받으리라. 그러나 일단 도개교跳開橋를 들어올리면, 성내에서 살지 않으면 안 된다. 제아무리 정밀한 규율도 만사를 예비할 수는 없다. 그것은 파괴할 수 있을 뿐 창조할 수는 없다. 이 고통의 수도원을 지배하는 주인들은 그로부터 욕망의 만족을 얻지 못한다. 사드는 곧잘 "범죄의 감미로운 습성"을 상기시킨다. 그렇지만 여기에 감미로움과 닮은 것이라고는 아무것도 없다. 오히려 사슬에 묶인 인간의 광분이 있을 뿐이다. 문제는 쾌락인데, 최대한의 쾌락은 최대한의 파괴에 일치한다. 대상을 죽여 소유하고 고통과 한 쌍이 되는 것이 바로 성의 모든 조직이 지향하는 완전한 자유의 순간이다. 하지만 성적 범죄가 성적 쾌락의 대상을 말살하는 순간, 그 말살의 순간에만 존재하는 성적 쾌락마저 말살하는 셈이 된다. 그러니 하나의 대상을 굴복시켜 말살해야 할 필요가 생기고, 그다음에 또 다른 하나의 대상을, 그다음에는 가능한 모든 대상을 무한히 말살할 필요가 생긴다. 우리는 에로틱하고 범죄적인 음산한 장면을 수없이 목격하는데, 사드의 소설에 나타나는 그 응고된 양상은 역설적으로 독자에게 무시무시한 순결을 상기시킨다.

이러한 세계에서 뜻을 같이하는 공범자들의 육체 속에 꽃핀 커다란 쾌락이 무슨 소용일까? 절망을 피하려고 불가능한 탐구에 몰두하지만 결국 절망으로 끝나며, 예속에서 예속으로, 감옥에서 감옥으로 전전할 뿐이다. 자연만이 참되다면, 자연 속에서는 욕망과 파괴만이 정당하다면 파괴는 파괴로 이어질 수밖에 없고, 인간의 지배만으로는 피의 갈증을 채울 수 없으므로 전 우주의 절멸로 치달아야 한다. 사드의 표현을 빌리면, 스스로 사형집행인이 되어야 한다. 그러나 그조차 그리 쉽게 얻을 수 없다. 모든 희생자가 살육되고 살인의 회계가 끝났을 때, 사형집행인들은 서로 얼굴을 맞댄 채 고독한 성에 남는다. 그들에게는 아직도 무엇인가 부족하다. 고통받은 육체들은 원소 상태로 환원되어 자연으로 돌아가고, 거기서 새 생명이 태어날 것이다. 살인 자체도 완결된 것이 아니다. "살인은 우리가 죽이는 개인에게서 최초의 생명만을 빼앗을 뿐이다. 그에게서 제2의 생명을 빼앗을 수 있어야 하리라…." 사드는 창조에 대한 테러를 구상한다. "나는 자연을 혐오한다…. 나는 자연의 계획을 방해하고, 자연의 운행을 저지하고, 별들의 회전을 멈추게 하고, 우주 공간에 떠도는 천체를 뒤엎고, 자연에 봉사하는 것들을 파괴하고, 자연에 해를 끼치는 것들을 보호하고 싶다. 한마디로 나는 자연의 과업을 모독하고 싶지만, 이 일에 성공할 수 없다." 사드가 우주를 분쇄할 수 있는 기술자를 상상해봐야 소용없다. 그는 천체의 가루 속에서도 생명이 계속되리라는 사실을 알고 있다. 창조에 대한 테러는 불가능하다. 모든 것을 파괴할 수는 없다, 언제나 무엇인가 남기 마련이다. "나는 이 일에 성공할 수 없다…." 그때, 이 무자비하고 얼어붙은 우주가 문득 참담한 우수 속에서 이완되는데, 그 우수로 인해 사드는 자신의 의도와 무관하게 우리에게 감동을 준다. "우리는 아마도 태양을 공격할 수 있으리라, 우주에게서 태양을 빼앗거나, 아니면 태양으로 세계를 불태울 수 있으리라, 어쩌면 그것이야말로 범죄이리라, 그것이야말로…." 그렇다, 그것은 범죄이리라. 하지만 결정적 범죄는 아니니, 좀 더 나아가지 않으면 안 된다. 사형집행인들은 서로 눈치를 살핀다.

이제 그들만이 남았다. 오직 하나의 법이 그들을 지배한다. 그것은 권력의 법이다. 그들이 주인으로서 이 법을 받아들인 이상, 그 법이 반대로 그들에게 적용될지라도 거부할 도리가 없다. 권력이란 모두 유일하고 고독한 것이 되려는 경향이 있다. 아직도 더 죽여야 한다. 이번에는 주인들이 서로를 찢어발길 것이다. 사드는 이런 결과를 보고도 물러서지 않는다. 악덕의 기이한 금욕주의가 반항의 밑바닥을 조금 밝혀준다. 사드는 애정과 타협의 세계로 되돌아가려고 애쓰지 않을 것이다. 도개교는 내려오지 않을 것이고, 그는 자기 일신의 말살을 받아들일 것이다. 거부의 폭발적인 힘은 그 절정에서 위대한 바가 없지 않은 무조건적 동의와 만난다. 주인이 이번에는 자신이 노예가 되는 데 동의하는데, 어쩌면 그렇게 되기를 갈망하는지도 모른다. "처형대 또한 내게는 쾌락의 옥좌이리라."

가장 큰 파괴는 그리하여 가장 큰 긍정에 일치한다. 주인들은 서로에게 덤벼들고, 방탕의 영광을 노래하는 작품은 "천재적 열정의 절정에서 살해된 탕아들의 시체로 뒤덮여"[39] 있다. 끝까지 살아남을 가장 강한 자는 고독한 자, '유일자'일 것이다. 사드는 그를 찬미하려 했거니와 결국 그 자신이었다. 마침내 주인이요 신으로서 지배하는 자, 그가 사드이다. 그러나 지고한 승리의 순간, 꿈이 사라진다. '유일자'는 죄수, 즉 무한한 상상력으로 '유일자'를 탄생시켰던 죄수로 되돌아간다. 유일자는 죄수와 한 덩어리가 된다. 아직 가라앉지 않은 쾌락, 그러나 이제 대상도 없는 쾌락을 위해 건립된 피의 바스티유 감옥 속에서 사드는 과연 혼자였다. 그는 꿈속에서만 승리했을 뿐이다. 잔혹한 행위와 철학적 사색으로 가득한 10여 권의 책은 불행한 고행을, 진적인 '아니요'로부터 전직인 '예'로의 환각적 이행을, 마침내 만인과 만물의 말살을 집단 자살로 탈바꿈시키는 죽음에의 동의를 요약한다.

사람들은 초상肖像을 그려 사드를 처형했다. 사드는 상상 속에서만 살인했을 뿐이다. 프로메테우스는 오난[40]으로 끝난다. 사드는 여전히 수인囚人으로서, 그러나 이번에는 정신병원에서, 환각에 사로잡

39　모리스 블랑쇼Maurice Blanchot, 『로트레아몽과 사드』*Lautréamont et Sade*(미뉘 출판사) [원주]

40　오난Onan은 구약 성서에 나오는 인물로 야곱의 손자이자 유다의 아들이다. 형이 죽은 후 형수를 아내로 삼았는데, 임신을 꺼려 정액을 땅에 흘림으로써 신의 벌을 받아 죽었다. 이로부터 '오나니즘(수음)'이란 말이 생겼다.

힌 자들과 함께 가설무대 위에서 연극을 하며 생을 마감한다. 세계의 질서가 그에게 주지 못한 만족, 그는 꿈과 창작을 통해 그 만족의 보잘것없는 등가물을 얻었다. 작가란 물론 아무것도 사양하지 않는다. 적어도 작가의 경우 한계는 무너지고 욕망은 끝까지 나아갈 수 있다. 이런 면에서 사드는 완전한 문학인이다. 그는 존재의 환상을 품고자 허구를 빚었다. 그는 "글쓰기에 의해 도달할 수 있는 도덕적 범죄"를 모든 것의 상위에 놓았다. 반박의 여지 없는 그의 공로는 반항 논리가 기원의 진실을 망각할 때 야기되는 극단적 결과를 쌓이고 쌓인 분노의 통찰 속에서 단번에 밝혔다는 데 있다. 이 결과란 폐쇄된 전체성이며, 보편적 범죄이며, 귀족적 시니시즘이며, 묵시록적 의지이다. 그것은 그의 사후 오랜 세월이 지난 뒤 다시 나타날 것이다. 그러나 이미 그것을 맛본 사드는 궁지에 몰려 질식되었고, 오직 문학 속에서만 해방되었던 것 같다. 기이하게도 반항을 예술의 길로 이끈 것은 바로 사드인데, 훗날 낭만주의는 예술의 길에서 반항을 한층 더 진전시킨다. 그는 자신이 다음과 같이 논평한 작가군에 속하게 될 것이다. "타락이 너무도 위험하고 능동적이어서 그들은 무서운 사상 체계를 책으로 출판함으로써 그들의 범죄 전부를 사후까지 연장하고자 한다. 그들은 이제 범죄를 저지를 수 없지만, 그들의 저주스러운 책이 범죄를 저지르게 할 것이다. 그리고 그들이 무덤에까지 가지고 갈 이 달콤한 생각은 죽음으로 현세의 모든 것을 포기해야 하는 그들을 위로한다." 사드의 반항적인 작품은 죽음을 넘어 존재하기 원하는 갈망을 뜻한다. 그가 갈망하는 불멸이 카인의 그것이라 할지라도 그는 그것을 갈망하며, 그리하여 본의 아니게 가장 참된 형이상학적 반항을

반항인

보여준다.

　게다가 그의 후예들을 보면 그에게 경의를 표하지 않을 수 없다. 그의 상속자들이 모두 작가는 아니다. 확실히 고통 속에서 죽은 그는 아름다운 동네와 문학 카페의 상상력을 뜨겁게 달구었다. 그러나 그게 전부는 아니다. 우리 시대에서 사드의 성공은 그와 우리 시대의 감수성에 공통되는 하나의 꿈에 의해 설명된다. 그 꿈이란 완전한 자유의 요구이자, 지성에 의해 냉정하게 시도되는 비인간화다. 인간을 실험 대상으로 축소시키는 행위, 권력 의지와 그 대상으로서의 인간 사이의 관계를 정의하는 규율, 이 무시무시한 실험이 이루어지는 밀폐된 공간, 그 모든 것은 권력의 이론가들이 노예의 시대를 만들어야 할 때 재발견할 교훈이다.

　사드는 벌써 두 세기나 앞선 시기에 소규모이기는 하지만 반항이 실제로 요구하지도 않았던 광적 자유의 이름으로 전체주의 사회를 찬양했다. 사실상 그와 더불어 현대의 역사와 비극이 시작된다. 마치 예속이 한계를 지니듯, 범죄의 자유에 기초한 사회는 풍속의 자유와 함께 가야 한다고 그는 생각했다. 우리 시대는 보편적 공화국이라는 그의 꿈과 타락의 기술을 기묘하게 뒤섞었을 뿐이다. 결국 그가 가장 증오했던 것, 즉 법률에 의한 살인이 그가 본능에 의한 살인에 적용하려 했던 여러 발견을 제멋대로 가로챘다. 사드가 고삐 풀린 악덕의 달콤하고도 예외적인 결실이 되기를 바랐던 범죄는 오늘날 경찰의 존재 이유를 더없이 공고히 해주고 있다. 그럼에도 변함없는 사실은 사드의 문학이 고정관념과 기성질서에 놀라운 충격을 가했다는 사실이리라.

댄디들의 반항

그러나 사드 이후에도 문인들의 시대가 계속되었다. 낭만주의는 악마적인 반항과 함께 오직 상상력의 모험에만 도움을 주었다. 사드와 마찬가지로 낭만주의는 악과 개인을 선호함으로써 고대의 반항에서 분리된다. 도전과 거부의 힘을 강조함으로써 반항은 이 국면에서 긍정적 내용을 망각한다. 신이 인간 내면에 존재하는 선을 요구하는 이상, 인간은 선을 조롱하고 악을 선택하지 않을 수 없다. 그러므로 죽음과 불의에 대한 증오는 악과 살인의 실천까지는 아니더라도 적어도 악과 살인의 옹호에 이르게 된다.

낭만주의자들이 좋아하는 『실낙원』*Paradis perdu*에 묘사된 사탄과 죽음의 투쟁은 이런 드라마를 상징하는데, 죽음이 (원죄와 함께) 사탄의 자식인 만큼 상징성은 더욱더 깊다. 반항자는 스스로 결백하다고 판단하기 때문에 악과 투쟁하기 위해 선을 포기하고 새롭게 악을 낳는다. 낭만주의적 주인공은 우선 선과 악의 심각한 혼동, 이를테면 선과 악의 종교적 혼동[41]에 빠진다. 이 주인공은 '숙명적' 인물이다. 왜냐하면 숙명은 인간이 그런 사태에 대비할 수 없음에도 선과 악을 마구 뒤섞기 때문이다. 숙명은 가치판단을 배제한다. 숙명은 가치판단을 내리는 대신 "그렇게 됐어"라고 말한다. 이 말은 터무니없는 사태의 유일한 책임자인 조물주를 제외하고는 모든 주체를 용서한다. 낭만주의적 주인공은 자신의 힘과 재능이 성장함에 따라 내부에서 악의 권력도 성장하기 때문에 '숙명적'이다. 일체의 권력, 일체의 과잉

41　예를 들면 윌리엄 블레이크William Blake의 주된 테마. [원주]

은 그리하여 "그렇게 됐어"라는 말로 포장된다. 예술가, 특히 시인이 신들린 사람이라는 오래된 생각은 낭만주의자들에게 하나의 자극적인 공식이 된다. 심지어 이 시대에는 모든 것을, 심지어 정통 신앙의 천재들까지도 자신에게 복속시키려는 악마의 제국주의마저 등장한다. 블레이크는 이렇게 고찰했다. "밀턴은 천사와 신에 관해 말할 때는 거북해하며 글을 썼고, 악마와 지옥에 관해 말할 때는 대담하게 글을 썼다. 그는 진정한 시인이었고, 자신도 모르게 악마의 편이었기 때문이다." 시인이요, 천재인 밀턴은 자신의 지고한 이미지 속에서 사탄과 더불어 이렇게 외친다. "잘 가거라, 희망이여. 그리고 희망과 함께 두려움도 안녕, 회한도 안녕…. 악이여, 이제 네가 나의 선이 되어라." 이것은 유린당한 무죄의 절규다.

그러므로 낭만주의적 주인공은 자신이 불가능한 선에 대한 향수 때문에 악을 저지르지 않을 수 없는 존재라고 생각한다. 사탄은 그의 창조주에 맞서 일어선다. 왜냐하면 그의 창조주가 무력으로 그를 다스렸기 때문이다. "오성悟性에서 대등한 까닭에 신은 무력으로 맞수들 위에 군림했다"라고 밀턴의 사탄이 말했다. 이처럼 신의 폭력은 공공연히 비난받는다. 반항자는 공격적이며 무자격한 신[42]에게서 멀어질 것이다. "신에게서 가장 멀리 있는 것이 가장 좋은 것이다." 반항자는 신의 질서에 적대적인 모든 힘을 지배할 것이다. 악의 왕자가 자신의

---

42 "역경과 행운을 무릅쓰고 인내하는 자가 확실한 승리의 냉정한 확신 속에서 적에게 더 없이 잔인한 복수를 하는 자보다 나은 것처럼, 밀턴의 사탄은 도덕적으로 신보다 훨씬 낫다." — 허먼 멜빌Hermann Melville. [원주]

길을 가기로 마음먹은 것은 신이 부당한 목적으로 선을 정의하고 사용했기 때문이다. 무죄라는 것이 속는 자의 맹목성을 전제로 하는 만큼 무죄 자체가 '반란자'를 격분케 한다. "무죄가 격분시키는 악의 검은 정신"은 그리하여 신의 불의에 대응하는 인간의 불의를 선동할 것이다. 창조의 밑뿌리에 폭력이 있는 이상, 고의적 폭력이 그에 대응할 것이다. 과도한 절망은 절망의 원인을 증식시켜 반항을 혐오스러운 무기력의 상태로 몰고 가는데, 무기력 상태란 기나긴 불의의 시련이 지난 다음에 오며 그 속에서는 선과 악의 구별이 결정적으로 사라진다. 비니의 사탄은 이렇게 읊조린다.

> …더 이상 선도 악도 느낄 수 없으니,
> 손수 빚은 불행에 기쁨조차 없어라.

이것이야말로 허무주의의 정의이며 살인의 허용이다.

살인은 이제 곧 사랑할 만한 것이 된다. 이 점은 중세 판화가들의 악마와 낭만주의자들의 사탄을 비교하는 것으로 충분히 설명된다. 뿔 달린 야수가 "젊고 쓸쓸하고 매력적인"(비니) 청년으로 대체된다. "지상의 일을 모르는 미남자"[레르몬토프][43], 고독하면서도 강하고, 고통스러워하면서도 경멸에 찬 미남자가 무심히 압제한다. 그의 구실은 고통이다. "지고한 신에 의해 가장 격심한 고통을 선고받은 자를 도대체 누가 부러워하랴"라고 밀턴의 사탄은 말한다. 그토록

---

43   Lermontov(1814-1841). 러시아의 서정 시인이다.

많은 불의를 당하고 그토록 오랜 고통을 겪었기에 무슨 짓을 해도 괜찮다는 것이다. 반항자는 그리하여 몇 가지 이점을 얻는다. 살인은 물론 그 자체를 위해 권장할 수는 없다. 그러나 그것은 낭만주의자들에게 최고의 가치인 광란의 가치 안에 포함되어 있다. 광란은 권태의 이면이다. 로렌자치오Lorenzaccio[44]는 아이슬란드의 한Han d'Islande[45]을 꿈꾼다. 섬세한 감수성이 그 야수의 원초적 광란을 유발한다. 사랑을 할 수 없는 혹은 불가능한 사랑만 할 수 있는 바이런적 주인공은 우울이라는 고통에 시달린다. 그는 고독하고 무기력하며, 인간 조건이 그를 기진맥진케 한다. 그는 스스로 살아 있음을 느끼고 싶어 하지만, 무시무시한 열광으로 짧고도 격정적인 행동을 할 때만 그럴 수 있다. 결코 두 번 볼 수 없을 것을 사랑한다는 것은 뒤이어 심연에 빠질 것을 알면서도 불꽃과 절규 속에서 사랑한다는 것이다.

> …고뇌하는 가슴과 폭풍우
>
> 이 짧지만 생생한 결합
>
> (레르몬토프)

이를 위해 인간은 오직 순간 속에서만, 순간에 의해서만 살 뿐이다. 우리의 인간 조건 위를 비행하는 죽음의 위협은 모든 것을 고사시킨다. 오직 절규만이 우리를 살아 있게 한다. 열광이 진리를 대신한

44　뮈세Alfred de Musset의 희곡 『로렌자치오』의 주인공이다.

45　빅토르 위고가 쓴 동명 소설의 주인공으로 무서운 괴물이다.

다. 이 단계에 이르러 묵시록은 하나의 가치가 된다. 이 가치 속에서는 사랑과 죽음, 양심과 죄의식, 이 모두가 온통 뒤섞인다. 길을 잘못 든 우주 속에서 이제 심연의 삶 외에 다른 삶이 있을 수 없다. 알프레드 르 푸아트뱅[46]에 따르면, 이 심연의 삶 가운데서 "노여움에 몸을 떨며 자신의 범죄를 애지중지하는" 인간이 몸을 뒹굴며 조물주를 저주한다. 광적인 도취가, 그것이 극에 달하면 아름다운 범죄가 삶의 모든 의미를 고갈시킨다. 엄밀히 말해 범죄를 사주하지는 않을지라도 낭만주의는 무법자, 멋진 도형수, 너그러운 악당이라는 상투적 이미지를 통해 자극적인 요구를 관철하려는 깊은 동향動向을 드러낸다. 피에 물든 멜로드라마와 악당 소설이 개가를 올린다. 사람들은 이 무서운 영혼의 욕구를 피렉세쿠르[47]의 멜로드라마를 보거나 혹은 더 값싼 노력으로 해소하는데, 훗날 다른 사람들은 대량 학살의 강제수용소에서 이 욕구를 충족시킬 것이다. 확실히 이런 작품들은 당대 사회에 던져진 하나의 도전이다. 그런데 그 생생한 원천으로 볼 때, 낭만주의는 무엇보다 먼저 도덕적이고 신적인 법에 도전한다. 낭만주의의 가장 원초적인 이미지가 애당초 혁명가가 아니라 논리적으로 당연히 댄디였던 이유가 바로 여기에 있다.

논리적으로? 그렇다. 악마주의에 대한 집착은 불의를 끊임없이 긍정함으로써만, 어떤 면에서는 불의를 강화함으로써만 정당화될 수 있기 때문이다. 이 국면에서 고통이란 치유책이 없다는 조건에

---

46 Alfred Le Poittevin(1816-1848). 프랑스 시인이다.

47 Piréxécourt(1773-1844). 멜로드라마로 유명했던 프랑스 극작가다.

서만 받아들일 만한 게 되는 듯하다. 반항자는 절대악의 형이상학을 택하는데, 절대악의 형이상학은 우리가 아직 빠져나오지 못한 저주의 문학 속에 표현되어 있다. "나는 나의 힘을 느꼈고, 쇠사슬을 느꼈다."[페트뤼스 보렐][48]. 그러나 그것은 소중한 쇠사슬이다. 만일 몸을 묶은 쇠사슬이 없다면, 힘이 있다는 사실을 증명하기 위해 힘을 행사해야 하리라. 결국 보렐은 알제리의 관리가 되고, 프로메테우스는 보렐과 더불어 카바레를 폐쇄하고 알제리 식민들의 풍속을 개혁하려 한다. 그러나 부질없는 짓이다. 무릇 시인이란, 시인으로 받아들여지기 위해서는 저주받아야 한다.[49] 철학적 소설 『로베스피에르와 예수 그리스도』Robespierre et Jésus-Christ를 쓴 샤를 라사이[50]는 잠자리에 들기 전에 자신을 지탱하기 위해 신을 모욕하는 독설을 퍼부어야만 했다. 반항은 상복喪服으로 분장하고 무대 위의 자신을 찬양하게 한다. 낭만주의는 개인 숭배의 발단보다는 훨씬 더 작중 인물 숭배의 발단이 된다. 낭만주의가 논리를 갖추는 것은 바로 여기서부터다. 이제 더 이상 신의 규율이나 신의 통일성을 기대하지 않고, 운명이라는 적에 대항해 집요하게 뭉치며, 죽음에 예정된 세계에서 유지할 수 있는 것이라면 무엇이든 유지하려는 낭만주의적 반항이 그러한 태도 속에서 해

---

48 Petrus Borel(1809-1859). 프랑스 낭만주의 시인이다. 그의 시에는 반사회적인 경향과 죽음의 강박관념이 짙게 배어 있다.

49 프랑스 문학은 아직도 여기에서 벗어나지 못하고 있다. "저주받은 시인은 더 이상 없다"라고 앙드레 말로André Malraux는 말한다. 수효가 줄어들기는 했다. 그러나 저주받지 않은 시인들은 양심의 가책을 느낀다. [원주]

50 Charles Lassailly(1806-1843). 프랑스 낭만주의 작가다.

결책을 모색한다. 그러한 태도는 우연의 손에 내던져지고 신의 폭력으로 짓밟힌 인간을 하나의 미학적 통일 속에 집결시킨다. 필멸의 존재일지언정 적어도 사라지기 전에 광채를 발하며, 이 광채가 존재를 정당화한다. 이 광채는 하나의 부동의 정점, 돌처럼 굳은 증오의 신의 얼굴에 대항할 수 있는 유일한 정점이다. 부동의 반항자가 굴하지 않고 신의 시선을 견딘다. "아무것도 이 부동의 정신, 상처받은 양심에서 태어난 이 고고한 경멸을 뒤흔들지 못하리라"라고 밀턴은 말한다. 모든 것이 흔들리고 허무로 치달을 때도 모욕당한 자는 고집스레 자존심을 지킨다. 레몽 크노[51]가 발견한 바로크풍의 낭만주의자는 모든 지적 생활의 목적이 신이 되는 데 있다고 주장한다. 이 낭만주의자는 사실상 그의 시대를 앞서갔다. 그의 목적은 오로지 신과 대등하게 되는 것, 신의 차원으로 살아가는 것이었다. 신을 파괴하지는 않지만, 부단한 노력으로 신에게 복종하기를 거부한다. 댄디즘은 금욕주의의 타락한 형태이다.

댄디는 미학적 방법으로 자기 고유의 통일을 창조한다. 이는 특이성과 부정否定의 미학이다. "거울 앞에서 살다가 죽는 것." 보들레르에 따르면 이것이 댄디의 좌우명이다. 그 좌우명은 일관된 논리를 갖추고 있다. 댄디는 기능상 반대파다. 그는 오직 도전 속에서만 유지된다. 지금까지 인간은 자신의 논리성을 창조신으로부터 얻었다. 그러나 인간이 창조신과의 단절을 선언하는 시각부터 인간은 매 순간

---

51   Raymond Queneau(1903-1976). 프랑스 소설가로서 실험문학 그룹 「올리포」*OuLiPo, Ouvroir de littérature potentielle*를 주도했다.

에, 흘러가는 나날에, 분열된 감수성에 내맡겨진다. 그러므로 인간은 스스로를 두 손으로 꼭 붙들고 있어야 한다. 댄디는 바로 그 거부하는 힘으로 집중과 통일을 유지한다. 댄디는 규범을 상실한 사람으로서는 산만할지라도 극중 인물로서는 논리 정연할 것이다. 그러나 극중 인물은 관객을 전제로 한다. 댄디는 타자를 마주함으로써만 자신을 정립할 수 있다. 그는 타인들의 얼굴에서 자신의 존재를 읽음으로써만 자신의 존재를 확신할 수 있다. 타인들은 거울이다. 거울은 기실 재빨리 흐려지는데, 왜냐하면 인간의 주의력에는 한계가 있기 때문이다. 인간의 주의력이 깨어 있으려면 자극이 필요하다. 그러므로 댄디는 항상 타자들을 놀라게 하지 않을 수 없다. 그는 특이해짐으로써 자신의 소명을 다하고, 호가를 올림으로써 완성된다. 언제나 단절과 소외 상태에서 그는 타인들로 하여금 자신들의 가치를 부정함으로써 그를 창조해주도록 강요한다. 그는 자신의 삶을 살 수 없기에 자신의 삶을 연기한다. 혼자 있을 때나 거울이 없을 때를 세외하고는 죽을 때까지 자신의 삶을 연기한다. 댄디에게 홀로 있다는 것은 무의미한 존재라는 것으로 귀결된다. 낭만주의자들이 고독에 관해 그토록 근사하게 표현할 수 있었던 것은 오로지 고독이 그들의 현실적인 고통이며 참을 수 없는 고통이었기 때문이다. 그들의 반항은 뿌리가 깊지만, 아베 프레보의 『클리블랜드』*Cleveland*에서 1830년의 광란자들, 보들레르, 1880년의 데카당을 거쳐 다다이스트들까지 한 세기 이상의 반항은 파격적인 '기벽奇癖'에서 만족을 찾았다. 모든 사람이 고통에 대하여 말할 줄 알았던 것은 헛된 모방에 기대지 않고는 달리 고통을 극복할 수 없음에 절망한 나머지, 고통이야말로 유일한 구실이며 참된 품격임을 본능적으로 느꼈기 때문이다.

그런 까닭에 낭만주의의 유산은 프랑스 귀족원 의원이었던 위고에 의해서가 아니라 범죄의 시인들인 보들레르와 라스네르[52]에 의해 상속된다. 보들레르는 이렇게 말했다. "이 세상의 모든 것이 범죄를 발산한다. 신문도, 담벼락도, 인간의 얼굴도." 적어도 이 세상의 율법인 범죄만큼은 품위 있는 모습을 지녀야 할 텐데, 이 바람에 실제로 응한 최초의 범죄적 신사는 라스네르이다. 보들레르는 덜 엄격하지만 천재적이다. 그가 창조하는 악의 화원花園에서 범죄는 다른 품종보다 좀 더 희귀한 품종일 뿐이다. 공포는 섬세한 감각을 일깨우는 희귀종이 될 것이다. "희생자가 된들 나는 행복하겠지만, 두 가지 방식의 혁명을 '느낄' 수 있을 것이기에 집행인이 된들 나는 싫지 않으리." 보들레르의 경우, 그의 순응주의마저 범죄의 냄새를 풍긴다. 그가 메스트르[53]를 사상의 스승으로 택한 것은 이 보수주의자가 자기 사상의 일관성을 지켰고, 자기 교리의 중심을 죽음과 사형집행인에 두고 있었기 때문이다.

보들레르는 심지어 이렇게 생각한다. "진정한 성인聖人이란 민중의 복락을 위해 민중을 채찍질하고 죽이는 자다." 그의 소원은 성취될 것이다. 진정한 성인의 족속들이 지상으로 퍼져나가 이 기이한 반항의 결론을 축성祝聖하기 시작한다. 그러나 보들레르는 악마적 병기

---

52   Pierre François Lacenaire(1803-1836). 살인자-시인으로 유명했는데 단두대에서 생을 마쳤다.

53   Joseph de Maistre(1753-1821) 프랑스 작가이자 철학자로 프랑스혁명을 비판하고 교황과 왕의 권위를 지지했다.

창, 사드적 취미, 신성모독적 언행에도 불구하고 진정한 반항자가 되기에는 여전히 너무 신학적이었다. 그를 당대 가장 위대한 시인으로 만든 진정한 드라마는 다른 곳에 있었다. 보들레르가 여기서 언급될 수 있는 것은 오로지 그가 댄디즘의 가장 심오한 이론가였으며, 낭만주의적 반항의 결론 중 하나에 결정적인 표현 양식을 제공했기 때문이다.

낭만주의는 실제로 반항이 댄디즘에 연결되는 측면이 있음을 보여준다. 댄디즘의 한 방향은 겉치레다. 전통적인 형태에서 댄디즘은 도덕에 대한 향수를 드러낸다. 명예라는 관점에서 볼 때, 댄디즘은 단지 타락한 명예에 지나지 않는다. 그러나 동시에 댄디즘은 아직도 우리 시대를 지배하는 하나의 미학, 즉 자신들이 단죄한 신의 집요한 경쟁자인 고독한 창조자들의 미학의 단초가 된다. 낭만주의를 기점으로, 예술가의 과업이란 이제 하나의 세계를 창조하고 아름다움을 위한 아름다움에 열광할 뿐만 아니라 하나의 태도를 분명히 규정하는 데 있다. 예술가는 그리하여 모범이 되고 본보기로 제시된다. 예술은 그의 도덕이다. 예술가와 더불어 양심의 지도자 시대가 열린다. 댄디들이 자살하거나 미쳐버리지 않을 때, 그들은 경력을 쌓아 후세를 위해 포즈를 취한다. 그들이 비니처럼 침묵을 부르짖을 때조차, 그들의 침묵은 요란하기 그지없다.

그러나 낭만주의의 한복판에서 기인들(혹은 어처구니없는 자들)과 우리 시대의 혁명적 모험가들 사이의 과도기적 유형이라고 할 수 있는 몇몇 반항자들에게서 이런 태도의 변질이 나타난다. 라모의 조카

Le Neveu de Rameau[54]와 20세기의 '정복자들' 사이에서, 이미 바이런과 셸리는 남들에게 과시하려는 목적이기는 해도 자유를 위해 분투한다. 그들 역시 노출증을 드러내지만, 방법이 다르다. 반항은 점차 겉치레의 세계를 떠나 실제 행동의 세계를 지향한다. 그리하여 1830년의 프랑스 학생들과 러시아의 12월 혁명가들은 새로운 반항, 즉 처음에는 고독했으나 뒤이어 희생을 통해 단합을 모색한 반항의 가장 순수한 화신으로 등장할 것이다. 그러나 거꾸로 우리 시대의 혁명가들에게서 묵시록과 광란적 삶의 취미가 다시 나타나리라. 오늘날 보란 듯이 벌어지는 재판의 행렬, 예심판사와 피고의 끔찍한 연극, 심문 과정의 연출 등에서 낡은 술책의 비극적 사용이 엿보인다. 낭만주의자들은 바로 그 낡은 술책으로 자신의 실체를 거부하며 잠정적으로 겉치레에 매달렸다. 그러한 과정을 거침으로써 더욱 심오한 존재를 획득하리라는 불행한 희망을 품고 있었기 때문이다.

---

54 18세기 계몽철학자 디드로의 소설 『라모의 조카』의 주인공이다.

구원의 거부

낭만주의적 반항자가 개인과 악을 찬미한다면, 그것은 인간의 편을 들기 위해서가 아니라 자기 입장을 옹호하기 위해서다. 댄디즘은 어떤 것이든 여전히 신에 대한 댄디즘이다. 개인은 피조물로서 오직 창조주에게만 대응할 수 있다. 그는 음산한 애교를 바칠 신을 필요로 한다. 아르망 오그[55]가 낭만주의 작품들의 니체적 풍토에도 불구하고 거기서 신은 아직 죽지 않았다고 한 말은 옳다. 신에 대한 떠들썩한 저주조차 신에게 건네는 유희에 지나지 않는다. 그와 반대로, 도스토옙스키와 더불어 반항의 묘사는 진일보한다. 이반 카라마조프는 인간의 편을 들고 인간의 무죄를 역설한다. 그는 인간을 짓누르는 죽음의 형벌이 부당하다고 단언한다. 최초의 충동에 대해 그는 악을 변호하기는커녕 정의를 신보다 상위에 두면서 정의를 옹호한다. 그러므로 그는 신의 존재를 절대로 부정하지 않는다. 그는 도덕적 가치의 이름으로 신을 공박한다. 낭만주의적 반항자의 야망은 신과 동등한 자격으로 대화하는 것이었다. 그리하여 악이 악에 답하고 오만이 잔인함에 답했다. 예를 들어 비니의 이상은 침묵으로써 침묵에 답하는 것이었다. 그리고 보면 자신을 신의 차원으로 승격시키는 것이 문제이거니와, 그러한 의도 자체가 이미 일종의 신성모독이다. 그렇다고 비니가 신의 권능과 지위에 이의를 제기할 생각은 없었다. 이런 신성

---

55 Armand Hoog(1912-1999). 『군소 낭만주의자들』*Les Petits Romantiques*, Cahier du Sud. [원주] 프랑스 작가이자 문예 비평가다.

모독은 차라리 매우 경건하다. 무릇 독신이란 궁극적으로는 신성에 참여하는 행위이기 때문이다.

그런데 이반과 더불어 어조가 바뀐다. 이번에는 신이 자기 좌석보다 더 높은 좌석으로부터 심판받는다. 만약 신의 창조에 악이 필요불가결하다면 창조 자체를 수락할 수 없다는 것이다. 이반은 더 이상 신비로운 신에게 기대지 않고 정의라는 좀 더 높은 원리에 기댄다. 그와 더불어 은총의 왕국을 정의의 왕국으로 대체하려는 반항의 본질적인 기도가 시작된다. 아울러 그는 기독교를 공격하기 시작한다. 낭만주의적 반항자들은 증오의 원리인 신과 결별했다. 그러나 이반은 명백히 신비를 거부하고, 따라서 사랑의 원리인 신을 거부한다. 오직 그 사랑이 우리로 하여금 마르다[56]와 열 시간씩 혹사당하는 노동자들에게 가해지는 불의를 승인케 하며, 나아가 어린아이들의 죽음이라는 도저히 정당화될 수 없는 불의를 승인케 한다. 이반은 이렇게 말한다. "진리를 얻기에 필요한 고통을 채우기 위해 어린아이들까지 고통받아야 한다면, 단언컨대 이 진리는 그런 대가를 치를 만한 가치가 없다." 이반은 기독교가 고통과 진리 사이에 설정한 깊은 상호 보완 관계를 거부한다. 이반의 가장 깊은 절규, 즉 반항의 발밑에 가장 무서운 심연을 파놓는 절규는 "설령 그렇다 할지라도même si"이다. "설령 내가 틀렸다 할지라도 내 분노는 끝나지 않으리라." 이 말은 이렇게 이해된다. 설령 신이 존재할지라도, 설령 신비가 진리를 품고 있

---

56 신약에 나오는 인물로 온갖 고초를 겪은 여자다. 예수가 마르다의 믿음에 감복하여 그녀의 죽은 남동생 나사로를 부활시켜준다.

을지라도, 설령 노수사 조시마가 옳을지라도, 이반은 죄 없는 사람들이 겪는 악과 고통과 죽음이 그 진리의 대가로 치러지는 상황을 받아들일 수 없으리라. 이반은 구원을 거부한다. 신앙은 영생으로 통하는 길이다. 그러나 신앙은 악을 허용하고 불의를 감수하는 것을 전제로 한다. 그러므로 어린아이의 고통 때문에 신앙에 이르기 힘든 자는 영생을 얻지 못할 것이다. 이 같은 조건에서는 설령 영생이 존재할지라도 이반은 그것을 거부하리라. 이반은 그런 거래를 거절한다. 그는 오직 조건이 없을 때만 그 무조건의 은총을 받아들이리라. 이를테면 이것이 그의 조건이다. 반항은 전체 또는 무, 그 둘 가운데 하나를 원한다. "이 세상의 어떤 지식도 어린아이들의 눈물만 한 가치는 없다." 이반은 진리가 존재하지 않는다고 말하는 것이 아니다. 진리가 있다 해도 그런 진리는 받아들일 수 없다고 말할 뿐이다. 왜 그런가? 그 진리가 부당하기 때문이다. 여기서 진리에 대한 정의의 투쟁이 처음으로 시작된다. 이 투쟁은 이제 끝이 없을 것이다. 고독한, 그리하여 모럴리스트적인 이반은 일종의 형이상학적 돈키호테주의에 그칠 것이다. 그러나 세월이 좀 더 흐른 후, 거대한 정치적 음모가 정의를 진리로 탈바꿈시키려는 시도가 이루어질 것이다.

　게다가 이반은 혼자 구원받기를 거부한다. 그는 천벌받은 자들과 연대하며, 그들 때문에 천국을 거부한다. 만약 그가 신앙을 가진다면, 그는 구원받겠지만 타인들은 천벌을 받으리라. 그렇다면 고통이 어떻게 사라지겠는가. 참된 연민으로 괴로워하는 자에게 가능한 구원이란 없다. 불의와 특권을 거부하면서, 즉 이중으로 신앙을 거부하면서 이반은 계속 신에게 죄를 씌울 것이다. 한 걸음만 더 나아가면,

우리는 '전체인가 무인가Tout ou rien'의 문제에서 '만인인가 아무도 아닌가Tous ou personne'의 문제로 옮기게 된다.

이런 극단적인 결의와 이 극단적인 결의가 전제하는 태도만으로도 낭만주의자들은 족했으리라. 그 역시 댄디즘에 굴복할지라도, 이반[57]은 '예'와 '아니요' 사이에서 분열하면서 자기의 문제를 현실적으로 살아낸다. 그리고 이 순간부터 그는 결론으로 접어든다. 영생을 거부한다면 그에게 무엇이 남을 것인가? 기본적인 삶이 남으리라. 삶의 의미가 없어질지라도 여전히 삶은 남는다. "논리가 어떠하든 나는 여전히 살아 있다"라고 이반은 말한다. 그리고 이렇게 덧붙인다. "내가 더 이상 삶에 대해 믿음이 없다 해도, 사랑하는 여인과 우주의 질서를 의심한다 해도, 모든 것이 저주받은 혼돈에 불과하다고 생각하게 된다 해도, 그때조차 나는 살기를 원하노라." 그러므로 이반은 계속하여 살아갈 것이고, "이유도 모른 채" 계속 사랑할 것이다. 그러나 산다는 것, 그것은 또한 행동한다는 것이다. 무엇의 이름으로? 영생이 없다면 보상도 징벌도, 선도 악도 없다. "내 생각에 영생이 없다면 미덕도 없다." 그리고 "나는 단지 고통이란 게 존재하고, 죄인이란 건 없으며, 모든 게 서로 맞물려 덧없이 흘러가며 서로 균등하다는 것을 알고 있을 뿐이다." 그러나 미덕이 없다면, 율법도 없다. "모든 것은 허용된다."

"모든 것은 허용된다"라는 말에서부터 정녕 현대 허무주의의 역

---

57 어떤 의미에서 이반은 도스토옙스키 자신이며, 도스토옙스키가 알료샤가 아니라 이반에게서 편안함을 느낀다는 사실을 굳이 환기할 필요가 있을까. [원주]

사가 시작된다. 낭만주의적 반항은 이렇게 멀리까지는 나아가지 못했다. 낭만주의적 반항은 모든 게 허용되지는 않지만, 금지된 것을 오만하게도 자기 자신에게만은 허용했노라고 말하는 데 그쳤다. 그 반대로 카라마조프의 형제들과 더불어, 분노의 논리는 반항을 반항 그 자체에 맞서게 하고 반항을 절망적 모순 속으로 내던질 것이다. 본질적인 차이는 낭만주의자들이 자기만족을 허용하는 반면, 이반은 논리적 일관성 때문에 어쩔 수 없이 악을 행하리라는 데 있다. 이반은 자신에게 관대하지 않을 것이다. 허무주의란 절망과 부정일 뿐만 아니라, 특히 절망하고 부정하려는 의지다. 그토록 열렬히 무죄의 편을 들었고, 어린아이의 고통에 몸을 떨었으며, 사슴이 사자 곁에서 잠들고 희생자가 살인자를 껴안는 모습을 '두 눈으로' 보고 싶어 했던 바로 그 사람이 신의 법리를 거부하고 자기 자신의 규범을 찾아내려는 순간부터 살인의 정당성을 인정하는 것이다. 이반은 살인자인 신에게 반항한다. 그러나 그가 빈힝을 추론해낸 바로 그 순간, 그 역시 반항에서 살인의 법칙을 끌어낸다. 모든 것이 허용된다면 그는 아버지를 죽일 수도 있고, 혹은 적어도 아버지가 살해되는 고통을 감내할 수도 있다. 사형을 선고받은 자라는 우리의 인간 조건에 대한 기나긴 고찰이 범죄를 정당화하는 결론에 이른 것이다. 이반은 사형을 증오하며(처형 광경을 이야기하면서 다음과 같이 거칠게 말한다. "그의 머리가 땅에 떨어졌어, 그것도 신의 은총의 이름으로"), 이와 동시에 원칙적으로 범죄를 인정한다. 살인자에게는 온갖 관용을 보이면서도, 사형집행인에게는 어떤 관용도 보이지 않는다. 사드를 괴롭히지 않았던 이 모순이 이반 카라마조프의 목을 조른다.

그는 영생이 존재하지 않는 것처럼 추론하는 듯하지만, 실제로는 영생이 존재한다 해도 그것을 거부하겠노라고 말하는 데 그쳤다. 악과 죽음에 항의하기 위해, 그는 미덕도 영생과 마찬가지로 존재하지 않는다고 고의적으로 말하며 아버지의 살해를 방관한다. 그는 자신의 딜레마를 피하지 않고 의식적으로 받아들인다. 그의 딜레마란 도덕가인 동시에 비논리적인 사람이 되는 것, 아니면 논리적인 사람인 동시에 범죄자가 되는 것이다. 그의 분신인 악마가 그에게 속삭인 이 말은 옳다. "너는 덕성스러운 행동을 하려 하지만, 미덕의 존재를 믿지 않아. 너를 분노하게 하고 괴롭히는 게 바로 이 사실이지." 이반이 마침내 자기 자신에게 던지는 질문, 즉 도스토옙스키가 이 반항자에게 성취하게 만든 참된 진보의 바탕을 이루는 질문, 그것이야말로 여기서 우리의 관심을 끄는 유일한 것이다. 인간은 반항 속에서 살고, 반항 속에서 스스로를 유지할 수 있는가?

이반은 이에 대한 대답을 내비친다. 인간은 반항을 끝까지 밀고 나감으로써만 반항 속에서 살 수 있다. 형이상학적 반항의 극단은 무엇인가? 그것은 형이상학적 혁명이다. 이 세계의 주인이 정당성에 대한 이의 제기를 받았으니 타도되어야 마땅하다. 인간이 그 자리를 차지해야 한다. "신과 영생이 존재하지 않으므로 새로운 인간이 신이 되도록 허용된다." 그러나 신이 된다는 것은 무엇인가? 바로 모든 것이 허용됨을 인식한다는 것이며, 자기 자신의 율법을 제외한 모든 율법을 거부한다는 것이다. 그러니 구구한 추론을 늘어놓을 것도 없이 신이 된다는 것은 한마디로 범죄를 승인한다는 것임을 알 수 있다(이 또한 도스토옙스키의 지식인 작중 인물들이 애호하는 생각이다). 그러므로 이반의 개인적인 문제는 자신의 논리에 충실할 것인지, 죄없이 당하는 고통에 격노한 항의와 더불어 스스로 인간-신이 된 듯 무심히 아버지의 살해를 받아들일 것인지 알아보는 데 있다. 우리는 그의 해결 방식을 안다. 이반은 아버지가 살해되도록 방관할 것이다. 겉치레에 그치기에는 너무나 심오하고 행동하기에는 너무도 감성이 풍부했기에 그는 사태를 방관하는 데 만족할 것이다. 하지만 그는 미치게 될 것이다. 어떻게 혈족을 사랑할 수 있을지 이해하지 못했던 그는 이제 어떻게 혈족을 죽일 수 있을지 이해하지 못한다. 정당화할 수 없는 미덕과 수락할 수 없는 범죄 사이에 끼인 채, 연민의 정에 휩싸이면서도 사랑할 수 없고, 자신을 구해줄 시니시즘조차 없이 홀로 고독하기만 인간, 이 최고의 지성은 그 모순으로 인해 죽을 것이다. "나는 이 지상의 정신을 지니고 있으니 이 지상의 것이 아닌 것을 이해하려 해봐야 무슨 소용이 있으랴?"라고 그는 되뇐다. 그러나 그는 이 지상의 것이 아닌 것만을 위해 살았으며, 이 절대에 대한 자부심이 정히 그가 아무것도 사랑하지 않았던 이 지상으로부터 그를 축출했다.

이런 난파에도 불구하고 문제가 제기된 이상 응분의 결과가 뒤따른다. 반항은 이제부터 행동을 향해 나아간다. 이런 동향은 이미 도스토옙스키에 의해 '대심문관Grand Inquisiteur'[58]의 전설 속에 예언적으로 제시되어 있다. 이반은 결국 창조주로부터 창조를 분리하지 않는다. 그는 "내가 거부하는 것은 신이 아니라 바로 신의 창조이다"라고 말한다. 그러나 환언하면 그가 거부하는 것은 피조물과 불가분의 관

58　『카라마조프가의 형제들』에서 이반이 동생 알료샤에게 들려주는 장편 서사시이다.

계에 있는 하느님 아버지다.[59] 그러므로 이반의 찬탈 계획은 지극히 정신적인 것이다. 그는 창조 내에서 아무것도 개혁하고 싶어 하지 않는다. 그러나 창조란 것이 지금 이대로의 것이라면 그는 자신을, 자신과 함께 타인들을 정신적으로 해방할 권리를 이 창조로부터 끌어낸다. 이와 반대로 반항 정신이 "모든 것은 허용된다"와 "만인인가 아무도 아닌가"라는 명제를 받아들이면서 인간의 신성과 왕권을 확보하기 위해 창조를 재구성하려는 순간부터, 그리고 형이상학적 혁명이 정신에서 정치로 확장되는 순간부터 무한히 중요한 새로운 시도가 시작될 것이다. 여기서 주목해야 할 것은 이 시도 역시 허무주의에서 태어난다는 사실이다. 이 새로운 종교의 예언자인 도스토옙스키는 그런 사실을 예견하여 이렇게 예고했다. "만약 알료사가 신도 영생도 없다고 결론지었더라면, 그는 곧장 무신론자가 되고 사회주의자가 되었으리라. 왜냐하면 사회주의는 노동자의 문제일 뿐만 아니라 특히 무신론의 문제, 무신론의 현대적 구현의 문제, 지상에서 천국으로 가기 위해서가 아니라 천국을 지상으로 끌어내리기 위해 신 없이 건설되는 바벨탑의 문제이기 때문이다."[60]

그랬다면 알료사는 이반을 '진정한 풋내기'로 정답게 대할 수 있었으리라. 이반은 극기하고자 노력했지만 성공하지 못했다. 좀 더 진지한 다른 유형들이 등장할 텐데, 이들은 똑같이 절망적 부정에서 출

---

59 정확히 말해 이반은 아버지의 살해를 방관한다. 자연과 생식에 대한 공격을 택하는 것이다. 게다가 아버지는 파렴치한이다. 이반과 알료사의 신 사이에 아버지 카라마조프의 흉악한 얼굴이 끊임없이 끼어든다. [원주]

60 "(신과 영생이라는) 문제는 또 다른 각도에서 볼 때 사회주의의 문제와 같다. [원주]

발했으나 세계 제국을 요구할 것이다. 이들은 그리스도를 투옥하는 '대심문관'들로서, 그리스도에게 그의 방법은 좋지 않으며 보편적 행복은 선과 악 가운데 택일하는 즉각적 선택에 의해서가 아니라 세계의 지배와 통일에 의해 획득할 수 있다고 말한다. 우선 지배하고 정복해야 한다. 천상의 왕국은 실제로 지상에 도달하겠지만, 인간들이 그 천상의 왕국을 지배할 것이다. 처음에는 가장 먼저 깨달은 자로서 정복자 카이사르를 닮은 몇몇 사람이, 그다음에는 시간이 흘러감에 따라 모든 인간이 지배할 것이다. 창조된 세계의 통일성은 온갖 수단과 방법으로 이루어질 텐데, 왜냐하면 모든 것이 허용되기 때문이다. '대심문관'은 그의 지식이 엄혹한 탓에 늙고 지쳐 있다. 그는 인간들이 비겁하기보다는 게으르고, 선과 악을 판별하는 자유보다는 평화와 죽음을 더 좋아한다는 사실을 알고 있다. 그는 끊임없이 역사에 의해 좌절하는 그 침묵의 죄수에게 연민, 차가운 연민을 느낀다. 그는 침묵하는 죄수가 입을 열도록, 자신의 오류를 인정하도록, 그리고 어떤 의미에서 '대심문관'들과 카이사르들의 시도를 정당화하도록 압박한다. 그러나 죄수는 말이 없다. 따라서 그 시도는 죄수 없이 이루어질 것이며, 사람들은 죄수를 죽일 것이다. 그 정당성은 인간들의 왕국이 완성되는 역사의 종말에 이르러 확립될 것이다. "일은 시작일 뿐이고 끝은 요원하니, 지상은 앞으로도 오랫동안 고통받아야 하리라. 그러나 우리는 우리의 목적을 이루고 카이사르가 될 것이니, 그때 우리는 보편적인 행복을 꿈꾸리라."

　그렇게 죄수는 처형되었다. 이제 "심오한 정신, 파괴와 죽음의 정신"의 말에 귀를 기울이는 '대심문관'들만이 지배한다. '대심문관'들은 거만하게도 천상과 빵과 자유를 물리치고 자유 없는 지상의 빵을 제공한다. "십자가에서 내려와보라. 그러면 우리는 그대를 믿겠노라"라고 골고다 언덕에서 이미 그들의 형리들이 외쳤다. 그러나 그는 내려오지 않았고, 심지어 더없이 고통스러운 임종의 순간에 신의 저버림을 원망했다. 이제 더 이상 증거는 없으며, 반항자들이 거절하고 '대심문관'들이 야유하는 신앙과 신비만이 있다. 모든 것은 허용되고, 이 붕괴의 순간에 수 세기의 범죄가 마련되었다. 바울에서 스탈린까지 카이사르를 임명했던 교황들이 이제 스스로 황제로 등극하는 카이사르들에게 길을 터주었다. 신과 함께 이룩하지 못했던 세계의 통일을 이제부터는 신에게서 등을 돌려 이룩하도록 힘쓸 것이다.

그러나 우리는 아직 거기까지 이르지는 못했다. 지금 당장으로서는 결백을 향한 집념과 살인에 대한 의지 사이에서 갈등하는 이반이 행동할 수 없는 반항자의 일그러진 얼굴만을 우리에게 보여주고 있을 따름이다. 사형이 인간 조건의 반영이기 때문에 그는 사형을 증오한다. 하지만 그러면서도 그는 범죄를 향해 나아간다. 인간의 편에 섰던 까닭에 그는 고독을 제 몫으로 받는다. 그리하여 이성의 반항은 이반과 함께 광기로 마무리된다.

절대적 긍정

인간이 신을 도덕적으로 심판하는 순간부터 인간은 자신의 내부에서 신을 죽인다. 그러나 이 도덕의 근거는 무엇인가? 정의의 이름으로 신을 부정하지만, 정의의 관념이 신의 관념 없이 이해 가능한가? 그렇다면 우리는 부조리 속에 함몰되어 있는 게 아닐까? 니체가 정면으로 맞닥뜨리는 문제가 바로 이 부조리다. 부조리를 좀 더 잘 극복하기 위해 그는 그것을 끝까지 밀고 나간다. 도덕이란 재건하기 전에 먼저 파괴해야 할 신의 마지막 얼굴이다. 그러기에 신은 더 이상 존재하지 않으며, 더 이상 우리의 존재를 보증하지 못한다. 존재하기 위해, 인간은 스스로 행동을 결심하지 않으면 안 된다.

유일자

슈티르너는 신 다음으로 신의 모든 관념을 인간의 내부에서 타도하고자 했다. 그러나 니체와는 달리, 그의 허무주의는 만족할 줄 안다. 니체는 담벼락으로 달려들지만, 슈티르너는 궁지에 몰려서도 크게 웃는다. 『유일자와 그 소유』가 출간된 1845년부터 슈티르너는 불필요한 것을 깨끗이 청소하기 시작한다. 청년 헤겔 좌파들(마르크스도 그 일원이다)과 함께 '자유민단Société des Affranchis'에 출입했던 이 사내는 신에게만 청산할 것이 있었던 게 아니라 포이어바흐의 '인간'에게도, 헤겔의 '정신'에게도, 그 '정신'의 역사적 화신인 '국가'에게도 청산할 것이 있었다. 그에게 이 모든 우상은 똑같은 몽고주의, 즉 영원 사상에 대한 믿음에서 태동한 것으로 이해된다. 그러므로 그는 이렇게 기술할 수 있었다. "나의 주의 주장은 무엇에도 근거를 두고 있지 않다." 원죄란 확실히 하나의 '몽고적 재앙'이지만, 우리를 죄수로 삼은 율법 역시 하나의 재앙이다. 신은 적이다. 슈티르너는 신성모독에서 가능한 한 멀리 나아간다. (신에게 바치는 제물을 삼켜 소화하라. 그러면 그대는 제물이 되지 않으리라.) 그러나 신이란 나의 소외 혹은 좀 더 정확히 말해 실제 있는 그대로의 나의 소외의 한 형태에 지나지 않는다. 소크라테스, 예수, 데카르트, 헤겔 등 모든 예언자와 철학자는 단지 실제로 있는 그대로의 나를 소외시키는 새로운 방식을 고안했을 뿐인데, 실제로 있는 그대로의 나란 곧 슈티르너가 좀 더 개별적이고 일시적인 특성으로 환원시킴으로써 피히테의 '절대적 자아'로부터 구별하고자 했던 자아다. "그 어떤 이름으로도 지칭할 수 없는 자아", 그것은 '유일자'Unique'다.

슈티르너의 관점에서, 예수까지의 세계사는 현실을 이상화하기 위한 기나긴 노력에 지나지 않는다. 이러한 노력은 고대인 특유의 정화 사상과 정화 의식에 잘 나타난다. 예수에 이르러 그 목적이 달성되는데, 이때부터 거꾸로 이상을 현실화하려는 다른 하나의 노력이 시작된다. 정화에 뒤이어 육화肉化를 위한 열광이 일어나는 것이다. 이 열광은 그리스도의 상속자인 사회주의가 제국을 확장함에 따라 점점 더 세계를 황폐하게 만든다. 그러나 세계사는 여전히 '나는 존재한다'라는 유일한 원리에 대한 장구한 공격에 지나지 않는다. 그 원리는 구체적이고 살아 있는 원리이자 사람들이 신, 국가, 사회, 인류처럼 끊임없이 계속되는 추상적 관념의 질곡 아래 옭아매고자 했던 승리의 원리다. 슈티르너에게 박애란 하나의 속임수다. 국가 숭배와 인간 숭배에서 절정에 달한 무신론적 철학 또한 '신학적 반란'에 지나지 않는다. 슈티르너는 말한다. "우리 시대의 무신론자들은 사실상 경건한 사람들이다." 역사를 통틀어 단 하나의 숭배가 있었을 뿐인데, 그것은 영원성에 대한 숭배이다. 하지만 이 숭배는 거짓이다. 영원자의 적이요, 사실상 그 지배욕에 봉사하지 않는 모든 것의 적인 '유일자'만이 참이다.

슈티르너와 더불어 반항을 고무하는 부정의 운동이 가차 없이 일체의 긍정을 침몰시킨다. 그 운동은 또한 도덕적 의식을 가득 채우고 있는 신의 대용물들을 깨끗이 쓸어버린다. 슈티르너는 이렇게 말했다. "외면적 내세는 일소되었으나, 내면적 내세가 새로운 천국이 되었다." 심지어 혁명이, 아니 특히 혁명이 이 반항자에게 혐오감을 불러일으킨다. 혁명가가 되기 위해서는 믿을 것이 아무것도 없는 이곳에서 여전히 무엇인가를 믿어야 한다. "(프랑스)대혁명은 하나의 반동으로 귀착했다. 이러한 사실은 실제로 대혁명이 어떤 것이었는지 살 보여준다." 인류애의 노예가 되는 것은 신을 섬기는 것보다 더 나을 게 없다. 게다가 동료애라는 것도 단지 "공산주의자들의 일요일 교제 방식"일 뿐이다. 그러므로 슈티르너에게는 단 한 가지 자유, 즉 "나의 힘"이 있을 뿐이고, 단 한 가지 진리, 즉 "별들의 찬란한 이기주의"가 있을 뿐이다.

이 황야에서 모든 것이 새롭게 꽃핀다. "사상 없는 환호성의 놀라운 의미는 사상과 신앙의 기나긴 어둠이 지속되는 한 이해될 수 없었다." 마침내 어둠이 끝나고 신새벽이 밝아올 텐데, 그것은 혁명의 여명이 아니라 반란의 여명이다. 이 반란은 그 자체가 하나의 고행이어서 일체의 안락을 거부한다. 반란자는 타인들의 이기주의가 자신의 이기주의와 일치하는 한도 내에서 타인들과 화합할 것이다. 그의 진정한 삶은 고독에 있고, 고독 속에서 그는 존재하고자 하는 욕망을 제약 없이 한껏 채울 것이다.

이렇게 하여 개인주의는 절정에 이른다. 그것은 개인을 부정하는 모든 것의 부정이고, 개인을 떠받들고 섬기는 모든 것의 찬양이다. 슈티르너에게 선이란 무엇인가? "내가 사용할 수 있는 모든 것." 내게 정당하게 허용된 것은 무엇인가? "내가 할 수 있는 모든 것." 반항은 또다시 범죄의 정당화로 귀결된다. 슈티르너는 이러한 정당화를 기도했을 뿐만 아니라(이와 같은 관점에서 그의 직계 후예가 무정부주의 테러리스트들 가운데에서 발견된다), 자신이 열어놓은 전망에 명백히 도취되어 있었다. "신성과의 관계를 끊는 일, 나아가 신성을 파괴하는 일은 보편화될 수 있다. 지금 다가오는 것은 혁명이 아니다. 저 지평선에서 우레와 함께 커지는 것은 강력하고, 거만하고, 존경심도 없고, 수치심도 없고, 양심도 없는 범죄가 아닌가? 예감으로 무겁게 드리운 하늘이 어두워지고 침묵하는 저 광경이 그대에게는 보이지 않는가?" 여기서 우리는 골방에서 묵시록을 만드는 자들의 음울한 희열을 느낀다. 이제 이 매몰차고 명령적인 논리를 막을 수 있는 것은 아무것도 없다. 일체의 추상적 관념에 항거하여 일어났지만, 뿌리째 잘리고 유폐된 탓에 명명할 수 없을 정도로 추상화된 자아만이 있을 뿐이다. 더 이상 범죄도 과오도 없으니, 더 이상 죄인도 없다. 우리는 모두 완전하다. 모든 자아가 태어날 때부터 국가와 인민에 대해 죄인인 이상, 삶 자체가 곧 범법이라는 사실을 인정하자. 유일자가 되기 위해서는,

죽는 것을 받아들이지 않는 한 죽이는 것을 받아들여야 한다. "추호도 신을 모독하지 않는 그대, 그대는 한 사람의 죄인만큼도 위대하지 못하다." 두려움은 여전하나 슈티르너는 이렇게 단언한다. "그들을 죽일 것, 그들을 순교자로 만들지 말 것."

그러나 살인의 정당성을 포고하는 것, 그것은 '유일자'의 동원과 전쟁을 선언하는 것이다. 그리하여 살인은 일종의 집단 자살과 일치할 것이다. 이 점에 대해 아무것도 언급하거나 통찰하지 못하는 슈티르너는 여하한 파괴 앞에서도 물러서지 않을 것이다. 반항 정신은 마침내 혼돈 속에서 더없이 참혹한 만족 가운데 하나를 찾아낸다. "사람들은 그대(독일 국가)를 땅속에 매장하리라. 머잖아 그대의 누이들인 나머지 국가들도 그대의 뒤를 따르리라. 모든 국가가 그대를 뒤따라 떠났을 때, 그때 인류 전체가 매장되리라. 그러면 그 무덤 위에서 나의 유일한 주인인 내 자아, 인류의 상속자인 내 자아가 소리 내어 웃으리라." 이렇게 하여 세계의 폐허 위에서 개인-왕의 비통한 웃음이 반항 정신의 마지막 승리를 장식한다. 하지만 이러한 극단적 상황에서는 죽음 아니면 부활 외에 가능한 것은 없다. 슈티르너, 또한 그와 더불어 모든 허무주의적 반항자들은 파괴에 도취한 나머지 극한의 경계선으로 달려간다. 질주의 끝에서 사막이 보일 텐데, 그들은 사막에서 생존하는 법을 터득해야 한다. 바로 이 지점에서, 니체의 필사적인 탐구가 시작된다.

니체와 허무주의

"우리는 신을 부정한다, 우리는 신의 책임을 부정한다, 오직 그렇게 함으로써만 우리는 세계를 해방할 수 있으리라." 니체와 더불어 허무주의자는 예언자가 되는 것 같다. 하지만 그의 저술에서 예언자적인 성격 이전에 임상의臨床醫적인 성격을 보지 않는다면, 거기서 우리는 그가 증오했던 조야하고 저속한 잔인성 외에는 아무것도 끌어낼 수 없다. 니체 사상의 임의적이고도 방법적인 성격, 한마디로 전략적인 성격은 의심의 여지가 없다. 허무주의는 니체에 이르러 처음으로 의식적인 것이 된다. 외과 의사와 예언자는 미래에 대비하여 사고하고 수술한다는 점에서 공통적이다. 니체는 미래의 묵시록과 관련해서만 사고했다. 그것은 묵시록을 찬양하기 위해서가 아니라 묵시록을 일탈하고 묵시록을 부활로 변경하기 위해서였다. 왜냐하면 묵시록이 취할 비열하고 계산적인 얼굴을 예견했기 때문이다. 그는 허무주의를 인정했고, 임상적 사실로서 검토했다. 그는 자신을 유럽 최초의 완성된 허무주의자라고 일컬었다. 감각에 의해서가 아니라 상황에 의해서 그랬고, 자기 시대의 유산을 거부하기에는 너무나 위대했기에 그랬다. 그는 자신과 타인들에게서 신앙의 불가능성과 신앙의 원초적 근거의 소멸, 즉 삶에 대한 믿음의 소멸을 진단했다. 그는 "사람은 반항자로서 살 수 있는가?"라는 질문에서 "사람은 아무것도 믿지 않고 살 수 있는가?"라는 질문으로 옮겨갔다. 그의 대답은 긍정적이다. 그렇다. 사람들이 신앙의 부재를 하나의 방법으로 삼는다면 말이다. 사람들이 허무주의를 마지막 결론까지 밀고 나간다면, 그리하여 사막에 이르렀을망정 앞으로 다가올 상황을 신뢰하면서 그 원초적 운동에서 고통과 환희를 아울러 느끼게 된다면 말이다.

그는 방법적 회의 대신에 방법적 부정, 즉 허무주의를 은폐하는 모든 것의 파괴, 신의 죽음을 위장하는 우상들의 파괴를 집요하게 실천했다. "새로운 성전을 세우기 위해서는 기존의 성전을 파괴해야 한다. 그것은 법칙이다." 니체에 따르면, 선과 악 속에서 창조자가 되려고 하는 자는 우선 파괴자가 되어야 하며 기존의 가치를 분쇄해야 한다. "그리하여 최고악은 최고선의 일부가 되거늘, 최고선은 창조적이다." 니체는 나름대로 자기 시대의 『방법서설』*Discours de la méthode*을 썼던 셈이다. 그러나 그가 그토록 찬탄했던 프랑스 17세기 특유의 자유와 정확성으로 쓴 게 아니라, 그에 의하면 천재의 세기인 20세기 특유의 광적인 명철성으로 썼다. 반항의 이러한 방법, 그것을 검토하는 일이 지금 우리의 몫이다.[61]

　　니체의 첫걸음은 이처럼 자신이 알고 있는 사실에 동의하는 것이다. 그에게 당연한 진실로 비치는 무신론은 "건설적이며 근본적인 것"이다. 니체의 지상 과제는 그의 말대로라면 무신론의 문제 내에 일종의 위기를 일으키고 결판을 내는 일이다. 세계는 모험 속을 걸을 뿐이며, 궁극 목적을 갖고 있지 않다. 그러므로 신이란 쓸모없다. 신은 아무것도 원하지 않기 때문이다. 만약 신이 무엇인가를 원한다면, 우리는 여기서 악의 문제에 대한 전통적 표현을 다시 보게 되는데, 신은 아마도 "변화와 생성의 가치를 떨어뜨리는 고통과 모순"을 떠안아야 하리라. 우리는 다음과 같은 스탕달의 표현을 니체가 공공연히 부러워했음을 안다. "신의 유일한 변명, 그것은 그가 존재하지 않는다

61　여기서 우리의 관심사는 니체가 1880년부터 죽을 때까지 전개한 그의 마지막 철학이다. 이 장은 『권력 의지』에 대한 주석으로 간주할 수 있다. [원주]

는 사실이다." 신의 의지를 박탈당한 세계는 통일성과 목적성을 박탈당한 세계라고 할 수 있다. 그런 까닭에 세계는 심판받을 수 없다. 세계에 가해지는 모든 가치판단은 결국 삶에 대한 비방으로 통한다. 그 경우 사람들은 천상의 왕국, 영원한 사상, 도덕적 명령처럼 마땅히 존재해야 할 것에 비추어 실제로 존재하는 것을 심판하는 셈이다. 마땅히 존재해야 할 것은 실제로 존재하지 않는다. 이 세계가 존재하지 않는 것, 즉 아무것도 아닌 것의 이름으로 심판될 수는 없다. "이 시대의 이점은 참된 것이 아무것도 없으며 모든 것이 허용된다는 사실이다." 수많은 사람에게 영향을 미친 이 충격적이고 역설적인 표현은 니체가 허무주의와 반항의 모든 짐을 받아들인다는 사실을 입증하기에 충분하다. 다소 유치하긴 해도 '훈련과 도태'에 관한 고찰에서 그는 허무주의적 추론의 극단을 보여주기도 했다. "문제 : 순전히 과학적인 의식과 함께 죽음을 가르치고 실천할 위대한 전염적 허무주의의 종교적 형태, 그것을 어떻게 얻을 수 있을까?"

니체는 허무주의를 위해서라면 전통적으로 허무주의의 제동 장치로 간주된 가치조차 수용한다. 특히 도덕이 그러하다. 소크라테스가 설명한 대로의 도덕적 행동 또는 기독교가 권장한 대로의 도덕적 행동이란 그 자체로 퇴폐의 한 징후다. 그것은 육체의 인간을 그림자의 인간으로 대체하고자 한다. 그것은 순전히 상상의 산물인 조화로운 세계의 이름으로 정념과 절규의 세계를 단죄한다. 허무주의가 신앙의 불가능성을 드러낸다면, 가장 심각한 징후는 무신론에 있지 않다. 신앙은 실제로 있는 그대로 믿지 않고, 실제로 행해지는 그대로 보지 않으며, 실제로 주어진 그대로 살지 않는다. 이런 현상은 모든 이상주의의 밑바탕에 존재한다. 도덕에는 이 세계에 대한 믿음이 없다. 니체에 의하면 진정한 도덕은 명증성과 분리되지 않는다. 니체는 "이 세계에 대한 비방자들"에게 엄격한데, 이는 그가 그들의 비방에서 수치스러운 도피 취미를 간파한 까닭이다. 그에게 전통 도덕은 부도덕의 특별한 경우에 지나지 않는다. 그는 말한다. "그것은 정당화를 필요로 하는 선善이다." 그는 또 이렇게 말한다. "언젠가 사람들이 선을 행하기를 중단할 텐데, 그것은 바로 도덕적 이유 때문이다."

니체의 철학은 확실히 반항 문제의 주변을 맴돈다. 정확히 말해, 그의 철학은 시초부터 반항이다. 그러나 우리는 니체가 초래한 변화를 느낀다. 니체와 함께 "신은 죽었다"라는 명제가 반항의 출발점이 된다. 반항은 이 명제를 기정사실로 취급한다. 이때부터 반항은 당치 않게도 죽은 신을 대신하려는 모든 것에서 등을 돌리고, 정해진 방향도 없이 무작정 신들을 빚어내는 도가니인 세계를 규탄한다. 니체에 대한 기독교 측 비판자 몇몇의 생각과는 반대로 니체는 신을 죽이려고 계획한 적이 없다. 그는 동시대의 영혼 속에서 신이 죽어 있음을 발견했을 따름이다. 그는 최초로 사태의 심각성을 깨달았고, 이런 인간의 반항을 올바로 계도하지 않으면 부활에 이를 수 없으리라고 판단했다. 반항에 대한 다른 모든 태도는 그것이 유감이든 만족이든 묵시록을 초래할 터였다. 그러므로 니체는 하나의 반항 철학을 구성한 것이 아니라, 반항 위에 하나의 철학을 구축한 것이다.

니체가 특히 기독교를 공격한다면, 그 기독교는 도덕으로서의 기독교이다. 그는 예수라는 인격체와 '교회'의 냉소적인 양상을 문제 삼지 않았다. 우리는 그가 정통한 지식으로 예수회를 격찬한 사실을 알고 있다. 그는 이렇게 썼다. "사실상 도덕적 신만이 논박의 대상이다."[62] 톨스토이와 마찬가지로 니체가 보기에도 그리스도는 반항자가 아니다. 그리스도가 설파한 교리의 본질은 완전한 동의, 악에의 무저항으로 요약된다. 심지어 살인을 막기 위한 경우일지라도 살인하지 말아야 한다. 실제로 있는 그대로의 세계를 받아들여야 하고 세계의 불행을 배가시키지 말아야 하지만, 세계에 내포된 악의 고통을 개인적으로 당하기를 수락해야 한다. 천상의 왕국은 아주 가까이, 우리의 손 닿는 곳에 있다. 그 왕국이란 우리로 하여금 이런 원리에 따라 행동하게 하는, 그리하여 우리에게 즉각적인 행복을 주리라는 내적 약속일 뿐이다. 요컨대 신앙이 아니라 과업이 문제인데, 니체에 따르면 이것이야말로 그리스도의 메시지다. 기독교의 역사는 이 메시지에 대한 기나긴 배반의 역사에 지나지 않는다. 신약부터가 이미 부패했으며, 바울로부터 공의회에 이르기까지 신앙에 봉사하다 보니 정작 과업이 잊혔다.

  기독교가 스승의 메시지에 가져온 심원한 부패는 무엇인가? 그리스도의 가르침에 걸맞지 않은 심판의 사상, 징벌과 보상이라는 두 상관적 개념이다. 이때부터 자연은 역사, 그것도 의미심장한 역사가 되며 인류의 전체성이라는 관념이 싹튼다. 복음에서 최후의 심판까지, 인류는 미리 짜인 각본의 도덕적 목적에 맞추는 일 외에 아무

---

62 "그대는 그것이 신의 자발적 붕괴라고 말하지만, 단지 신의 탈피일 뿐이다. 신은 자신의 도덕적 껍질을 벗고 있다. 그리하여 그대는 선과 악을 넘어선 피안에서 신이 다시 나타나는 것을 보게 되리라." [원주]

런 과업을 가지지 못한다. 유일한 차이점은 등장인물이 결말에서 선인과 악인으로 나뉜다는 사실이다. 그리스도의 유일한 심판은 자연의 죄란 중요하지 않다고 말하는 것이었건만, 역사적 기독교는 자연을 온통 죄의 원천으로 만든다. "그리스도는 무엇을 부정하는가? 지금 이 순간 기독교라는 이름을 가진 모든 것을." 기독교는 세계에 하나의 방향을 부여한다는 이유로 허무주의에 투쟁하고 있다고 여긴다. 그러나 기독교는 존재하지도 않는 의미를 삶에 부여하면서 삶의 진정한 의미를 발견하는 일을 방해하기에 그 자체가 허무주의적이다. "모름지기 교회란 인간-신, 즉 그리스도의 무덤을 짓누르는 돌이다. 교회는 힘으로 그리스도의 부활을 막으려고 애쓴다." 니체의 역설적이지만 유의미한 결론은 기독교가 신성을 세속화했기 때문에, 짧게 말해 기독교 때문에 신이 죽었다는 것이다. 여기서 우리는 역사적 기독교와 "그것의 뿌리 깊고 경멸받아 마땅한 표리부동"을 이해할 필요가 있다.

동일한 추론으로 니체는 사회주의와 온갖 형태의 인도주의에 맞선다. 사회주의란 변질된 기독교일 따름이다. 사회주의는 과연 역사의 궁극 목적에 대한 믿음을 지니고 있다. 이 믿음은 삶과 자연을 배반하고, 현실적 목적을 이상적 목적으로 대체하며, 의지와 상상력을 자극하는 데 이바지한다. 사회주의는 니체가 그 낱말에 부여하는 정확한 의미에서 허무주의적이다. 허무주의자는 아무것도 믿지 않는 사람이 아니라, 실제로 있는 그대로의 것을 믿지 않는 사람이다. 이런 의미에서 모든 형태의 사회주의는 기독교적 퇴폐의 한층 더 타락한 표현이다. 기독교의 경우 보상과 징벌이 역사를 전제로 삼았다. 그리하여 불가피한 논리적 귀결로서 전 역사가 보상과 징벌을 의미하게 된다. 이때부터 집단적 메시아사상이 태어난다. 또한 신 앞에서의 영혼의 평등은 신이 죽은 이상 일시적 평등으로 전락한다. 여기서 니체는 도덕적 원리로서의 사회주의적 교리를 다시 한번 공격한다. 허무주의는 종교에서 표명되든 사회주의 선전에서 표명되든 소위 최상위 가치들의 논리적 귀결이다. 자유로운 정신은 그 가치들이 근거하는 환상, 그 가치들이 전제로 하는 흥정, 그 가치들이 명철한 지성으로 하여금 소극적 허무주의를 적극적 허무주의로 바꾸는 사명을 완수할 수 없게 하는 과오 등을 고발함으로써 그 가치들을 파괴할 것이다.

신과 도덕적 우상들이 제거된 세계에서, 인간은 이제 주인 없는 고독한 존재가 된다. 누구도 니체만큼 이런 자유를 쉽게 얻을 수 없다는 사실을 믿게 해주지 못했는데, 그런 점에서 니체는 낭만주의자들과 구별된다. 이러한 거친 해방은 새로운 비탄과 새로운 행복을 경험하리라고 니체가 말했던 사람들의 대열에 그 자신을 세웠다. 그러나 처음에는 비탄의 절규만이 들릴 뿐이다. "아, 차라리 날 미치게 하라…. 법 위에 서지 못할진대, 나는 세상에서 버림받은 자들 가운데 가장 버림받은 자로다." 법 위에 설 수 없는 자는 다른 법을 찾든지 발광해버리든지 하게 된다. 인간이 더 이상 신을 믿지 않고 영생을 믿지 않는 순간부터, 인간은 "살아 있는 모든 것, 산고와 함께 태어나 삶의 고통에 내던져진 모든 것에 대한 책임"을 져야 한다. 법과 질서를 찾는 일은 인간의 몫, 오직 인간의 몫이다. 그리하여 버림받은 자들의 시대가, 사력을 다한 정당화의 탐구가, 대상 없는 향수가, 그리고 "더없이 고통스럽게 가슴을 찢는 물음, 즉 고향처럼 포근한 곳이

어디일까 자문하는 마음의 물음"이 시작된다.

그가 자유로운 정신의 소유자였기 때문에, 니체는 정신의 자유란 안락함이 아니라 사람들이 갈망하는 위대함, 힘겨운 투쟁으로써 점차 획득하는 위대함이라는 사실을 알고 있었다. 그는 사람들이 법 위에 서기를 원할 때 법 아래로 떨어질 위험성이 크다는 것을 알고 있었다. 정신은 새로운 의무를 수락함으로써만 진정으로 해방된다는 사실을 그가 이해한 것은 바로 이 때문이다. 그의 발견의 본질은 영원한 법이 자유가 아닐 때 법의 부재는 더욱더 자유가 아니라는 사실에 있다. 아무것도 참되지 않다면, 세계에 법칙이 없다면 아무것도 금지되지 않은 셈이다. 하나의 행위를 금지하기 위해서는 가치와 목적이 필요하다. 그러나 그와 동시에 아무것도 참되지 않고 세계에 법칙이 없다면 아무것도 허용되지 않은 셈이다. 다른 하나의 행위를 선택하기 위해서도 가치와 목적이 필요하다. 법의 절대적 통제도 자유가 아니지만, 절대적 방임 역시 자유가 아니다. 불가능은 예속이지만 모든 가능성의 합산 역시 자유일 수 없다. 혼돈 역시 하나의 예속인 것이다. 자유란 가능한 것과 가능하지 않은 것이 동시에 규정되는 세계에서만 존재한다. 법이 없다면 자유도 없다. 만약 운명이라는 것이 지고의 가치에 의해 계도되지 않는다면, 만약 우연이 지배한다면 거기에는 암흑 속 행진과 무서운 장님의 자유만 있게 된다. 그러므로 가장 큰 해방의 끝에 이르러 니체는 가장 큰 예속을 택한다. "만약 우리가 신의 죽음을 하나의 큰 포기로, 우리 자신에 대한 영원한 승리로 만들지 못한다면, 우리는 이 상실에 대가를 지불해야 하리라." 환언하면 니체와 더불어 반항은 금욕 고행에 이른다. 하나의 심오한 논리가

"아무것도 참되지 않다면, 모든 것은 허용된다"라는 카라마조프의 명제를 "아무것도 참되지 않다면, 아무것도 허용되지 않는다"라는 명제로 바꾼다. 이 세계에서 단 한 가지라도 금지되어 있다는 사실을 부정하는 것은 허용된 것마저 포기하는 것으로 귀결된다. 어떤 것이 검고 어떤 것이 흰지를 더 이상 말할 수 없는 곳에서는 빛은 사라지고 자유는 자발적 감옥이 된다.

니체가 허무주의를 방법적으로 밀고 나간 끝에 도달한 이 같은 궁지, 그는 참혹한 희열과 함께 이 궁지로 달려갔다. 그가 말하는 목적은 동시대 인간에게 참을 수 없는 상황을 제시하는 데 있다. 그에게 단 하나의 희망은 모순의 극단에 이르는 것이다. 만일 인간이 자신을 질식시키는 매듭 속에서 파멸하기를 원치 않는다면, 인간은 대번에 그 매듭을 잘라버리고 자신의 가치를 창조해야 할 것이다. 신의 죽음은 아무것도 완성하지 못하며, 부활을 준비한다는 조건에서만 이해될 수 있다. "신에게서 위대함을 발견하지 못한다면, 우리는 어느 곳에서도 위대함을 발견하지 못한다. 그렇다면 위대함을 부정하거나 위대함을 창조해야 한다"라고 니체는 말한다. 위대함을 부정하는 일은 그를 둘러싸고 있으며 그가 보기에 자멸로 치닫고 있는 세계의 과제였다. 위대함을 창조하는 일은 초인적인 과제였거니와, 니체는 그것을 위해 죽고자 했다. 필경 그는 창조란 고독의 절정에서만 가능하다는 사실을 알았고, 인간이란 정신의 극한적 비참 속에서 고독에 동의할 때만 그 현기증 나는 노력에 임할 수 있다는 사실을 알았다. 그러므로 니체는 대지야말로 인간의 유일한 진리라고 외친다. 인간은 대지에 충실해야 하고, 대지 위에서 살며, 대지 위에서 자신의 구원을

반항인

만들어야 한다. 이와 동시에 그는 산다는 것이란 법을 전제로 하므로 법 없이 살기란 불가능하다고 인간에게 가르친다. 어떻게 법 없이 자유롭게 살 것인가? 이 수수께끼에 인간은 죽음의 대가를 치르고서라도 대답하지 않으면 안 된다.

니체는 적어도 이 수수께끼를 회피하지 않는다. 그는 대답한다. 그런데 이 대답은 위험하다. 다모클레스[63]는 칼날 아래 있을 때 춤을 더 잘 추지 않았던가. 수용할 수 없는 것을 수용해야 하고, 참을 수 없는 것을 참아야 한다. 세계가 아무런 목적도 추구하지 않는다는 사실을 우리가 인식하는 순간부터 니체는 세계의 무죄를 인정하기를, 어떤 의도로도 세계를 심판할 수 없기에 세계는 심판의 대상이 아니라는 사실을 인정하기를, 따라서 일체의 가치판단을 오직 하나의 '예', 즉 세계에 대한 완전하고 열광적인 긍정으로 대체하기를 제안한다. 그리하여 절대적 절망으로부터 무한한 환희가, 맹목적 예속으로부터 무자비한 자유가 솟아오른다. 자유로워진다는 것, 그것은 바로 목적을 제거한다는 것이다. 변화 생성의 무죄성은 우리가 그것을 인정하는 순간부터 최대한의 자유를 상징하게 된다. 자유로운 정신은 필연적인 것을 사랑한다. 니체의 심오한 사상은 현상의 필연성이란 그것이 절대적이고 빈틈없다면 어떤 구속도 내포하지 않는다고 말하는

---

63 Damocles(B.C.405-B.C.367). 시칠리아섬 시라쿠사 왕국의 폭군 디오니시우스의 신하이다. 회의론자인 디오니시우스가 자신을 부러워하는 다모클레스에게 왕의 위광이 덧없음을 가르치기 위해 어느 날 연회를 베풀어 자신을 대신하게 했다. 다모클레스가 감격해하며 왕좌에 앉아 문득 머리를 쳐들었을 때, 머리 위에서 한 가닥 말총에 매달린 칼날이 자신을 겨누고 있는 것을 보았다. 이리하여 다모클레스는 왕의 위광이 덧없음을 통감했다.

데 있다. 완전한 필연성에 대한 완전한 집착, 자유에 대한 니체의 역설적 정의란 바로 그런 것이다. "무엇으로부터의 자유인가?"라는 물음은 그리하여 "무엇을 위한 자유인가?"라는 물음으로 대체된다. 자유가 영웅주의에 일치한다. 자유란 위대한 인간의 금욕주의요, "더없이 팽팽하게 당겨진 화살"이다.

풍성함과 충만함에서 발생하는 이러한 고차원적 동의는 과오와 고통, 악과 살인, 실존이 지닌 기이하고 불확실한 모든 것에 대한 제약 없는 긍정이다. 그것은 실제로 있는 그대로의 세계에서 실제로 있는 그대로의 인간이 되려는 확고한 의지에서 태어난다. "자기 자신을 숙명으로 간주할 것, 실제로 있는 그대로의 자아와 다른 자아가 되려고 하지 말 것…." 문제의 낱말이 내뱉어졌다. 니체적 고행은 숙명의 인식에서 출발하여 숙명의 신격화에 이른다. 운명이 무자비할수록 그것은 더욱더 찬양할 만한 것이 된다. 도덕적 신, 연민, 사랑 등은 그것들이 보상해주려고 애쓰는 만큼 더욱더 숙명의 적이 된다. 니체는 보상을 원치 않는다. 생성의 희열은 곧 소멸의 희열이다. 오직 개인만이 파괴된다. 그 속에서 인간이 자기 고유의 존재를 요구했던 반항 운동은 생성 변화에 대한 개인의 절대적 복종 가운데 사라져버린다. '운명에 대한 사랑amor fati'이 그 이전의 '운명에 대한 증오odium fati'를 대신한다. "우리가 알든 모르든 간에, 우리가 원하든 원치 않든 간에 모든 개인은 전 우주적 존재에 협력한다." 개인은 이처럼 종種의 운명과 세계의 영원한 운동 속으로 휩쓸려 들어간다. "존재했던 모든 것은 영원하며, 바다는 그것을 다시 해변으로 되돌려 보낸다."

니체는 그리하여 사상의 기원으로, 즉 소크라테스 이전 철학자

반항인

시대로 거슬러 올라간다. 이 철학자들은 그들이 상상하던 원리의 영원성을 손상시키지 않기 위해 목적인目的因을 없애버렸다. 목적 없는 힘, 이를테면 헤라클레이토스의 '유희', 그것만이 영원한 것이었다. 니체의 모든 노력은 생성 가운데 법칙이 존재하고 필연 가운데 유희가 존재한다는 사실을 증명하는 데 있다. "어린아이란 무죄이자 망각이며, 하나의 새 출발, 유희, 스스로 굴러가는 바퀴, 최초의 충동, '예'라고 긍정하는 천부적이고 신성한 재능이다." 세계에는 이유나 동기가 없으므로, 세계는 신성한 것이다. 바로 그런 까닭에 오직 예술만이, 그것에도 이유나 동기가 없으므로 세계를 통찰할 수 있다. 그 어떤 판단도 세계를 파악하지 못하지만, 영원회귀에 의해 세계가 끝없이 재창조되듯 예술은 세계를 재창조하는 법을 가르쳐줄 수 있다. 한결같은 모래톱 위로 원초의 바다는 지칠 줄 모른 채 똑같은 말을 되풀이하고, 살아 있음에 놀라는 똑같은 존재들을 자꾸만 다시 밀어 올린다. 자기 스스로가 회귀하고 모든 것이 회귀한다는 사실에 동의하는 사람, 스스로 메아리, 열광적인 메아리가 되어 회귀하는 사람, 적어도 그런 사람은 세계의 신성에 참여한다.

그리하여 마침내 인간의 신성이 도래한다. 애당초 신을 부정하던 반항자가 뒤이어 신을 대신하려 든다. 그러나 니체는 반항자가 일체의 반항을 포기함으로써만, 심지어 이 세계를 개조하기 위해 신들을 만들어낸 반항조차도 포기함으로써만 신이 된다고 말한다. "만약 신이 존재한다면, 어떻게 신이 되기를 욕망하지 않을 수 있다는 말인가?" 사실 하나의 신이 존재하는데, 그것은 바로 세계다. 세계의 신성에 동참하기 위해서는 '예'라고 말하는 것으로 충분하다. "이제 더 이상 기도하지 말고 축복하라", 그러면 대지는 인간-신들로 뒤덮이리라. 세계를 향해 '예'라고 말하며 그 긍정을 되풀이하는 것, 그것은 곧 자아와 세계를 재창조하는 것이요, 위대한 예술가, 창조자가 되는 것이다. 니체의 메시지는 뜻이 다소 모호하나 창조라는 낱말로 요약된다. 니체는 정녕 창조자의 고유한 이기주의와 엄격성 외에 아무것도 찬양하지 않았다. 가치의 전도는 단지 심판자의 가치가 창조자의 가치로 바뀐 것에 불과한데, 창조자의 가치란 실제로 있는 그대로의 것에 대한 존경과 정열이다. 영생 없는 신성이 창조자의 자유를 정의한다. 대지의 신인 디오니소스는 능지처참의 고통 속에서 영원히 울부짖고 있다. 하지만 동시에 그는 그 자체가 고통인 파격적인 아름다움을 형상화한다. 대지와 디오니소스를 긍정하는 것은 곧 자기 자신의 고통을 긍정하는 것이라고 니체는 생각했다. 모든 것을 받아들이는 것, 최고의 모순을 받아들이는 것, 동시에 고통을 받아들이는 것, 그것은 곧 모든 것을 지배하는 것이었다. 니체는 이 왕국을 위해 대가를 치르는 데 동의했다. 오직 "장엄하게 고뇌하는" 저 대지만이 참되다. 오직 대지만이 신이다. 진리를 찾기 위해 진리가 있는 곳, 즉 대지의 배 속으로, 에트나 화산 속으로 몸을 던진 엠페도클레스와 마찬가지로, 니체는 인간이 우주의 심연으로 들어가서 영원한 신성을 되찾고 스스로 디오니소스가 되기를 권했다.『권력 의지』는 그 책이 그토록 자주 연상시키는 파스칼의『팡세』처럼 하나의 내기로 끝맺는다. 인간에게 아직 확신은 없으나 확신에의 의지는 있다. 그렇지만 둘은 여전히 같은 게 아니다. 니체 역시 이 극단에 이르러 흔들리고 있었다. "바로 이것이 그대의 용서받을 수 없는 점이다. 그대는 권력을 가

지고 있음에도 서명하기를 거부하고 있다." 어쨌든 그는 서명하지 않으면 안 되었다. 그러나 디오니소스라는 서명으로 불멸의 자리에 오른 것은 아리아드네[64]에게 보내는 편지, 니체가 미친 상태에서 쓴 편지뿐이다.

어떤 의미에서 니체의 반항 역시 악의 찬양으로 귀결된다. 차이가 있다면 니체의 경우 악이 더 이상 복수가 아니라는 점이다. 악은 선의 여러 양상 가운데 하나로서 정확히 말해 하나의 숙명으로서 받아들여진다. 그러므로 악은 초극으로, 이를테면 치료제로 간주된다. 니체의 정신에서 중요한 것은 영혼이 불가피한 대상 앞에서 보이는 당당한 동의뿐이었다. 그렇지만 우리는 그의 후예들이 누구인지, 최후의 반反정치적 독일인을 자처한 이 사람을 어떤 정치가 방패로 삼았는지 알고 있다. 그는 예술가적 폭군을 상상했다. 그러나 범인凡人들에게는 예술보다 폭정이 더 자연스러운 법이다. "파르지팔[65]보다 차라리 체사레 보르자[66]를!" 하고 니체는 외쳤다. 어쨌든 체사레 보르

---

64 그리스신화의 인물로 크레타섬의 왕 미노스의 딸이자 디오니소스의 아내다. 아리아드네는 아테네의 왕자 테세우스가 미로로 들어가 괴물 미노타우로스를 죽일 때, 미로에서 빠져나올 수 있도록 실타래를 제공한다. 흔히 말하는 '아리아드네의 실'은 난제를 해결해주는 물건 또는 방법을 뜻한다.

65 Parsifal. 아서 왕의 원탁의 기사 가운데 한 사람으로 온갖 시련과 고초를 겪은 끝에 성배를 찾았다.

66 César Borgia(1476-1507). 교황 알렉산데르 6세의 아들인데, 냉혹한 군인이자 정치가로 유명하다. 강대국의 보호보다 자국의 무력 증강을 선호한 그를 마키아벨리가 『군주론』에서 군주의 모델로 칭송했다.

자는 르네상스의 위인偉人들이 일반적으로 갖추었던 고귀한 심성을 갖추지 못했다. 개인이 종種의 영원성에 굴복하고 시간의 대윤회 속에 잠기기를 니체가 요구했을 때, 사람들은 종의 특수한 경우로서 민족을 만들어 개인을 이 비열한 신 앞에 무릎 꿇게 했다. 그가 두려움에 떨며 말했던 생명이란 것도 국가적으로 이용되는 생물학으로 전락하고 말았다. 권력 의지라는 말을 들먹이던 야만적인 상전들이 결국 니체가 경멸해 마지않던 "반유대주의"라는 추태를 그의 이름으로 채택했다.

니체는 지성과 결합된 용기를 믿었는데, 그는 그것을 힘이라고 불렀다. 그러나 사람들은 그의 이름을 빌려 용기를 지성에 반하는 것으로 바꾸어놓았다. 그리고 진정 그의 것이었던 이 미덕은 그 반대인 맹목적인 폭력으로 변질되었다. 그는 정신의 법에 따라 자유와 고독을 하나로 보았다. 그러나 그의 "정오와 심야의 깊은 고독"은 결국 유럽을 휩쓴 기계화된 군중 속에 함몰되고 말았다. 니체는 고전적 취미, 아이러니, 겸손한 오만의 옹호자였고, 귀족주의란 이유 불문하고 미덕을 실천하는 데 있으며 정직하기 위해 이유를 필요로 하는 자는 의심받아 마땅하다고 말한 귀족이었고, 올바름(본능이자 정열이 된 올바름)에 미친 사람이었고, "광신을 가장 치명적인 적으로 삼는 최고 지성의 최고 정의"를 섬기는 고집스러운 하인이었다. 그런 니체를 조국은 그가 죽은 지 33년 뒤에 거짓과 폭력의 교사로 삼았고, 그의 희생이 찬양의 대상으로 만든 개념들과 미덕들을 가증스러운 것으로 변질시켰다. 지성의 역사에서 마르크스를 제외하고 니체의 모험에 필적할 만한 것은 아무것도 없다. 우리는 그에게 가해진 불의를 교정하

반항인

는 일을 결코 완수하지 못할 것이다. 물론 우리는 역사에서 곡해되고 배반당한 여러 철학을 안다. 그러나 니체와 국가사회주의에 이르기까지, 한 특별한 영혼의 품위와 고뇌 덕분에 빛을 발하는 사상이 거짓의 퍼레이드와 수용소에 쌓인 시체들로 설명된 예는 아직 없었다. 초인의 설교가 하급下級 인간들의 방법적 제조로 귀결된다면, 이것이야말로 비난받아 마땅한 일일 것이다. 만일 19세기와 20세기의 위대한 반항 운동의 마지막이 이런 무자비한 굴종으로 귀결되어야 한다면, 반항에 등을 돌리고 니체가 동시대에 외쳤던 절망적 외침을 되풀이해야 하지 않겠는가. "나의 양심과 그대들의 양심은 이제 더 이상 같은 양심이 아니란 말인가?"

우선 니체와 로젠베르크[67]를 혼동할 수 없다는 사실을 인정하자. 우리는 니체의 변호인이 될 필요가 있다. 자신의 불순한 후예들을 미리 고발하면서 니체는 이렇게 말했다. "자신의 정신을 해방하는 자는 또한 자신을 징화해야 한다." 그러나 문제는 적어도 그가 생각한 영혼의 해방이 정화를 배제하고 있지 않은지 따져보는 것이다. 니체까지 이어져 내려와 니체가 떠맡은 반항 운동 자체가 그의 철학에 가해진 피에 물든 왜곡을 설명해줄 법칙과 논리를 지니고 있을지도 모른다. 과연 니체의 저술 가운데 결정적 살인의 빌미로 이용될 법한 것이 아무것도 없을까? 만약 살인자들이 글의 정신을 부정하고 문자 그

---

67 Alfred Rosenberg(1893-1946). 독일의 정치가로 국가사회주의를 지지했고, 인종 차별주의의 이론적 바탕을 제공했다. 나치스 외무장관을 지낸 그는 1946년 뉘른베르크 재판에서 사형을 선고받았다.

대로의 글자에만 주목한다면, 그들은 니체에게서 그들의 행동을 위한 구실을 발견할 수 있지 않았을까? 그렇다고 대답할 수밖에 없다. (항상 방법적 측면에 유의했는지는 확실치 않지만) 사상의 방법적 측면이 간과되는 순간부터, 그의 반항 논리에는 더 이상 한계가 없어진다.

우리는 우상에 대한 니체의 거부가 아니라 니체의 저술을 특징 짓는 열광적 동의로 인해 살인이 정당화된다는 사실에 주목해야 할 것이다. 모든 것에 '예'라고 말하는 것은 살인에 '예'라고 말하는 것을 상정한다. 살인에 동의하는 방식에는 두 가지가 있다. 만일 노예가 모든 것에 '예'라고 말한다면, 그는 주인의 존재와 자신의 고통에도 '예'라고 말하는 셈이다. 예수가 가르치는 것이 무저항 아니던가. 만일 주인이 모든 것에 '예'라고 말한다면, 그는 노예 상황과 타인의 고통에도 '예'라고 말하는 셈이다. 바로 이 지점에서 폭정과 살인의 찬미가 나타난다. "항구적인 거짓과 항구적인 살인으로 점철된 삶을 살아가면서 거짓말하지 말라, 살인하지 말라는 신성하고도 범할 수 없는 율법을 믿는다는 것은 가소로운 일이 아닐까?" 과연 형이상학적 반항의 최초 동향은 삶의 거짓과 범죄에 대한 항의였을 뿐이다. 이 원초적 '아니요'를 망각하는 니체의 '예'는 실제로 있는 그대로의 세계를 거부하는 도덕을 부정하는 동시에 반항 자체를 부정한다. 니체는 간절한 바람으로 그리스도의 영혼을 지닌 로마의 카이사르 같은 전형을 찾았다. 그것은 그의 정신 속에서 노예와 주인에게 동시에 '예'라고 말하는 것이었다. 그러나 양자를 모두 긍정하는 것은 둘 중 더 강한 자, 즉 주인을 신성화하는 것으로 귀결한다. 결국 그 카이사르는 숙명적으로 영혼의 지배를 포기하고 사실의 지배를 택해야 했다. 자신의 방법에 충실한 교수로서 니체는 "어떻게 범죄를 이용할 것인 가?"라고 자문했다. 카이사르는 범죄를 증식시킴으로써라고 대답한 다. 니체는 불행히도 이렇게 썼다. "목적이 위대한 것일 때 인간은 특 별한 조처를 취하게 되며, 더없이 무서운 수단을 이용한다 해도 범 죄를 범죄로 여기지 않게 된다." 그는 이런 주장이 이제 막 치명적으 로 작용할 참이었던 세기의 가장자리에서, 1900년에 죽었다. 그는 명 철했던 시절에 이렇게 헛되이 외쳤다. "온갖 종류의 부도덕한 행위에 대해 말하기는 쉽다. 그러나 사람들에게 그런 행위를 견딜 만한 힘이 있을까? 가령 나는 약속을 어기거나 살인을 하는 행위는 견딜 수 없 으리라. 나는 오래도록 괴로워하리라. 그리고 마침내 죽고 말리라. 바 로 그런 것이 나의 운명이다." 그러나 인간 경험의 총체에 동의가 주 어지는 순간부터, 괴로워하기는커녕 거짓과 살인 속에서 강해지기만 하는 또 다른 자들이 나타날 수도 있다. 니체의 책임은 방법상의 고 차원적 이유로 사상의 정오에서 비록 일순간일지라도 이 치욕에 대 한 권리를 정당화했다는 사실에 있다. 도스토옙스키는 이 권리를 인 간에게 주면 분명 인간은 이 권리에 정신없이 뛰어들 것이라고 말했 다. 그러나 니체의 본의 아닌 책임은 여기에 그치지 않는다.

니체는 스스로 인정했듯 허무주의의 가장 첨예한 의식이다. 니 체 덕분에 반항 정신이 이룬 결정적인 진보는 이상理想의 부정으로부 터 이상의 세속화로 도약했다는 사실에 있다. 인간의 구원은 신의 품 에서 이루어지지 않는 이상, 대지 위에서 이루어져야 한다. 세계가 방 향을 가지고 있지 않은 이상, 인간은 세계에 하나의 방향을 부여해 야 한다. 그것은 바로 초인超人에 이르는 방향이다. 니체는 인류의 미래를 이끌 방향을 요구했다. 그는 이렇게 말했다. "대지를 다스릴 과제가 우리에게 떨어지리라." 그는 또 이렇게 말했다. "대지를 지배하기 위해 투쟁해야 할 때가 가까워지고 있다. 이 투쟁은 철학적 원리의 이름으로 전개되리라." 그러나 그렇게 예고한 까닭은 그가 허무주의의 내적 논리가 경고하는 바를 깨달았기 때문이고, 동시에 그 논리적 귀결 가운데 하나가 제국이라는 것을 알았기 때문이다. 이런 점에서 그는 이 제국을 준비하고 있었던 셈이다.

니체가 상상한 신 없는 인간, 이를테면 고독한 인간에게는 자유가 있다. 세계의 바퀴가 멈추고 인간이 실제로 있는 그대로의 것에 '예'라고 긍정하는 정오에는 자유가 있다. 그러나 실제로 있는 그대로의 것은 생성 변화한다. 생성 변화에 대해서도 '예'라고 긍정해야 한다. 드디어 빛은 사라지고 태양의 축이 기운다. 그리하여 역사가 재개되니 역사 속에서 자유를 찾아야 한다. 역사에게도 '예'라고 말해야 한다. 개인적 권력 의지 이론인 니체 사상은 전체적 권력 의지 속에 등재되지 않을 수 없었다. 니체 사상은 세계 제국 없이는 아무것도 아니다. 니체는 아마도 자유사상가들과 인도주의자들을 증오했을 것이다. 그는 '정신적 자유'라는 말을 가장 극단적 의미로, 즉 개인적 정신의 신성神性이라는 의미로 사용했다. 그러나 그는 자유사상가들 역시 그와 동일한 전제, 즉 신의 죽음이라는 전제에서 출발했고, 그 결과 역시 동일하다는 사실을 부인할 수 없었다. 니체는 인도주의가 초월적 정당화를 상실한 기독교, 그리하여 애초의 원인을 거부하면서도 목적인은 여전히 보존하고 있는 기독교에 불과하다는 사실을 잘 알고 있었다. 그러나 그는 허무주의의 불가피한 논리에 의해 사회주

반항인

의적 해방 이론이 그가 꿈꾸었던 초인성을 떠안으리라는 사실을 모르고 있었다.

철학은 이상을 세속화한다. 그런데 폭군들이 나타나면서 그들은 자신들에게 그 권리를 부여한 철학들을 세속화한다. 니체는 헤겔의 경우에서 이와 같은 식민지화를 이미 간파했었다. 그가 보기에 헤겔의 독창성은 하나의 범신론, 즉 악과 과오와 고통이 더 이상 신에 대항하는 논거로 사용될 수 없는 하나의 범신론을 창안한 데 있다. "그러나 국가와 기성 권력들이 즉시 이 위대한 창안을 이용했다." 니체 자신도 하나의 이론 체계를 상상한 바 있다. 그 이론 체계에 따르면, 범죄가 더 이상 무엇인가에 대항하는 논거로 사용되지 않을 뿐만 아니라 오직 하나의 가치가 인간의 신성 가운데 존재하게 된다. 이 위대한 창안 역시 이용되기를 기다리고 있었다. 이러한 관점에서 볼 때, 국가사회주의란 허무주의의 일시적 상속자요, 허무주의의 치열하고도 요란한 귀결에 지나지 않는다. 유날리 논리 정연하고 야심만만한 자들이 마르크스로써 니체를 수정할 것이고, 그리하여 창조 전체가 아니라 오직 역사에 대해서만 '예'라고 긍정할 것이다. 니체가 우주 앞에 무릎 꿇게 했던 반역자가 그때부터 역사 앞에 무릎 꿇을 것이다. 그렇다고 해서 놀랄 게 뭐가 있을까? 초인 이론을 내세운 니체, 그에 앞서 계급 없는 사회를 외친 마르크스, 둘 다 초월적 내세를 미래의 약속으로 대체한다. 이 점에서 니체는 초월적 내세를 지금 당장의 세계로 대체했던 그리스인들과 예수의 가르침을 배반한 셈이다. 니체와 마찬가지로 마르크스는 전략적으로 사색했고, 형식 미덕을 싫어했다. 현실의 어떤 국면에 대한 동의로 귀결된 그들의 반항은 머잖아 마르크스레닌주의 속에 용해될 것이고, 니체 자신이 "성직자와 교육자와 의사를 대신하게" 되리라고 예견한 그 계급 속에 구현될 것이다. 중요한 차이점은 니체가 초인을 기다리면서 실제로 있는 그대로의 것에 '예'라고 말하기를 제안했고, 마르크스는 생성 변화하고 있는 것에 '예'라고 말하기를 제안했다는 데 있다. 마르크스에게 자연이란 역사에 복종하기 위해 인간이 정복하는 대상인 데 비해, 니체에게 자연이란 역사를 정복하기 위해 인간이 복종하는 대상이다. 그것은 기독교인과 그리스인의 차이와 같다. 니체는 머지않아 닥칠 사태를 예견했었다. "현대의 사회주의는 일종의 세속적 예수회를 창조하려 하고, 모든 사람을 도구로 만들려는 경향이 있다." 그리고 "사람들이 바라는 것, 그것은 안락이다…. 따라서 사람들은 전대미문의 정신적 노예 상태로 나아가고 있다…. 지적 황제주의가 상인들과 철학자들의 모든 활동 위로 떠다니고 있다". 니체 철학의 도가니를 거침으로써 반항은 자유의 광란 속에서 생물학적 혹은 역사적 전제정치로 귀착한다. 절대적 '아니요'는 슈티르너를 개인의 신격화와 범죄의 신격화로 몰고 갔다. 그러나 절대적 '예'는 인간 자신의 보편화와 살인의 보편화에 이른다. 마르크스레닌주의는 니체의 의지를 떠안았으나 그것은 니체적인 미덕에 대한 무지의 결과였다. 향후 가장 위대한 반항자가 손수 필연성의 무자비한 지배 체제를 창조하여 거기에 갇히게 된다. 신의 감옥을 탈출한 그 반항자의 첫 번째 관심은 역사와 이성의 감옥을 건설하는 일이 될 것이다. 또한 그렇게 함으로써 그는 니체가 극복하려 했던 허무주의를 감추고 신성화하는 작업을 완수할 것이다.

반항적인 시

만일 형이상학적 반항이 '예'를 거부하고 절대적으로 부정하기만 한다면, 형이상학적 반항은 그럴싸한 겉치레에 그치게 된다. 만일 형이상학적 반항이 현실에 이의를 제기하지 않고 지금 있는 그대로의 것을 찬양하기만 한다면, 형이상학적 반항은 조만간 행동하지 않을 수 없게 된다. 두 경우 사이에서 이반 카라마조프는 고통스러운 의미이긴 하지만 될 대로 되라는 식의 방관적 태도를 보인다. 19세기 말과 20세기 초에 반항적인 시는 이 두 극단, 즉 문학과 권력 의지, 합리와 비합리, 절망적인 꿈과 무자비한 행동 사이를 끊임없이 오가며 진동했다. 그 진동의 끝에 이르러 이 시인들, 특히 초현실주의자들은 겉치레에서 행동으로 가는 지름길을 우리에게 훤히 비춰 보인다.

너새니얼 호손은 허먼 멜빌이 신을 믿지 않으면서도 무신앙 속에서 편할 수 없었다고 썼다. 이와 마찬가지로 천성에 대한 공격에 투신한 초현실주의 시인들 역시 모든 것을 뒤엎으려 하면서도 질서에 대한 절망적인 향수를 품었다고 말할 수 있다. 극한의 모순에 의해 그들은 비합리로부터 합리를 끌어내려 했고, 비합리적인 것을 하나의 방법으로 삼으려 했다. 낭만주의의 이 위대한 상속자들은 시를 모범적인 것으로 만들어 시가 지닌 가장 비통한 것 속에서 참된 삶을 찾고자 했다. 그들은 독신瀆神을 신성화했고, 시를 실험과 행동의 수단으로 탈바꿈시켰다. 그들 이전에는 적어도 서구에서 역사와 인간에게 영향을 끼치려 한 자들은 합리적 법칙의 이름으로 그렇게 했었다. 그와 반대로 초현실주의는 랭보에 뒤이어 광란과 파괴 속에서 건설의 법칙을 찾아내고자 했다. 랭보는 작품을 통해, 오직 작품을 통해 길 언저리를 비추는 명멸하는 번개처럼 그런 길을 보여주었다. 초현실주의는 그 길을 파고들었고, 그 길의 이정표를 만들었다. 때로는 과도하게 전진하고 때로는 뒤로 후퇴하면서, 초현실주의는 또 다른 길에서 반항적 사고가 절대적 이성을 예찬하던 바로 그때 비합리적 반항의 실천적 이론에 화려하고 결정적인 표정을 부여했다. 초현실주의의 계시자였던 로트레아몽과 랭보는 겉치레에 대한 비합리적 욕망이 어떤 길을 통해 반항자를 더없이 자유를 침해하는 행동으로 이끌 수 있는지를 우리에게 가르쳐준다.

로트레아몽과 진부함[68]

로트레아몽은 반항자의 경우 겉치레에 대한 욕망이 진부함을 향한 의지 뒤로 숨는다는 사실을 보여준다. 위로 올라가든 아래로 내려가든, 반항자는 자신의 진정한 존재를 인정받기 위해 항거했음에도 실제로 있는 그대로의 자기와 다르게 되기를 바란다. 로트레아몽의 신성모독과 순응주의는 동시에 이 불행한 모순을 설명해주는데, 이 모순은 결국 아무것도 되지 않겠다는 의지로 귀결된다. 거대한 원초적 밤으로 초대하는 말도로르[69]의 노래와 『시집』에서 공들여 만든 진부

---

68 『말도로르의 노래』*Les Chants de Maldoror*에서 극한의 창조적 언어를 보여준 로트레아몽은 『시집』*Poésies*에서는 거꾸로 진부하기 그지없는 언어를 추구한다. 카뮈의 「로트레아몽과 진부함」*Lautréamont et la banalité*은 초현실주의의 수장 앙드레 브르통의 분노를 불러일으킨다.

69 로트레아몽Lautréamont의 산문 시집 『말도로르의 노래』의 주인공이다.

한 언어는 일반적으로 생각하듯 서로에 대한 개영시改詠時[70]이기는커 녕, 둘 다 절멸에 대한 광적인 욕망을 나타낸다.

　로트레아몽과 더불어 우리는 반항이 사춘기임을 이해하게 된다. 우리의 폭탄과 시의 위대한 테러리스트들은 유년기로부터 겨우 빠져나온 셈이다. 『말도로르의 노래』는 거의 천재적인 중학생의 책이다. 이 책의 비장미는 정녕 창조와 자아에 항거하는 한 어린 가슴의 모순으로부터 태어난다. 『일뤼미나시옹』*Les Illuminations*의 랭보와 마찬가지로 세계의 벽에 부닥친 이 시인은 변화하는 세계에서 자신을 현재의 모습 그대로 유지하게 하는 가당치 않은 법칙에 동의하기보다 차라리 묵시록과 파괴를 택한다.

　"나는 인간을 변호하기 위해 존재한다"라고 로트레아몽은 당돌하게 말한다. 그렇다면 말도로르는 연민의 천사인가? 자신에게 연민을 품은 그는 어떤 면에서 그렇다. 왜인가? 그것은 앞으로 밝힐 문제이다. 그러나 기만딩하고 짓밟힌 연민, 고백할 수도 없고 고백하지도 않은 연민이 그를 기이한 극단으로 몰아갈 것이다. 말도로르는 삶을 하나의 상처로 받아들였고, 자살을 통해 그 상처를 치료하려 하지 않았다. 랭보처럼 고통받고 반항했던 자이지만, 이상하게도 후퇴하면서 실제로 있는 그대로의 자기에게 반항하는 것이라고 말한다. 그는 반항자의 영원한 알리바이인 인간에 대한 사랑을 전면에 내세운다.

　하지만 인간을 변호하기 위해 존재한다는 자가 동시에 이렇게 쓰고 있다. "선량한 인간이 있다면 한 사람이라도 내게 보여달라." 이

70　이전의 시에서 했던 말을 취소하는 시를 가리킨다.

영원한 운동은 허무주의적 반항 운동에 지나지 않는다. 그는 자신과 인간에게 가해진 불의에 반항한다. 그러나 그가 이 반항의 정당성과 자신의 무능함을 동시에 깨닫는 명철한 순간, 격렬한 부정否定이 그가 변호하려 했던 대상까지 확장된다. 정의의 확립으로 불의를 수정할 수 없다면, 그는 그 불의를 훨씬 더 보편적인 불의, 종국에 이르러 소멸에 일치하는 불의 속에 익사시키려 하는 것이다. "그대가 내게 행한 악이 너무나 크고, 내가 그대에게 행한 악 또한 너무나 커서 그 악이 의지에 따른 것이라 할 수 없을 정도이다." 자신을 증오하지 않기 위해서는 자신이 무죄라고 선언해야 할 텐데, 그것은 개별 인간으로서는 할 수 없는 대담한 일이다. 인간은 자기 자신을 알고 있기에 그렇게 할 수 없다. 그러나 비록 모두가 죄인으로 취급받고 있기는 해도, 인간은 적어도 만인이 무죄라고 선언할 수는 있다. 그 경우, 신이 죄인이 된다.

낭만주의자들에서 로트레아몽까지, 어조를 제외하고 실질적인 진보는 없다. 로트레아몽은 아브라함의 신의 얼굴과 악마적 반역자의 이미지를 좀 더 완성된 모습으로 다시 부활시켰을 뿐이다. 그는 신을 "인분과 황금으로 된 왕좌에" 앉힌다. 그 왕좌에는 "창조주를 자칭하는 자가 빨지도 않은 천으로 만든 수의壽衣를 걸친 채 어리석은 오만을 떨면서" 자리 잡고 있다. "늙은이들과 어린아이들을 불태우는 불길에 부채질을 해대는" "교활한 악당", "독사의 형상을 한 무시무시한 신"이 술에 취해 진창길에 굴러다니거나 윤락가에서 천박한 쾌락을 탐한다. 신은 죽은 게 아니라 전락한 것이다. 타락한 신의 면전에서 말도로르는 검은 망토를 걸친 전통적 기사로 그려져 있다. 그는

"저주받은 자"다. "지고한 존재가 사나운 증오의 미소로써 내게 덮어씌운 이 추한 모습을 남의 눈에 드러내지 말아야 한다." 그는 "이제부터 오로지 자기 혼자만을 생각하기 위해 어머니, 아버지, 섭리, 사랑, 이상" 그 모든 것을 부정했다. 오만으로 뒤틀린 이 주인공은 형이상학적 댄디의 온갖 매력을 갖추고 있다. 이를테면 그는 "우주처럼 슬프고 자살처럼 아름다운 모습, 인간 이상의 모습"을 지니고 있다. 낭만주의적 반항자처럼 신의 정의에 절망함으로써 말도로르는 악의 편을 들 것이다. 고통을 주고 또 그럼으로써 고통을 당하는 것이 그의 계획이다. 한마디로 『말도로르의 노래』는 악의 장광설이다.

이 전환점에 이르러 피조물은 더 이상 옹호되지 않는다. 그 반대로 "온갖 수단으로 인간을, 이 야수를, 창조자를 공격할 것…" 이것이야말로 『말도로르의 노래』의 의도이다. 신을 적으로 삼는다는 생각에 넋이 나간 말도로르는 위대한 죄인들의 벅찬 고독에 취해 ("혼자서 인류에 대항하는 나") 피조물과 그 창조자에게 항거하는 네 전념한다. 『말도로르의 노래』는 "범죄의 신성함"을 찬양하고 "영광의 범죄"가 계속되리라고 예고하며, 두 번째 노래 제20절은 그야말로 범죄와 폭력에 대한 교육학의 시초를 이룬다.

그렇지만 그토록 아름다운 열정도 당시에는 진부하고 상투적인 것이었다. 그것은 전혀 무가치한 것이다. 로트레아몽의 진정한 독창성은 다른 데 있다.[71] 낭만주의자들은 신중하게도 인간의 고독과 신

---

71 따로 출판된 극히 평범한 바이런풍의 첫 번째 노래와 기괴한 수사修辭가 난무하는 그다음 노래들 사이의 차이점은 바로 이 독창성에 있다. 이 단절의 중요성을 통찰한 사람은

의 무관심 사이의 숙명적인 대립을 유지했는데, 이 고독의 문학적 표현이 바로 고립된 성城과 댄디이다. 그러나 로트레아몽의 작품은 좀 더 심오한 드라마를 보여준다. 그는 이 고독을 참을 수 없었고, 창조에 반항하여 몸을 일으킨 그는 창조의 한계를 파괴하려 했던 것처럼 보인다. 높은 성벽을 쌓아 인간의 지배를 강화하려고 애쓰기는커녕, 그는 모든 지배를 뒤섞고자 했다. 그에 의해 창조는 원초의 바다로 되돌려졌다. 그 원초의 바다에서, 그에 따르면 가공可恐할 문제라는 불멸성의 문제와 함께 도덕이 의미를 잃는다. 창조에 맞서 반역과 댄디의 화려한 이미지를 확립하려 한 게 아니라, 세계와 인간을 하나의 절멸 속에 뒤섞으려 한 것이다. 그는 인간과 우주를 갈라놓는 바로 그 경계선을 공격했다. 완전한 자유, 특히 범죄의 자유는 인간에 관련된 경계의 파괴를 전제로 한다. 자기 자신과 모든 인간을 증오하게 만드는 것으로는 충분하지 않다. 인간의 지배를 본능이 지배하는 수준까지 올려야 한다. 우리는 로트레아몽에게서 합리적 의식에 대한 그런 거부를, 스스로에 반항하는 문명의 특징 가운데 하나인 원초적인 것으로의 회귀를 발견한다. 이제 의식의 집요한 노력으로써 겉치레에 치중하는 게 아니라 더 이상 의식으로 존재하지 않는 것이 관건이다.

『말도로르의 노래』의 모든 피조물은 양서류다. 왜냐하면 말도로르가 대지와 대지의 제약을 거부하기 때문이다. 그리고 식물상植物相은 해조와 수초로 구성되어 있다. 말도로르의 성은 물 위에 있다. 그

모리스 블랑쇼Maurice Blanchot였다. [원주]

의 조국은 오래된 대양大洋이다. 이중의 상징인 대양은 소멸의 장소인 동시에 화해의 장소다. 대양은 자아와 타인들을 경멸하는 영혼들이 겪는 격심한 갈증, 즉 더 이상 존재하고 싶지 않은 갈증을 달래준다. 『말도로르의 노래』는 우리 시대의 『변신 이야기』*Métamorphoses*와도 같다. 우리 시대의 『변신 이야기』에서는 고대의 미소가 면도칼에 베인 입에서 나오는 웃음, 즉 쇠를 긁는 듯 기분 나쁘고 광포한 유머의 이미지로 대체되었다. 이 우화집에는 온갖 의미가 들어 있지만, 그것은 가장 어두운 반항의 심성에 근원을 두는 하나의 절멸 의지를 노정한다고 봐야 할 것 같다. 파스칼의 "바보가 될지어다"라는 말은 『말도로르의 노래』와 더불어 글자 그대로의 의미를 갖는다. 로트레아몽은 살기 위해 유지해야 할 냉정하고 엄혹한 명철성을 견딜 수 없었던 듯하다. "내 주관성과 창조자, 그것은 정말 골치 아픈 문제이다." 그리하여 그는 자신의 삶을, 자신의 작품을 먹물을 뿜고 번개처럼 달아나는 오징이의 유영 같은 것으로 환원시켰다. 밀도로르가 먼바다에서 암컷 상어와 "순결하면서도 흉측스러운 교미"를 하는 아름다운 이야기, 특히 문어로 변신한 말도로르가 창조주를 공격하는 의미심장한 이야기는 존재의 경계 바깥을 향한 탈출과 자연의 법칙에 대한 발작적인 공격을 나타낸다.

정의와 격정이 마침내 균형을 이룬 조화로운 조국에서 내쫓긴 자들은 그래도 고독보다는, 말이 더 이상 의미를 갖지 않고 눈먼 피조물들의 힘과 본능이 지배하는 가혹한 왕국을 선호한다. 이 도전은 동시에 고행이다. 두 번째 노래에서 천사와의 싸움은 천사의 패배와 부패로 끝나고 있다. 그때 하늘과 땅은 원초적 생명의 액체 심연으로 되돌아가 혼돈으로 뒤섞인다. 이렇게 하여『말도로르의 노래』의 인간-상어는 "팔 끝과 다리 끝에 새로운 변화가 생기는데, 그것은 미지의 범죄에 대한 속죄의 벌에 불과했다." 사실 로트레아몽의 잘 알려지지 않은 생애 가운데에는 하나의 범죄 또는 하나의 범죄가 지닌 환영(동성애일까?)이 있다.『말도로르의 노래』를 읽은 독자라면 누구나이 책에 「스타브로긴의 고백」[72]이 결여되어 있다는 생각을 금할 수가없는 것이다.

『말도로르의 노래』에 고백이 없기 때문일까,『시집』에서는 신비스러운 속죄 의지가 배가된다. 앞으로 알게 되겠지만, 비합리적 모험의 끝에 이르러 이성을 회복하고, 무질서를 거듭한 끝에 질서를 되찾으며, 벗어나고자 한 쇠사슬보다 훨씬 더 무거운 쇠사슬을 스스로 받아들이는 운동, 요컨대 몇몇 형태의 반항에 적합한 운동이 이 작품에묘사되어 있다. 그것은 너무도 단순하게, 너무도 냉소적으로 그려져있어서 이러한 변화에는 반드시 일정한 의미가 있을 것 같다. 절대적'예'의 이론이 절대적 '아니요'에 열광했던『말도로르의 노래』를 계승하고, 도식적인 순응주의가 무자비한 반항을 계승한다. 그것도 명철한 의식으로 그렇게 한다. 사실상『시집』은『말도로르의 노래』에 관해 더없이 훌륭한 해설을 제공한다. "이러한 환각과 함께 자라난 절망은 문학인들을 엉뚱하게도 신적·사회적 법칙의 폐기와 이론적·실천적 사악함으로 인도한다."『시집』은 또한 "허무의 비탈로 굴러떨어

---

72 도스토옙스키의 소설『악령』의 마지막 장으로 주인공 스타브로긴이 자신의 악행을 고백한다.

지며 즐거운 환호성으로 자신을 경멸하는 작가의 범죄성"을 폭로한다. 그러나 이런 악에 대해 시집은 형이상학적 순응주의 외에 그 어떤 처방도 제시하지 못한다. "그리하여 회의懷疑의 시는 음울한 절망과 이론적 사악함에 이르는데, 이는 그 시가 근본적으로 허위의 시이기 때문이다. 바로 그러한 까닭에 원리가 문제 되는 것이며, 바로 그러한 까닭에 원리가 문제 되지 말아야 하는 것이다."(다라세에게 보내는 편지). 이런 근사한 이유들은 요컨대 어린이 성가대의 도덕이나 군사훈련 교과서의 도덕을 요약할 따름이다. 그러나 순응주의는 광포해질 수도 있고, 또 그럼으로써 엉뚱해질 수도 있다. 한때는 희망의 용龍을 제압한 사악한 독수리의 승리를 찬양했으나 이제는 오히려 희망만을 노래할 수도 있고, "찬란한 희망이여, 대낮의 장엄한 목소리로 그대를 내 황량한 집에 부르노라"라고 쓸 수도 있다. 인류를 위로하는 일, 인류를 형제로 대하는 일, 공자, 부처, 소크라테스, 예수 그리스도처럼 "굶주림으로 죽어가면서도 이 마을 저 마을을 찾던 모럴리스트들"(역사적으로 볼 때 잘못된 말이긴 하지만)에게로 되돌아가는 일, 이 또한 절망의 계획이다. 이처럼 악덕의 한복판에서 미덕이, 정돈된 삶이 향수로 떠오른다. 왜냐하면 로트레아몽은 기도를 거부하며 그에게 그리스도는 모럴리스트에 지나지 않기 때문이다. 그가 제의하는 것, 아니 오히려 그는 자기 자신에게 불가지론과 의무와 완수를 제의한다. 그러나 이처럼 근사한 강령은 불행히도 포기와 아늑한 저녁과 평온한 마음, 느긋한 성찰을 전제로 한다. 로트레아몽이 문득 이렇게 쓸 때 사뭇 감동적이다. "나는 탄생의 은총 외에 어떤 은총도 알지 못한다." 그가 이렇게 덧붙일 때 악문 그의 이빨이 보이는 듯하다. "공명정대한 정신이라면 그 은총이 완전한 것임을 알고 있으리라." 그러나 삶과 죽음 앞에서 공명정대한 정신이란 없는 법이다. 반항자는 로트레아몽과 함께 사막으로 도피한다. 하지만 이 순응주의의 사막은 랭보의 하라르만큼이나 암울한 곳이다. 게다가 절대에 대한 취미와 소멸을 위한 광란이 사막을 더욱 황폐하게 만든다. 말도로르가 전적인 반항을 원했듯, 로트레아몽은 똑같은 이유로 절대적 진부함을 선언한다. 그가 원초의 태양 속에서 질식시키려 했던 양심의 외침, 야수의 포효에 뒤섞어버리려 했던 양심의 외침, 한때는 수학의 찬미 속에서 달래보려고 했던 양심의 외침, 그것을 이번에는 음울한 순응주의의 실천으로 질식시키려고 한다. 그리하여 반항자는 자기 반항의 기저에 있는 그 어떤 존재를 향한 부름의 외침에 귀를 막으려 하는 것이다. 어떤 것이 되기를 거부하든 어떤 것이 되기를 수락하든, 더 이상 존재하지 않겠다는 것이다.[73] 그리고 둘 중 어느 경우든 습관적인 몽상이 문제이다. 진부한 상투성 또한 하나의 태도인 것이다.

순응주의는 우리의 지성사에서 큰 부분을 차지하는 반항의 허무주의적 유혹들 가운데 하나다. 허무주의적 유혹은 행동에 나선 반항자가 자신의 뿌리를 잊을 때 어떻게 엄청난 순응주의에 빠질 수 있는지 잘 보여준다. 그러므로 이 유혹은 20세기를 설명해준다. 통상 순수 반항의 시인으로서 찬양받는 로트레아몽은 반대로 현대 세계에서 꽃피는 지성의 굴종 취미를 예고하고 있었다. 『시집』은 '미래의 책'에 붙이는 서문에 불과하다. 기실 모두가 문학적 반항의 이상적 귀결

---

73 마찬가지로 판타지오Fantasio는 그런 덧없는 부르주아가 되기를 원한다. [원주]

이 될 이 미래의 책을 꿈꾼 바 있다. 오늘날 이 미래의 책은 로트레아몽의 의도와 달리, 당국의 명령에 따라 수백만 권씩 쓰이고 있다. 천재란 확실히 진부한 상투성과 불가분의 관계에 놓인다. 그러나 타인들의 상투성, 이를테면 사람들이 헛되이 추종하는 상투성, 필요하다면 경찰력을 동원해서라도 창조자와 결탁하는 상투성은 중요하지 않다. 창조자에게는 자신의 상투성, 즉 전적으로 창조해야 할 진부한 상투성이 중요하다. 모든 천재는 괴팍한 동시에 평범한 법이다. 두 성격 중 하나만 가졌다면 그는 아무것도 아니다. 반항과 관련하여 우리는 그 점을 곱씹어봐야 하리라. 반항은 댄디와 추종자를 거느리고 있지만, 그들을 적자嫡子로 인정하지는 않는다.

초현실주의와 혁명

여기서 랭보를 언급할 일은 그리 많지 않을 것이다. 그에 관해서는 이미 충분한 논의가 이루어졌다. 그렇지만 랭보가 그의 작품 속에서만 반항의 시인이었다는 사실을 분명히 밝히고자 한다. 바로 그 사실이 우리의 주제와 관련되기 때문이다. 랭보의 삶은 그 삶이 만들어낸 신화를 정당화하기는커녕 최악의 허무주의에 대한 동의를 보여줄 뿐이다. 이 점을 드러내기 위해서는 하라르 시절의 편지들을 객관적으로 읽어보는 것으로 족하다. 랭보는 자신의 천부적 재능을 포기했다는 이유로 신처럼 떠받들어졌다. 마치 그러한 포기가 초인적인 미덕을 전제로 하기나 하는 것처럼 말이다. 이렇게 말하면 우리 동시대인의 알리바이를 무색하게 하는 것일지 몰라도, 어디까지나 천재가 미덕이지 천재의 포기가 미덕일 수는 없다. 랭보의 위대함은 고향 샤를빌 시절 초기의 절규에 있는 것도 아니요, 하라르 시절의 수상쩍은 상거래에 있는 것도 아니다. 그의 위대함은 반항에 유례없이 정확한 표현을 부여하면서 자신의 승리와 동시에 자신의 고뇌를 말하는 순간, 이 세계에 존재하지 않는 삶과 동시에 피치 못할 이 세계를 말하는 순간, 불가능한 것을 향해 외치는 동시에 부둥켜안아야 할 거친 현실을 말하는 순간, 도덕을 거부하는 동시에 의무에 대한 억누를 길 없는 향수를 말하는 순간에 터져 나온다. 자신의 내면에 광명과 지옥을 아울러 지닌 채, 미를 모욕하는 동시에 경배하면서 그가 불가항력의 모순을 서로 교차하는 이중의 노래로 빚어내는 순간, 그는 반항의 시인, 그것도 가장 위대한 반항의 시인이 된다. 랭보가 쓴 두 위대한 작품의 구상 순서는 중요하지 않다. 두 작품 구상 사이의 시간적 간격은 거의 없었다. 모름지기 예술가라면 경험에서 우러나오는 절대적 확신으로 랭보가 『지옥에서 보낸 한 철』*Une Saison en enfer*과 『일뤼미나시옹』을 동시에 품었음을 통찰할 수 있을 것이다. 두 작품을 차례로 썼을지라도 구상은 동시에 이루어진 것이다. 그를 죽도록 괴롭힌 이 모순이야말로 그의 진정한 천재성을 보여준다.

그러나 끝까지 고민해내지 않고 모순을 피해 자신의 천재를 배신하는 자의 미덕이 도대체 어디에 있단 말인가? 랭보의 침묵은 반항의 새로운 방식이 아니다. 적어도 하라르 시절의 편지들이 간행된 이후, 우리는 더 이상 그렇게 볼 수 없게 되었다. 그의 변신은 확실히 신비스럽다. 그러나 예쁜 아가씨들이 결혼과 함께 돈 계산과 뜨개질을 하는 기계로 전락하는 범속성에도 신비스러운 점은 있는 법이다. 랭보 주위에 형성된 신화는 『지옥에서 보낸 한 철』 이후에는 더 이상 아무것도 가능하지 않았다는 사실을 상정한다. 천재의 계관을 쓴 시인에게, 지칠 줄 모르는 창조자에게 대체 무엇이 불가능하다는 말인가? 『백경』, 『심판』, 『차라투스트라는 이렇게 말했다』, 『악령』 이후 무엇을 더 상상할 수 있는가? 그러나 이러한 작품들 이후로도 인간을 계도하고 수정하고 인간 내부의 자랑할 만한 점을 보여주는 위대한 작품들, 창조자가 죽음으로써 완성되는 위대한 작품들이 여전히 태어난다. 『지옥에서 보낸 한 철』보다 더 위대한 작품이 탄생하기를 누군들 고대하지 않았을까? 하지만 랭보는 이를 포기함으로써 우리에게 한없는 실망을 남겼다.

아비시니아Abyssinie[74]는 수도원 같은 곳일까? 랭보의 입을 막은 것은 그리스도일까? 그렇다면 그 그리스도는 아마도 오늘날 은행 창구에 군림하는 자와 다르지 않을 것이다. 왜냐하면 그 편지들에서 이 저주받은 시인이 "투자를 잘해서" "정기적으로 이득을 보기를" 바라며 줄곧 돈 이야기만 하고 있기 때문이다.[75] 고통 가운데서도 노래를 했고, 신과 미를 저주했고, 정의와 희망에 맞서 싸웠고, 범죄의 바람에 찬연히 몸을 맡겼던 자가 단지 "장래성 있는" 여자와 결혼하기만을 원하는 것이다. 현자이며, 견자voyant, 見者[76]이며, 늘 감옥에 갇힌 다

---

74 에티오피아의 옛 이름이다.

75 수취인이 누구인가에 따라 이 편지들을 달리 설명할 수 있음을 지적하는 것은 옳은 일이다. 그러나 이 편지들 속에 거짓의 흔적은 보이지 않는다. 옛날의 랭보Arthur Rimbaud를 암시하는 말이라고는 한마디도 없다. [원주]

76 랭보 시론의 골자를 이루는 용어로서, 볼 수 없고 들을 수 없는 절대의 세계를 통찰하는 자이다.

루기 힘든 도형수이며, 신 없는 대지의 인간 왕인 그가 전대에 8킬로그램의 금덩이를 넣고 다니면서 그 때문에 이질에 걸렸다고 불평하는 것이다. 바로 이 자가 신화적인 영웅, 즉 세계를 향해 침은 못 뱉지만 이런 전대를 생각만 해도 죽도록 부끄러워할 숱한 젊은이들에게 본보기로 제시되는 영웅이란 말인가? 신화를 유지하기 위해서는 이 결정적 편지들을 무시해야 한다. 그러고 보니 이 편지들이 언급되거나 논평된 적이 거의 없었다. 때때로 진리가 그러하듯, 이 편지들은 신성을 모독한다. 걸출하고 찬양할 만한 시인, 당대의 가장 위대한 시인, 번개같이 출몰하는 신탁자, 그가 바로 랭보였다. 그러나 그는 사람들이 우리에게 소개하고자 했던 신인神人도, 야성적인 모범도, 시의 수도승도 아니다. 그 사람은 오직 임종의 순간 병상에서 자기의 위대함을 되찾았는데, 그 순간에는 비속한 심성까지도 감동적이었다. "난 얼마나 불행한 것일까, 도대체 난 얼마나 불행한 것일까…. 내가 가진 돈을 내가 감시할 수조차 없다니!" 비참한 임종 시에 토설되는 이 커다란 외침은 다행히도 랭보를 인간 공통의 영역으로 되돌려놓는다. 이 공통의 영역이 뜻하지 않게 위대함에 일치하는 것이다. "안 돼, 안 돼, 지금 난 죽음에 반항하고 있어!" 젊은 날의 랭보가 심연 앞에서 부활하고 있고, 그와 더불어 그 시절의 반항이 부활하고 있다. 그 시절 삶에 대한 저주란 바로 죽음의 절망이 아니었던가. 그리하여 그 부르주아 상인은 우리가 그토록 소중히 사랑하는 고통에 찢긴 젊은 랭보와 재결합한다. 말하자면 그는 행복을 경배할 줄 몰랐던 사람들이 결국 처하게 되는 쓰디쓴 고통과 공포 속에서 젊은 날의 자신을 다시 만난다. 바로 여기서 그의 열정과 진리가 비로소 시작된다.

게다가 비록 마지막 포기의 형태로서이긴 해도, 하라르 시절은 실제로 작품 속에 예고되어 있었다. "가장 좋은 것, 술에 만취되어 모래톱 위에서 잠자는 것." 그때 반항자에게 고유한 절멸의 욕망은 더없이 평범한 형태를 취하게 된다. 랭보가 끊임없이 신하들을 죽이는 왕자를 묘사함으로써 보여준 범죄의 묵시록과 무절제한 방탕은 훗날 초현실주의자들이 다시 다룰 반항적 주제들이다. 하지만 랭보의 경우 결국 허무주의적 낙망이 지배적인 주제가 되고 만다. 그리고 투쟁이나 범죄가 기진맥진한 영혼을 더욱 진력나게 한다. 감히 이렇게 말할 수 있다면, 망각하지 않기 위해 술을 마셨던 견자가 결국 술에 취해 우리 현대인들이 잘 알고 있는 깊은 잠을 청한다. 랭보는 모래톱 위에서 혹은 아덴에서 잠을 잔다. 그리고 설령 그 질서가 타락한 것일지라도 그는 수동적으로 세계의 질서에 따른다. 랭보의 침묵은 또한 투쟁 이외의 모든 것을 체념하고 감수하는 영혼들 위에 군림하는 제국의 침묵을 준비한다. 갑자기 돈에 굴복하는 이 위대한 정신은 나른 요구 조건들을 내거는데, 이 요구 조건들은 처음에는 도가 지나친 것이었고 나중에는 경찰에게 이용될 것들이었다. 아무것도 되지 않기, 이것이야말로 자기 반항에 지친 정신의 외침이다. 이를테면 정신의 자살이라고 할 수 있겠는데, 이 자살은 초현실주의자들의 자살보다 덜 존경할 만한 것이지만 더 큰 결과를 야기할 것이다. 이 위대한 반항 운동의 끝에서 초현실주의가 의미를 띠는 것은 사랑받을 가치가 있는 랭보만을 계승하려 했기 때문이다. 견자에 대해 쓴 편지가 전제하는 방법으로부터 반항적 고행의 규칙을 끌어낸 초현실주의는 존재에 대한 의지와 소멸에 대한 욕망 사이의 투쟁, '예'와 '아니요'

사이의 투쟁을 보여주는데, 우리는 그 투쟁을 반항의 여러 국면에서 다시 만난 바 있다. 이 모든 이유를 고려할 때, 랭보 작품의 주변을 떠도는 끝없는 해설을 되풀이하기보다는 차라리 그의 상속자들에게서 그를 재발견하고 추적해보는 것이 더 나을 성싶다.

절대적 반항이요, 전적인 불복종이요, 규칙에 대한 사보타주요, 부조리의 유머이자 예찬인 초현실주의는 최초의 의도로 본다면 모든 것에 대한 소송, 그것도 늘 다시 시작해야 할 소송으로 정의된다. 결정된 모든 것에 대한 거부는 깨끗하고 분명하고 자극적이다. "우리는 반항의 전문가들이다." 아라공에 따르면 정신을 전복시키는 기계인 초현실주의는 낭만주의적 기원이 주목되는 다다이즘과 빈혈에 걸린 댄디즘 속에서 형성되었다.[77] 그리하여 무의미한 모순 자체가 예찬된다. "진정한 다다이스트들은 다다 자체에도 반대한다. 모든 사람이 다다의 지도자다." 또는 "무엇이 선하단 말인가? 무엇이 추하단 말인가? 무엇이 위대하고, 무엇이 강하고, 무엇이 약하단 말인가…. 모른다! 모른다!" 이 살롱의 허무주의자들은 어쩌면 더없이 엄격한 정통 사상의 종복이 될 위험이 있었다. 그러나 초현실주의에는 반순응주의 이상의 무엇인가가 있거니와, 그것은 정확히 말해 랭보의 유산이다. 브르통은 그것을 이렇게 요약했다. "정녕 우리는 일체의 희망을 버려야 하는가?"

---

77   다다이즘의 스승 가운데 한 사람인 알프레드 자리Alfred Jarry는 형이상학적 댄디의 최후의 화신인데, 천재적이라기보다는 특이한 화신이다. [원주]

실재하지 않는 삶을 향한 이 거대한 호소는 실재하는 세계에 대한 전적인 거부로 무장되어 있다. 브르통은 그 점을 다음과 같이 적절하게 지적했다. "내게 주어진 운명의 편에 설 수 없고 또 정의를 거부함으로써 지고한 양심이 흔들린 나는 현세의 하찮은 조건에 내 삶을 맞추지 않겠다." 브르통에 따르면, 정신이란 현세에도 내세에도 딱히 고착될 수 없는 것이다. 초현실주의는 이런 안식 없는 불안에 답하고자 한다. 그것은 "자기 자신에 대항하고 여러 질곡을 필사적으로 짓부수려고 결심하는 정신의 외침"이다. 그것은 죽음과 덧없는 인간 조건의 "가소로운 지속"에 맞서 외친다. 그러므로 초현실주의는 불안의 명령에 따른다. 그것은 상처 입은 격분 속에, 도덕을 전제로 하는 엄격함과 오만한 비타협성 속에 살고 있다. 무질서의 복음인 초현실주의는 시초부터 하나의 질서를 창조해야 했다. 그러나 그것은 먼저 저주의 시로써, 그다음에는 물리적 망치로써 오직 파괴하는 것만을 생각했다. 현실 세계에 대한 소송은 논리적 귀결에 따라 당연히 창조에 대한 소송이 되었다.

초현실주의의 반신론反神論은 논리 정연하며 조직적이다. 초현실주의는 인간의 절대적 비非유죄성이라는 관념을 토대로 확립된다. "신이라는 낱말에 부여해온 모든 권능"을 이제 인간에게 되돌려주는 게 마땅하다는 것이다. 반항의 전 역사를 통해 그러했듯 절대적 절망에서 솟아오른 절대적 비유죄성이라는 관념은 차츰 광란의 징벌로 변해갔다. 초현실주의자들은 인간의 무죄성을 찬양하는 동시에 살인과 자살을 찬양할 수 있으리라 믿었다. 그들은 마치 하나의 해결책인 양 자살에 대해 말했고, 이 해결책을 "가장 정당하고 결정적인 것"이라고 생각했던 크르벨은 리고와 바셰처럼 자살하고 말았다. 훗날 아라공은 자살을 떠벌리는 수다쟁이들을 규탄한다. 하지만 절멸을 찬미하면서도 타인들과 함께라면 절멸로 내닫지 않겠다는 것은 그 누구에게도 명예로운 일이 될 수는 없다. 이런 면에서 초현실주의는 그것이 몹시 싫어했던 '문학'에서 가장 안이한 평계를 얻었고, 다음과 같은 리고의 충격적인 절규를 정당화했다. "그대들은 모두 시인이다, 그러나 나는 죽음의 편에 서 있다."

초현실주의는 여기에 그치지 않았다. 초현실주의는 비올레트 노지에르Violette Nozière[78]나 무명의 범죄자를 영웅으로 삼았고, 그리하여 범죄 자체를 눈앞에 두고도 인간의 무죄성을 천명했다. 1933년 이후 앙드레 브르통이 후회한 말이긴 하지만, 그들은 가장 투명한 초현실주의적 행위란 권총을 들고 거리로 내려가 군중을 향해 닥치는 대로 방아쇠를 당기는 것이라고 말했다. 개인의 결정과 개인의 욕망에 따른 결정 외에 다른 모든 결정을 거부하고, 무의식의 우월성 외의 다른 모든 우월성을 거부하는 자는 과연 사회와 동시에 이성에 대해서 반항하게 되는 법이다. 이유 없는 행동의 이론은 절대적 자유의 요구를 정당화한다. 이런 자유는 결국 알프레드 자리가 다음과 같이 정의하는 고독 속에 요약된다고 해도 무방하지 않을까. "내가 모든 재정財政을 장악하게 된다면, 나는 모든 사람을 죽이고 사라지리라." 중요한 것은 여러 속박이 부정되어야 하고, 비합리가 승리해야 한다는 것이다. 이와 같은 살인의 옹호가 의미도 명예도 없는 세계에서 형태에

---

78 1933년 18세 때 성적 학대를 이유로 아버지를 살해한 여학생이다.

상관없이 오직 존재하려는 욕망만이 정당하다는 사실 외에 무엇을 의미한단 말인가? 삶에의 열정, 무의식의 충동, 비합리의 외침만이 우대해야 할 유일한 진리다. 그러므로 욕망에 대립하는 모든 것, 특히 사회는 가차 없이 파괴되어야 한다. 그리하여 우리는 사드에 대한 앙드레 브르통의 지적을 이해하게 된다. "인간은 이제 오직 범죄를 통해서만 자연에 통합됨을 받아들인다. 그렇다면 남은 것은 범죄가 가장 광적이며 가장 이론의 여지 없는 사랑의 방법 가운데 하나가 아닌지 알아보는 일이다." 이 사랑은 고통에 찢긴 영혼들의 사랑, 즉 대상 없는 사랑을 가리킨다. 그러나 이 공허하고 탐욕적인 사랑, 소유에 대한 이 광적인 욕망은 분명히 사회가 금하는 것들이다. 바로 이런 까닭에 브르통은 아직도 다음 선언을 꺼림칙하게 생각하지만, 배신을 찬양하고 (초현실주의자들이 증명하려고 애썼던바) 폭력이야말로 유일하게 온당한 표현 양식이라고 선언했다.

그러나 사회란 개인들로만 이루어져 있지 않다. 그것은 또한 세도이기도 하다. 모든 사람을 죽이기에는 너무도 태생이 고귀했던 초현실주의자들은 욕망을 해방하기 위해서는 우선 사회를 뒤엎어야겠다고 생각했다. 그들은 당대의 혁명에 봉사하기를 선택했다. 그들은 이 책의 주제를 지배하는 논리에 의해 월폴과 사드로부터 엘베시우스와 마르크스로 옮겨갔다. 하지만 그들을 혁명으로 이끈 것이 마르크스주의가 아니라는 점은 분명히 느껴진다.[79] 오히려 초현실주의는

---

79 마르크스주의를 탐구함으로써 혁명에 이른 공산주의자는 손에 꼽을 정도로 적다. 사람들은 우선 개종하고, 그다음에 경전과 성자전聖子傳을 읽는 법이다.

자신을 혁명으로 이끈 여러 요인을 애써 마르크스주의에 결부시키려고 했다. 오늘날 초현실주의자들은 그들이 마르크스주의 속에서 가장 혐오하는 것, 바로 그것 때문에 마르크스주의로 넘어갔다고 말해도 틀린 말이 아니리라. 앙드레 브르통이 내세우는 주장의 본질과 고결성을 알고 또 그와 똑같은 고통을 나눠 가졌던 우리로서는 그의 운동이 "무자비한 권위"와 독재의 확립, 정치적 광신, 자유로운 토론 거부, 사형의 필연성 등을 원리로 삼고 있었음을 지적하기를 망설이게 된다. 또한 우리는 경찰국가의 어휘인 ('사보타주', '밀고자' 같은) 당대의 낯선 어휘 앞에서 놀라게 된다. 그러나 이 광신도들은 어쩔 수 없이 그 속에서 살아가고 있었던 장사꾼의 세계와 타협의 세계로부터 빠져나가게 해준다면 "어떤 혁명도" 받아들일 수 있었다. 최선을 가질 수 없으므로 그들은 다시 최악을 선호하게 되었다. 이 점에서, 그들은 허무주의자들이었다. 그들은 자신들 중에서 향후 마르크스주의에 충실히 남을 자들은 동시에 그들의 초기 허무주의에도 충실히 남으리라는 사실을 모르고 있었다. 그들이 그토록 집요하게 욕망한 언어의 참된 파괴란 앞뒤가 안 맞는 언어 사용이나 자동 기술 같은 데 있는 게 아니다. 그것은 슬로건일 뿐이다. 아라공이 "불명예스러운 실용주의적 태도"를 규탄해봐야 소용없는 일이었다. 왜냐하면 그가 결국 도덕의 완전한 해방을 발견한 것은 바로 그 실용주의적 태도 속에서였기 때문이다. 비록 그 해방이 또 하나의 예속이었을지라도 말이다. 그 당시 이 문제를 가장 깊이 성찰한 초현실주의자 가운데 하나인 피에르 나빌은 혁명적 행동과 초현실주의적 행동의 공분모를 염세주의, 말하자면 "인간이 파멸할 때까지 인간을 동반하고, 이 파멸이

반항인

유용한 것이 되도록 아무것도 소홀히 하지 않으려는 의도"에서 찾았다. 아우구스티누스 사상과 마키아벨리즘의 혼합물 같은 이 고찰은 과연 20세기의 혁명을 정의하는 것이다. 아무도 당대의 허무주의에 이보다 더 대담한 표현을 부여할 수 없었다. 초현실주의의 배반자들도 초현실주의적 원리에 따른 허무주의에는 충실했었다. 어떤 면에서 그들은 죽기를 원하고 있었다. 앙드레 브르통과 몇몇 다른 사람은 결국 마르크스주의와 결별했는데, 그들 내부에 허무주의 이상의 것, 반항의 기원에 존재하는 더욱 순수한 것에 대한 변치 않는 애착이 있었기 때문이다. 그들은 죽기를 원하지 않았다.

확실히 초현실주의자들은 유물론을 주장하려 했다. "전함 포템킨의 반란[80]이 일어난 배경에 한 조각의 끔찍한 고깃덩어리가 있었음을 인정하는 것은 우리에게 유쾌한 일이다." 그러나 그들의 경우는 마르크스주의자들의 경우처럼 이 고깃덩어리를 위한 우애, 심지어 정신적인 우애조차도 없다. 그 썩은 고깃덩어리는 단지 반항을 탄생시키는 현실 세계를 나타낼 뿐이다. 설령 그 썩은 고깃덩어리가 모든 것을 정당화할지라도 여전히 아무것도 설명하지 못한다. 초현실주의자들에게 혁명이란 행동으로써 나날이 실현하는 목적이 아니라 마음에 위안을 주는 절대적인 신화였다. 혁명은 엘뤼아르가 말했던 "사랑과 닮은 진정한 삶"이었는데, 그의 친구 칼란드라가 바로 그 삶 때

---

80 1905년에 일어난 선상 반란 사건으로서 1차 러시아 혁명기의 가장 중요한 사건 가운데 하나다. 흑해 함대 소속의 전함 포템킨의 수병들이 식량 문제로 일으킨 이 반란은 실패로 끝났으나, 군대가 일으킨 최초의 대중적 행동으로서 러시아 제정에 일대 충격을 주었다.

문에 죽게 되리라고는 상상하지 못했다. 그들은 "천재의 공산주의"를 원했을 뿐, 다른 공산주의를 원하지 않았다. 이 별난 마르크스주의자들은 역사에 대한 반란을 선언했고, 영웅적인 개인을 추앙했다. "역사는 개인들의 비겁함이 정한 법률에 의해 지배된다." 앙드레 브르통은 혁명과 사랑을 동시에 원했다. 하지만 양자는 서로 양립할 수 없었다. 혁명의 본질은 아직 존재하지 않는 사람을 사랑하는 데 있다. 그러나 살아 있는 존재를 사랑하는 사람의 경우, 그가 진실로 그 존재를 사랑한다면 오직 그 존재를 위해서만 죽음을 불사할 수 있다. 앙드레 브르통에게는 혁명이 반항의 특수한 경우였던 반면, 마르크스주의자들과 모든 정치사상에서는 대게 그 반대만이 참된 것이다. 브르통은 역사를 장식할 복된 세상을 행동으로 실현하려 하지는 않았다. 초현실주의의 기본 명제 가운데 하나는 사실상 구원이란 없다는 것이다. 혁명의 이점은 인간들에게 행복을, "가증스러운 지상의 안락"을 주는 것이 아니었다. 브르통의 정신 속에서 혁명이란 그 반대로 인간들의 비극적 조건을 정화하고 조명하는 것이어야 했다. 세계적 혁명과 그것이 상정하는 무서운 희생은 단지 한 가지 이익을 가지고 올 것이다. 그 이익은 "사회적 조건의 인위적인 덧없음이 인간 조건의 실제적인 덧없음을 감추지 못하게 하는 것"이었다. 하지만 브르통에게 이런 진보는 과도한 것이었다. 혁명은 개개의 인간이 현실을 경이로, 곧 "인간 상상력의 눈부신 복수"인 경이로 바꿀 수 있는 내적 고행에 도움이 되어야 했다. 브르통의 경이가 점하는 위치는 헤겔의 합리가 점하는 위치와 같다. 따라서 우리는 마르크스주의의 정치철학과 반대되는 것으로서 이보다 더 완전한 것을 상상할 수 없다. 아르토가 혁명의 아미엘[81]이라고 불렀던 자들의 기나긴 망설임이 이제 어렵지 않게 이해된다. 초현실주의자들과 마르크스의 차이는 예컨대 조제프 드 메스트르 같은 보수반동가들과 마르크스의 차이보다 더 컸다. 보수반동가들은 혁명을 거부하기 위해, 말하자면 현재의 역사적 상황을 유지하기 위해 실존의 비극을 이용한다. 마르크스주의자들은 혁명을 정당화하기 위해, 말하자면 또 다른 역사적 상황을 창조하기 위해 실존의 비극을 이용한다. 그런데 브르통은 오히려 비극을 완성하기 위해 혁명을 이용하고, 그의 잡지 제목 '초현실주의 혁명'에도 불구하고 혁명을 초현실주의 모험에 활용한다.

마르크스주의가 비합리의 극복을 요구한 반면, 초현실주의자들은 죽을 때까지 비합리를 수호하기 위해 일어섰다는 사실을 생각하면 결정적인 단절이 어렵지 않게 설명된다. 마르크스주의는 전체성totalité의 획득을 지향했고, 초현실주의는 모든 정신적 실험이 그랬듯 동일성unité을 지향했다. 합리만으로 세계 제국을 쟁취할 수 있을지라도, 전체성은 비합리의 극복을 요구한다. 그러나 통일성의 욕망은 좀더 요구 조건이 많고 까다롭다. 이 경우에는 모든 것이 합리적이라는 사실만으로는 불충분하다. 그것은 특히 합리와 비합리가 동일한 수준에서 조화를 이루기를 원한다. 삭제를 전제로 하는 통일이란 없는 법이다.

앙드레 브르통에게 전체성은 통일성에 이르는 도상에서 필요하

---

81 Henri Frédéric Amiel(1821-1881). 스위스의 문인으로 그의 대표작 『내면의 일기』*Journal intime*는 불안한 영혼에 대한 탁월한 심리 묘사로 유명하다.

지만 불충분한 하나의 발전 단계일 수밖에 없었다. 여기에서 우리는 "전체인가 무인가"라는 주제를 다시 만난다. 초현실주의는 보편을 지향한다. 브르통이 마르크스에게 가한 기이하고 심오한 비난 역시 마르크스가 보편적이지 않다는 사실을 지적하는 데 있다. 초현실주의자들은 "세계를 변화시킨다"라는 마르크스의 명제와 "삶을 변화시킨다"라는 랭보의 명제를 조화시키고자 했다. 그러나 전자는 세계의 전체성 획득으로 귀결되고, 후자는 삶의 통일성 획득으로 귀결된다. 모름지기 전체성은 제약을 가한다. 결국 위의 두 명제는 초현실주의 집단을 분열시켰다. 브르통은 랭보를 택함으로써 초현실주의가 행동이 아니라 고행이요, 정신적 실험이라는 사실을 보여주었다. 그는 자기 운동의 독창성을 이루는 요소를 전면에 내세웠고, 그럼으로써 반항과 신성의 부활, 통일성의 획득 등을 고찰할 때 반드시 다루어야 할 인물이 되었다. 이 독창성을 심화시킬수록 그는 돌이킬 수 없을 정도로 정치적 동료들과 갈라서게 되었고, 자신의 초기 주장 가운데 몇 가지와 멀어지게 되었다.

앙드레 브르통은 꿈과 현실의 융합이자 현실과 이상의 오랜 모순의 승화인 초현실의 요구에서 결코 태도를 달리한 적이 없었다. 우리는 초현실주의적 해결이 무엇인지 안다. 그것은 구체적인 비합리성이며 객관적인 우연성이다. 시는 "지고한 지점"의 정복, 그것도 유일하게 가능한 하나의 정복이다. "거기서는 삶과 죽음, 현실과 상상, 과거와 미래… 등이 더 이상 모순적인 것으로 느껴지지 않는 정신의 어떤 지점," "헤겔 체계의 거대한 유산"을 특징짓는 이 지고한 지점이란 도대체 무엇일까? 그것은 신비주의자들에게 친숙한 정점-심연이다. 문제는 절대에 대한 반항자의 갈증을 채워주고 빛내줄 신 없는 신비주의이다. 초현실주의의 본질적인 적은 합리주의이다. 브르통의 사상은 동일성과 모순의 원리가 희생되고, 유추의 원리가 끊임없이 우대되는 서구 사상의 기이한 양상을 보여준다. 중요한 것은 욕망과 사랑의 불에 모순을 녹이고, 죽음의 벽을 무너뜨리는 것이다. 마술, 원시적이거나 천진난만한 문명, 연금술, 불꽃과 백야의 수사학 등은 통일과 화금석에 이르는 도상의 경이로운 단계들이다. 초현실주의는 비록 세계를 변화시키지는 못했지만 몇몇 기이한 신화를 세계에 제공했는데, 그 신화들은 그리스인의 복귀를 예고한 니체를 부분적으로 정당화한다. 왜 부분적으로인가? 그것은 초현실주의의 경우 어둠의 그리스, 검은 신비와 검은 신의 그리스만이 중요하기 때문이다. 결국 니체의 실험이 정오를 받아들임으로써 완성되었듯, 초현실주의의 실험은 심야의 찬양과 집요하고도 고뇌에 찬 폭풍우의 예찬 속에서 절정에 이른다. 그 자신의 말에 따르면, 브르통은 어쨌든 삶이란 것이 주어져 있다는 사실을 이해했다. 그러나 삶에 대한 그의 동의는 우리가 필요로 하는 충만한 빛의 동의일 수 없었다. 그는 이렇게 말했다. "충만한 동의의 인간이 되기에는 내게 북방적 요소가 너무나 많다."

그렇지만 그는 자신의 뜻을 거슬러 종종 부정의 몫을 줄였고, 반항의 긍정적인 주장을 공공연히 드러냈다. 그는 침묵보다 차라리 엄격함을 택했고, 바타이유에 따르면 초기 현실주의에 활력을 준 "도덕적 요청"을 중시했다. "우리가 가진 모든 악의 근원인 현재의 도덕을 새로운 도덕으로 대체할 것." 그는 새로운 도덕을 창설하려는 이 시도에 성공하지 못했으며, 오늘날 성공한 사람은 아무도 없다. 그러나 그는 그 일을 할 수 있다는 희망을 결코 단념한 적이 없었다. 그가 찬미하고자 했던 인간이 바로 초현실주의가 채택한 몇몇 원리의 이름으로 깊이 타락했기에, 브르통은 잠정적으로나마 전통 도덕으로의 복귀를 제의하지 않을 수 없었다. 그것은 일종의 중간 휴식이다. 그러나 그것은 허무주의의 휴식이자 반항의 진정한 발전이다. 결국 그가 필요성을 분명히 느꼈던 도덕과 가치를 얻을 수 없었기에 브르통이 사랑을 택하게 되었다는 사실을 우리는 잘 안다. 동시대의 비열한 분위기 속에서 그가 사랑에 대해 깊이 있게 언급한 유일한 사람이라는 사실을 잊어서는 안 된다. 사랑은 이 유배자에게 조국의 역할을 한 최면 상태의 도덕이다. 확실히 여기서도 절도節度가 모자란다. 정치도 종교도 아닌 초현실주의는 아마도 불가능한 예지이다. 아울러 그것은 안락한 예지란 없다는 증거가 되기도 한다. "우리는 오늘의 피안을 원하노니, 끝내 그것을 가지리라" 하고 그는 찬연히 외쳤다. 행동으로 옮겨간 이성이 자신의 군대를 세계에 퍼뜨리는 동안, 브르통의 마음을 채우는 찬란한 밤은 과연 여명과 우리 시대의 르네상스 시인인 르네 샤르의 아침 일찍 일어나는 사람들[82]을 예고하고 있다.

---

82 René Char(1907-1988). 『아침 일찍 일어나는 사람들』*Les Matinaux*은 르네 샤르의 시집이다.

허무주의와 역사

형이상학적 반항과 허무주의가 이어진 150년 동안, 가면은 다를망정 똑같이 일그러진 얼굴, 항거하는 인간의 얼굴이 끊임없이 되풀이되곤 했다. 인간 조건과 인간 조건의 창조자에 항거하여 일어난 모든 사람은 인간의 고독과 함께 온갖 도덕의 허망함을 확인했다. 그러나 동시에 그들은 자신이 택한 법칙이 지배할 완전한 지상의 왕국을 건설하려고 노력했다. 창조신과 경쟁한 그들은 그러기에 자신의 의도에 맞추어 다시 창조하기에 이르렀다. 그들이 이제 막 창조했던 세계를 위해 욕망과 권력의 법칙 외의 다른 모든 법칙을 거부했던 자들은 자살 또는 광란으로 치달았고 묵시록을 노래했다. 다른 한편 자기 힘으로 자기의 법칙을 창조하고자 했던 다른 자들은 헛된 겉치레 또는 진부한 상투성을 택했다. 그게 아니면 살인과 파괴를 택했다. 그러나 사드, 낭만주의자들, 카라마조프, 니체는 참된 삶을 원했기 때문에 죽음의 세계로 들어갔다. 그리하여 그 광란의 세계에서는 역으로 법칙과 질서와 도덕을 향한 가슴 찢기는 호소가 울려 퍼진다. 그들의 결론이 불길하거나 자유를 침해하게 된 것은 그들이 반항의 짐을 거부하고 반항이 제기하는 긴장을 회피하면서 폭압과 예속의 안락을 택했던 바로 그 순간부터였다.

인간의 반역은 고상하고 비극적인 형태 속에서 단지 죽음에 대한 장구한 항의, 이를테면 누구나 겪는 '사형'이라는 인간 조건에 대한 분노의 규탄에 지나지 않는다. 우리가 본 모든 경우, 항의는 창조에 있어 조화롭지 못하고 불투명하며 단절된 모든 것에 대해 제기되었다. 그러므로 근본적으로 중요한 것은 통일성에 대한 끝없는 요구였다. 죽음의 거부, 지속과 투명의 욕망이야말로 숭고한 것이든 유치한 것이든 모든 광란의 원동력이었다. 이것은 단지 죽음을 거부하는 개인적이고 비겁한 행동일까? 그렇지 않다. 왜냐하면 이 반역자들의 대부분이 그들의 요구에 걸맞은 대가를 치렀기 때문이다. 반항자는 삶이 아니라 삶의 이유를 요구한다. 그는 죽음이 가져오는 결과를 거부한다. 만일 아무것도 지속되지 않고 아무것도 정당화되지 않는다면, 사멸하는 존재 역시 아무런 의미가 없다. 죽음에 대해 투쟁한다는 것은 삶의 의미를 요구한다는 것이고, 법칙과 통일을 위해 투쟁한다는 것이다.

형이상학적 반항의 핵심인 악에 대한 항의는 이런 면에서 의미심장하다. 우리의 반항심을 불러일으키는 것은 어린아이의 고통 자체가 아니라 어린아이의 고통이 정당하지 않다는 사실이다. 요컨대 고통, 추방, 감금 등은 가끔 의학이나 양식에 비추어 이해할 만할 때 받아들여질 수 있다. 반항자가 보기에 세계의 행복과 마찬가지로 세계의 고통에서 부족한 것, 그것은 설명의 원리이다. 죽음을 선고받은 자들의 세계에 대해, 인간 조건의 도리 없는 불투명성에 대해 반항자는 결정적인 삶과 결정적인 투명성의 요구를 줄기차게 대립시킨다. 그는 자신도 모르는 사이 하나의 도덕, 하나의 신성을 추구한다. 반항은 맹목적일지언정 하나의 고행이다. 반항자가 그때 신성을 모독한다면, 그것은 새로운 신에게 희망을 걸고 있기 때문이다. 그는 여러 종교적인 운동 중에서 가장 심오한 운동의 충격으로 흔들리지만, 그것은 배신당한 종교 운동일 뿐이다. 존귀한 것은 반항 자체가 아니라 반항이 요구하는 대상이다. 설령 반항이 현실적으로 얻어내는 결실이 아직은 보잘것없더라도 말이다.

적어도 반항이 얻어내는 보잘것없는 것을 인정할 수 있어야 한다. 반항이 현재 있는 그대로의 세계를 전적으로 거부할 때, 즉 절대적 '아니요'를 신격화할 때 반항은 살인한다. 반항이 현재 있는 그대로의 것을 맹목적으로 받아들일 때, 즉 절대적 '예'를 외칠 때 반항은 살인한다. 창조자에 대한 증오는 창조된 세계에 대한 증오로 변할 수도 있고, 현재 있는 그대로의 것에 대한 배타적이고 도발적인 사랑으로 변할 수도 있다. 그 어느 경우든 반항은 살인에 이르고, 반항이라고 불릴 권리를 잃게 된다. 인간이 허무주의자가 되는 데는 두 가지 방식이 있는데, 어느 경우든 절대를 향한 무절제가 원인이다. 분명 죽기를 원하는 반항자들이 있고, 죽이기를 원하는 반항자들이 있다. 그러나 그들은 참된 삶을 열렬히 욕망했으나 존재에 대해 실망하자 훼손된 성의보다는 보편화된 불의를 택했다는 점에서 똑같은 자들이다. 분노가 이 정도에 이르면 이성은 광란이 되고 만다. 인간 심성의 본능적인 반항심이 수 세기에 걸쳐 점차 심원한 반항 의식으로 흘러간 게 사실이라 할지라도, 우리가 본 대로 반항은 맹목적일 정도로 대담하게 자라나서 보편적인 죽음에 형이상학적인 살육으로 응답하는 놀라운 순간에 이르렀다.

형이상학적 반항의 결정적 순간을 특징짓는다고 우리가 인정한 "설령 그렇다 할지라도même si"는 어쨌든 절대적 파괴 속에서 완성된다. 오늘날 세계를 휩쓸고 있는 것은 반항이나 반항의 고결함이 아니라 다름 아닌 허무주의이다. 그리고 반항의 기원에 있는 진리를 명심하면서 우리가 서술해야 할 것은 반항의 결과이다. 설령 신이 존재한다 해도 이반은 인간에게 가해진 불의를 보고는 신에게 굴복하지 않으리라. 이 불의를 오래도록 성찰하고 가슴에 비통한 불꽃을 피운 끝에, 이반은 "설령 그대가 존재한다 해도"를 "그대는 존재할 가치가 없다"로, 마침내 "그대는 존재하지 않는다"로 탈바꿈시켰다. 희생자들은 자신들이 확신한 자신의 무죄성에서 최후의 범죄를 위한 힘과 이유를 찾았다. 자신들이 필멸의 존재라는 사실, 자신들이 사형선고를 받은 존재라는 사실에 절망한 그들은 신을 살해하기로 결심했다. 이때부터 현대인의 비극이 시작되었다고 말하면 거짓이겠지만, 거기서 현대인의 비극이 끝났다고 말하는 것도 옳지 않다. 그 반대로, 이 테러는 고대 세계의 종말과 함께 시작되어 아직도 마지막 대사가 울려 퍼지지 않고 있는 한 드라마의 절정의 순간을 나타낸다. 이때부터 인간은 은총에서 빠져나와 순전히 자기 힘으로 살고자 결심한다. 사드에서 우리 시대까지, 진보는 신 없는 시대의 인간이 자신의 법에 따라 광포하게 지배하는 밀폐된 영토를 점점 더 확장해왔다는 사실에 있다. 인간은 신에 맞서 구축한 방어진지의 경계를 점점 더 앞으로 밀고 나간 끝에, 마침내 전 세계를 실추되고 추방당한 신에 대항하는 성채로 만들었다. 인간이 반항의 끝에서 자신을 감금시켜버린 것이다. 인간의 위대한 자유가 한 일은 사드의 비극적 성으로부터 집단 포로수용소에 이르기까지 인간 범죄의 감옥을 건립한 것뿐이었다. 그러나 계엄령은 차츰 일반화되고 있고, 자유의 요구는 모든 사람에게로 확장되고 있다. 따라서 은총의 왕국에 대립하는 유일한 왕국, 즉 정의의 왕국을 건설해야 하며, 신의 공동체의 잔해 위에 인간의 공동체를 구축해야 한다. 신을 죽이고 다른 하나의 교회를 건설하는 것이야말로 모순적이면서도 줄기찬 반항 운동이다. 절대적 자유는 바야흐로 절대적 의무의 감옥, 집단적 고행이 되며 마지막으로 역사가 된다. 반항의 세기인 19세기는 그리하여 모두가 자신의 가슴을 치는 정의의 세기, 도덕의 세기, 즉 20세기로 넘어간다. 반항의 모럴리스트인 샹포르[83]는 이처럼 간명하게 말했다. "레이스를 달기 전에 먼저 셔츠를 가져야 하듯, 관대해지기 전에 먼저 정의로워야 한다." 그러므로 인간은 건설자의 신랄한 윤리를 갖추기 위해 사치스러운 도덕을 포기하게 될 것이다.

세계 제국과 보편 법칙을 향한 치열한 노력, 이제 그것을 이야기해야 할 차례이다. 우리는 반항이 일체의 예속을 내던지고 창조 진체를 독점하려 하는 순간에 이르렀다. 우리는 반항이 실패할 때마다 번번이 정복적이고 정치적인 해결책이 내세워지는 것을 보았다. 이제부터 반항은 자신이 획득한 성과물 가운데 도덕적 허무주의와 함께 오직 권력 의지만을 취할 것이다. 반항자는 원칙적으로 자신의 고유한 존재를 확립한 후, 그것을 신의 면전에서 존속시키기만을 원했을 뿐이다. 그러나 반항의 기원을 잊은 채, 그는 정신적 제국주의의 율법에 따라 무한히 증식되는 살인을 통해 세계 제국을 향해 나아가고 있다. 반항자는 신을 하늘로부터 추방해버렸다. 그러자 형이상학적 반항이 노골적으로 혁명운동과 결합함으로써, 자유에 대한 비이성적

---

83   Sébastien-Roch Nicolas Chamfort(1741-1794). 샹포르는 귀족사회에서 모럴리스트로 칭송받으면서도 대혁명을 지지했다.

요구는 역설적으로 이성, 반항자에게 순전히 인간적인 것으로 비치는 유일한 정복의 힘인 이성을 무기로 삼게 된다. 신은 죽었고 인간들만 남았다. 다시 말해 남은 것은 이해하고 건설해야 할 역사뿐이다. 반항의 한복판에서 창조의 힘을 침몰시킨 허무주의는 인간이 온갖 수단에 의해 역사를 창조할 수 있다고 덧붙인다. 인간은 고독한 대지 위에서 비합리가 저지른 범죄에다가 인간들의 제국을 향해 행진 중인 이성이 저지르는 범죄를 추가할 것이다. 놀라운 기획들, 심지어 반항의 사멸까지 생각하면서 인간은 "나는 반항한다, 그러므로 우리는 존재한다"에다가 이렇게 덧붙인다. "그리고 우리는 외롭다."

제3장 역사적 반항

"폭풍우의 전차 위에 쓰인 무시무시한 이름"[84], 자유는 모든 혁명의 원리가 된다. 자유 없는 정의란 반란자들에게 상상할 수조차 없는 것으로 보인다. 그렇지만 정의가 자유를 중지하도록 요구하는 시대가 온다. 그리하여 크든 작든 테러가 혁명을 마무리한다. 모든 반항은 무죄에 대한 향수이며 존재를 향한 호소다. 그러나 그 향수가 어느 날 무기를 들고 전적인 유죄를, 이를테면 살인과 폭력을 떠맡는다. 그리하여 노예들의 반항, 왕을 시해하는 혁명, 20세기의 혁명이 점점 더 완전한 해방의 확립을 도모하면 할수록 점점 더 큰 유죄를 의식적으로 받아들이게 되었다. 이런 모순이 뚜렷해지자, 우리 시대의 혁명가들은 프랑스혁명 후 입법 의원들의 얼굴과 연설에서 빛나던 행복과 희망의 기색을 띨 수 없게 된다. 이 모순은 피할 수 없는 것일까? 이 모순은 반항의 가치를 특징짓는 것일까 아니면 배반하는 것일까? 이것은 형이상학적 반항에 대해 제기되었던 것처럼 혁명에 대해서도 똑같이 제기되는 의문이다. 사실상 혁명이란 형이상학적 반항의 논리적 결과일 따름인데, 혁명을 분석하면서 인간을 부정하는 행위 앞에서 인간을 긍정하기 위한 절망적이고도 피나는 노력을 따라가보자. 혁명 정신은 인간이 지닌 불굴의 의지를 옹호한다. 한마디로 혁명 정신은 시간에 있어 인간의 지배권을 확보해주고자 한다. 신을 거부함으로써 혁명 정신은 일견 불가피한 논리에 따라 역사를 선택한다.

이론적으로 혁명이라는 단어의 의미는 그것이 천문학에서 지니는 의미와 똑같다. 그것은 궤도를 완전히 한 바퀴 회전하는 운동이며,

---

84　필로테 오네디Philothé O'Neddy. [원주]

완전한 공전을 통해 한 정부에서 다른 정부로 옮겨가는 운동이다. 정부가 바뀌지 않은 채 재산 소유의 제도만 변화하는 것은 혁명이 아니라 개혁이다. 그 방법이 유혈적이든 평화적이든 간에, 대저 정치적 혁명으로 드러나지 않는 경제적 혁명이란 없다. 이 점에서 혁명은 이미 반항과 구별된다. "아니옵니다, 폐하, 반항이 아니라 혁명이옵니다"라는 유명한 말은 이 본질적인 차이를 강조한다. 그것은 정확히 "신정부의 출현이 확실시됩니다"라는 의미를 지닌다.

반항 운동은 기원상 갑자기 몸을 돌리는 것을 이른다. 그것은 단지 조리 없는 증언에 지나지 않는다. 그와 반대로 혁명은 사상을 바탕으로 시작된다. 더 정확하게 말하자면 반항이 개인적 경험에서 사상으로 이행하는 운동인 데 반해, 혁명은 사상을 역사적 경험 속으로 이입하는 행동이다. 비록 그것이 집단적일 때조차 반항 운동의 역사는 언제나 해결책도 없이 사실에 참여하는 행위의 역사요 체계와 이성을 도입하지 않는 막연한 항의의 역사이다. 반면에 혁명은 행동을 사상에 일치시키려는 기도이며 세계를 이론적 틀 속에 끼워 넣으려는 기도이다. 그런 이유로 반항은 인간을 죽이게 되는 데 비해, 혁명은 인간과 아울러 원리를 파괴하게 된다. 그러나 동일한 이유로 역사상 혁명은 아직 없었다고 말할 수 있다. 왜냐하면 오직 하나의 혁명, 즉 결정적인 혁명만이 존재할 수 있기 때문이다. 일회전을 끝낸 것처럼 보이는 그 운동은 정부가 수립되는 바로 그 순간에 이미 새로운 회전에 돌입한다.

바를레를 우두머리로 하는 무정부주의자들은 정부와 혁명이 그 직접적인 의미에 비추어 양립할 수 없는 것임을 깨달았다. 프루동은 이렇게 말한다. "정부가 혁명적일 수 있다고 하면, 거기에는 모순이 있다. 그것은 정부란 어디까지나 정부라는 지극히 단순한 이유 때문이다." 이를테면 정부는 오직 다른 정부에 대해서만 혁명적일 수 있다는 사실을 프루동의 말에 덧붙여두자. 혁명적 정부는 대부분의 시간에 전시戰時 정부가 되지 않을 수 없다. 혁명이 더욱 광범위해질수록 그것이 상정하는 전쟁의 판돈은 더욱 커진다. 1890년의 프랑스대혁명에서 태동한 사회는 전 유럽을 얻기 위해 싸웠다. 1917년의 러시아혁명에서 태동한 사회는 전 세계를 지배하기 위해 싸우고 있다. 우리가 그 이유를 살펴볼 텐데, 전면적 혁명은 결국 세계 제국을 요구하기에 이른다.

이 과업이 반드시 완결되어야 하는 것이라면, 그때까지 인간 역사는 어떤 의미에서 끝없는 반항의 총합일 수밖에 없다. 무릇 변화란 공간의 차원에서는 뚜렷해 보이지만, 시간의 차원에서는 어렴풋해 보이기 때문이다. 19세기에 사람들이 경건하게 인류의 점진적인 해방이라고 일컬은 것도 외부의 눈으로 보면 스스로를 극복하고 사상 속에서 형태를 찾고자 하나 아직 천지 만물을 안정시킬 결정적 혁명에는 이르지 못한 일련의 반항으로 비친다. 현실적 해방이라는 것을 피상적으로 검토한다면, 우리는 그 해방을 인간 자신에 의한 인간의 긍정, 점점 확장되나 아직 완성되지는 않은 긍정이라고 결론지을 수 있으리라. 혁명이 단 한 번만 일어난다면, 필경 더 이상 역사는 존재하지 않으리라. 오직 행복한 통일과 만족한 죽음만이 있으리라. 그런 까닭에 모든 혁명가가 종국적으로 세계의 통일을 겨냥하며, 마치 그들이 역사의 완성을 믿고 있는 것처럼 행동하는 것이다. 20세기 혁명의 독창성은 그것이 처음으로 아나카르시스 클로츠[85]의 꿈인 인류의 통일과 역사의 결정적인 완성을 공공연히 실현하려 한 데 있다. 반항운동이 '전체인가 무인가'에 이르렀던 것처럼, 형이상학적 반항이 세계의 통일성을 원했던 것처럼, 20세기의 혁명운동은 가장 명료한 논리적 귀결에 따라 손에 무기를 들고 역사적 전체성을 요구한다. 그리하여 반항은 시효가 만료되어 쓸모없다는 이유로 혁명이 되도록 재촉받는다. 반항자에게 이제 더 이상 슈티르너처럼 자신을 신격화하거나 겉치레로써 자기 혼자만을 구제하는 것은 중요하지 않다. 니체처럼 종족을 신격화하고 이반 카라마조프가 바라던 대로 만인을 구원할 수 있도록 초인의 이상을 떠맡는 것이 중요하다. 이제 '악령'이 처음으로 무대 위에 등장하여 이 시대의 비밀 가운데 하나를 보여준다. 그것은 이성과 권력 의지의 동일성이다. 신이 죽었으니 이제 인간의 힘으로 세계를 변화시키고 조직해야 한다. 저주의 힘만으로는 더이상 충분하지 않으니 무기를 가지고 전체성을 정복해야 한다. 혁명, 특히 유물론적이고자 하는 혁명은 과격한 형이상학적 십자군이 되는 것이다. 그러나 전체성이 곧 통일성일까? 그것이야말로 이 글이 대답해야 할 질문이다. 이 분석의 목적은 이미 수없이 시도된 혁명 현상의 기술記述을 재개하려는 것이 아니며, 또한 대혁명들의 역사적·경제적 원인을 다시 한번 조사하려는 것이 아니다. 이 시론의 목적은 몇몇 혁명적 사실들 속에서 형이상학적 반항의 논리적 귀결, 구체적

---

85 Anacharsis Cloots(1755-1794). 프로이센 출신의 18세기 혁명 사상가로 파리에서 프랑스 대혁명을 지지하며 '인류의 시민'을 자처했다.

인 사례, 그리고 몇 가지 변함없는 주제를 되짚어보는 데 있다.

대부분의 혁명은 살인에서 형태와 독창성을 찾는다. 모든 혁명 혹은 거의 모든 혁명이 살인을 범했다. 게다가 그중 몇몇은 왕을 죽이고, 신을 죽였다. 형이상학적 반항의 역사가 사드와 함께 시작되었던 것처럼, 지금 우리가 다루는 주제는 아직은 감히 신의 영원한 원리를 말살할 생각은 하지 못한 채 신의 화신만을 공격하는 사드의 동시대인들, 즉 왕의 시해자들과 함께 시작된다. 하지만 그 이전에 인간의 역사는 또한 최초의 반항 운동이라고 할 수 있는 노예의 반항을 우리에게 보여준다.

노예가 주인에게 반항하는 것은 한 인간이 다른 인간에게 항거하는 것으로서, 원리의 하늘과는 거리가 먼 잔학한 대지의 일이다. 그 결과는 단 한 사람의 살인일 뿐이다. 노예 폭동, 농민 반란, 거지 전쟁, 상민 반란 등은 생명 대 생명이라는 대등한 원리를 전면에 내세웠다. 그 어떤 대담성과 신비성을 띤 것이라 할지라도 향후 혁명 정신의 가장 순수한 형태들 속에서, 예컨대 1905년의 러시아 테러리즘 속에서 이 대등의 원리가 다시 나타날 것이다.

기원전 수십 년, 고대 세계의 말기에 일어난 스파르타쿠스의 반항은 이런 면에서 대표적인 예를 제공한다. 우선 그것이 검투사들의 반항, 말하자면 주인들의 즐거움을 위해 죽이든가 죽든가 해야 하는 노예들의 반항이라는 사실에 주목할 필요가 있다. 70명으로 출발한 이 반항은 7만 명의 반란군을 거느린 끝에 정부의 정예군을 격파하고 이탈리아를 거슬러 올라가 영원한 도시 로마까지 진군했다. 그러나 앙드레 프뤼도모[86]의 지적대로 이 반항은 로마 사회에 어떠한 새로운 원리도 가져오지 못했다. 스파르타쿠스의 선언은 노예들에게 '동등한 권리'를 약속하는 데 그친다. 우리가 최초의 반항 운동에서 분석한 사실로부터 권리로의 이런 이행은 어쩌면 이 단계의 반항이 얻을 수 있는 유일한 논리적 수확이다. 바야흐로 불복종자가 예속을 거부하고 주인과의 동등성을 주장하고 있다. 말하자면 이번에는 자신이 주인이 되고자 하는 것이다.

스파르타쿠스의 반항은 줄기차게 이런 권리 요구의 원리를 보여준다. 노예군은 노예들을 해방하고, 즉시 그들에게 옛 주인들을 노예로 넘겨준다. 의심스럽긴 하지만 구전되는 이야기에 의하면, 노예군은 심지어 로마 시민 수백 명의 검투 시합을 개최했으며, 노예들이 시합을 보면서 쾌감과 흥분에 들떴다고 한다. 그러나 인간을 죽이는 것은 더 많은 인간을 죽이는 것으로 귀결할 따름이다. 하나의 원리를 승리로 이끌기 위해서는 또 하나의 원리를 파괴해야 한다. 스파르타쿠스가 꿈꾸었던 태양의 도시는 오로지 영원한 로마와 로마의 신들과 로마 제도의 폐허 위에서만 이룩할 수 있었으리라. 스파르타쿠스의 군대는 과연 로마를 정복하기 위해 진군했지만 자신의 죄과를 떠올리며 공포에 휩싸였다. 그리하여 신성한 성벽을 눈앞에 둔 결정적 순간, 스파르타쿠스의 군대는 원리와 제도와 신들의 도시 앞에서 뒷걸음질 친다. 만약 이 도시를 파괴한다면 정의에 대한 이 야생적 욕망, 불행한 노예들을 그때까지 버티게 한 이 상처받은 광란의 사랑

86　『스파르타쿠스의 비극』La Tragédie de Spartacus. [원주]

외에 무엇으로 그 도시를 대체한단 말인가?[87] 어쨌든 군대는 싸워보지도 않고 퇴각하며, 기이하게도 노예 반항의 발원지로 되돌아갈 것을 결정한다. 즉 그들은 그 먼 승리의 길을 되돌아갈 것을, 시칠리아 섬으로 되돌아갈 것을 결정하는 것이다. 마치 눈앞의 과업 앞에서 외롭고 무력해진 이 불우한 자들이, 당장 공격해야 할 하늘 앞에서 절망한 이 불우한 자들이 그들의 역사에서 가장 순수하고 따뜻한 부분, 즉 죽는 게 쉽고도 안락했던 최초의 절규의 땅으로 되돌아가기나 하는 것처럼….

그리하여 패배와 순교가 시작된다. 최후의 일전에 앞서 로마 시민 하나를 십자가에 매달게 함으로써, 스파르타쿠스는 군사들에게 그들을 기다리고 있는 운명을 암시한다. 전투 중에 그는 로마군을 지휘하는 크라수스에게 달려들고자 줄기차게 노력한다. 미칠 듯한 그의 몸짓에서 우리는 하나의 상징을 보지 않을 수 없다. 그는 로마의 주인들을 상징하는 자와 인간 대 인간의 싸움을 벌이고 싶은 것이다. 물론 그는 죽기를 바라지만, 최고의 평등 속에서 그렇게 되기를 바란다. 그는 크라수스에게 다가가지 못한다. 원리는 먼 곳에서 싸우고 있고, 로마 장군은 저 멀리 떨어져 있다. 자신의 바람대로, 스파르타쿠스는 죽는다, 그러나 그와 다름없는 노예들인 로마 용병들의 칼 아래 죽는다. 로마 용병들은 그의 자유와 함께 자신들의 자유를 말살하는

---

[87] 스파르타쿠스의 반항은 그에 앞선 노예 반항들의 프로그램을 되풀이한다. 그런데 이 프로그램이란 토지의 분배와 노예제도 폐지로 요약된다. 다시 말해 그것은 로마의 신들에게는 직접적으로 손을 대지 못한다. [원주]

셈이다. 십자가에 처형된 단 한 명의 로마 시민에 대한 보복으로, 크라수스는 수천 명의 노예를 처형한다. 엄청난 정의의 반항이 끝난 뒤, 카푸아에서 로마로 가는 길 위에 세워진 6천 개의 십자가는 권력의 세계에 대등이란 있을 수 없으며 주인들의 핏값은 엄청나게 비싸다는 사실을 노예들에게 생생하게 보여준다.

십자가는 또한 그리스도의 형벌이기도 하다. 우리는 몇 해가 흐른 후 그리스도가 노예의 형벌을 택한 것은 '주님'의 잔인한 얼굴과 굴욕당한 인간들 사이를 가르는 무서운 거리를 좁히기 위해서였다고 상상해볼 수 있다. 그리스도는 중재에 나선다. 그는 반항이 세계를 둘로 쪼개지 않도록, 자신의 고통이 하늘에 닿아 하늘이 인간들의 저주에서 풀려나도록 최악의 불의를 몸소 겪는다. 그렇다면 뒤이어 하늘과 땅을 명확히 분리하기 위해, 혁명 정신이 지상에서 신성을 대표하는 자들을 죽임으로써 신성을 육체로부터 분리했다 한들 누가 놀라겠는가? 어떤 의미에서 1793년[88]에 반항의 시대는 끝이 나고, 단두대 위에서 혁명의 시대가 시작된다.[89]

---

88 1793년은 루이 16세가 처형된 해이다.

89 이 시론은 기독교 내부의 반항 정신에 대해서는 관심이 없다. 그러므로 종교개혁 및 그 이전에 일어난 교권에 대한 반항 운동들은 이 글에서 제외된다. 그러나 종교개혁이 일종의 종교적 자코뱅주의를 준비했고, 어떤 의미로는 1789년의 대혁명이 완성할 것을 이미 시작했다는 사실만은 분명히 짚어두자. [원주]

왕의 시역자들

1793년 1월 21일 훨씬 이전에, 그리고 19세기의 왕의 시역 이전에 이미 여러 왕이 살해되었다. 그러나 라바이야크 [90]와 다미엥[91]을 비롯한 암살자들은 개인으로서의 왕을 살해하려 했지, 그 원리를 말살하려 하지는 않았다. 그들은 다른 한 사람의 왕을 원했을 뿐, 달리 원하는 것이 없었다. 그들은 왕좌가 항상 빈 채로 남아 있는 것을 상상조차 할 수 없었다. 1789년은 근대로 넘어오는 길목이다. 당시의 사람들이 무엇보다 신권설의 원리를 뒤엎고 지난 수 세기의 지적 투쟁 속에서 형성된 부정과 반항의 힘을 역사 속에 도입하려 했기 때문이다. 그들은 이처럼 전통적 폭군 시해에 합리적 추론에 따른 신의 시살弑殺을 더했다. 이른바 자유사상, 즉 철학자들과 법학자들의 사상은 이 혁명을 위한 지렛대 역할을 했다.[92] 이 기도가 정당한 것으로 느껴지는 까닭은 무엇보다 책임이 무한한 교회가 종교재판에서 시작되고 세속 권력과 공모함으로써 영속화된 운동과 함께 주인들의 편에 서서 민중을 괴롭혔기 때문이다. 미슐레[93]가 혁명적 서사시에는 오직 두 주인공, 즉 기독교와 대혁명만이 등장한다고 했던 말은 틀리지 않았다. 그가 보기에 1789년은 은총과 정의의 싸움이다. 비록 미슐레가 자기

---

90   F. Ravaillac(1578-1610). 앙리 4세의 암살자이다.

91   R. F. Damiens(1715-1757). 루이 15세의 암살자이다.

92   그러나 국왕들 자신도 이 일에 협력한 셈이다. 그들이 종교적 권력에 점차 정치적 권력을 강요했고, 그럼으로써 그들의 정당성의 원리 자체를 서서히 훼손했기 때문이다.

93   Jules Michelet(1798-1874). 프랑스의 역사가이다.

세기의 무절제에서 자유롭지 못하고 거대 체계에 대한 취향을 지녔을지라도, 그는 여기서 혁명적 위기의 깊은 원인 가운데 하나를 제대로 지적한 셈이다.

앙시엥 레짐Ancien Régime[94] 아래의 군주 정치는 설령 그 통치가 언제나 전제적이었다고는 할 수 없을지라도 원리만큼은 이론의 여지 없이 전제적이었다. 신권설에 바탕을 둔 군주 정치는 정당성에 관한 한 의지할 데가 없었다. 이 정당성은 흔히 그리고 특히 의회에 의해 의문시되었다. 그러나 그 정당성을 행사했던 자들은 그것을 자명한 이치로 생각했고, 또 자명한 이치로 내세웠다. 루이 14세는 알다시피 이 원리에 대한 믿음이 확고했다.[95] 보쉬에[96]는 역대 왕들을 향해 이렇게 말함으로써 루이 14세를 도왔다. "폐하들은 신이시옵니다." 어떤 면에서 왕은 세속의 일에서, 따라서 사법권에서 신의 사명을 위임받은 자다. 왕은 신과 마찬가지로 가난과 불의의 고통을 당하는 자들의 마지막 의뢰처다. 민중은 그들을 압박하는 자들에 대해 원칙적으로 왕에게 호소할 수 있다. "폐하께서 아신다면, 차르께서 아신다면…" 비참의 시대에 프랑스와 러시아의 인민은 흔히 이렇게 말했다. 적어도 프랑스의 경우 군주가 민중의 사정을 알게 되었을 때, 귀족과 부르주아의 압제로부터 인민 공동체를 보호하려고 했던 것은 사실이

94　'구체제'라고 번역되는 앙시엥 레짐은 프랑스 대혁명 이전의 군주 정치 체제를 가리키는데, 성직자, 귀족, 평민이라는 세 신분에 바탕을 둔다.

95　샤를 1세는 신권설을 부정하는 사람들에 대해서는 공평할 필요도, 성실할 필요도 없다고 생각할 정도로 신권설을 신봉했다. [원주]

96　J. B. Bossuet(1627-1704). 가톨릭 주교로 루이 14세의 종교 정책을 지지했다.

다. 그러나 그것이 정의의 발로였던가? 아니다. 동시대 작가들의 관점인 절대적 관점에서 본다면 그렇지 않다. 왕에게 호소할 수 있었다 해도 원리로서의 왕에게 반하는 호소는 할 수 없는 것이었다. 왕은 자신이 원할 때만 원조와 구원을 베푼다. '짐의 뜻'은 은총의 한 가지 속성이다. 신정神政 체제 아래의 왕정은 항시 은총에 결정권을 유보함으로써 은총을 정의 위에 두려는 통치이다. 이와 반대로 사부아의 보좌신부[97]의 주장은 신을 정의 앞에 무릎 꿇렸다는 점, 그리하여 당대 특유의 다소 순박한 엄숙함과 함께 현대 역사의 지평을 열었다는 점에 유일한 독창성이 있다.

자유사상이 신을 문제 삼는 순간부터, 사실상 그 사상은 정의의 문제를 전면에 내세우는 셈이다. 간단히 말해 당시의 정의란 평등과 혼동된다. 신이 흔들리자 정의는 지상에서 신을 대표하는 자를 직접적으로 공격함으로써 신에게 최후의 일격을 가한 후, 평등을 앞세워 입지를 확고히 한다. 신권에 자연법을 대립시키고, 1789년부터 1792년까지 3년 동안 신권으로 하여금 자연법과 타협하지 않을 수 없게 한 것부터가 이미 신권 파괴 행위다. 은총은 최후의 결정권에 관한 한 타협할 수 없었으리라. 은총은 몇 가지 점에서 양보할 수 있었지만, 최후의 결정권만은 결코 양보 대상으로 삼을 수 없었다. 그런데 거기에 그치지 않았다. 미슐레에 따르면, 루이 16세는 감옥에서도 여전히 왕이고자 했다. 다시 말해 새로운 원리의 땅 프랑스 어딘가에서 패배한 원리가 단지 존재한다는 사실의 힘과 신앙의 힘만으로도

---

97 '사부아의 보좌신부'란 장 자크 루소를 가리킨다.

감옥의 벽 사이에 존속하고 있었다. 정의는 전면적인 것이 되고자 하며 절대적으로 지배하고자 한다는 점에서만 은총과 공통점을 지닌다. 양자가 충돌을 일으키는 순간부터, 양자는 필사적으로 싸우지 않을 수 없게 된다. 당통은 이렇게 말했다. "우리는 법률가처럼 공평무사한 태도를 지니지 못했다고 해서 왕을 단죄하려는 게 아니다. 단지 우리는 왕을 죽이고 싶을 뿐이다." 신을 부정한다면 왕도 반드시 죽여야 한다. 루이 16세를 죽게 한 것은 생쥐스트[98]였던 것으로 보인다. 그러나 "아마도 피고를 죽일 명분이 되는 원리를 결정하는 일, 그것은 바로 피고를 심판하는 사회가 의지해서 살아갈 원리를 결정하는 일이다"라고 그가 외쳤을 때, 이 말은 왕을 죽이는 자가 다름 아닌 철학자들이라는 사실을 여실히 보여준다. 즉 왕은 사회계약론의 이름으로 죽지 않으면 안 된다.[99] 그러나 이 점은 분명한 설명을 필요로 한다.

새로운 복음

『사회계약론』Le Contract social은 무엇보다 권력의 정당성에 대한 탐구이

---

98 Louis de Saint-Just(1767-1794). 프랑스대혁명 시대의 정치가로서 로베스피에르의 공포정치를 지지했고, 혁명 의회에서 루이 16세와 마리 앙투아네트를 처형하라는 연설을 했다. 수려한 외모, 엄격한 금욕주의, 냉혹한 혁명 활동으로 '혁명의 대천사Archange de la Révolution'라고 불린 그는 테르미도르 쿠데타로 인해 27살의 젊은 나이에 단두대의 이슬로 사라졌다.

99 루소는 이것을 원치 않았으리라. 그의 절도節度 의식을 분명히 인식하기 위해, 루소가 다음과 같이 단호하게 선언했다는 사실을 분석 초두에서 밝힐 필요가 있다. "이 세상에서 인간의 피를 대가로 살 만한 것이라고는 아무것도 없다." [원주]

다. 그러나 권리를 대상으로 하는 책이지 사실을 대상으로 하는 책은 아니다.[100] 다시 말해 이 책은 결코 사회학적 관찰의 모음집이 아니다. 이 책이 탐구하는 바는 원리와 관련된다. 바로 그 점에서 이 책은 이미 이의 제기의 성격을 띤다. 이 책은 신에 뿌리를 둔 전통적 정당성에 동의할 수 없음을 전제한다. 그러므로 이 책은 다른 정당성, 다른 원리들을 내세운다. 『사회계약론』 역시 하나의 교리문답서로서 교리문답의 어조와 교조적 언어를 구사한다. 1789년이 영국과 미국의 혁명 승리를 완성하듯, 루소는 홉스에게서 발견되는 사회계약 이론을 논리의 극한까지 밀고 나간다. 『사회계약론』은 그 새로운 종교를 널리 전파하고 거기에 교조적 해설을 가하는데, 그 새로운 종교의 신은 자연과 혼동되는 이성이며 그 지상의 대표자는 왕 대신에 일반의지를 지닌 인민이다.

전통 질서에 대한 공격은 너무나 명백해서, 1장에서부터 루소는 왕권의 근간이 되는 인민과 왕의 계약에 앞서 인민을 규정하는 시민 상호 간의 계약이 선행한다는 사실을 논증하려고 애쓴다. 루소 이전에는 신이 왕을 만들고, 그다음에 왕이 인민을 만든다고 했다. 『사회계약론』 이후에는 인민이 자기 자신을 만들고, 그다음에 인민이 왕을 만든다. 신은 이제 당분간 거론조차 되지 않는다. 여기서 우리는 뉴턴의 혁명에 버금가는 것을 정치 분야에서 목격한다. 권력은 전제專制가 아니라 일반적 합의에 뿌리를 둔다. 바꾸어 말하면 권력은 이제

---

100 『인간 불평등 기원론』*Discours sur l'inégalité*을 참조할 것. "그러므로 모든 사실을 제쳐두고 시작하자, 왜냐하면 사실들은 이 문제와 전혀 관련이 없기 때문이다." [원주]

더 이상 '있는 것'이 아니라 '있어야 할 것'으로 규정된다. 루소에 따르면, 다행히도 있는 것은 있어야 할 것과 불가분의 관계를 이룬다. 인민은 "단지 인민 자체가 항상 스스로 되어야 할 바의 모든 것이라는 바로 그 이유만으로써" 주권자이다. 이러한 부당전제 앞에서 우리는 당시 줄기차게 계몽되던 이성이 실은 제대로 취급되지 못하고 있었다고 말할 수 있다. 우리는 『사회계약론』을 통해 일반의지가 신으로 옹립되는 신비론의 태동을 본다. 루소는 이렇게 말했다. "우리 각자는 자신의 개별 인격체를 공동체에 맡기고 자신의 모든 권능을 일반의지의 확고한 지도 아래에 놓으며, 전체와 분리될 수 없는 부분으로서 공동체의 일원이 됨을 받아들여야 한다."

이런 정치적 인격은 주권자가 되고, 아울러 신적인 인격으로 규정된다. 더욱이 그것은 신적인 인격의 속성을 두루 지니고 있다. 과연 그것은 무류성無謬性을 지닌다. 주권자는 오류를 원할 수 없기 때문이다. "이성의 법칙에서는 그 무엇도 이유 없이 행해지지 않는다." 절대적 자유가 자아에 대해서도 자유로운 것이 사실이라면, 정치적 인격체는 전적으로 자유로운 것이다. 그리하여 루소는 주권자 자신이 어떤 경우에도 범하지 않을 하나의 법을 주권자 자신의 의무로 삼는다는 것은 정치적 공동체의 본성에 반하는 것이라고 선언한다. 정치적 인격은 양도할 수도 분할할 수도 없는 것이다. 바야흐로 루소는 신학의 난제인 신의 전지전능과 신의 무죄성 사이의 모순까지 해결하려 한다. 일반의지는 실제로 구속력을 가지고 있고, 그 권능에는 한계가 없다. 일반의지에 복종하기를 거부하는 자에게 일반의지가 부과하는 벌이란 그를 "자유롭도록 강제하는 것"이다. 그리고 담대하게도 루소

반항인

는 주권자를 그 근원으로부터 분리하여 일반의지를 만인의 의지와 구별함으로써 신격화라는 작업을 완결한다. 우리는 그 점을 루소의 전제들로부터 연역할 수 있다. 만일 인간이 본성적으로 선한 존재라면, 만일 인간 내부의 본성이 이성과 일치하는 것이라면,[101] 그렇다면 인간이 자유롭게, 타고난 그대로 자신을 표현하기만 하면 최고의 이성적 행동을 실천하는 셈이 된다. 그러므로 인간은 자신이 내린 결정을 되돌아볼 필요가 없다. 일반의지는 무엇보다 보편적 이성의 표현이며, 보편적 이성은 정언적定言的이고 절대적인 것이다. 바야흐로 새로운 신이 탄생했다.

우리가 『사회계약론』에서 '절대적인', '신성한', '불가침의' 등과 같은 어휘를 가장 빈번히 접하는 이유도 바로 여기에 있다. 이렇게 정의되는 정치적 공동체는 현세 기독교의 신비적 실체의 대용물일 뿐이다. 이 공동체의 법은 당연히 신성한 율법이 된다. 게다가 『사회계약론』은 시민 종교의 묘사로 끝맺으며 루소를 현대 사회의 선구자로 만드는데, 이 선구자는 반대뿐만 아니라 중립까지도 배격한다. 사실 루소는 현대 사회에서 시민 신앙을 주장한 최초의 사람이다. 그리고 시민 사회에서 사형을 정당화하고 주권자의 권능에 대한 시민의 복종을 정당화한 최초의 사람이다. "암살자가 되었을 때 사형을 받아들이는 것은 바로 자신이 암살의 희생자가 되지 않기 위해서다." 기이한 정당화지만 이야말로 주권자가 명령한다면 죽을 수 있어야 하고, 필요하다면 자신의 의사에 반해 주권자의 정당성을 인정해야 한

---

101 모든 이데올로기는 심리학에 반하여 구성된다. [원주]

다는 사실을 확립한다. 이 신비로운 개념은 생쥐스트가 체포되어 단두대에 오르기까지 줄곧 지킨 침묵을 정당화하는 것이기도 하다. 이 개념을 제대로 전개하면, 스탈린 재판에서 희생된 피고들의 열광 또한 설명할 수 있을 것이다.

우리는 여기서 순교자들, 고행자들, 성자들을 거느린 하나의 종교가 탄생하는 새벽을 목격한다. 이 복음이 끼친 영향을 정확히 가늠하기 위해서는 1789년 선언들의 영감 어린 논조를 떠올려봐야 한다. 포세[102]는 바스티유 감옥에서 나온 해골들 앞에서 이렇게 외쳤다. "계시의 날이 왔다…. 해골들도 프랑스의 자유의 함성을 듣고 일어났다. 해골들은 압제와 죽음의 수 세기에 대해 증언하고 있고, 인간 본성과 국민 생명의 소생을 예고하고 있다." 그리고 그는 이렇게 고했다. "우리는 시대의 한복판에 이르렀다. 폭군들은 비할 바 없이 썩어 있다." 이 순간이야말로 훌륭하고 고결한 신앙의 순간, 한 경탄할 만한 국민이 베르사유에서 국왕의 단두대와 함께 형차形車를 부숴버리는 순간이었다.[103] 단두대는 종교와 불의의 제단으로 간주된다. 새로운 신앙은 단두대를 용납하지 않는다. 그러나 그 신앙이 교조적인 것이 될 때, 그것은 자신의 제단을 세우고 무조건적인 경배를 요구한다. 그때 단두대가 다시 나타나고, '이성'의 제단, '이성'의 자유, '이성'의 서약, '이성'의 제전에도 불구하고 새로운 신앙의 미사는 피에 물든 채 집

---

102 Claude Fauchet(1744-1793). 프랑스 대혁명 시대의 혁명가로 지롱드당 소속 의원이었다.

103 1905년 러시아에서도 똑같은 함성이 울려 퍼졌다. 상트페테르부르크의 소비에트 회원들이 사형 제도의 폐지를 요구하며 거리를 행진한 것이었다. 1917년의 러시아혁명 때도 유사한 일이 벌어졌다. [원주]

전되리라. 여하튼 1789년이 '신성한' 인류[104], '우리 주主 인류'[105]의 원년이 되기 위해서는 먼저 실격된 주권자가 사라져야 한다. 사제-왕의 살해는 새로운 시대를 열었고, 그 새로운 시대는 변함없이 계속되고 있다.

왕의 처형

루소의 사상을 역사에 도입한 사람은 생쥐스트였다. 왕을 재판할 때, 그가 행한 논증의 본질은 왕이란 신성불가침이 아니며, 왕은 법원이 아니라 의회에 의해 심판받아야 한다는 것이었다. 그의 논거는 루소에게서 가져온 것이다. 법원은 왕과 주권자 사이에서 재판관이 될 수 없다. 일반의지는 통상의 재판관들 앞에 소환될 수 없다. 그것은 모든 것을 초월한다. 그리하여 일반의지의 불가침성과 초월성이 선언된다. 이 재판의 중심 주제가 반대로 왕이라는 개인의 불가침성이었음을 우리는 안다. 은총과 정의 사이의 투쟁은 1793년에 가장 도발적인 양상을 띠는데, 그 해에 두 초월 개념은 사생결단으로 맞선다. 생쥐스트는 이 내기의 중요성을 분명히 인지했다. "왕을 심판할 준거가 되는 정신은 공화국을 수립할 준거가 되는 정신과 동일한 것이리라."

그리하여 생쥐스트가 행한 유명한 연설은 신학 연구 논문의 성격을 띤다. "우리 사이의 이방인 루이", 이것이 바로 그 젊은 기소자의 논제였다. 자연적인 것이든 시민적인 것이든 하나의 계약이 여전

---

104 베르니오Vergniaud가 한 말이다. [원주]

105 아나카르시스 클로츠가 한 말이다. [원주]

히 왕과 인민 사이를 맺어줄 수 있다면 둘 사이에는 상호 의무가 있을 테고, 인민의 의지도 절대적 심판을 내릴 수 있는 절대적 심판관을 자처할 수 없을 터이다. 그러므로 인민과 왕 사이에는 아무런 연결 끈이 없음을 논증하는 것이 중요하다. 인민이 그 자체로 영원한 진리임을 증명하기 위해서는, 왕위가 그 자체로 영원한 죄악임을 보여줘야 한다. 따라서 생쥐스트는 왕이란 반역자이거나 찬탈자임을 하나의 공리로 내세운다. 왕은 인민의 절대적 주권을 찬탈한 인민의 반역자다. 군주제란 절대로 선이 아니다. "그것은 범죄다." 그것은 하나의 죄악이 아니라 범죄 일반이며, 생쥐스트가 말한 대로 절대적 신성모독이다. 이것이 바로 우리가 그 의미를 극도로 확대해석해온 생쥐스트의 말, "아무도 결백하게 군림할 수는 없다"[106]라는 말의 정확하고 극단적인 의미다. 모름지기 왕은 유죄이며, 왕이 되고자 하는 사실 자체가 죽을 죄이다. 다음으로 생쥐스트는 인민의 주권이 "신성한 것"임을 논증했는데, 이때도 정확히 똑같은 말을 한다. 시민들은 상호 불가침적이고 신성한 존재들이며, 그들이 지닌 공통 의지의 표현인 법에 따라서가 아니라면 행동을 제약당할 수 없다. 그런데 루이만이 이 특별한 불가침과 법의 구원이라는 혜택을 받지 못한다. 그는 계약에서 제외되었기 때문이다. 그는 결코 일반의지의 한 부분이 아니며, 그 반대로 존재한다는 사실 자체만으로도 전지전능한 일반의지를 모독하는 자다. 그는 새로운 신성에 동참할 수 있는 유일한 자격을 가

---

106 우리는 이 말의 의미를 지레짐작해왔다. 생쥐스트가 이 말을 했을 때, 그는 이 말이 자기에게도 해당한다는 사실을 몰랐다. [원주]

진 '시민'이 아니다. "한 사람의 평범한 프랑스인에 비할 때 왕이란 도대체 무엇이란 말인가?" 따라서 그는 심판받지 않으면 안 된다. 단지 그뿐이다.

그러나 누가 이 일반의지를 해석하고 누가 판결을 내릴 것인가? 그것은 국민의회이다. 국민의회는 그 기원에서부터 이 일반의지를 대표하며, 계시받은 공의회로서 이 새로운 신성에 참여한다. 그렇다면 국민의회의 판결은 뒤이어 인민의 비준을 받아야 할 것인가? 국민의회 왕당파의 노력은 결국 이 점을 겨냥했음을 우리는 안다. 왕의 생명은 이처럼 부르주아—법관들의 논고에서 벗어나 인민의 자발적 감정과 동정에 맡겨질 수도 있었다. 그러나 생쥐스트는 여기서 다시 한번 자신의 논리를 끝까지 밀고 나가 루소가 창안한 일반의지와 만인의 의지 사이의 대립을 이용한다. 만인이 용서할지라도 일반의지는 용서할 수 없다는 것이다. 인민들조차 폭정의 범죄를 지울 수 없게 되었다. 그렇다면 희생자(인민)가 법적으로 자신의 제소를 철회할 수 없다는 말인가? 그것은 법학이 아니라 신학이다. 왕의 범죄는 최고의 질서에 대한 불경죄가 된다. 보통의 범죄는 용서받거나 처벌되거나 망각된다. 그러나 왕권의 범죄는 영원하며, 그것은 왕이라는 개인과 왕의 존재라는 사실 자체와 연계되어 있다. 그리스도 자신도 범죄자들은 용서할 수 있었으나 가짜 신들은 용서할 수 없었다. 가짜 신들은 사멸하든가, 아니면 승리해야 한다. 오늘 인민이 용서해준다면, 내일 설령 죄인이 감옥에 잠들어 있을지라도 인민은 멀쩡한 범죄를 다시 만나리라는 것이다. 그러므로 결론은 하나뿐이다. "인민의 살해를 왕의 사형으로 복수할 것."

생쥐스트의 연설은 단두대로 통하는 출구를 제외하고는 왕에게 모든 출구를 하나씩 닫아버리는 것을 목적으로 한다. 『사회계약론』의 전제들이 받아들여진 이상, 사실 이런 본보기는 불가피한 것이었다. 이 본보기를 거쳐야만 비로소 "왕들은 사막으로 달아날 것이고, 자연은 자신의 권리를 되찾으리라." 국민의회가 보류 투표를 해보았자 소용없었고, 루이 16세를 재판할 것인지 아니면 안전 보장을 포고할 것인지 아직 예심하지 않았다고 말해보았자 소용없었다. 당시 국민의회는 자신의 원칙을 슬그머니 외면했고, 충격적인 위선으로 자신의 진정한 의도를 감추려 했다. 그 진정한 의도는 새로운 절대주의를 확립하는 것이다. 적어도 자크 루[107]는 당시의 진실을 통찰한 사람이었다. 그는 루이 16세를 최후의 왕이라고 불렀으며, 경제적 차원에서 이미 이룩된 진정한 혁명이 바야흐로 철학적 차원에서 완수되고 있고 또 그 혁명이 신들의 황혼을 뜻함을 지적했다. 신권정치는 1789년에 그 원리를 파괴당했고, 1793년에 그 화신을 살해당했다. 그런 의미에서 브리소[108]의 말은 옳다. "우리 혁명의 가장 탄탄한 기념비는 철학이다."[109]

1793년 1월 21일, 사제-왕의 살해와 함께 루이 16세의 수난이라고 의미심장하게 불린 사건은 종결된다. 확실히 약하고 선량한 한 인

---

107 Jacques Roux(1752-1794). 프랑스대혁명 시대의 급진주의적 성직자로서 계급 없는 사회를 슬로건으로 내걸었다.

108 Jacques Pierre Brissot(1754-1793). 프랑스대혁명 시대의 정치가로서 지롱드파를 이끈 인물 가운데 하나이다.

109 종교 전쟁인 방데 전쟁은 브리소의 말이 옳다는 것을 보여준다. [원주]

간의 공공연한 살해를 프랑스 역사의 위대한 순간으로 치부한 것은 혐오할 만하다. 더욱이 이 단두대가 정점을 긋는 것도 아니며, 아직도 턱없이 모자란다. 그러나 적어도 원인과 결과로 보아 왕의 심판이 프랑스 현대사로 넘어오는 길목이라는 점은 여전히 사실이다. 그것은 프랑스 역사의 신성 상실과 기독교 신의 화신 사멸을 상징한다. 신은 그때까지 왕을 통해 역사에 관여해왔다. 그러나 신의 역사적 대표자는 살해당했고, 이제 더 이상 왕이란 없다. 그러므로 원리의 천국으로 추방당한 신의 허울만이 존재할 따름이다.[110]

혁명가들은 복음을 원용할 수 있었다. 사실 그들은 기독교에 무서운 일격을 가했으며, 기독교는 아직도 그 일격으로부터 다시 일어서지 못하고 있다. 알다시피 자살과 광란의 경련적 상황이 뒤따랐던 왕의 처형은 가담자들 자신이 무슨 짓을 하고 있는지 명확하게 의식하는 가운데 이루어진 것이 분명하다. 루이 16세는 그의 신앙을 훼손하는 법률안들을 체계적으로 거부했을지라도 때때로 그의 신권에 회의를 가졌던 것 같다. 그러나 자신의 운명을 감지하거나 인식한 순간부터, 그 자신의 말이 시사하는 대로 자기 개인에 대한 위해가 겁에 질린 인간의 육신이 아니라 신의 화신인 그리스도-왕에게 가해지는 것이라고 일컬어지도록 신의 소명과 하나가 되려고 했던 것 같다. 감옥이라는 사원에서, 그가 머리맡에 두었던 책은 『준주성범』遵主聖範, *L'Imitation*[111]이었다. 어쨌든 평범한 감수성을 가진 인간이 최후의 순간

---

110 그것은 칸트Kant와 야코비Jacobi와 피히테Fichte의 신일 것이다. [원주]

111 『준주성범』은 라틴어로 쓰인 중세의 가톨릭 신앙서인데, 통설에 따르면 작자 미상이다.

에 보여준 온유함과 완전한 덕성, 외부 세계에 대한 무관심한 태도, 끝으로 자신의 말을 들려주고 싶은 백성에게서 아주 멀리 떨어진 채 자신의 목소리를 뒤덮는 무서운 북소리를 들으며 단두대 앞에서 보인 약간의 낙망, 이 모든 것은 지금 죽어가는 것이 단순히 카페 왕조의 한 혈손이 아니라 바로 신권의 루이 왕 그리고 그와 더불어 현세적 기독교국임을 상상케 한다. 이 신성한 결합을 더욱 공고히 해주기 위해 그의 고해 신부는 그가 수난받는 그리스도와 "닮아 있음"을 환기함으로써 낙망한 그를 격려한다. 그리하여 루이 16세는 정신을 차리고 그 신이 한 말을 되풀이한다. "고난의 잔일지라도 달게 마시겠나이다." 그러고서 몸을 떨며 사형집행인의 비천한 손에 몸을 맡긴다.

미덕의 종교

그처럼 옛 주권자를 처형한 종교는 이제 새 주권자의 권력을 확립해야 한다. 교회를 폐쇄했기에, 다른 하나의 사원을 세워야 한다. 루이 16세라는 사제에게 뿌려진 신들의 피는 새로운 세례를 알린다. 조제프 드 메스트르는 대혁명을 악마적이라고 형용했다. 우리는 그 이유와 의미를 안다. 그렇지만 대혁명을 연옥이라고 부른 미슐레가 한층 더 진실에 가깝다. 한 시대가 새로운 빛을, 새로운 행복을, 진정한 신의 얼굴을 찾기 위해 이 연옥의 터널 속으로 맹목적으로 뛰어든다. 그러나 새로운 신이란 어떤 것일까? 다시 생쥐스트에게 물어보자.

1789년의 혁명은 아직 인간의 신성을 확보하지는 못했지만, 인민의 의지가 자연과 이성의 의지에 일치하는 한에서는 인민의 신성을 확보했다. 만약 일반의지가 자유롭게 표현된다면, 그것은 오직 이성의 보편적 표현일 수밖에 없다. 만약 인민이 자유롭다면, 인민은 오류를 범할 리 없다. 왕이 죽고 낡은 전제주의의 사슬이 풀린 이상, 인민은 언제 어디서든 진리이고 진리였고 진리일 것만을 표현하리라. 인민은 세계의 영원한 질서가 무엇을 요구하는가를 알기 위해 문의해야 할 신탁이다. "인민의 소리는 곧 자연의 소리이다Vox populi, vox naturae." 영원한 원리는 우리의 행동을 규제한다. 영원한 원리란 '진리', '정의', '이성'이다. 이것이 바로 새로운 신이다. '이성'을 경축하는 처녀들이 무리 지어 경배하는 그 지고한 존재는 마치 옛 신과도 같은데, 그 옛 신은 이제 자신의 화신을 잃고 갑자기 지상과 연결된 관계의 끈을 모두 잘린 채 풍선마냥 텅 빈 하늘로 쫓겨갔다. 대표자도 중개자도 없는 철학자들과 변호사들의 신, 그 새로운 신은 단지 논증할 가치를 지닐 뿐이다. 사실상 그 신은 몹시 유약한데, 이제 우리는 관용을 설교하던 루소가 오히려 무신론자들을 처형해야 한다고 생각했던 까닭을 이해하게 된다. 하나의 정리定理를 오래도록 경배하기 위해서는 신앙만으로 충분치 않다. 거기에 더해 경찰이 필요하다. 하지만 그런 사태는 좀 더 나중에 벌어진다. 1793년에 새로운 신앙은 아직 아무런 손상을 입지 않은 상태였고, 생쥐스트의 말을 빌리면 이성에 따라 통치하면 족할 것이었다. 그에 따르면 통치 기술은 단지 괴물들을 양산했을 뿐이다. 왜냐하면 그에 이르기까지 사람들은 자연에 따라 통치하려고 하지 않았기 때문이다. 괴물들의 시대는 폭력의 시대와 함께 끝났다. "인간의 심성은 자연에서 폭력으로, 폭력에서 도덕으로 나아간다." 그러므로 도덕이란 몇 세기에 걸친 정신착란 뒤에 비로소 회복한 자연에 지나지 않는다. "자연과 인간의 심성에 따라" 인간에게 법률이 주어질 때, 불행과 부패는 멈출 것이다. 새로운 법률의 토대인 보통선거는 반드시 보편적인 도덕을 가져온다. "우리의 목적은 선을 향한 보편적 경향이 확립될 수 있도록 사물의 질서를 창조하는 데 있다."

이성의 종교는 극히 자연스럽게 법률 공화국을 세운다. 일반의지는 그 대표자들이 편찬한 법률로써 표현된다. "인민은 혁명을 만들고, 입법자는 공화국을 만든다." 이번에는 "인간의 무모함으로 인해 훼손될 수 없고, 냉정하고, 영원히 사멸하지 않을" 제도가 보편적 합의 속에서, 추호의 모순도 없이 만인의 삶을 통치할 것이다. 왜냐하면 만인은 법률에 복종함으로써 자기 자신에게 복종하기 때문이다. "법률을 벗어나면, 모든 것이 불모이며 죽음이다"라고 생쥐스트는 말했다. 이것이야말로 형식적이고 법률 지상주의적인 로마식 공화국이다. 우리는 생쥐스트와 그의 동시대인들이 가졌던 로마의 고대 문명에 대한 열정을 안다. 랭스에서 흰 수액 무늬로 장식된 검은 벽지를 바른 방에 앉아 덧문을 닫은 채 몇 시간을 보내곤 하던 그 퇴폐주의적인 청년은 스파르타식 공화국을 꿈꾼 것이었다. 장황하고 방탕한 시 「오르강」*Organt*을 쓴 작가는 그런 만큼 더욱더 검소와 미덕의 필요성을 느꼈다. 그의 제도 내에서 생쥐스트는 16세 이하의 어린이들에게 육식을 금하고자 했고, 혁명적인 채식주의자의 국가를 꿈꾸었다. 그는 "로마인들 이래로 세계는 텅 비어 있다"라고 외쳤다. 그러나 이제 영웅들의 시대가 예고되었고, 카토,[112] 브루투스, 스카이볼라가 부활

---

112 Marcus Porcius Cato(B.C.234-149). 로마의 장군이자 정치가이다.

할 수 있었다. 라틴 모럴리스트들의 수사학이 거듭 꽃피었다. '악덕, 미덕, 부패', 이런 낱말들이 당시 수사학에, 특히 생쥐스트의 연설에 끊임없이 등장했다. 이유는 간단하다. 몽테스키외가 고찰했듯, 이 근사한 조직은 미덕 없이 유지될 수 없었다. 프랑스대혁명은 절대 순수라는 원리 위에 역사를 건설하려 함으로써 형식 도덕의 시대를 연다.

그렇다면 미덕이란 무엇인가? 당시 부르주아 철학자에게 그것은 자연과의 일치이고,[113] 정치에서 그것은 일반의지의 표징인 법률에 대한 복종이다. 생쥐스트는 이렇게 말했다. "도덕은 폭군보다 더 강하다." 그 도덕이 방금 루이 16세를 죽였다. 그러므로 법에 대한 불복종은 법의 있을 수 없는 불완전성에서 비롯되는 게 아니라, 범법 시민의 미덕 결여에서 비롯된다. 그런 까닭에 생쥐스트가 강조하듯, 공화국은 의회 제도일 뿐만 아니라 도덕이다. 모든 도덕적 부패는 동시에 정치적 부패이며, 그 역도 옳다. 그리하여 무한한 압제의 원리가 교리그 자체로부터 생겨나서 자리를 잡는다. 생쥐스트는 확실히 범세계적 목가의 욕망에 충실했다. 그는 진실로 고행자의 공화국을 꿈꾸었다. 다시 말해 자신이 삼색 현장과 흰 깃털로 장식한 늙은 현자들의 비호 아래, 그는 원초적 무죄성의 순결한 유희에 몸을 내맡기는 조화로운 인류의 공화국을 꿈꾸었다. 우리는 또한 대혁명 초기부터 생쥐스트가 로베스피에르처럼 사형에 반대했다는 사실을 알고 있다. 단지 그는 살인자들에게 일평생 검은 옷을 입히자고 주장했을 따름이

---

113 베르나르댕 드 생피에르의 작품세계에 드러나는 자연 또한 기성의 미덕에 일치한다. 자연 역시 하나의 추상적 원리인 것이다. [원주]

다. 그는 "피고를 죄인이 아니라 약자로 생각하려는" 사법을 원했는데, 그것은 훌륭한 생각이었다. 그는 또한 범죄의 나무가 질길지라도 뿌리는 연한 것임을 인정하는 관용의 공화국을 꿈꾸었다. 적어도 그의 외침 가운데 하나는 마음에서 우러난 것이고, 쉬이 잊기 힘든 것이다. "인민을 괴롭히는 것은 끔찍한 일이다." 그렇다, 그것은 끔찍한 일이다. 그러나 인간 심성은 그렇게 느끼면서도 궁극적으로 인민의 고통을 전제로 하는 원리에 굴복할 수 있다.

도덕이란 형식적일 때 고통을 낳는다. 생쥐스트의 주장을 해설하자면, 아무도 죄 없이 도덕적일 수 없다. 법률이 화합의 지배를 용납하지 않는 순간부터, 원리가 창조한 통일이 깨지는 순간부터 도대체 누가 죄인인가? 그것은 파당이다. 파당을 짓는 자들은 누구인가? 그것은 필요 불가결한 통일을 그들의 활약으로 부정하는 자들이다. 파당은 주권을 갈라놓는다. 그러므로 그것은 신성모독에 가까우며 유죄이다. 파당, 파당만은 분쇄해야 한다. 그러나 수많은 파당이 존재한다면? 그 모두를 가차 없이 분쇄해야 한다. 생쥐스트는 외친다. "미덕이 아니면 공포정치를." 자유는 청동빛을 띠며 경직되었고, 국민의회의 헌법 초안에는 사형 제도가 포함되었다. 절대적 미덕이란 불가능하다. 관용의 공화국은 무자비한 논리에 의해 단두대의 공화국을 초래한다. 몽테스키외는 이미 이 논리를 사회 타락의 원인 가운데 하나로 고발했는데, 그에 따르면 권력 남용은 법률이 그것을 예견하지 못했을 때 더욱 커진다. 생쥐스트의 순수한 법률은 유사 이래의 변함없는 진리, 즉 법은 본질적으로 위반에 열려 있는 것이라는 진리를 고려하지 않았다.

반항인

공포정치

사드의 동시대인인 생쥐스트는 사드와 다른 원리에서 출발했지만 똑같이 범죄를 정당화하는 데 이른다. 생쥐스트는 물론 반사드적이다. 사드의 공식이 "감옥의 문을 열라. 그렇지 않으면 그대의 미덕을 증명하라"로 요약된다면, 국민의회 의원의 공식은 "그대의 미덕을 증명하라. 그렇지 않으면 감옥으로 들어가라"로 요약된다. 어쨌든 둘 다 테러리즘을 정당화한다. 자유사상가 사드가 개인적 테러리즘이라면, 미덕의 사제 생쥐스트는 국가적 테러리즘이다. 절대적 선이든 절대적 악이든 거기에 필요한 논리가 도입되면 똑같은 광란에 이른다. 확실히 생쥐스트의 경우에는 모호성이 있다. 1792년에 그가 빌랭 도비니에게 보낸 편지에는 비상식적인 부분이 있다. 이 박해받는 동시에 박해하는 자의 신념에 찬 주장은 다음과 같은 고백으로 끝난다. "만일 브루투스가 타인들을 죽이지 않는다면, 그는 자신을 죽이리라." 그토록 심각하고, 냉정하고, 논리적이고, 침착한 인물이 온갖 불균형과 혼란을 상상케 한다. 생쥐스트가 창안한 진지한 행동은 지난 두 세기의 역사를 형편없는 엽기 소설로 만들어버린다. 그는 이렇게 말했다. "정부 수반의 자리에 앉아 농담하는 자는 전제정치로 기울어지기 쉽다." 특히 당시 전제에 대한 사소한 비난이 어떤 대가를 치렀는지 생각해 볼 때, 실로 놀라운 금언金言이 아닐 수 없다. 어쨌든 이 금언이 현학적 황제들의 시대를 준비하고 있었다. 생쥐스트가 그 본보기를 보여준다. 그의 어조는 단호하기 그지없었다. 결정적 단언들의 폭포, 공리나 격언 같은 어투는 가장 훌륭한 초상화보다도 그를 훨씬 더 잘 드러낸다. 그의 금언들은 국가의 예지인 양 울려 퍼지고, 하나의 학문을 이룰 듯한 그의 정의들은 엄격하고 분명한 계율인 양 줄지어 쏟아져 나온다. "원리는 온건해야 하고, 법률은 잔혹해야 하며, 형벌은 영원해야 한다." 이것이야말로 단두대 스타일이다.

그러나 이런 논리상의 냉혹함은 깊은 정열을 전제로 한다. 다른 곳에서와 마찬가지로 여기서도, 우리는 통일성을 향한 정열을 다시 만난다. 모든 반항은 통일성을 상정한다. 1789년의 반항은 조국의 통일을 요구한다. 생쥐스트는 마침내 법률에 일치하는 풍습이 인간의 무죄성을, 인간의 본성과 이성의 일치를 빛내줄 이상 국가를 꿈꾸었다. 만약 파당들이 이 꿈을 방해하려 든다면, 정열은 자신의 논리를 강화할 것이다. 그렇게 되면 파당이 존재하는 이상 원리가 틀린 것이리라고 상상하는 사람은 없을 것이다. 원리는 불가침 대상이기에 죄는 파당에게 있다. "지금은 모든 사람이 도덕으로 돌아가고, 귀족정치는 공포정치로 돌아가야 할 때다." 그러나 귀족들의 파당만 있는 것이 아니라 공화파도 고려해야 하고, 일반적으로 입법의회와 국민의회의 활동을 비판하는 모든 사람을 고려해야 한다. 통일을 위협하는 이상, 그들 역시 유죄다. 그리하여 생쥐스트는 20세기 전제정치의 위대한 원리를 이렇게 선언한다. "애국자란 공화국을 지지하는 자다. 세부적으로 공화국을 반대하는 자는 누구든지 배반자다." 비판하는 자는 배반자이며 공화국을 공공연히 지지하지 않는 자는 용의자다. 이성도 자유로운 표현도 통일을 체계적으로 확립할 수 없을 때, 이색분자를 잘라낼 결심을 할 수밖에 없다. 그리하여 단두대의 칼날은 추론가가 되며, 그 기능은 오로지 반대 의견을 제압하는 데 있다. "법원에서 사형을 선고받은 악한이 단두대에 항거하기 위해 압제에 항거하려 했노라고 말했다니!" 생쥐스트의 노여움은 선뜻 이해되지 않는다. 그때까지 단두대는 압제의 가장 명백한 상징들 중 하나였기 때문이다. 그러나 이 같은 광란의 논리에 비추어, 미덕 윤리의 끝에 이르면 단두대야말로 자유가 될 것이다. 단두대는 합리적 통일을, 국가의 조화를 확보하는 수단이다. 그것은 공화국을 정화하고, 일반의지와 보편적 이성을 거역하는 부정한 자들을 일소할 것이다. 마라[114]는 색다른 어투로 이렇게 외친다. "사람들은 나를 박애주의자라 부르기를 거부한다. 아! 얼마나 부당한 일인가! 내가 다수의 목숨을 구하기 위해 소수의 목을 벤다는 사실을 왜 모른단 말인가?" 소수라니, 파당이란 말일까? 아마 그럴 것이다. 게다가 모름지기 역사적 행위란 이 정도의 대가는 치르게 마련이라는 것이다. 그러나 마라는 마지막 셈을 하면서 27만 3천 명의 목숨을 요구했다. 더욱이 그는 대량 학살 때 다음과 같이 외침으로써 그 작전의 치료적 성격을 훼손했다. "달군 쇠로 놈들에게 낙인을 찍어라, 놈들의 엄지손가락을 잘라라, 놈들의 혀를 베어라." 그 박애주의자는 이처럼 더없이 간명한 어휘로 창조를 위한 살인의 필요성을 밤낮으로 써 내려갔다. 그가 지하실에 처박혀 촛불 앞에서 글을 쓰며 9월의 밤을 보내는 동안, 감옥의 뜰에서는 학살자들이 오른쪽에는 남자, 왼쪽에는 여자가 앉을 관람석을 설치하고 있었는데, 그것은 그들에게 박애주의의 우아한 본보기로 귀족들의 참수형을 보여주기 위해서였다.

---

114 Jean-Paul Marat(1743-1793). 마라는 프랑스대혁명 시대에 산악파의 지도자로 활약한 급진적인 정치가로서 공포정치를 지지했다.

잠시라도 생쥐스트와 같은 당당한 인물을 미슐레의 표현대로 루소의 모방자에 지나지 않는 한심한 마라와 혼동하지 말자. 생쥐스트의 비극은 고차적인 이유와 심오한 요구 때문이긴 하지만 때때로 마라와 합창을 했다는 데 있다. 파당은 파당끼리, 소수파는 소수파끼리 연합하게 되자, 마침내 단두대가 만인의 의지를 위해 기능한다고 확신할 수 없게 되었다. 생쥐스트는 적어도 그것이 미덕을 위해 기능하는 이상, 결국 일반의지를 위해 기능하는 셈이라고 단언할 것이다. "우리의 혁명은 재판이 아니라 악인들에게 내리는 벼락이다." 선이 벼락을 치고, 무죄가 번개를, 정의의 번개를 내린다. 향락가들조차, 아니 특히 그들이 반혁명적이다. 행복의 관념이 유럽에서는 새로운 것이라고 말했던 생쥐스트는 (사실 역사를 브루투스에게서 정지시켜버린 생쥐스트에게는 더욱 그랬다) 이런저런 자들이 "무서운 행복관을 지닌 채 행복을 쾌락과 혼동한다는 사실"을 깨닫는다. 그런 자들에게도 엄벌을 내려야 하리라. 종국에는 다수당이니 소수당이니 하는 게 더 이상 문제 되지 않는다. 보편적 무죄성이 끊임없이 갈망하는 잃어버린 낙원은 점점 멀어져간다. 내란과 전쟁의 절규로 가득 찬 불행의 땅 위에서 생쥐스트는 조국이 위협받을 경우 만인이 유죄라고 선언한다. 이는 자신의 원리에 어긋나는 것이다. 국외의 파당들에 대한 일련의 보고서, 프랑스 공화력 9월 22일 자로 선포된 법률, 1794년 4월 15일 자 경찰의 필요성에 관한 연설 등은 모두 이 같은 전환의 단계를 드러낸다. 이 세상 어딘가에 한 사람의 주인, 한 사람의 노예가 존재하는 한 무기를 내려놓는 것은 수치스러운 일이라고 위풍당당하게 말했던 그가 1793년의 헌법을 중지시키고 전제정치를 시행하는 데 동의해야 했던 것이다. 로베스피에르를 변호하기 위해 행한 연설에서 그는 명성도 존명도 부정하면서 오직 추상적 섭리에만 의존하고 있다. 동시에 그는 자신이 종교로 삼는 미덕이란 것도 역사와 현재 외에는 어떤 보상도 받을 수 없다고, 그리고 그 미덕이 어떤 대가를 치르고서라도 만사를 지배해야 한다고 주장했다. 그는 "잔인하고 악독한" 권력, "법칙도 없이 압제로 나아가는" 권력을 좋아하지 않는다고 말했다. 법칙은 미덕이었고, 인민에게서 나온 것이었다. 그런데 인민이 쇠약해지자 법칙은 희미해졌고, 압제는 확대되었다. 그리하여 인민은 유죄가 되었지만, 그 원리가 마땅히 무죄한 것이어야 하는 권력은 유죄가 아니었다. 이토록 극단적인 모순은 훨씬 더 극단적인 논리에 의해서만, 침묵과 죽음 속에서 원리에 대한 마지막 동의에 의해서만 해소될 수 있었다. 생쥐스트는 이처럼 어려운 상황에 처해 있었다. 결국 그는 자신이 그토록 감동적으로 언급했던 수 세기와 하늘에서 자신의 위대성과 독립적인 삶을 찾지 않으면 안 되었다.

오래전부터 그는 사실 자신의 요구가 전적이고 아낌없는 헌신을 전제로 한다는 점을 예견했다. 그는 이 세상에서 혁명을 도모하는 자들, 즉 "선을 행하는 자들"은 무덤 속에서만 편히 잠들 수 있는 법이라고 말했다. 그는 자신의 원리가 승리하기 위해서는 그것이 인민의 미덕과 행복 가운데서 절정에 이르러야 한다는 사실을 확신했기 때문에, 그리고 아마도 자신이 불가능한 것을 바라고 있음을 알고 있었기 때문에 인민에게 절망하게 되는 날에는 칼로 자결하겠노라고 공공연히 선언함으로써 미리 배수진을 쳤다. 이제 그는 절망하고 있다. 그렇지만 그것은 그가 공포정치를 회의하게 되었기 때문이다. "혁명은 마비되고 원리는 약해졌다. 붉은 모자[115]는 이제 음모자들만이 쓸 뿐이다. 독한 술이 미각을 마비시키듯, 공포정치가 범죄에 대한 무감각을 초래했다." 심지어 미덕조차 "무정부 시대에는 범죄와 결탁한다". 모든 범죄는 최악의 범죄인 전제정치에서 나오며, 끝없는 범죄 행렬 앞에서 대혁명 자체도 전제정치로 치달아 범죄를 저지르게 되었노라고 그가 말했었다. 그러므로 범죄도, 파당도, 가증스러운 향락 정신도 줄일 수가 없다. 그러니 인민에게 절망할 수밖에 없고, 그러니 인민을 제압하지 않을 수 없다. 하지만 죄를 짓지 않고서는 통치할 수 없는 법이다. 그러므로 악을 당하든가 악을 섬기든가 해야 하고, 원리의 오류를 시인하든가 인민과 인간의 유죄를 인정하든가 해야 한다. 이때, 생쥐스트의 신비스럽고 아름다운 얼굴이 고개를 돌린다. "공범자가 되든가 악을 보고도 모른 체하는 증인이 되든가, 그 어떤 삶일지언정 대수로운 것은 아니다." 타인들을 죽이지 못하면 자신을 죽여야 했던 브루투스는 결국 타인들을 죽이는 데서 시작한다. 그러나 타인들은 너무나 많아서 그 모두를 죽일 수는 없다. 이렇게 되면 그 자신이 죽을 수밖에 없으며, 반항이 탈선했을 때 그것은 타인들의 절멸에서 자신의 파괴로 나아간다는 사실을 다시 한번 입증해야 한다. 이것을 입증하기란 어렵지 않다. 논리를 다시 한번 끝까지 따라가는 것으로 족하다. 죽기 직전에 로베스피에르를 변호하기 위해 행한 연설에서, 생쥐스트는 자기 행위의 위대한 원리, 머잖아 자신을 단죄할 원리를 재확인한다. "나는 어느 파당에도 속해 있지 않다.

---

115 프랑스대혁명 때 사람들이 자유의 상징으로 붉은 모자를 썼다.

반항인

나는 파당들을 모조리 분쇄할 터이다." 그는 이처럼 일반의지의 결정, 즉 국민의회의 결정을 미리 인식하고 있었다. 그는 일체의 현실에 반하여, 또한 원리에 대한 사랑으로 죽음을 향해 나아가기를 받아들였다. 국민의회의 의견이란 오로지 한 당파의 웅변과 열정에 의해 좌우되기 때문이다. 하지만 어쩌랴! 원리가 실추될 때, 사람들은 그 원리와 자기들의 신앙을 구할 단 하나의 방도를 가지게 되는 법이다. 그 방도란 원리와 신앙을 위해 죽는 것이다. 7월의 파리, 그 숨 막히는 열기 속에서, 생쥐스트는 보란 듯이 현실과 세계를 거부하면서 자신의 목숨을 원리의 결정에 내맡긴다고 공언한다. 이 말을 하면서 그는 얼핏 다른 하나의 진리를 깨달은 것 같은데, 왜냐하면 비요 바렌[116]과 콜로 데르부아[117]에 대한 완곡한 비난으로 말을 맺기 때문이다. "나는 그들이 정당화되기를 바라며, 우리가 좀 더 현명해지기를 바란다." 여기서 그의 언변과 단두대가 일순간 정지한다. 그러나 미덕이란 너무나 오만한 까닭에 예지가 될 수 없다. 단두대의 칼날이 도덕처럼 아름답고 냉정한 그의 머리 위로 떨어지리라. 국민의회가 그를 단죄한 순간부터 그가 단두대의 칼날 아래 목을 내미는 순간까지, 그는 시종 침묵을 지킨다. 이 오랜 침묵이야말로 그의 죽음보다 더 중요하다. 왕좌 주위에 침묵이 지배하고 있음을 한탄했었기 때문에, 그 자신은 그토록 많이, 그토록 멋지게 말하기를 원했다. 그러나 마지막 순간

---

116 J.-N. Billaud-Varenne(1756-1819). 국민의회 의원으로 처음에는 로베스피에르를 지지했으나 나중에는 그를 끌어내리는 데 협력했다.

117 Collot d'Herbois(1749-1796). 국민의회 의원으로 공포정치에 협조했지만, 결국 테르미도르 쿠데타로 로베스피에르를 실각시켰다.

에 전제정치와 더불어 '순수 이성'을 따르지 않는 인민의 수수께끼를 경멸하면서, 그는 침묵에 잠긴다. 그의 원리는 실제로 있는 그대로의 것에 일치하지 않았고, 현실은 마땅히 그래야만 하는 것과 달랐다. 그리하여 원리는 고독하게 홀로 남고, 말없이 응고된다. 그런 원리에 몸을 내맡긴다는 것은 사실상 죽는 것, 그것도 불가능한 사랑으로 죽는 것이다. 생쥐스트는 죽는다. 그리고 그와 더불어 새로운 종교의 희망도 죽는다.

생쥐스트는 이렇게 말했다. "모든 돌은 자유의 건축물을 위해 다듬어진다. 여러분은 같은 돌로 자유의 사원을 지을 수도 있고 자유의 무덤을 지을 수도 있다." 그런데 『사회계약론』의 원리는 자유의 무덤을 건축하는 일을 주관했다. 훗날 나폴레옹 보나파르트가 이 무덤의 출구를 봉쇄할 것이다. 식견이 풍부했던 루소는 『사회계약론』의 사회가 신들에게만 적합한 사회라는 사실을 잘 알고 있었다. 그러나 그의 후계자들이 그것을 문자 그대로 수용하여 인간의 신성을 확립하려고 애쓴 것이었다. 앙시엥 레짐 아래에서 계엄령의 상징이었고 따라서 행정부의 상징이었던 적색 깃발이 1792년 8월 10일에는 혁명의 상징이 된다. 이 의미심장한 변화를 장 조레스[118]는 다음과 같이 논평한다. "법은 바로 우리 인민이다. … 우리는 반항자가 아니다. 반항자

---

118 Jean Jaurès(1859-1914). 프랑스의 사회주의자 정치인으로 1904년 진보적 일간지 『뤼마니테』*L'Humanité*를 창간했다.

들은 튈르리 궁전[119]에 있다." 그러나 그처럼 쉽게 신이 될 수는 없는 법이다. 옛 신들조차 일격에 죽지는 않는다. 그러므로 19세기에 빈발했던 혁명이 신의 원리를 완전히 청산해야 할 것이다. 왕이 원리의 권위를 다시 세우는 사태를 막기 위해, 왕을 인민의 법에 굴복시키기 위해 파리는 봉기한다. 1830년의 폭도들이 튈르리 궁전의 이 방 저 방으로 끌고 다니다가 옥좌에 앉혀 조소에 찬 경의를 표하던 시체는 더 이상 의미가 없다. 왕은 여전히 존경받는 나랏일의 수임자일 수 있겠지만, 권력은 이제 국민에게서 나오고, 규범은 이제 헌장이다. 왕은 더 이상 폐하가 아니다. 앙시엥 레짐이 프랑스에서 결정적으로 사라졌기 때문에, 1848년 이후에는 새로운 제도가 확립되어야 했다. 이를테면 1914년에 이르기까지 19세기의 역사는 앙시엥 레짐의 군주정치에 대항하여 인민 주권을 회복하는 역사이며, 민족자결주의의 역사이다. 이 민족자결주의는 유럽에서 앙시엥 레짐의 절대주의가 모두 사라지는 1919년에 승리를 거둔다.[120] 도처에서 국민의 주권이 법률적으로나 이성적으로나 왕의 주권을 대치한다. 비로소 1789년의 원리가 낳은 결과가 눈앞에 드러나는 것이다. 살아 있는 우리 현대인이야말로 그 결과를 분명하게 판단할 수 있는 최초의 사람들이다.

자코뱅당黨은 그때까지 영원한 도덕의 원리를 지탱하던 근거를

---

119 튈르리 궁전은 프랑스의 왕이 기거하던 궁전 가운데 하나로 루이 14세도 베르사유 궁전으로 거처를 옮기기 전에 튈르리 궁전에서 머물렀다.

120 스페인 왕정만은 예외다. 그러나 빌헬름 2세가 "우리 호엔촐라른 가문이 하늘의 왕관을 쓰고 있다는 증거이자, 오직 하늘만이 우리를 심판할 수 있다는 증거"라고 일컬었던 독일제국이 1919년 붕괴된다. [원주] ·

말살했다는 점에서 오히려 그 원리를 공고하게 한 셈이다. 그들은 새로운 복음의 설교자로서 동지애의 근거를 로마인들의 추상적 법에서 찾고자 했으며, 만인에 의한 인정을 전제로 하는 법률로 신의 계율을 대체했다. 그 법률이 일반의지의 표현이기 때문이다. 그 법률은 자연의 미덕에서 정당성을 찾았고, 그다음에는 자연의 미덕이 그 법률에서 정당성을 찾았다. 그러나 오직 하나의 당만이 옳다고 선포되는 순간부터 그 논리는 무너지며, 그 미덕은 추상적인 것으로 전락하지 않기 위해 또 다른 정당화를 요한다. 아울러 18세기의 부르주아 법률가들은 그들의 인민이 쟁취한 정당하고도 살아 있는 원리들을 억압함으로써 두 가지 현대적 허무주의를 마련했다. 바로 개인적 허무주의와 국가적 허무주의다.

법은 '보편적 이성'의 법인 한 지배력을 가질 수 있다.[121] 그러나 법은 결코 보편적 이성의 법일 수 없으며, 인간이 천성적으로 선하지 않다면 그 정당성은 상실된다. 언젠가 이데올로기가 심리학과 충돌하는 날이 온다. 그때에는 모름지기 정당한 권력이란 존재하지 않는다. 그러므로 법은 입법자와 새로운 '짐의 뜻'과 혼동된다. 그렇다면 어디로 몸을 돌릴 것인가? 법은 그야말로 어찌할 바를 모른다. 그 정확성을 상실하면서 법은 점점 더 부정확한 것이 되다가 마침내 모든 것을 범죄로 만들기에 이른다. 여전히 법이 지배하기는 하지만 더 이

---

121 헤겔은 계몽철학이 인간을 비합리로부터 해방하고자 했다는 사실을 통찰한 바 있거니와, 그것은 옳다. 비합리가 인간들을 갈라놓는 데 비해, 이성은 인간들을 뭉치게 한다. [원주]

반항인

상 한계가 없다. 생쥐스트는 침묵하는 인민의 이름을 빌린 이러한 전제정치를 예견했었다. "숙련된 범죄는 일종의 종교를 자처하고, 악한들은 신성한 방주에 들게 되리라." 그것은 불가피한 것이었다. 만일 큰 원리들이 근거를 잃는다면, 만일 법률이 입법자의 일시적인 기분 외에 아무것도 표현하지 못한다면, 법률은 이제 회피나 강요를 위해 만들어지는 셈이다. 사드냐 독재냐, 개인적 테러리즘이냐 국가적 테러리즘이냐, 똑같이 정당성의 결여 때문에 정당화된 둘은 반항이 그 뿌리로부터 단절되고 일체의 구체적 도덕을 상실하는 순간부터 20세기 양자택일의 대상이 된다.

그러나 1789년에 태동한 반역 운동은 거기서 멈추지 않는다. 자코뱅당에게도, 낭만주의자들에게도 신은 완전히 죽은 게 아니다. 그들은 아직도 지고한 존재자의 지위를 유지한다. 어떤 면에서 '이성'이 여전히 중개자이다. 이성이란 기성 질서를 전제로 한다. 그러나 신은 저어도 그 화신을 잃었고, 도덕적 원리의 이론적 존재로 수렴되었다. 부르주아 계급은 이런 추상적 원리에 기대어 19세기를 지배했다. 간단히 말해 생쥐스트보다 품격이 낮은 부르주아 계급은 그 원리를 그에 반대되는 가치를 실천하는 알리바이로 이용했다. 그리하여 부르주아 계급은 본질적인 부패와 절망적인 위선으로써 자신이 방패로 삼았던 원리의 가치를 결정적으로 실추시키는 데 한 축을 담당했다. 그런 의미에서 이 계급의 유죄성은 무한하다. 영원한 원리가 형식 미덕과 함께 의심받는 순간부터, 일체의 가치가 실추되는 순간부터 이성은 오직 자신의 성공에 기대면서 움직이기 시작한다. 이성은 기왕에 있었던 모든 것을 부정함으로써, 그리고 앞으로 있을 모든 것을 긍정함으로써 지배하고자 한다. 이성은 정복자가 될 것이다. 러시아 공산주의는 형식 도덕을 격렬한 비판을 통해 일체의 상위 원리를 부정함으로써 20세기의 반항적 과업을 완수한다. 19세기 왕의 시역자들에 뒤이어 신의 시역자들이 나타나는데, 그들은 반항적 논리를 끝까지 밀고 나가 지상 세계를 인간이 신이 될 왕국으로 만들고자 한다. 바야흐로 역사의 지배가 시작된다. 인간은 자신의 유일한 역사와 하나가 됨으로써 자신의 진정한 반항에 불충실한 채, 이후 20세기의 허무주의적 혁명에 헌신하게 될 것이다. 이 허무주의적 혁명은 일체의 도덕을 부정하면서 범죄와 전쟁의 끝없는 축적을 통해 인류의 통일을 절망적으로 추구한다. 미덕이라는 종교를 창설하여 통일의 토대를 마련하려 했던 자코뱅당에 이어, 우익이든 좌익이든 드디어 인간이라는 종교를 확립하기 위해 세계의 통일을 쟁취하려는 파렴치한 혁명들이 나타나리라. 신의 소유였던 모든 것이 이제부터 카이사르에게 주어질 것이다.

신의 시역자들

정의와 이성과 진리는 여전히 자코뱅당의 천국에서 빛나고 있었다. 이 항성들은 적어도 등대가 될 수 있었다. 19세기의 독일 사상, 특히 헤겔은 실패 원인들을 제거함으로써 프랑스대혁명의 과업을 계승하고자 했다.[122] 헤겔은 공포정치가 이미 자코뱅당의 원리가 지닌 추상성에 내포되어 있다고 생각했다. 그에 따르면 절대적이고 추상적인 자유란 테러리즘에 이르기 마련이었다. 추상적인 법의 지배란 압제의 지배에 일치하는 것이다. 예를 들어 아우구스티누스 황제로부터 세베루스 알렉산데르 황제(A.C.235)에 이르는 기간이 위대한 법학의 시대였지만 동시에 가장 무자비한 전제정치의 시대였다는 사실에 헤겔은 주목한다. 그러므로 이런 모순을 극복하기 위해서는 형식이 아닌 원리에 의해 활기를 띠며 자유가 필연과 화해하는 하나의 구체적인 사회가 필요했다. 그리하여 독일 사상은 생쥐스트와 루소의 보편적이지만 추상적인 이성을 덜 인위적이지만 더 애매한 하나의 관념, 즉 구체적인 보편으로 대체했다. 이성은 그때까지 자신과 연관된 현상 위로 표류하고 있었다. 그러나 이제부터 이성은 역사적 사건의 흐름에 합류하여 그 사건을 설명하고, 거꾸로 그 사건은 이성에 하나의 형태를 부여한다.

　　우리는 헤겔이 비합리까지도 합리화했다고 단언할 수 있다. 아

---

122 헤겔 자신의 말에 의하면, 그는 "독일인들의 혁명"인 종교개혁의 과업도 계승하고자 했다. [원주]

울러 그는 이성에 몰이성적인 떨림과 한계 없는 운동을 부여했는데, 그 결과가 우리 시대에 여실히 드러나고 있다. 독일 사상은 당시 고착된 사상 가운데 돌연 하나의 억제할 수 없는 운동을 도입한 것이었다. 진리와 이성과 정의가 생성 변화하는 세계 속에서 별안간 모습을 드러냈다. 그러나 독일 이데올로기는 진리와 이성과 정의를 영원한 가속 운동에 던져넣음으로써 그 존재를 그 운동과 뒤섞어버렸고, 또 그 존재의 완성을 역사의 종말에 못 박아버렸다.

그러나 역사의 종말이라는 게 과연 존재할까? 진리, 이성, 정의라는 세 가치는 이제 이정표가 되기를 멈추고 목적이 되어버렸다. 이러한 목적을 달성하기 위한 수단들, 이를테면 삶과 역사에 관한 한 어떤 기존 가치도 그것들을 계도할 수 없었다. 그와 반대로 헤겔의 논증 대부분은 진부한 의미에서의 도덕의식, 즉 그것들이 이 세계의 밖에 존재하는 것인 양 정의와 진리에 복종하는 도덕의식이야말로 정의와 진리의 도래를 방해하는 것임을 보여주고자 한다. 그리하여 행동 규범은 최후의 광명을 기다리면서 암흑 속에서 펼쳐지는 행동 자체가 된다. 이런 낭만주의 속으로 끌려 들어간 이성은 이제 불굴의 정열에 지나지 않는다.

목적은 같지만 야망이 커졌다. 사상은 동적인 것이 되었고, 이성은 변화 생성적이며 정복적인 것이 되었다. 행동은 이상 원리에 따른 계산이 아니라 오직 결과에 따른 계산일 뿐이다. 따라서 행동은 영원한 운동에 일치한다. 이와 마찬가지로, 19세기의 모든 학문은 18세기의 사상을 특징짓는 고정성과 분류 개념으로부터 등을 돌렸다. 다윈

반항인

이 린네[123]를 대체했듯 끝없는 변증법의 철학자들이 조화로우나 비생산적인 이성의 건설자들을 대체했다. 인간에게 결정적으로 부여된 인간 본성이란 존재하지 않으며, 인간은 완성된 피조물이 아니라 그 자신이 부분적으로 창조자가 될 수 있다는 대담한 생각이 바로 이때부터 나타났다. (이 생각은 프랑스혁명 정신에서 부분적으로 재발견되는 고대 사상에 배치된다.) 나폴레옹과 나폴레옹적 철학자인 헤겔과 더불어 효율성의 시대가 시작되는 것이다. 나폴레옹 이전까지 사람들은 우주의 공간을 발견했고, 나폴레옹 이후부터 사람들은 세계의 시간과 미래를 발견한다. 이로써 반항 정신은 머잖아 크게 변모할 것이다.

어쨌든 반항 정신의 새로운 단계에서 헤겔의 저작을 발견하게 되는 것은 기이한 일이다. 어떤 의미에서 그의 모든 저작은 분열에 대한 공포를 내보이고 있다. 그는 화해의 정신이 되고자 했다. 그러나 이는 그의 체계가 내보이는 여러 국면 가운데 하나에 지나지 않는다. 그의 체계는 방법론으로 보아 철학적 이론 중에서도 가장 애매하다. 그가 보기에 현실적인 것이 합리적인 것인 한, 그는 현실에 대한 관념론자들의 기도를 모두 정당화한다. 헤겔의 범논리주의라고 불리는 것은 현 상황의 정당화일 뿐이다. 그러나 그의 범비극주의는 또한 파괴를 위한 파괴를 찬양한다. 확실히 변증법에서는 모든 것이 화해되며, 하나의 극단이 전제되면 반드시 또 다른 극단이 나타난다. 모든 위대한 사상들처럼 헤겔 철학에는 헤겔 철학 자체를 수정하는 어떤 것까지 포함되어 있다. 그러나 철학이 지성만으로 읽히는 경우는 드

---

123 Carl von Linné(1707-1778). 스웨덴의 식물학자로 생물 분류학의 기초를 다졌다.

물다. 철학은 대개 감성과 정열로 읽히거니와, 감성과 정열은 아무것도 화해시키지 못한다.

여하튼 20세기의 혁명가들은 미덕의 형식적 원칙을 결정적으로 파괴하는 무기를 끌어냈다. 그들은 헤겔에게서 초월성이 배제된 역사관, 끊임없는 이의 제기와 권력 의지들의 투쟁으로 요약되는 역사관을 물려받았다. 우리 시대의 혁명운동은 그 비판적 양상에서 무엇보다 부르주아사회를 지배하는 형식적 위선에 대한 격렬한 고발이다. 부분적으로 근거가 있는 현대 공산주의의 주장은 파시즘의 경박한 주장과 마찬가지로 부르주아식의 민주주의 및 그 원리와 미덕을 썩게 만드는 기만 술책을 고발하는 데 있다. 1789년까지는 신의 초월성이 왕의 전제정치를 정당화하는 데 이용되었다. 프랑스혁명 이후에는 이성 또는 정의 같은 형식 원리의 초월성이 정의롭지도 합리적이지도 못한 지배를 정당화하는 데 이용된다. 그러므로 이 초월성은 벗겨버려야 할 가면이다. 신은 죽었다. 그러나 슈티르너가 예고한 대로 신에 대한 추억이 남아 있으므로, 원리의 도덕마저 말살해야 한다. 신성의 타락한 증인이요, 불의를 섬기는 가짜 증인인 형식 미덕에 대한 증오는 현대사를 움직이는 원동력 가운데 하나가 되었다. 아무것도 순수하지 않다. 이 외침은 우리의 세기에 경련을 불러일으킨다. 불순함, 즉 역사가 규범이 되려 하고, 황량한 대지는 인간의 신성을 좌우할 헐벗은 힘에 내맡겨지리라. 그리하여 사람들은 종교에 귀의하듯 비장하게 거짓과 폭력에 귀의한다.

그러나 고상한 영혼과 비효율적인 태도에 대한 고발, 즉 훌륭한 양심에 대한 최초의 근본적인 비판에 관한 한 우리는 헤겔에게 빚지고 있다. 헤겔에 의하면 진선미의 이데올로기는 진선미를 갖지 못한 자들의 이데올로기에 불과하다. 생쥐스트에게는 파당들의 존재가 놀라움을 자아내고 자신이 말하는 이상적 질서에 배치되는 것이었지만, 헤겔에게는 파당이 경이의 대상이 아니었을 뿐만 아니라 오히려 정신의 단초에 존재한다. 자코뱅당의 경우 만인은 유덕하다. 그러나 헤겔에서 출발하여 오늘날 승리를 구가하는 운동은 반대로 아무도 유덕하지 않으며 만인은 미래에 유덕해질 것이라고 가정한다. 애초에 생쥐스트에게는 모든 것이 목가牧歌이지만, 헤겔에게는 모든 것이 비극이다. 그러나 결국 그 둘은 동일하게 귀결된다. 목가를 파괴하는 자들은 파괴되어야 한다. 또는 목가를 창조하기 위해서는 파괴해야 한다. 두 경우 모두 폭력이 전부 뒤덮는다. 헤겔은 공포정치를 초극하려 하지만, 그 초극은 공포정치를 확대할 뿐이다.

그뿐만이 아니다. 오늘날의 세계는 분명히 주인과 노예의 세계일 수밖에 없다. 왜냐하면 현대의 이데올로기들, 세계의 얼굴을 변형시키는 그 이데올로기들은 역사를 지배와 예속의 변증법에 따라 생각하는 법을 헤겔에게서 배웠기 때문이다. 만일 세계 최초의 아침, 그 황량한 하늘 아래 주인 한 사람과 노예 한 사람만이 존재한다면 그리고 만일 초월자인 신과 인간 사이에 오직 주인과 노예 관계만이 존재한다면 이 세계에는 힘의 법칙 외에 다른 법칙이 있을 수 없으리라. 지금까지는 하나의 신 또는 하나의 원리가 있어 주인과 노예 사이에 끼어들 수 있었고, 따라서 인간의 역사가 다만 승리와 패배의 역사로만 요약되지 않을 수 있었다. 반대로, 헤겔과 헤겔 학파는 초월성과 초월성을 향한 향수를 점진적으로 파괴하려고 애썼다. 스승인 헤겔마저도 넘어서는 헤겔 좌파보다 헤겔에게서 무한히 더 많은 것을 발견할 수 있지만, 헤겔은 주인과 노예의 변증법 차원에서 20세기의 권력을 결정적으로 정당화한다. 승리자는 언제나 옳다. 그리고 이것이야말로 우리가 19세기의 가장 위대한 독일철학 체계로부터 끌어낼 수 있는 교훈 가운데 하나다. 물론 헤겔의 거대한 건조물에는 이 논거에 부분적으로 반대되는 요소가 있다. 그러나 20세기의 이데올로기는 사람들이 예나의 스승[124]이 이상주의라고 부른 것과는 별 관련이 없다. 러시아 공산주의에 재등장하는 헤겔의 얼굴은 다비드 슈트라우스, 브루노 바우어, 포이어바흐, 마르크스, 헤겔 좌파를 거치면서 끊임없이 변조된 것이었다. 여기서는 오직 헤겔만이 우리의 관심사인데, 헤겔만이 우리 시대의 역사에 큰 영향을 끼쳤기 때문이다. 니체와 헤겔이 다하우[125]와 카라간다[126]의 주인들에게 알리바이로 이용되는 게 사실이지만,[127] 그것으로 그들의 철학 모두를 단죄할 수는 없다. 하지만 이런 사실은 그들의 사상이나 논리의 일면이 그 같은 참혹한 결과를 초래할 수도 있음을 시사한다.

니체의 허무주의는 방법적이다. 『정신현상학』 역시 교육적인 성격을 띠고 있다. 19세기에서 20세기로 넘어가는 길목에서, 『정신현상

---

124 헤겔은 예나 대학교의 교수였다.

125 나치 독일의 강제수용소가 세워졌던 독일의 도시 이름이다.

126 소련 강제수용소가 세워졌던 카자흐스탄의 도시 이름이다.

127 프로이센 제국의 경찰, 나폴레옹 시대의 경찰, 제정 러시아의 경찰 혹은 남아프리카의 영국 강제수용소 등은 오히려 철학이 결여된 사례를 제공한다. [원주]

학』은 절대 진리로 나아가는 의식의 교육을 단계적으로 전개한다. 그것은 형이상학적인 『에밀』*Émile*이다.[128] 각 단계는 오류인데, 그것은 의식에 대한 것이든 의식이 반영하는 문명에 대한 것이든 거의 언제나 숙명적인 역사의 심판을 동반한다. 헤겔은 이런 고통스러운 단계들의 필연성을 증명하고자 한다. 『정신현상학』은 어떤 면에서 절망과 죽음에 대한 성찰이다. 하지만 이 절망은 방법적이다. 왜냐하면 역사의 종말에 이르러 그것은 절대적 만족과 절대적 예지로 바뀌어야 하기 때문이다. 그런데 이 교육학은 우등생들만을 대상으로 한다는 결점을 지니며, 글을 통해 정신을 알리려 했음에도 실제로는 그 글이 문자 그대로 해석되고 말았다. 지배와 예속에 관한 그 유명한 분석도 사정은 마찬가지다.[129]

헤겔에 따르면 동물은 외부 세계에 대한 즉각적인 의식과 자아에 대한 감각을 지니지만, 자아에 대한 의식은 없다. 이 자의식이야말로 인간과 동물을 구분해준다. 인식하는 주체로서 인간은 자신을 의

---

128 헤겔과 루소의 유사성은 나름의 의미가 있다. 『정신현상학』은 그 결과에 비추어 『사회계약론』과 같은 운명을 겪었다. 『정신현상학』은 당대의 정치사상을 이끌었다. 게다가 루소의 일반의지 이론은 헤겔의 철학 체계 내에서 재발견된다. [원주]

129 이제 주인과 노예의 변증법에 대한 도식적 설명을 논하고자 한다. 여기서 우리의 유일한 관심사는 헤겔의 분석이 어떤 결과를 초래했는가 하는 점이다. 그런 까닭에, 몇몇 경향을 부각시키는 하나의 새로운 설명이 요긴해 보였다. 헤겔의 분석은 일체의 비판적 설명을 배제했다. 그렇지만 헤겔의 추론이 몇 가지 기교 덕분에 논리를 유지하고 있을지라도, 그것이 지극히 독단적인 심리학에 근거한다는 점에서 진정으로 하나의 현상학을 구축했다고 주장하기는 어렵다. 헤겔에 대한 키르케고르의 비판이 유효적절한 것은 그 비판이 흔히 심리학에 기대고 있기 때문이다. 그렇다고 해서 헤겔의 몇몇 경탄할 만한 분석의 가치가 손상되는 게 아님은 말할 필요조차 없다. [원주]

식하는 순간에 진정으로 태어난다. 그러므로 인간은 본질적으로 자의식이다. 자의식이 확고해지려면 자의식이 아닌 것으로부터 구별되어야 한다. 인간은 자기의 차이점과 자기의 존재를 확보하기 위해 타자를 부정하는 피조물이다. 자연계로부터 자의식을 구별해주는 것은 단순한 관조(이 관조를 통해 자의식은 자연계와 합일되고 자기 자신을 망각한다)가 아니라 자의식이 외부 세계에 대하여 느끼는 욕망이다. 이 욕망은 자의식을 되살아나게 하며, 그 순간 자의식은 욕망을 통해 외부 세계를 자기와는 다른 것으로 느낀다. 자의식의 욕망 속에서 외부 세계는 자의식이 갖고 있지 않은 그 무엇, 동시에 자의식이 존재하기 위해 갖고자 하는 그 무엇이다. 자의식은 필연적으로 욕망이다. 존재하기 위해, 자의식은 충족되지 않으면 안 된다. 자의식은 욕망을 채움으로써만 충족될 수 있다. 그러므로 자의식은 충족을 얻기 위해 행동하며, 그렇게 함으로써 충족의 대상을 부정하고 말살한다. 자의식은 부정이다. 행동한다는 것, 그것은 의식의 정신적 현실태를 탄생시키기 위해 파괴한다는 것이다. 그러나 예컨대 음식물로서의 소고기처럼 의식 없는 대상을 파괴하는 것, 그것은 또한 동물의 행위이기도 하다. 음식물을 먹고 마시는 것은 아직 의식하는 것이 아니다. 의식의 욕망은 의식 없는 자연과는 다른 그 무엇을 행해야 한다. 이러한 자연과 구별되는 세계 속의 유일한 대상이 다름 아닌 자의식이다. 그러므로 욕망은 다른 하나의 욕망을 겨냥해야 하고, 자의식은 다른 하나의 자의식으로 채워져야 한다. 단순하게 말해 인간은 동물적으로 연명하는 데 그치는 한 인간으로 인정되지 않는다. 인간은 다른 사람의 인정을 받아야 한다. 모든 의식은 원칙적으로 다른 의식들에 의해 의식으로 인정받고 존중받고자 하는 욕망이다. 우리를 낳는 것은 바로 타인들이다. 오직 사회 안에서만 우리는 동물적 가치보다 우월한 인간적 가치를 얻는다.

동물의 경우, 최고의 가치는 생명 보존이다. 인간의 의식은 인간적 가치를 얻기 위해 이런 본능보다 더 높이 고양되어야 한다. 의식은 자기의 생명을 내기에 걸 수 있어야 한다. 다른 의식에 의해 인정받으려면, 인간은 자신의 생명을 바칠 준비, 죽음을 받아들일 준비가 되어 있어야 한다. 근본적인 인간관계는 이처럼 순수한 존엄의 관계, 즉 타자에게 인정받기 위해 죽음의 대가마저 치러야 하는 영원한 투쟁의 관계이다.

변증법의 첫 단계에서, 헤겔은 죽음이 인간과 동물의 공통 영역이기에 죽음을 받아들임으로써, 심지어 죽음을 바람으로써 인간은 동물과 구별된다고 주장한다. 인정받기 위한 그 같은 원초적 투쟁의 한복판에서 인간은 참혹한 죽음과 일치된다. "죽으라. 그리고 되어라." 이 전통적인 격언이 헤겔에 의해 다시 수용된다. 그러나 "지금 그대로의 것이 되어라"가 "아직 그대가 되지 못한 것이 되어라"에 자리를 물려준다. 인정받으려는 원초적이고 광포한 욕망은 존재 의지와 다를 바 없기에 만인에게 인정받을 때까지 확대될 것이다. 또한 각자가 만인에게 인정받으려 하기 때문에, 삶을 위한 투쟁은 만인에 의한 만인의 인정, 즉 역사의 종말에 이르러서야 멈출 것이다. 헤겔적인 의식을 얻고자 하는 존재는 힘겹게 성취되는 집단적 인정이라는 영광 속에서 탄생한다. 그러므로 우리 시대의 혁명을 고무할 이 사상에서 지고한 선이란 실제로 존재와 일치하는 것이 아니라 절대적 겉모양과 일치한다는 사실을 주목할 필요가 있다. 어쨌든 인간의 모든 역사는 보편적 존엄과 절대적 권력을 획득하기 위한 기나긴 필사의 투쟁에 지나지 않는다. 역사란 그 자체로 제국주의적이다. 우리는 18세기와 『사회계약론』의 선량한 미개인과는 거리가 멀다. 수 세기에 걸친 광적인 소란 속에서, 개개의 의식은 존재하기 위해 다른 의식의 죽음을 원한다. 이 잔혹한 비극은 부조리하다. 두 의식 가운데 하나가 소멸하는 경우 승리한 의식은 더 이상 존재하지 않는 다른 의식에게 인정받을 수 없기 때문이다. 사실상 겉모양의 철학은 이 지점에서 한계에 봉착한다.

애초에 두 종류의 의식이 없었다면, 다시 말해 삶을 포기할 용기가 없기에 자신은 인정받지 못한 채 다른 의식을 인정하는 의식이 없었다면 어떤 인간적 현실도 생성되지 않았을 것이며, 또 그랬다면 헤겔 철학은 성립할 수 없었을 것이다. 자신은 인정받지 못한 채 타자를 인정하는 이 의식은 요컨대 하나의 사물로 간주됨을 받아들인다. 동물적인 삶을 유지하기 위해 독립된 삶을 포기하는 이 의식은 노예의 의식이다. 타자에게 인정받음으로써 독립을 획득하는 의식은 주인의 의식이다. 두 의식은 대결을 통해 일자가 타자에게 굴복하는 순간 서로서로 구별된다. 이 단계에서 딜레마는 자유냐 죽음이냐가 아니라, 죽이느냐 노예로 만드느냐이다. 지금 이 순간 부조리는 여전히 줄어들지 않고 있거니와, 이 딜레마는 미래의 역사 위로 울려 퍼질 것이다.

확실히 주인의 자유는 먼저 노예에 대해 전적이다. 노예는 주인을 전적으로 인정하기 때문이다. 그다음으로 주인의 자유는 자연계

반항인

에 대해서도 전적이다. 노예는 노동을 통해 자연계를 향락의 대상으로 바꾸어놓으며 주인은 영속적인 자기 긍정 속에서 그것을 소비하기 때문이다. 그렇지만 이러한 자율성은 절대적이지 않다. 불행히도 주인은 자신이 자율적이라고 인정하지 않는 노예의 의식에 의해 자율성을 인정받고 있다. 그러므로 그는 만족할 수 없으며 그의 자율성도 부정적인 것에 불과하다. 주인이라는 위치는 이제 하나의 궁지다. 그러나 그가 주인의 위치를 포기하고 노예가 될 수도 없는 이상, 주인은 불만족한 채로 살아가든가 아니면 죽임을 당하든가 하는 운명을 지닌다. 역사적으로 주인의 역할이란 바로 역사를 창조하는 유일한 의식인 노예의 의식을 자극하는 일일 뿐이다. 노예는 자신의 조건에 얽매이지 않으려 하고, 그것을 바꾸어놓으려 한다. 따라서 그는 주인과는 반대로 자신을 계도해나간다. 우리가 역사라고 부르는 것은 실제적인 자유를 획득하기 위한 노예의 장구한 노력의 연속에 지나지 않는다. 진작에 노동을 통해 자연계를 기술 세계로 바꾸어놓음으로써, 노예는 목숨 건 투쟁을 하지 않은 탓에 자기 예속의 원리가 되었던 자연으로부터 해방된다.[130] 심지어 전 존재의 수치 가운데 느껴지는 죽음의 불안까지도 노예를 인간 전체성의 차원으로 고양시킨다. 바야흐로 노예는 이런 전체성이 존재한다는 사실을 깨닫는다. 이제 노예에게는 자연과 주인에 대한 기나긴 투쟁을 통해 그 전체성을

---

130 사실 이 점이 몹시 애매한데, 똑같은 자연은 문제가 되고 있지 않기 때문이다. 기술 세계의 도래가 정녕 자연계 내의 죽음이나 죽음의 공포를 제거했던가? 바로 여기에 헤겔이 해결하지 못한 참된 문제가 있다. [원주]

쟁취할 일만 남아 있다. 그러므로 역사는 노동의 역사와 일치하며, 반항의 역사와 일치한다. 마르크스레닌주의가 이러한 변증법으로부터 투사-노동자의 현대적 이상을 끌어냈다고 한들 뭐 그리 놀랄 게 있을까.

『정신현상학』에 나오는 노예 의식의 여러 종류(금욕주의, 회의주의, 불행한 의식)는 우리의 논의 대상이 아니다. 그러나 그 결과에 관한 한 소홀히 할 수 없다. 이를테면 이러한 변증법의 또 다른 일면, 즉 주인과 노예의 관계를 신과 인간의 관계와 동일시하는 관점 말이다. 어느 헤겔 논평가[131]는 주인이 실제로 존재한다면 그것은 신일 것이라고 주장한다. 헤겔 자신도 '세계의 주인'을 현실적인 신이라고 부른다. 불행한 의식을 서술하면서 그는 기독교 노예가 어떻게 자신의 압제자를 부정하고자 하면서도 피안의 세계로 들어가며, 결과적으로 신이라는 체계 속에서 새로운 주인을 찾게 되는가를 보여준다. 또 다른 곳에서 헤겔은 지고한 주인을 절대적 죽음과 동일시하고 있다. 그리하여 굴종하는 인간과 아브라함의 잔인한 신 사이에서 고차원의 싸움이 재개된다. 보편적 신과 개별적 인간 사이의 이 새로운 갈등은 보편과 개별을 자신의 내부에서 화해시키는 그리스도에 의해 해결될 것이다. 그러나 그리스도는 어떤 의미에서 감각적 세계의 일부를 이룬다. 사람들은 그를 볼 수 있었고, 그는 살았고, 그는 죽었다. 그러므로 그는 보편으로 가는 여정의 한 단계일 뿐이다. 그 역시 변증법적

---

131 장 이폴리트Jean Hyppolite, 『정신현상학의 기원과 구조』Genèse et structure de la Phénoménologie de l'esprit, 168쪽. [원주]

으로 부정되지 않으면 안 된다. 다만 고차적인 종합을 얻기 위해 그를 인간-신으로 인정해야 할 따름이다. 단도직입적으로 말해 이런 종합은 '교회'와 '이성'에 의해 추구된 끝에 투사-노동자들에 의해 건조될 '절대 국가'에 의해 완결될 것이다. 그리고 이 절대 국가에 이르러 세계의 정신이 비로소 만인에 의한 만인의 상호 인정 속에, 태양 아래 존재했던 모든 것의 보편적 화해 속에 반영될 것이다. "정신의 눈이 육체의 눈과 일치하는" 그 순간, 개개의 의식은 이제 하나의 거울이 되어 다른 거울들을 반영하는 동시에 반사된 영상들 속에 무한히 반영될 것이다. 인간의 도시는 신의 도시와 일치하게 되고, 세계의 법원인 세계의 역사는 선과 악이 함께 정당화되는 판결을 내릴 것이다. 국가는 '운녕'이 될 것이며, 일체의 현실에 대한 동의가 "성체聖體가 재림한 신성한 날"에 선포될 것이다.

헤겔의 근본적인 사상은 위와 같이 요약된다. 그의 근본 사상은 논술의 극단적 추상성에도 불구하고, 혹은 오히려 그것 때문에 분명히 서로 다른 여러 방향으로 혁명 정신을 문자 그대로 선동했다. 그리하여 이제 우리 시대의 이데올로기 속에서 그 사상을 되찾는 일이 우리의 과제로 남았다. 옛 반항자들의 반신론을 결정적으로 대체하는 배덕주의와 과학적 유물론과 무신론은 헤겔의 역설적인 영향 아래 하나의 혁명운동에 뒤섞였다. 그런데 헤겔 이전에는 이 혁명운동이 도덕적이고 복음적이며 이상주의적인 기원에서 현실적으로 분리된 적이 결코 없었다. 이런 경향들은 엄밀한 의미에서 헤겔의 것이라고 부르기 힘들다 할지라도 헤겔 사상의 애매성 속에서 그리고 초월성에 대한 헤겔의 비판 속에서 그 기원을 구했다. 헤겔은 일체의 수직적 초월성, 특히 원리들의 초월성을 파괴하는데, 바로 여기에 이론의 여지 없는 그의 독창성이 있다. 그는 확실히 세계의 생성 변화 속에 정신의 내재성을 부활시킨다. 그러나 이 내재성은 고정된 것이 아니며, 고대의 범신론과 공통점이 전혀 없다. 정신은 세계 속에 존재할 수도 있고, 존재하지 않을 수도 있다. 정신이 세계 내에서 만들어질 때, 정신은 세계 내에 존재할 것이다. 그리하여 가치는 역사의 종말로 미루어진다. 그날이 올 때까지 가치판단을 내릴 수 있는 적절한 기준이 없다. 우리는 이제 미래를 위해 살고 행동해야 한다. 일체의 도덕은 잠정적인 것이 된다. 19세기와 20세기는 기본적으로 초월성 없이 살고자 했던 두 세기이다.

사실상 헤겔 좌파 계열이지만 바로 이 점에서 정통파인 어느 논평가[132]는 모럴리스트들에 대한 헤겔의 적의에 주목하고, 헤겔의 유일한 공리가 자기 민족의 풍습과 관습에 맞추어 살아가는 데 있음을 지적한다. 이것은 사회적 순응주의의 잠언인데, 헤겔이 그에 대한 가장 냉소적인 증거를 제공한 바 있다. 그렇지만 코제브는 이 순응주의가 그 민족의 풍속이 당대의 정신에 일치하는 한에서만, 말하자면 그 풍속이 탄탄하여 혁명적인 비판과 공격을 견디는 한에서만 정당성을 확보한다고 덧붙인다. 그런데 누가 그 탄탄함을 결정하고, 정당성을 판단할 것인가? 100년 전부터 서구의 자본주의 제도는 그 어떤 거친 공격에도 잘 견뎠다. 그렇다고 해서 자본주의 제도를 정당한 것으로

---

132 알렉상드르 코제브Alexander Kojève. [원주]

간주해야 할까? 거꾸로 1933년 바이마르공화국이 히틀러의 공격으로 무너졌기 때문에, 바이마르공화국에 충실했던 사람들이 등을 돌려 히틀러에게 충성을 맹세해야 했을까? 스페인 공화국은 프랑코 장군이 승리하자마자 배반당해야 옳았을까? 그것은 바로 전통적인 반동사상이 자체의 관점에 따라 정당화했을 법한 결론들이다. 하지만 그 결과로 미루어 봤을 때 놀랍도록 신기한 것은 혁명 사상이 그 결론에 동화되었다는 사실이다. 일체의 도덕적 가치와 원리를 폐지하고 그 자리에 잠정적인 왕이지만 현실적인 왕인 사실(그것이 개인의 사실이든 국가의 사실이든 간에)을 갖다놓으면, 우리가 이미 살펴본 대로 결국 정치적 시니시즘이 도래할 수밖에 없었다. 헤겔에게서 영감을 얻은 정치적 혹은 이데올로기적 운동들은 미덕을 공공연히 저버렸다는 점에서 전부 일치한다.

헤겔은 불의로 인해 이미 찢길 대로 찢긴 유럽에서 방법적이라고 할 수 없는 고통과 함께 헤겔을 읽었던 사람들이 무죄도 원리도 없는 세계 속으로, 말하자면 '정신'에서 분리되었기에 그가 죄악이라고 부른 세계 속으로 내던져지는 것을 막지 못했다. 물론 헤겔은 역사의 종말에 이르러 이 죄악을 용서하는 것처럼 보인다. 하지만 그때까지 모름지기 인간의 활동이란 유죄이리라. "그러므로 돌의 존재처럼 활동의 부재만이 무죄하다. 심지어 어린아이의 존재조차 무죄하지 않다." 돌의 무죄란 우리와는 별개의 것이다. 무죄함이 없이는 어떤 진정한 관계나 이성도 없다. 이성이 없으므로, 이성이 언젠가 지배하게 될 때까지 적나라한 힘, 즉 주인과 노예가 있을 뿐이다. 주인과 노예 사이에서 고통이란 외로운 것이고, 기쁨이란 뿌리 없는 것이다.

다시 말해, 둘 다 몰가치하다. 우정이 역사의 종말에서야 가능하다고 할 때, 우리는 어떻게 살고 어떻게 견딜 것인가? 유일한 출구는 손에 무기를 들고 법칙을 창조하는 것이다. "죽이느냐 노예로 만드느냐"라는 딜레마 앞에서, 무시무시한 열정으로 헤겔을 읽었던 자들은 전자, 즉 죽이기를 택했다. 그들은 자신을 노예, 즉 죽음에 의해 '절대적 주인'에게 얽매여 있고 채찍에 의해 지상의 주인들에게 얽매여 있는 노예일 뿐이라고 생각하면서 헤겔에게서 일종의 경멸과 절망의 철학을 끌어냈다. 이와 같은 불행한 의식의 철학은 무릇 노예란 동의에 의해서만 노예가 되며 죽음을 무릅쓴 거부에 의해서만 해방된다는 사실만을 그들에게 가르쳐주었다. 도전에 응하여 그들 가운데 가장 자부심이 강했던 자들은 이 거부에 헌신했고 죽음을 무릅썼다. 요컨대 부정이 그 자체로 긍정적인 행위라고 말하는 것은 진작부터 모든 종류의 부정을 정당화하는 셈이며, 바쿠닌[133]과 네차예프[134]의 다음과 같은 외침을 예고하는 셈이다. "우리의 사명은 파괴하는 것이지, 건설하는 것이 아니다." 헤겔에게 허무주의자란 모순이나 철학적 자살 외에 다른 출구를 갖지 못한 회의론자에 지나지 않는다. 그러나 헤겔은 또 다른 허무주의자들을 탄생시켰다. 그들은 권태를 행동 원리로 삼아 그들의 자살을 형이상학적 살인과 동일시한다.[135] 여기서 존재하기

---

133 Mikhail Bakounin(1814-1876). 러시아 혁명가로서 무정부주의의 대표적인 이론가이다.

134 Sergey Nechayev(1847-1882). 바쿠닌의 후계자를 자처한 러시아 혁명가로서 혁명을 완수하기 위해서는 수단과 방법을 가리지 말아야 한다고 주장했다.

135 이 허무주의는 사람들이 믿고자 하는 역사의 피안을 위해 현재의 삶을 무시한다는 점에서 이 또한 겉보기와는 달리 니체적 의미의 허무주의다. [원주]

위해서는 죽든가 죽이든가 해야 한다고 생각하는 테러리스트들이 생겨난다. 인간과 역사는 오직 희생과 살인에 의해서만 창조될 수 있기 때문이다. 생명의 위험이라는 대가를 치르지 않는 일체의 이상주의는 공허한 것이라고 규정하는 이 거대한 사상은 청년들에 의해 극단까지 추진되었다. 이 청년들은 드높은 대학 강단에서 가르치고 침대에서 죽은 것이 아니라, 폭탄의 굉음을 통해 가르치고 교수대에서 죽었다. 그렇게 함으로써 그들은 오류일망정 그들의 스승을 수정했고, 스승에게 맞서 스승이 찬미한 가증스러운 성공의 귀족주의보다 우월한 하나의 귀족주의, 즉 희생의 귀족주의를 보여주었다.

　헤겔을 더욱 진지하게 독서할 또 다른 상속자들은 딜레마의 두 항 가운데 후자, 즉 노예로 만들기를 택한 후, 노예는 주인을 노예로 만듦으로써만 해방된다고 천명할 것이다. 포스트 헤겔 이론가들은 스승 헤겔의 사상적 경향 중 신비적인 일면을 망각한 채 그 상속자들을 절대적 무신론과 과학적 유물론으로 몰고 갔다. 그러나 이 같은 변화는 일체의 초월적 설명 원리의 절대적 소멸 없이는, 또한 자코뱅적 이상의 완전한 사멸 없이는 상상할 수 없다. 물론 내재성이란 무신론이 아니다. 그러나 운동 중의 내재성은, 그렇게 말할 수 있다면 잠정적 무신론이다.[136] 헤겔의 사유 체계에서 세계정신 속에 여전히 비치는 신의 희미한 얼굴은 지워버리기에 어렵지 않으리라. "인간

136　어쨌든 키르케고르의 비판은 타당하다. 역사 위에 신성의 근거를 둔다는 것은 역설적으로 근사치의 지식 위에 절대적 가치의 근거를 둔다는 것이다. '영원히 역사적인' 그 무엇이라는 말은 그 자체로 이미 하나의 모순이다.

없는 신은 신 없는 인간 이상의 것이 아니다"라는 헤겔의 모호한 말에서 후계자들은 결정적인 결론을 끌어낸다.『예수의 생애』에서 다비드 슈트라우스는 인간-신으로 간주되는 그리스도의 이론을 따로 떼어낸다. 브루노 바우어(『복음사 비판』)는 예수의 인간적 속성을 강조함으로써 유물론적 기독교의 토대를 이룬다. 끝으로 (마르크스가 위대한 정신으로 간주했고 스스로 그의 비판적 제자를 자처하는) 포이어바흐는『기독교의 본질』에서 모든 신학을 인간과 인류의 종교로 대체했는데, 이 새로운 종교는 현대 지식인의 대부분을 개종시켰다. 포이어바흐의 과업은 인간적인 것과 신적인 것을 구별하는 일은 헛되며, 그것은 인류의 본질과 개인, 말하자면 인간의 본성과 개인 사이의 구별에 불과하다는 것을 보여주는 데 있다. "신의 신비란 인간 자신을 향한 인간의 사랑의 신비에 지나지 않는다." 그때 새롭고 기이한 예언의 소리가 울려 퍼진다. "개인성이 신앙의 자리를, 이성이 성경의 자리를, 정치가 종교와 교회의 자리를, 대지가 하늘의 자리를, 노동이 기도의 자리를, 가난이 지옥의 자리를, 인간이 그리스도의 자리를 차지했다." 그러므로 남은 것은 지옥뿐인데 그것은 이 세상의 것이다. 그것이야말로 투쟁의 대상이다. 정치가 종교이다. 초월적 기독교, 피안의 기독교는 노예의 체념을 통해 대지의 주인들을 더욱 공고히 하고, 하늘 깊숙한 곳에 하나의 신을 만들어낸다. 이것이 바로 무신론과 혁명 정신이 동일한 해방운동의 두 국면에 지나지 않는 까닭이다. 그것은 또한 언제나 제기되는 질문, 즉 혁명운동은 왜 관념론보다는 오히려 이상론에 일치하게 되었던가 하는 질문에 대한 대답이기도 하다. 왜냐하면 신을 노예화한다는 것, 신을 굴종케 한다는 것은 옛 주인들을 유지시키는 초월성을 말살한다는 것, 새 주인들의 상승과 함께 인간-왕의 시대를 준비한다는 것이기 때문이다. 가난이 사라졌을 때, 역사적 모순이 해결되었을 때 진정한 신, 인간적 신은 국가일 것이다." "인간은 인간에게 늑대이다homo homini lupus"는 그리하여 "인간은 인간에게 신이다homo homini deus"로 바뀐다. 이 사상은 현대 세계의 바탕이다. 우리는 포이어바흐와 더불어 허무주의적 절망의 정반대와도 같은, 오늘날 여전히 작용 중인 무시무시한 낙관주의의 탄생을 본다. 그러나 그것은 단지 겉모습일 뿐이다. 이 불같은 사상의 심히 허무주의적 근원을 인지하기 위해서는 포이어바흐가 쓴『신통 계보』의 마지막 결론들을 알아야 한다. 포이어바흐는 헤겔에 맞서 인간이란 그가 먹는 것에 불과하다고 단언하며, 자신의 사상과 미래를 이렇게 요약한다. "진정한 철학은 철학의 부정이다. 어떤 종교도 나의 종교가 아니다. 어떤 철학도 나의 철학이 아니다."

　시니시즘, 역사와 물질의 신격화, 개인적 테러, 국가의 범죄 등과 같은 엄청난 결과가 한결같이 무장을 갖춘 채 하나의 애매한 세계관으로부터 태어날 참이다. 이 세계관은 일체의 가치와 진리를 창조할 임무를 오직 역사에 맡겨놓고 있다. 만일 역사의 종말에서 진리가 발현되기 이전에는 아무것도 명료하게 이해될 수 없다면, 일체의 행동은 독단적인 것이 되고 끝내는 힘이 지배하게 된다. 헤겔은 이렇게 외쳤다. "만일 현실이 상상 밖의 것이라면, 우리는 상상 밖의 개념을 만들어내야 한다." 상상 밖의 개념은 마치 오류처럼 날조되지 않으면 안 된다. 그러나 사람들에게 받아들여지기 위해 그것은 진리에 바탕을 둔 설득에 기댈 수 없으므로 결국 강제될 수밖에 없다. 헤겔 입장의 본령은 이렇게 말하는 데 있다. "이것은 진리이다. 이 진리는 (그것이 오류인 경우도 있으므로) 우리에게 오류처럼 보이지만, 그러나 참이다. 그 증거에 관한 한 그것은 내 소관이 아니다. 그것은 역사의 소관이다. 역사가 완결될 때, 역사는 그 증거를 보여주리라." 이런 식의 주장은 다음과 같은 두 가지 태도에 이를 수밖에 없다. 증거가 제시될 때까지 일체의 긍정을 중지하는 것, 아니면 역사에서 성공을 거둘 것처럼 보이는 모든 것을, 무엇보다 먼저 힘을 긍정하는 것. 두 경우 모두 허무주의가 깊이 자리 잡는다. 여하튼 20세기의 혁명 사상이 불행히도 순응주의 철학 및 기회주의 철학에서 영감의 대부분을 길어냈다는 사실을 간과한다면, 우리는 그 혁명 사상을 이해할 수 없게 된다. 그렇다고 해서 이 사상의 왜곡으로 인해 참된 반항이 흔들리는 것은 아니다.

그런데 이러한 헤겔의 주장에 바탕을 제공하는 모든 요소는 헤겔을 지적으로, 영원히 의심받게 만드는 요인이기도 하다. 그는 1807년[137]에 나폴레옹과 자기 자신 덕분에 역사가 완성되었고, 긍정이 가능해졌고, 허무주의가 극복되었다고 생각했다. 단지 과거를 예언한 성경에 불과한 『정신현상학』은 시간에 한계를 설정했다. 1807년에 모든 죄악이 용서되었고, 세월의 흐름이 종료되었다는 것이다. 그러나 역사는 계속되었다. 또 다른 죄악들이 세계의 면전에서 울부짖고 있고, 독일철학에 의해 영원히 용서받은 옛 범죄들이 구설수에 오르고 있다. 역사를 성공적으로 안착시켰다는 이유로 나폴레

---

137 헤겔의 『정신현상학』이 발표된 해이다.

옹을 신격화한 다음 헤겔은 자기 자신을 신격화했지만, 그것은 고작 7년간 지속되었을 뿐이다.[138] 전적인 긍정 대신에 허무주의가 세계를 뒤덮었다. 심지어 굴종하기까지 했던 그 철학 또한 자신의 워털루 패전을 치른다.

그러나 인간의 마음속에 깊이 자리한 신성의 욕망을 지울 수 있는 것은 아무것도 없다. 워털루 패전을 잊은 채 또다시 역사를 종결시키려는 다른 자들이 나타났고, 지금도 나타나고 있다. 인간의 신성은 여전히 현재진행형이며, 역사의 종말에 이르러 추앙받을 것이다. 이 묵시록을 떠받들어야 한다. 그리고 신이 없는 이상 적어도 교회를 세워야 한다. 요컨대 아직 멈추지 않은 역사가 얼핏 보여주는 전망은 헤겔 철학 체계의 전망으로 여겨지기도 한다. 왜냐하면 역사가 헤겔의 정신적 후예들에 의해 계도되는 것은 아닐지라도 일시적으로 끌려가고 있기 때문이다. 영광의 절정에 있던 예나 전투의 철학자를 콜레라가 저세상으로 데려갔을 때, 모든 것이 뒤따를 사태에 알맞게 준비되어 있었다. 즉 하늘은 비어 있었고, 대지는 원리 없는 권력에 내맡겨져 있었다. 죽이기를 택했던 자들과 노예로 만들기를 택했던 자들이 진리를 외면한 반항의 이름으로 줄지어 무대의 전면을 장식할 참이었다.

---

138 『정신현상학』 발표 이후로부터 1814년 나폴레옹이 엘바섬에 유배되기까지 7년이 걸렸다는 사실을 가리키는 듯하다.

개인적 테러리즘

러시아 허무주의의 이론가인 피사레프[139]는 가장 광적인 신자가 어린이들과 청년들이라는 사실을 확인한다. 국가의 경우에도 마찬가지다. 러시아는 반항자들의 목을 손수 자를 정도로 순진했던 어느 차르에 의해 겨우 한 세기 전 난산 끝에 태동한 청년기의 국가였다. 그런 의미에서 러시아가 독일 이데올로기를 희생과 파괴의 극한까지 밀고 나간 것은 그리 놀라운 일은 아니다. 독일 교수들조차 사상으로서만 상정했었던 희생과 파괴 말이다.

스탕달은 독일 민족과 다른 민족의 가장 큰 차이점을 언급했는데, 독일인들은 명상에 의해 마음의 평정을 찾는 게 아니라 오히려 더욱 열광한다는 점이다. 이것은 옳은 말이며, 러시아인들에 대해서는 더욱더 옳다. 철학적 전통이 없는 이 젊은 나라에서[140], 로트레아몽의 비극적인 중학교 동창들이라고 해야 할 몹시 젊은 청년들이 독일 사상에 사로잡혔고, 피로써 그 결과를 구현했다. "대학입학자격시험 합격자들의 프롤레타리아 계급"[141]은 그리하여 위대한 인간 해방 운동의 파발마가 되었고, 그 해방 운동에 더없이 경련적인 모습을 부여했다.

---

139 Dmitry Pisarev(1840-1868). 러시아의 급진주의적 작가이자 사회 비평가이다.

140 피사레프에 따르면 러시아 문화는 이념적인 면에서 언제나 수입된 것이었다. 아르망 코카르Armand Coquart의 『피사레프와 러시아 허무주의의 이념』*Pisarev et l'Idéologie du nihilisme russe*을 볼 것. [원주]

141 도스토옙스키. [원주]

19세기 말까지 러시아의 대학입학자격시험 합격자들은 수천 명을 넘어선 적이 없었다. 그렇지만 그들은 사상 최강의 절대주의에 맞서 4천만 농민을 해방시키려 했고, 실제로 일시적으로나마 해방시키는 데 성공했다. 그들 가운데 거의 모두가 해방의 대가로서 자살, 처형, 투옥 또는 발광을 치렀다. 러시아 테러리즘의 역사는 침묵하는 인민들 앞에서 폭정에 항거하는 한 줌의 지식인들의 투쟁으로 요약될 수 있다. 지칠 대로 지친 그들의 승리는 결국 배신당하고 말았다. 그러나 희생과 극단적 부정을 통해 그들은 하나의 가치 또는 하나의 새로운 미덕에 형태를 부여했는데, 그 가치와 미덕은 오늘날에도 폭정에 맞서고 진정한 해방에 기여하기를 멈추지 않고 있다.

　　19세기의 경우, 러시아만 독일화된 것은 아니었다. 그 당시 독일 이데올로기의 영향력은 단연 우세했고, 알다시피 프랑스의 19세기는 미슐레와 키네가 주도한 독일 연구의 세기였다. 그러나 프랑스에서 이 녹일 이데올로기는 기존 사상과 투쟁해야 했고 자유주의적 사회주의와 균형을 이뤄야 했지만, 러시아에서는 아무런 기존 사상을 상대하지 않아도 무방했다. 러시아는 독일 이데올로기의 관점에서 이미 정복 지역이나 매한가지였다. 러시아 최초의 대학으로서 1750년에 창건된 모스크바 대학은 독일식 대학이었다. 표트르 대제 치하에서 독일인 교육자, 관리, 군인에 의해 시작된 러시아의 완만한 식민화는 니콜라이 1세의 배려에 의해 조직적인 독일화로 바뀐다. 인텔리겐치아는 1830년대에 프랑스인과 셸링에, 1840년대에는 헤겔에, 19세기 후반의 50년 동안에는 헤겔로부터 싹튼 독일 사회주의에 열광한다.[142] 러시아 청년들은 엄청난 정력을 쏟아부음으로써 그 죽은 사상들을 진정으로 살려낸다. 독일 박사들에 의해 이미 모양을 갖춘 인간의 종교는 아직 사도들과 순교자들을 확보하지 못하고 있었다. 그런데 러시아 기독교인들이 본래의 사명에서 벗어나 이 역할을 맡았다. 그런 까닭에 그들은 초월성도 미덕도 없이 살아가기를 받아들일 수밖에 없었다.

미덕의 포기

1820년대 러시아 최초의 혁명가들인 데카브리스트(12월 당원)[143]에게는 아직 미덕이 존재한다. 이 신사들의 경우 자코뱅당적인 이상주의가 아직 수정되지 않았다. 심지어 의식적인 미덕이 중요했다. "우리의 선조는 시바리스 사람들처럼 유약했지만, 우리는 카토처럼 엄격하다"라고 그들 중 한 사람인 피에르 비아젬스키가 말했다. 다만 여기에 바쿠닌과 1905년의 혁명 사회주의자들에게서 재발견되는 감정, 즉 고통은 재생된다는 감정이 덧보태질 따름이다. 데카브리스트들은 제3신분과 연합하여 자신들의 특권을 포기했던 프랑스 귀족들을 연상시킨다. 이상주의적인 특권 귀족이었던 데카브리스트들은 8월 4일 밤에 회동했고, 인민 해방을 위해 자신들을 희생할 것을 결의했다. 그들의 우두머리인 페스텔에게는 하나의 정치사회 사상이 있었

---

142 마르크스의 『자본론』이 1872년에 러시아어로 번역된다. [원주]

143 1825년 12월 러시아제국에서 일단의 귀족 엘리트가 유럽 자유주의 사상의 영향으로 입헌군주제를 실현하고자 반란을 일으킨다. 데카브리스트는 혁명을 일으킨 귀족 엘리트들을 가리킨다.

지만 그들의 실패한 음모에는 확고한 프로그램이 없었다. 심지어 그들이 성공을 믿고 있었는지조차 의심스럽다. 반란 전날 밤, 그들 가운데 한 사람은 이렇게 말했다. "그렇다. 우리는 죽을 것이다, 그러나 그 죽음은 아름다울 것이다." 사실 그것은 아름다운 죽음이었다. 1825년 12월, 반란자들의 진지는 상트페테르부르크 상원 광장에서 포격으로 무너졌다. 생존자들은 유형에 처해졌고, 그 가운데 다섯 명이 교수형을 당했는데 집행인이 너무나 서툴러서 두 번씩이나 다시 시도해야 했다. 더없이 비효율적인 혁명을 시도한 이 희생자들이 이후 러시아의 모든 혁명가에 의해 찬양과 외경으로 숭배되었으리라는 것은 이해하기 어렵지 않다. 그들은 효율적이지는 못했을지라도 모범적이었다. 러시아 혁명사의 시초에서, 그들은 헤겔이 아이러니하게 아름다운 영혼이라고 불렀던 영혼의 권리와 위대함을 온몸으로 보여주었던 셈이다. 어쨌든 러시아 혁명 사상은 이 아름다운 영혼에 비추어 정의되어야 한다.

이처럼 열광적인 풍토에서 독일 사상은 바야흐로 프랑스의 영향력을 물리치고 복수와 정의의 욕망과 무력한 고독 사이에서 고통스러워하는 정신들에게 위세를 떨친다. 독일 사상은 처음부터 하나의 계시인 양 환대받고 축성되고 해석되었다. 철학의 광기가 더없이 훌륭한 정신들을 사로잡은 것이다. 헤겔의 『논리학』은 시로 개작되기까지 했다. 대부분의 러시아 지식인들은 헤겔 철학 체계로부터 우선 사회적 정적주의靜寂主義를 정당화하는 근거를 끌어냈다. 세계의 합리성을 의식하는 것만으로 족했으며, '정신'은 어쨌거나 역사의 종말에 이르러 실현될 것이었다. 예컨대 스탄케비치[144]와 바쿠닌과 벨린스키 [145]의 최초 반응이 그런 것이다. 그런데 러시아의 열광은 독일 사상과 절대주의의 결탁, 의도적인 결탁은 아닐지라도 사실상의 결탁을 보고서 후퇴했고, 뒤이어 반대편 극단으로 옮겨갔다. 이 점에 관한 한 30년대와 40년대에서 가장 영향력 있고 주목할 만한 정신 가운데 하나인 벨린스키의 변화보다 더 적절한 예는 어디에도 없다. 지극히 막연한 자유주의적 이상주의에서 출발한 벨린스키는 돌연 헤겔을 만났다. 그는 한밤중에 자기 방에서 받은 계시의 충격으로 파스칼처럼 눈물을 쏟았고, 대번에 과거의 허물을 벗었다. "독단도 없고 우연도 없다, 나는 프랑스인들과 작별했다." 동시에 그는 보수주의자가 되었고, 사회적 정적주의의 지지자가 되었다. 그는 망설이지 않고 그것을 글로 썼으며, 자신의 입장을 용기 있게 내세웠다. 그러자 이 관대한 심성의 소유자는 자신이 이 세상에서 가장 혐오하는 것, 즉 불의의 편에 서 있음을 깨닫는다. 모든 것이 논리적이라면, 모든 것은 정당화된다. 채찍도, 농노제도도, 시베리아 유형도 긍정해야 한다. 세계와 세계의 고통을 받아들인다는 것은 한순간 그에게 위대한 결심인 듯했는데, 왜냐하면 그는 자신의 고통과 모순만을 견디면 된다고 생각했기 때문이다. 그러나 타인들의 고통 역시 긍정해야 한다는 사실을 깨닫자 갑자기 용기가 달아난다. 그리하여 그는 반대 방향에서 재출발

---

144 "세계는 이성의 정신에 의해 지배된다. 그리고 그 사실은 다른 모든 것에 대해 나를 안심시켜준다." [원주]

145 Vissarion Grigorievich Belinsky(1811-1848). 서구 사상의 영향을 받은 러시아의 문예 비평가로 급진적인 경향을 띠었다.

한다. 타인의 고통에 동의할 수 없을 때 이 세계의 무엇인가가 정당화되지 않으며, 역사는 적어도 그 어느 한 지점에서 더 이상 이성과 일치하지 않는다. 그러나 역사는 전적으로 합리적이든가, 아니면 전적으로 비합리적이든가 해야 한다. 인간의 고독한 항의가 모든 것이 정당화될 수 있다는 생각으로 한순간 진정되었으나, 다시 격렬하게 폭발하려 한다. 벨린스키는 바로 헤겔에게 이렇게 말한다. "당신의 속물적 철학에 걸맞은 경의와 함께 저는 영광스럽게도 다음과 같은 사실을 알려드립니다. 제가 최고의 발전 단계에 오르게 된다 해도, 저는 삶과 역사의 희생에 대해 당신에게 따져 물을 것입니다. 만약 피흘리는 제 동포에 대해 제 마음이 진정되지 않는다면, 설사 무상으로 주어진다 해도 저는 행복을 원치 않습니다."[146]

벨린스키는 자신이 갈구하는 것이 이성의 절대성이 아니라 존재의 충만이라는 사실을 깨달았다. 그는 둘을 동일시하기를 거부한다. 그는 '정신'이 되어버린 인류의 추상적 불멸성이 아니라 살아 있는 개체 속에서 발현되는 전 인간의 불멸성을 희구한다. 그는 정열적으로 새로운 적들에게 대항하고, 자신의 심원한 내적 갈등으로부터 헤겔에게 빚진 것이기는 하지만 헤겔에게 등을 돌리는 결론들을 끌어낸다.

이 결론들은 반항적 개인주의의 결론이 될 것이다. 개인은 현재 진행되고 있는 그대로의 역사를 받아들일 수 없다. 개인은 현재 있는 그대로의 자기를 긍정하기 위해 현실을 파괴해야지 현실에 협력해서

---

146 헤프너Hepner의 『바쿠닌과 혁명적 범슬라브주의』에서 재인용. [원주]

는 안 된다. "예전에는 현실이 나의 신이었지만, 이제 부정이 나의 신이다. 나의 영웅은 해묵은 것의 파괴자들이다. 루터, 볼테르, 백과전서파, 테러리스트들, 「카인」을 쓴 바이런 등이 나의 신이다." 여기서 우리는 대번에 형이상학적 반항의 모든 주제와 재회한다. 확실히 개인주의적 사회주의라는 프랑스적 전통은 러시아에 생생하게 남아 있었다. 30년대에 읽혔던 생시몽과 푸리에, 40년대에 수입된 프루동은 헤르첸[147]의 위대한 사상과 훨씬 더 뒤의 표트르 라브로프의 사상에 영감을 준다. 그러나 윤리적 가치에 결부된 이 사상들은 냉소적인 사상들과의 격렬한 갈등 속에서 결국 잠정적으로는 힘을 잃고 말았다. 그와 반대로 벨린스키는 헤겔과 더불어 그리고 헤겔에 반하여 사회적 개인주의의 여러 경향을 다시 접하게 되지만, 부정적 시각에서, 초월적 가치의 거부와 함께 다시 접한다. 1848년 그가 죽었을 때, 그의 사상은 헤르첸의 사상에 매우 근접해 있었다. 그러나 헤겔과의 대결에서 그가 취한 태도는 정확히 허무주의자들의 태도이며, 적어도 부분적으로는 테러리스트들의 태도다. 이처럼 그는 1825년의 이상주의적 귀족들과 1860년의 "무無주의적rienistes" 학생들 사이에서 하나의 과도기적 전형을 제공한다.

악령에 홀린 세 사람

기성 관념으로부터의 위대한 해방을 본다는 점에서 허무주의 운동

---

147 Aleksandr Ivanovich Herzen(1812-1870). 러시아 작가이자 혁명가로 제정과 농노제를 폐지하기 위해 투쟁했다.

을 변호하는 헤르첸이 "해묵은 것을 폐기한다는 것은 미래를 생산한다는 것이다"라고 외쳤을 때, 그는 벨린스키의 말을 되풀이하고 있는 셈이다. 코틀리아레프스키[148]는 급진적이라고 일컬어진 사람들을 "과거를 완전히 포기하고 다른 하나의 전형에 따라 인격을 만들어내야 한다고 생각한" 사도들로 규정했다. 일체의 역사를 거부하고 새로운 미래를 만들 결심과 함께 슈티르너의 요구가 다시 나타나는데, 이 요구는 더 이상 역사적 정신이 아니라 개인-왕과 관련된다. 그러나 개인-왕은 혼자서 권좌에 오를 수 없다. 그는 다른 사람들을 필요로 하게 되고, 그리하여 허무주의적 모순에 돌입한다. 피사레프, 바쿠닌, 네차예프 등은 각자 파괴와 부정의 영역을 조금씩 넓혀감으로써 이 모순을 해결하려 한다. 한 걸음 더 나아가 테러리즘은 자기희생과 살인을 동시에 행함으로써 모순 자체를 제거한다.

1860년대의 허무주의는 완전히 이기적이지 않은 모든 행동을 거부함으로써 겉보기에 역사상 가장 급진적인 부정으로 출발했다. 허무주의란 용어는 소설 『아버지와 아들』에서 투르게네프가 창조한 것으로 알려져 있는데, 주인공 바자로프는 허무주의적 인간상의 전형으로 드러난다. 이 소설을 서평하면서 피사레프는 허무주의자들이 바자로프를 그들의 모범으로 삼는다고 했다. 바자로프가 말한다. "우리는 현재 있는 그대로의 불모성을 어느 정도 이해하려는 불모의 의식만을 자랑스럽게 여겨야 한다." 사람들이 그에게 묻는다. "허무주의라고 부르는 것은 바로 그런 건가요?" 바자로프가 답한다. "바로 그런

---

148 Kotliarevski(1863-1915). 러시아 문학사 연구자이다.

것입니다." 피사레프는 이 모범을 찬양하면서 좀 더 명확하게 정의한다. "나는 이미 존재하는 사물들의 질서에 비추어 이방인이다. 나는 거기에 뒤섞일 필요가 없다." 그러므로 단 하나의 가치가 합리적 이기주의 속에 자리를 잡는다.

자아를 만족시키지 못하는 모든 것을 부정하면서 피사레프는 철학에 대해, 부조리한 것으로 판단된 예술에 대해, 거짓된 도덕에 대해, 종교에 대해, 심지어 관습과 예절에 대해 선전포고한다. 그는 프랑스 초현실주의자들의 테러리즘을 연상케 하는 지적 테러리즘을 이론화한다. 그 도전은 교리로 정립되는데, 라스콜리니코프[149]는 이 교리의 깊이가 어느 정도인가를 가늠케 한다. 비약의 절정에서, 사람은 자기 어머니를 죽일 수 있는가 하는 물음을 웃지도 않고 제기한 피사레프는 스스로 대답한다. "내가 원하고 또 유용하다고 판단되면 왜 못하겠는가?"

여기서 우리는 허무주의자들이 재산이나 지위를 얻거나 현재 가진 모든 것을 파렴치하게 즐기는 데 정신이 팔려 있지 않다는 사실에 놀란다. 사실 허무주의자들은 사회적으로 훌륭한 지위에 연연하지 않는다. 그들은 시니시즘 이론을 세우려 하지 않으며 기회 있을 때마다 미덕에 대해 보란 듯이, 대단찮은 경의이기는 하지만 경의를 표하기를 더 좋아한다. 그런데 지금 문제 되는 허무주의자들의 경우, 그들은 사회에 대한 도전, 곧 그 자체로 하나의 가치를 긍정하는 행위 속에서 자가당착의 모순에 빠져들었다. 그들은 유물론자를 자처했고,

---

149 도스토옙스키의 소설 『죄와 벌』의 주인공이다.

침대 머리맡에 둔 책은 부흐너의 『힘과 물질』이었다. 그러나 그들 가운데 한 사람은 이렇게 고백했다. "우리 각자는 교수대로 가서 몰레스호트[150]와 다윈을 위해 목을 들이밀 준비가 되어 있다." 이것은 교리를 물질보다 훨씬 더 상위에 두는 말이다. 교리는 이 정도에 이르면 종교나 광신의 모습을 띤다. 피사레프에게 라마르크[151]는 다윈이 옳기 때문에 배신자였다. 이런 와중에 영혼의 불멸성을 운운하는 자는 누구를 막론하고 파문당했다. 허무주의를 합리적 몽매주의로 정의한 블라디미르 웨이들레[152]는 이런 의미에서 옳다. 허무주의자들의 이성은 기이하게도 신앙의 편견에 물들어 있었다. 그리고 이 개인주의자들의 큰 모순은 더없이 저속한 과학만능주의를 이성의 전형으로 택했다는 데 있다. 그들은 이론의 여지가 많은 가치인 오메Homais[153] 씨의 가치 외에는 모든 것을 부정했던 것이다.

그렇지만 이 허무주의자들이 후계자들에게 모범이 되는 것은 그들이 시극히 궁색한 이성을 신조로 삼았기 때문이다. 그들은 이성과 이해관계 외에는 아무것도 믿지 않았다. 그러나 그들은 회의주의 대신에 사도의 사명을 택하고 사회주의자가 된다. 그들의 모순은 바로

150　Jacob Moleschott(1822-1893). 몰레스호트는 네덜란드 출신의 생리학자로 유물론을 신봉했다.

151　Lamarck(1744-1829). 프랑스의 박물학자로서 변이와 용불용用不用을 중심으로 한 그의 진화론은 다윈의 자연도태설에 어긋난다.

152　『부재하고 존재하는 러시아』*La Russie absente et présente*. [원주]

153　오메 씨는 플로베르의 소설 『보바리 부인』*Madame Bovary*에 등장하는 인물로 과학만능주의의 허구성을 여실히 보여준다.

여기에 있다. 모든 청년기의 정신들이 그렇듯, 그들은 회의와 신앙의 필요성을 동시에 느꼈다. 그들의 개인적인 해결책은 그들의 부정에 비타협성과 신앙의 열정을 부여하는 데 있었다. 그렇다고 해서 놀랄 게 뭐가 있을까? 웨이들레는 이런 모순을 고발하는 철학자 솔로비에프의 경멸적 언사를 인용한다. "인간은 원숭이로부터 진화했다. 그러므로 우리는 서로를 사랑한다." 그렇지만 피사레프의 진리는 다음과 같은 분열 한가운데 있다. 만일 인간이 신의 반영이라면, 인간은 인간의 사랑을 빼앗겨도 상관없다. 언젠가는 싫증이 나도록 사랑을 포식할 날이 올 테니까 말이다. 그러나 만일 인간이 참혹하고 제한된 조건의 암흑 속에서 방황하는 장님이라면, 인간은 타인들과 타인들의 덧없는 사랑을 필요로 하게 된다. 결국 신 없는 이 세상이 아니라면 자비가 무슨 소용이 있을까? 내세에서는 만인에게 은총이 베풀어지고, 심지어 이미 수혜받은 자들에게도 베풀어진다. 모든 것을 부정하는 사람들은 적어도 부정이 하나의 불행이라는 사실을 이해하고 있다. 그러므로 그들은 타인의 불행에 마음을 열 수 있고, 마침내 스스로를 부정할 수 있는 것이다. 관념적으로는 어머니 살해라는 가정 앞에서 물러서지 않았을지라도, 피사레프는 불의를 말하기 위해 적절한 어조를 찾아냈다. 그는 삶을 이기적으로 향락하고자 했지만, 투옥의 고통을 당한 뒤에 미쳐버리고 말았다. 그토록 거창하게 개진된 시니시즘은 결국 그로 하여금 사랑을 인식하게 했고, 사랑으로부터 추방당하게 했으며, 자살에 이르기까지 사랑으로 고통받게 했다. 그리하여 그는 그토록 원했던 개인-왕이 아니라 비참하고 괴로워하는 한 노인을 자신에게서 보았다. 그리고 이 노인의 위대함은 단지 역사를

반항인

비춰주는 데 존재할 뿐이다.

바쿠닌은 똑같은 모순을 훨씬 거창하게 구체화한다. 그는 테러리즘의 서사시가 꽃피기 직전에 죽는다.[154] 게다가 그는 진작부터 개인적 테러 행위에 반대했고, "자기 시대의 브루투스들"을 고발했다. 그러면서도 그는 그들을 존경했다. 예컨대 황제 알렉산드르 2세를 저격하려 한 카라코조프의 행위를 공공연히 비판한 헤르첸을 오히려 비난했다. 이러한 존경심에는 이유가 없지 않다. 벨린스키나 허무주의자들과 마찬가지로, 바쿠닌은 개인적 반항에서 사건 뒤에 오는 영향을 중시했다. 그러나 그는 거기에 무엇인가를 덧붙였는데, 그것은 향후 네차예프에게서 교리로 굳어져 혁명운동을 끝까지 추동할 정치적 시니시즘의 싹이다.

청년기를 지나자마자 바쿠닌은 엄청난 충격으로 뒤집힐 때처럼 헤겔 철학에 의해 뿌리째 뽑힌다. 그는 밤낮 "미치도록" 헤겔 철학에 빠져들었다고 고백한다. "내 눈에는 헤겔의 범주 외에 아무것도 보이지 않았다." 그야말로 열광하는 새 신도로 입문 과정을 마친다. "내 개인적 자아는 영원히 살해되었고, 이제 내 삶은 진정한 삶이 되었다. 내 삶은 이를테면 절대적 삶과 일치되었다." 그러나 이 안락한 입장의 위험성을 인지하기 위해서는 그리 긴 시간이 걸리지 않았다. 현실을 이해한 사람은 현실에 반항하는 게 아니라 현실을 향락하기 마련이다. 바쿠닌은 순응주의자가 된다. 그러나 바쿠닌의 내면에 충견忠犬의 철학으로 가는 통로가 미리 형성되어 있는 것은 아니었다. 그리고

---

154 1876년. [원주]

독일 여행을 통해 독일인에 대해 가졌던 불쾌한 견해가 그로 하여금 프로이센이 정신적 목적의 특별한 담지자라는 사실을 노※헤겔과 함께 받아들일 수 없게 했을지도 모른다. 보편적인 꿈을 가졌음에도 차르보다도 더 러시아적이었던 그는 프로이센이 아래와 같이 말할 정도로 빈약한 논리에 근거해 있었던 만큼 더욱더 프로이센을 옹호할 수 없었다. "다른 국민들의 의지는 아무런 권리가 없다. 세계를 지배하는 것은 이 '정신'의 의지를 대표하는 국민이기 때문이다." 다른 한편 1840년대에 바쿠닌은 프랑스의 사회주의와 무정부주의를 발견하고서 몇몇 경향을 수용했다. 어쨌든 바쿠닌은 독일 이데올로기를 보란 듯이 내던진다. 그는 절대를 향해 나아갔을 때와 같은 열정으로써, 또한 그에게서 순수한 상태로 재발견되는 '전체인가 무인가?'의 광란 속에서 전적인 파괴로 치달을 것이었다.

"절대적 통일"을 격찬한 후, 바쿠닌은 이제 가장 초보적인 마니교[155]에 투신한다. 그는 확실히 종국적으로 "진정으로 민주적이고 보편적인 자유의 교회"를 원한다. 바로 여기에 그의 종교가 있다. 과연 그는 19세기의 인물이다. 그렇지만 이 주제에 대한 그의 신앙이 완전했다고 단언하기는 어렵다. 니콜라이 1세에게 부치는 『고백록』에서 "내 희망이 터무니없는 것이라고 속삭이는 내면의 목소리를 억지로 질식시키는 초자연적이고 고통스러운 노력 없이는" 최종적인 혁명을 믿을 수 없었다고 말할 때, 그의 어조는 사뭇 진지해 보인다. 이와 반

---

[155] 3세기 초엽 페르시아 사람 마니가 만든 일종의 자연 종교로 선은 광명이고 악은 암흑이라는 이원론에 바탕을 둔다.

대로 그의 이론적인 배덕주의는 훨씬 더 공고하다. 우리는 그가 극성스러운 동물의 여유와 쾌감으로 배덕주의 속에서 끊임없이 몸을 털어대는 것을 본다. 역사는 두 가지 원리, 즉 국가와 사회혁명, 혁명과 반혁명에 의해 지배되는바, 이 두 가지 원리는 서로 화해하는 게 아니라 죽을 때까지 서로 투쟁한다. 국가, 그것은 범죄다. "가장 작고 무해한 국가라도 그 꿈에 있어서는 여전히 범죄적이다." 그러므로 혁명은 선이다. 정치를 초월하는 이 투쟁은 또한 악마의 원리가 신의 원리에 대해 벌이는 투쟁이다. 바쿠닌은 명백히 낭만주의적 반항의 테마 가운데 하나를 반항적 행동 속에 다시 도입하고 있다. 프루동은 신이란 '악'이라고 선언하면서 이렇게 외쳤다. "소인배들과 왕들로부터 비방당하는 자, 사탄이여, 오라!" 바쿠닌은 또한 정치적 반항이 얼마나 깊은 심연인지 가늠하게 해준다. "악, 그것은 신의 권위에 대한 사탄의 반항이지만, 그 속에서 우리는 인간 해방의 기름진 싹을 본다. 14세기(?) 보헤미아의 프라티첼리들처럼, 혁명적 사회주의자들은 오늘날 '엄청난 피해를 당한 사람들의 이름으로'라는 말로써 서로를 인식하고 인정한다."

그러므로 창조에 대한 투쟁은 자비도 도덕도 없는 것이다. 유일한 구원은 전멸 속에 있다. "파괴의 열정은 창조적 열정이다." 1848년의 혁명[156]에 관한 바쿠닌의 불타는 문장들은 파괴의 희열을 정열적으로 외치고 있다. 그는 "시작도 끝도 없는 축제"라고 말한다. 사실 모든 피압박자들과 마찬가지로 그에게 혁명이란 그 낱말의 성스러운

---

156 『고백록』*Confession*, 102쪽. [원주]

의미에서 축제다. 우리는 여기서 프랑스 무정부주의자 쾨르드루아[157]가 『만세 혹은 카자흐 기병들의 혁명』*Hurrah, ou la Révolution par les cosaques*에서 북방 유목민에게 모든 것을 파괴하라고 촉구했던 사실을 떠올린다. 쾨르드루아 역시 "아버지의 집에 불을 지르기를" 원했고, 자기는 오직 인간의 홍수와 혼돈 가운데서만 희망을 가진다고 외쳤다. 반항은 이처럼 순수한 표현을 통해 생물학적인 진실을 드러낸다. 그런 이유로 바쿠닌은 예외적인 통찰력으로 식자들의 정부를 비판한 유일한 사람이라고 말할 수 있다. 일체의 추상화에 반대하면서 그는 반항과 완전히 합일되어 전 인간을 옹호했다. 그가 농민반란의 우두머리인 불한당을 찬양하고, 스텐카 라친과 푸가체프를 선호하는 모범적 인물로 꼽는 것은 그들이 교의나 원리 없이 순수한 자유의 이상을 위해 싸웠기 때문이다. 바쿠닌은 혁명의 한복판에 반항의 적나라한 원리를 도입한다. "폭풍우와 삶, 우리에게 필요한 것은 바로 그것이다. 법 없는 세계, 따라서 자유로운 세계."

그러나 법 없는 세계가 정녕 자유로운 세계일까? 이것이야말로 모든 반항이 제기하는 의문이다. 만약 바쿠닌에게 대답을 요구한다면 그의 대답은 짐작하기 어렵지 않다. 비록 그가 어떠한 상황에서든 지극히 명철하게 권위주의적 사회주의에 반대했음에도 그 자신이 미래 사회를 정의할 때면 모순에 아랑곳없이 독재적인 사회 형태를 제기하곤 한다. 그가 기초한 '국제 동포애 규약(1864-1867)'은 행동 기

---

157 클로드 아르멜Claude Harmel과 알랭 세르장Alain Sergent, 『무정부주의의 역사』*Histoire de l'anarchie.* [원주]

간 중 중앙위원회에 대한 개인의 절대적 종속을 규정하고 있다. 그런데 혁명 이후에도 사정은 바뀌지 않는다. 그는 해방된 러시아를 위해 "강력한 독재 권력… 당원들에게 둘러싸이고 당원들의 조언에 따르고 당원들의 협조로 공고해지는 권력, 그러나 그 무엇에 의해서도 그 누구에 의해서도 제한되지 않는 권력"을 기대한다. 바쿠닌이 그의 적인 마르크스처럼 레닌주의에 공헌한 것이었다. 더욱이 바쿠닌이 차르 앞에서 상기시킨 혁명적 슬라브 제국의 꿈은 훗날 스탈린이 실현한 바로 그 꿈이었다. 제정 러시아의 근본 동력은 공포라고 말했고 마르크스의 일당 독재 이론을 거부했던 사람에게서 나왔기 때문에, 이런 개념들이 모순적인 것으로 보일 수 있다. 하지만 이 모순은 여러 권위주의적인 교의가 부분적으로 허무주의에 바탕을 둔다는 사실을 말해준다. 피사레프가 바쿠닌을 정당화하는 것이다. 물론 바쿠닌은 전적인 자유를 원했다. 그러나 그는 이 자유를 전적인 파괴를 통해 추구했다. 모든 것을 파괴한다는 것, 그것은 토대 없이 건설한다는 것이다. 토대가 없으므로, 건설 후에는 두 팔로 벽을 지탱할 수밖에 없다. 혁명의 활성화에 도움이 되는 것마저 지키지 않으며 일체의 과거를 버리는 자는 오직 미래 속에서만 정당성을 찾게 되고, 그 미래가 올 때까지 잠정적 상황을 정당화할 책임을 경찰에게 맡기게 된다. 바쿠닌은 독재를 예고했는데, 그것은 그의 파괴욕과 배치되는 것이 아니라 오히려 합치되는 것이었다. 사실 그 무엇도 이 길을 가는 그를 멈추게 할 수 없었다. 왜냐하면 전적인 부정의 타오르는 열화 속에서 윤리적 가치마저 녹아버렸기 때문이다. 노골적인 아첨조의 글이지만 그래도 해방되기 위해 썼던 『고백록』, 차르에게 부치는 자신의 『고백록』을 통해 그는 혁명 정치에 이중의 내기를 도입한다. 네차예프와 함께 스위스에서 쓴 것으로 추정되는 『혁명가의 교리문답』을 통해 그는 정치적 시니시즘에 (뒤이어 그것을 부인하게 되지만) 하나의 형태를 부여한다. 이후 정치적 시니시즘은 혁명운동에 끊임없이 영향을 끼쳤고, 네차예프 자신도 그것을 도발적으로 설파했다.

바쿠닌보다 덜 알려지고 더 신비적인 인물, 하지만 우리의 주제와 관련하여 더 뜻깊은 인물인 네차예프는 허무주의의 논리를 가능한 한 멀리 밀고 나갔다. 이 정신은 거의 모순이 없다. 그는 1866년경 혁명적 인텔리겐치아 사이에 나타났다가, 1882년 1월 세상모르게 쓸쓸히 죽었다. 이 짧은 기간에 그는 끊임없이 자기 주위의 학생들, 저 바쿠닌, 망명 혁명가들, 심지어 자기 감옥의 간수들까지 매혹했고, 그들을 열광적인 음모에 끌어들이는 데 성공했다. 무대 위에 등장했을 때, 그는 이미 자신의 생각에 대해 확고한 신념을 갖고 있었다. 바쿠닌은 모든 것을 위임해도 괜찮겠다고 생각했을 정도로 이 인물에게 매혹되었다. 이 냉혹한 인물은 바쿠닌이 본보기로 제시했던 인물, 어떤 의미에서 바쿠닌 자신이 감정을 추슬러 그렇게 되고자 했던 인물이었다. 네차예프는 "러시아에서 단 하나의 진정한 혁명 세계인 야만적인 불한당들의 세계"에 합일되어야 한다고 말하는 데 그치지 않았고, 바쿠닌처럼 이제부터 정치는 종교이며 종교는 정치라고 쓰는 데 그치지도 않았다. 그는 절망적 혁명의 잔인한 수도승이 되었다. 그의 가장 분명한 꿈은 자신이 섬기고자 했던 암흑의 신을 널리 퍼뜨려주고 그 신의 승리를 구현해줄 살인의 교단을 세우는 것이었다.

그는 보편적 파괴를 설파하는 데 그치지 않았다. 그의 독창성은 혁명에 투신하는 사람들을 위해 "모든 것이 허용된다"라는 명제를 냉정하게 요구했고, 실제로 자신에게 모든 것을 허용했다는 데 있다. "혁명가는 미리 형이 선고되어 있는 사람이다. 그는 정염情炎의 관계도 맺지 말아야 하고, 사물이든 사람이든 사랑의 대상도 갖지 말아야 한다. 그는 자신의 이름마저도 벗어야 할 것이다. 그에게 모든 것은 단 하나의 정열, 즉 혁명에 집중되어야 한다." 만일 실제로 역사가 일체의 원리 밖에서 오직 혁명과 반혁명의 투쟁으로 이루어진 것이라면, 거기서 죽든가 소생하든가 하기 위해 두 가치 중 하나와 결합하는 길 외에 다른 방도가 없다. 네차예프는 이 원리를 끝까지 밀고 나간다. 그와 더불어 처음으로, 혁명이 사랑과 우정으로부터 분명히 분리된다.

우리는 헤겔 사상에 의해 야기된 독단적 심리학이 낳는 여러 결과를 그에게서 목격한다. 그래도 헤겔은 의식들의 상호 인정은 사랑의 관계에서도 이루어질 수 있다는 사실을 인정했다.[158] 하지만 네차예프는 "힘도 인내도 부정의 고통도 가지지 않은" 그 '현상'을 자기 분석의 전면에 놓기를 거부했다. 그는 바닷가 모래밭에서 앞을 보지 못해 더듬거리다가 끝내 목숨을 건 싸움을 벌이는 눈먼 게들의 투쟁에 비유하여 의식들을 설명했을 뿐, 어둠 속에서 고통스럽게 서로를 찾아 헤매다가 마침내 조우하여 더 큰 빛을 만드는 등대들의 이미지를 의도적으로 외면했다. 게들의 이미지가 정당한 만큼 등대들의 이

---

[158] 그러한 인정은 찬미를 통해서도 이루어질 수 있다. 상대방을 찬미하는 가운데 '주인'이라는 낱말은 하나의 위대한 의미, 즉 파괴하지 않고 건설하는 자라는 의미를 지닌다.

미지도 정당하지 않은가. 서로 사랑하는 사람들, 친구들, 연인들은 사랑이란 하나의 섬광일 뿐만 아니라 결정적 인정과 화해를 위해 암흑 속에서 벌이는 길고도 고통스러운 투쟁이라는 사실을 안다. 역사적 미덕에 인내가 필요하듯, 진정한 사랑 역시 증오만큼 인내를 필요로 한다. 사실 정의의 요구만이 수 세기에 걸친 혁명적 정열을 정당화해 주는 것은 아니다. 혁명적 정열은 심지어, 아니 특히 적의에 찬 하늘에 맞설 때 만인을 위한 우정의 고통스러운 요청에도 의지한다. 시대를 막론하고 정의를 위해 죽는 사람들은 '형제'라고 불렸다. 그들이 보기에 폭력은 억압받는 사람들의 공동체를 지키기 위해 적에게 가하는 물리력이다. 그러나 혁명이 유일한 가치가 될 때, 혁명은 모든 것을, 심지어 친구의 희생이 포함된 밀고조차 요구한다. 그리하여 폭력은 추상적 관념을 위해 만인에게로 향하게 된다. 갑자기 혁명이 그 구원의 대상에 우선한다고 말하기 위해서는, 그리고 패배자의 얼굴까지 빛나게 했던 우정을 아직 보이지 않는 승리의 그날로 보류한 채 희생을 감내해야 한다고 말하기 위해서는 악령에 홀린 자들의 지배가 도래해야 했다.

네차예프의 독창성은 이처럼 형제들에게 가해지는 폭력을 정당화했다는 데 있다. 그는 바쿠닌과 더불어 『교리문답』을 완성한다. 일종의 정신착란 상태에서 바쿠닌이 상상의 산물에 지나지 않는 유럽 혁명 연맹을 러시아에서 대표할 임무를 네차예프에게 부여하자, 네차예프는 곧장 러시아로 가서 '도끼 동맹'을 창설하고 직접 그 규약을 만든다. 우리는 그 규약에서 모든 정치적 또는 군사적 행동에 필요한 비밀 중앙위원회를 보게 되는데, 모든 사람은 비밀 중앙위원회에 절대적 충성을 서약해야 한다. 부하들을 지휘하기 위해 지도자들은 폭력과 거짓을 사용할 권리를 가진다는 사실을 그가 인정하는 순간부터, 네차예프는 혁명의 군사화 이상의 것을 실행하는 셈이다. 기실 그는 거짓의 시작으로서 아직 존재하지도 않는 중앙위원회의 대표를 자처할 것이며, 자신이 시도하려는 행동에 망설이는 자들을 끌어넣기 위해 중앙위원회가 무제한의 수단을 소유한다고 선언할 것이다. 심지어 그는 혁명가의 범주를 규정하고, 첫 번째 범주에 속하는 자들(물론 지도자들)이 다른 범주에 속하는 자들을 "소비할 수 있는 자본"으로 간주할 권리를 갖는다고 공언할 것이다. 역사상의 모든 지도자가 이처럼 생각했을지 모르겠으나 그것을 공공연히 입 밖에 내지는 않았다. 어쨌든 네차예프에 이르기까지 어떤 혁명 지도자도 감히 이 같은 내용을 자기 행동의 원리로 삼지는 못했다. 다시 말해 어떤 혁명도 인간이 하나의 도구가 될 수 있다는 것을 강령의 첫머리에 올려놓지는 않았다. 당원들을 모집하는 방법은 전통적으로 용기와 희생정신에 호소하는 것이었다. 그러나 네차예프는 망설이는 자들을 강요하거나 협박할 수 있고, 신념에 찬 사람들을 기만할 수도 있다고 규정한다. 만일 그들을 체계적으로 움직여 가장 위험한 행위조차 완수하게 할 수 있다면, 아마추어 혁명가들을 폭넓게 이용해도 좋다. 피억압자들에 관한 한, 그들을 영원히 구원하는 것이 중요하기에 아직은 그들을 좀 더 압박해도 괜찮다. 피억압자들이 지금 잃은 것을 미래의 피억압자들이 되찾을 것이다. 네차예프는 정부로 하여금 압제적 수단을 이용하게 할 것, 인민이 가장 미워하는 대표자들에게는 절대로 손대지 말 것, 끝으로 비밀 동맹은 대중의 고통과 불행을 증가시키는 방향으로 행동할 것 등을 원리로 내세운다.

이 기막힌 사상은 오늘날 상당한 의미를 획득했지만, 정작 네차예프는 자기 원리의 승리를 보지 못했다. 적어도 그는 대학생 이바노프를 살해할 때 그 원리를 적용하려 했었다. 그 사건이 당대의 상상력에 얼마나 큰 충격을 주었던지, 도스토옙스키는 그 사건을 『악령』의 테마 가운데 하나로 삼았다. 이바노프의 유일한 잘못은 네차예프가 대표를 자처한 중앙위원회를 회의적 시각으로 바라보았다는 것이다. 하지만 이바노프가 중앙위원회와 동일시되었던 네차예프에 반대한 이상 그는 혁명에 반대한 것이나 다름없는 셈이었다. 따라서 그는 죽어야만 했다. "우리가 무슨 권리로 한 인간의 생명을 박탈할 수 있단 말인가?"라고 네차예프의 동지 우스펜스키가 물었다. "권리의 문제가 아니라 의무의 문제다. 우리는 우리의 대의에 해가 되는 모든 것을 배제해야 한다"라고 네차예프가 대답했다. 혁명이 유일한 가치일 때, 더 이상 권리는 없고 의무만이 남는다. 그러나 그것을 슬쩍 뒤집으면 의무의 이름으로 모든 권리를 얻는다. 따라서 대의의 이름으로 그 어떤 폭군의 생명도 해치지 않았던 네차예프가 계획적으로 이바노프를 죽이는 것이다. 그러고서 그는 러시아를 떠나 바쿠닌을 다시 만나러 가는데, 바쿠닌은 그에게서 등을 돌리고 그 '혐오스러운 전술'을 비난한다. 바쿠닌은 이렇게 썼다. "파괴할 수 없는 조직체를 만들기 위해 마키아벨리의 정책에 기대고 예수회의 체제를 택해야 한다는 것을, 즉 육체를 위해서는 폭력을, 영혼을 위해서는 거짓을 택해야 한다는 것을 네차예프는 점진적으로 확신했다." 정확한 지적이다. 그러나 만일 바쿠닌의 바람대로 혁명이 유일한 선이라면, 그 무슨 이유로 이 전술을 혐오스러운 것이라고 단정한단 말인가? 네차예프는 정녕 혁명의 이름으로 일했다. 그가 섬긴 것은 바쿠닌이 아니라 대의였다. 범인으로 법정에 끌려 나와서도 그는 재판관들에게 아무것도 양보하지 않는다. 25년의 징역형을 선고받은 후 오히려 감옥을 지배하고, 간수들로 구성된 비밀결사를 조직하며, 차르 암살을 계획한 끝에 다시 재판을 받는다. 12년간의 감금 생활 끝에 그는 밀폐된 성채 깊은 곳에서 죽는다. 그러나 이 반항자의 삶은 혁명의 대귀족이라는 오만한 족속을 낳는다.

그 당시 혁명의 한복판에서 진정 모든 것이 허용되었고, 살인은 원리로 확립될 수 있었다. 그렇지만 1870년에 민중주의가 새롭게 부활했다. 데카브리스트들 또는 라브로프와 헤르첸의 사회주의가 내포한 종교적·윤리적 경향에서 출발한 민중주의는 네차예프가 보였던 정치적 시니시즘을 억제해주리라고 여겨졌다. 그 운동은 '살아 있는 영혼들'에 호소했다. 그리하여 그 영혼들은 민중에게 다가갔고, 민중이 자신의 해방을 향해 나아갈 수 있도록 그들을 교육하고자 했다. '회개한 귀족들'은 그들의 가정을 떠나 남루한 옷을 입고 농민들을 교육하기 위해 이 마을 저 마을로 돌아다녔다. 그러나 농민들은 불신했고 침묵했다. 농민들이 입을 여는 경우, 그것은 사도들을 헌병에게 고발하기 위해서였다. 이 아름다운 영혼들의 실패는 그 운동을 네차예프의 시니시즘 또는 적어도 폭력 행위 쪽으로 후퇴하게 했다. 민중을 자기들 편으로 끌어들일 수 없었던 인텔리겐치아는 또다시 전제정치 앞에 홀로 내던져졌다. 세계는 그들의 눈앞에 다시금 주인과 노예라는 두 종족으로 나뉘었다. 그러기에 '인민의지당'은 개인적 테러리즘을 원리로서 확립하고, 혁명사회당과 더불어 1905년까지 계속될 일련의 살해 행위에 착수할 것이다. 이 지점에서 테러리스트들이 탄생하는데, 그들은 사랑에 등을 돌린 채 주인의 범죄에 항거해서 일어난다. 그러나 절망과 고독 속에서, 그들은 자신의 무죄와 생명을 이중으로 희생함으로써만 해결될 수 있는 모순에 봉착한다.

양심적인 살인자들

1878년은 러시아 테러리즘이 탄생한 해다. 193명의 민중주의자가 재판받은 다음 날인 1월 24일, 너무도 젊은 여성 베라 자술리치가 상트페테르부르크 총독 트레포프 장군을 사살한다. 배심원들의 결정으로 석방된 그녀는 연이어 차르 경찰의 손아귀에서 벗어난다. 그녀가 쏜 권총 한 발이 폭포처럼 뒤따를 탄압과 암살의 시초가 된다. 이후 탄압과 암살이 끝없이 되풀이되었는데, 지칠 대로 지친 사람들의 권태만이 그것에 종지부를 찍을 수 있었다.

같은 해에 '인민의지당'의 당원 크라브친스키가 「죽음에는 죽음으로」라는 소책자를 통해 테러를 하나의 원리로 확립한다. 원리에는 결과가 뒤따르기 마련이다. 유럽에서 독일 황제, 이탈리아 국왕, 스페인 국왕이 암살로 희생된다. 1878년 알렉산드르 2세는 정치경찰을 창설함으로써 국가적 테러리즘의 가장 효과적인 무기를 만든다. 이를 기점으로 러시아와 서구의 19세기는 살인으로 점철된다. 1879년 또다시 스페인 국왕이 암살되었고, 러시아 황제 암살 미수 사건이 발생했다. 1881년 '인민의지당'의 테러리스트들이 러시아 황제를 암살한다. 소피아 페로브스카야와 젤리아보프, 그들의 친구들이 교수형에 처해진다. 1883년 독일 황제가 암살되었고, 암살자는 도끼로 처형되었다. 1887년 시카고의 순교자들이 처형되었고, 발렌시아에서 회동한 스페인 무정부주의자들이 테러리스트의 경고를 던졌다. "사회가 사라지지 않는다면, 악과 악덕과 더불어 우리 모두가 소멸해야 한다." 1890년대에는 프랑스에서 이른바 사실에 의한 선전이 정점을 이룬다. 라바숄, 바이양, 앙리의 활약은 카르노 대통령 암살의 서막이 된다. 1892년 한 해 동안 유럽에서 다이너마이트 테러가 1,000여 건 발생했고, 아메리카에서 테러가 약 500건 발생했다. 1898년 오스트리아의 엘리자베스 여왕이 암살되었고, 1901년 미국 대통령 맥킨리가 암살되었다. 러시아에서는 제정의 제2급 인물들에 대한 테러가 그치지 않았는데, 1903년에 혁명사회당의 '전투 조직'이 태동하여 러시아 테러리즘의 가장 탁월한 인물들을 규합한다. 1905년 사조노프의 플레베 암살과 칼리아예프의 세르게이 대공 암살은 피에 물든 30년 포교의 정점을 이루는 동시에 혁명이라는 종교를 위한 순교의 시대를 끝맺는다.

하나의 좌절된 종교운동에 긴밀히 결부된 허무주의는 그리하여 테러리즘으로 완결된다. 전적인 부정의 세계에서 폭탄과 권총으로써, 교수대로 나아가는 용기로써 그 젊은이들은 모순에서 벗어나려고 애썼고, 그들에게 없는 가치들을 창조하려고 애썼다. 그들이 등장하기 이전에 사람들은 자신들이 알고 있는 것 혹은 자신들이 알고 있다고 믿는 것의 이름으로 죽었다. 그러나 그들이 등장한 이후 사람들은 자신들이 전혀 알지 못하는 무엇인가를 위해 자신을 희생하는 좀 더 곤혹스러운 습관을 지닌다. 사람들은 단지 무엇인가를 존재하도록 만들기 위해 목숨을 바쳐야 한다는 사실을 알 뿐이다. 그전까지 사형수들은 인간의 심판에 반대하여 신에게 몸을 맡겼다. 그러나 이 시기의 사형수들의 진술을 보면, 우리는 그들 모두가 예외 없이 자신들의 재판관에 반대하여 미래 인간들의 심판에 몸을 맡긴다는 사실에 놀라지 않을 수 없다. 지고의 가치가 부재하는 이때, 미래의 인간들은 그들의 마지막 의뢰처가 된다. 미래야말로 신 없는 인간들의 유일한 초월성이다. 테러리스트들은 일단 파괴하고자 했고, 폭탄을 터뜨려 절대주의를 타파하고자 했다. 그러나 죽음으로써 그들은 적어도 정의와 사랑의 공동체를 재창조하고자 했고, 교회가 저버렸던 사명을 재개하고자 했다. 테러리스트들은 사실상 하나의 교회를 창조하고자 했거니와, 그 교회로부터 언젠가 새로운 신이 불쑥 나타날 것이었다. 하지만 그것이 전부일까? 만일 그들이 자원하여 저지른 범죄와 죽음이 미래 가치의 약속 외에 아무것도 가져오지 못했다면, 오늘날의 역사에 비추어 지금 당장은 그들의 죽음이 헛된 것이었고 그들이 여전히 허무주의를 면치 못했었다고 할 수 있으리라. 더욱이 미래의 가치란 표현상 하나의 모순인데, 왜냐하면 미래의 가치는 형태가 없는 한 어떤 행동을 해명할 수도, 어떤 선택의 원리를 제공할 수도 없기 때문이다. 그러나 1905년의 테러리스트들은 모순에 찢긴 채 향후 절대적으로 군림할 하나의 가치를 위해 생명을 바쳤다. 그들은 자신이 그 가치를 예고한다고 믿었다. 그들은 우리가 반항의 기원에서 본 그 고통스러운 지고의 선을 공공연히 사형집행인들보다, 심지어 자신보다 우위에 놓았다. 우리의 역사에서 반항 정신이 마지막으로 연민의 정신과 만나는 이 순간, 잠시 걸음을 멈추고 그 가치를 검토해보자.

"테러 행위에 가담하지 않으면서 테러 행위에 대해 말할 수 있을까?"라고 대학생 칼리아예프는 외친다. 1903년부터 혁명사회당의 '전투 조직'에서 처음에는 아제프 휘하에, 그다음에는 보리스 사빈코프 휘하에 모인 그의 동지들은 모두가 이 위대한 말의 수준에 걸맞게 행동했다. 그들은 까다로울 정도로 순결한 정신을 가진 사람들이었다. 반항의 역사에서 최후의 인간인 그들은 자신들에게 주어진 조건이나 자신들이 겪을 드라마를 거부하지 않았다. 테러 속에서 살았을지라도, "테러에 대한 신념이 군건했을지라도"(포코틸로프) 그들은 끊임없이 갈등하고 괴로워했다. 격렬하게 투쟁할 때마저 양심의 가책으로 괴로워하는 광신자들의 예는 역사상 찾아보기 힘들다. 1905년의 사람들에게는 적어도 의심과 회의가 항상 따라다녔다. 우리가 그들에게 바칠 수 있는 최대의 찬사는 1950년 현재 우리가 그들에게 제기할 수 있을 물음 가운데 그 당시 그들이 제기하지 않았던 것은 하나도 없으며, 그들의 삶과 죽음을 통해 그 물음에 부분적으로 대답했다고 말하는 것이리라.

그렇지만 그들은 금세 역사 속으로 사라졌다. 칼리아예프가 1903년 사빈코프와 함께 테러에 가담하려고 결심했을 때, 그의 나이는 26세였다. 2년 뒤 사람들에게 '시인'으로 불리던 그는 교수형에 처해졌다. 무척이나 짧은 활동 기간이었다. 그러나 조금만 신경을 써서 이 시기의 역사를 살펴본 사람들이라면 칼리아예프가 현기증 나는 삶을 통해 테러리즘의 가장 뜻깊은 양상을 보여주고 있음을 알게 된다. 사조노프, 슈바이처, 포코틸로프, 보이나로프스키, 다른 대다수 테러리스트도 이처럼 러시아와 세계의 역사에 홀연히 나타나 한순간

떨쳐 일어났고, 더욱더 고통스러운 반항의 잊을 수 없는 증인이 되어 산산이 부서졌다.

그들은 거의 모두가 무신론자들이었다. 두바소프 제독을 향해 폭탄을 안고 몸을 던진 보이나로프스키는 이렇게 쓰고 있다. "나는 고등학교에 입학하기도 전에 유년 시절의 친구에게 무신론을 권했던 사실을 기억한다. 오직 한 가지 물음이 나를 괴롭혔다. 그런데 그것은 어디에서 왔을까? 나는 영원성에 대해서는 전혀 생각해보지 않았기 때문이다." 칼리아예프는 신을 믿었다. 사빈코프가 거리에서 목격한 바에 따르면, 실패로 끝난 암살을 결행하기 몇 분 전에 그는 어느 성상 앞에서 한 손에는 폭탄을 든 채 다른 한 손으로 성호를 긋고 있었다고 한다. 그러나 그는 종교를 버린다. 감옥에서 처형되기 전에, 그는 종교의 구원을 거부한다.

지하 활동이 그들의 삶을 고독으로 이끌었다. 그들은 행동하는 모든 사람이 공동체와 널리 접촉함으로써 느끼는 생생한 기쁨을 추상적으로밖에 알지 못했다. 그러나 그들을 하나로 묶는 연대감이 온갖 애정을 대신한다. '기사도!'라고 쓴 사조노프는 이렇게 주석을 단다. "우리의 기사도는 '형제'라는 낱말이 우리의 본질적 관계를 명료하게 나타내주지 못할 정도의 정신으로 충만해 있다." 감옥에서 사조노프는 친구들에게 다음과 같이 썼다. "나의 경우 행복의 필수 요건은 그대들과의 연대 의식을 영원히 간직하는 것이라네." 보이나로프스키는 그를 만류하는 사랑하는 여인에게 다음과 같이 말했다고 고백한다. "동지들이 있는 곳에 늦게 도착한다면, 난 당신을 저주할 거요." 그 자신도 이 말이 '다소 희극적'이라고 생각했지만, 이는 당시 그의 정신 상태를 잘 나타내는 말이었다.

러시아 군중 속에서 서로 밀착되어 있던 이 소수의 남녀는 모든 면에서 그렇게 될 태생적 상황이 아니었음에도 암살자의 역할을 택했다. 그들은 보편적인 인간 생명에 대한 존경과 자신의 생명에 대한 경시를 마음속에서 결합시키는 역설을 살았다. 자신의 생명에 대한 경시는 지고한 희생의 열망으로 발전한다. 도라 브릴리안트의 경우, 계획의 문제는 중요하지 않았다. 테러 행위란 테러리스트가 행한 희생으로 즉각 미화되기 마련이었다. "테러는 마치 십자가처럼 그녀를 짓누르고 있었다"라고 사빈코프는 말한다. 칼리아예프는 언제라도 자신의 목숨을 희생할 각오가 되어 있었다. "그는 목숨보다도 더 간질히 희생을 갈망했다." 플레베 암살을 준비하는 동안, 그는 마차 아래로 몸을 던져 그 각료와 함께 죽기를 제안하기도 했다. 보이나로프스키 역시 희생의 욕망과 죽음의 유혹이 일치했다. 체포당한 후 그는 양친에게 이렇게 쓴다. "사춘기 때 도대체 몇 번이나 자살할 생각을 했는지 모릅니다…."

자신의 생명을 그토록 완전히 희생했던 이 암살자들은 반대로 타인들의 생명을 대할 때는 더없이 세심한 주의를 기울였다. 세르게이 대공 암살이 첫 번째 시도에서 실패한 것은 칼리아예프가 모든 동지의 동의를 얻었음에도 대공의 마차에 동승한 어린아이들을 향해 폭탄을 던질 수 없었기 때문이다. 여성 테러리스트 라셸 루리에에 대해 사빈코프는 이렇게 썼다. "그녀는 테러 행위를 신봉했고, 테러에 가담하는 것을 명예와 의무로 생각했다. 그러나 피를 대하자, 그녀는 도라 못지않게 혼란을 느꼈다." 사빈코프 역시 페테르부르크-모스크

바 급행열차 안에서 두바소프 제독을 암살하는 계획에 반대한다. "자 칫 부주의할 경우 폭탄이 열차에서 터져 무고한 사람들을 죽일 수도 있을 것이다." 좀 더 나중에 사빈코프는 16세 소년을 암살 행위에 가 담시켰다는 혐의에 대해 "테러리스트의 양심의 이름으로" 격렬하게 부인한다. 차르의 감옥에서 탈출할 때, 그는 탈출을 방해하는 장교들 에 향해서는 총을 쏘겠지만 일반 병사들을 향해서는 총을 쏘느니 차 라리 자살하리라고 결심한다. 그와 마찬가지로 "사냥이 야만적인 행 위라고 생각되었기에" 결코 사냥조차 해본 적이 없노라고 술회한 보 이나로프스키 역시 이렇게 천명한다. "만일 두바소프가 아내를 동반 하고 있다면, 나는 폭탄을 던지지 않으리라."

타인의 생명에 대한 깊은 염려에 연결된 이토록 위대한 자아의 망각은 이 양심적 살인자들이 지극히 극단적인 자기모순 속에서 반 항자의 운명을 살아갔다는 사실을 짐작하게 한다. 그들은 폭력의 불 가피성을 인정하면서도 폭력을 정당화하지는 않았다. 필요한 것인 동시에 용서될 수 없는 것, 살인은 그들에게 그런 것으로 비친다. 평 범한 심성을 지닌 자라면 이 무서운 문제에 부닥쳤을 때, 둘 중 하나 를 망각함으로써 편하게 지낼 수도 있다. 그런 자들은 형식 원리의 이름으로 그때그때 발생하는 폭력을 용서할 수 없는 것으로 생각할 것이고, 세계적이고 역사적인 차원에서 만연한 폭력을 오히려 허용 할 것이다. 혹은 그런 자들은 역사의 이름으로 폭력이 필요하다는 점 을 인정함으로써 자위할 것이고, 역사가 불의에 항거하는 인간 내면 에 대한 단 하나의 장구한 배반이 될 때까지 살인에 살인을 더할 것 이다. 이런 상황이야말로 부르주아적인 동시에 혁명적인 현대 허무주의의 두 얼굴을 잘 드러낸다.

그러나 지금 거론되는 비범한 심성의 소유자들은 두 가지 가운데 아무것도 망각하지 않았다. 따라서 필요하다고 생각해도 정당화할 수 없었던 그들은 자기 자신을 정당화의 근거로 삼으려 했고, 자신이 제기한 문제에 개인적인 희생으로 답하려 했다. 그들 이전의 모든 반항자와 마찬가지로, 그들에게 살인은 자살에 일치했다. 그리하여 하나의 생명은 다른 하나의 생명을 대가로 요구했고, 바야흐로 두 희생으로부터 어떤 가치의 약속이 태어났다. 칼리아예프, 보이나로프스키, 여타의 동료도 모든 생명의 등가성을 믿었다. 그러므로 사상을 위해 살인할지언정 그들은 어떤 사상도 인간의 생명보다 우위에 놓지 않았다. 요컨대 그들은 사상의 높이에 걸맞은 삶을 살았다. 어떤 면에서 그들은 죽음에 이르기까지 사상을 체현함으로써 마침내 그 사상을 정당화했다. 그들은 반항에 대해 종교적 관념이 아니라 형이상학적인 관념을 지니고 있었다. 그들 이후에는 그들처럼 맹렬한 신념에 차 있으나 그들의 방법을 감상적인 것으로 치부하는 또 다른 자들, 하나의 생명이 다른 하나의 생명과 동등한 가치를 지닌다는 사실을 물리치는 또 다른 자들이 나타날 것이다. 그리하여 그들은 역사라고 부르는 하나의 추상적 관념을 인간의 생명보다 우위에 놓을 텐데, 역사에 진작부터 복종해온 그들은 이제 타인들도 그 역사에 복종시키려 할 것이다. 반항의 문제는 더 이상 산술이 아니라 확률로 해결해야 할 것이다. 미래에 이루어질 사상의 실현에 직면하여 인간의 생명은 전부일 수도 있고 무일 수도 있다. 확률을 계산하는 자가 사상의 실현에 두는 신념이 크면 클수록, 인간 생명의 가치는 더욱더 작아진다. 신념이 한계점에 이르면 인간 생명의 가치는 무가 된다.

그 한계점, 이를테면 철학적 사형집행인의 시대와 국가적 테러리즘의 시대에 대해서는 뒤에서 따로 살펴볼 기회가 있을 것이다. 그러나 이도 저도 아닌 경계선에 선 1905년의 반항자들은 요란한 폭음의 한복판에서, 반항이 반항이기를 포기하지 않는 한 교의적인 위안과 안락으로 전락할 수 없다는 사실을 우리에게 가르쳐준다. 그들이 거둔 단 하나의 확실한 승리는 그들이 고독과 부정을 극복했다는 것이다. 그들이 부정하는 세계, 그들을 거부하는 세계의 한가운데에서, 그들은 모든 위대한 인물이 그러했듯 동포애를 재건하고자 노력했다. 그들이 서로 나눈 사랑은 삭막한 감옥에서조차 행복을 만들어주었고, 굴종하고 침묵하는 그들의 수많은 형제에게도 퍼져나갔다. 바로 이 사랑이야말로 그들의 고뇌와 희망의 척도가 된다. 이 사랑에 봉사하기 위해 그들은 우선 살인해야 한다. 무죄의 지배를 확립하기 위해 어느 정도의 유죄를 받아들여야 한다. 그들에게 이 모순은 오직 최후의 순간에 이르러 해결될 것이다. 고독과 기사도의 모순, 정신적 고독과 희망의 모순은 오직 스스로 죽음을 받아들임으로써만 극복될 것이다. 1881년 알렉산드르 2세의 암살을 모의했던 젤리아보프는 암살 성공 48시간 전에 체포되자 암살자와 함께 자신도 처형할 것을 요청했다. 당국에 보내는 편지에서 그는 이렇게 말한다. "교수대를 두 개가 아니라 하나만 세운다면 그것은 정부가 비겁하기 때문일 것이다." 교수대는 다섯 개가 세워졌는데, 그 가운데 하나는 그가 사랑하는 여인을 위한 것이었다. 젤리아보프는 미소를 띠고 죽었다. 그 반면 심문을 견디지 못한 리사코프는 공포에 질린 채 반쯤 미친 상태로 교수대에 끌려 올라갔다.

　만일 살인을 하거나 살인을 하게 한 후에 홀로 살아남는다면 그 자신도 리사코프 같은 파렴치한 죄인이 될 것이므로, 젤리아보프는 결연히 죽음을 택한 것이었다. 교수대 밑에서 소피아 페로브스카야는 사랑했던 연인과 다른 두 친구에게 입맞춤했으나, 리사코프에게는 등을 돌렸다. 리사코프는 그 새로운 종교로부터 저주받은 채 외롭게 죽었다. 젤리아보프에게 형제들과 함께하는 죽음은 자신을 정당화하는 것이었다. 살인을 저지른 자는 자신이 여전히 살기를 원하는 경우 또는 자신이 살기 위해 형제들을 배반하는 경우에 한해서 유죄다. 반대로 죽음의 수용은 유죄성과 범죄 자체를 단번에 무효화한다. 샤를로트 코르데[159]가 푸키에탱빌[160]에게 다음과 같이 외친 것은 그런 맥락에서다. "오, 이 괴물이 나를 살인자로 취급하다니!" 이것이야말로 무죄와 유죄, 합리와 불합리, 역사와 영원의 중간에 존재하는 하나의 인간적 가치를 고통스럽게 노정하는 순간이다. 이 순간, 단지 이 순간에만 그 절망자들에게 기이한 평화, 결정적 승리의 평화가 깃든다. 감방에서 폴리바노프는 죽는다는 것이 그에게는 "쉽고도 달콤한 일"이라고 말한다. 보이나로프스키는 죽음의 공포를 극복했노라고 쓰고 있다. "얼굴 근육 하나 떨지 않고 조용히 교수대로 올라가리라. … 그리고 그것은 내게 가해지는 폭력이 아니라 내가 살아온 삶의 지

159　Charlotte Corday(1768-1793). 프랑스대혁명기에 마라를 암살하고 처형당한 여성이다. 그녀는 프랑스 고전 비극 작가 피에르 코르네유의 후손이기도 하다.

160　Fouquier-Tinville(1746-1795). 공포정치 시대에 설치된 혁명재판소의 검사로 수많은 사형 선고를 내렸다.

극히 자연스러운 귀결이리라." 훨씬 더 뒤에, 슈미트 중위 역시 총살당하기 전에 이렇게 외친다. "내 죽음은 모든 것을 완성할 것이다. 그리고 내 주장은 형벌로 장식되어 더없이 완벽해질 것이다." 그리고 법정에서 불의를 규탄한 후 교수형을 선고받은 칼리아예프는 단호히 선언한다. "나는 내 죽음을 눈물과 피의 세계에 대한 지고의 항의로 간주한다." 칼리아예프는 계속해서 이렇게 쓴다. "철창 속에 갇힌 이후, 나는 단 한순간도 살아남으려고 애쓴 적이 없다." 그의 소원은 이루어질 것이다. 5월 10일 새벽 2시, 그는 자신의 정당화를 향해 나아간다. 외투를 입지 않고 펠트 모자를 쓴 채 온통 검은색 복장으로 교수대에 올라간다. 플로린스키 신부가 그에게 십자가를 내밀자, 그는 그리스도를 외면하고 이렇게 대답한다. "저는 삶을 정리하고 죽음을 맞이할 준비가 되었다고 이미 신부님께 말씀드렸습니다."

그렇다. 옛 가치가 허무주의의 끝에 이르러 교수대 바로 밑에서 다시 태어나고 있다. 이 가치는 우리가 반항 정신에 대한 분석의 마지막 단계에서 정립한 "우리는 존재한다"라는 명제의 반영, 그러나 이번에는 역사적인 반영이다. 이 가치는 박탈인 동시에 계시로 빛나는 확신이다. 불굴의 우정과 자아실현을 위해 죽어간 사람들을 생각할 때 도라 브릴리안트의 일그러진 얼굴을 죽음의 광채로 비추던 것이 바로 이 가치였다. 사조노프로 하여금 "형제들이 존중받을 수 있도록" 항의의 표시로 자살하게 만든 가치도 바로 이것이었다. 동지들을 고발하라고 다그치는 어떤 장군을 네차예프가 주저 없이 따귀를 후려쳐 쓰러뜨린 순간 네차예프를 무죄로 지켜준 것도 다름 아닌 이 가치였다. 이 가치를 통해 그 테러리스트들은 인간의 세계를 긍정하는 동시에 자신을 이 세계보다 상위에 위치시켰다. 역사상 마지막으로 그들은 참된 반항이란 가치 창조적이라는 사실을 보여주었다.

1905년은 그들 덕분에 혁명적 열정의 정점을 이룬다. 이때부터 하강 곡선이 시작되었다. 순교자들은 교회를 세우지 못했다. 그들은 교회의 시멘트나 알리바이에 지나지 않았다. 뒤이어 사제들과 편협한 신자들이 나타난다. 미래에 등장할 이 혁명가들은 생명 교환을 조건으로 내걸지 않을 것이다. 그들 역시 죽음의 위험을 무릅쓰지만, 혁명에 봉사하기 위해 가능한 한 목숨을 보전하려 할 것이다. 그러므로 그들은 전적인 유죄를 받아들일 것이다. 굴욕에 대한 동의, 그것이야말로 20세기 혁명가들의 진정한 특성이다. 그들은 혁명과 인간의 교회를 자신보다 우위에 놓는다. 반면 칼리아예프는 혁명이 필요한 수단이긴 하지만 충분한 목적은 아니라는 사실을 입증했다. 그는 인간을 낮춘 게 아니라 오히려 인간을 높였다. 칼리아예프 및 그의 러시아 동지들과 독일 동지들이야말로 세계 역사상 진정으로 헤겔에 대립하는 사람들이다.[161] 그들은 보편적인 인정을 처음에는 필요한 것으로 인식했으나 그다음에는 불충분한 것으로 인식했다. 겉모양은 칼리아예프에게 충분하지 못했다. 설령 전 세계가 그를 인정했다 하더라도 칼리아예프의 내면에는 여전히 하나의 의혹이 남았으리라. 그에게는 자신의 동의가 필요했다. 모든 사람이 승인했다 하더라도 그 의혹, 말하자면 다중이 열광적으로 환호할수록 참된 인간의 내면

---

161 인간에는 두 종류가 있다. 한쪽은 단 한 번 살인하고도 자신의 생명을 대가로 지불한다. 다른 쪽은 수많은 범죄를 정당화하면서 명예를 그 대가로 지불받는다. [원주]

에서 더욱 뚜렷이 떠오르는 의혹을 잠재우기에는 불충분했다. 칼리아예프는 끝까지 의심했다. 하지만 의혹에도 불구하고 그는 행동했다. 그가 가장 순수한 반항의 상징이 되는 것은 바로 이런 이유에서다. 하나의 생명을 다른 하나의 생명으로 보상하기를 받아들이는 자는, 그의 부정이 어떤 것일지라도, 역사적 개인으로서의 자기 자신을 초월하는 하나의 가치를 긍정하는 셈이다. 칼리아예프는 죽음에 이르기까지 역사에 헌신했고, 죽음의 순간에 역사 위로 올라섰다. 어떤 의미에서 그는 역사보다 자신을 더 사랑했다. 그러나 그가 주저 없이 죽음으로 몰아간 자신, 그가 구현하고 생명을 불어넣은 가치, 그 둘 중에서 그는 어떤 것을 더 사랑했는가? 그 대답은 의심의 여지가 없다. 칼리아예프와 동지들은 허무주의를 극복했다.

시갈레프주의

그러나 이 극복에는 내일이 없다. 왜냐하면 그것은 죽음에 일치하는 극복이기 때문이다. 정복자들이 죽은 후에도 허무주의는 여전히 존속한다. 바로 그 혁명사회당 내부에서도 정치적 시니시즘은 승리의 행진을 계속한다. 칼리아예프를 죽음으로 내보낸 우두머리 아제프는 이중의 내기를 했다. 예컨대 혁명가들을 정치경찰에 고발하기도 했고, 대신들과 대공들의 암살을 꾀하기도 했다. 이런 도발은 "모든 것이 허용된다"라는 명제를 재확인하는 것이며, 역사와 절대적 가치를 다시 한번 일치시키는 것이다. 이 허무주의는 개인적 사회주의에 영향을 미친 후 1880년대에 러시아에 출현한 소위 과학적 사회주의를 오염시킨다.[162] 네차예프 유산과 마르크스 유산의 결합은 20세기의 전체주의적 혁명을 탄생시킬 것이다. 개인적 테러리즘이 신권의 마지막 대표자들을 추방했고, 동시에 국가적 테러리즘은 사회의 뿌리에서부터 이 신권의 결정적 파괴를 준비했다. 최후의 목적을 실현하기 위한 권력 획득의 기술이 향후 그 목적의 긍정보다 우위에 선다.

레닌은 네차예프의 동지이자 정신적 형제인 트카체프에게서 권력 획득의 개념을 빌린다. 레닌은 그 개념을 '위엄 있는' 것이라고 생각하며 이와 같이 요약했다. "엄격한 비밀, 치밀한 당원 선발, 직업 혁명가 양성." 발광 상태로 죽은 트카체프는 허무주의와 군사적 사회주의를 잇는 교량 역할을 담당했다. 그는 러시아의 자코뱅주의를 창조하려 했지만, 자코뱅당으로부터 취한 것은 행동의 기술뿐이었다. 그역시 일체의 원리와 미덕을 부정했기 때문이다. 예술과 도덕의 적인 그는 단지 전술에서만 합리와 비합리를 조화시킨다. 그의 목표는 국가 권력을 획득하여 인간의 평등을 실현하는 데 있다. 비밀 조직, 혁명가들의 결속, 지도자들의 독재적 권력 등의 테마는 장차 너무도 위대하고 효율적으로 활용될 '기구'의 개념, 사실이 아닌 개념을 특징짓는 것이다. 방법에 관한 한, 새로운 사상을 수용할 능력이 없다는 이유로 25세 이상의 모든 러시아인을 말살하자고 트카체프가 제안했다는 사실을 안다면 쉽게 이해할 수 있으리라. 가히 천재적인 이 방법은 어떤 면에서 현대적인 초超국가에서 응용되고 있다. 즉 겁에 질린 어른들 한복판에서 어린아이에 대한 광신적 교육이 수행되는 것이

---

162 플레하노프Plekhanov가 결성한 최초의 민주사회 집단이 1883년에 나타난다. [원주]

다. 독재적 사회주의는 개인적 테러리즘이 역사적 이성의 지배와 양립할 수 없는 가치들을 되살림에 따라 개인적 테러리즘을 단죄할 것이다. 그러나 독재적 사회주의는 바야흐로 신격화될 인류의 확립을 유일한 구실로 내세우며 국가적 차원에서 테러를 부활시킬 것이다.

여기서 한 바퀴의 회전이 완결된다. 반항은 이제 그 진정한 기원으로부터 단절되어 역사의 노예가 됨으로써 인간을 저버린 채 세계 전체를 노예화하려고 애쓸 것이다. 그리하여 『악령』에서 불명예의 권리를 요구하는 허무주의자 베르호벤스키에 의해 찬양된 시갈레프주의chigalevisme[163] 시대가 시작된다. 불행하고도 무자비한 정신[164]인 그는 권력의지를 선택하는데, 권력의지는 역사를 지배할 수 있는 유일한 것이다. 박애주의자 시갈레프Chigalev[165]가 그의 보증인이 될 것이다. 인간에 대한 사랑은 이후 인간의 노예화를 정당화할 것이다. 평등에 미친[166] 시갈레프는 오랜 숙고 끝에 단 하나의 체제만이 가능하다는 절망적 결론을 내린다. "나는 무한한 자유에서 출발하여 무한한 전제주의에 도달한다." 모든 것의 부정을 뜻하는 전적인 자유는 오직 전 인류와 합치되는 새로운 가치들을 창조함으로써 생명을 가지게 되고 정당화될 수 있다. 만일 이 가치들의 창조가 늦어지면, 인류는 죽음에 이르기까지 서로의 가슴을 찢게 된다. 이 새로운 과녁에 이르는 가장

---

163 민중의 행복을 실현하기 위해 민중의 노예화를 정당화하는 사상을 가리킨다.

164 "그는 제멋대로 인간을 상상한다. 그런 다음에 그는 자신의 상상이 옳다고 고집한다." [원주]

165 도스토옙스키의 소설 『악령』에 나오는 지식인이다.

166 "극단적 경우에는 중상과 암살까지도, 그러나 무엇보다 평등을 위하여." [원주]

빠른 길은 완전한 독재의 길이다. "인류의 10분의 1만이 인격에 대한 권리를 소유하며, 나머지 10분의 9에 대해 무제한의 권력을 행사할 것이다. 후자는 인격을 상실하여 마치 양 떼처럼 될 것이다. 수동적으로 복종하면 되는 그들은 원초의 무죄 상태로, 말하자면 태초의 낙원으로 되돌아갈 것이다. 하기야 거기서도 노동을 해야 하겠지만." 이것이야말로 유토피아주의자들이 꿈꾸었던 철인哲人 정부다. 다만 이 철인들은 아무것도 믿지 않을 뿐이다. 왕국이 도래했다. 그러나 그 왕국은 참된 반항을 부정한다. 라바숄의 삶과 죽음을 예찬하는 어느 열광적 문학자의 표현을 빌리자면, 이것은 "난폭한 그리스도들"의 지배에 지나지 않는다. 베르호벤스키는 비통한 어조로 이렇게 말한다. "저 높은 곳에 교황이 있고, 그 주위에 우리가 있으며, 우리 밑에 시갈레프주의가 있다."

그리하여 20세기의 전체주의적 신권 정치와 국가의 테러가 예고된다. 새로운 귀족들과 대심판관들이 오늘날 피억압자들의 반항을 이용하여 우리 역사의 일부분을 지배하고 있다. 그들의 지배는 잔인하다. 그러나 낭만주의자들의 사탄처럼, 그들은 잔인성을 발휘하기가 너무 힘겹다는 이유로 그들의 잔인성을 변명한다. "욕망과 고통은 우리의 몫이다. 노예들은 시갈레프주의를 신봉하기만 하면 된다." 바로 이 순간, 새롭고 비열한 순교자의 족속이 탄생한다. 그들의 순교는 타인에게 고통을 주는 것을 받아들이는 데 있다. 그들은 주인이 되지만, 주인 노릇의 노예가 된다. 인간이 신이 되기 위해서는 희생자가 사형집행인으로 전락해야 한다. 그런 까닭에 희생자나 사형집행인이나 똑같이 절망한다. 예속도 권력도 더 이상 행복에 일치되지 않으며, 주인은 음울하고 노예는 침울하리라. 생쥐스트가 옳았다. 인민을 괴롭히는 것은 무서운 일이다. 그러나 인민을 신으로 만들기로 결심했다면, 어떻게 인민을 괴롭히지 않을 수 있단 말인가? 신이 되기 위해 자살하는 키릴로프가 베르호벤스키의 '음모'에 자신의 자살이 이용당하는 것을 받아들이듯, 인간 자신에 의한 인간의 신격화는 반항의 한계를 깨뜨리고 음모와 테러의 진창길로 별수 없이 접어든다. 역사는 아직도 그 진창길에서 벗어나지 못하고 있다.

반항인

국가적 테러리즘과 비합리적 공포정치

모든 근현대 혁명은 국가 강화에 기여했다. 1789년의 프랑스대혁명은 나폴레옹으로, 1848년의 2월혁명은 나폴레옹 3세로, 1917년의 러시아혁명은 스탈린으로, 1920년대의 이탈리아의 여러 폭동은 무솔리니로, 바이마르 공화국은 히틀러로 귀결되었다. 이 혁명들은 특히 제1차 세계대전이 신권의 잔해마저 완전히 쓸어낸 후 더욱더 대담하게 인간의 왕국과 실제적 자유의 확립을 전면에 내걸었다. 점점 더 강화되는 국가의 절대 권력은 매번 그 야심을 허용했다. 그 야심이 틀림없이 실현되리라는 말은 어폐가 있으리라. 그러나 그런 상황이 도래했다면, 어떤 방식으로 도래했는지 살펴보는 일은 가능하다. 그 일에는 아마도 교훈이 뒤따를 것이다.

이 시론의 주제와 무관한 몇 가지 설명에 기대자면, 우리는 현대 국가의 기이하고도 무시무시한 확장을 엄청난 기술적·철학적 야심의 논리적 귀결로 이해할 수 있다. 이 야심은 진정한 반항 정신에 비추어볼 때 괴상한 야심이지만, 이것이 우리 시대의 혁명 정신을 태동시킨 것은 사실이다. 마르크스의 예언적인 꿈, 헤겔과 니체의 강력한 선견先見은 마침내 신의 왕국을 거세한 후 합리적 국가 또는 비합리적 국가, 그러나 어느 경우든 테러리스트적인 국가를 탄생하게 했다.

사실상 20세기의 파시스트 혁명들은 혁명이란 이름을 가질 자격이 없다. 그것들에는 보편적 야심이 결여되어 있었다. 물론 무솔리니와 히틀러도 하나의 제국을 창설하려 했고, 국가사회주의의 이념가들 역시 세계 제국을 생각했다. 그러나 그들의 혁명과 고전적 혁명의 차이점은 허무주의의 유산을 이어받은 그들의 경우 이성을 신격화하는 대신에 비합리를, 오직 비합리만을 신격화하려고 했다는 데 있다. 다시 말해 그들은 보편을 포기했다. 그럼에도 무솔리니는 헤겔을 내세웠고, 히틀러는 니체를 내세웠다. 그들은 독일 관념론의 몇몇 예언을 역사 속에서 실현했다. 그러한 의미에서 그들은 반항의 역사와 허무주의의 역사에 속한다. 역사상 최초로 그들은 의미 있는 것이란 아무것도 없으며 역사란 힘의 우연성에 지나지 않는다고 생각했다. 그들은 이 생각을 근거로 하나의 국가를 건설했고, 그 결과는 지체 없이 나타났다.

1914년부터 무솔리니는 "무정부의 신성한 종교"를 예고했고, 자신을 모든 기독교의 적으로 선언했다. 히틀러의 경우, 그의 종교는 구세주인 신과 발할라Walhalla[167]의 영웅을 주저 없이 중첩시켰다. 그에게 신은 사실상 집회에서의 설법이었고, 연설이 끝난 후 토론을 촉발시키는 방식이었다. 성공을 거두는 동안, 그는 자신을 계시받은 자라고 생각했다. 그러나 패배하는 순간, 그는 인민에게서 배반당했다고 판단했다. 승리와 패배 사이에서 그가 이런저런 원리에 비추어 유죄라고 생각한 적은 단 한 번도 없었던 것 같다. 나치즘에 철학적 외관을 제공한 단 한 사람의 수준 높은 교양인인 에른스트 윙어는 한층 더 허무주의적인 공식을 보여주었다. "정신이 삶을 배반한 데 대한 최선의 대답은 정신에 의해 정신을 배반하는 것인즉, 이 시대의 잔인하고

---

167 북유럽 신화에 나오는 전사자의 극락을 가리킨다.

반항인

도 크나큰 쾌락 중 하나는 이 파괴의 작업에 가담하는 일이다."

행동가들이 아무런 신앙도 갖고 있지 않을 때, 그들은 언제나 행동 자체만을 믿는다. 히틀러의 어쩔 수 없는 역설은 바로 영원한 운동과 부정 위에 안정된 질서를 세우고자 한 데 있다. 라우슈닝이 『허무주의 혁명』에서 히틀러의 혁명을 순수한 역동성이라고 한 것은 옳다. 전례 없는 대전, 패배, 경제적 파탄으로 뿌리째 흔들린 히틀러 직전의 독일에서는 더 이상 어떤 가치도 지탱될 수 없었다. 괴테가 말한바 "온갖 어려운 일을 떠맡아야 하는 독일의 숙명"을 고려하더라도 양차 대전 사이에 전국을 휩쓴 자살의 전염병은 당시의 정신적 피폐상을 웅변으로 말해준다. 모든 것에 절망한 사람들에게 믿음을 줄 수 있는 것은 이성이 아니라 오직 정열, 절망 깊숙이 자리한 정열, 이를테면 치욕과 증오와도 같은 정열이다. 만인에게 공통되는 동시에 만인의 상위에 있는 가치, 그 이름으로 사람들이 서로를 판단할 수 있는 가치가 더 이상 존재하지 않았다. 그 결과 1933년의 독일은 단지 몇몇 인간의 타락한 가치를 채택했고, 그 가치를 한 문명 전체에 강제하고자 노력했다. 괴테의 도덕을 상실한 독일은 폭력배의 도덕을 선택했고, 그것을 감수하지 않으면 안 되었다.

폭력배의 도덕은 끝없이 계속되는 승리와 복수, 패배와 원한이다. 무솔리니가 "개인의 기본적인 힘"을 찬양했을 때, 그는 피와 본능의 음울한 힘을 예찬한 셈이고, 지배 본능이 낳은 최악의 사태를 생물학적으로 정당화한 셈이다. 뉘른베르크 전범 재판 때, 프랑크는 히틀러를 고무한 "형식에 대한 증오"를 강조했었다. 그 인간이 단지 하나의 움직이는 힘에 불과했을지라도, 이 힘은 우뚝 치솟았고 간계와 무자비한 전술적 계산으로써 효율적인 것이 되었다. 볼품없고 비속한 그의 육체적 생김새조차 그에게 제약이 되지 못했으며 오히려 대중의 주목을 받게 하는 요인이 되었다.[168] 게다가 행동, 행동만이 그를 지탱해주었다. 그의 경우 존재한다는 것은 곧 행동한다는 것이다. 히틀러와 그의 체제가 적 없이 존재할 수 없는 이유가 바로 여기에 있다. 광포한 댄디[169]였던 그들은 적들과의 관계 속에서만 정의될 수 있었고, 적들을 물리쳐야 했던 악착같은 전투 속에서만 모습을 갖출 수 있었다. 유대인들, 프리메이슨 단원들, 재벌들, 앵글로색슨인들, 짐승 같은 슬라브인들 등이 그들의 선전과 역사 속에 줄지어 나타났고, 그때마다 종말을 향해 치닫는 그들의 맹목적 힘을 고양하는 데 이용되었다. 영원한 전투는 영원한 자극을 필요로 했던 것이었다.

히틀러는 순수 상태 그대로의 역사였다. "그냥 살아가는 것보다 생성 변화하는 것이 더 큰 가치가 있다"라고 욍어는 말했다. 그러므로 그는 일체의 고차원적 현실에 맞서, 가장 낮은 수준에서 삶의 흐름에 완전히 동화하라고 설교했다. 생물학적 외교 정책을 창안한 그 체제는 더없이 분명한 자신의 이익을 거스르는 방향으로 나아갔다. 그러나 그 체제는 적어도 자신의 독특한 논리에는 복종하고 있었다. 그리하여 로젠베르크는 삶에 대해 다소 과장하며 이렇게 말했다. "행진 중인 대열의 모양, 이 대열이 어떤 목적지를 향해, 어떤 목적을 위

---

168 막스 피카르트Max Picard의 훌륭한 저서 『허무의 인간』L'Homme du néant을 볼 것. [원주]

169 우리는 괴링Goering이 가끔 네로 황제의 옷을 입고 요란하게 몸치장을 한 채 사람들을 접견한 것을 안다. [원주]

해 행진하고 있는가는 조금도 중요하지 않다." 뒤이어 이 대열은 폐허의 역사를 파종하게 되고, 자신의 조국을 초토화하게 된다. 이 역동성의 진정한 논리적 귀결은 완전한 패배, 아니면 줄지은 적들을 차례로 정복한 끝에 이루어지는 피와 행동의 제국 건설이었다. 히틀러가 처음부터 이런 제국을 꿈꾸지는 않았던 것 같다. 교양으로 보나 책략적 지능으로 보나 그는 자신이 겪은 운명의 높이에 걸맞은 인물이 아니었다. 독일은 촌스러운 정치사상으로 제국주의적인 전쟁을 일으켰기 때문에 붕괴되었다. 그러나 윙어는 이런 논리를 진작부터 깨달았고, 이 논리에 하나의 공식을 부여했다. 윙어는 "세계적 기술 제국"과 "반기독교적 기술 종교"에 대한 비전을 품었는데, 이 제국의 군인들과 이 종교의 신자들은 노동자여야 했다. 왜냐하면 (이 지점에서 윙어는 마르크스와 만난다) 그가 파악하는 인간 구조에 의하면 노동자란 보편적인 것이기 때문이다. "새로운 통치 체제의 규약이 사회 계약의 변화를 보완한다. 노동자는 협상과 연민과 문학의 영역에서 벗어나 행동의 영역까지 올라가 있다. 법적인 의무는 군사적인 의무로 바뀐다." 이 제국은 알다시피 세계적 공장인 동시에 세계적 병영인데, 그곳을 헤겔의 노동자-군인이 노예가 되어 지배하는 것이다. 히틀러는 이 제국으로 나아가는 길에서 비교적 일찍 저지되었다. 그러나 설령 그가 훨씬 더 멀리 나아갔다 하더라도 억제할 수 없는 역동성이 더욱 광범위하게 전개되고, 유일하게 그 역동성에 도움을 주는 파렴치한 원리들이 더욱 강화될 뿐이었으리라.

　이런 식의 혁명을 논하면서 라우슈닝은 그것이 해방도 정의도 정신적 도약도 아니라고 말한다. 그것은 "자유의 죽음이고, 폭력의 지배이며, 정신의 예속이다." 파시즘, 그것은 경멸이다. 거꾸로 일체의 경멸은 그것이 정치에 개입하게 되면 파시즘을 준비하거나 혹은 출범시킨다. 파시즘은 스스로를 부정하지 않고서는 다른 무엇이 될 수 없다. 윙어는 그 자신의 원리로부터 부르주아가 되기보다는 죄인이 되는 편이 낫다는 결론을 끌어낸다. 윙어보다는 문학적 재능이 덜할지라도 이 경우에 히틀러는 윙어보다 더 논리적이다. 그는 단지 성공하기 위해서라면 부르주아가 되든 죄인이 되든 상관없다는 것을 잘 알고 있었다. 그러므로 그는 둘 모두가 되려고 했다. "사실이 전부다"라고 무솔리니는 말했다. 그리고 히틀러는 이렇게 말했다. "민족이 박해받을 위험에 빠졌을 때, 합법성의 문제는 다만 이차적인 역할을 할 뿐이다." 더욱이 민족이란 존재하기 위해 항상 위협받을 필요가 있기에 합법성은 결코 있을 수 없게 된다. "나는 무엇이든 서명하고 무엇이든 조인할 용의가 있다. 나로 말하자면, 독일 국민의 미래가 걸린 일이라면 오늘 조인한 조약이라도 내일 냉정하게 그것을 파기할 수 있다." 게다가 전쟁을 시작하기 전에 히틀러 총통은 승리자에게는 그 누구도 그가 진리를 말했는지 아닌지를 묻지 않는 법이라고 휘하 장군들에게 장담했다. 뉘른베르크 재판 때 괴링을 위한 변론의 요점은 이런 생각을 되풀이하는 것이었다. "승자는 언제나 재판관이 되고, 패자는 언제나 피고가 되기 마련입니다." 물론 논란의 여지가 있는 말이다. 그러나 뉘른베르크 재판 때 로젠베르크가 자신은 나치즘의 신화가 학살로 귀결되리라고는 미처 예측하지 못했노라고 한 말을 우리는 이해할 수 없다. 영국인 검사가 『나의 투쟁』에서 나온 길은 마이다네크 가스실로 직통하고 있었다"라고 지적했을 때, 그의 말은 바로 재판의 진정한 주제를 건드린 것이었다. 서구 허무주의의 역사적 책임을 뜻하는 이 주제는 뉘른베르크 법정에서 진실 되게 논의되지 못한 유일한 주제다. 한 문명의 총체적인 유죄로 재판을 끝맺을 수는 없었기 때문이었다. 그러므로 거기서는 세계의 면전에서 고성을 질렀던 그들의 행위만이 심판받았다.

어쨌든 히틀러는 정복이라는 영원한 운동을 창안했는데, 그것 없이는 그가 아무것도 아니었으리라. 영원한 적이란 영원한 테러를 동반한다. 이 경우 테러는 국가적 차원의 테러다. 국가는 '기계 장치', 이를테면 정복과 탄압의 메커니즘을 뜻한다. 국내를 향한 정복은 선전 (프랑크에 따르면 "지옥을 향한 첫걸음") 혹은 탄압이라고 불린다. 국외를 향한 정복은 군대 창설로 이어진다. 모든 문제가 그처럼 권력과 효율성이라는 기치 아래 군사화된다. 총사령관은 정책을 결정하고 모든 주요 행정을 결정한다. 전략에 관한 한 반박의 여지가 없는 이 원리가 시민 생활에까지 일반화된다. 오직 하나의 지도자와 오직 하나의 국민은 오직 하나의 주인과 수백만의 노예를 의미한다. 자유의 보증이 되는 정치적 중개자들이 장화를 신은 여호와에게 자리를 내주며 사라지는데, 이 여호와는 침묵하는 군중, 말을 바꾸면 관제 슬로건을 부르짖는 군중 위에 군림한다. 지도자와 국민 사이에 화해와 조정의 기관이 개입하는 게 아니라 바로 그 기계 장치, 즉 지도자의 상징이자 탄압의 도구인 당이 개입한다. 그리하여 저급한 신비 신학의 최초이자 유일한 원리인 '지도자 원리Führerprinzip'가 탄생하는데, 이 원리는 허무주의의 세계에 우상 숭배와 타락한 신성을 부활시킨다.

라틴 법학자인 무솔리니는 국가 이념에 만족했다. 다만 그는 온갖 수사학을 동원하여 국가 이념을 절대화했다. "국가 밖에는, 국가 위에는, 국가에 반해서는 아무것도 없다. 모든 것은 국가에, 국가를 위해, 국가 내에 존재한다." 히틀러의 독일은 이 거짓된 국가 이념에 진정한 표현을 부여했는데, 그것은 종교적인 표현이었다. "우리의 신성한 임무는 각자를 뿌리로, '어머니'에게로 되돌려보내는 것이었다. 사실상 그것은 신의 임무였다"라고 전당대회 기간 중 한 나치 신문이 썼다. 그 뿌리란 원초의 울부짖음에 있다. 여기서 말하는 신이란 무엇인가? 당의 공식 성명이 우리의 이해를 돕는다. "지상에 존재하는 우리는 모두 우리의 총통 아돌프 히틀러를 믿는다…. 그리고 (고백하건대) 국가사회주의는 우리 국민을 구원으로 이끄는 유일한 신앙이다." 깃발과 연단으로 장식된 또 하나의 시나이[170] 산정에서 조명을 받아 환하게, 밝은 숲속에 우뚝 선 지도자의 계명은 그리하여 율법이 되고 미덕이 된다. 초인적인 확성기가 범죄를 명령하면, 그 명령은 대장에서 부대장으로 하달되어 마침내 노예에게까지 내려간다. 그런데 노예는 명령을 받기만 할 뿐 아무에게도 명령을 내리지는 못한다. 다하우 수용소의 한 사형집행인은 옥중에서 울면서 이렇게 말했다. "저는 명령을 집행했을 뿐입니다. 총통과 높은 양반들이 모든 일을 일으키고서는 떠나버렸습니다. 글루에크스는 칼텐브루너에게서 명령을 받았고, 마지막으로 제가 집행 명령을 받았습니다. 그들은 제게 모든 짐을 떠넘겼죠. 저는 하급 총살 집행인에 지나지 않았고, 제 밑으로 명령을 떠맡길 만한 하급자가 없었습니다. 그런데 이제 와서 그들은 저

---

170 모세가 여호와 신에게서 십계명을 받은 산이다.

더러 학살자라고 하는군요." 괴링은 총통에 대한 자신의 충성이 심판대에 올랐을 때 "그 저주의 삶에서도 여전히 명예의 문제는 존재했습니다"라고 항변했다. 때로는 범죄에 일치했던 그 복종에도 명예가 있었던 셈이다. 군법은 불복종에 대해 사형을 선고한다. 따라서 군인의 명예란 복종이라는 것이다. 모든 사람이 군인일 때, 명령이 그것을 요구함에도 살인하지 않는 것은 범죄다.

명령은 불행히도 선행을 요구한 적이 거의 없다. 교조적인 순수 역동성은 선이 아니라 효율성만을 지향하기 마련이다. 적이 있는 한 테러가 있을 것이다. 역동성이 존재하는 한, 그리고 역동성이 존재하기 위해서는 적이 존재할 것이다. "당의 도움으로 총통이 행사하는 국민 주권을 제한할 수 있을 법한 일체의 영향은… 제거되어야 한다." 적들은 이교도들이다. 그들을 설교나 선전으로 개종시키든지, 아니면 종교재판이나 게슈타포에 의해 근절시켜야 한다. 그 결과 인간은 그가 당원일 경우에는 총통을 위한 도구로서 기계 장치와 톱니바퀴에 지나지 않게 되고, 총통의 적일 경우에는 기계 장치의 소모품에 지나지 않게 된다. 반항에서 비롯된 비합리적 열정이 이제 인간을 톱니바퀴로 전락하지 않게 하려는 반항 자체를 제한하는 것이다. 독일혁명의 낭만주의적 개인주의는 마침내 사물의 세계에서 만족을 얻는다. 비합리적 테러는 히틀러의 표현에 따르면 "지구의 세균"인 인간을 사물로 탈바꿈시킨다. 그것은 인격뿐만 아니라 인격의 가능성, 성찰력, 연대성, 절대적 사랑을 향한 호소마저 파괴하려고 한다. 선전과 고문은 직접적인 파괴 수단이다. 그 밖에 조직적으로 타락시킨다든가, 파렴치한 죄인들과 뒤섞어놓는다든가, 음모를 강요한다든가 하는 수단이 있다. 살인하거나 고문하는 자는 승리의 그림자만을 맛볼 따름이다. 왜냐하면 스스로 무죄하다고 느낄 수 없기 때문이다. 따라서 희생자의 유죄성을 날조해야 한다. 그래야만 방향을 잃은 세계에서 보편적 유죄성이 권력만을 정당화하게 되고 성공만을 신성화하게 된다. 무죄한 사람에게서도 무죄하다는 생각이 사라질 때, 그때 권력은 절망한 세계에서 결정적으로 군림하게 된다. 그런 까닭에 비열하고 잔인한 속죄의 고행이 이 세계를 지배하는바, 이 세계에서는 오직 돌만이 무죄다. 유죄를 선고받은 자들은 어쩔 수 없이 서로를 교수형에 처해야 한다. 모성애의 순수한 절규마저 압살당한다. 예컨대 그리스의 한 어머니는 나치 장교로부터 그녀의 세 아들 가운데 총살될 아들을 선택하도록 강요받는다. 이렇게 하여 마침내 누구든지 자유로워진다. 인간을 죽이고 인간을 타락시키는 권력은 노예의 영혼을 허무에서 구해낸다. 독일의 자유는 그리하여 죽음의 수용소에서 죄수의 오케스트라에 맞추어 노래가 되어 울려 퍼진다.

히틀러가 저지른 숱한 범죄 가운데 유대인 학살은 역사상 유례가 없다. 역사는 그처럼 완전한 파괴의 원리가 문명국가의 통치권을 장악한 예를 제공하지 않기 때문이다. 특히 통치자들이 막강한 힘을 일체의 도덕에서 벗어난 신비 신학을 확립하는 데 쏟은 것은 역사상 처음 있는 일이다. 허무 위에 하나의 교회를 세우는 이 최초의 시도에 대한 대가는 절멸 그 자체였다. 리디체 마을의 파괴 현장은 히틀러 운동의 체계적이고 과학적인 외양이 절망과 오만의 동력, 비합리의 동력을 덮고 있었음을 보여준다. 반역적인 마을로 간주된 그곳에 대해 나치가 취할 수 있는 태도는 단 두 가지뿐이었다. 계산된 탄

반항인

압으로 인질들을 냉혹하게 처형하든지, 아니면 흥분한 군인들을 풀어 야만적으로 단숨에 휩쓸어버리는 것이었다. 리디체 파괴에는 이두 가지 방식이 모두 동원되었다. 리디체는 역사에서 전례를 찾아볼수 없는 비합리적 이성이 얼마나 참혹한 피해를 초래할 수 있는지 극명하게 보여준다. 집들이 불타는 가운데 마을의 남자 174명이 총살되었고, 여자 203명이 강제수용소로 보내졌으며, 아이 103명이 총통의 종교를 교육받기 위해 이송되었다. 그뿐만 아니라 특별 작업 부대가 수개월에 걸쳐 다이너마이트로 지면을 고르게 다듬었고, 돌을 걷어냈고, 연못을 메웠고, 도로와 강의 방향을 바꾸었다. 작업을 마치고보니, 히틀러 운동의 논리에 따르면 리디체는 순수한 미래 그 자체였다. 좀 더 안전을 기하기 위해, 그들은 묘지의 시체마저 치워버림으로써 이곳에 무엇인가가 남아 있다는 인상을 깡그리 지웠다.[171]

히틀러의 종교에서 역사적 표현을 얻은 허무주의적 혁명은 이처럼 엄청난 허무의 광란만을 불러일으켰고, 이 광란은 결국 그 자신에게서도 등을 돌렸다. 헤겔의 주장과는 달리, 부정이 적어도 이번만큼은 창조적이지 않았다. 히틀러는 아마도 아무런 공적을 남기지 못한 역사상 유일한 폭군일 것이다. 그 자신에게, 독일 국민에게, 세계인에게 그의 존재는 단지 자살과 살인에 불과했다. 학살된 유대인 700만명, 강제수용소로 보내지거나 살해된 유럽인 700만 명, 전쟁 희생자

---

171 이런 나치의 만행에 버금가는 잔혹한 테러가 유럽 국가들에 의해 (1857년의 인도, 1945년의 알제리 등) 식민지에서도 저질러졌다는 것은 실로 놀라운 일이다. 이 국가들은 사실상 나치와 다름없는 비합리적 편견과 인종적 우월감에 사로잡혀 있었다. [원주]

1,000만 명으로는 어쩌면 아직도 역사의 판단을 내리는 것이 불충분할지도 모르겠다. 역사에서 살인자는 노상 존재하기 때문이다. 그러나 히틀러가 마지막 정당성, 말하자면 독일 국가마저 파괴했다는 사실은 이후 이 인간을 무정견하고도 비참한 망령으로 만들며, 이 망령의 역사적 존재는 오래도록 수많은 사람의 뇌리를 떠나지 않는다. 뉘른베르크 재판 때 슈페르는 히틀러가 완전한 파탄에 이르기 전에 전쟁을 중단할 수 있었음에도 독일의 정치적·물질적 자살을 원했다는 점을 증언한 바 있다. 최후의 순간까지 그에게 오직 하나의 가치는 승리였다. 독일이 전쟁에 패한 이상, 비겁자요 배신자인 독일은 사멸해야 했다. "만일 독일 국민이 승리할 능력이 없다면, 독일 국민은 살 자격이 없다." 그러므로 러시아의 대포가 베를린 궁의 성벽을 뒤흔들 때, 히틀러는 독일을 죽음 속으로 몰아넣은 후 자살로 대미를 장식하려고 결심했다. 히틀러 그리고 자신의 유해가 대리석 관에 안치되기를 바랐던 괴링, 히믈러, 라이는 지하실이나 독방에서 자살한다. 그러나 이 죽음은 그야말로 무의미한 죽음이다. 이 죽음은 악몽과도 같고, 허공 중에 흩어지는 연기와도 같다. 효율적인 것도 모범적인 것도 아닌 이 죽음은 허무주의의 피비린내 나는 허영을 신성화하고 있다. "그들은 스스로 자유롭다고 생각했다. 그러나 히틀러주의로부터 자유로워지는 법은 없다는 사실을 그들이 몰랐다니!"라고 프랑크는 히스테릭하게 외쳤다. 그들은 그러한 사실을 몰랐고, 아울러 모든 것의 부정이란 예속이며, 진정한 자유란 역사와 역사의 승리에 맞서는 하나의 가치에 내면적으로 복종하는 것임을 몰랐다.

그러나 파시즘의 신비주의는 세계를 지배할 목적을 갖고 있었을

지언정 실제로는 결코 세계 제국을 주장한 적이 없었다. 기껏해야 히틀러는 자신의 승리에 놀란 채 그제야 자기 운동의 촌스러운 기원을 떠나 독일인의 제국이라는 모호한 꿈을 지향했을 뿐이다. 반면 러시아 공산주의는 바로 그 기원에서부터 공공연히 세계 제국을 주장한다. 그것이야말로 러시아 공산주의의 힘이요, 성찰 끝에 얻어진 깊이요, 역사에서의 중요성이다. 겉보기와는 달리, 독일 혁명에는 미래가 없었다. 그것은 일시적인 힘에 불과했고 실제적인 야심보다 폐해가 더 컸다. 그와 반대로 러시아 공산주의는 이 책이 서술하는 형이상학적 야심, 즉 신의 죽음 이후 마침내 신격화된 인간의 왕국을 건설하려는 야심을 키웠다. 히틀러의 모험이 가질 수 없었던 혁명이라는 이름, 러시아 공산주의는 과거에 그 이름값을 할 자격이 있었다. 비록 지금은 분명 그 자격을 상실했을지라도 언젠가는 회복하여 영원히 보전하리라고 주장한다. 역사상 처음으로, 무장한 제국에 바탕을 둔 교의와 운동이 결정적 혁명과 세계의 종국적 통일을 목적으로 제시하고 있다. 우리의 과제는 이러한 주장을 상세히 검토하는 일이다. 광란의 절정에 이르러 히틀러는 앞으로 천 년 동안 역사를 안정시키겠노라고 주장했다. 그는 그 안정이 이루어질 참이라고 믿고 있었고, 피점령국의 현실주의 철학자들은 그런 사실을 의식하고 부조리에 적응할 채비를 하고 있었다. 바로 그때, 영국과 스탈린그라드가 그를 죽음으로 몰아넣었고, 역사를 다시 한번 앞으로 나아가게 했다. 그러나 신이 되고자 하는 인간의 욕망은 역사 그 자체만큼이나 지칠 줄 모른다. 그 욕망은 러시아에서 더욱 신중하게, 더욱 효율적으로 정비되어 '합리적 국가'라는 형태로 다시 나타난다.

국가적 테러리즘과 합리적 공포정치

마르크스는 토지 자본에서 산업 자본으로 이행함으로써 야기된 19세기 영국의 참혹한 고통과 빈곤에서 초기 자본주의에 대한 이상적 분석의 많은 논거를 얻었다. 그러나 사회주의에 관한 한, 마르크스는 여러 프랑스 혁명에서 끌어낸 몇몇 교훈, 더욱이 자신의 이론과 모순되는 몇몇 교훈 외에는 그것을 미래형으로 언급했으며, 그 내용 또한 추상적이었다. 그러므로 그가 가장 유효한 비판적 방법과 가장 논박의 여지가 많은 유토피아적 메시아사상을 자신의 이론 속에 뒤섞어놓았다고 한들 놀랄 일은 아니다. 현실에 적용되어야 할 그 비판적 방법이 오히려 예언에 충실함에 따라 점점 더 사실로부터 유리되었다. 진리에 부여해야 할 위상을 메시아사상에 부여했다는 점 자체가 이미 불행의 조짐이다. 이러한 모순은 마르크스가 살아 있을 때부터 탐지되었다. 『공산당 선언』의 원리는 20년 후『자본론』이 출간되자 더 이상 엄밀한 의미에서 정확하지 않았다. 게다가 『자본론』은 미완성으로 남았다. 생애의 말년에 마르크스는 사회적·경제적 사실들을 새롭고 거대하게 집대성하려 했고, 또 이에 알맞은 체계를 다시 부여하려 했기 때문이다. 이 사회적·경제적 사실들은 특히 러시아에 관련된 것인데, 그는 그때까지 러시아를 무시했었다. 끝으로 모스크바의 마르크스-엥겔스 연구소가 마르크스 전집 30여 권이 아직 출간되지 않은 상태임에도 1935년에 출판 작업을 중단했음을 우리는 안다. 30여 권의 내용이 충분히 '마르크스주의적'이지 못했기 때문이다.

어쨌든 마르크스가 죽은 후에도 소수의 제자들이 그의 방법에 충실했다. 그러나 역사를 만든 마르크스주의자들은 반대로 이론의 묵시록적 측면과 예언을 독점하여 마르크스가 혁명이 일어날 수 없으리라고 예상한 바로 그 지점에서 마르크스 혁명을 실현하고자 했다. 우리는 마르크스에 대해 그의 대다수 예측이 사실과 어긋났던 반면, 그의 예언은 증대되는 신앙의 대상이 되었다고 말할 수 있다. 이유는 간단하다. 예측이란 단기적이며 확인 가능한 것인 반면, 예언은 장기적이며 종교를 강화하는 속성, 즉 증명 불가능성을 내포한다. 예측은 무너졌지만, 예언은 유일한 희망으로 남아 있었다. 그 결과 예언만이 홀로 역사를 지배하게 된다. 우리는 마르크스주의와 그 상속자들을 오직 예언의 측면에서만 검토할 것이다.

부르주아적 예언

마르크스는 부르주아적 예언자인 동시에 혁명적 예언자다. 후자가 전자보다 더 알려져 있다. 그러나 전자는 후자의 운명 가운데 많은 것을 설명해준다. 기독교적이며 부르주아적 기원을 가진 역사적이며 과학적인 하나의 메시아사상이 독일 이데올로기와 프랑스혁명에서 비롯된 그의 혁명적 메시아사상에 영향을 주었다.

고대 세계와 대조해보면 기독교 세계와 마르크스주의 세계의 동질성은 현저하다. 그 두 세계는 그리스적 태도와 다른 세계관을 지닌다. 야스퍼스는 그 세계관을 매우 잘 정의하고 있다. "인간의 역사가 엄정하게 하나뿐이라고 보는 것은 기독교적 사상이다." 역사상 처음으로 기독교인들은 인간의 삶과 사건의 연속을 기원에서 종말로 가는 하나의 역사로 보았는데, 그 역사가 흐르는 동안 인간은 구원을 얻든가 징벌받을 업보를 저지른다. 역사 철학은 기독교적 세계관에서 태동했다. 그것은 그리스 정신에게는 놀라운 것이었다. 그리스적인 변화 생성 관념과 우리 시대의 역사 발전 관념 사이에는 공통점이 전혀 없다. 둘의 차이는 원과 직선의 차이와 같다. 그리스인들은 세계를 순환적인 것으로 상상했다. 명확한 예로 아리스토텔레스는 자신을 트로이 전쟁 이후의 사람이라고 생각하지 않았다. 기독교는 지중해로 뻗어나가기 위해 어쩔 수 없이 그리스화해야 했고, 동시에 그 원리는 유연해져야 했다. 그러나 기독교의 독창성은 그때까지 결코 묶인 적이 없는 두 관념, 즉 역사와 징벌이라는 관념을 고대 세계에 도입한 데 있다. 매개성의 관념에서 보면 기독교는 그리스적이다. 역사성의 개념에서 보면 기독교는 유대적이다. 기독교가 훗날 독일 이데올로기 속에 다시 나타나는 것은 이런 맥락과 무관하지 않다.

역사적 관념을 강조하는 여러 사상이 자연에 대한 적대성을 드러내는 것을 볼 때, 우리는 이 같은 단절을 좀 더 잘 깨닫게 된다. 역사적인 관념을 강조하는 사상에 의하면, 자연이란 관조의 대상이 아니라 변형의 대상이다. 기독교도들도 마르크스주의자들처럼 자연을 정복의 대상으로 간주한다. 그리스인들은 자연에 복종하는 것이 더 낫다고 생각한다. 우주에 대한 고대인의 사랑은 초기 기독교도들로서는 알 수 없는 것이었다. 왜냐하면 그들은 임박한 세계의 종말을 초조하게 기다리고 있었기 때문이다. 기독교에 결합된 헬레니즘은 한편으로 알비 교파[172]를 활짝 꽃피게 하고, 다른 한편으로 성 프란체

---

172 프랑스 남부의 알비와 툴루즈 지방을 중심으로 11~12세기에 퍼진 영지주의적 교파다.

스코를 탄생시킬 것이다. 그러나 종교재판 및 이단 카타리파[173]의 섬 멸과 더불어 교회는 다시 세계와 아름다움으로부터 분리되며, 자연에 대한 역사의 우위성을 재차 내세운다. 다음과 같은 야스퍼스의 말은 여전히 옳다. "기독교적 태도는 세계로부터 세계의 실체를 조금씩 비워낸다…. 실체는 상징들의 총체에 근거하기 때문이다." 이 상징들은 역사를 통해 전개되는 신의 드라마를 나타내는 상징들이다. 자연은 이제 이 드라마의 무대 장치에 지나지 않는다. 기독교는 인간과 자연의 아름다운 균형, 즉 세계에 대한 인간의 동의, 모든 고대 사상에 빛을 투사했던 그 동의를 파괴한다. 세계와 조화를 이루는 전통이 없는 북방 민족들이 역사의 무대에 등장하자 이 같은 운동이 더욱 활발해졌다. 그리스도의 신성이 부정되고 독일 이데올로기가 개입하는 순간부터, 그리스도는 이제 인간-신만을 상징할 뿐, 인간과 자연 사이의 매개라는 관념은 사라지고 유대적 세계가 되살아난다. 군대를 가진 무자비한 신이 다시 지배하고, 일체의 아름다움은 쓸데없는 향락의 원천으로서 척결되며, 자연 그 자체는 노예화된다. 이러한 관점에서 마르크스는 역사라는 신의 예레미야[174]이며, 혁명의 성 아우구스티누스이다. 이 사실은 그의 이론이 가진 반동적인 면을 잘 설명하는데, 그 점을 분명히 하기 위해 그와 동시대인으로서 총명한 반동 이론가인 조제프 드 메스트르와 간략히 비교해보자.

정결파라고 불리기도 하는 그들은 가톨릭교회에 의해 신의 전능함과 예수의 완전성을 부정한다는 이유로 이단으로 간주되었고, 13세기 중엽 십자군에 의해 전멸되었다.

173 알비파의 또 다른 이름이다.

174 B.C.626년경에 활동한 이스라엘 최후의 예언자이다.

조제프 드 메스트르는 자신의 눈에 "악에 대한 3세기 동안의 사유"로 비친 원리, 즉 자코뱅주의와 칼뱅주의를 기독교적 역사 철학의 이름으로 논박한다. 교회의 분열과 이단에 맞서 그는 정통 교회의 "흠집 없는 법복"을 다시 만들고자 한다. 프리메이슨 단원이 되는 모험을 했다는 사실[175]로 미루어 우리는 그의 목적이 세계적 기독교 왕국이라는 것을 짐작할 수 있다. 메스트르는 여러 영혼의 원본이 될 파브르 돌리베의 원형질 아담 또는 보편적 인간을 꿈꾸며, 카발리스트들이 말하는 타락 이전의 아담 카드몬을 꿈꾼다. 교회가 세계를 뒤덮을 때, 교회는 그 두 아담을 지상에 재현하리라. 우리는 『상트페테르부르크의 야회』Soirées de Saint-Pétersbourg에서 이런 주제를 다루는 수많은 표현을 발견하는데, 그 표현은 헤겔과 마르크스의 메시아적 표현과 놀랍도록 유사하다. 메스트르가 상상하는 지상적인 동시에 천상적인 예루살렘에서는 "모든 주민이 하나의 동일한 정신에 젖어 서로 통할 것이고, 그들의 행복을 서로 비춰줄 것이다." 메스트르는 사후死後의 인격을 부정하는 데까지 나아가지는 않는다. 단지 그는 다시 쟁취할 신비로운 통일을 꿈꿀 뿐이다. 그 통일 속에서는 "악이 소멸하여 더 이상 애욕도 사욕도 없을 것이며", "인간은 내면에서 이중의 법률이 사라지고 두 중심이 하나가 됨으로써 자아와의 합일을 이룰 것이다".

헤겔 또한 정신의 눈이 육신의 눈과 합일되는 절대지絶對知의 왕국에서 모순을 해결했다. 그러나 메스트르의 전망은 "본질과 실존, 자유와 필연 사이의 투쟁의 종식"을 예고했던 마르크스의 전망과 만

---

175 데르망겜E. Dermenghem, 『신비주의자 조제프 드 메스트르』Joseph de Maistre mystique.

난다. 메스트르의 경우, 악은 통일성의 파괴를 뜻한다. 인류는 지상과 천상에서 통일성을 되찾아야 한다. 어떤 경로를 통해서? 구체제에 찬성하는 반동 사상가인 메스트르는 바로 이 점에서 마르크스보다 덜 명료하다. 그렇지만 그는 거대한 종교 혁명을 기대하고 있었다. 1789년 프랑스대혁명은 이 거대한 종교 혁명의 "무시무시한 서곡"일 뿐이었다. 그는 우리가 스스로 진리를 만들도록 요구한 성 요한을 인용했는데, 그의 요구는 현대 혁명 정신의 과제이기도 하다. 그는 성 바울을 인용하여 "물리쳐야 할 최후의 적은 죽음이다"라고 말했다. 인류는 범죄와 폭력과 죽음을 거쳐 모든 것을 정당화할 완전한 소진을 향해 나아가고 있다. 메스트르에게 지상이란 "생명이 있는 모든 것이 끝없이, 무한히, 쉬임 없이, 사물의 완성에 이르기까지, 악의 소멸에 이르기까지, 죽음의 소멸에 이르기까지 제물로 바쳐져야 하는 거대한 제단"에 불과하다. 하지만 그의 숙명론은 능동적인 것이다. "인간은 자신이 모든 것을 할 수 있는 것처럼 행동해야 하며, 아무것도 할 수 없는 것처럼 체념하고 감수해야 한다." 우리는 마르크스에게서도 같은 종류의 창조적 숙명론을 발견한다. 메스트르는 확실히 기성 질서를 정당화하고 있다. 그러나 마르크스는 당대에 확립되는 질서를 정당화한다. 자본주의에 대한 가장 감동적인 예찬이 자본주의의 가장 큰 적에 의해 이루어진 셈이다. 마르크스는 오직 자본주의를 무효로 만든다는 의미에서만 반자본주의적이다. 그다음에는 역사의 이름으로 새로운 순응주의를 요구할 또 하나의 질서가 확립되리라. 수단의 문제에 관한 한 마르크스와 메스트르는 동일하다. 그것은 정치적 현실주의, 규율, 권력이다. 메스트르가 보쉬에의 관점, 즉 "이

단자란 개인적인 사상을 가진 자", 바꾸어 말하면 사회적이든 종교적이든 하나의 전통에 의거하지 않은 사상을 가진 자라는 관점을 되풀이할 때, 그는 가장 낡은 동시에 가장 새로운 순응주의를 제시하는 셈이다. 사형집행인을 노래하는 염세적 시인인 이 차장 검사[176]는 그리하여 우리 시대의 외교적 검사들을 예고한다.

이러한 유사점들이 있다고 해서 메스트르가 마르크스주의자가 되는 것도 아니고 마르크스가 전통 기독교인이 되는 것도 아님은 말할 필요조차 없다. 마르크스적 무신론은 절대적이다. 그것은 인간차원에서 지고한 존재를 부활시킨다. "종교에 대한 비판은 인간이 인간에 대해 지고한 존재라는 이론으로 귀결된다." 이러한 관점에서 사회주의는 인간을 신격화하는 하나의 계획이고, 전통 종교의 몇몇 특성을 취했다고 볼 수 있다.[177] 여하튼 이와 같이 비교함으로써 일체의 역사적 메시아사상은 그것이 혁명적일 때조차 기독교적 기원을 지니고 있음을 알 수 있다. 유일한 차이점은 지표의 변화에 있다. 마르크스처럼 메스트르에게도 역사의 종말은 비니의 위대한 꿈의 실현을 뜻한다. 즉 늑대와 어린양이 화해하고, 범죄자와 희생자가 같은 제단으로 나아가며, 지상 낙원이 다시 또는 처음으로 열리는 것이다. 마르크스에게 역사의 법칙은 물질적 현실을 반영한다. 메스트르에게 그것은 신적인 현실을 반영한다. 그러나 전자의 경우, 물질은 실체이다. 후자의 경우, 물질은 현세에서 구현된 신의 실체이다. 영원성은 원칙

---

176 사법관 출신인 조제프 드 메스트르를 가리킨다.
177 훗날 마르크스에게 영향을 주는 생시몽은 메스트르와 보날드의 영향을 받았다.

적으로 그들을 분리하지만, 역사성이 결국 그들을 현실주의적 결론 속에서 결합한다.

메스트르는 그리스를 증오했다. (태양의 눈부신 아름다움이 낯설었던 마르크스는 그리스를 거북해했다.) 메스트르에 의하면, 그리스는 유럽에 분할 정신을 물려줌으로써 유럽을 부패시켰다. 그러나 그리스 사상은 통일성의 사상이라고 말하는 게 더욱 타당하리라. 그리스 사상은 중개자 없이 존재할 수 없는 데다 오히려 전체성의 역사적 정신을 모르고 있었기 때문이다. 전체성의 역사적 정신은 원래 기독교가 창안했으나 오늘날 그 종교적 기원에서 독립되어 유럽을 말살하고 있다. "도대체 그리스적 이름, 그리스적 상징, 그리스적 가면을 쓰지 않은 우화나 광란이나 악덕이 있는가?" 청교도의 격분은 그만 무시하기로 하자. 이러한 격렬한 혐오는 고대 세계와 단절된 동시에 권위주의적 사회주의를 내밀하게 계승한 근대정신을 나타내고 있다. 그 권위주의적 사회주의가 이내 기독교를 탈신격화해서 하나의 정복적 '교회'에 병합시킬 것이다.

마르크스의 과학적 메시아사상은 그 자체가 부르주아적 뿌리를 가지고 있다. 진보, 과학의 미래, 기술과 생산의 숭배 등은 모두 19세기에 교의로 확립된 부르주아 신화들이다. 『공산당 선언』이 르낭[178]의 『과학의 미래』*Avenir de la science*와 같은 해에 출간되었다는 사실에 주목하자. 현대 독자들의 눈에는 어처구니없는 것으로 비칠 르낭의 신념

---

178 Joseph Ernest Renan(1823-1892). 과학과 합리주의를 숭상했던 프랑스 철학자이다.

은 19세기 산업의 비약적 발전과 과학의 놀라운 진보가 초래한 희망, 거의 신비스럽다고 할 만한 희망이 무엇인지 정확하게 보여준다. 이 희망이야말로 기술적 진보의 수혜자인 부르주아사회의 희망이다.

진보의 개념은 계몽 시대와 부르주아 혁명 시대의 산물이다. 우리는 확실히 17세기에 이 개념을 고취한 사람들을 찾을 수 있다. '신구 논쟁'은 예술적 진보라는 터무니없는 개념을 유럽 이데올로기 속에 도입했다. 좀 더 신중하게, 우리는 나날이 확장되는 과학이라는 관념을 데카르트 사상으로부터 끌어낼 수도 있다. 그러나 1750년 튀르고[179]가 최초로 그 새로운 신앙에 대해 분명한 정의를 내렸다. 인간 정신의 진보에 대한 그의 담론은 기실 보쉬에의 세계사를 되풀이한 것이다. 다만 진보의 개념이 신의 의지를 대체한다. "인류는 평온과 동요, 선과 악을 번갈아 겪으며 비록 느린 걸음일지언정 언제나 완성을 향해 나아가고 있다." 이것이야말로 미사여구로 가득 찬 콩도르세의 고찰에 본질을 제공한 낙관론이다. 콩도르세[180]는 진보의 공식 이론가인 동시에 공식 희생자다. 계몽 국가가 그로 하여금 음독자살하지 않을 수 없게 만들었기 때문이다. 진보의 철학은 정확히 말해 기술적 진보에 기인하는 물질적 번영을 열망하는 사회에 적합한 철학이라고 한 소렐[181]의 말은 전적으로 옳다. 세계의 질서에 비추어 내일이 오늘보다 더 나으리라고 확신할 수 있을 때, 사람들은 평온하게

---

179 Anne Robert Jacques Turgot(1727-1781). 프랑스 경제학자이다.

180 Condorcet(1743-1794). 프랑스 철학자로 단두대를 피하기 위해 자살을 택했다.

181 소렐의 『진보의 환상』*Les Illusions du progrès*. [원주]

즐길 수 있을 것이다. 이런 면에서 진보는 역설적으로 보수주의를 정당화하는 데 이용될 수 있다. 미래에 대한 믿음에서 끌어낸 어음으로서 진보는 주인에게 양심의 가책을 면제해준다. 노예들에게, 즉 비참한 현실 속에서 천상의 위로조차 향유하지 못한 자들에게 적어도 미래는 그들의 것임이 선언된다. 미래야말로 주인들이 노예들에게 흔쾌히 양도할 수 있는 유일한 재산이다.

알다시피 진보에 대한 이러한 고찰은 우리 시대에도 변함이 없다. 혁명 정신이 이 모호하고도 편리한 진보의 테마를 되풀이했기 때문이다. 물론 똑같은 종류의 진보는 아니다. 마르크스는 부르주아의 합리적 낙관론을 비웃기만 하지는 않았다. 곧 알게 되겠지만 그 이유는 좀 색다르다. 아무튼 마르크스의 사상은 조화로운 미래를 향한 힘겨운 행진으로 정의된다. 헤겔과 마르크스주의는 자코뱅 당원들에게 복된 역사의 길을 비춰주었던 형식 가치들을 파괴해버렸다. 하지만 미래를 향한 전진이라는 관념만은 여전히 보존했다. 그들이 보기에 그 관념은 필연적인 것으로 사회적 진보와 동일했다. 이처럼 19세기의 부르주아 사상을 계승하고 있었다. (마르크스에게 영향을 준) 페쾨르가 열광적으로 계승할 토크빌[182]은 다음과 같이 엄숙히 선언했다. "점진적이며 누진적인 평등의 발전이야말로 인간 역사의 과거인 동시에 미래다." 이것이 마르크스주의가 되기 위해서는 평등이 생산 차원에서 전개되어야 하고, 생산의 마지막 단계에 일어난 일대 변화가 조화로운 사회를 실현하리라고 상상해야 한다.

---

182 Alexis de Tocqueville(1805-1859). 프랑스 역사학자로서 『미국의 민주주의』를 썼다.

진보의 필연성에 관한 한, 오귀스트 콩트[183]가 자신이 1822년에 도식화한 3단계의 법칙에 따라 가장 체계적인 정의를 제시한다. 콩트의 결론은 기이하게도 과학적 사회주의가 받아들인 결론과 흡사하다.[184] 실증주의는 19세기의 이데올로기적 혁명의 영향을 여실히 드러내는데, 마르크스가 대표하는 그 이데올로기적 혁명은 전통적으로 세계의 시초에 존재했던 것으로 여겨져온 '낙원'과 '계시'를 역사의 종말에 위치시켰다. 형이상학의 시대와 신학의 시대를 뒤이은 실증주의의 시대는 인간을 믿는 종교가 도래할 것임을 분명히 했다. 앙리 구이에[185]는 콩트에게 중요한 것은 신의 흔적을 지니지 않은 인간을 발견하는 일이었다고 말함으로써 콩트의 계획을 정확히 규정한다. 콩트는 애초에 모든 곳에서 절대를 상대로 대체하려고 했으나, 사태의 발전에 따라 금세 상대를 신격화하고 초월성이 없는 동시에 보편적인 하나의 종교를 예고했다. 콩트는 자코뱅당의 '이성 숭배'에서 실증주의의 선구를 보았고, 당연히 자신을 1789년의 혁명가들의 진정한 후예라고 생각했다. 원리의 초월성을 말살하고 인류의 종교를 체계적으로 세움으로써 그는 대혁명을 계승하고 확대했다. "종교의 이름으로 신을 물리칠 것"이라는 그의 말은 바로 그런 뜻이다. 그는 이후 번성할 하나의 광신을 창설함으로써 새로운 종교의 성 바울이 되

---

183 Auguste Comte(1798-1857). 프랑스 실증주의 철학의 창시자이다.

184 『실증철학 강의』Cours de philosophie positive의 마지막 권은 포이어바흐의 『기독교의 본질』과 같은 해에 출간된다. [원주]

185 Henri Gouhier(1898-1994). 프랑스 철학자이자 문예 비평가이다.

고자 했고, 로마의 가톨릭을 파리의 가톨릭으로 대체하고자 했다. 우리는 그가 새로운 종교의 대성당에서 "신의 옛 제단 위에 모신 인류의 성상聖像"을 보고자 했음을 알고 있다. 그는 자신이 1860년 이전에 노트르담 성당에서 실증주의를 설교하게 될 것까지 정확하게 계산해 두었다. 이런 계산이 당시에는 생각만큼 우스꽝스럽지 않았던 듯하다. 노트르담은 계엄 상황에 돌입하여 완강히 버틴다. 그러나 인류의 종교는 19세기 말에 효과적으로 포교되었고, 마르크스는 콩트를 읽지 않았음에도 그 예언자 가운데 하나가 되었다. 마르크스는 초월성 없는 종교의 이름이 정치라는 사실을 깨달았다. 콩트도 그러한 사실을 알고 있었거나, 아니면 적어도 그의 종교가 하나의 사회 숭배로서 정치적 현실주의,[186] 개인 권리의 부정, 독재의 확립 등을 전제로 한다는 사실을 이해하고 있었다. 학자들이 사제가 되고 단 2천 명의 은행가와 기술자가 1억 2천만의 유럽인을 지배하는 사회, 사생활이 공공 생활과 절대적으로 일치하고 모든 것을 지배할 대사제에게 "행동과 생각과 마음"으로 복종하는 사회, 이것이야말로 우리 시대의 수평적 종교를 예고하는 콩트의 유토피아다. 사실 콩트의 유토피아는 문자 그대로 유토피아적이다. 과학의 놀라운 힘을 인식했을지라도 그는 경찰을 예고하기를 잊었기 때문이다. 머잖아 더욱 실용적인 다른 유토피아들이 나타날 것이다. 그리고 인류의 종교가 인간의 피와 고통 위에 효과적으로 세워질 것이다.

끝으로, 인류 발전에서 공업 생산이 한 역할에 대해 마르크스가

---

186 "저절로 전개되는 모든 것은 일정 기간 필연적으로 정당한 것이다." [원주]

품었던 독자적 생각이 실은 부르주아 경제학자들에게서 빌린 것이라는 사실 또한 그의 노동가치설이 부르주아 산업혁명의 경제학자인 리카르도에게서 본질을 취한 것이라는 사실을 떠올린다면, 우리가 그의 예언을 부르주아적이라고 일컫는 것을 수긍할 수 있으리라. 마르크스와 부르주아 경제학자들의 대조는 우리 시대의 무분별한 마르크스주의자들이 원하듯이 시작이자 종말로서의 마르크스가 아니라,[187] 오히려 인간 본성을 공유하는 마르크스를 보여준다. 마르크스는 선구자이기 이전에 상속자였다. 그가 현실주의적인 것이기를 바랐던 그의 이론은 과학의 종교, 다윈의 진화론, 증기기관, 섬유공업이 특징짓는 시대에는 과연 현실주의적이었다. 그러나 100년 후 과학은 상대성, 불확실성, 우연성과 맞닥뜨리게 되었고, 경제는 전기, 철강, 원자력 생산을 고려해야 했다. 이러한 연속적인 발견을 포괄하지 못한 마르크스주의의 실패는 또한 동시대의 부르주아적 낙관론의 실패다. 이 같은 실패는 100년이나 묵은 낡은 진리를 끊임없이 과학적 진리로 내세우려는 마르크스주의자들의 노력을 공소하기 짝이 없는 것으로 만든다. 혁명적이든 부르주아적이든 19세기의 메시아사상은 매번 정도를 달리하면서 신격화한 그 과학과 역사의 지속적 발전을 스스로 견뎌내지 못했다.

---

187 즈다노프에 따르면, 마르크스주의는 "종래의 철학과는 질적으로 다른 철학"이다. 이 말은 예컨대 '마르크스주의는 데카르트주의가 아니다'라고 해석될 수도 있고, '마르크스주의는 근본적으로 데카르트주의에 빚진 게 아무것도 없다'라고 해석될 수도 있다. 그런데 후자의 해석은 터무니없다.

혁명적 예언

마르크스의 예언은 원리에서도 혁명적이다. 모든 인간적 진실의 기원이 생산 관계에 있으므로 역사적 생성 변화는 혁명적일 수밖에 없다. 이는 곧 경제란 근본적으로 혁명적인 것임을 뜻한다. 경제는 각각의 생산 단계에서 더욱 고차원적인 생산 단계로 올라가기 위해 해당 사회를 파괴하는 반대 요소들을 유발한다. 자본주의는 이런 생산 단계 가운데 마지막 단계다. 왜냐하면 자본주의는 일체의 대립 관계가 해소되고 더 이상 경제란 것이 존재하지 않을 조건들을 낳기 때문이다. 그날이 오면 우리의 역사는 선사적인 것이 되리라. 또 다른 관점에서 볼 때, 이러한 도식은 헤겔의 도식이다. 변증법이 정신의 시각이 아니라 생산과 노동의 시각에서 적용되는 것이다. 물론 마르크스는 변증법적 유물론을 주장한 적이 없다. 그 논리적 괴물을 찬양할 노고는 상속자들의 몫이었다. 그러나 그는 현실이란 변증법적인 동시에 경제적인 것이라고 말했다. 현실은 매번 상위의 종합에서 해소될 대립 관계의 왕성한 충격으로 단계 지어지는 영원한 생성이다. 그리고 이 종합은 다시 반대를 유발하면서 역사를 새롭게 전진시킨다. 헤겔이 정신을 향해 나아가는 현실에 대해 주장한 것을 마르크스는 계급 없는 사회를 향해 나아가는 경제에 대해 주장한다. 모름지기 사물은 그 자체인 동시에 그 반대이며, 이 모순은 또 다른 사물을 생성하는 힘이다. 자본주의는 부르주아적이기 때문에 혁명적인 것으로 드러나며, 결국 공산주의의 요람이 된다.

마르크스의 독창성은 역사가 변증법인 동시에 경제라고 주장한 데 있다. 좀 더 권위적인 헤겔은 역사란 물질인 동시에 정신이라고 주장했다. 게다가 역사는 정신인 한에서만 물질일 수 있으며, 그역 또한 옳다. 마르크스는 최후의 실체로서의 정신을 부정하고 역사적 유물론을 주장한다. 우리는 즉시 베르쟈예프와 더불어 변증법과 유물론의 결합 불가능성을 지적할 수 있다. 변증법은 사유에 대해서만 존재할 수 있다. 유물론은 그 자체가 애매한 개념이다. 유물론이라는 용어를 만들자면, 세계에는 물질보다 상위에 서는 무엇인가가 있다는 전제가 필요하다. 이러한 비판은 역사적 유물론에 적용될 때 더욱 타당해진다. 엄밀히 말해 역사는 의지와 과학과 열정을 수단으로 삼아 자연을 변형시킨다는 점에서 자연과 구별된다. 그러므로 마르크스는 순수한 유물론자가 아니다. 순수한 유물론이나 절대적 유물론은 어떤 경우에도 존재할 수 없다. 철저한 유물론자가 아닌 만큼, 그는 무기가 학설을 승리하게 할 수 있다면 학설이 무기를 가져올 수 있음을 인정한다. 마르크스의 입장은 역사적 결정론이라고 불려야 좀 더 알맞다. 그는 사유를 부정하지 않으며, 사유가 절대적으로 외부적 현실에 의해 결정된다고 가정한다. "사유의 운동이란 인간의 두뇌 속으로 운반되어 변용되는 현실적 운동의 반영일 뿐이다." 이 거친 정의는 아무런 의미가 없다. 외부의 운동이 어떻게, 무엇을 통해 "두뇌 속으로 운반될" 수 있는가? 이러한 어려움은 뒤이어 이 운동의 "변용"을 정의하는 데 따르는 어려움에 비하면 아무것도 아니다. 그러나 마르크스의 철학은 그의 세기에 한하는 단기적인 철학이었다. 그가 말하고자 하는 바는 또 다른 차원에서 정의될 수 있다.

마르크스에게 인간이란 역사, 특히 생산수단의 역사에 지나지 않는다. 그에 의하면, 인간은 생존 수단을 생산한다는 점에서 동물과 구별된다. 우선 먹지 않고 입지 않고 피신처를 갖지 못하면 인간은 존재할 수 없다. "사는 것이 첫째primum vivere"라는 말이야말로 인간에 대한 본질적인 규정이다. 인간의 보잘것없는 사유는 그처럼 불가피한 생리적 욕구와 직접적인 관련이 있다. 마르크스는 연이어 이러한 의존성이 항구적이고 필연적인 것이라는 것을 입증한다. "산업의 역사는 인간의 근원적 특성을 보여주기 위해 펼쳐진 책이다." 이런 주장은 대체로 수긍할 만하지만, 이런 주장에 근거해서 그가 내리는 결론, 즉 경제적 종속 관계가 유일하고도 충분한 것이라는 결론은 증명을 요한다. 우리는 경제적 결정 요인이 인간의 행동과 사유에서 중요한 역할을 한다는 것을 인정할 수 있다. 그러나 그렇다고 해서 마르크스처럼 나폴레옹에 대한 독일인의 반항이 단지 설탕과 커피의 결핍으로 설명될 수 있다고 주장할 수는 없다. 게다가 순수한 결정론 또한 부조리한 것이다. 만약 그것이 부조리하지 않다면 단 하나의 참된 긍정만으로 충분할 것이며, 그리하여 결론에서 결론으로 나아가 마침내 완전한 진리에 도달할 것이다. 그러나 실제로는 그렇지 못하므로 우리는 단 하나의 참된 긍정도, 심지어 결정론을 설정하는 긍정조차도 결코 내세운 적이 없다. 그게 아니라면, 우리는 우연히 진실을 내뱉은 경우에도 결론으로 나아가지는 못했다. 따라서 결정론은 오류다. 그럼에도 마르크스가 그토록 자의적인 단순화를 감행한 데는 순수한 논리와는 동떨어진 자기만의 이유가 있었다.

인간의 뿌리에 경제적 결정 요인을 두는 것은 인간을 사회적 관계로 수렴하는 것이다. 고독한 인간이란 있을 수 없다는 명제야말로 명백히 19세기의 발견이다. 이 독단적인 논리는 인간이 사회에서 고독을 느끼는 것은 오직 사회적인 이유 때문이라는 결론에 이른다. 만일 고독한 정신이 인간 외부의 무엇인가로 설명되어야 한다면, 인간은 초월로 가는 길 위에 있는 셈이 된다. 그와 반대로, 사회적인 것은 모두 인간이 만들어냈다. 만약 사회적인 것이 동시에 인간의 창조자라고 주장할 수 있다면, 초월성을 배제할 수 있는 완전한 설명이 이루어지는 셈이다. 그리하여 인간은 마르크스가 원한 대로 "그 자신의 역사의 창조자요, 연기자"가 된다. 마르크스의 예언은 혁명적인데, 그가 계몽철학이 시작한 부정의 운동을 완성했기 때문이다. 자코뱅 당원들은 인격신의 초월성을 파괴하지만, 그것을 원리의 초월성으로 대체한다. 마르크스는 원리의 초월성마저 파괴함으로써 현대의 무신론을 확립한다. 신앙은 1789년에 이성으로 대체되었다. 그러나 이성 역시 그 고정성으로 인해 초월적이다. 헤겔보다 더욱 급진적인 마르크스는 이성의 초월성을 파괴하고, 이성을 역사 속으로 몰아넣는다. 그들 이전에는 이성이 조정자의 역할을 맡았지만, 이제 정복자의 역할을 맡는다. 마르크스는 헤겔보다 더 멀리 나아가, 정신의 지배가 초역사적인 가치를 복원한다는 점에서 헤겔을 관념론자로 간주하려 든다. (마르크스가 유물론자가 아닌 그만큼 헤겔은 관념론자가 아니다.) 『자본론』은 지배와 예속의 변증법을 되풀이하지만, 자의식을 경제적 자율성으로, '절대정신'의 궁극적 지배를 공산주의의 도래로 대체하고 있다. "무신론은 종교의 말살로 이루어지는 휴머니즘이고, 공산주의는 사유 재산 제도의 폐지로 이루어지는 휴머니즘이다." 종교적 소외는 경제적 소외와 동일한 기원을 가진다. 인간은 물질적 결정 요인들로부터 절대적으로 해방됨으로써만 종교와 손을 끊을 수 있다. 혁명은 무신론과 인간의 지배에 일치한다.

마르크스가 경제적 결정 요인 및 사회적 결정 요인을 강조한 이유가 바로 여기에 있다. 그의 가장 뜻깊은 노력은 동시대 부르주아 계급이 내세우는 형식 가치 뒤에 숨긴 현실을 폭로하는 데 있었다. 기만에 대한 그의 이론은 여전히 가치 있다. 그것이 사실상 보편적인 가치가 있으며, 혁명적 기만에도 적용되기 때문이다. 티에르가 경배하던 자유는 경찰이 지켜준 특권의 자유였다. 보수적 신문들이 찬양하는 가정家庭은 반라半裸의 남녀가 밧줄에 묶인 채 광산 갱도로 내려가는 사회 상황 위에서 유지되고 있었다. 도덕은 노동자의 매춘 위에서 번성하고 있었다. 비열하고 탐욕스러운 사회의 위선이 성실과 지성의 요구를 이기적인 목적에 이용했다는 것, 그것이 바로 최고의 고발자인 마르크스가 전례 없이 강력하게 고발한 불행한 사실이었다. 이 격노한 고발은 또 다른 고발을 요구하는 과격한 행위들을 불러일으켰다. 그러나 무엇보다 먼저 그 같은 고발이 어디서 비롯되었는가를 알아야 하고 또 말해야 한다. 그것은 1834년 리용에서 실패한 반란의 피 속에서 태어났고, 1871년 베르사유의 모럴리스트들이 보여준 천박한 잔인성 속에서 태어났다. "아무것도 소유하지 못한 인간은 아무것도 아니다." 이 주장은 오류이지만, 19세기의 낙관론적 사회에서는 거의 참으로 받아들여졌다. 번영의 경제가 초래한 극도의 타락으로 인해 마르크스는 사회적·경제적 관계에 최고의 지위를 부여했고, 인간의 지배에 대한 예언을 한층 더 소리높여 외쳤다.

그리하여 우리는 마르크스가 역사를 순전히 경제적인 시각에서 설명하려고 한 까닭을 더 잘 이해하게 된다. 만일 원리가 거짓된 것이라면, 오직 빈곤과 노동의 현실만이 참된 것이리라. 그리고 만일 현실이 인간의 과거와 미래를 설명하기에 충분한 것이라면, 원리는 원리를 이용하는 사회와 함께 영원히 파괴되리라. 바로 여기에 마르크스의 진정한 의도가 있다.

인간은 생산과 사회와 더불어 태어났다. 토지의 불평등, 생산수단의 개량, 생존 경쟁 등이 급속히 사회적 불평등을 낳았거니와, 이 사회적 불평등은 생산과 분배 사이의 대립, 즉 계급투쟁으로 결정結晶되었다. 이 투쟁과 대립은 역사의 원동력이다. 고대의 노예제도와 봉건시대의 농노제도는 생산자가 생산수단의 주인이 되는 고전 시대의 장인匠人제도에 이르는 기나긴 도정의 단계였다. 그러나 세계적 교통망의 개통과 새로운 판로의 발견은 지방색이 덜한 생산품을 요구한다. 생산 양식과 새로운 분배의 필요성 사이에 벌어지는 모순은 벌써 소규모 농공업 생산 제도의 종말을 예고한다. 산업혁명, 증기기관의 발명, 판로 경쟁 등으로 인해 필연적으로 소지주들의 토지가 대지주의 토지에 병합되고 대규모 매뉴팩처가 설립된다. 그리하여 생산수단은 그것을 매입할 수 있는 자들의 손에 집중된다. 진정한 생산자들인 노동자가 가진 것은 팔 힘뿐이고, 이제 단지 '돈을 가진 자'에게 그것을 팔 수 있을 따름이다. 부르주아 자본주의는 이처럼 생산자와 생산수단의 분리라는 사실에 의해 정의된다. 이 대립 관계에서 일련의 필연적인 결과가 생겨나고, 그 결과는 마르크스로 하여금 여러 사회적 대립 관계의 종말을 예고할 수 있게 한다.

미리 주목할 것은 계급 간의 변증법적 투쟁이라는 확고히 설정

반항인

된 원리가 참이 아니라고 말할 만한 이유가 없다는 사실이다. 그것은 항상 참이었거나, 아니면 결코 참이었던 적이 없다. 마르크스는 1789년 이후 신분이 사라지고 새로운 질서가 자리했던 것처럼 프롤레타리아 혁명 이후 더 이상 계급이 존재하지 않으리라고 단언했다. 그러나 계급이 소멸해도 또 다른 사회적 대립 관계가 뒤를 잇지 않으리라는 보장은 없다. 그럼에도 마르크스주의적 예언의 본질은 바로 그러한 단언에 존재한다.

우리는 마르크스주의의 도식을 안다. 마르크스는 애덤 스미스와 리카르도를 따라 모든 상품의 가치를 그것을 생산해낸 노동량에 의해 결정한다. 프롤레타리아가 자본가에게 파는 노동 역시 하나의 상품인데, 그것의 가치는 그것을 생산해내는 노동량, 바꾸어 말하면 프롤레타리아의 생존에 필요한 소비재의 가치에 의해 결정된다. 그러므로 이 상품, 즉 노동을 사는 자본가는 노동자가 먹고살 수 있도록 충분한 임금을 지불해야 한다. 그 대가로 자본가는 가능한 한 오래도록 노동자를 일하게 할 권리를 얻는다. 따라서 자본가는 그가 치르는 노동자의 생계비 이상으로 노동을 시킬 수도 있게 된다. 만약 12시간의 노동 가운데 절반만으로 노동자의 생존에 필요한 소비재 가치를 생산할 수 있다면, 나머지 6시간은 지불되지 않는 시간, 즉 잉여가치이며 그것은 자본가의 이익으로 귀속된다. 그러므로 자본가는 노동 시간을 최대한으로 늘리거나, 그렇게 할 수 없다면 노동 능률을 최대한으로 높이는 데 관심을 갖는다. 첫 번째 요구는 경찰과 잔인성의 문제로 연결된다. 두 번째 요구는 노동 조직의 문제로 연결된다. 두 번째 요구는 우선 노동 분업으로 통하고 뒤이어 기계의 사용으로 통하는데, 기계 사용은 인간을 비인간화한다. 다른 한편 국외시장 경쟁, 점증하는 설비 투자 필요성 등은 자본집중과 자본축적이라는 현상을 낳는다. 예를 들어 우선 중소자본가들은 적자 가격을 오랫동안 유지할 수 있는 대자본가들에 의해 흡수된다. 결국 이윤 가운데 점점 더 많은 부분이 새로운 기계 구입에 투자되어 고정자본으로 축적된다. 이런 이중의 운동은 먼저 중산계급의 붕괴를 초래함으로써 프롤레타리아를 양산하고, 뒤이어 오직 프롤레타리아에 의해 생산되는 부를 수효가 점점 줄어드는 소수 자본가의 손에 집중시킨다. 이처럼 프롤레타리아 계급으로의 전락이 증대함에 따라 프롤레타리아 계급의 구성원은 점점 더 늘어난다. 자본은 이제 몇몇 주인의 손에 집중되지만, 그들의 신장하는 힘은 도둑질에 근거한 것이다. 게다가 연속되는 위기에 의해 동요되고 체제의 여러 모순에 의해 정신 못 차리는 이 주인들은 더 이상 노예들의 생존조차 보장할 수 없게 되는데, 결국 노예들은 사적 자선 또는 공공 자선에 의존하게 된다. 박해받는 거대한 노예 군대가 한 줌의 비열한 주인들 앞에 나타날 날이 숙명적으로 도래한다. 그날이 바로 혁명의 날이다. "부르주아 계급의 붕괴와 프롤레타리아 계급의 승리는 똑같이 필연적인 것이다."

이후 유명해진 이 서술도 여전히 대립 관계의 종말에 대해서는 아무런 설명을 제공하지 못하고 있다. 프롤레타리아 계급의 승리 이후에도 생존 경쟁은 여전히 작용할 것이고, 그리하여 새로운 대립 관계를 발생시킬 것이다. 여기서 두 가지 관념이 개입된다. 하나는 경제적인 것으로 생산 발전과 사회 발전의 일치라는 것이요, 다른 하나는 순수하게 체제적인 것으로 프롤레타리아 계급의 사명이라는 것이다.

반항인

이 두 가지 관념이 이른바 마르크스의 능동적 숙명론 속에서 하나로 합한다.

사실 소수의 손에 자본을 집중시키는 경제 발전은 대립 관계를 더욱 잔인한 것으로, 이를테면 비현실적인 것으로 만든다. 생산력의 발전이 정점에 이르렀을 때, 프롤레타리아가 생산수단을 독점하기 위해서는 손만 한번 까딱하면 될 것처럼 보인다. 이때는 생산수단이 이미 사유재산의 상태를 벗어나 거대한 덩어리로 집적된 채 공유 재산이 되어 있을 것이다. 사유재산이 단 한 사람의 손에 집중되어 있을 때, 그 한 사람으로 인해 공유 재산이 확보되지 못한다. 그러므로 사적 자본주의의 필연적 귀결은 일종의 국가적 자본주의가 된다. 그리고 자본과 노동이 합체해 풍요와 정의를 생산할 하나의 사회가 탄생하기 위해서는 국가적 자본주의를 공동체의 이익에 봉사하게 하는 것으로 족하리라. 부르주아 계급이 (물론 무의식적으로) 떠맡은 혁명적 역할을 마르크스가 언제나 찬양했던 것은 바로 이 같은 행복한 결말을 고려했기 때문이다. 그는 진보의 원천인 동시에 빈곤의 원천인 자본주의의 '역사적 권리'를 강조했다. 그가 보기에 자본의 역사적 사명과 정당성은 더욱 고차적인 생산 양식의 조건들을 마련하는 데 있는 듯했다. 그런데 이 생산 양식 자체가 혁명적인 것은 아니다. 그것은 다만 혁명의 대미를 장식하는 것일 뿐이다. 부르주아적 생산의 기초, 그것만이 혁명적이다. 인류는 스스로 해결할 수 없는 난제를 제기하지 않는다고 마르크스가 단언할 때, 그는 혁명적 문제의 해결이 자본주의 자체에 이미 배태되어 있음을 보여주는 셈이다. 그러므로 그는 산업화가 덜 된 예전 사회로 되돌아가기보다는 오히려 부르주아국가가 주는 고통을 감내하기를, 심지어 부르주아국가 건설을 돕기를 권장한다. 프롤레타리아들은 "노동자 혁명의 한 조건으로서 부르주아 혁명을 받아들일 수 있고 또 받아들여야 한다".

그리하여 마르크스는 생산의 예언자가 되며, 이런 점에서 (다른 점에서는 그렇지 않다) 현실보다 체제를 앞세웠다고 볼 수 있다. 그는 맨체스터식 자본주의 경제학자인 리카르도를 끊임없이 옹호했다. 생산을 위한 생산을 원한다는 이유로 ("정녕 그가 옳다!"라고 마르크스는 외쳤다), 인간을 외면하고 오로지 생산만을 원한다는 이유로 사람들이 비난했던 그 리카르도를 말이다. 마르크스는 "그것이야말로 그의 장점이다"라고 헤겔을 닮은 거침없는 말투로 마르크스는 역설했다. 전 인류를 구원할 수 있다면, 몇몇 인간의 희생이 뭐 그리 중요할까! 진보란 "살해된 적의 두개골에 담아서만 감로주를 마시려는 무서운 이교의 신"과도 같다. 적어도 진보란 그런 것인데, 산업의 묵시록이 끝나고 화해의 날이 도래해야만 비로소 괴롭히기를 멈출 것이다.

그러나 프롤레타리아 계급이 불가피하게 혁명을 일으켜 마침내 생산수단을 소유한다 할지라도, 프롤레타리아 계급은 만인의 행복을 위해 그것을 사용할 수 있을까? 프롤레타리아 계급 가운데 계층, 계급, 대립 관계가 생기지 않으리라는 보장이 어디에 있는가? 그 보장은 헤겔에게 있다. 프롤레타리아 계급은 불가피하게 그들의 부를 보편적 행복을 위해 사용하지 않으면 안 된다. 프롤레타리아 계급은 더 이상 프롤레타리아가 아니다. 그들은 특수에 대립하는 보편, 말하자면 자본주의에 대립하는 보편이다. 자본과 프롤레타리아 계급의 대립 관계는 주인과 노예의 역사적 비극을 불러일으킨 특수와 보편의 투쟁에서 마지막 국면이다. 마르크스에 의해 그려진 관념적 도식의 끝에 이르면 프롤레타리아 계급이 모든 계급을 통합하며, 그 외에는 "악명 높은 범죄"를 대표하는 극소수의 주인이 남지만 결국 그들마저 혁명에 의해 타도된다. 더욱이 자본주의가 프롤레타리아를 최후의 전락으로 밀어붙이면, 자본주의는 도리어 프롤레타리아 전락의 결정 요인들로부터 프롤레타리아를 조금씩 해방시킬 수밖에 없게 된다. 프롤레타리아는 재산도 도덕도 조국도, 아무것도 가지고 있지 않다. 그러므로 프롤레타리아는 자신이 에누리 없이 송두리째 대표할 인류 외에는 아무것에도 애착을 느끼지 않는다. 프롤레타리아가 스스로를 긍정할 때, 그는 만물과 만인을 긍정하는 셈이다. 왜냐하면 프롤레타리아가 신이기 때문이 아니라, 바로 그들이 가장 비인간적인 조건으로 환원되었기 때문이다. "자기 인격의 긍정으로부터 전적으로 배제당한 프롤레타리아들, 오직 그들만이 완전한 자아의 긍정을 실현할 수 있다."

최고의 굴욕에서 최고의 존엄성을 탄생시키는 것, 그것이야말로 프롤레타리아 계급의 사명이다. 프롤레타리아 계급은 그들의 고통과 투쟁으로 소외라는 집단적 죄를 갚는 인간 그리스도이다. 그들은 먼저 전적인 부정의 짐꾼이 되며, 다음으로 결정적 긍정의 전령이 된다. "철학은 프롤레타리아 계급의 소멸 없이 실현될 수 없고, 프롤레타리아 계급은 철학의 실현 없이 해방될 수 없다." 그리고 "프롤레타리아 계급은 오직 세계사 차원에서만 존재할 수 있다. … 공산주의적 행동은 오직 전 세계적 역사라는 현실로서만 존재할 수 있다." 그러나 이 그리스도는 동시에 복수하는 자다. 마르크스에 따르면, 이 그리스도는 사유재산에 내려진 심판을 집행한다. "우리 시대의 모든 집은 적십자의 표지를 지니고 있다. 심판자는 역사이고, 심판의 집행자는 프롤레타리아다." 이처럼 역사의 완성은 필연적이다. 위기가 위기를 뒤이을 것이고,[188] 프롤레타리아 계급의 전락은 점점 심화할 것이며, 그 계급의 수효는 세계적 위기의 순간이 올 때까지 점증할 것이다. 그 세계적 위기가 실제로 닥치면 교환 경제의 세계는 사라질 것이고, 역사는 극단적인 폭력을 거친 후 마침내 폭력적이기를 멈출 것이다. 그리고 바야흐로 목적의 왕국이 건설될 것이다.

이러한 숙명론이 (헤겔 사상이 그러했듯) 마르크스주의자들에 의해 일종의 정치적 정적주의靜寂主義로 나아갔음을 우리는 안다. 카우츠키도 그런 사람 중 하나인데, 그는 부르주아의 힘이 혁명을 막을 수 없는 것과 마찬가지로 프롤레타리아의 힘도 혁명을 창출하기에는 역부족이라고 보았다. 심지어 마르크스 교의에서 행동주의적 측면만을 택한 레닌조차 1905년 파문을 선고하는 듯한 어조로 이렇게 썼다. "노동자 계급의 구원을 자본주의의 거대한 발전 이외의 곳에서 찾는 것은 반동사상이다." 마르크스에게 경제란 본질적으로 도약하는 것이 아니다. 경제가 각 단계를 무시하고 추월해서는 안 된다. 개량주의적 사회주의자들이 이 점에서 마르크스에게 충실했다고 말한다면, 그것은 전적으로 거짓이다. 반대로 숙명론은 모든 개혁을 배제한다. 개혁은 경제 발전의 파국적 측면을 약화할 위험이 있고, 따라서 필연

---

188 위기의 주기는 10년 또는 11년이 되리라고 마르크스는 예견한다. 그러나 순환의 주기는 "점진적으로 단축될 것이다". [원주]

반항인

적 결말을 늦출 위험이 있기 때문이다. 이런 논리에 따르면, 노동자의 빈곤을 가중시킬 수 있는 요소를 묵인해도 좋다. 노동자가 언젠가 모든 것을 소유할 수 있도록 하기 위해 지금 당장은 노동자에게 아무것도 주지 말아야 한다.

마르크스 역시 이러한 정적주의의 위험을 느꼈다. 권력은 기다려주지 않는다. 혹은 권력은 무한정 기다리기만 한다. 권력을 장악해야 할 날이 온다고 하지만, 마르크스의 독자들에게 의문으로 남아 있는 것은 오리라고 예견한 바로 그날이다. 이 점에서 마르크스는 끊임없이 자가당착에 빠졌다. 사회란 "역사적으로 노동자 독재를 통과할 수밖에 없다"라고 그는 적었다. 이 독재의 성격에 관해서도 그는 모순적인 정의를 내렸다.[189] 국가와 노예제도는 불가분의 관계에 있다고 말함으로써 그가 단호히 국가를 규탄했음은 분명하다. 그러나 그는 잠정적인 독재라는 개념이 인간 본성에 비추어 불가능한 개념이라고 생각한 바쿠닌을 비판했다. 하지만 바쿠닌의 관찰은 타당하다. 마르크스는 변증법적 진리가 심리학적 진리보다 상위에 있다고 생각했다. 변증법은 무엇을 말했던가? "국가의 폐지는 계급 소멸의 필연적 결과로서 단지 공산주의자들에게서만 의미를 지닌다. 계급이 사라지면 한 계급이 다른 계급을 억압하기 위해 조직하는 권력의 필요성도 자동으로 없어지는 것이다." 신성한 공식에 따르면, 인간을 통치

---

189 미셸 콜리네Michel Collinet는 『마르크스주의의 비극』*Tragédie du marxisme*에서 프롤레타리아 계급에 의한 권력 획득의 형태가 마르크스의 세계 내에 세 가지가 있음을 지적한다. 『공산당 선언』에서의 자코뱅적 공화정, 「브뤼메르 18일 쿠데타」에서의 전제적 독재 정치, 「프랑스 내란」에서의 자유주의적 연방 정부가 그것이다. [원주]

하는 정부는 물품을 관리하는 기관으로 탈바꿈될 것이었다. 그러므로 변증법은 형식적인 것으로 오직 부르주아 계급이 파괴되고 통합될 기간에 한해 프롤레타리아국가를 정당화했다. 그러나 마르크스의 예언과 숙명론은 불행히도 또 다른 해석의 여지를 허용하고 있었다. 왕국이 도래할 것이 확실하다면 세월이 무슨 상관인가? 미래를 믿지 않는 사람에게 고통이란 결코 잠정적이지 않다. 그러나 101년째 되는 해에 결정적 왕국이 도래한다고 확신하는 사람에게는 100년의 고통도 순식간이다. 예언의 전망 속에서 보면 아무것도 대수롭지 않다. 어쨌건 부르주아 계급은 사라질 것이고, 프롤레타리아는 생산 발전의 논리에 따라 생산의 정점에서 보편적 인간의 지배를 확립할 것이다. 그것이 독재와 폭력을 통해 이루어진다고 한들 무슨 상관이랴? 경이로운 기계의 소음이 가득한 예루살렘에서 그 누가 목 잘린 자의 절규를 오래도록 기억할까?

그러므로 역사의 종말에 예정된 황금시대, 이중의 매력으로 묵시록에 일치하는 황금시대는 모든 것을 정당화한다. 이런 희망이 부차적인 것처럼 보이는 문제들을 소홀히 여기게 한다는 사실을 이해하기 위해서는 마르크스주의의 엄청난 야심을 고찰하고, 그 과도한 강론을 올바르게 평가해야 한다. "인간에 의한, 인간을 위한 인간 본질의 현실적 승인으로서의 공산주의… 사회적 인간, 말하자면 인간적 인간으로의 복귀, 즉 내적 운동의 온갖 풍요로움을 간직한 완전하고도 의식적인 복귀로서의 공산주의… 이 공산주의는 완성된 자연주의인 까닭에 휴머니즘과 일치한다. 공산주의는 인간과 자연, 인간과 인간, 본질과 실존, 객관화와 자기 긍정, 자유와 필연, 개인과 인류 사

반항인

이 투쟁의 진정한 끝이다. 공산주의는 역사의 신비를 해결한다." 마르크스의 경우 다만 그 언어가 과학적일 뿐, 본질에서 "비옥한 사막, 오랑캐꽃 향기가 나는 바닷물, 영원한 봄…"을 예고한 푸리에와 다를 바가 무엇인가? 인간들의 영원한 봄이 교황 회칙 같은 언어로 우리에게 예고되어 있다. 신 없는 인간이 인간의 왕국이 아니라면, 도대체 무엇을 바랄 수 있겠는가? 바로 이 점이 마르크스의 제자들이 걸린 최면 상태를 이해하게 해준다. "고통 없는 사회에서 죽음을 잊고 살기란 쉬운 일이다"라고 그들 가운데 한 사람이 말한다. 그렇지만 죽음의 고통이란 자기 노동만으로도 질식할 지경인 노동자들보다 오히려 훨씬 더 한가한 사람들에게 관련되는 일종의 사치다. 이 점이야말로 우리 사회에 대한 올바른 비난이다. 그러나 사회주의란 유토피아적이며, 애초에 과학적이다. 유토피아는 미래로 신을 대체한다. 그리하여 유토피아는 미래와 도덕을 결합한다. 유일한 가치는 이 미래에 봉사하는 가치다. 그 가치가 거의 언제나 구속적이고 강압적이었던 이유가 바로 거기에 있다.[190] 유토피아주의자로서의 마르크스는 그의 무서운 선배들과 다를 바 없고, 그의 가르침 중 일부는 여전히 그의 후계자들을 정당화하고 있다.

확실히 마르크스주의적 꿈의 기저에 윤리적 요구가 있다고 주장하는 사람들의 말은 옳다.[191] 마르크스주의의 실패를 살펴보기 전에

---

190 모렐리Morelly, 바뵈프Babeuf, 고드윈Godwin 등은 실제로 심문審問 사회를 그리고 있다. [원주]

191 맥시밀리언 루벨Maximilien Rubel, 『사회주의 윤리를 위한 선집』*Pages choisies pour une éthique socialiste*. [원주]

이 윤리적 요구야말로 마르크스의 진정한 위대성을 이룬다는 사실을 짚어둘 필요가 있다. 마르크스는 노동과 노동의 부당한 전락과 노동의 심오한 존엄성을 고찰의 중심에 놓았다. 그는 노동을 상품으로, 노동자를 사물로 환원시키는 데 항거했다. 그는 특권자들에게 그들의 특권이 신성한 것이 아니며, 그들의 소유 또한 영원한 권리가 아니라는 사실을 상기시켰다. 그는 정당하게 재산을 보유할 권리가 없는 자들에게 사악한 양심의 딱지를 붙였고, 권력을 소유했다는 범죄보다 권력을 천박하고 고결하지 못한 사회를 위해 사용했다는 범죄가 더 큰 계급을 통렬하게 고발했다. 노동이 고결함을 잃고 비천한 것으로 전락할 때, 비록 노동이 삶 전체를 뒤덮고 있을지라도 그 노동은 삶이 아니라는 생각을 우리는 마르크스에게서 배웠다. 이런 생각은 정녕 우리 시대의 절망을 이루지만, 이 경우에는 절망이 희망보다 낫다. 사회는 온갖 구실을 내세우지만, 사회가 누리는 비천한 쾌락이 수백만의 죽은 영혼의 노동에서 나온다는 사실을 알고 나면 누가 편히 잠들 수 있겠는가? 노동자를 위해 돈이 아니라 여가나 창조의 부를 요구함으로써 마르크스는 겉보기와는 달리 삶의 질을 요구했다. 그러므로 사람들이 그의 이름을 팔아 인간에게 가한 죄악을 마르크스 자신은 결코 원하지 않았다고 우리는 단호히 말할 수 있다. 마르크스의 기세등등한 제자들이 위대성과 인류애를 인정받을 수 없다는 사실은 다음과 같은 마르크스의 단언을 들어보면 자명하다. "부당한 수단을 요하는 목적은 정당한 목적이 아니다."

그러나 니체의 비극이 여기서 재발견된다. 마르크스의 야망과 예언이 널리 활용되어 사방에 넘쳐났다. 교의는 억압적이었고, 일체의 가치를 역사로 환원시키자 가장 극단적인 결론들이 가능해졌다. 마르크스는 역사의 종말이 도덕적이고도 합리적인 것이 되리라고 생각했었다. 바로 거기에 그의 유토피아가 있다. 하지만 그도 인지했다시피, 유토피아란 운명적으로 시니시즘을 섬기는 법이다. 물론 마르크스 자신은 그것을 원치 않았지만 말이다. 마르크스는 일체의 초월성을 파괴한 다음, 사실로부터 당위로 이행한다. 그러나 당위란 사실에서만 원리를 취하는 법이다. 정의의 요구는 애초에 윤리적 정당성에 근거한 것이 아닐 때 불의로 귀결된다. 이를 잊을 경우, 언젠가 범죄조차 당위가 될 것이다. 선과 악이 역사에 통합되어 사건들과 뒤섞일 때, 더 이상 선과 악은 있을 수 없고 단지 때이른 것과 때늦은 것만이 존재할 터이다. 도대체 누가 적절한 때가 언제인지 결정할 수 있을까? 마르크스의 제자들은 좀 더 나중에 판단하라고 말한다. 그러나 희생자들은 판단할 수 있을 때까지 살아 있지 못하리라. 희생자로서는 현재만이 유일한 가치이며, 반항만이 유일한 행동이다. 메시아 사상은 자신의 존재를 확보하기 위해 희생자들을 짓밟을 수밖에 없다. 물론 마르크스는 그것을 원하지 않았겠지만 (이 점이야말로 따져봐야 할 마르크스의 책임인데) 그는 일체의 반항에 대한 피비린내 나는 억압을 혁명의 이름으로 정당화했다.

예언의 실패

헤겔은 오만하게도 1807년이 역사의 끝이라고 했다. 생시몽주의자들은 1830년과 1848년의 격정적 혁명을 마지막 혁명으로 간주한다. 콩트는 마침내 미망에서 깨어난 인류에게 실증주의를 설교하기 위해 강단에 오를 준비를 하다가 1857년에 죽는다. 이번에는 마르크스의 차례로, 그는 똑같이 맹목적 낭만주의로써 계급 없는 사회와 역사적 신비의 해결을 예언한다. 그렇지만 좀 더 신중한 그는 시기를 고정하지 않았다. 불행하게도 그의 예언 또한 역사가 완전성을 향해 나아가는 것으로 묘사했다. 그리고 사건들의 추이를 예고했다. 그런데 사건들과 사실들이 종합 아래 가지런히 정렬되지 않았다. 따라서 사건들과 사실들을 강제로 종합으로 이끌어야만 했다. 특히 예언이 수백만 인간의 살아 있는 희망을 대변할 때, 그 예언은 무한정 예언으로 남아 있을 수 없다. 언젠가 기대가 어긋남으로써 인내와 희망이 격분으로 바뀌고, 광기 어린 고집으로 한층 더 잔인하게 추구되는 그 목적이 어쩔 수 없이 또 다른 수단을 찾는 날이 오고야 만다.

19세기 말과 20세기 초의 혁명운동은 초기 기독교들처럼 세계의 종말과 프롤레타리아 그리스도의 재림을 기다리면서 전개되었다. 우리는 초기 기독교 공동체 가운데 이러한 감정이 널리 퍼져 집요하게 계속되었다는 사실을 안다. 4세기 말에 벌써, 로마 총독의 지배를 받던 아프리카의 어느 주교가 이 세상에서 살 날이 100년밖에 남지 않았다고 계산했다. 100년이 지나면 하늘의 왕국이 도래할 것이므로, 지체 없이 그 왕국에 들어갈 자격을 갖추어야 했다. 이러한 감정은 1세기경에 일반화되었고,[192] 그것은 초기 기독교도들이 순수하게 신학적인 문제에 왜 그토록 무관심했는지를 설명해준다. 그리스도의

---

192 이러한 사태의 임박에 대해서는 마가복음 8장 39절, 13장 30절, 마태복음 10장 23절, 12장 27-28절, 24장 34절, 누가복음 9장 26-27절, 21장 22절 등을 볼 것. [원주]

재림이 가까워졌다면 저술이나 교리보다는 한층 더 불타는 신앙에 모든 것을 바쳐야 한다. 클레멘스와 테르툴리아누스에 이르기까지 한 세기 남짓 기독교 문학은 신학적인 문제나 저술에 신경 쓰지 않았다. 그러나 그리스도의 재림이 멀어지는 순간부터 신앙에 매달리지 않으면 안 된다. 이를테면 타협이 필요하다. 이렇게 하여 예배와 교리문답이 생겼다. 복음서가 전하던 그리스도 재림은 멀어졌고, 성 바울이 나타나 교리를 만들었다. 교회는 장차 도래할 왕국을 향한 순수한 긴장에 지나지 않았던 신앙에 하나의 실체를 부여했다. 교회는 그 세기 내에 모든 것을 조직해야 했고, 심지어 순교자와 설교집까지 만들어야 했다. 순교의 증인들은 수도회를 조직할 것이고, 설교집은 종교 재판관들의 법복 밑에서 다시 발견될 것이다.

이와 유사한 운동이 혁명적 그리스도 재림의 실패로부터 생겨났다. 이미 인용한 마르크스의 문장들은 그 당시 혁명 정신이 지녔던 불타는 희망이 무엇이었는지 명확하게 설명하고 있다. 부분적인 실패에도 불구하고 이 신앙은 끊임없이 퍼진 끝에 1917년에 그 꿈이 거의 실현될 단계에 이르렀다. "우리는 천국의 문을 향해 투쟁하고 있다"라고 리프크네히트는 외쳤다. 1917년, 혁명 세계는 진정 천국의 문 앞에 다다른 것으로 여겨졌다. 로자 룩셈부르크의 예언이 실현되고 있었다. "혁명이 내일 요란한 소리와 함께 떨쳐 일어나리라. 그리고 그대들이 두려워하는 가운데 혁명은 나팔 소리 우렁차게 이렇게 외치리라. 나는 존재했고, 나는 존재하며, 나는 존재하리라." 스파르타쿠스 운동이 결정적 혁명에 이른 듯했다. 그리고 마르크스에 따르면, 이 결정적 혁명은 러시아혁명을 거쳐 서구 혁명에 의해 완성될 것이었다.[193] 1917년 러시아혁명 후, 소비에트화한 독일은 과연 천국의 문을 열 수도 있었으리라. 그러나 스파르타쿠스는 격파되었고, 1920년의 프랑스 총파업은 실패로 돌아갔으며, 이탈리아의 혁명운동은 진압으로 끝났다. 그러자 리프크네히트는 혁명이 충분히 무르익지 않았음을 인정했다. "혁명은 시기상조다." 아울러 우리는 혁명의 실패가 어떻게 종교적 최면 상태에 이를 정도까지 좌절된 신앙을 자극하고 흥분시켰는지 알게 된다. "경제적 붕괴의 꽹음이 이미 가깝게 들리고 있다. 프롤레타리아의 잠든 군대가 마치 최후 심판의 팡파르를 들은 양 잠 깨어 일어나리라. 그리고 살해된 투사들의 시체가 몸을 일으켜 저주받은 자들을 문책하리라." 그때가 오기 전에 리프크네히트와 로자 룩셈부르크는 살해된다. 독일은 곧 예속으로 치달을 참이다. 러시아혁명만이 홀로 살아남았지만, 그 이념 체계와 반대로 천국의 문은 요원했다. 게다가 묵시록 창안이라는 과제도 남아 있었다. 그리스도의 재림은 아직도 멀었다. 신앙은 그대로지만, 마르크스주의가 미처 예측하지 못한 수많은 문제에 깔려 신음하고 있다. 새로운 교회는 또다시 갈릴레이 앞에 선다. 자신의 신앙을 지키기 위해 교회는 다시 태양을 부정하고 자유로운 인간을 모욕하리라.

갈릴레이는 지금 이 순간 무슨 말을 할 것인가? 역사 자체에 의해 검증된 예언의 오류는 무엇인가? 우리는 우선 현대 세계의 경제 발전이 마르크스의 몇몇 가설과 모순된다는 사실을 안다. 만약 혁명이 평행을 이루는 두 가지 운동, 즉 자본의 무한한 집중과 프롤레타

193 『공산당 선언』의 러시아어 번역판에 부치는 서문. [원주]

리아 계급의 무한한 확대라는 두 운동의 극단에서 발생하는 것이라면, 혁명은 일어나지 않을 것이며 또 일어나지 않았어야 했다. 자본과 프롤레타리아 계급은 둘 다 마르크스에게 충실하지 않았다. 19세기의 공업 국가 영국에서 관찰된 경향에 따르면, 몇몇 경우 그 관계가 뒤집혔고, 다른 몇몇 경우 그 관계가 몹시 복잡하게 전개되었다. 급속히 진행될 것으로 예견되었던 경제적 위기는 반대로 천천히 여유 있게 진행되었다. 그 이유는 자본주의가 계획경제의 비밀을 터득했고, 나름대로 이상 국가를 건설하는 데 기여했기 때문이다. 다른 한편, 주식회사의 설립과 함께 자본이 집중되기는커녕 새로운 부류의 군소 유산자가 등장했는데, 이 군소 유산자의 가장 큰 걱정거리는 파업이었다. 소기업들은 많은 경우 마르크스의 예언대로 경쟁 때문에 파산했다. 그러나 생산양식의 복잡성이 대기업체의 주변에 수많은 군소 공장을 탄생시켰다. 1938년 포드는 5,200개의 독립 공장이 그를 위해 작업하고 있다고 발표했다. 이러한 경향은 이후 더욱 심화했고, 포드가 더 많은 군소 업체를 휘하에 거느렸다. 중요한 것은 이 소기업가들이 사회의 중간 계층을 형성함으로써 마르크스가 상정한 도식을 복잡하게 만들었다는 사실이다. 끝으로 마르크스가 소홀히 다룬 농업 경제에는 자본집중의 법칙이 전혀 맞지 않는 것으로 드러났다. 이 결함은 여기서 퍽 중요하다. 금세기 사회주의의 역사는 어떤 면에서 농민 계급에 대한 프롤레타리아 운동의 투쟁으로 간주될 수도 있기 때문이다. 역사의 차원에서 볼 때 이 투쟁은 19세기에 있었던 권위주의적 사회주의와 자유주의적 사회주의의 이념 투쟁을 계승하는 것인데, 이 자유주의적 사회주의의 기원이 농민과 수공업자에게 있음은 말할 필요조차 없다. 그러므로 마르크스는 당대의 이념적 고찰에서 농민 문제를 빠뜨리지 않았다. 그러나 체계에의 의지가 모든 것을 단순화하고 말았다. 이 단순화는 500만 명 이상의 러시아 부농에게 값비싼 대가를 치르게 할 텐데, 역사적 예외자였던 이 부농들은 머잖아 죽음과 유형을 통해 규칙 속에 편입된다.

동일한 단순화가 민족주의의 시대에 마르크스로 하여금 민족 현상을 외면하게 했다. 그는 통상과 무역 그리고 프롤레타리아화 자체로 인해 국경이 무너질 것이라고 예상했다. 그러나 실제로는 오히려 국경이 프롤레타리아의 이상을 무너뜨렸다. 역사를 설명하기 위해 민족 투쟁은 적어도 계급투쟁 못지않게 중요한 것으로 드러났다. 국가란 경제만으로 설명될 수는 없다. 마르크스의 이념 체계는 이 점을 모르고 있었다.

프롤레타리아 계급의 상황 역시 마르크스의 생각대로 전개되지 않았다. 마르크스의 우려가 제일 먼저 확인되었다. 개량주의와 조합 운동이 생활 수준의 향상과 노동 조건의 개선을 초래했다. 물론 이러한 이점들이 사회 문제를 공평하게 해결하기에 아직 충분하지 않았다. 그러나 마르크스 시대 영국 방직공장 노동자들의 비참한 생활 조건은 그가 예견한 대로 더욱 보편화되고 악화하기는커녕 점차 개선되었다. 마르크스가 살아 있다면, 오늘날 그의 예언 가운데 다른 하나의 오류에 의해 균형이 이루어졌다는 사실을 불평하지는 않으리라. 우리는 과연 혁명운동이나 가장 효과적인 조합 운동이 언제나 굶주림의 고통을 극복한 노동자 엘리트들의 업적이었음을 확인할 수 있다. 빈곤과 타락은 관찰된 온갖 사실에도 불구하고 마르크스의 의도와 다른 속성, 즉 마르크스 이전부터 있었던 오랜 속성을 지속적으로 지녀왔다. 이를테면 빈곤과 타락은 혁명의 요인이 아니라 예속의 요인이었다. 1933년 독일 노동자의 3분의 1이 실업 상태에 있었다. 그처럼 마르크스가 요구한 혁명의 조건이 구현되었고, 부르주아사회는 그 실업자들을 먹여 살려야만 했다. 미래의 혁명가들이 빵을 국가에게서 얻어야 하는 처지는 분명히 긍정적이지 않다. 이 불가피한 습관은 또 다른 습관들을 낳는데, 이는 덜 불가피한 것들로서 히틀러가 교의로 확립할 것들이었다.

결국 프롤레타리아 계급은 무한히 확대되지 않았다. 모든 마르크스주의자가 향상시키려 했던 공업생산 조건 자체가 중산계급을 대폭 증가시켰을 뿐만 아니라[194] 새로운 사회계층, 즉 기술자 계층을 탄생시켰다. 기술자가 동시에 노동자가 되는 사회라는 레닌의 이상은 실제 현실에 상충되었다. 가장 중요한 사실은 학문과 마찬가지로 기술이 너무나 복잡해져서 이제 한 사람이 그 원리와 응용 전체를 이해할 수 없다는 것이었다. 가령 오늘날의 물리학자 한 사람이 현대 생물학에 대해 완전한 시야를 가진다는 것은 불가능한 일이다. 물리학 내에서만 하더라도 그가 해당 학문의 모든 분야를 통달하고 있다고 주장할 수 없다. 기술 또한 매한가지다. 부르주아들과 마르크스주의자들에 의해 하나의 선으로 생각되었던 생산성이 엄청난 폭으로 증대되자, 마르크스가 피할 수 있을 것으로 생각했던 노동 분업은 불가

---

194 막대한 생산력 향상의 시기였던 1920년부터 1930년까지 미국에서 철강 산업 노동자 수는 줄어든 반면, 같은 산업에 종사하는 판매자 수는 거의 배로 늘어났다. [원주]

피한 것이 된다. 개개의 노동자는 자신의 작업이 속한 전체 기획을 모른 채로 특수한 작업을 하기에 이르렀다. 개개의 작업을 전체적으로 총괄하는 자들이 바야흐로 그들의 직능 자체에 의해 하나의 사회계층을 이루게 되었는데, 이 계층의 사회적 중요성은 결정적이다.

버넘이 예고한 기술주의자들의 시대, 시몬 베유[195]가 17년 전에 이미 그 시대를 버넘처럼 이해할 수 없는 결론을 내리지 않고 완전하게 묘사했다는 사실[196]을 상기시키는 것은 무용한 일이 아니리라. 인류가 경험해온 두 가지 전통적인 형태의 압제, 즉 무기에 의한 압제와 돈에 의한 압제에 시몬 베유는 제3의 압제, 즉 직능에 의한 압제를 덧붙인다. "노동을 사는 자와 노동을 파는 자의 대립은 소멸시킬 수 있다. 그러나 기계를 부리는 자와 기계가 부리는 자의 대립은 소멸되지 않을 것이다"라고 그녀는 썼다. 정신노동과 육체노동의 불명예스러운 대립을 해소하려 했던 마르크스주의의 의지는 마르크스가 찬양했던 생산의 필연성이라는 장애물에 부딪혔다. 물론 마르크스는 자본이 최대로 집중될 경우 '관리자'가 중요해진다는 사실을『자본론』에서 예견했다. 그러나 그는 사유재산이 폐지된 상태에서도 자본 집중이 존속하리라고는 생각하지 않았다. 그가 말하기를 노동 분업과 사유재산은 동일 선상의 표현이라고 했다. 그러나 역사는 그 반대를

---

195 Simone Weil(1909-1943). 사회주의 노동운동에 헌신했던 프랑스의 여성 철학자이다. 공장 노동자로 취업하기도 했고 스페인 내란에 참전하기도 했던 그녀는 문자 그대로 '행동하는 지식인'이었다.

196 「우리는 프롤레타리아 혁명을 향해 나아가고 있는가?」,『프롤레타리아 혁명』*Révolution prolétarienne*(1933년 4월 25일). [원주]

증명했다. 그는 공유재산에 근거하는 이상적 체제를 정의와 전기電氣의 합으로 규정하고자 했다. 그러나 결국 정의는 사라지고 전기만 남았다.

프롤레타리아의 사명이라는 관념은 현재까지 역사 속에 구현되지 못했다. 이것은 마르크스 예언의 실패를 요약한다. 제2인터내셔널의 파탄은 프롤레타리아 계급이 자신의 경제적 조건과는 다른 것에 의해 결정될 수도 있으며, 프롤레타리아 계급은 그 유명한 공식과는 달리 조국을 가진다는 사실을 입증했다. 대부분의 프롤레타리아 계급은 전쟁을 받아들였거나 감수했고, 좋든 싫든 민족주의적 광란에 휩쓸렸다. 마르크스는 노동계급이 승리를 거두기 전에 법적·정치적 능력을 획득하기를 바랐다. 그의 오류는 바로 극도의 빈곤, 특히 산업사회의 빈곤이 정치적 성숙으로 귀결되리라고 전망했다는 데 있다. 노동 대중의 혁명적 능력이 파리코뮌Commune de Paris[197] 및 그 이후의 자유주의적 혁명의 좌절로 제동이 걸린 것은 확실한 사실이다. 그럼에도 마르크스주의는 1872년부터 노동운동을 용이하게 지배할 수 있었다. 마르크스주의 자체가 위대했을 뿐만 아니라 마르크스주의에 맞설 수 있는 오직 하나의 사회주의적 전통이 피바다 속에 익사해버렸기 때문이다. 실제로 1871년의 반란자들 가운데 마르크스주의자들은 없었다. 이 같은 혁명의 자동적 쇄신은 경찰국가들에 의해 오늘날까지 추진되어왔다. 혁명은 차츰 한편으로는 혁명 관리들과 혁명 이론가들의 손에 넘어갔고, 다른 한편으로는 방향을 잃고 약화한 대중

---

197 1871년 3월 18일에서 5월 27일까지 파리에 수립되었던 혁명 노동자 정권을 가리킨다.

들의 손에 넘어갔다. 혁명 엘리트들의 목이 잘리고 탈레랑[198]이 죽음을 모면할 때, 누가 감히 보나파르트에게 대적하겠는가? 그러나 이런 역사적 이유에 경제적 필연성이 첨가된다. 노동의 합리화가 정신적 고갈과 고단한 절망을 얼마나 불러일으키는지 알아내려면 공장 노동자의 조건에 관한 시몬 베유의 글을 읽어봐야 한다.[199] 우선 돈을 박탈당하고 다음으로 인간 조건을 박탈당함으로써 노동자가 이중으로 비인간적인 상태에 있다는 시몬 베유의 말은 옳다. 흥미로운 일, 창조적인 일은 비록 보수가 낮아도 삶을 타락시키지는 않는다. 산업적 사회주의는 생산과 노동조직의 원리 자체를 손보지는 않았고 오히려 그것을 찬양했기에 노동 조건을 근본적으로 개선하지 않았던 셈이다. 산업적 사회주의는 고통 속에서 죽어가는 사람에게 천국의 기쁨을 약속하는 것이나 마찬가지인 가치의 역사적 정당화를 노동자에게 제시할 수는 있었다. 그러나 노동자에게 결코 창조자의 즐거움을 제공한 적은 없었다. 이런 차원에서는 더 이상 사회의 정치 형태가 문제 되지 않고, 자본주의와 사회주의가 모두 의지하고 있는 기술 문명의 신조가 문제 된다. 이 문제의 해결을 꾀하지 않는 일체의 사상은 노동자의 불행을 개선할 사상이라고 볼 수 없다.

　　마르크스가 찬양한 바로 그 경제적 힘의 작용 때문에, 프롤레타리아 계급은 마르크스가 그들에게 부여한 역사적 사명을 내던졌다.

---

198 Charles Maurice Talleyrand(1754-1838). 프랑스의 전설적인 외교관으로 나폴레옹에게도 협력했고, 왕정복고에도 협력했다.

199 『노동 조건』*La Condition ouvrière.* [원주]

우리는 마르크스의 오류를 용서할 텐데, 지배계급의 타락에 직면하여 문명의 미래를 걱정하는 사람이라면 누구나 본능적으로 대체 엘리트 계층을 찾게 마련이기 때문이다. 그러나 이러한 요구는 그 자체만으로 창조적인 것은 아니다. 혁명적 부르주아 계급이 1789년에 권력을 획득했던 것은 그전부터 그 권력을 갖고 있었기 때문이다. 쥘 몬로가 말한 대로, 그 당시에는 권리가 사실보다 뒤늦게 왔다. 기실 부르주아 계급이 이미 지배적 지위와 돈이라는 새로운 힘을 차지하고 있었던 것이다. 프롤레타리아 계급의 상황은 이와 달랐다. 그들은 단지 가난과 희망을 지녔을 뿐이었고, 부르주아 계급이 가난 속에서 그들의 목숨을 부지하게 했다. 부르주아 계급은 생산의 광란과 물질적 힘의 광란으로 타락했다. 이 광란의 조직 자체가 엘리트들을 창조할 수는 없었다.[200] 그 반대로 이 조직에 대한 비판과 반항 의식의 발전이 대체 엘리트를 만들어낼 수 있었다. 펠루티에와 소렐이 이끈 혁명적 조합 운동만이 이 일에 몰두했고, 가난한 사람들이 갈구했고, 또 갈구하는 새로운 간부들을 직업 교육을 통해 양성하고자 했다. 그러나 그것이 하루아침에 이루어질 수는 없었다. 게다가 새로운 주인들이 이미 거기에 있었는데, 그들은 수많은 사람의 혹독한 고통을 지체 없이 덜어주기보다는 오히려 먼 훗날의 행복을 위해 현재의 불행

---

200 레닌은 겉보기에는 담담하게 이러한 사실을 최초로 확인했다. 그의 말은 혁명의 희망을 위해서는 무서운 것이었는데, 그 자신을 위해서는 더욱더 무서운 것이었다. 그는 대중이 그의 관료적·독재적 중앙집권주의를 더욱 쉽게 받아들이리라고 감히 말했다. "프롤레타리아 계급이 공장이라는 학교 덕분에 더 쉽게 규율과 조직을 받아들일 것이기 때문이었다." [원주]

을 즉각적으로 이용하는 데 더 큰 관심이 있었다. 권위적 사회주의자들은 너무 느리게 진행되는 역사를 빠르게 진행하려면 프롤레타리아 계급의 사명을 소수의 이론가에게 맡겨야 한다고 판단했다. 바로 이 점에서 그들은 그 사명을 부정한 최초의 사람들이었다. 하지만 그 사명은 여전히 존재하고 있다. 마르크스가 부여한 배타적인 의미의 사명이 아니라, 자기 노동과 자기 고통으로부터 긍지와 풍요를 끌어낼 줄 아는 전 인간 집단의 사명으로서 말이다. 그러나 그 사명을 밖으로 표현하려면 위험을 무릅써야 했고, 노동자들의 자유와 자발성을 신뢰해야 했다. 반대로, 권위적 사회주의는 미래의 이상적 자유를 위해 현재의 살아 있는 자유를 몰수해버렸다. 이렇게 함으로써 원하든 원치 않든 간에 권위적 사회주의는 공장 자본주의와 함께 시작된 노예화의 시도를 강화해나갔다. 공장 자본주의와 권위적 사회주의의 결합으로, 프롤레타리아 계급은 반항적 혁명의 마지막 은신처였던 파리코뮌 시대를 제외한 150년 동안 배신당하는 것 외에 다른 역사적 사명을 가져본 적이 없다. 프롤레타리아들은 군사 혁명가들 및 미래의 군사 혁명가가 될 지식인들(이번에는 그들이 프롤레타리아들을 노예화했다)에게 권력을 넘겨주기 위해 싸웠고 죽었다. 그렇지만 이 투쟁은 바로 그들의 존엄성이었다. 그들의 희망과 불행을 함께 나누기를 택했던 모든 사람이 인정한 존엄성 말이다. 그러나 이 존엄성은 옛 주인들과 새 주인들의 족벌에 반하여 획득되었다. 이 존엄성은 주인들이 그것을 이용하려는 바로 그 순간에 주인들을 부정한다. 어떤 면에서 이 존엄성은 주인들의 황혼을 예고하고 있다.

그러므로 마르크스의 경제적 예언은 현실에 비추어 의심스러운 것이 되고 말았다. 경제 세계에 대한 그의 견해 가운데 참된 것은 사회 구조가 점점 더 생산 리듬에 의해 규정된다는 사실이다. 그러나 이 생각은 마르크스와 부르주아 이데올로기의 공유물이다. 권위적 사회주의자들에 의해 공유된 과학과 기술적 진보에 관한 부르주아들의 환상은 기계 정복자들의 문명을 태동케 했는데, 이 기계 정복자들은 경쟁과 지배에 의해 여러 적대적 집단으로 분열될 수 있으나 경제적인 면에서는 자본 축적과 끊임없이 증대되는 합리적 생산이라는 동일한 법칙에 종속되어 있다. 국가의 절대적 권력이 크고 작음에 따라 생기는 정치적 차이는 상당하지만, 그 차이는 경제 발전에 의해 줄어들 수 있다. 역사적 시니시즘과 그것에 대립하는 형식 미덕 사이에는 확실히 도덕적 차이가 존재한다. 그러나 생산의 명령이 이 두 세계를 지배하여 경제의 차원에서는 두 세계를 하나의 세계로 만들어버린다.[201]

어쨌든 경제의 지상명령이 더 이상 부정할 수 없는 것일지라도,[202] 그 결과는 마르크스가 상상했던 것과 다르다. 경제적으로 볼 때, 자본주의는 자본축적이라는 현상 때문에 억압적이다. 자본주의는 현재 있는 그대로의 것에 의해 억압한다. 그리고 자본주의는 현재 있

---

201 생산은 해방의 수단이 아니라 하나의 목적으로 간주될 때만 유해하다는 사실을 분명히 해두자. [원주]

202 18세기에 이르기까지 마르크스가 경제의 지상명령을 보았다고 생각한 시대 내내 그것은 부정할 수 있는 사실이었다. 문명 형태들 사이의 투쟁이 생산상의 진보로 귀결하지 않았던 역사적 예로는 미케네 사회의 파괴, 야만족의 로마 침략, 스페인으로부터의 모르인 추방, 알비인의 괴멸 등이 있다. [원주]

는 그대로의 것을 증식하고자 축적하고, 그만큼 더 착취하며, 따라서 다시 축적한다. 마르크스는 혁명만이 이런 악순환에 종지부를 찍을 수 있다고 생각했다. 혁명이 성공하면, 자본축적은 사회사업을 보장하는 한도 내에서만 필요할 것이다. 그러나 이번에는 혁명 자체가 산업화한다. 따라서 축적 현상은 이제 자본이 아니라 기계 자체에 대해서 일어나고, 결국 기계가 기계를 부른다. 투쟁 중인 모든 집단은 소득을 분배하는 대신에 축적할 필요를 느낀다. 그런 집단은 자신의 힘을 키우기 위해 축적한다. 부르주아적인 집단이든 사회주의적인 집단이든 오로지 자신의 힘을 키우기 위해 정의를 나중으로 미룬다. 그러나 힘이란 또 다른 힘들에 대립하기 마련이다. 힘은 장비를 갖추고 무장하게 된다. 다른 힘들이 장비를 갖추고 무장하기 때문이다. 힘은 자신이 세계를 지배할 그날까지 결코 축적하기를 멈추지 않을 것이다. 그날까지 프롤레타리아들은 겨우 생존을 위해 필요한 것만을 얻는다. 혁명은 자신의 체계가 요구하는 산업적·자본주의적 매체를 수많은 사람의 희생 위에 구축할 수밖에 없다. 그들은 연금 대신 고통을 받는다. 그리하여 노예제도가 일반화되고 천국의 문은 여전히 굳게 닫혀 있다. 이런 게 바로 생산 숭배 시대를 살아가는 세계의 경제 법칙인데, 현실은 법칙보다 한층 더 피로 물들어 있다. 혁명은 자신의 적인 부르주아들과 자신의 동지인 허무주의자들이 몰아넣은 궁지에서 노예제도가 된다. 원리와 방법을 바꾸지 않는 한, 혁명에게는 피에 젖어 으깨어진 노예적 반항이나 원자폭탄에 의한 자살의 흉측한 희망 외에 다른 출구가 없다. 힘의 의지, 지배와 권력을 위한 허무주의적 투쟁은 마르크스의 유토피아를 쓸어버리고도 남음이 있었다. 마

반항인

르크스의 유토피아 자체도 이제 다른 역사적 사실들처럼 이용될 운명에 놓인 하나의 역사적 사실이 되고 말았다. 역사를 지배하고자 했던 유토피아는 역사 속에 함몰했다. 모든 수단을 통제하고자 했던 유토피아는 그 자신이 수단으로 전락했고, 목적 중에서도 가장 피비린내 나는 목적을 위해 이용되었다. 생산의 끊임없는 발전이 혁명을 위해 자본주의 체제를 파괴하지는 못했다. 그것은 권력이라는 낯짝을 가진 우상을 위해 부르주아사회와 함께 혁명 사회를 파괴했다.

　　과학적이라고 자부했던 사회주의가 어찌하여 이처럼 사실과 충돌할 수밖에 없었을까? 대답은 간단하다. 그것은 과학적이지 않았다. 사회주의가 실패한 이유는 오히려 결정론적인 동시에 예언적이고, 변증법적인 동시에 교조적이었던 지극히 모호한 방법에 있다. 만약 정신이 사물의 반영에 지나지 않는다면, 정신은 가설에 의하지 않고는 사물의 진행을 앞지를 수 없다. 만약 이론이 경제에 의해 결정된다면, 이론은 생산의 과거를 묘사할 수는 있을지언정 단지 개연적일 뿐인 생산의 미래를 묘사할 수는 없다. 역사적 유물론의 과업은 현재 사회를 비판하는 일 외에 다른 일일 수 없다. 역사적 유물론이 과학적 정신을 잃지 않으면서 미래 사회에 대해 할 수 있는 일은 단지 가정뿐이다. 역사적 유물론의 기본서가 『혁명론』이 아니라 『자본론』이라고 불리는 것은 바로 그 때문이 아닐까? 마르크스와 마르크스주의자들은 그들의 기본 가정과 과학적 방법을 희생시키면서까지 미래와 공산주의를 예언하려 들었다.

　　이러한 예언은 오히려 절대 속에서 예언하기를 멈춤으로써만 과학적일 수 있었다. 마르크스주의는 과학적이지 않다. 그것은 기껏해야 과학주의적이었다. 탐구와 사상과 심지어 반항의 풍요로운 도구인 과학적 이성 및 일체의 원리를 부정함으로써 독일 관념론이 만들어낸 역사적 이성, 이 두 이성 사이에 생긴 깊은 단절을 마르크스주의가 극명히 드러내 보여준다. 역사적 이성은 그 고유한 기능상 세계를 판단하는 이성이 아니다. 그럼에도 역사적 이성은 세계를 판단하려고 하는 동시에 세계를 이끌어나간다. 그것은 사건 속에 매몰되어 있음에도 사건을 주도하고 있다. 역사적 이성은 교육적인 동시에 정복적이다. 게다가 역사적 이성에 대한 이러한 신비스러운 묘사는 가장 간명한 현실을 뒤덮어 숨긴다. 인간이 역사로 환원될 때, 인간은 광란적 역사의 소란과 광기 속으로 침몰하거나 역사에 인간 이성의 형태를 부여하는 것 외에 다른 선택지가 없다. 그러므로 현대 허무주의의 역사는 오직 인간의 힘으로, 그것도 대단히 미약한 힘으로 질서를 잃은 역사에 하나의 질서를 부여하기 위한 기나긴 노력에 불과하다. 결국 이 사이비 이성은 이데올로기 제국의 정점에 도달할 때까지 술책과 계략으로 전락한다. 여기서 과학이 무엇을 할 수 있단 말인가? 이성만큼 비정복적인 것은 아무것도 없다. 역사는 과학적 정밀성으로 만들어지지 않는다. 인간이 과학적 객관성을 가지고 역사에 개입하려는 순간부터 인간은 역사 만들기를 스스로 포기하는 셈이다. 이성은 설교하지 않는다. 이성이 설교한다면 그것은 이미 이성이 아니다. 그런 까닭에 역사적 이성은 비합리적이고 낭만적인 이성이다. 그것은 가끔 강박관념적인 체계화를 상기시키기도 하고, 가끔 말씀의 신비스러운 단정을 상기시키기도 한다.

반항인

마르크스주의가 지닌 유일하게 과학적인 일면은 신비를 진작에 거부하고 가장 노골적인 현재의 이해관계를 밝혔다는 데 있다. 그러나 이 점에서도 마르크스는 라로슈푸코[203] 이상으로 과학적이지는 않다. 그리고 이런 태도조차 예언에 돌입하자마자 내팽개친다. 그러므로 마르크스주의를 과학적인 것으로 만들고 그 허구를 과학의 세기에도 유용한 것으로 만들기 위해서는, 공포정치로 과학을 마르크스주의적으로 만들어야 했다는 사실에 놀라지 말아야 한다. 마르크스 이후 과학의 진보는 대체로 마르크스 당대의 결정론과 극히 조잡한 기계론을 일시적 개연론으로 대체하는 방향으로 전개되었다. 마르크스는 다윈의 이론이 그들 이론의 토대를 이룬다고 엥겔스에게 썼다. 그러므로 마르크스주의를 계속 옳다고 인정하기 위해서는 다윈 이후의 생물학적 발견들을 부정해야 했다. 드 브리스에 의해 확증된 돌연변이설 이후 모든 발견이 결정론에 반하여 생물학에 우연의 개념을 도입했다. 그러자 리센코가 염색체를 변조하여 또다시 기초적인 결정론을 증명하지 않으면 안 되었다. 우스꽝스러운 일이었다. 그러나 오메[Homais][204] 씨에게 경찰력을 맡긴다면 그것은 더 이상 우스꽝스러운 일이 아닐 텐데, 바야흐로 20세기가 되었다. 20세기 또한 물리학에서 불확정성의 원리, 특수 상대성 이론, 양자론[205] 등을 부정해야

---

203 La Rochefoucauld(1613-1680). 17세기 『잠언록』Maximes을 통해 인간 심성을 날카롭게 파헤친 프랑스 문필가로 동시대의 과학적 합리주의 사상을 대표한다.

204 플로베르의 소설 『마담 보바리』Madame Bovary의 등장인물로 과학만능주의의 허구성을 대표한다.

205 로제 카이유아Roger Caillois는 스탈린주의가 양자론에는 반대하면서도 양자론으로부터

할 것이며, 끝내는 현대 과학의 일반적 경향들을 모조리 부정해야 할 것이다. 오늘날 마르크스주의는 하이젠베르크, 보어, 아인슈타인, 그리고 현대의 가장 위대한 과학자들이 과학적이지 않다는 조건에서만 과학적일 수 있다. 요컨대 과학적 이성을 예언에 봉사케 하는 원리는 신비스러울 게 없다. 그 원리는 이미 권위의 원리라고 명명되었다. 교회가 참된 이성을 죽은 신앙에 예속시키고 지성의 자유를 권력 유지에 동원하고자 할 때, 교회를 이끄는 것도 다름 아닌 이 원리이다.[206]

결국 마르크스의 예언은 경제와 과학이라는 두 원리에 배치되는 까닭에 아주 먼 후일의 사건에 대한 열광적 예고에 지나지 않는다. 마르크스주의자들이 내세우는 변명은 유예 기간이 좀 더 길어졌을 뿐이며, 아직은 보이지 않는 어느 날 역사의 종말이 모든 것을 정당화하리라고 말하는 데 있다. 바꾸어 말하면 우리는 지금 연옥 속에 있지만, 지옥 없는 미래가 보장되어 있다는 것이다. 그리하여 또 다른 범주의 문제가 제기된다. 만일 필연적으로 올바르게 전개되는 경제 발전에 따라 한두 세대가 투쟁함으로써 계급 없는 사회가 도래한다면, 희생은 투사에게 납득할 만한 것이 되리라. 미래는 그에게 구체적인 얼굴, 예를 들면 손자의 얼굴을 띤다. 그러나 만일 지난 여러 세대의 희생이 충분치 않았기에 우리가 이제 몇천 배 더 파괴적인 투쟁을 끝없이 반복해야 한다면, 그렇다면 죽이기와 죽기를 받아들이기 위

나온 원자 과학을 이용하고 있음을 지적한다. (『마르크스주의 비판』Critique du marxisme). [원주]

206 이 점에 대해서는 15년이 지난 오늘날에도 여전히 현실성을 지니는 장 그르니에의 『정통 정신 시론』Essai sur l'esprit d'orthodoxie을 볼 것. [원주]

해 확고한 신앙이 필요하리라. 하지만 이 새로운 신앙은 옛 신앙들만 큼 순수한 이성에 기반을 두고 있지 않다.

　역사의 종말을 어떻게 상상할 수 있을까? 마르크스는 헤겔의 말을 되풀이하지 않았다. 그는 공산주의란 인류의 미래에 있어 필연적인 하나의 형태일 뿐 그것이 미래 전체는 아니라고 아리송하게 말했다. 그러나 공산주의가 모순과 고통의 역사를 종결짓지 못할 때, 그 많은 노력과 희생을 어떻게 정당화해야 할지 우리는 모른다. 또는 공산주의가 역사를 종결지을 때, 우리는 장구한 역사를 단지 그 완전한 사회를 향한 행진에 불과한 것으로 간주해야 한다. 그리하여 하나의 신비로운 관념이 스스로 과학적이고자 하는 서술 속에 독단적으로 도입된다. 마르크스와 엥겔스가 선호하던 주제인 정치 경제의 종국적 소멸은 모든 고통의 종결을 뜻한다. 경제는 역사의 고통과 불행에 일치하므로 역사의 고통과 불행은 경제와 함께 사라지게 된다. 우리는 에덴동산에 들어서 있다.

　중요한 것은 역사의 종말이 아니라 다른 역사로의 비약이라고 선언해도 문제가 해결되지 않는다. 이 다른 역사 또한 지금의 역사에 의거해서만 상상할 수 있다. 인간에게 그 두 역사는 오직 하나의 역사일 따름이다. 게다가 그 다른 역사 또한 동일한 딜레마를 제기한다. 만일 그 다른 역사가 모순의 해결책이 아니라면, 우리는 계속 고통을 당하고 죽고 무의미한 목적을 위해 죽이게 될 것이다. 만일 그 다른 역사가 모순의 해결책이 된다면, 그 역사는 지금의 역사를 종결시킬 것이다. 이러한 사정으로 마르크스주의는 오직 결정적 왕국에 의해서만 정당화될 수 있다.

그렇다면 이 목적의 왕국은 과연 의미가 있는 것일까? 종교적인 가정이 인정되는 신성의 세계에서라면 그것은 의미를 지닌다. 세계는 창조된 것이고, 그러니 종말도 있으리라. 아담이 에덴동산을 떠나왔다. 그러니 인류는 그곳으로 돌아가야 한다. 그러나 변증법적인 가정이 인정되는 역사적 세계에서라면 그러한 왕국은 의미가 없다. 올바르게 적용된 변증법이라면 멈출 수도 없고 멈추지도 말아야 한다.[207] 역사적 상황의 여러 대립적 조건은 서로를 부정할 수 있으며, 그런 다음 새로운 종합 속에서 지양될 수 있다. 그러나 이 새로운 종합이 반드시 처음 조건들보다 우월해야 할 이유는 없다. 만약 우월해야 할 이유가 생긴다면, 그것은 자의적으로 변증법에 종말이 부여될 때, 그러므로 거기에 외부로부터의 가치판단이 도입될 때일 것이다. 만일 계급 없는 사회가 역사를 종결짓는다면, 자본주의 사회는 계급 없는 사회에 한층 근접해 있다는 이유에서 봉건 사회보다 우월한 것이 되리라. 그러나 변증법적 가정을 인정하려면 완전히 인정해야 한다. 앙시엥 레짐의 신분 사회에 뒤이어 계급사회가 나타났던 것처럼, 계급사회에 뒤이어 미지의 대립 관계가 있는 사회가 나타나리라고 말해야 한다. 시작을 배격당한 운동은 종말도 가질 수 없다. "만일 사회주의가 영원한 생성 변화라면, 그 수단은 그 목적이 된다"라고 어

---

207 『공산주의 사회학』*Sociologie du communisme* 제3부에 나오는 쥘 몬로Jules Monnerot의 탁월한 논문을 볼 것. [원주]

느 자유주의적 에세이스트가 말한 바 있다.[208] 정확히 말하자면 그 운동은 목적이 없고 수단만을 가졌을 뿐인데, 그 수단은 오직 생성 변화와 무관한 가치에 의해서만 보증될 수 있다. 이러한 의미에서 변증법은 혁명적이지도 않고 혁명적일 수도 없다. 우리가 보기에 변증법은 다만 변증법이 아닌 모든 것을 부정하는 순수하게 허무주의적인 운동일 뿐이다.

그러므로 이 세계에는 역사의 종말을 상상해야 할 이유가 없다. 그렇지만 역사의 종말이야말로 마르크스주의의 이름으로 인류에게 요구된 희생을 유일하게 정당화한다. 그것은 유일하고도 충분한 것이 되기를 바라는 왕국, 즉 역사 속에 역사와는 무관한 하나의 가치를 도입하는 부당 전제일 따름이다. 이 가치는 도덕과도 무관한 가치이기에 인간의 행동을 규제할 수 있는 가치가 못 되며, 근거 없는 하나의 교의일 뿐이다. 그 교의는 고독이나 허무주의로 인간을 질식시키는 사상의 절망적 운동 속에서만 소유되거나, 아니면 그것으로 이득을 보는 자들에 의해 강요된다. 역사의 종말이란 완전하고 모범적인 가치가 아니다. 그것은 오히려 독단과 공포정치의 원리다.

마르크스는 자기 이전의 모든 혁명이 실패했다는 사실을 인정했다. 그러나 그는 자신이 예고하는 혁명은 결정적으로 성공하리라고 주장했다. 지금까지의 노동운동은 현실이 끊임없이 배반한 이 주장에 근거해서 명맥을 유지했다. 그러니 이제 이 주장의 허위성을 조용히 고발할 때가 되었다. 그리스도의 재림이 멀어짐에 따라 근거가 박

---

208 에르네스탕Ernestan, 『사회주의와 자유』Le Socialisme et la Liberté. [원주]

약해진 궁극적 왕국의 주장은 하나의 신조가 되어버렸다. 마르크스주의적 세계의 유일한 가치는 마르크스의 의도와는 달리, 이후 이데올로기 제국 전체에 강요될 하나의 교의 속에만 존재한다. 목적의 왕국 역시 영원한 도덕이나 천상의 왕국처럼 사회적 기만에 이용된다. 엘리 알레비[209]는 사회주의가 보편적 스위스식 공화제에 이를지 유럽식 독재 정치에 이를지 단정할 수 없다고 말했다. 그 이후, 우리는 사정을 더 잘 알게 되었다. 니체의 예언은 적어도 이 점에 관한 한 올바른 것이었다. 마르크스주의는 향후 그 자체의 이념에 반하여, 그리고 필연적 논리에 의하여 우리가 기술할 지적 독재정치 속에서 현양된다. 은총에 맞선 정의 투쟁의 마지막 대표자인 마르크스주의는 본의 아니게 진리에 맞선 정의의 투쟁을 떠안게 된다. 은총 없이 어떻게 살 것인가, 이것이 19세기를 지배한 물음이었다. 절대적 허무주의를 받아들이기를 원치 않았던 모든 사람은 "정의와 함께"라고 대답했다. 천상의 왕국에 절망한 사람들에게 그들은 인간의 왕국을 약속했다. 인간의 왕국에 대한 설교는 19세기 말까지 가속화되었다. 19세기 말에 이르자 그 설교는 정녕 환상적인 것이 되었고, 유토피아를 위해 과학의 확신을 이용했다. 그러나 왕국은 멀어져갔고, 엄청난 전쟁들이 가장 오래된 대지마저 휩쓸었으며, 반항자들의 피가 도회의 벽을 뒤덮었다. 그럼에도 완전한 정의는 가까이 다가오지 않았다. 1905년의 테러리스트들을 죽게 했고 현대 세계를 짓부수고 있는 20세기의 물음이 분명해졌다. 은총 없이 그리고 정의 없이 어떻게 살 것인가?

---

209 Élie Halévy(1870-1937). 영국 공리주의를 깊이 있게 탐구한 프랑스 역사가이다.

이 물음에 대답한 것은 반항이 아니라 허무주의였다. 오직 허무주의자들만이 낭만주의적 반항자들을 흉내 내어 "광란으로"라고 대답했다. 역사적 광란은 권력이라고 불린다. 권력의 의지가 정의의 의지를 대신하러 왔다. 그것은 처음에 정의의 의지와 합일하는 척하더니, 뒤이어 지상에 지배할 것이라고는 아무것도 남지 않을 때까지 정의의 의지를 역사의 종말 어딘가로 추방했다. 그리하여 이데올로기적인 결론이 경제적인 결론을 압도했다. 러시아 공산주의의 역사는 자신의 원리마저 배반한 것이다. 우리는 기나긴 도정의 끝에서 형이상학적 반항을 재발견하게 된다. 이 형이상학적 반항은 진정한 원리를 망각한 상태에서 그 고독을 무장한 무리 가운데 파묻고 그 부정을 하나의 완고한 스콜라철학으로 뒤덮으면서, 유일한 신이 된 미래를 향해 나아가고자 한다. 그러나 지금 당장은 타도해야 할 국가들과 지배해야 할 대륙들 때문에 미래로부터 단절된 채 무기와 슬로건의 소란 속으로 치닫고 있다. 행동을 유일한 원리로 삼고 인간의 지배를 알리바이로 삼은 이 형이상학적 반항은 다른 방어진지들에 맞서 유럽 동쪽에서 이미 자신의 방어진지를 구축하기 시작했다.

목적의 왕국

마르크스는 이토록 무시무시한 신격화를 상상하지 못했다. 레닌 역시 상상하지 못했다. 그러나 그는 군국주의적 제국을 향해 결정적 한 걸음을 내디뎠다. 평범한 철학자였으나 훌륭한 전략가였던 그는 먼저 자기 자신에게 권력 획득의 문제를 제기했다. 이 점에서 흔히 말하듯 레닌이 자코뱅주의를 택했다고 말하는 것은 전적으로 틀렸다.

다만 선동가들과 혁명가들의 파당에 대한 그의 생각만이 자코뱅적이다. 자코뱅 당원들은 원리를 믿었고 미덕을 믿었다. 그것을 부정해야 했을 때, 그들은 목숨을 버렸다. 레닌은 오로지 혁명과 효율성의 미덕을 믿는다. "노조에 침투할 목적에서라면… 그리고 그 속에서 무슨 일이 있어도 공산주의적 과업을 수행할 목적에서라면 모든 것을 희생할 용의가 있어야 하고, 필요하다면 온갖 전략과 술책과 불법적인 방법을 동원해야 하며, 심지어 진리까지도 은폐할 결심을 해야 한다." 헤겔과 마르크스에 의해 시작된 형식 도덕에 대한 투쟁은 레닌의 경우 비효율적 혁명 태도에 대한 비판 속에서 재발견된다. 제국은 이런 운동의 끝에 있다.

　　레닌이 선동가로서 활동한 삶의 초기[210]와 말기[211]의 두 저작을 읽을 때, 우리는 그가 혁명운동의 감상적 형태를 가차 없이 공격하는 걸 보고 놀란다. 그는 혁명으로부터 도덕을 추방하고자 했다. 혁명 권력이란 십계명을 존중함으로써 확립되는 게 아니라고 생각했기 때문이다. 초기 경험을 쌓은 후 그가 그토록 큰 역할을 하게 될 역사의 무대에 등장하여 전 세기의 이데올로기와 경제가 구축한 세계를 그토록 자유자재로 요리하는 것을 볼 때, 그는 정녕 새로운 시대의 첫 인간처럼 보인다. 그는 불안이나 향수나 도덕에 개의치 않고 명령을 내리고, 원동력이 될 최선의 제도를 구하며, 이런 미덕은 역사의 지도자에 걸맞고 저런 미덕은 그렇지 않다는 식으로 결정한다. 초기에는

210　『무엇을 할 것인가』*Que faire?*(1902). [원주]

211　『국가와 혁명』*L'État et la Révolution*(1917). [원주]

암중모색하지 않을 수 없었고, 러시아가 자본주의적·산업적 단계를 거쳐야 하는지를 결정하는 데 망설였다. 그러나 그런 단계를 거쳐야 한다는 것은 러시아에서 혁명이 일어날 수 있을지 의심한다는 것으로 귀결된다. 그 자신이 러시아인이며, 그의 과업은 러시아혁명을 일으키는 데 있다. 그는 경제적 숙명론을 내던지고 곧장 행동에 착수한다. 1902년 이후 그는 노동자들이 스스로 독립적인 이데올로기를 만들어낼 수 없으리라고 분명히 선언한다. 그는 대중의 자발성을 부정한다. 사회주의적 교의는 지식인들만이 제공할 수 있는 과학적 토대를 전제로 한다. 노동자들과 지식인들 사이에 존재하는 모든 구별이 사라져야 한다는 그의 말은 지식인들이 프롤레타리아 계급의 이익을 프롤레타리아 계급보다 더 잘 알고 있음을 뜻하는 것으로 해석되어야 한다. 그러므로 그는 대중의 자발성에 맞서 끈질기게 투쟁한 라살[212]을 칭송한다. "이론은 자발성을 이끌어야 한다"[213]라고 그는 말한다. 분명히 말하건대 이 말은 혁명이 이론적 지도자들을 필요로 한다는 사실을 뜻한다.

레닌은 혁명 세력을 이완시킨 죄가 있는 개량주의와 비효율적 태도로서의 테러리즘[214]을 동시에 공격한다. 혁명은 경제적이거나 감상적이기 전에 군사적이다. 혁명이 발발할 그날까지 혁명은 전략에

212 독일의 사회주의 사상가이자 노동운동 지도자이다. 1848년 이후 한동안 마르크스의 영향을 받았지만, 그 뒤 독자적인 노선을 걸어 전 독일 노동자 동맹을 창설했다.

213 마찬가지로 마르크스도 이렇게 말한다. "이런저런 프롤레타리아, 심지어 프롤레타리아 계급 전체가 그들의 목적이라고 상상하여 내세우는 것은 중요하지 않다." [원주]

214 레닌의 형이 테러리즘을 선택하여 교수형을 당했다는 것은 잘 알려진 사실이다. [원주]

일치한다. 전제주의는 적이다. 전제주의의 주된 세력은 정치적 군인의 직업적 집단인 경찰이다. 결론은 간단하다. "정치경찰에 대한 투쟁은 특수한 자질을 요구한다. 그것은 직업적 혁명가들을 요구한다." 혁명은 자신의 직업 군대를 갖게 될 것이고, 그 곁에는 언젠가 징집할 수 있는 대중이 있다. 이러한 선동 단체는 대중보다 먼저 조직되어야 한다. 레닌의 표현에 따르면 행동 대원의 조직망인데, 그것은 비밀 결사와 혁명의 현실주의적 수도사들의 지배를 예고한다. "우리는 예수회적 요소를 더불어 지닌 혁명의 젊은 터키인들이다"라고 그는 말했다. 이 순간부터 프롤레타리아 계급에게는 더 이상 사명이 없다. 프롤레타리아 계급은 혁명적 고행자들의 손에 장악된 여러 수단 가운데 강력한 하나의 수단에 지나지 않는다.[215]

권력 획득의 문제는 국가의 문제를 제기한다. 이 주제를 다루는 『국가와 혁명』(1917)은 풍자문 중에서도 가장 기이하고 모순적이다. 레닌은 여기서 그가 애호하는 권위적 방법을 사용하고 있다. 그는 마르크스와 엥겔스를 원용하면서 다른 계급에 대한 한 계급의 지배 조직인 부르주아국가를 이용하려는 개량주의에 반대하는 것으로부터 시작한다. 부르주아국가는 경찰과 군대에 기대는데, 국가란 압제의 도구이기 때문이다. 부르주아국가는 계급 간의 화해할 수 없는 적대 관계 및 이 적대 관계의 강제적 해소를 동시에 반영한다. 이러한 사실상의 권위는 단지 경멸을 초래할 뿐이다. "문명국가의 군 통수권

---

215 하이네는 이미 사회주의자들을 "새로운 청교도들"이라고 불렀다. 청교도주의와 혁명은 역사적으로 볼 때 쌍을 이룬다. [원주]

자라 할지라도 몽둥이로 강제된 존경이 아니라 자발적 존경을 받았던 부족국가의 족장을 부러워하리라." 더욱이 엥겔스는 국가라는 관념과 자유로운 사회라는 관념은 양립할 수 없다고 단언했다. "계급은 필연적으로 나타난 만큼 필연적으로 사라질 것이다. 계급의 소멸과 함께 국가도 필연적으로 사라질 것이다. 생산자들의 자유롭고도 평등한 결합을 바탕으로 생산을 재조직하게 될 사회는 국가라는 기계를 그에 걸맞은 장소, 즉 박물관의 물레나 청동 도끼 옆으로 추방할 것이다."

『국가와 혁명』을 건성으로 읽은 독자들이 이 책을 레닌의 무정부주의적 경향의 소산으로 보고, 군대와 경찰과 곤봉과 관료주의에 대해 그토록 엄격했던 교의를 좇은 후예를 동정했음은 위의 사실로 미루어 이해할 만한 일이다. 그러나 레닌의 관점을 정확하게 파악하려면 언제나 그것을 전략과 관련하여 생각해야 한다. 그가 부르주아 국가 소멸에 대한 엥겔스의 이론을 열심히 옹호한 것은 한편 플레하노프나 카우츠의 순수 '경제주의'를 저지하고자 했기 때문이고, 다른 한편 케렌스키[216]의 정부가 타도해야 할 부르주아 정부임을 입증하고자 했기 때문이다. 한 달 후, 그는 그 정부를 타도해버렸다.

혁명 자체도 행정 기구와 탄압 기구를 필요로 한다고 이의를 제기한 사람들에게도 그는 대답해야 했다. 여기서 다시 한번 마르크스와 엥겔스가 폭넓게 원용된다. 그는 프롤레타리아국가가 다른 국가

---

216 Aleksander Kerensky(1881-1970). 1917년 9월부터 11월까지 정부 수반이었는데 그의 정부는 볼셰비키 세력에 의해 무너졌다.

들처럼 조직된 국가가 아니라 원칙적으로 끊임없이 소멸해가는 국가라고 단정한다. "억압받는 사회 계급이 더 이상 존재하지 않는 순간부터… 국가는 필연적이기를 멈춘다. (프롤레타리아) 국가가 자신을 전체 사회의 대표로 선언하는 최초의 행동을 통해 사회가 생산 수단의 소유권을 획득하는데, 이 최초의 행동은 국가의 마지막 행동이기도 하다. 인간의 정부를 사물의 관리 당국이 대신한다… 국가는 폐지되는 것이 아니라 쇠퇴한다." 부르주아국가가 먼저 프롤레타리아 계급에 의해 폐지된다. 그런 다음, 프롤레타리아국가가 소멸한다. 프롤레타리아 계급의 독재는 필연적이다. 첫째, 부르주아 계급의 잔재를 압박하고 소탕하기 위해서, 둘째, 생산수단의 사회화를 실현하기 위해서 그렇다. 이 두 과업이 완수되면 프롤레타리아 독재는 즉시 쇠퇴하기 시작한다.

그러므로 레닌은 생산수단의 사유화가 실현되고 착취계급이 소멸되자마자 국가가 사라질 것이라는 확고하고 명료한 원리에서 출발한다. 그렇지만 예의 그 책 속에서 그는 생산수단의 사유화 이후에도 나머지 인민에 대한 혁명당 독재가 기한 없이 계속될 수 있음을 정당화하고 있다. 파리코뮌의 경험을 끊임없이 참고하지만, 이 팸플릿은 파리코뮌을 낳은 연방주의적·반독재적 사상의 흐름과 절대적으로 모순된다. 또한 이 팸플릿은 마르크스와 엥겔스의 낙관주의적 서술에도 대립한다. 그 이유는 명백하다. 레닌은 파리코뮌이 실패했다는 사실을 잊지 않고 있었다. 이토록 놀라운 논증에 동원된 방법은 너무도 간단했다. 혁명이 새로운 어려움에 봉착할 때마다 마르크스의 국가는 보완적인 권한을 하나씩 더 얻게 된다. 10페이지쯤 더 나아가 레닌은 과연 권력이란 착취자들의 저항을 분쇄하기 위해 필요 불가결하며, "사회주의 경제의 정착에 있어서 농민 계급, 프티부르주아 계급, 준프롤레타리아 계급 등 거대한 인민대중을 계도하기 위해" 필요하다고 주장한다. 바로 여기서 전환이 이루어졌음은 이론의 여지가 없는 사실이다. 마르크스와 엥겔스의 임시 국가는 그리하여 그 국가에 긴 생명을 부여할 위험이 있는 새로운 사명을 짊어지게 된다. 우리는 벌써 스탈린 체제가 그 공식적 철학과 충돌하는 모습을 본다. 만일 이 체제가 계급 없는 사회주의사회를 실현했다면, 마르크스주의에 비추어 공포의 탄압 기구 유지는 정당화될 수 없다. 혹은 만일 이 체제가 그런 사회를 실현하지 못했다면, 마르크스주의적 이론이 잘못된 것이라는 증거, 특히 생산수단의 사회화가 계급 소멸을 의미하지 않는다는 증거가 성립하는 셈이다. 자신의 공식적 이론 앞에서 공산주의 체제는 둘 중 하나를 인정하지 않을 수 없다. 이론이 틀렸거나 체제가 이론을 배반했다. 사실 레닌 덕분에 네차예프, 트카체프와 함께 국가사회주의의 창시자인 라살이 러시아에서 마르크스를 압도할 수 있었다. 레닌에서 스탈린까지, 당내 분쟁의 역사는 노동자 민주주의와 군국주의적·관료주의적 독재 사이의 투쟁, 결국 정의와 효율성 사이의 투쟁으로 요약된다.

레닌이 파리코뮌에 의해 취해진 조처들, 예컨대 선출되고 해임될 수 있으며 노동자들처럼 보수를 받는 관리 제도, 노동자들의 직접관리제에 의한 공장 관료제의 대체 등을 찬양하는 것을 볼 때, 우리는 그가 타협점을 찾으려는 게 아닌지 한순간 의심하게 된다. 심지어 코뮌 제도와 코뮌 대표제를 찬양하는 연방주의자 레닌의 모습도 보인다. 그러나 우리는 레닌이 의회 제도의 폐지를 뜻하는 한에서 연방주의를 찬양한다는 사실을 금세 이해하게 된다. 레닌은 일체의 역사적 진실과 달리 연방주의를 중앙집권주의로 규정하며, 국가에 대한 무정부주의자들의 비타협성을 비난함과 동시에 프롤레타리아 독재 개념을 강조한다. 여기서 엥겔스에 근거한 새로운 주장이 개입한다. 그것은 사회주의화가 완수되어 부르주아국가가 소멸하고 심지어 대중이 지도력을 획득한 이후에도 프롤레타리아 계급 독재 유지를 정당화하는 주장이다. 독재 유지는 이제 생산 조건 자체가 정하는 한계만을 가질 것이다. 예를 들면 국가의 완전한 쇠퇴는 주택이 모든 사람에게 무상으로 주어질 때와 일치할 것이다. "각자에게 필요에 따라 분배한다." 이것이야말로 공산주의의 최고 단계다. 그때까지, 국가는 존재할 것이다.

각자가 필요에 따라 분배받는 공산주의의 최고 단계를 향한 발전 속도는 어느 정도일까? "우리는 그것을 알지 못하며 또한 알 수도 없다. … 우리는 이 물음에 답할 수 있는 논거를 갖고 있지 않다." 좀 더 분명히 하기 위해 레닌은 여전히 독단적으로 단언하기를, "공산주의의 최고 단계의 도래를 약속하는 일은 어떠한 사회주의자에게도 가능하지 않다"라고 했다. 이쯤 되면 자유는 결정적으로 사멸하는 셈이라고 말할 수 있다. 먼저, 대중의 지배와 프롤레타리아 혁명이라는 개념이 직업적인 대행자들에 의해 지도되고 수행되는 혁명이라는 개념으로 바뀐다. 다음으로, 프롤레타리아 계급 지도자들의 내면에서 국가에 대한 혹독한 비판이 필연적이면서도 일시적인 프롤레타리아 계급 독재와 타협한다. 끝으로, 일시적인 국가가 언제 끝날지는 아무도 예견할 수 없고, 더욱이 아무도 그 끝을 약속할 수 없다는 단언이 지배한다. 이런 사정하에서 소비에트들의 자치권이 파괴되고, 마크노가 배반당하며, 크론스타트Cronstadt[217]의 수병들이 당에 의해 격파되는 것은 당연한 일이다.

확실히 정의의 열정적 연인이었던 레닌의 수많은 주장은 여전히 스탈린 체제에 반대된다. 특히 국가 쇠퇴라는 개념이 그렇다. 프롤레타리아국가가 쉽게 사라질 수 없는 것임을 인정할지라도, 그것을 프롤레타리아국가라고 일컫기 위해서는 교의에 따라 국가는 소멸 경향을 보이고 또 그 구속력이 점점 약해져야 마땅하다. 레닌은 국가 소멸의 경향이 필연적이라고 생각했지만, 이 점에서 그가 사실에 의해 추월당했음은 명백하다. 30년이 넘도록 프롤레타리아국가는 점진적인 빈혈 증세를 보인 적이 없다. 오히려 반대로 우리는 점증하는 번성을 목격했다. 결국 2년 후 스베르들로프 대학 강연에서, 여러 국내외 사건과 현실에 떠밀린 레닌은 프롤레타리아 초국가의 무한한 존속을 예견케 하는 발언을 한다. "이 기계 혹은 이 곤봉(국가)으로써 우리는 모든 착취를 분쇄할 것이다. 그리고 지상에 착취 가능성이 더 이상 없고, 토지와 공장을 소유한 자들이 더 이상 없고, 굶주린 자들의 면전에서 포식하는 자들이 더 이상 없을 때, 오직 그때 우리는 이 기계를 폐기할 것이다. 그때는 국가도 착취도 더 이상 존재하지 않을 것이다." 그러므로 이 땅에 단 한 사람의 피억압자, 단 한 사람의 유산자가 존재하는 한 국가는 존속할 것이다. 또한 그 국가는 불의의 정

---

217 네바강 하구에 있는 군항 이름이다.

부들, 집요하게 부르주아적인 나라들, 사욕에 눈이 먼 국민들을 차례로 정복하기 위해 점점 더 커지지 않을 수 없을 것이다. 마침내 적들이 소탕되고 정복된 대지에서 최후의 불공평이 정의의 사람들과 불의의 사람들의 피바다 가운데 익사하게 되었을 때, 그때 권력의 정상에 선 국가, 세계를 뒤덮는 괴물 같은 우상이 된 국가는 고요한 정의의 왕국 속에서 얌전히 소멸할 것이다.

적대적 제국주의의 예측 가능한 압력 속에서, 레닌과 더불어 실제로 정의의 제국주의가 태어난다. 그러나 정의의 제국주의라 할지언정 제국주의는 패망 혹은 세계 제국 외에 다른 결말을 가질 수 없다. 그때까지 제국주의가 취할 수 있는 수단은 불의뿐이다. 그리고 교의는 결정적으로 예언에 일치하게 된다. 먼 훗날의 정의를 위해 교의는 역사가 지속하는 동안 줄곧 불의를 정당화하고, 레닌이 무엇보다 싫어했던 기만으로 변한다. 교의는 기적의 약속으로 불의와 범죄와 거짓을 받아들이게 만든다. 한층 더 많은 생산, 한층 더 큰 권력, 끊임없는 노동, 끊임없는 고통, 영속적 전쟁 등을 두루 거친 후, 바야흐로 제국에서 보편화된 예속이 경이롭게도 그 반대의 것, 즉 세계 공화국에서의 자유로운 여가로 뒤바뀌는 순간이 온다. 거짓 혁명의 기만은 이제 그 자신의 공식을 가진다. 제국을 건설하기 위해서는 일체의 자유를 말살할 수밖에 없다. 그러면 언젠가 제국 자체가 자유로 변할 것이다. 그러므로 통일의 길은 전체성을 거칠 수밖에 없다.

전체성과 심판

사실 전체성이란 신자들과 반항자들에게 공통된 통일성의 꿈일 뿐이다. 그 꿈은 신을 상실한 대지 위에 수평적으로 투영되어 있다. 일체의 가치를 포기한다는 것은 제국과 노예제도를 받아들이기 위해 반항을 포기한다는 것으로 귀착한다. 형식 가치에 대한 비판은 자유의 관념을 훼손하지 않을 수 없었다. 반항의 힘만으로는 낭만주의자들이 꿈꾸었던 자유로운 개인을 탄생시킬 수 없다는 사실이 인정되자, 자유는 그 자체로 역사 운동에 편입되었다. 자유는 투쟁 중인 자유, 존재하기 위해 스스로를 만들어가야 하는 자유로 변했다. 역사의 역동적 힘과 합일된 자유는 오직 역사가 정지할 때 비로소 세계적 왕국에서 스스로 즐길 수 있을 것이다. 그때까지 자유는 승리할 때마다 반발에 부딪히게 되고, 그 반발은 매번 승리를 허사로 만들 것이다. 독일은 동맹 관계에 있던 억압자들에게서 해방되었지만, 그것은 독일인 각자의 자유를 대가로 치른 해방이었다. 전체주의 체제 속의 개인들은 설령 그들이 속한 인간 집단이 해방된다 해도 자유롭지 못하다. 역사의 종말에 이르러 공산주의 제국이 전 인류를 해방시킬 때, 자유는 노예의 무리 위에 군림하게 될 테다. 그 노예의 무리는 적어도 신에 대해서 그리고 일반적으로 말해 일체의 초월성에 대해서 자유로워질 것이다. 양에서 질로의 변화라는 변증법의 기적이 여기서 분명해진다. 즉 완전한 예속이 자유라고 불리는 것이다. 게다가 헤겔과 마르크스가 인용한 모든 사례에서 보듯, 여기서 객관적인 변화는 전혀 없고 다만 주관적인 명칭 변화만이 있을 뿐이다. 기적이란 없다. 만약 허무주의의 유일한 희망이 수많은 노예가 언젠가 영원히 해방된 인류를 형성하는 것이라면, 역사는 단지 절망적인 꿈에 지나지 않는다. 역사적 사고는 인간을 신에 대한 종속에서 해방했다. 그러나 이

해방은 인간에게 생성 변화에 대한 절대적 복종을 강요한다. 그리하여 인간은 지난날 신의 제단에 투신했던 것처럼 이제 당의 영원성을 향해 매진해야 한다. 감히 가장 반항적인 시대라고 자부하는 한 시대가 오직 순응주의만을 택하는 까닭이 바로 여기에 있다. 20세기의 진정한 정열, 그것은 예속이다.

그러나 전체적 자유 또한 개인적 자유와 마찬가지로 획득하기 쉽지 않다. 세계에 대한 인간의 지배를 확보하기 위해서는 공산주의 제국을 벗어나는 모든 것, 양의 지배에 속하지 않는 모든 것을 세계와 인간으로부터 잘라내야 한다. 이러한 시도는 끝이 없다. 이 시도는 역사의 세 차원을 이루는 공간과 시간과 인간으로 확대되어야 한다. 공산주의 제국은 자체에 내재한 가정의 논리에 따라 스스로 우애요 진리요 자유라고 절망적으로 주장하지만, 실제로는 전쟁이요 몽매주의요 전제정치다. 오늘날의 러시아에는, 심지어 러시아 공산주의 내에서조차 스탈린의 이데올로기를 부정하는 진리가 분명히 있다. 그러나 스탈린의 이데올로기는 자체의 논리를 갖고 있거니와, 만약 혁명 정신이 궁극적으로 결정적인 타락을 모면하고자 한다면 그 논리를 분명히 밝혀서 전면에 내놓아야 한다.

소비에트 혁명에 대한 서유럽 군대의 파렴치한 개입은 러시아 혁명가들에게 전쟁과 민족주의가 계급투쟁에 버금가는 현실이라는 사실을 가르쳐주었다. 프롤레타리아들의 국제적 유대가 자동으로 이루어지지 않았기 때문에, 국제적 조직이 결성되지 않는 한 어떠한 혁명도 오래갈 수 없으리라고 생각되었다. 따라서 세계적 왕국은 오직 두 가지 조건에서만 구축될 수 있으리라는 것을 인정하지 않으면 안 되었다. 모든 강대국 내에서 거의 동시에 혁명이 일어나거나, 아니면 전쟁으로 부르주아 국가들을 없애버려야 했다. 영속적 혁명 아니면 영속적 전쟁인 것이다. 알다시피 전자가 승리할 뻔했다. 독일과 이탈리아와 프랑스의 혁명운동은 혁명적 희망의 최고점을 보여주었다. 그러나 이 혁명들이 좌절되고 자본주의 체제가 강화되면서 전쟁이 혁명의 현실로 변했다. 이를테면 계몽철학이 등화관제의 유럽으로 귀결되었다. 굴욕당한 자들의 자발적 봉기로 실현되어야 했을 세계 왕국은 역사와 교의의 논리에 따라 권력이라는 수단에 기대며 차츰 제국으로 변해갔다. 엥겔스는 마르크스의 동의를 얻어 그런 전망을 냉정하게 받아들였고, 바쿠닌의 『슬라브 민족에게 고함』에 답하여 이렇게 썼다. "다음 세계대전은 지구에서 반동 계급과 반동 왕조뿐만 아니라 모든 반동 국민을 사라지게 할 것이다. 그것 또한 진보의 일부를 이룬다." 엥겔스가 보기에 그러한 진보는 차르의 러시아를 제거하게 될 것이었다. 오늘날 러시아는 진보의 방향을 역전시켰다. 냉전이든 미지근한 전쟁이든, 전쟁은 세계 제국을 형성하는 데 기여한다. 제국주의로 변한 혁명은 난관에 봉착했다. 만일 이 혁명이 거짓된 원리를 포기하고 반항의 기원으로 돌아가지 않는다면, 그것은 자본주의가 자발적으로 해체될 때까지 여러 세대에 걸쳐 수억의 인간을 독재적으로 억압한다는 것을 뜻할 뿐이다. 혹은 만일 이 혁명이 인간 왕국의 도래를 앞당기고자 한다면, 자신도 원치 않는 핵전쟁이 일어날 것이고 핵전쟁 이후에는 어떤 왕국이건 완전한 폐허 위에 세워질 것이다. 세계적 혁명은 경솔하게도 신격화한 역사의 법칙 자체로 인해 경찰과 폭력에 기대야만 했다. 아울러 그것은 추가적인 모순에 처하게 된다. 도덕과 미덕을 희생시키고 혁명의 목적이 정당화한 온갖 수단을 용인하는 것은 엄밀히 말해 그 목적이 실현 가능할 때 비로소 받아들여진다. 그런데 무장한 평화는 독재의 무한한 연장으로 이 목적의 무한한 부정을 초래한다. 게다가 전쟁의 위험성으로 인해 이 목적의 실현 가능성은 더욱 희박해진다. 공산주의 제국이 전 세계로 확산하는 것은 20세기 혁명에서 불가피한 필연이다. 그러나 이 필연성이 혁명을 마지막 딜레마로 몰아넣는다. 즉 새로운 원리를 창안하든가 아니면 혁명이 그토록 염원했던 정의와 평화를 포기해야 한다.

공간의 지배가 실현되기를 기다리면서 제국은 또한 시간을 지배하지 않을 수 없게 된다. 모름지기 고정된 진리를 부정함으로써 제국은 진리의 가장 근본적인 형태, 즉 역사의 진리를 부정하는 데까지 나아갈 수밖에 없다. 제국은 세계의 발전 단계에 비추어 아직은 불가능한 혁명을 제국 스스로가 부정하려 하는 과거 속으로 옮겨놓았다. 그것 역시 논리적인 귀결이다. 순전히 경제적인 것만은 아닌 논리적 일관성은 인간의 과거에서 미래까지 하나의 불변수를 상정하는데, 그 불변수는 인간 본성에 대해 생각하게 한다. 교양인 마르크스가 여러 문명에 적용한 논리적 일관성은 경제보다 더욱 폭넓고 자연스러운 하나의 연속성을 드러냄으로써 자신의 이론을 벗어날 위험이 있었다. 러시아 공산주의는 점차 단절을 꾀했고, 연속성을 변화 생성 속으로 끌어들이기에 이르렀다. 이단적 천재의 부정(천재란 대개 이단적이기 마련이지만), 문명의 공헌의 부정, 예술이 역사를 벗어나는 한 예술의 부정, 살아 있는 전통의 포기 등은 현대 마르크스주의를 점

반항인

점 더 협소해지는 한계 속으로 몰아넣었다. 마르크스주의는 세계 역사에서 교의에 동화될 수 없는 것들을 부정하거나 묵살하고, 현대 과학의 성과를 거부하는 것으로는 성에 차지 않았다. 한 걸음 더 나아가 가장 잘 알려진 가장 최근의 역사, 예를 들면 당과 혁명의 역사까지 재창조해야 했다. 해마다, 때로는 달마다, 『프라우다』[218]지는 기사를 정정하고, 공적으로 발표된 역사의 정정판이 줄을 잇고, 레닌이 비판되고 마르크스가 간행되지 않았다. 이쯤 되면 종교적 몽매주의와 비교하는 것조차 부당하다. 교회는 신의 계시가 두 사람 사이에서, 그런 다음 네 사람 혹은 세 사람 사이에서, 또 그런 다음 다시 두 사람 사이에서 이루어졌다는 식으로 끝없이 결정을 번복하는 데까지 나아간 적이 결코 없었다. 우리 시대 특유의 가속화 현상 또한 진리의 조작에 영향을 끼쳤는데, 이러한 리듬을 따라가면 진리는 순수한 환영에 지나지 않게 된다. 옛날 어느 왕국의 직인들이 임금님의 옷을 만들기 위해 실도 없는 빈 베틀로 베를 짰다는 민담처럼, 오늘날 그 기이한 일을 직업으로 가진 수많은 사람이 나날이 헛된 역사를 재창조했다가 저녁이면 부숴버리고 있다. 그러다가 결국 어느 날 한 소년이 조용한 목소리로 문득 임금님은 벌거벗고 있다고 선언할 것이다. 그리하여 이 작은 반항의 목소리가 모든 사람이 이미 눈으로 보고 있는 사실을 이야기할 것이다. 즉 존명하기 위해 자신의 세계적 사명을 부정하거나 세계적인 것이 되기 위해 자신을 포기해야 할 운명에 처한

---

218 『프라우다』*Pravda*는 1912년 혁명 세력의 기관지로 창간되었고, 1991년 소련이 붕괴할 때까지 공산당 기관지 역할을 했다. '프라우다'는 러시아어로 '진리'를 뜻한다.

혁명이 거짓 원리에 기대어 살아가고 있다는 사실 말이다.

　그날이 올 때까지, 이 원리는 수많은 사람을 짓누를 것이다. 시간과 공간의 현실에 의해 저지된 제국의 꿈은 인간들을 통해 향수를 달랜다. 인간들은 개인의 자격으로서는 제국을 적대할 수 없다. 그 정도는 전통적 공포정치만으로도 족히 분쇄될 것이기 때문이다. 인간들이 제국을 적대할 수 있었던 것은 인간 본성이 지금까지 역사만으로 살 수 없었고, 늘 어떤 면에서 역사를 일탈했기 때문이다. 제국은 하나의 확신과 하나의 부정, 즉 인간의 무한한 순응성에 대한 확신과 인간 본성의 부정을 전제로 한다. 선전의 기술은 순응성을 측정하는 데 이바지하며, 반성과 조건반사를 일치시키려고 노력한다. 선전의 기술은 여러 해 동안 불구대천의 원수로 지목해온 국가와 조약을 체결하게 한다. 게다가 선전의 기술은 이런 식으로 얻은 심리적 효과를 뒤엎고 인민으로 하여금 그 동일한 원수를 다시 적대하게 만든다. 이 실험은 아직 종결되지 않았으나, 그 원리는 논리적이다. 만일 인간 본성이라는 것이 존재하지 않는다면, 인간의 순응성은 과연 무한하리라. 정치적 현실주의는 이쯤 되면 고삐 풀린 낭만주의, 효율성의 낭만주의에 지나지 않는다.

　이렇게 하여 우리는 러시아 마르크스주의가 비합리의 세계를 이용하면서도 전체적으로는 그것을 거부한다는 사실을 이해하게 된다. 비합리는 제국에 봉사할 수 있는 것과 마찬가지로 제국에 반발할 수도 있다. 비합리가 계산을 일탈하자, 오직 계산만이 제국을 지배하게 된다. 인간이란 합리적으로 짓누를 수 있는 힘들의 유희일 뿐이다. 예컨대 무분별한 마르크스주의자들은 그들의 교의와 프로이트의 이론을 접목할 수 있으리라고 생각했다. 프로이트는 이단적 사상가이자 '프티 부르주아'인데, 왜냐하면 그가 무의식을 해명했고 그 무의식에 적어도 초자아나 사회적 자아에 못지않은 현실성을 부여했기 때문이다. 이 무의식은 역사적 자아에 대립하는 인간 본성의 고유성을 규정할 수도 있다. 그와 반대로 인간은 계산의 대상인 사회적·합리적 자아로 요약되어야 한다. 그러므로 각자의 삶을 예속시켜야 했을 뿐만 아니라 일생을 통해 기다려야 하는 가장 비합리적이고 고독한 사건인 죽음마저 예속시켜야 했다. 공산 제국은 결정적 왕국을 향한 필사적인 노력 속에서 죽음마저 통합시키려고 하는 것이다.

살아 있는 인간을 예속시키고 그 인간을 사물의 역사적 상태로 환원시킬 수는 있다. 그러나 만약 인간이 예속을 거부하면서 죽는다면, 인간은 사물의 질서를 거부하는 인간 본성을 재확인하는 셈이다. 그런 까닭에 인간이 자신의 죽음을 정당한 것으로 받아들이면서 사물의 제국에 순응하는 경우에만, 인간은 피고로서 세계의 면전에서 죽을 수 있다. 치욕적으로 죽든가 아니면 삶 속에서도 죽음 속에서도 더 이상 존재하지 않아야 한다. 후자의 경우, 인간은 죽는 게 아니라 소멸하는 것이다. 마찬가지로 수형자가 명예롭게 형벌을 감내할 때, 그의 형벌은 조용한 항의를 뜻하는 동시에 전체성에 균열을 일으킨다. 그러나 수형자가 형벌을 받지 않으려 애쓸 때, 그는 전체성 속에 다시 편입되며 제국이라는 기계의 부품이 된다. 요컨대 그는 너무도 필수적인 생산의 톱니바퀴로 탈바꿈된다. 결국 그가 유죄이기 때문에 생산에 이용되는 것이 아니라, 생산이 그를 필요로 하기 때문에 유죄로 판결받는다. 인간과 사물을 혼동함으로써, 러시아의 강제수용

소는 인간의 정부에서 사물의 관리 당국으로 가는 변증법적 이행을
실현한다.

적이라도 공동의 과업에 협력해야 한다. 제국의 밖에서 구원이
란 없다. 이 제국은 우정의 제국이다. 아니면 앞으로 우정의 제국이
될 것이다. 그러나 이 우정은 사물들 사이의 우정이다. 왜냐하면 제국
보다 친구를 더 좋아할 수는 없기 때문이다. 인간들의 우정이란 죽음
에 이르기까지 우정의 지배 아닌 모든 것에 대항하는 특수한 연대성
이다. 사물들의 우정은 전면적인 우정, 만인과의 우정이기에, 살아남
기 위해서라면 누구든지 고발할 수 있음을 전제로 하는 우정이다. 사
랑의 대상이 남자든 여자든 누구나 사랑할 때는 현재의 그 대상을 사
랑하는 법이다. 그런데 혁명은 아직 지상에 존재하지 않는 사람만을
사랑하고자 한다. 사랑한다는 것, 어떤 면에서 그것은 혁명으로 탄생
할 완성된 인간을 죽인다는 것이다. 언젠가 이 완성된 인간이 살 수
있도록, 오늘부터 미래의 인간은 무엇보다 더 큰 선호의 대상이 되어
야 한다. 인간들의 왕국에서 사람들은 사랑으로 서로 연결된다. 사물
의 제국에서 사람들은 밀고의 위협으로 서로 묶인다. 우애 넘치는 곳
이 되려 했던 제국이 고독한 사람들의 개미집이 되어버렸다.

또 다른 차원에서 볼 때, 야수 같은 비합리적 광란은 인간의 동
의를 얻으려면 인간을 잔인하게 고문해야 한다고 생각한다. 그리하
여 오직 인간만이 개체 간의 비열한 야합을 통해 다른 인간을 정복한
다. 반대로 합리적 전체성의 대표자는 인간 내면에서 사물이 인간보
다 상위를 차지하도록 내버려두는 데 그친다. 우선, 최고의 정신이 경
찰의 다양한 고문 기술에 의해 최하의 정신으로 전락한다. 그런 다음

반항인

닷새, 열흘, 스무 날 동안 잠재우지 않으면, 덧없는 신념이 사라지고 죽은 영혼이 새롭게 태어난다. 이런 관점에서 프로이트 이후 우리 시대가 겪은 단 하나의 심리학적 혁명은 소련 내무성에 의해, 일반적으로 말해 정치경찰에 의해 이루어진 셈이다. 결정론적인 가설에 따라 인간 영혼의 약점과 순응도를 계산해냄으로써 이 새로운 기술들은 다시 한번 인간의 한계를 넘어섰고, 어떤 개인적 심리도 고유한 것은 아니며 인간 성격의 공통 척도는 사물이라는 것을 입증하고자 애썼다. 이 기술들은 문자 그대로 영혼 물리학을 창조했다.

이를 기점으로 전통적인 인간관계가 변형되었다. 이 점진적 변형은 합리적 공포정치의 세계를 특징짓는다. 나라마다 차이는 있겠으나, 전 유럽이 이 공포정치 속에서 살고 있다. 인간과 인간 사이의 관계인 대화는 두 종류의 독백, 즉 선전과 논쟁으로 대체되었다. 힘과 계산의 세계 특유의 추상화 현상이 꿈틀거리는 살과 비합리의 영역에 속하는 참된 정열들을 대신했다. 빵을 대신하는 전표, 교의에 굴복하는 사랑과 우정, 계획에 복종하는 운명, 규범이라고 불리는 형벌, 살아 있는 창조를 대신하는 생산 등은 정복적 혹은 예속적 권력의 유령들로 가득 찬 오늘날의 유럽을 잘 보여준다. "사형집행인보다 더 나은 방어 수단을 알지 못하는 이 사회는 도대체 얼마나 비참한 사회인가!"라고 마르크스는 외쳤다. 그러나 그 사형집행인은 아직 철학자 사형집행인이 아니었으며, 보편적 인류애를 주장하지도 않았다.

역사를 통틀어 가장 거대한 혁명인 이 혁명의 궁극적 모순은 끊임없는 불의와 폭력으로 정의를 수립하려는 데 있다. 굴종이나 기만, 이런 불행은 모든 시대에 공통된다. 이 혁명의 비극은 허무주의의 비극이며, 보편을 주장하면서도 인간의 상처를 쌓아나가는 현대 지성의 드라마다. 전체성은 통일성이 아니다. 계엄령은 세계의 구석구석까지 확산된다 해도 화해를 뜻하지는 않는다. 세계적 왕국의 요구는 세계의 3분의 2와 수 세기에 걸친 막대한 유산을 거부함으로써만, 역사를 위해 자연과 미를 거부함으로써만, 인간에게서 정열과 회의와 행복과 창의력, 한마디로 인간의 위대성을 절단함으로써만 이 혁명 가운데 유지될 수 있다. 인간이 자신에게 부과한 원리가 마침내 인간이 지닌 가장 고결한 의도보다 우위에 섰다. 끝없는 비판, 투쟁, 논쟁, 파문, 그리고 받기도 하고 가하기도 하는 박해로 인해 자유롭고 우애로운 인간들의 세계 왕국은 조금씩 표류하고 있고, 역사와 효율성이 최고 심판관으로 군림하는 유일한 세계, 즉 심판의 세계에 자리를 물려주고 있다.

모든 종교는 유죄와 무죄의 관념 주위를 맴돈다. 그렇지만 최초의 반항자인 프로메테우스는 징벌의 권리를 부정했다. 제우스 자신, 아니 특히 제우스는 이 권리를 가질 수 있을 만큼 충분히 결백하지 않다. 최초의 운동에 있어 반항은 징벌의 정당성을 거부한다. 그러나 고단한 여행의 끝에 이르러 반항은 징벌이라는 종교적 관념을 되풀이하고, 그것을 세계의 중심에 놓는다. 최고 심판관은 이제 천상에 있지 않다. 최고 심판관은 바로 역사인데, 역사는 무자비한 신이 되어 형을 선고한다. 역사는 그 자체로 하나의 기나긴 징벌에 지나지 않는다. 진정한 보상은 역사의 종말에 이르러야만 맛볼 수 있기 때문이다. 지금 우리는 분명히 헤겔과 마르크스주의로부터 멀리 떨어져 있으며, 최초의 반항자들로부터는 훨씬 더 멀리 떨어져 있다. 순전히 역사적인 일체의 사상은 이러한 심연 위에서 열린다. 마르크스가 계급 없는 사회의 필연적 완성을 예고한 이상, 그가 역사의 선량한 의지를 확립한 이상, 해방의 행진이 늦어지는 것은 모두 인간의 잘못된 의지 때문이라고 해야 옳다. 마르크스는 기독교에서 벗어난 세계에 죄와 벌의 개념을 다시 도입했다. 그러나 이번에는 신이 아니라 역사가 심판관이다. 어떤 면에서 마르크스주의는 인간의 유죄성과 역사의 무죄성으로 이루어진 교의이다. 권력에서 멀리 있을 때, 마르크스주의의 역사적 해석은 혁명적 폭력이었다. 그러나 권력의 정상에 섰을 때, 그것은 합리적 폭력, 이를테면 공포정치와 심판이 될 위험이 있었다.

종교의 세계에서 진정한 심판은 훗날로 미루어진다. 지체 없이 유죄가 징벌되고 무죄가 축성될 필요는 없다. 반면 새로운 세계에서는 역사가 선고한 판결이 즉시 집행되어야 한다. 유죄란 실패와 징벌에 일치하는 것이기 때문이다. 역사가 부하린[219]을 죽였기에 역사는 부하린을 심판한 셈이다. 스탈린이 권력의 정상에 있기에 역사는 스탈린의 무죄를 선언한다. 티토[220]는 트로츠키[221]처럼 소송을 당하고 있다. 그런데 트로츠키의 유죄성은 암살자들의 망치가 그의 머리를 내리쳤을 때야 비로소 역사적 범죄 철학자들에 의해 명백한 것으로

---

219 Nikolay Bukharin(1888-1938). 러시아 공산주의 이론가이다.

220 Tito(1892-1980). 유고슬라비아 사회주의 연방공화국의 종신 대통령으로 소련을 배신하고 서방 자본주의 국가에 부역했다는 비판을 받기도 했다.

221 Leon Trotsky(1879-1940). 레닌과 함께 소비에트연방을 건설했지만, 레닌이 죽은 후 스탈린의 정적으로 권력 투쟁에서 밀려나 멕시코로 망명했다. 스탈린이 사주한 암살자에 의해 등산용 피켈에 머리를 찍혀 살해되었다.

해석되었다. 그러므로 우리는 티토가 유죄인지 아닌지 아직은 모른다. 그는 고발되었으나 아직 처형당하지는 않았다. 그가 땅에 쓰러지는 날, 그의 유죄성이 확정될 것이다. 트로츠키와 티토의 잠정적인 무죄성은 대체로 지리적인 사정에 연유했다. 그들은 재판 관할권으로부터 멀리 떨어져 있었다. 반면 재판 관할권 내에 있는 자들은 지체없이 심판되어야 한다. 역사의 결정적 심판은 앞으로 선고될 판결, 확정되기도 하고 파기되기도 할 무한히 많은 판결에 달려 있다. 이처럼 세계의 법정이 세계와 함께 세워지는 날, 신비로운 복권復權이 이루어지리라고 이 새로운 세계는 약속하고 있다. 경멸할 만한 배반자로 선언되었던 이가 인간들의 판테온 신전에 모셔질 것이다. 또 다른 이는 역사의 지옥에 남을 것이다. 그러나 그때, 과연 누가 심판할 것인가? 바로 새로운 신성 속에서 마침내 완성된 인간 자신일 것이다. 그때에 이르기까지는 그들이 역사에 부여했던 의미를 역사로부터 판독할 능력이 있는 유일한 자들, 즉 예언을 착상했던 자들이 죄인들에게는 치명적인 형을, 심판관에게는 잠정적인 형을 선고할 것이다. 그러나 라지크처럼 심판하는 자가 거꾸로 심판받는 경우가 생긴다. 그렇다면 그가 더 이상 역사를 정확히 읽어내지 못했다고 생각해야 하는가? 사실상 그의 패배와 죽음은 그렇게 생각해야 함을 증명한다. 그렇다면 오늘의 심판관들이 내일에는 배반자가 되어 법정의 상석으로부터 역사의 저주를 받은 자들이 죽어가는 지하실로 굴러떨어지지 않으리라고 누가 보장하겠는가? 그들의 오류 없는 통찰력이다. 그렇다면 누가 그 통찰력을 증명하는가? 그들의 영속적인 성공이다. 심판의 세계는 성공과 무지가 서로를 확증하는 하나의 순환적인 세계, 모든 거울이 똑같은 기만을 반영하는 하나의 순환적인 세계다.

그리하여 역사의 은총이 생길 터인즉,[222] 그 은총의 힘만이 역사의 의도를 꿰뚫어 제국의 신민을 우대하거나 파문할 수 있다. 역사의 은총이 부리는 변덕에 대처하기 위해, 제국의 신민은 적어도 성 이그나티우스[223]의 『영혼의 단련』에 정의된 대로의 신앙을 지녀야 한다. "길을 잃고 헤매지 않기 위해 우리는 늘, 만일 교회가 그렇게 정의한다면, 우리 눈에 희게 보이는 것도 검다고 생각할 준비가 되어 있어야 한다." 진리의 대표자들에 대한 이런 적극적인 신앙만이 역사의 신비로운 파괴로부터 제국의 신민을 구할 수 있다. 어쨌건 신민은 공포라는 역사적 감정에 의해 얽매인 심판의 세계로부터 여전히 벗어나지 못하고 있다. 그런데 만일 이 신앙이 없다면, 신민은 언제나 최고의 선의에도 불구하고 객관적 죄인이 될 위험에 처하게 된다.

이러한 관념 속에서 심판의 세계는 마침내 절정에 이른다. 이 관념과 더불어 궤도의 회전이 다시 완결된다. 인간의 무죄라는 이름으로 일어난 기나긴 반역의 끝에 이르러, 근원적인 도착倒錯 현상으로 보편적 유죄라는 주장이 불쑥 나타난다. 모름지기 인간이란 스스로 의식하지 못하는 죄인이라는 것이다. 객관적 죄인은 스스로 무죄라고 생각했던 바로 그자다. 그는 자신의 행동을 무해하다거나 심지어 정의의 미래에 유익하다고 주관적으로 판단하고 있었다. 그러나 사람들은 객관적으로 볼 때 그의 행동이 정의의 미래에 유해한 것이었

---

222 '이성의 계략'은 역사의 세계에서 악의 문제를 잠재운다. [원주]

223 Ignatius de Loyola(1491-1556). 스페인의 가톨릭 신부로 예수회 교단을 창설했다.

음을 그에게 증명한다. 여기서 문제 되는 객관성은 과학적 객관성인가? 아니다. 역사적 객관성이다. 그렇다면 현재의 불의에 대한 무분별한 고발이 정의의 미래를 위태롭게 만드는지 아닌지를 어떻게 알 수 있단 말인가? 진정한 객관성이란 과학적으로 관찰된 결과에 따라 사실들과 사실들의 경향을 판단하는 데 존재한다. 그러나 객관적 유죄성이라는 관념은 그 기이한 객관성이 적어도 2000년의 과학으로나 알 수 있을 결과와 사실에만 토대를 두고 있다. 그때까지 이 객관성은 끝없는 주관성 속에서 요약되며, 바로 그 주관성이 타인들에게 객관성으로 강요된다. 이런 사실이야말로 공포정치에 대한 철학적 정의다. 이 객관성은 정의 가능한 의미가 없지만, 권력은 자신이 인정하지 않는 것을 유죄라고 선언함으로써 이 객관성에 하나의 내용을 부여하게 될 것이다. 객관적 죄인이 모르는 새 그렇게 했던 것처럼, 권력은 역사에 대해 위험을 무릅쓰겠다고 자처하거나 아니면 공산 제국의 밖에 사는 철학자들로 하여금 그렇게 말하게 내버려둘 것이다. 심판은 훗날 희생자와 사형집행인이 사라졌을 때 이루어질 것이다. 그러나 이 같은 위안은 그것을 별로 필요로 하지 않는 사형집행인에게만 가치 있다. 그때까지 회심으로 가득 찬 희생자들이 정밀한 의식에 따라 역사의 신에게 제물로 바쳐지는 기이한 축제에 신자들이 정기적으로 초대된다.

이러한 관념의 직접적 유용성은 신앙에 대한 무관심을 금하는 데 있다. 그것은 강요된 선교다. 용의자를 뒤쫓는 데 기능이 있는 법률이 용의자를 날조한다. 용의자를 날조해놓고 법률은 그들을 개종시킨다. 예컨대 부르주아사회에서는 모든 시민이 법률에 동의하는 것으로 간주된다. 객관적 사회에서는 모든 시민이 법률에 동의하지 않는 것으로 간주될 것이다. 아니면 적어도 모든 시민은 언제나 자신이 법률에 반대하지 않는다는 것을 증명할 준비가 되어 있어야 할 것이다. 유죄는 이제 더 이상 사실에 존재하는 것이 아니라 신앙의 단순한 결여에 존재한다. 이런 사실이야말로 객관적 체제의 명백한 모순을 설명한다. 자본주의 체제의 경우 중립을 자처하는 사람은 객관적으로 볼 때 체제에 유익한 사람으로 여겨진다. 제국의 경우 중립적인 사람은 객관적으로 볼 때 체제에 적대적인 사람으로 여겨진다. 이 점에서 놀라운 것은 전혀 없다. 제국의 신민이 제국을 믿지 않는다면, 그는 자신의 선택에 따라 역사적으로 아무것도 아닌 것이 되는 셈이다. 그는 역사에 반하여 선택한 셈이며, 따라서 그는 신성을 모독하는 자다. 입으로 고백한 신앙만으로는 충분치 않다. 신앙을 살아야 하며, 신앙을 섬기기 위해 행동해야 하고, 교의가 만드는 변화에 제때 동의하기 위해 언제나 주의를 기울여야 한다. 조금이라도 잘못하면, 잠재적인 유죄성도 객관적인 것이 되고 만다. 자신의 역사를 나름대로 완성한 혁명은 일체의 반항을 말살하는 데 그치지 않는다. 혁명은 태양 아래 반항이 존재했고 여전히 존재한다는 사실에 대해 모든 인간에게, 심지어 가장 비천한 인간에게도 책임을 지우려 한다. 마침내 쟁취되고 완성된 심판의 세계에서, 유죄의 인민이 대심판관들의 매서운 시선을 받으며 불가능한 무죄를 향해 쉼 없이 행진할 것이다. 20세기에, 권력이란 슬픈 것이다.

프로메테우스의 놀라운 여정이 여기서 끝난다. 신에 대한 증오와 인간에 대한 사랑을 외치면서, 그는 경멸로 제우스에게 등을 돌리고 필멸의 인간에게 다가와 그들을 이끌고 하늘을 공격한다. 그러나 인간들은 유약하거나 비겁하다. 그들을 조직해야 한다. 그들은 쾌락과 즉각적인 행복을 사랑한다. 그들을 위대하게 만들기 위해 그들이 일상의 꿀을 거부하도록 가르쳐야 한다. 그리하여 이번에는 프로메테우스가 주인이 된다. 그는 처음에는 가르치고 다음에는 명령한다. 투쟁이 한층 더 연장되어 진력나는 것으로 변한다. 인간들은 태양의 왕국에 도달하리라는 것을 의심하게 되고, 그러한 왕국이 존재하는지조차 의심하게 된다. 시급히 그들을 구원해야 한다. 그리하여 영웅은 왕국을 알고 있는 자는 자신뿐이라고 그들에게 말한다. 그것을 의심하는 자는 사막에 내던져지고, 바위에 못 박히며, 사나운 새의 먹이로 바쳐질 것이다. 다른 사람들은 생각에 잠긴 고독한 주인을 따라 암흑 속을 걸을 것이다. 프로메테우스만이 홀로 신이 되어 인간들의 고독 위에 군림하고 있다. 제우스에게서 그가 쟁취한 것은 고독과 잔인성뿐이다. 이제 그는 더 이상 프로메테우스가 아니다. 그는 황제 카이사르다. 진정한 프로메테우스, 영원한 프로메테우스는 이제 그의 희생자 가운데 하나의 얼굴을 가지게 되었다. 머나먼 시대의 밑바닥으로부터 올라오던 그 똑같은 절규가 스키타이[224] 황야 깊숙한 곳에서 여전히 울려 퍼지고 있다.

---

[224] 흑해 북쪽에 위치한 구소련의 영토로 스키타이족의 나라였다. 신의 대장간에서 불을 훔쳐 인간에게 전한 죄로 프로메테우스가 카프카스 산정에서 온몸을 결박당한 채 독수리에게 심장을 파먹혔는데, 스키타이 황야는 바로 이 카프카스 산정을 가리키는 것으로 보인다.

반항과 혁명

원리의 혁명은 신의 화신을 죽임으로써 신을 죽인다. 20세기의 혁명
은 원리 자체에 남아 있던 신의 잔영마저 죽이고 역사적 허무주의를
신성화한다. 이 허무주의가 뒤이어 접어든 길이 어떤 것이든 간에, 이
허무주의가 금세기의 도덕적 규범을 이탈하여 창조하려는 순간부터
그것은 황제 카이사르의 사원을 세우게 된다. 역사, 오직 역사만을 택
한다는 것은 곧 반항 자체의 가르침에 반하여 허무주의를 택한다는
것이다. 역사는 아무런 의미가 없다고 외치면서 비합리의 이름으로
역사에 뛰어드는 자들은 예속과 공포정치를 만나게 되고, 강제수용
소의 세계에 이르게 된다. 역사의 절대적 합리성을 설교하면서 역사
에 몸을 던진 자들 또한 예속과 공포정치를 만나게 되고, 강제수용소
의 세계에 이르게 된다. 파시즘은 니체가 말한 초인의 도래를 실현하
고자 한다. 만약 신이 존재한다면 신은 이러저러한 것일 테지만, 무엇
보다도 먼저 죽음의 주인일 것이라는 사실을 파시즘은 곧 발견한다.
만일 인간이 스스로 신이 되기를 원한다면, 그는 타인에 대한 생사여
탈권을 가져야 한다. 수많은 시체와 하등 인간을 만든 파시스트는 그
자체가 하등 인간이며, 신이 아니라 죽음의 비천한 노예다. 다른 한
편, 합리적 혁명은 마르크스의 전체적 인간을 실현하고자 한다. 역사
의 논리는 그것이 전적으로 수용되는 순간부터, 혁명의 지고한 정열
을 거슬러 혁명으로 하여금 점점 더 많은 사람에게 상처를 입히게 만
들고, 혁명 자체를 객관적 범죄로 탈바꿈시킨다. 파시즘의 목적과 러
시아 공산주의의 목적을 동일시하는 것은 옳지 않다. 전자는 사형집

행인에 대한 찬양을 사형집행인 자신을 통해 나타낸다. 좀 더 연극적인 후자는 사형집행인에 대한 찬양을 희생자들을 통해 나타낸다. 전자는 결코 모든 인간을 해방시키기를 꿈꾼 적이 없고, 다만 그중의 몇몇을 해방시키고 나머지를 정복하려고 했을 뿐이다. 후자는 그 가장 깊은 원리로 볼 때 모든 사람을 잠정적으로 노예화함으로써 그들을 해방시키는 것을 목표로 한다. 그 의도가 위대하다는 사실을 인정하지 않을 수 없다. 그러나 전자와 후자가 모두 도덕적 허무주의라는 샘에서 정치적 시니시즘을 퍼 올렸기에 양자의 수단을 동일시하는 것은 옳다. 모든 것이 마치 슈티르너와 네차예프의 후예들이 칼리아예프와 프루동의 후예들을 이용한 것처럼 흘러갔다. 허무주의자들은 오늘날 왕좌에 군림하고 있다. 혁명의 이름으로 우리의 세계를 영도하려고 했던 사상들은 실제로는 반항의 이데올로기가 아니라 동의의 이데올로기가 되었다. 우리 시대가 절멸의 사적·공적 기술의 시대인 까닭이 바로 여기에 있다.

혁명은 허무주의에 복종함으로써 그 반항적 기원으로부터 등을 돌린 셈이다. 죽음과 죽음의 신을 증오했으며 개인으로서 영생할 수 없음에 절망한 인간은 인류의 불멸성에서 해방을 얻고자 했다. 그러나 집단이 세계를 지배하지 못하는 한, 인류가 거기서 군림하지 못하는 한, 여전히 죽음의 숙명을 피할 수 없다. 그리하여 시간은 촉박해지는데, 설득은 시간적 여유를 요하고 우정은 끝없는 축적을 요한다. 따라서 공포정치가 불멸성에 이르는 가장 빠른 길로 남는다. 그러나 이러한 극단적인 도착 증세는 원초의 반항적 가치에 대한 향수를 외치게 한다. 일체의 가치를 부정하려는 현대의 혁명은 그 자체가 이미 하나의 가치판단이다. 인간은 혁명을 통해 군림하고자 한다. 그러나 아무것도 의미가 없다면 왜 군림하려 할까? 삶의 얼굴이 끔찍한 것이라면 왜 불멸을 원할까? 절대적인 유물론이 존재하지 않는 것과 마찬가지로, 아마도 자살 속에서가 아니라면 절대적인 허무주의 사상도 존재하지 않는다. 인간에 대한 파괴 또한 인간을 긍정하는 것이다. 공포정치와 강제수용소는 고독으로부터 탈출하기 위해 인간이 이용하는 극단적인 수단이다. 통일성에 대한 갈망은 공동묘지에서도 실현되어야 한다. 그들이 사람을 죽인다면, 그것은 필멸이라는 인간 조건을 거부하고 만인을 위한 불멸을 원하기 때문이다. 어떤 면에서 그들은 스스로를 죽이는 셈이다. 그러나 동시에 그들은 인간 없이는 살 수 없음을 보여준다. 그들은 우정에 대한 무서운 굶주림을 채우고 있다. "인간은 즐거움을 누려야 한다. 인간이 즐거움을 누리지 못할 때, 인간에게는 다른 인간이 필요하다." 존재의 고통과 죽음의 고통을 거부하는 자들은 지배하기를 원한다. "고독, 그것은 권력이다"라고 사드는 말한다. 오늘날 수많은 고독한 자에게 권력이란 타인의 고통을 의미하기에, 그들은 타인의 필요성을 고백한다. 공포정치란 증오에 찬 고독한 자들이 마침내 인간의 우정에 바치는 경의다.

그러나 허무주의는 그것이 존재하지 않을 때 존재하려고 애쓰며, 그런 노력만으로도 세계를 저버리기에 충분하다. 이런 광란은 우리 시대에 그 역겨운 얼굴을 부여했다. 휴머니즘의 땅이 비인간적인 땅, 즉 오늘의 유럽이 되었다. 그러나 이 시대는 우리의 시대이니 우리가 어떻게 그것을 부인할 수 있을까? 설령 우리의 역사가 우리의 지옥일지라도, 우리는 그것을 외면할 수 없으리라. 이 공포는 피할 수 있는 대상이 아니라 떠맡아 극복해야 할 대상이다. 그리고 그 극복은 이 공포를 일으켜놓고 판결을 내릴 권리가 있다고 자처하는 바로 그 자들에 의해 이루어져야 한다. 이런 종류의 나무는 기실 쌓이고 쌓인 타락의 기름진 부식토 위에서만 솟아오를 수 있다. 세기의 광란으로 인간들이 서로 구별할 수 없을 정도로 뒤섞이는 극한투쟁 와중에, 적은 적인 동시에 형제가 된다. 잘못이 있어 고발되었을지라도 그는 경멸할 수도 미워할 수도 없는 존재이다. 불행은 오늘날 공통의 조국이며, 약속에 응답한 유일한 지상의 왕국이다.

휴식과 평화의 향수는 배격되어야 한다. 그것은 부정의不正義의 승인에 일치한다. 역사 속에서 그들이 만났던 행복한 사회가 끝난 후 아쉬움의 눈물을 흘리는 자들이 갈망하는 것, 그것은 빈곤의 경감이 아니라 빈곤의 침묵이다. 그와 반대로 빈곤이 절규하여 포식한 자들의 수면을 방해하는 이 시대야말로 찬양되어야 마땅하지 않을까! 메스트르는 이미 "혁명이 왕들에게 들려준 무서운 설교"에 대해 말한 바 있다. 혁명은 오늘날 더욱 절박하게 이 시대의 욕된 엘리트들에게 설교하고 있다. 이 설교를 들어야 한다. 혁명의 모든 말과 행동에는 (심지어 범죄적인 것일지라도) 우리가 추구하고 드러내야 하는 어떤 가치의 약속이 존재한다. 미래는 예견할 수 없고, 부활은 불가능할 수 있다. 비록 역사적 유물론이 그릇되고 범죄적인 것이라고 해도, 세계는 그릇된 사상을 좇아 범죄 속에서 실현되는 법이다. 하지만 이런 식의 체념은 여기서 물리치도록 하자. 왜냐하면 부활을 위해 내기를 걸어야 하기 때문이다.

우리에게는 이제 부활하든가 죽든가 하는 문제가 남아 있을 뿐

반항인

이다. 만일 반항이 자신을 부정함으로써 가장 극단적인 모순에 이른 순간이 지금 우리가 처한 이 순간이라면, 그렇다면 반항은 어쩔 수 없이 스스로가 초래한 이 세계와 더불어 멸망하든가, 아니면 성실성과 새로운 비약을 찾아야 한다. 논의를 더 깊이 진행하기 전에 이 모순을 분명히 해둘 필요가 있다. 예컨대 우리의 실존주의자들처럼 (그들 역시 지금 당장으로서는 역사주의와 역사주의의 모순을 추종하고 있다)[225] 혁명은 반항이 발전한 것이며 반항자가 혁명가가 아니라고 말한다면, 이 모순은 쉽사리 설명되지 않는다. 실제로 이 모순은 보기보다 더 심각하다. 혁명가란 동시에 반항자다. 그렇지 않으면 그는 더 이상 혁명가가 아니라 반항에 등 돌리는 경찰이나 관리다. 그러나 그가 반항자라면, 그는 결국 혁명에 맞서 몸을 일으키게 된다. 따라서 두 태도 사이에 발전이란 없고, 동시적 병존과 끝없이 증대되는 모순이 있을 뿐이다. 모든 혁명가는 박해자 아니면 이단자로 끝난다. 반항과 혁명이 선택한 순전히 역사적인 세계에서 양자는 똑같은 딜레마, 즉 경찰이냐 광란이냐 하는 딜레마에 이른다.

그러므로 이런 단계에서 역사만으로는 어떤 풍요도 제공하지 못한다. 역사는 가치의 원천이 아니라 여전히 허무주의의 원천이다. 영원한 성찰의 차원일지라도 역사에 반하는 가치를 창조할 수 있을까? 이 물음은 결국 역사적 불의와 인간의 비참을 승인하는 것으로 통한

---

225 무신론적 실존주의는 적어도 하나의 도덕을 창조하려는 의지를 지니고 있다. 그 도덕을 기대해봐야 한다. 그러나 진정한 어려움은 역사적 실존에 역사와 무관한 가치를 다시 도입하지 않으면서 도덕을 창조해내는 데 있다. [원주]

다. 이 세계에 대한 비난은 니체가 정의한 허무주의로 귀결된다. 일체의 역사에 등을 돌리는 사상과 마찬가지로, 오직 역사만으로 형성된 사상은 인간에게서 삶의 수단과 삶의 이유를 박탈한다. 전자는 '왜 살 것인가?'라는 질문에서, 후자는 '어떻게 살 것인가?'라는 질문에서 비롯되는 극단적 추락으로 인간을 몰아간다. 역사는 필요하기는 하나 충분한 것은 아니다. 그러므로 역사는 하나의 우발적 원인에 지나지 않는다. 역사는 가치의 결여가 아니며, 그렇다고 가치 그 자체도 아니며, 심지어 가치의 재료조차 아니다. 역사란 여러 기회 가운데 하나일 뿐인데, 그 기회를 통해 인간은 역사를 판단하는 데 도움이 될 만한 어떤 가치의 희미한 존재를 경험할 수 있다. 반항이 우리에게 바로 그 가치를 약속한다.

절대적 혁명은 인간 본성의 절대적 순응성을 역사적 힘으로 바꿀 수 있다는 가능성을 전제로 했다. 그러나 반항은 인간 내부에 있는 거부의 힘, 다시 말해 사물로 취급되고 역사로 환원되는 것에 대한 거부의 힘을 뜻한다. 반항은 모든 인간에게 공통되고 권력의 세계를 일탈하는 하나의 본성에 대한 긍정이다. 물론 역사는 인간의 한계 가운데 하나다. 이런 의미에서 혁명가는 옳다. 그러나 인간은 자신의 반항을 통해 거꾸로 역사에 하나의 한계를 부여한다. 이 한계에서 하나의 가치에 대한 약속이 태어난다. 오늘날 독재적 혁명이 무자비하게 분쇄하고 있는 것이 바로 이 가치의 탄생이다. 이 가치의 탄생이야말로 독재적 혁명의 패배와 그 원리의 불가피한 포기를 나타내기 때문이다. 1950년 현재 당분간은 세계의 운명이 부르주아적 생산과 혁명적 생산의 투쟁 속에서 결정될 것으로 보이지는 않는다. 양자의 목적은 동일해질 것이다. 투쟁은 반항 세력과 독재적 혁명 세력 사이에서 벌어지고 있다. 승리를 구가하고 있는 혁명은 경찰과 심판과 파문을 통해 인간 본성이란 존재하지 않음을 증명해야 한다. 치욕을 당하고 있는 반항은 모순과 고통과 거듭되는 패배와 불굴의 긍지를 통해 고뇌와 희망의 내용을 인간 본성에 부여해야 한다.

"나는 반항한다, 그러므로 우리는 존재한다"라고 노예가 말했다. 그러자 형이상학적 반항이 거기에 이렇게 덧붙였다. "그리고 우리는 외롭다." 우리는 오늘날 여전히 이 외로움을 안고 산다. 그러나 만일 우리가 텅 빈 하늘 아래 홀로 존재한다면, 그리하여 만일 영원히 죽어야 한다면, 우리는 어떻게 실제로 존재할 수 있단 말인가? 따라서 형이상학적 반항은 겉모양으로 존재를 만들려고 했다. 그런 다음에 순전히 역사적인 사상이 나타나서 존재한다는 것은 곧 행동하는 것이라고 말했다. 우리는 존재하는 게 아니라 온갖 수단을 동원하여 존재해야 했다. 우리 시대의 혁명은 모든 도덕적 규범을 벗어난 채 행동을 통해 새로운 존재를 획득하려는 하나의 시도다. 그런 까닭에 이혁명은 공포정치 속에서 오직 역사를 위해 살도록 운명 지어진다. 이혁명에 따르면 자의든 타의든 역사 속에서 만장일치의 동의를 얻지 못할 경우 인간은 아무것도 아니다. 바로 이 점에서 한계가 무너졌다. 반항은 먼저 배반당했고, 그다음에 논리적으로 살해당했다. 반항이 가장 순수한 운동을 통해 한결같이 긍정했던 것은 바로 그 한계의 존재와 우리, 즉 분열된 존재로서의 우리였기 때문이다. 반항이란 원래 모든 존재를 전적으로 부정하지는 않는다. 반대로 반항은 '예'와 '아니오'를 동시에 말한다. 한편, 반항은 자신이 찬양하는 존재의 한 부분의 이름으로 존재의 다른 한 부분을 거부하는 행동이다. 찬양이 깊으면 깊을수록 거부 또한 더욱 가차 없다. 다른 한편, 그에 뒤이어 광란의 현기증 나는 소용돌이 속에서 반항은 '전체인가 무인가'의 문제로, 모든 존재와 인간 본성에 대한 부정으로 넘어간다. 바야흐로 반항은 스스로를 부정하는 셈이다. 오직 전적인 부정만이 전체성을 획득하고자 하는 계획을 정당화한다. 그러나 인간에게 공통되는 한계, 존엄성, 미의 긍정은 이 가치들을 만인과 만물에게로 확산시킬 필요성, 기원을 부정하지 않으면서 통일성을 향해 나아갈 필요성을 제시한다. 이런 의미에서 반항은 그 기원적 속성에 비추어 순전히 역사적인 어떤 사상도 정당화하지 않는다. 반항의 요구는 통일성이고, 역사적 혁명의 요구는 전체성이다. 반항은 '예'에 의거한 '아니요'로부터 출발하고, 혁명은 절대적인 부정으로부터 출발하여 역사의 끝으로 유예된 하나의 긍정을 만들기 위해 온갖 예속을 감내해야 한다. 반항은 창조적이고, 혁명은 허무주의적이다. 반항은 더욱더 존재하기 위해 창조할 수밖에 없고, 혁명은 더욱더 부정하기 위해 어쩔 수 없이 생산한다. 역사적 혁명은 끝없이 속으면서도 언젠가 존재하게 되리라는 희망 속에서 행동하지 않을 수 없다. 심지어 만장일치의 동의조차도 존재를 창조하기에는 불충분할 것이다. "복종하라"라고 프리드리히 대왕은 그의 신민에게 말했다. 그러나 죽음에 임하여 그는 이렇게 말했다. "짐은 노예들 위에 군림하기에 지쳤노라." 이러한 부조리한 운명을 피하려면, 혁명은 자신의 원리와 허무주의와 순전히 역사적인 가치를 포기하고 반항의 창조적 원천으로 되돌아가지 않으면 안 된다. 혁명이 창조적인 것이 되기 위해서는 역사의 광란에 균형을

반항인

부여할 수 있는 도덕적 혹은 형이상학적 규범을 저버리지 말아야 한다. 물론 부르주아사회에서 발견되는 기만적인 형식 도덕에 대해 혁명이 경멸을 느끼는 것은 정당하다. 그러나 혁명의 광기는 이 경멸을 일체의 도덕적 요구로까지 확산시켰다는 데 있다. 그런데 혁명의 기원 그 자체와 혁명의 충동 저 깊숙한 곳에 혁명을 인도할 수 있는 하나의 규범, 결코 형식적이지 않은 하나의 규범이 존재한다. 반항은 과연 혁명에게 점점 더 큰 목소리로 외치고 있고 또 외칠 것이다. 즉 동의 외에는 달리 할 게 없는 세계의 면전에서 언젠가 존재하기 위해서가 아니라, 반항 운동 속에서 이미 발견된 모호한 존재에 의거해 행동하도록 애써야 한다고 말이다. 이 규범은 형식적인 것도 역사적인 것도 아니다. 이제 우리는 예술적 창조 행위 속에서 그것을 순수한 상태 그대로 발견함으로써 그것을 정확히 규명할 수 있을 것이다. 다만 그 전에 아래의 사실에 주목하자. 목하 역사와 싸우고 있는 반항은 "나는 반항한다, 그러므로 우리는 존재한다"라는 명제와 형이상학적 반항의 "그리고 우리는 외롭다"라는 명제에 이렇게 덧붙인다. 실제로 있는 그대로의 우리가 아닌 존재를 생산하기 위해 죽이고 죽는 것 대신에 실제로 있는 그대로의 우리를 창조하기 위해 살고 살게 해야 한다.

제4장　　　　　　　　　반항과 예술

예술 또한 찬양하는 동시에 부정하는 운동이다. "어떤 예술가도 현실을 참아내지는 못한다"라고 니체는 말했다. 사실이다. 그러나 어떤 예술가도 현실 없이 작업할 수는 없다. 창조란 통일성에 대한 요구이며 세계에 대한 거부다. 그러나 창조는 세계가 결여하고 있는 그 무엇 때문에, 그리고 가끔은 실제로 있는 그대로의 세계라는 이름으로 세계를 거부한다. 반항은 여기서 역사를 벗어난 순수 상태로, 원초의 복합적인 상태로 관찰된다. 그러므로 예술은 반항의 내용에 대한 최종적 투영도를 우리에게 제공할 것이다.

모름지기 혁명적 개혁가는 예술에 적의를 내보였다. 플라톤은 아직 온건한 편이다. 그는 단지 언어의 허위적 기능을 문제 삼았고, 시인들만을 그의 공화국에서 추방했을 뿐이다. 게다가 그는 미를 세계보다 상위에 놓지 않았던가. 그러나 현대의 혁명운동은 예술에 대한 심판과 다를 바 없으며, 그 심판은 지금도 계속되고 있다. 종교개혁은 도덕을 선택함으로써 미를 추방한다. 루소는 사회가 예술을 통해 자연에 가하는 훼손을 고발한다. 생쥐스트는 공연 예술을 개탄하면서 "이성의 축제"를 위해 자신이 만든 멋진 기획에 따라 이성이 "아름답기보다는 덕성스러운" 인물에 의해 의인화되기를 바란다. 프랑스대혁명은 어떠한 예술가도 탄생시키지 못했고, 다만 데물랭[226]이라는 위대한 언론인과 사드라는 숨은 작가를 탄생시켰을 뿐이다. 대

---

226 Camille Desmoulins(1760-1794). 프랑스대혁명 시대의 혁명파 저널리스트로 활약했지만, 반혁명파에 대한 관용을 주장하다가 처형대의 이슬로 사라졌다.

혁명은 당대의 유일한 시인[227]을 단두대로 처형한다. 유일한 대산문가[228]는 런던으로 추방되어 기독교와 정통 왕조를 변호한다. 좀 더 시간이 흐른 후, 생시몽주의자들은 "사회적으로 유용한" 예술을 요구할 것이다. "진보를 위한 예술"은 19세기 전체를 풍미한 공통 사상이었다. 위고가 그것을 되풀이했으나 설득력 있게 만들지는 못했다. 오직 쥘 발레스Jules Vallès만이 예술에 대한 저주에 주술적인 어조를 도입했는데, 이것이 오히려 예술에 진정성을 부여했다.

이 어조는 러시아 허무주의자들의 어조이기도 하다. 피사레프는 실용적인 가치를 위하여 미학적인 가치의 실추를 선언한다. "나는 러시아의 라파엘로가 되기보다는 차라리 러시아의 제화공이 되고 싶다." 그에게는 한 켤레의 장화가 셰익스피어보다 유용했다. 고뇌에 찬 대시인인 허무주의자 네크라소프는 시인이면서도 푸시킨의 모든 작품보다 치즈 한 조각을 택하겠노라고 단언한다. 마지막으로 우리는 톨스토이가 예술의 파문을 선언한 사실을 알고 있다. 표트르대제가 이탈리아 태양의 황금빛이 채 가시지도 않은 비너스와 아폴로의 대리석상을 상트페테르부르크의 여름 정원에 들여놓았지만, 혁명 러시아는 그것을 거부했다. 빈곤은 때때로 행복의 이미지를 보면 고통스러워 고개를 돌린다.

독일 관념론 역시 예술을 준엄하게 비난한다. 『정신 현상학』에

---

227 프랑스대혁명 시대에 공포정치를 비판한 죄로 처형당한 셰니에André de Chénier를 가리키는 것으로 보인다.

228 『기독교의 정수』Génie du christianisme를 쓴 샤토브리앙René de Chateaubriand을 가리킨다.

대한 혁명적 해석자들에 따르면, 갈등이 해결된 조화로운 사회에는 예술이 존재하지 않을 것이다. 그 사회에서 미는 상상의 대상이 아니라 생활의 대상일 것이다. 현실이 전적으로 합리적일 때, 그 자체만으로도 모든 갈증을 채워줄 것이다. 형식 의식과 도피적 가치에 대한 비판은 자연스럽게 예술에까지 확대된다. 예술이란 모든 시대에 두루 속하지 않는다. 그것은 당대에 한정되며, 마르크스의 말대로 지배 계급의 특권적 가치를 표현한다. 그러므로 오직 하나의 혁명적 예술만이 존재하는데, 그것은 바로 혁명에 봉사하는 예술이다. 게다가 역사 밖에서 미를 창조하는 예술은 오직 하나의 합리적 노력, 즉 역사 자체를 절대적 미로 바꾸려는 노력을 방해하는 것이다. 러시아의 제화공은 자신의 혁명적 역할을 의식하는 순간부터 결정적 미의 진정한 창조자가 된다. 라파엘로조차 새로운 인간은 이해하지 못할 일시적 아름다움만을 창조했을 뿐이다.

마르크스는 어떻게 그리스의 미가 우리에게 여전히 아름다울 수 있는지 자문한다. 그리스의 미란 세계의 순수한 유년기를 표현하고 있으며, 우리가 어른으로서 싸우는 중에 유년기에 대한 향수를 느끼는 것이라고 그는 자답한다. 그렇다면 어떻게 이탈리아 르네상스 시대의 걸작들과 렘브란트와 중국 예술이 우리에게 여전히 아름다울 수 있는가? 무슨 상관이랴! 예술에 대한 심판은 이미 결정적으로 시작되었고, 자신의 예술과 지식을 비판하기에 여념이 없는 예술가들과 지식인들의 곤혹스러운 공모와 함께 오늘날에도 계속되고 있다. 셰익스피어와 제화공의 투쟁에서 셰익스피어를 저주하는 자는 제화공이 아니라, 셰익스피어를 계속 읽으면서 장화 만들기를 택하지 않는 자들(그들은 결코 장화를 만들 수 없을 테지만)이라는 사실을 우리는 안다. 우리 시대의 예술가들은 19세기 러시아의 뉘우치는 귀족들과 비슷하다. 그들이 느끼는 양심의 가책이 그들의 평계를 이룬다. 하기야 예술가가 그의 예술 앞에서 느낄 수 있는 최후의 감정이 뉘우침 외에 무엇이 있을까. 그러나 아름다움마저 역사의 끝으로 미루어둔 채 그때까지 제화공을 포함한 모든 사람에게서 부수적인 빵, 즉 미를 박탈하려는 것은 필요한 겸양을 넘어서는 행위다.

그렇지만 이 광적인 금욕에는 무척 흥미로운 나름의 이유가 있다. 그것은 전술한 혁명과 반항 사이의 투쟁을 미학적 차원에서 설명한다. 대저 반항 속에는 통일성에 대한 형이상학적 요구, 통일성 실현의 불가능성, 통일성을 대체할 하나의 세계 건설이라는 명제가 발견된다. 이런 관점에서 반항이란 하나의 세계를 건설하려는 운동이다. 이것은 또한 예술을 정의한다. 사실상 반항의 요구는 부분적으로는 하나의 미학적 요구이다. 이미 살펴본 대로, 모든 반항적 사상은 하나의 수사학 또는 밀폐된 세계 속에서 구체적으로 표현된다. 루크레티우스의 성채의 수사학, 사드의 빗장 지른 성과 수도원, 낭만주의자들의 섬 또는 바위, 니체의 고독한 산정, 로트레아몽의 원초적 태양, 랭보의 성벽, 초현실주의자들에게서 보듯 꽃의 폭풍우로 부서졌다가 부활하는 무시무시한 성城, 감옥, 차단된 국가, 강제수용소, 자유로운 노예들의 제국 등은 모두 나름대로 일관성과 통일성의 요구를 나타낸다. 이런 밀폐된 세계에서 인간은 군림할 수도 있고, 마침내 깨달을 수도 있다.

이 운동은 또한 모든 예술의 운동이다. 예술가는 자기 생각대로 세계를 재창조한다. 자연의 교향악은 늘임표를 모른다. 세계는 결코 침묵하는 법이 없다. 세계의 무언조차 우리가 인식할 수 없는 진동으로 똑같은 음표들을 영원히 반복한다. 우리가 인식할 수 있는 진동에 관한 한, 그것은 우리에게 단순히 소리를 전달할 따름이다. 화음을 전달하는 경우는 거의 없고, 멜로디를 전달하는 경우는 결코 없다. 그렇지만 음악은 존재한다. 바로 그 음악 속에서 교향곡이 완성되고, 멜로디가 무형의 소리에 형태를 부여하며, 음표의 특별한 배열이 자연의 무질서로부터 정신과 심성을 만족시키는 하나의 통일을 끌어낸다.

　반 고흐는 이렇게 썼다. "현세에서 신을 판단하지 말아야 한다는 사실을 점점 더 믿게 되었다. 신에 대한 탐구는 헛되다." 그러나 모든 예술가는 신에 대한 탐구를 다시 시도하며, 이 탐구에 결여된 스타일을 부여하고자 애쓴다. 모든 예술 가운데 가장 야심적이고 위대한 예술인 조각은 3차원 속에 인간의 덧없는 형상을 고정하고, 동작의 무질서를 거대한 스타일의 통일성으로 환원하는 데 골몰한다. 조각은 현실과의 유사성을 거부하지 않으며 오히려 그것을 필요로 한다. 그러나 조각이 무엇보다 먼저 유사성을 추구하지는 않는다. 위대한 조각의 세기에 조각이 추구하는 것은 이 세계의 모든 동작과 모든 시선을 요약할 동작, 형상 혹은 공허한 시선이다. 조각의 목표는 모방하는 데 있지 않으며 양식화하고, 하나의 의미 있는 표현 속에 육체의 일시적 열광이나 자세의 무한한 변화를 가두는 데 있다. 그리하여 조각은 인간의 그칠 줄 모르는 열기를 한순간이나마 가라앉힐 모형과 전형과 부동의 완성을 떠들썩한 도시의 정면에 우뚝 세운다. 실연당한 남자는 그리스 여인상 주위를 돌다가 여인의 육체와 얼굴에서 세월의 침해를 극복한 무엇인가를 발견할 수도 있으리라.

회화의 원리 또한 선택에 있다. 들라크루아는 자신의 예술을 성찰하면서 이렇게 썼다. "천재란 일반화하고 선택하는 재능에 지나지 않는다." 화가는 자신의 주제를 고립시킨다. 그것이 주제를 통일시키는 첫 번째 방법이다. 풍경들은 달아나거나, 기억에서 사라지거나 아니면 서로를 지워버린다. 그런 까닭에 풍경 화가나 정물 화가는 통상 빛과 함께 변하거나, 무한한 조망에 함몰하거나, 다른 미적 가치들의 충격으로 사라지는 그 무엇을 시간과 공간 속에 고립시킨다. 풍경 화가의 첫 번째 작업은 화폭의 크기를 정하는 일이다. 그는 대상을 선택하는 만큼 배제하기도 한다. 이와 마찬가지로 인물화는 통상 다른 하나의 행위 속으로 사라져가는 어떤 행위를 시간과 공간 속에 고립시킨다. 그리하여 화가는 대상을 고정한다. 위대한 창조자들이란 피에로 델라 프란체스카처럼 영사기가 이제 막 멈춘 듯 대상의 고정화가 이루어졌다는 인상을 주는 사람들이다. 그들의 그림에 나오는 모든 인물은 예술의 기적으로써 사멸하기를 멈추고 내내 살아 있는 듯한 인상을 준다. 렘브란트가 그린 철학자는 사후에도 변함없이 화폭 위의 빛과 그림자 사이에서 여전히 똑같은 문제를 명상하고 있다.

"우리를 즐겁게 해줄 수 없는 대상들과의 유사성을 통해 우리를 즐겁게 하는 그림은 헛된 것이다." 들라크루아가 파스칼의 유명한 경구를 인용하면서 "헛된"이라는 형용사를 "기이한"이라는 형용사로 대체한 것은 적절한 일이다. 이런 대상들은 우리 눈에 보이지 않기 때문에 우리를 즐겁게 해줄 수 없으리라. 그것들은 영원한 생성 변화에 휩쓸려 부정당하는 것이다. 누가 채찍질하는 형리의 손과 수난의 십자가와 길가의 감람나무들을 바라보았을까? 그러나 그것들은 그칠 줄 모르는 '수난'의 움직임에서 빠져나와 여기에 그려져 있고, 그리스도의 고통은 폭력과 아름다움의 이미지에 갇힌 채 미술관의 차디찬 전람실에서 날마다 새로이 절규하고 있다. 화가의 스타일은 이처럼 자연과 역사의 결합에 있고, 이 현존은 끝없이 생성 변화하는 대상에 부여된다. 예술은 헤겔이 꿈꾸었던 특수와 보편의 조화를 실현한다. 아마도 이것이야말로 우리 시대처럼 통일성에 미친 시대가 강렬한 스타일과 역동적 통일성을 지닌 원시 예술에 경도되는 이유가 아닐까? 가장 강렬한 스타일은 언제나 예술 시대의 초기와 말기에 발견된다. 존재와 통일을 향한 무질서한 충동 속에서 현대 회화를 떠받치는 부정과 전치轉置의 힘은 바로 이런 스타일로 설명된다. 모든 예술가의 오만하고도 절망적인 절규를 번역하는 반 고흐의 찬탄할 만한 단언을 들어보라. "나는 삶에서도 그림에서도 신 없이 잘해나갈 수 있다. 그러나 고통스러울지라도 나는 나보다 위대한 어떤 것, 내 삶 자체인 어떤 것, 즉 창조의 힘 없이는 살 수 없다."

그러나 현실에 대한 예술가의 반항은 피억압자의 자발적인 반항과 똑같은 긍정을 포함하며, 따라서 그것은 전체주의적 혁명에게는 수상쩍은 것이 된다. 전적인 부정에서 태어난 혁명 정신은 예술에도 거부 외에 동의가 존재한다는 것을 직감적으로 느꼈다. 그리고 관조는 행동과 미와 불의와 균형을 이룰 위험이 있다는 것, 어떤 경우 미란 그 자체로 구제할 수 없는 불의라는 것을 본능적으로 느꼈다. 그러므로 어떤 미도 전적인 부정을 바탕으로 존속할 수는 없다. 모든 사상, 심지어 무의미의 사상조차 무엇인가를 의미한다는 사실에 비추어 무의미의 예술이란 존재하지 않는다. 인간은 세계의 전적인 불의를 고발할 수도 있고, 인간만이 창조할 수 있는 전적인 정의를 요구할 수도 있다. 그러나 세계가 전적으로 추하다고 단정하는 것은 금물이다. 미를 창조하기 위해 인간은 현실을 거부해야 하는 동시에 현실의 일정한 양상을 찬양해야 한다. 예술은 현실에 이의를 제기하지만, 현실을 벗어날 수는 없다. 니체는 도덕적인 초월성 또는 신적인 초월성이 이 세계와 삶을 폄훼한다고 말함으로써 그러한 초월성을 거부할 수 있었다. 그러나 아마도 미가 약속하는 하나의 살아 있는 초월성이 존재할 텐데, 그것은 이 필멸의 세계를 다른 무엇보다도 사랑할 수 있게 해주는 초월성이다. 예술은 그것이 영원한 생성 변화 속으로 달아나는 하나의 가치, 하지만 예술가가 예감하고 역사로부터 빼앗아오려고 하는 하나의 가치에 형태를 부여한다는 점에서 우리를 반항의 기원으로 회귀시킨다. 생성 변화의 세계에 하나의 스타일을 부여하기 위해 생성 변화의 세계로 들어가려는 예술, 즉 소설을 고찰함으로써 우리는 이러한 사실을 한층 더 쉽게 깨달을 것이다.

소설과 반항

대체로 우리는 고대 시대 및 고전 시대에 일치하는 동의同意의 문학과 근대와 더불어 시작되는 이의異意의 문학을 구분할 수 있다. 그때 우리는 동의의 문학 가운데 소설이 거의 없다는 사실에 주목하게 된다. 설사 소설이 존재한다 해도 그 내용은 거의 예외 없이 스토리가 아니라 환상이다. [『테아젠과 샤리클레』*Théagène et Chariclée* 또는 『아스트레』*L'Astrée* 등] 이것들은 콩트이지 소설이 아니다. 이와 반대로, 이의의 문학과 더불어 소설 장르는 진정으로 발전되며, 비평적·혁명적 운동과 함께 풍요로워진 끝에 우리 시대까지 확장된다. 소설은 반항 정신과 동시에 태어났고, 동일한 야망을 미학적 차원에서 표현한다.

리트레[229]는 "산문으로 쓰인 꾸민 이야기"라고 소설을 정의한다. 그뿐일까? 어느 한 가톨릭 비평가[230]는 이렇게 썼다. "예술이란 목적이 무엇이든 언제나 신과 불경한 경쟁을 한다." 소설에 관한 한, 과연 호적부와 경쟁한다기보다 신과 경쟁한다고 말하는 게 더욱 타당하다.[231] 티보데가 발자크에 대해 다음과 같이 말했을 때 그는 비슷한 생각을 표명한 셈이다. "『인간극』*La Comédie humaine*, 그것은 바로 신의 『준주성범』遵主聖範이다." 위대한 문학은 밀폐된 우주와 완성된 전형을 창조하고자 한다. 서양 문학은 위대한 창조라는 면에서 일상생활을 묘사하는 데 그치지 않는다. 서양 문학은 서양을 불태우는 위대한 이미지를 끊임없이 상상하고 치열하게 형상화한다.

어쨌든 소설을 쓰거나 읽는 것은 별난 행위다. 실제 사실들을 새롭게 정돈함으로써 하나의 이야기를 만들어내는 것이 불가피하거나 필연적인 일은 결코 아니다. 만일 소설이 창조자와 독자의 즐거움을 위해 존재한다는 통속적 정의가 옳은 것이라면, 그 무슨 필연성으로 대부분의 사람이 허구적인 이야기에 그토록 큰 즐거움과 흥미를 느

---

229 Emile Littré(1801-1881). 프랑스의 사전학자로서 유명한 『리트레 사전』을 썼다.

230 스타니슬라스 퓌메Stanislas Fumet. [원주]

231 19세기 프랑스 사실주의 작가 발자크는 전형적인 인물들을 형상화함으로써 프랑스 사회 전체를 보여주려고 했다. 즉 그는 '호적부'와 경쟁하고자 했고, 궁극적으로 소우주를 창조함으로써 신과 경쟁하고자 했다.

끼는가 하는 문제를 자문하지 않을 수 없다. 혁명적 비평은 순수 소설을 한가한 상상력적 도피라고 비난한다. 예를 들어 일상적으로 우리는 서투른 기자의 거짓 기사를 '소설'이라고 부른다. 얼마 전까지 터무니없게도 처녀들이란 '소설적romanesque'이라고 여기는 관습이 있었다. 이는 공상적이기 마련인 처녀는 현실 생활을 중요시하지 않는다는 사실을 뜻했다. 일반적으로 사람들은 언제나 소설적인 것이란 실생활과 유리된 것이고, 실생활을 미화하는 동시에 배반하는 것이라고 생각했다. 소설적 표현을 대하는 가장 단순하고 공통적인 태도는 그것을 도피 행위로 치부하는 것이다. 요컨대 소설에 대한 일반인의 관점은 혁명적 비평의 관점과 궤를 같이한다.

그렇지만 사람들은 소설을 통해 무엇으로부터 도피하는가? 너무도 억압적인 현실로부터? 그러나 행복한 사람들 역시 소설을 읽고 있다. 그리고 극도로 고통스러울 때는 독서의 취미를 잃게 된다는 것이 변함없는 사실이다. 다른 한편, 피와 살로 이루어진 인간들이 끊임없이 우리를 포위하고 있는 실제 세계보다 소설의 세계는 확실히 중압감도 더 적고 실재감도 더 적다. 그런데 아돌프[232]가 뱅자맹 콩스탕보다, 모스카 백작[233]이 직업적 모럴리스트들보다 우리에게 훨씬 더 친근한 인물로 보이는 것은 어떤 신비 때문일까? 발자크는 어느 날 정치와 세계의 운명에 대한 긴 대화를 끝맺으며 이렇게 말했는데, 그것은 자신의 소설에 대한 것이었다. "자, 이제 진지한 문제로 되돌아

---

232 아돌프는 뱅자맹 콩스탕Benjamin Constant의 소설 『아돌프』*Adolphe*의 주인공이다.
233 스탕달의 소설 『파르마의 수도원』*La Chartreuse de Parme*의 작중 인물이다.

반항인

갑시다." 논란의 여지가 없는 소설 세계의 진지함, 천재적 소설가들이 두 세기 동안 우리에게 제시한 수많은 신화를 탐독하는 우리의 열정은 도피 취미만으로는 잘 설명이 되지 않는다. 확실히 소설적 행위는 일종의 현실 거부를 전제로 한다. 그러나 이 거부는 단순한 도피가 아니다. 우리는 거기서 아름다운 영혼의 소유자가 한 발 뒤로 물러서는 동작을 봐야 하는 게 아닐까? 헤겔에 따르면, 아름다운 영혼의 소유자는 환멸과 실망에 빠질 때 오직 도덕만이 지배하는 인공의 세계를 스스로 만들어 가진다. 그렇지만 교훈적인 소설은 여전히 위대한 문학과는 거리가 멀다. 연애소설의 백미인 『폴과 비르지니』*Paul et Virginie* [234]는 정녕 가슴을 에는 작품이지만, 아무런 영혼의 위안을 주지 못한다.

모순은 이런 것이다. 인간은 세계를 거부하면서도 세계를 벗어나려고 하지 않는다. 사실 인간들은 세계에 집착하며, 대부분 세계를 떠나고 싶어 하지 않는다. 세계를 망각하기는커녕, 그들은 조국에서 추방당한 세계의 별난 시민들로서 오히려 세계를 충분히 소유하지 못하는 것을 괴로워한다. 번개처럼 지나가는 충만의 순간을 제외한다면, 모름지기 현실이란 인간들에게 불완전한 것이다. 그들의 행위는 그들을 일탈하여 또 다른 행위 속으로 달아나고, 뜻밖의 모습으로 되돌아와 그들을 심판하며, 탄탈로스의 강물[235]처럼 미지의 하구

---

234 18세기 프랑스 소설가 베르나르댕 드 생피에르의 소설이다.

235 탄탈로스는 제우스와 요정 플루토의 아들로서 신들을 속인 죄로 타르타로스의 깊은 강물에 서는 형벌을 받는다. 물은 가슴까지 차 있고 머리 위에는 과일이 가득 달린 가지가 늘어져 있지만, 물을 마시려 고개를 숙이면 물이 말라버리고, 과일을 따려고 손을 뻗으

로 흘러간다. 하구를 알고 강의 흐름을 지배하는 것, 마침내 삶을 운명으로 파악하는 것, 바로 여기에 고향 땅에 대한 인간들의 가장 강렬하고 참된 향수가 있다. 그러나 인식의 영역에서라도 마침내 인간들로 하여금 자기 자신과 조화를 이루게 해줄 이 환영은 (만약 그것이 나타난다면) 오직 죽음의 찰나에만 나타날 수 있을 것이다. 모든 것이 거기서 완성된다. 단 한 번 이 세계에서 완전하게 존재하기 위해서는 영원히 존재하지 말아야 한다.

여기서 그토록 많은 인간이 타인의 삶에 품는 불행한 부러움이 탄생한다. 타인의 삶을 외부에서 들여다볼 때, 사람들은 실제로는 그 삶에 없으나 관찰자에게는 분명히 있는 것으로 보이는 일관성과 통일성을 발견한다. 관찰자는 타인들의 삶의 능선만을 볼 뿐, 그 삶을 좀먹는 세부를 인식하지 못한다. 그리하여 우리는 타인의 삶에 근거하여 예술을 만든다. 초보적인 방식으로 우리는 그 삶을 소설화한다. 이런 의미에서 우리는 각자 자신의 삶을 예술 작품으로 만들려고 애쓰는 셈이다. 우리는 사랑이 지속되기를 갈망하지만, 그럴 수 없다는 것을 알고 있다. 설령 기적적으로 사랑이 평생 지속된다 해도 그것은 여전히 미완성일 것이다. 만약 우리가 지상의 고통이 영원하다는 사실을 알게 된다면, 아마도 이 무한한 필연성을 통해 지상의 고통을 더 잘 이해할 수 있을 것이다. 위대한 영혼들은 때때로 고통 자체보다는 고통이 지속되지 않는다는 사실을 더 두려워하는 것처럼 보

면 나뭇가지는 더 높이 올라가버린다. 탄탈로스는 영원한 목마름과 배고픔에 시달리도록 벌을 받은 것이다.

인다. 끝없이 지속되는 행복이 존재하지 않는다면, 적어도 기나긴 고통을 운명으로 삼아야 하리라. 그러나 사정은 그렇지 않다, 최악의 고통도 언젠가는 끝나기 마련이다. 어느 날 아침 크나큰 절망이 지나간 후 억누를 길 없는 삶의 욕망이 우리에게 모든 것은 끝났고, 고통도 이제 행복만큼 의미 없는 것임을 알려주리라.

소유욕이란 지속하고자 하는 욕망의 다른 형태에 지나지 않는다. 사랑의 무기력한 광란을 일으키는 것은 바로 그 소유욕이다. 우리는 어떠한 존재도, 심지어 우리가 가장 아끼며 우리를 가장 사랑해주는 사람조차도 결코 소유할 수는 없다. 연인들이 언제나 떨어져서 태어나고 헤어져서 죽어가는 이 잔인한 대지 위에서, 한 존재의 완전한 소유나 일생의 절대적 결합 같은 것은 불가능한 요구다. 소유욕이란 사랑이 끝난 뒤에도 계속될 정도로 탐욕스럽다. 그러므로 사랑한다는 것은 사랑받는 사람을 황폐하게 만든다. 실연당한 사람의 치욕적인 고통은 더 이상 사랑받지 못한다는 사실이 아니라 연인이 다시 다른 사람을 사랑할 수 있고 또 사랑해야 한다는 사실을 안다는 데 있다. 극한에 이르면, 지속하고 소유하고자 하는 열띤 욕망에 사로잡힌 사람 누구나 그가 사랑했던 사람의 황폐나 죽음을 바란다. 이것이야말로 진정한 반항이다. 적어도 한번쯤 인간과 세계의 절대적 순결성을 요구해본 적이 없는 사람들, 그 불가능성 앞에서 향수와 무력감으로 전율해본 적이 없는 사람들, 그리하여 끊임없이 절대에의 향수에 빠져들면서도 그저 정도껏 사랑하려고 애쓰면서 자신을 파괴해본 적이 없는 사람들, 그런 사람들은 반항의 현실과 그 파괴적 광란을 이해할 수 없다. 타인들은 우리에게서 벗어나고, 우리 역시 그들에게서 벗어난다. 타인들은 뚜렷한 윤곽이 없다. 이러한 관점에서 볼 때, 삶이란 고유한 양식이 없다. 삶은 자신의 형태를 추구하면서도 결코 그것을 찾아내지는 못하는 운동일 뿐이다. 인간은 이처럼 찢긴 채 자신이 왕이 될 왕국의 경계를 만들어줄 형태를 헛되이 찾고 있다. 단 하나의 생물일지라도 이 세계에서 자기 형태를 가지게 된다면, 인간은 마음의 평화를 얻으리라.

요컨대 의식의 초보적 차원에서 출발하여 자신에게 결여된 통일성을 자기 삶에 부여해줄 방식이나 태도를 찾으려 하지 않는 인간 존재는 없다. 겉치레 혹은 행동, 다시 말해 댄디 혹은 혁명가는 이 세계에 존재하기 위해서 통일성을 요구한다. 두 연인 가운데 한 사람이 자신의 사랑을 완결된 이야기로 만들어줄 말이나 행동이나 상황을 발견하기를 기다리는 까닭에 이별 후에도 한동안 지속되는 그 비장하고 비참한 관계가 그러하듯, 인간은 각자 최후의 낱말을 스스로 창조하거나 모색한다. 그저 사는 것만으로는 충분치 않다, 죽음을 기다리지 말고 하나의 운명을 획득해야 한다. 그러므로 인간이 지금의 세계보다 더 나은 세계를 꿈꾸고 있다고 말하는 것은 옳다. 그러나 더 나은 세계란 다른 세계가 아니라 통일된 세계를 뜻한다. 우리가 사는 세계는 산만하게 흩어진 세계이고, 우리는 이 흩어진 세계에서 벗어날 수 없다. 그럼에도 저 세계 위로 우리의 마음을 고양시키는 열정은 바로 통일에 대한 열정이다. 이 열정은 평범한 도피가 아니라 더할 나위 없이 집요한 요구에 이른다. 종교든 범죄든 모든 인간의 노력은 결국 이 비합리적 욕망에 복종하기 마련이고, 삶이 가지지 않은 형태를 삶에 부여하려 하기 마련이다. 천국의 찬양에 이를 수도 있고 인간의 파괴에 이를 수도 있는 이 동일한 운동은 소설 창조에 이르기도 하는데, 소설 창조는 이 운동으로부터 진지한 내용을 얻는다.

행동이 자신의 형태를 발견하는 세계, 최후의 낱말이 내뱉어지고 존재가 다른 존재에게 위탁되는 세계, 일체의 삶이 운명의 모습을 띠는 세계가 아니라면, 과연 소설의 세계가 무엇이겠는가?[236] 소설의 세계란 인간의 깊은 욕망에 따라 수행되는 실제 세계의 수정이라고 할 수 있다. 두 세계는 동일하다. 고통도 같고 거짓도 같고 사랑도 같다. 주인공들은 우리와 같은 언어, 우리와 같은 약점, 우리와 같은 힘을 지닌다. 그들의 세계가 우리의 세계보다 더 아름답지도, 더 건설적이지도 않다. 그러나 그들은 적어도 운명의 끝까지 달려간다. 그리고 심지어 정열의 극단까지 나아간 인물들, 예컨대 키릴로프와 스타브로긴, 그라슬렝 부인, 쥘리엥 소렐, 클레브 공작은 우리의 마음을 송두리째 뒤흔든다. 우리가 그들보다 뒤떨어지는 것은 바로 여기서다. 그들은 우리가 결코 완성하지 못하는 것을 완성하기 때문이다.

라파예트 부인은 가장 가슴 떨리는 경험에서 『클레브 공작부인』 La Princesse de Clèves을 끌어냈다. 그녀는 분명히 클레브 공작부인인 동시에 결코 클레브 공작부인이 아니다. 차이점은 어디에 있는가? 라파예트 부인은 수녀원에 들어가지 않았으며 주위의 누구도 절망으로 죽지 않았다는 사실에 있다. 그러나 적어도 그녀가 비길 데 없는 사랑의

---

236 소설이 단지 향수와 절망과 미완성을 이야기할 때조차 소설은 여전히 형태와 구원을 창조한다. 절망을 명명한다는 것, 그것은 곧 절망을 극복한다는 것이다. 절망의 문학이란 말 자체가 하나의 모순이다. [원주]

뼈아픈 순간들을 경험했다는 점에는 의심의 여지가 없다. 그러나 그 사랑은 완성되지 못했고, 그녀는 사랑이 끝난 뒤에도 살아남았으며, 사랑을 살기를 그침으로써 사랑을 연장했다. 만약 그녀가 결함 없는 언어로 사랑의 적나라한 윤곽을 그려내지 않았더라면, 결국 아무도, 심지어 그녀 자신도 사랑의 형태를 몰랐을 것이다. 고비노[237]의 『플레이아드』*Les Pléiades*에 등장하는 소피 통스카와 카지미르의 이야기보다 더 아름답고 소설적인 이야기는 어디에도 없을 것이다. "나를 행복하게 해줄 수 있는 사람은 위대한 성격을 가진 여인들뿐이다"라는 스탕달의 고백을 이해하게 해줄 만큼 감수성이 예민하고 아름다운 소피는 카지미르로 하여금 어쩔 수 없이 자신에게 사랑을 고백하게 만든다. 그녀는 남성들로부터 사랑받는 데 익숙해진 까닭에 매일 그녀를 만나면서도 화가 날 정도로 결코 냉정을 잃지 않았던 카지미르 앞에서 초조해한다. 카지미르는 과연 자신의 사랑을 고백하지만, 그 어조는 검사의 논고를 방불케 했다. 그는 그녀를 연구했고, 자기 자신을 아는 만큼 그녀를 알게 되었으며, 이 사랑 없이는 살 수 없으나 이 사랑에는 미래가 없음을 확신했다. 그러므로 그는 그녀에게 이 사랑과 동시에 이 사랑의 헛됨을 말하고, 그녀로부터 소액의 연금을 받는다는 조건으로 그녀에게 재산을 물려주려고 결심한다. (하지만 그녀는 부자이므로 이런 행위는 아무런 영향을 끼치지 못한다.) 그리고 이 소액의 연금으로 그는 발길 닿는 대로 한 도시(그것은 빌나가 될 것이다)의 교

---

237 Arthur de Gobineau(1816-1882). 『인종 불평등 시론』*Essai sur l'inégalité des races humaines*을 통해 아리아 인종의 우월성을 주장한 19세기 프랑스 외교관이자 작가이다.

외에 정착할 수 있기를 바라며, 거기서 가난한 가운데 죽음을 기다리려고 다짐한다. 게다가 카지미르는 소피에게서 생활비를 받는 행위를 유약함을 드러내는 행위로 간주한다. 이 유약함은 소피의 이름을 적은 봉투에 내용 없는 백지를 넣어 보내는 일과 함께 (이 일조차 점점 드물어질 것이다) 그가 자신에게 용인하는 유일한 유약함이다. 처음에는 격분하여 날뛰다가 뒤이어 마음이 흔들리고 그런 다음 우울해지는 소피는 결국 그의 결심을 받아들인다. 모든 것은 카지미르가 예정한 대로 진행된다. 그는 빌나에서 슬픈 사랑으로 죽어간다. 소설의 세계는 이처럼 자신의 논리를 가지고 있다. 하나의 아름다운 이야기는 정연한 연속성 없이는 이루어지지 않는다. 이 정연한 연속성은 실생활에서는 결코 존재하지 않으며, 현실을 기점으로 하는 몽상의 행진 가운데 발견된다. 만약 고비노가 빌나에 갔더라면 그는 거기서 권태를 느끼고 돌아왔거나, 아니면 거기서 안일을 추구했으리라. 그러나 카지미르는 변화의 욕망도 회복의 아침도 가지지 못한다. 그는 죽음을 넘어 지옥까지 가려 했던 히스클리프처럼 끝까지 나아간다.

바로 이런 것이 현실 세계의 수정으로 창조되는 상상의 세계다. 상상의 세계에서는 원한다면 고통이 죽음에 이르기까지 지속될 수 있고, 정열은 결코 식지 않으며, 인간들은 고정관념에 사로잡힌 채 서로 마주하고 있다. 거기서 인간은 마침내 자신의 조건 속에서 헛되이 추구하던 형태와 마음을 가라앉히는 한계를 자신에게 부여할 수 있게 된다. 소설은 치수에 따라 운명을 만들어낸다. 그리하여 소설은 신의 창조와 경쟁하고 일시적으로나마 죽음에 승리한다. 가장 유명한 소설들에 대한 정밀한 분석은 예술가가 자신의 경험에 근거하여 실행하는 이 영원한 수정, 언제나 같은 방향으로 진행되는 이 영원한 수정에 소설의 본질이 존재한다는 사실을 작품마다 다른 전망 속에서 보여줄 것이다. 이 같은 수정은 도덕적이거나 순전히 형식적인 것이 아니다. 그것은 통일성을 겨냥하고, 그럼으로써 형이상학적인 욕망을 표현한다. 이런 관점에서 볼 때, 소설은 무엇보다 향수에 젖은 감수성 또는 반항적 감수성을 불러일으키려는 지성의 작업이다. 우리는 프랑스의 심리소설, 멜빌, 발자크, 도스토옙스키 혹은 톨스토이의 소설 세계에서 이런 통일성의 추구를 살펴볼 수 있으리라. 그러나 소설 세계의 양극단에 위치하는 두 가지 시도, 즉 프루스트의 작품과 근년의 미국 소설을 간단히 대조하는 것만으로도 우리의 목적은 충분히 달성될 것이다.

미국 소설[238]은 인간을 외적 반응 및 행동으로 환원시킴으로써 통일성을 발견하고자 한다. 미국소설은 프랑스 고전주의 소설과 달리 하나의 감정이나 정열을 선택하여 거기에 특권적인 이미지를 부여하지 않는다. 미국 소설은 인물의 행동을 설명하고 요약해줄 기본적인 심리적 동기의 분석이나 탐구를 거부한다. 그런 까닭에 미국 소설의 통일성은 조명의 통일성에 지나지 않는다. 미국 소설의 기교는 인간의 가장 무심한 동작에 이르기까지 인간을 외부적으로 묘사하고, 담화를 단순 반복적으로 주석 없이 재생산하며,[239] 결국 인간이

---

238 여기서 문제가 되는 것은 30년대와 40년대의 '감정을 드러내지 않는' 소설이지, 19세기의 경탄할 만한 미국 개화기 소설이 아니다. [원주]

239 이 세대의 위대한 작가인 포크너의 소설에서도 내적 독백은 생각의 외피만을 재생산한다. [원주]

전적으로 자신의 일상적 자동성에 의해 규정되는 것처럼 표현하는 데 본령이 있다. 이런 기계적 묘사에 이르면, 인간들은 서로서로 닮아 구별하기 어렵게 된다. 모든 작중 인물의 육체적 특징까지 서로 치환될 수 있을 것처럼 보이는 그 기이한 세계가 이렇게 설명된다. 이 기교가 사실적이라는 것은 오해에 기인한다. 예술에서 사실주의란 나중에 알게 되겠지만 이해할 수 없는 개념이다. 게다가 이런 미국 소설 세계가 현실을 순수하고 단순하게 재생산하지 않고 현실을 독단적으로 양식화하려 한다는 점은 명백하다. 미국 소설 세계는 현실에 가하는 임의적 절단에서 태어난다. 이런 식으로 획득된 통일성은 타락한 통일성이며 존재와 세계의 평균화다. 그러한 소설가들은 내면적 삶이 인간 행동으로부터 통일성을 박탈하고 존재와 존재를 갈라놓는다고 우려하는 것처럼 보인다. 이러한 우려는 부분적으로 타당하다. 그러나 예술의 근원에 있는 반항은 오직 내적 현실을 바탕으로 통일성을 이룩함으로써만, 그 내적 현실을 부정하지 않음으로써만 만족을 얻을 수 있다. 내적 현실을 완전히 부정하는 것은 가공의 인간을 만드는 것이다. 범죄소설 역시 연애소설처럼 형식적 허영을 지닌다. 범죄소설도 나름대로 교훈적이다.[240] 육체의 삶은 역설적으로 추상적 무상無償의 세계, 이번에는 거꾸로 현실에 의해 끊임없이 부정되는 하나의 세계를 만들어낸다. 내적인 삶을 완전히 제거하고 인물들을 유리창 너머로 관찰하는 듯한 이 소설은 평균화된 인간을 유일

---

240 베르나르댕 드 생피에르와 사드 후작은 서로 다른 의미에서 선전宣傳 소설을 쓴 작가들이다. [원주]

한 주제로 삼는데, 그 논리적 결과로 병리학적 현상을 무대에 올린다. 그리하여 우리는 그 세계에 등장하는 '순수한 인물'이 누구인지 이해하게 된다. 순수한 인물은 이러한 소설의 이상적 주제가 된다. 순수한 인물이란 전적으로 자신의 행동에 의해서만 규정되는 자이기 때문이다. 그는 불행한 로봇들이 더없이 기계적인 일관성 속에서 살아가는 이 절망적 세계의 상징이다. 미국 소설가들은 비장한 항의로 그 상징을 현대 세계의 눈앞에 들어 올렸지만, 그것은 소용없는 항의였다.

프루스트로 말하자면, 그의 노력은 집요하게 관찰된 현실에서 출발하여 무엇으로도 대체할 수 없는 하나의 닫힌 세계를 창조하는 데 집중되었다. 그 창조는 사물의 소멸과 죽음에 대한 승리를 뜻했다. 그러나 그의 방법은 미국 소설에 반대된다. 그 방법은 무엇보다 소설가가 자신의 가장 은밀한 과거로부터 여러 특권적인 순간들을 신중하게 선택하고 세심하게 수집하는 데 있다. 여러 거대한 공간이 선택받지 못한 것은 그것들이 추억 속에 아무것도 남겨놓지 못했기 때문이다. 미국 소설 세계가 기억 없는 인간들의 세계라면, 프루스트의 세계는 그 자체가 하나의 기억이다. 다만 이 경우에는 기억 중에서도 가장 까다롭고 요구가 많은 기억, 현실 세계의 혼란을 거부하고 되찾은 향기로부터 낡고도 새로운 세계의 비밀을 끌어내는 기억이 문제가 된다. 프루스트는 현실 가운데 잊히는 세계, 이를테면 기계적인 세계, 맹목적인 세계에 반대하여 내적인 삶을, 내적인 삶 안의 내적인 삶을 선택한다. 그러나 그는 현실의 거부로부터 현실의 부정을 끌어내지는 않는다. 그는 미국 소설의 잘못과 맞먹을 만한 잘못, 즉 기계적 세계를 말살하는 잘못을 범하지는 않는다. 오히려 그는 잃어버린

반항인

추억과 현재의 감각, 비틀거리는 발과 과거의 행복했던 날들을 고차원적 통일 속에 결합한다.

　행복과 젊음의 장소로 되돌아가기란 어려운 일이다. 꽃핀 처녀들은 영원히 해변에서 깔깔거리며 웃고 재잘거리고 있지만, 그녀들을 바라보는 사람은 그녀들을 사랑할 권리를 점점 잃어가고 있고, 그가 사랑했던 그녀들 또한 사랑받을 권리를 점점 잃어가고 있다. 이러한 우울이 프루스트의 우울이다. 그의 내면의 우울이 너무도 강해 전 존재에 대한 거부를 분출시킬 정도였다. 그러나 동시에 그 얼굴들과 빛에 대한 애착이 그로 하여금 이 세계에 매달리게 했다. 그는 행복했던 방학이 영원히 사라져버렸다는 사실을 인정할 수 없었다. 그는 방학을 재창조하여, 과거란 시간이 흐른 뒤에도 불멸의 현재 속에 원래 상태보다 더 참되고 풍요롭게 존재한다는 사실을 죽음에 맞서 보여주고자 했다. 그러므로 『잃어버린 시간』[241]에 나타나는 심리 분석은 하나의 강력한 수단에 지나지 않는다. 프루스트의 진정한 위대성은 「되찾은 시간」[242]을 썼다는 데 있다. 「되찾은 시간」은 산만하게 흩어진 세계를 다시 모으고 그 세계에 하나의 의미를 부여한다. 죽음을 목전에 두고 이룩한 그의 힘겨운 승리는 추억과 지성이라는 경로를 통해, 형태들의 끝없는 소멸로부터 인간 통일의 생생한 상징을 구해냈다. 이런 종류의 작품이 신의 창조에 대해 보여줄 수 있는 가장

241　프루스트의 대하소설 『잃어버린 시간을 찾아서』*À la recherche du temps perdu*를 가리킨다.

242　「되찾은 시간」*Le Temps retrouvé*은 일곱 권으로 구성된 『잃어버린 시간을 찾아서』의 마지막 7권이다.

확실한 도전은 그 자체를 하나의 전체, 하나의 닫히고 통일된 세계로 내세우는 데 있다. 이것이야말로 진정한 예술 작품에 대한 유감 없는 정의다.

사람들은 프루스트의 세계를 신 없는 세계라고 일컬었다. 만일 이러한 시각이 옳다면, 그것은 그의 세계에서 결코 신이 언급되지 않기 때문이 아니라 그의 세계가 완전하고 완결된 세계이고자 하는 야망, 인간의 모습에 영원성을 부여하고자 하는 야망을 보여주기 때문이다. 『되찾은 시간』은 적어도 그 야망에 있어 신 없는 영원을 뜻한다. 이러한 관점에서 프루스트의 작품은 필멸의 인간 조건에 항거하는 가장 놀랍고 가장 의미심장한 기도라고 할 수 있다. 프루스트는 소설 예술이란 신의 천지창조 자체를, 우리에게 강요되고 우리가 거부하는 신의 창조를 다시 행하는 것임을 입증했다. 적어도 예술의 일면에서 볼 때, 프루스트의 예술은 창조주에 대항하여 피조물을 선택하는 데 본령이 있다. 그러나 한층 더 깊이 살펴볼 때, 그의 예술은 죽음과 망각의 힘에 대항하여 세계와 존재의 아름다움과 동맹한다. 프루스트의 반항이 창조적인 것은 바로 이런 의미에서다.

반항과 스타일

예술가는 현실을 다루는 방식을 통해 자신이 지닌 거부의 힘이 어떤 것인지 보여준다. 그가 창조하는 세계에 존재하는 현실의 잔재는 생성의 음지로부터 끌어내어 창조의 양지로 옮겨놓는 현실에 대해 적어도 부분적으로는 그가 동의하고 있음을 말한다. 극단에 이르러 전적인 거부가 이루어질 때, 현실은 몽땅 추방되고 우리는 순전히 형식적인 작품을 얻게 된다. 이와 반대로 예술가가 흔히 예술 외적인 이유를 들어 생생한 현실을 찬양하고자 할 때, 우리는 사실주의를 갖게 된다. 전자의 경우 반항과 동의, 긍정과 부정이 긴밀히 연결된 창조의 원초적 운동이 훼손된 채 오직 거부만이 남는다. 그리하여 우리 시대가 그 숱한 예를 제공했고 우리가 이미 그 허무주의적 기원을 알고 있는 형식 위주의 도피적인 작품이 탄생한다. 후자의 경우, 예술가는 세계로부터 일체의 특권적 전망을 제거함으로써 세계에 통일성을 부여하려 한다. 이러한 의미에서 예술가는 비록 타락한 것일망정 통일성의 욕망을 고백하는 셈이다. 그러나 그 역시 예술적 창조의 원초적 요구를 포기하고 있다. 창조적 의식의 상대적 자유를 부정하기 위해 그는 세계의 즉각적 전체성을 긍정한다. 두 경우 모두 창조 행위 자체가 부정되는 셈이다. 원래 창조 행위란 현실의 일면을 긍정하는 동시에 현실의 다른 일면을 거부하는 것이었다. 그러므로 창조 행위가 현실 전체를 거부하든가 혹은 오직 현실만을 긍정하기에 이른다면 창조 행위는 절대적 부정 혹은 절대적 긍정 속에서 매번 자기 자신을 부정하게 된다. 미학적 차원에서 행한 이와 같은 분석은 알다시피 우리가 역사적 차원에서 시도했던 분석에 일치한다.

그러나 결국 하나의 가치를 전제하지 않는 허무주의가 없고, 자신을 맹신함으로써 자가당착에 이르지 않는 유물론이 없듯, 형식 위주의 예술과 사실주의적 예술은 둘 다 부조리한 개념이다. 어떤 예술도 전적으로 현실을 거부할 수는 없다. 물론 고르곤[243]은 순전히 상상

---

243 그리스신화에 나오는 괴물이다.

적인 피조물이다. 그러나 고르곤의 흉측한 얼굴과 고르곤을 뒤덮고 있는 뱀들은 자연의 모방이다. 형식주의는 현실적 내용을 점점 더 많이 비워낼 수 있지만, 거기에는 반드시 한계가 있다. 심지어 추상화가 때때로 도달하는 기하학적 형태조차 여전히 외부 세계에서 색채와 원근법을 구한다. 진정한 형식주의란 침묵이다. 이와 마찬가지로 사실주의는 최소한의 해석과 독단 없이 이루어질 수 없다. 가장 잘된 사진도 이미 현실을 배반하고 있다. 그것은 선택으로부터 태어나며 한계 없는 것에 한계를 준다. 사실주의적 예술가와 형식 위주의 예술가는 생생한 현실 속에서든 현실을 추방하려 하는 상상의 창조 속에서든 간에 통일 없는 곳에서 통일을 찾는다. 그와 반대로 예술에서의 통일이란 예술가가 현실에 가하는 변형이 끝난 후 불쑥 나타난다. 통일이란 현실 없이도 변형 없이도 이루어질 수 없다. 자신의 언어와 현실에서 길어낸 여러 요소를 재배치함으로써 예술가가 실행하는 이런 수정[244]을 스타일이라고 부른다. 그것은 재창조된 세계에 통일성과 한계를 부여한다. 모든 반항자는 이런 수정을 통해 세계에 법칙을 부여하려 하는데, 몇몇 천재가 이 일에 성공한다. "시인들은 공인받지 못한 세계의 입법자들이다"라고 셸리는 말한다.

소설 예술은 기원으로 보아 이러한 사명을 실현하지 않을 수 없다. 소설 예술은 현실에 전적으로 동의할 수도 없고 현실로부터 절

---

244 들라크루아는 "(실제에 있어) '너무도 엄밀한 정확성 때문에' 오히려 대상을 왜곡하는 그 완강한 원근법"을 수정해야 한다고 말하는데, 이러한 고찰은 상당한 의미를 지닌다. [원주]

대적으로 유리될 수도 없다. 순수한 상상의 세계란 존재하지 않으며, 설령 그런 것이 순전히 관념적인 소설에 존재한다 해도 아무런 예술적 의미를 지니지 못할 것이다. 통일성을 모색하는 정신은 그 통일성이 전달 가능해야 한다는 점을 최우선으로 요구하기 때문이다. 따라서 순수한 추론으로 획득된 통일성은 현실에 뿌리내리고 있지 않은 까닭에 거짓된 통일성이다. 연애소설(혹은 범죄소설)이나 교훈 소설은 이러한 법칙에 따르는 정도에 따라 예술로부터 유리되는 정도가 결정된다. 그 반대로 진정한 소설 창조는 그 열기와 피, 그 열정과 절규와 함께 오직 현실만을 이용한다. 다만 그것은 현실에 현실을 변형시키는 무엇인가를 덧보탤 따름이다.

일반적으로 사실주의 소설이라고 불리는 것은 즉각적인 현실의 재생산을 겨냥한다. 현실의 모든 요소를 선택 없이 재생산한다는 것은 가능하지도 않을 뿐만 아니라, 가능하더라도 신의 창조를 쓸데없이 되풀이하는 일이 될 것이다. 사실주의는 스페인 예술에서 예감할 수 있듯 단지 종교적 천재의 표현 수단에 불과하게 되거나 아니면 또 다른 극단에서 실제로 있는 그대로의 현실에 만족한 채 그 현실을 모방하는 원숭이의 예술이 될 것이다. 사실상 예술이란 결코 사실적이지 않다. 예술은 가끔 사실적이고자 하는 유혹을 느낄 따름이다. 스탕달은 뤼시엥 뢰벤[245]이 살롱에 입장하는 장면을 단 한 문장으로 묘사한다. 하지만 사실주의 예술가라면 당연히 인물과 배경을 묘사하는 데 여러 권의 책이 필요하지 않을까. 실은 그러고도 세부를 완전

---

245 스탕달의 소설 『뤼시엥 뢰벤』*Lucien Leuwen*의 주인공이다.

히 묘사하지는 못할 것이다. 사실주의는 한없는 열거다. 바로 이 점에서 사실주의의 진정한 야심은 현실 세계의 통일성이 아니라 전체성을 획득하는 것임이 드러난다. 이제야 우리는 사실주의가 전체주의 혁명의 공식 미학이라는 사실을 이해하게 된다. 그러나 그 미학은 이미 실현 불가능성이 입증되었다. 사실주의 소설은 본의 아니게 현실로부터 선택하지 않을 수 없다. 현실의 선택과 현실의 초월은 사유와 표현의 조건 자체이기 때문이다.[246] 글을 쓴다는 것, 그것은 이미 선택한다는 것이다. 그러므로 관념의 자의성이 있듯 현실의 자의성이 있는데, 이 현실의 자의성은 사실주의 소설을 암암리에 테제 소설로 만든다. 현실의 전체성과 소설의 통일성을 혼동하는 것은 교의에 맞지 않는 대상을 현실에서 배제하려는 선험적 판단에만 어울리는 일이다. 그리하여 이른바 사회주의 리얼리즘은 그 허무주의적 논리에 따라 교훈 소설과 선전 문학의 이점을 축적하려고 애쓰게 된다.

사건이 창조자를 예속시키거나 혹은 창조자가 사건을 전적으로 부정하려 든다면, 창조는 허무주의적 예술의 타락한 형태로 전락한다. 창조는 문명과 마찬가지로 형식과 소재, 생성과 정신, 역사와 가치 사이의 줄기찬 긴장을 전제로 한다. 만약 균형이 깨어질 경우 창조는 독재 아니면 무정부 상태, 선전 아니면 형식의 광란이 된다. 그러므로 이성적인 자유에 바탕을 두는 창조는 위의 두 경우 모두 불가능하다. 현기증 나는 추상성과 형식적 난해성에 함몰하든 더없이 생

---

246 들라크루아는 이 점을 깊이 있게 보여준다. "사실주의가 공허한 낱말이 되지 않기 위해서는 모든 사람이 동일한 정신, 사물을 이해하는 동일한 방식을 가져야 하리라." [원주]

생하고 노골적인 사실주의의 채찍을 휘두르든 간에, 현대 예술은 대부분 창조자의 예술이 아니라 폭군과 노예의 예술이 되었다.

내용이 형식을 벗어난 작품, 형식이 내용을 침몰시킨 작품은 거짓되고 실망스러운 통일성만을 제시한다. 다른 분야와 마찬가지로 이 분야에서도 스타일, 즉 양식 없는 통일성은 분질러진 통일성일 뿐이다. 예술가가 택한 관점이 무엇이든 모든 창조자에게 하나의 공통된 원리가 존재한다. 그것은 현실 및 현실에 형식을 부여하는 정신을 동시에 전제하는 양식화다. 창조적 노력은 양식화에 의해 세계를 다시 만드는데, 이때 언제나 예술의 징표요, 항의의 표시인 가벼운 왜곡이 동반된다. 프루스트처럼 인간의 경험을 현미경적으로 확대해서 보여주든, 반대로 미국 소설처럼 작중 인물들을 어처구니없이 왜소하게 만들든 간에, 작품 속의 현실은 의도적으로 변형시킨 현실이다. 반항의 창조성과 풍요로움은 작품의 스타일과 톤을 나타내는 이러한 변형, 이러한 왜곡에 있다. 예술이란 불가능의 형식화다. 가장 격한 절규가 가장 견고한 언어와 만날 때 반항은 자신의 진정한 요구를 만족시키게 되며, 자신에 대한 이 충실성으로부터 창조의 힘을 끌어내게 된다. 예술에서 가장 위대한 스타일은 비록 그것이 당대의 편견과 충돌할지라도 가장 지고한 반항을 표현한다. 진정한 고전주의가 길들인 낭만주의이듯, 천재란 자신의 한계를 창조한 반항이다. 그런 까닭에 오늘날 사람들이 생각하는 바와는 달리, 부정과 순수한 절망 속에 천재란 없다.

동시에 이것은 위대한 스타일이란 단순한 형식 미덕이 아니라는 사실을 가리킨다. 스타일은 현실을 희생시켜 스타일 자체를 위해 추구될 때 형식 미덕이 된다. 그리고 이때 그것은 위대한 스타일이 될 수 없다. 이러한 스타일은 일체의 아카데미즘처럼 더 이상 창조하지 못하고 모방할 따름이다. 반면 진정한 창조는 나름대로 혁명적이다. 양식화란 현실을 재생산할 때 예술가가 도입하는 창안과 수정 의지를 가리킨다. 설령 양식화를 멀리 밀고 나갈 필요가 있더라도, 예술을 탄생시키는 요구가 극도의 긴장 속에서 표출될 수 있도록 양식화는 눈에 보이지 않는 것이 좋다. 위대한 스타일이란 눈에 보이지 않는 스타일, 다시 말해 구체적인 현실 속에 녹아 있는 스타일이다. "예술에서 과장을 두려워할 필요는 없다"라고 플로베르가 말한 바 있다. 그러나 그는 과장이란 "연속적이며 스스로 절제된" 것이어야 한다고 덧붙인다. 양식화가 과장되어 눈에 두드러질 때, 작품은 그저 순수한 향수일 뿐이다. 그리고 이때 작품의 통일성은 구체화될 수 없다. 반대로 현실이 너무 노골적인 상태로 옮겨져서 양식화가 무의미해질 때, 구체화는 통일성 없이 이루어진다. 위대한 예술, 스타일, 반항의 진정한 얼굴은 이 두 가지 이단 사이에 존재한다.[247]

창조와 혁명

예술에 있어 반항은 비평이나 해설이 아니라 진정한 창조 속에서 완성되고 영속된다. 혁명 역시 테러나 폭정이 아니라 문명 속에서 긍정

---

247 수정修正은 주제에 따라 달라진다. 위에서 언급한 미학에 충실한 작품의 경우, 스타일은 주제에 따라 변할 것이다. 작가 고유의 언어(그의 어조)는 스타일의 차이를 떠받치는 공통 영역일 뿐이기 때문이다. [원주]

될 수 있다. 궁지에 몰린 사회에 우리 시대가 제기하는 두 가지 질문, 즉 '창조는 가능한가'라는 질문과 '혁명은 가능한가'라는 질문은 결국 문명의 부흥에 관련된 하나의 질문일 뿐이다.

20세기의 혁명과 예술은 똑같은 허무주의에 종속되어 있고, 똑같은 모순 속에서 살고 있다. 양자는 자신의 운동 속에서 긍정하던 것을 부정하고 둘 다 테러를 통해 하나의 새로운 세계를 출범시키려 하지만, 그것은 낡은 세계의 모순적 귀결일 뿐이다. 결국 자본주의 사회와 혁명적 사회는 둘 다 산업 생산이라는 똑같은 수단, 똑같은 약속에 얽매여 있는 만큼 하나의 똑같은 사회에 지나지 않는다. 그러나 자본주의 사회는 약속을 실현할 능력도 없으면서, 현재 사용하는 수단에 의해 부정되고 있는 형식 원리의 이름으로 그렇게 약속한다. 혁명적 사회는 오직 현실의 이름으로 자신의 예언을 정당화하고, 결국 현실을 훼손하고 만다. 생산 사회는 생산적일 따름이지 창조적이지는 않다.

현대 예술은 허무주의적이기 때문에 형식주의와 사실주의 사이에서 몸부림치고 있다. 사실주의는 부르주아적일 뿐만 아니라 (그때 사실주의는 암울한 것이 된다) 사회주의적이며, 그리하여 교훈적인 것이 된다. 형식주의는 무상의 추상이 될 때 과거 사회에 속할 뿐만 아니라 스스로 미래이고자 하는 사회에 속하게 되며, 그리하여 그것은 선전이 된다. 비합리적 부정으로 파괴된 언어는 말의 착란 속에 함몰된다. 결정론적 이데올로기에 복종하는 언어는 슬로건 속에 요약된다. 양자 사이에 예술이 자리한다. 반항자가 허무의 광란과 전체성에의 동의를 동시에 거부해야 한다면, 예술가는 형식주의적 열광과 전체주의적 현실 미학을 동시에 벗어나야 한다. 오늘날 세계는 사실상 하나다. 그렇지만 그 통일성은 허무주의의 통일성이다. 형식 원리의 허무주의와 원리 없는 허무주의를 포기함으로써 이 세계가 창조적 종합의 길을 되찾아야만 비로소 문명이 가능하다. 이와 마찬가지로, 예술에서도 끝없는 논평과 르포르타주의 시대가 사라져야만 창조자들의 시대가 열릴 것이다.

그러나 이를 위해서는 예술과 사회, 창조와 혁명은 거부와 동의, 특수와 보편, 개인과 역사가 더없이 팽팽한 긴장 가운데 균형을 이루는 반항의 원천으로 되돌아가야 한다. 반항은 그 자체로서는 문명의 구성 요소가 아니다. 그러나 반항은 모든 문명에 선행한다. 우리가 처해 있는 궁지에서 오직 반항만이 니체가 꿈꾸었던 미래, 즉 "심판자와 압제자 대신에 창조자"를 기대하도록 이끈다. 니체의 이 바람은 예술가들에 의해 지도되는 왕국이라는 하찮은 환상을 뜻하는 것이 아니다. 그것은 생산에 전적으로 복종하는 노동이 창조성을 잃은 우리 시대의 드라마를 설명한다. 산업사회는 노동자에게 창조자의 존엄성을 되돌려줌으로써만, 이를테면 노동의 생산품 못지않게 노동 자체에 관심과 성찰을 기울임으로써만 문명의 길을 열 수 있으리라. 미래의 문명은 개인의 경우에도 계급의 경우에도 노동자와 창조자를 분리하지 말아야 할 것이다. 이와 마찬가지로, 예술 창조는 형식과 내용, 정신과 역사를 분리해서는 안 된다. 그래야만 문명은 반항이 긍정한 존엄성을 만인에게 인정하게 될 것이다. 셰익스피어가 제화공들의 사회를 지배한다는 것은 부당할 뿐만 아니라 유토피아적이다. 그러나 제화공들의 사회가 셰익스피어 따위는 없어도 좋다고 하는 것 또한 불행한 주장이다. 제화공 없는 셰익스피어는 전제정치에 대한 알리바이로 이용된다. 셰익스피어 없는 제화공은 전제정치의 먹이가 되어 전제정치를 확산하는 데 공헌한다. 모든 창조는 그 자체로 주인과 노예의 세계를 부정한다. 우리가 겨우 목숨을 부지하고 있는 폭군과 노예의 사회는 오직 창조의 차원에서만 사멸과 변형을 맞이할 것이다.

그러나 창조가 필요하다는 사실만으로 창조가 가능해지지는 않는다. 예술에서 창조적 시대란 당대의 무질서에 적용된 스타일의 질서에 의해 규정될 수 있다. 예술은 동시대인들의 정열에 형태와 스타일을 부여하는 작업이다. 그러므로 우리의 침울한 왕족이 더 이상 사랑할 여가를 갖지 못하는 이 시대에, 창조자가 라파예트 부인의 이야기를 되풀이하는 것으로는 충분치 않다. 집단적 정열이 개인적 정열을 압도하는 오늘날, 예술로 사랑의 열광을 다스리는 것은 여전히 가능하다. 그러나 불가피한 문제 또한 집단적 정열과 역사적 투쟁을 다스리는 일이다. 모방자들은 아쉽겠지만, 예술의 대상은 심리학에서 인간 조건으로 확대되었다. 시대의 정열에 휩쓸려 세계 전체가 위태로워질 때, 창조는 전 인류의 운명을 다스리고자 한다. 그러나 동시에 예술은 전체성의 면전에서 통일성의 긍정을 유지한다. 그리하여 창조는 먼저 자신에 의해, 다음으로 전체성의 정신에 의해 위험에 봉착한다. 오늘날 창조한다는 것은 곧 위험 속에서 창조한다는 것이다.

집단적 정열을 다스리기 위해서는 적어도 상대적일지언정 그 정열을 온몸으로 살며 체험해야 한다. 예술가는 정열을 체험하는 동시에 정열에 의해 먹힌다. 그 결과 우리 시대는 예술 작품의 시대라기보다는 오히려 르포르타주의 시대가 된다. 우리 시대는 시간을 올바르게 사용하는 법을 모른다. 이러한 정열의 실천은 결국 사랑과 야망의 시대보다 더 심각한 죽음의 위험을 초래한다. 진정으로 집단적 정열을 사는 유일한 방식은 그 정열을 위해 그리고 그 정열에 의해 죽기를 받아들이는 것이기 때문이다. 예술의 경우 오늘날 진정성을 보여줄 가장 알맞은 기회는 가장 큰 실패의 기회인 것이다. 만일 창조가 전쟁과 혁명 중에는 불가능하다면 우리는 창조자들을 가지지 못할 것이다. 전쟁과 혁명은 우리의 운명이기 때문이다. 구름이 뇌우를 품고 있듯, 끝없는 생산의 신화는 전쟁을 품고 있다. 그리하여 전쟁은 서유럽을 휩쓸며 페기[248]를 죽인다. 전쟁의 폐허에서 일어서자마자 부르주아사회는 혁명의 접근을 목격하게 된다. 시인은 소생할 시간조차 없다. 앞으로 일어날 페기와 같은 시인을 모조리 죽일 것이다. 그럼에도 하나의 창조적 고전주의가 나타난다면, 설령 단 한 사람의 이름으로 구현된 것일지라도 우리는 그것이 한 시대 전체의 결실이라는 사실을 인정해야 한다. 파괴의 세기에서 여러 실패의 기회는 수數의 기회에 의해서만 보상될 수 있다. 이를테면 열 명의 진정한 예술가 가운데 한 명이라도 살아남아 동료들의 근원적 이야기를 떠맡고, 마침내 자신의 삶을 통해 정열의 시기와 창조의 시기를 동시에 가지는 기회 말이다. 예술가는 원하든 원치 않든 간에 더 이상 고독한 존재일 수 없다. 그가 고독한 존재라면, 단지 모든 동료에게 빚진 그 우

---

248 Charles Péguy(1873-1914). 이상주의적인 가톨릭계 시인으로 제1차 세계대전에서 전사했다.

울한 승리 속에서만 그렇다. 반항적 예술 또한 결국 '우리는 존재한다'라는 명제를 보여주며, 그와 함께 원초적인 겸손의 길을 보여준다.

　그때까지는 정복적 혁명이 허무주의의 미망 속에서, 그 혁명에 반대하고 전체성 가운데 통일성을 유지하려는 사람들을 위협할 것이다. 오늘의 역사와 더불어 내일의 역사의 방향 가운데 하나는 예술가들과 새로운 정복자들 사이의 투쟁, 창조적 혁명의 증인들과 허무주의적 혁명의 설계자들 사이의 투쟁이 될 것처럼 보인다. 투쟁의 결과에 관한 한, 우리는 합리적인 공상만을 할 수 있을 뿐이다. 적어도 우리는 이제부터 이 투쟁이 시작되리라는 사실을 알고 있다. 현대의 정복자들은 살인할 수는 있으나 창조할 수는 없는 듯하다. 예술가들은 창조할 줄은 알지만 살인할 줄은 모른다. 예술가들 가운데 예외적인 경우를 제외하고는 살인자를 찾아볼 수 없다. 그러므로 우리 시대의 혁명 사회의 예술은 결국 사멸할지도 모른다. 그때, 혁명은 살아남을 것이다. 혁명이 예술가가 될 수 있었을지도 모를 한 사람을 죽일 때마다, 혁명은 조금씩 더 퇴색한다. 정복자들이 끝내 세계를 그들의 법률 앞에 굴복시킬지라도, 그들은 양이 최고라는 사실을 입증하지는 못할 것이며, 오히려 이 세계가 지옥이라는 사실을 입증하게 될 것이다. 이 지옥에서조차 예술의 위치는 절망의 나날의 밑바닥에 있는 맹목적이며 공허한 희망, 즉 패배한 반항의 위치에 일치하리라. 에른스트 드빙거는 『시베리아 일기』에서 추위와 굶주림이 지배하는 강제수용소에 수년 전부터 투옥되어 있던 독일군 중위가 소리 없는 나무 건반 피아노를 만들었다는 이야기를 전한다. 거기, 누더기를 걸친 비참한 무리의 한복판에서 그는 자기만 들을 수 있는 기이한 음악을 작곡

하고 연주한 것이었다. 이처럼 지옥에 내던져진 신비로운 멜로디와 소멸하는 아름다움의 참혹한 영상이 범죄와 광란 한가운데서도, 수세기에 걸쳐 인간의 위대함을 증언할 저 조화로운 반란의 메아리를 우리에게 들려주리라.

그러나 지옥 또한 영원하지 않으며 삶은 언젠가 다시 시작된다. 역사에도 종말이 있으리라. 하지만 우리의 작업은 역사를 종결시키는 것이 아니라 이제부터 진리의 이미지에 맞추어 역사를 창조하는 것이다. 예술은 적어도 인간이란 단순히 역사로 요약되는 존재가 아니며, 인간은 자연의 질서에서 존재 이유를 찾는다는 사실을 우리에게 가르쳐준다. 인간에게 있어서 위대한 판Pan 신[249]은 죽지 않았다. 인간이 지닌 가장 본능적인 반항은 만인 공통의 존엄성이라는 가치를 긍정하는 동시에, 통일성에 대한 갈망을 충족시키기 위해 미라고 불리는 현실의 완전무결한 부분을 집요하게 요구한다. 인간은 역사 전체를 거부할 수도 있고, 별들과 바다의 세계에 합일될 수도 있다. 자연과 미를 무시하고자 하는 반항자들은 그들이 만들고자 하는 역사로부터 노동과 존재의 존엄성을 추방하지 않을 수 없다. 모든 위대한 개혁자는 셰익스피어, 세르반테스, 몰리에르, 톨스토이 등이 창조할 수 있었던 세계, 즉 저마다의 마음에 존재하는 자유와 존엄성의 갈망을 언제나 채워줄 세계를 역사 속에 건설하고자 노력했다. 미란 확실히 혁명을 일으키지는 못한다. 그러나 언젠가 혁명이 미를 필요

---

249 우주적 삶을 상징하는 그리스 신으로 염소의 형상을 하고 있다. 여기서는 대자연의 생명력을 상징하는 것으로 여겨진다.

로 하는 날이 온다. 현실에 이의를 제기하는 동시에 현실에 통일성을 부여하는 미의 규범은 또한 반항의 규범이다. 인간은 인간 본성과 세계의 미를 끝없이 예찬하면서도 영원히 불의를 거부할 수 있는가? 우리의 대답은 '그렇다'이다. 복종을 거부하는 동시에 충실하기 이를 데 없는 이 도덕은 진실로 현실적인 혁명의 길을 비춰줄 수 있는 유일한 도덕이다. 미를 지속적으로 간직함으로써 우리는 부활의 그날을 준비한다. 그날이 오면 문명은 형식 원리와 역사의 타락한 가치 대신에 세계와 인간에게 공통된 존엄성을 확립할 이 살아 있는 미덕을 성찰의 중심에 놓을 것이다. 이제 우리는 그것을 모욕하는 세계의 면전에서 이 살아 있는 미덕을 정의하지 않으면 안 된다.

제5장   정오의 사상

반항과 살인

삶의 원천에서 멀리 떨어진 채 유럽과 혁명은 엄청난 경련을 일으키며 소진되고 있다. 지난 세기에 인간은 종교적인 속박을 타파했다. 그러나 거기서 해방되자마자 인간은 또다시 참을 수 없는 속박을 스스로 만들어낸다. 옛 미덕이 죽어 한층 더 사나운 미덕으로 부활하는 셈이다. 다시 태어난 미덕은 누구에게나 떠들썩한 자비와 먼 미래의 사랑을 외치는데, 이 먼 미래의 사랑은 현대의 휴머니즘을 웃음거리로 만든다. 경직성이 이 정도에 이르면 어떤 미덕이라도 황폐해지지 않을 수 없다. 언젠가 그 미덕이 격화하는 날이 오면, 그것은 경찰이라는 수단을 동원할 것이며 인간을 구원한다는 구실로 끔찍한 화형대를 세울 것이다. 그리하여 우리는 현대 비극의 절정에서 범죄와 친교를 맺는다. 삶과 창조의 원천은 고갈된 듯하다. 공포가 유령과 기계로 가득 찬 유럽을 마비시키고 있다. 두 번의 대살육을 거치는 동안 처형대가 땅 밑 깊숙한 곳에 세워진다. 휴머니스트를 자처하는 사형집행인들이 거기서 말없이 새로운 예배를 올린다. 무슨 절규가 그들을 방해할 수 있을까? 시인들조차 형제의 죽음 앞에서 자신의 손은 깨끗하다고 당당히 선언한다. 세계는 모르는 척 무심히 이 범죄를 외면한다. 희생자들은 이제 막 치욕의 극단에 이르렀다. 그들은 성가신 존재가 되었다. 지난 시대에는 살인의 피가 적어도 신성한 공포를 불러일으킴으로써 생명의 가치가 신성하다는 사실을 보여주었다. 반면 우리 시대의 진정한 처벌은 아직도 피가 모자란다고 생각하게 하는 데 있다. 피는 이제 더 이상 가시적이지 않다. 피는 우리 시대의 바리

새 인들의 얼굴까지 튀어 오르지 않는다. 바야흐로 허무주의가 극한에 이르렀다. 광란의 맹목적 살인이 오아시스가 되고, 어리석은 죄인은 우리 시대의 영리한 집행인들 곁에서 상쾌한 청량제처럼 보인다.

유럽 정신은 인류와 함께라면 신에 맞서 싸울 수 있으리라고 오랫동안 믿었지만, 이제 사멸하지 않으려면 도리어 인간들에 맞서 싸워야 한다는 사실을 깨닫는다. 죽음에 항거하여 일어나 인류에게 억센 불멸성을 선물하고자 했던 반항자들은 이번에는 그들 자신이 살인하지 않을 수 없게 된 것을 보고 기겁한다. 만일 그들이 후퇴한다면, 죽기를 받아들여야 한다. 만일 그들이 전진한다면, 죽이기를 받아들여야 한다. 기원에서 이탈하여 파렴치하게 변한 반항은 희생과 살인 가운데 무엇을 택해야 할지 몰라 동요하고 있다. 배분적 정의이고자 했던 반항의 정의는 피상적 정의가 되고 말았다. 은총의 왕국은 정복되었다. 그러나 정의의 왕국 역시 무너지고 있다. 유럽은 실망으로 죽어가고 있다. 유럽의 반항은 인간의 무죄를 변호했었다. 그러더니 이제 자신의 유죄를 완강히 부인하고 있다. 반항이 전체성을 향해 몸을 던지자마자, 반항은 가장 절망적인 고독을 자기 몫으로 받는다. 반항은 인류 공동체 속으로 들어가고자 했었다. 그런데 이제 반항에게 남은 희망은 통일성을 향해 나아가는 고독한 사람들을 오랜 세월에 걸쳐 하나씩 모으는 것뿐이다.

그렇다면 살아남은 사회를 그 불의와 함께 받아들이든가 아니면 파렴치하게도 인간에 반하여 역사의 광포한 진행에 봉사하려고 결심함으로써 일체의 반항을 포기해야 할 것인가? 만일 우리 성찰의 논리가 비겁한 순응주의로 귀결되어야 한다면, 때때로 어떤 가정이 피치

반항인

못할 불명예를 받아들이듯 우리도 그것을 받아들여야 하리라. 만일 우리 성찰의 논리가 인간에 대한 온갖 테러 행위, 심지어 조직적 파괴 행위조차 정당화해야 한다면, 우리는 그러한 자살행위에 동의해야 하리라. 따라서 정의의 감정은 마침내 거기서 자신의 목표를 설정하게 될 것이다. 그 목표는 바로 상인과 경찰 세계의 소멸이다.

그러나 우리가 여전히 반항의 세계에 있을까? 혹은 반항이 새로운 폭군들의 알리바이가 되어버렸을까? 반항 운동에 포함된 '우리는 존재한다'라는 명제는 추문도 기만도 없이 살인과 타협할 수 있을까? 만인에게 공통된 존엄성의 출발점이 곧 압제의 한계점이라는 사실을 명시함으로써 반항은 최초의 가치를 설정했다. 반항은 인간들의 명백한 공모 관계, 공동의 조직, 사슬로 이은 연대성, 인간들을 서로 닮게 하고 결합하는 상호 교류 등을 제일의 준거점으로 삼았었다. 그리하여 반항은 부조리한 세계와 싸우는 정신이 첫걸음을 내딛도록 이끌었다. 하지만 이러한 진보로 반항은 목하 살인에 맞서 해결해야 할 문제를 한층 더 심각한 것으로 만들었다. 사실 부조리의 차원에서 살인은 단지 논리적 모순만을 불러일으켰다. 그러나 반항 차원에서 살인은 가슴을 찢는 고뇌가 된다. 그가 누구든 간에 우리가 우리 자신과 닮았기에 동일성을 인정한 사람을 죽이는 게 가능한지 아닌지를 결정하는 것이 문제이기 때문이다. 이제 겨우 고독을 넘어섰는데 모든 것을 빼앗는 행위를 정당화함으로써 다시 결정적인 고독 속으로 돌아가야 한단 말인가? 이제 막 자신이 혼자가 아님을 알게 된 사람에게 고독을 강요하는 것, 그것이야말로 인간에 대한 결정적인 범죄가 아닐까?

논리적으로 볼 때, 살인과 반항은 모순된다고 말할 수밖에 없다. 만약 단 한 사람의 주인이라도 살해된다면, 반항은 더 이상 자신의 정당성을 끌어낸 인간 공동체에 대해 말할 자격이 없다. 만약 이 세계가 자신보다 더 고차원적인 의미를 지니고 있지 않다면, 만약 인간이 보증인으로서 인간밖에 가지고 있지 않다면, 한 인간이 산 자들의 사회로부터 단 하나의 존재를 제거하기만 해도 그 자신 또한 사회로부터 배제되어야 한다. 카인이 아벨을 죽였을 때, 그는 사막으로 달아난다. 만약 살인자가 군중이라면, 그 군중은 사막에서, 혼잡이라고 불리는 또 다른 고독 속에서 살지 않으면 안 된다.

반항자가 살인할 경우, 그는 세계를 양분하게 된다. 반항자는 인간과 인간의 동일성이라는 이름으로 일어섰다. 그러나 지금 그는 동일성을 희생시키고, 피가 솟구치는 가운데 차이를 공식화한다. 비참과 압제의 한복판에서 반항자의 유일한 존재는 바로 그 동일성에 있었다. 반항자의 존재를 긍정하고자 했던 그 운동이 반항자의 존재를 멈추게 하는 셈이다. 반항자는 몇몇 사람 혹은 심지어 거의 모든 사람이 자기편이라고 말할 수도 있다. 그러나 우정의 세계에서 단 한 사람이라도 제거된다면, 그 세계는 사람이 살지 않는 세계가 된다. 만일 우리가 존재하지 않는다면, 나도 존재하지 않는다. 칼리아예프의 무한한 슬픔과 생쥐스트의 침묵은 이렇게 설명된다. 폭력과 살인을 거치기를 결심한 반항자들이 존재하려는 희망을 유지하기 위해 현재형 '우리는 존재한다'를 미래형 '우리는 존재할 것이다'로 대체한들 소용없다. 살인자와 희생자가 사라지면 공동체는 그들 없이 다시 만들어질 것이다. 예외가 완결되면 규칙이 다시 가능해질 것이다. 개인적 삶에서와 마찬가지로 역사의 차원에서 살인은 이처럼 절망적인 예외에 지나지 않는다. 살인이 사물의 질서에 가하는 침해행위에는 내일이 없다. 살인은 범상치 않은 일이며, 순전히 역사적인 태도가 바라듯 무엇에 이용될 수 있는 것도 체계적인 것도 아니다. 그것은 우리가 단 한 번 도달할 수 있는 한계, 넘어서면 죽어야만 하는 한계다. 반항자가 살인하게 되었을 때, 그 살인 행위와 화해될 수 있는 길은 단 하나뿐이다. 바로 자신의 죽음을 받아들이는 것이다. 그는 살인했지만, 살인이 불가능한 것이라는 사실을 분명히 하기 위해 죽는다. 그리하여 그는 '우리는 존재할 것이다'라는 명제보다 '우리는 존재한다'라는 명제를 선호함을 보여준다. 감옥에 갇힌 칼리아예프의 조용한 행복과 단두대를 향해 나아가는 생쥐스트의 평온은 이렇게 설명된다. 이 극단의 경계를 넘어서면 모순과 허무주의가 시작된다.

허무주의적 살인

비합리적 범죄와 합리적 범죄는 과연 반항 운동이 탄생시킨 가치를 똑같이 배반한다. 우선 전자가 그렇다. 모든 것을 부정하고 자신에게 살인을 허용하는 자, 사드, 살인적인 댄디, 무자비한 유일자, 카라마조프, 광란하는 악당에 열광하는 자들, 군중에게 총을 난사하는 초현실주의자 등은 전적인 자유와 인간 오만의 무한한 발휘를 요구한다. 허무주의는 창조자와 피조물을 뒤섞어 똑같은 광란 속으로 몰아넣는다. 모든 희망의 원리를 말살함으로써 허무주의는 일체의 한계를 거부하며, 이제는 이유조차 모르는 맹목적 분노 속에서 마침내 죽음의 운명에 처한 대상이라면 죽여도 무방하다고 판단하기에 이른다.

그러나 공동 운명에 대한 상호 인정과 인간들의 상호 소통이라는 반항의 이유는 여전히 살아 있다. 반항은 그것들을 선언했고 그것들에 봉사할 것을 결심했다. 동시에 반항은 허무주의에 맞서 하나의 행동 규범을 정했는데, 그것은 행동의 결과를 밝히기 위해 역사의 종말을 기다릴 필요가 없는 행동 규범, 그러면서도 전혀 형식적이지 않은 행동 규범이었다. 반항은 자코뱅식 도덕과는 반대로 규범과 법률을 일탈하는 것도 고려 대상에 포함했다. 반항은 새로운 도덕을 향한 길을 열었다. 그 도덕은 추상적 원리를 따르는 게 아니라, 끊임없이 항의하는 반역의 열기를 통해 자신의 원리를 찾아낸다. 아무것도 이 원리가 항구적으로 존재해왔다고 단언하지 못한다, 아무것도 이 원리가 앞으로 존재하리라고 단언하지 못한다. 그러나 이 원리는 우리가 존재하는 바로 이 시대에 존재하고 있다. 그것은 우리와 더불어 역사를 통틀어 줄곧 예속과 거짓과 공포정치를 부정하고 있다.

사실 주인과 노예 사이에 공통점은 아무것도 없고, 우리는 노예가 된 존재와 말할 수도 없고 소통할 수도 없다. 무언의 자유로운 대화가 우리의 유사성을 깨우쳐주고 우리의 운명을 묶어준다. 하지만 예속은 무언의 대화 대신에 더없이 무서운 침묵을 군림케 한다. 반항자가 불의를 나쁘게 여기는 것은 불의가 정의라는 영원한 관념에 반대되기 때문이 아니라, 그것이 억압자와 피억압자 사이를 갈라놓는 말 없는 적의를 영속시키기 때문이다. 불의는 인간들의 상호 이해를 통해 세계에 태동하는 삶의 작은 부분마저 말살한다. 이와 마찬가지로 거짓말하는 자는 타인들에게 문을 닫는 셈이기에 거짓은 추방되어야 하고, 좀 더 낮은 단계에서 결정적 침묵을 강요하는 살인과 폭력 역시 추방되어야 한다. 반항을 통해 얻은 상호 이해와 소통은 오직 자유로운 대화로만 생명을 유지할 수 있다. 모름지기 모호성과 오해는 죽음을 초래할 수 있다. 명료한 언어와 단순한 말만이 죽음을 물리친다.[250] 모든 비극은 주인공이 귀먹었을 때 절정에 이른다. 플라톤은 모세나 니체보다 옳다. 인간적 차원의 대화는 외로운 산정에서 독백을 받아쓴 전체주의적 종교들의 복음보다 평화롭다. 현실 사회에서나 연극에서나 독백 다음에는 죽음이 오기 마련이다. 그러므로 무릇 반항자는 압제자에 맞서 몸을 일으키는 행동에 의해서만 삶을 변호하고, 예속과 거짓과 공포에 대해 투쟁하려고 결심하며, 섬광과도 같은 한순간 다음과 같은 사실을 확인한다. 즉 예속과 거짓과 공포라는 세 가지 재앙이야말로 인간들 사이에 침묵을 가져오고 오해를 낳으며, 인간들을 허무주의에서 구원할 수 있는 유일한 가치, 다시 말해 운명과 대결하는 인간들 사이의 기나긴 상호 이해를 되찾을 수 없게 만든다.

섬광과도 같은 한순간⋯ 가장 극단적인 자유, 즉 살인의 자유가 반항의 이유와 양립할 수 없다는 사실을 말하기 위해서는 우선 섬광과도 같은 한순간만으로도 충분하다. 반항은 결코 전적인 자유의 요구가 아니다. 반대로 반항은 전적인 자유를 비판한다. 반항은 상관으로 하여금 금지된 경계선을 넘도록 허용하는 무한한 권력에 대해 이의를 제기한다. 반항자는 전적인 독립을 요구하기는커녕 인간이 있

---

250 전제주의적 교의에 고유한 언어가 늘 추상적이거나 행정적인 언어라는 사실은 주목을 요한다. [원주]

는 곳이라면 어디서든지 자유에는 한계가 있다는 사실이 인정되기를 바란다. 이 한계야말로 바로 그 인간이 지닌 반항의 힘이기 때문이다. 반항에 깊이 자리한 비타협성의 이유가 바로 여기에 있다. 반항이 정당한 한계를 요구하고 있다고 믿으면 믿을수록, 반항은 더욱더 불굴의 성격을 띤다. 물론 반항자는 자기 자신을 위해 일정한 자유를 요구한다. 그러나 자기모순에 빠지지 않는 한, 그는 그 어떤 경우에도 존재와 타인의 자유를 파괴할 권리를 요구하지는 않는다. 반항자는 아무도 모욕하지 않는다. 그가 요구하는 자유, 그는 그것을 만인을 위해 요청한다. 그가 거부하는 자유, 그는 그것을 만인에게 금지한다. 그는 주인에게 대항하는 노예일 뿐만 아니라, 주인과 노예의 세계에 대항하는 인간이기도 하다. 그러므로 반항 덕분에 역사에는 지배와 예속의 관계 이상의 무엇인가가 존재하게 된다. 무한한 권력만이 역사에서 유일한 법률은 아니다. 반항자가 전적인 자유의 불가능성을 주장하는 동시에 그 불가능성을 인정하는 데 필요한 상대적 자유를 요구할 때, 그는 또 다른 가치의 이름으로 그렇게 한다. 모든 인간의 자유는 가장 깊은 뿌리에 있어 이처럼 상대적이다. 살인의 자유, 즉 절대적 자유는 그 뿌리로부터 단절되며, 이데올로기에서 자신의 실체를 찾았다고 여길 때까지 추상적이고 악의에 찬 망령으로서 정처 없이 방황하게 된다.

그러므로 반항은 그것이 파괴에 이를 때 논리에 어긋난 것이라고 말할 수 있다. 인간 조건의 통일성을 요구하는 반항은 삶의 힘이지 죽음의 힘이 아니다. 반항의 심오한 논리는 파괴의 논리가 아니다. 그것은 창조의 논리다. 반항 운동이 진정성을 확보하기 위해서는 자신을 지탱해주는 모순의 어떤 항도 버리지 않아야 한다. 반항 운동은 그것이 내포하고 있는 '예'와 허무주의적 해석이 반항 속에 따로 떼어놓는 '아니요'에 동시에 충실해야 한다. 반항자의 논리는 인간 조건의 불의에 또 다른 불의를 보태지 않도록 힘쓰고, 세상에 널리 퍼진 거짓을 심화하지 않도록 명료한 언어를 사용하며, 인간의 고통에 맞서 행복을 위해 투쟁하는 데 있다. 허무주의적 정열은 불의와 거짓을 증식시킴으로써 광란 속에서 자신의 옛 요구를 파괴하고, 그리하여 자신의 반항을 받쳐주는 가장 명료한 이유를 상실한다. 허무주의적 정열은 세계가 죽음에 내맡겨져 있다고 여기며 광기에 빠진 채 살인을 한다. 반면 반항의 결론은 살인의 정당성을 거부한다. 원칙적으로 반항은 죽음에 대한 항의이기 때문이다.

그러나 만일 인간이 자기 혼자 힘으로 세계에 통일성을 도입할 수 있다면, 만일 인간이 자신의 의지만으로 성실과 무죄와 정의를 세계에 군림케 할 수 있다면, 그는 바로 신일 것이다. 또한 그렇게 된다면, 이후 반항은 이유를 상실할 것이다. 반항이 존재하는 까닭은 거짓과 불의와 폭력이 부분적으로 반항의 조건을 이루기 때문이다. 그러므로 반항자는 자신의 반항을 포기하지 않고서는 절대로 살인하지도 거짓말하지도 않으리라고 주장할 수 없고, 살인과 악을 결정적으로 받아들일 수도 없다. 살인과 폭력을 정당화하는 권력은 당연히 반항의 이유를 파괴하려 할 것이다. 따라서 반항자에게는 휴식이 없다. 그는 선을 알고 있으나 본의 아니게 악을 행한다. 그를 지탱하는 가치는 결코 그에게 결정적으로 주어지지 않는다. 그는 이 가치를 끊임없이 추구해야 한다. 그가 획득한 존재는 반항이 다시 그것을 지탱해주지 않으면 무너져버린다. 아무튼 직접적으로든 간접적으로든 살인하지 않을 수 없을지라도, 그는 자신의 주변에 널린 살인의 기회를 감소시키는 데 열성을 다할 수는 있다. 그의 유일한 미덕은 암흑에 빠져도 암흑의 어지러운 현기증에 굴복하지 않으며, 악의 사슬에 묶여도 집요하게 선을 향해 나아가는 데 있다. 만일 끝내 살인을 하게 된다면, 그는 죽음을 받아들여야 하리라. 자신의 기원에 충실한 반항자는 그의 진정한 자유가 살인에 대한 자유가 아니라 죽음에 대한 자유라는 사실을 자기희생을 통해 입증한다. 그리고 동시에 그는 형이상학적인 명예를 얻는다. 예컨대 칼리아예프는 교수대 아래에 서면서, 인간의 명예가 시작되고 끝나는 정확한 한계점이 어디인지를 모든 동지에게 뚜렷이 가리킨다.

역사적 살인

반항은 모범적 선택과 효율적 태도를 아울러 요구하는 역사 속에서도 전개된다. 합리적 살인은 역사에 의해 정당화될 위험이 있다. 이때, 반항의 모순은 외관상 해결될 수 없을 듯한 이율배반 속에 투영된다. 이 이율배반의 두 가지 모형은 정치적으로 볼 때 한편으로는 폭력과 비폭력의 대립이고, 다른 한편으로는 정의와 자유의 대립이다. 두 모델을 그 역설 속에서 정의해보자.

최초의 반항 운동에 내포된 적극적 가치는 원리로서의 폭력을 포기하기는 것을 전제로 한다. 이 가치는 결과적으로 혁명을 정착 불가능한 것으로 만든다. 반항은 끊임없이 이 모순을 안고 산다. 역사 차원에서 이 모순은 한층 더 굳어진다. 만일 내가 인간의 정체성을 존중케 하기를 포기한다면, 나는 압제자 앞에 굴복하는 셈이며 반항을 포기하고 허무주의적 동의로 되돌아가는 셈이다. 허무주의는 이처럼 보수적이다. 만일 내가 인간의 정체성이 인정되기를 요구한다면, 나는 그 일을 성공시키기 위해 폭력의 시니시즘을 상정하는 하나의 행동, 정체성과 반항 자체를 부정하는 하나의 행동으로 돌입하게 된다. 모순을 가일층 확대해볼 때 만일 세계의 통일성이 저 높은 곳에서 도래하는 것이 아니라면, 인간은 역사 속에서 자신의 수준에 걸맞은 통일성을 확립해야 한다. 역사란 그것을 변형시키는 가치가 없을 때 효율성의 법칙에 지배된다. 역사적 유물론, 결정론, 폭력, 효율성의 방향으로 나아가지 않는 일체의 자유를 부정하는 태도 및 용기와 침묵의 세계는 순수 역사철학의 가장 합당한 귀결이다. 오늘날의 세계에서는 오직 영원성의 철학만이 비폭력을 정당화할 수 있다. 이 철학은 절대적 역사성에 맞서 역사의 창조를 내세우고, 역사적 상황에 대해 그 기원을 요구할 것이다. 그리하여 이 철학은 결국 불의를 인정하면서 정의의 문제를 신에게 맡길 것이며, 이번에는 자기 차례로 신앙을 요구할 것이다. 우리는 이 철학에 대해 악과 하나의 역설, 즉 전능하면서도 악의에 찬 신 혹은 선의에 차 있으면서도 무능한 신의 역설을 들어 이의를 제기할 것이다. 은총과 역사 사이에서 선택은 열려 있다. 문제는 이것이다. 신을 택할 것인가, 칼을 택할 것인가?

그렇다면 반항자의 태도는 어떠할까? 반항자는 반항의 원리 자체를 부정하지 않고서는 세계와 역사로부터 등을 돌릴 수 없다. 어떤 의미에서 악을 감수하지 않고서는 영원한 삶을 선택할 수 없다. 가령 기독교 신자가 아니라면, 그는 끝까지 가봐야 한다. 그러나 끝까지 간다는 것은 절대적으로 역사를 선택한다는 것을 뜻하며, 살인이 역사에 필요하다면 살인을 선택한다는 것을 뜻한다. 그런데 살인을 정당화하는 것은 곧 반항의 기원을 부정하는 것이다. 만일 반항자가 아무것도 선택하지 않는다면, 그는 침묵과 타인의 예속을 선택하는 셈이다. 만일 그가 절망한 나머지 신과 역사에 동시에 대항하기를 선택한다면, 그는 순수한 자유의 증인, 이를테면 아무것도 아닌 것의 증인이 되는 셈이다. 현대라는 역사적 단계에서, 악의 한계를 설정하지 못하는 고차원적 이유를 이해할 수 없는 이 단계에서, 딜레마는 분명히 침묵이냐 살인이냐의 문제로 요약된다. 그런데 두 경우 모두 책임 회피이다.

정의와 자유에 대해서도 사정은 매한가지다. 이 두 요구는 이미 반항 운동의 원리 속에 있고, 혁명적 충동 속에서 재발견된다. 그렇지만 혁명의 역사는 두 요구가 양립할 수 없는 것인 양 거의 언제나 충돌하고 있음을 보여준다. 절대적 자유란 곧 가장 강한 자가 군림할 수 있는 권리다. 그러므로 그것은 불의에 봉사하는 갈등을 존속시킨다. 절대적 정의는 일체의 모순을 제거함으로써 이루어지므로 그것은 자유를 파괴한다.[251] 자유에 의한, 정의를 위한 혁명은 결국 양자가 서로 맞서게 한다. 일단 지배계급이 청산되고 나면, 혁명 자체가 하나의 반항 운동, 즉 혁명의 한계를 지적하고 혁명의 실패를 예고할

---

251 『자유의 선용에 관한 대담』*Entretiens sur le bon usage de la liberté*에서 장 그르니에는 다음과 같이 요약될 수 있는 논증을 실행한다. 절대적 자유는 모든 가치의 파괴이고, 절대적 가치는 모든 자유의 말살이다. 이와 마찬가지로 팔랑트Palante는 이렇게 말한다. "단 하나의 보편적 진리만이 존재한다면, 자유는 존재 이유를 상실한다." [원주]

반항 운동을 유발하는 단계가 온다. 혁명은 처음에는 자신을 낳아준 반항 정신을 만족시키려고 애쓴다. 그런 다음, 혁명은 자신을 좀 더 공고히 하기 위해 반항 정신을 부정하지 않을 수 없다. 반항 운동과 혁명의 성과 사이에는 돌이킬 수 없는 대립이 있는 듯하다.

그러나 이러한 이율배반은 오직 절대 속에만 존재한다. 그 이율 배반은 중재 없는 세계와 중재 없는 사상을 전제로 한다. 사실 역사에서 분리된 신과 일체의 초월성을 제거한 역사 사이에 화해란 있을 수 없다. 지상에서 양자를 대표하는 자는 요가 수도자와 경찰이다. 그러나 두 전형의 차이는 흔히 말하듯 헛된 순수성과 효율성의 차이가 아니다. 전자는 기권棄權의 비효율성만을 택하고, 후자는 파괴의 비효율성만을 택한다. 반항이 보여주는 중재적인 가치를 양자 모두가 거부하기 때문에, 양자는 똑같이 현실에서 유리된 채 두 종류의 무능, 즉 선의 무능과 악의 무능만을 우리에게 제공할 따름이다.

역사를 무시하는 것은 사실상 현실을 부정하는 것으로 귀결한다. 그러나 역사를 그 자체로 충분한 전체로 생각하는 것 역시 현실로부터 스스로를 단절시키는 태도다. 20세기의 혁명은 신을 역사로 대체함으로써 허무주의를 피하고 진정한 반항에 충실히 남아 있다고 여긴다. 그렇지만 사실상 20세기의 혁명은 신을 더욱 공고히 하고 역사를 배반하고 있다. 역사란 순수한 운동으로 그 자체로서는 아무런 가치를 제공하지 못한다. 그러므로 그때그때 효율성에 따라 살아야 하고, 침묵하든가 거짓말하든가 해야 한다. 조직적 폭력이나 강요된 침묵, 계산이나 계획된 거짓이 불가피한 규칙이 된다. 그러므로 순전히 역사적인 사상은 허무주의적이다. 그것은 역사의 악을 전적으로 받아들이는데, 이 점에서 반항에 대립한다. 이러한 사상이 역사의 절대적 합리성을 보상으로 내세운다 해도 소용없다. 그 역사적 이성은 역사적 종말에 가서야만 완성될 것이고, 완전한 의미를 가질 것이며, 절대적인 이성과 가치가 될 것이다. 그때까지, 우리는 행동해야 한다. 결정적 규칙이 마련될 그날을 위해 우리는 도덕적 규칙 없이 행동해야 한다. 정치적 태도로서의 시니시즘은 절대주의적 사상으로서만, 즉 한편으로는 절대적 허무주의로서만, 다른 한편으로는 절대적 합리주의로서만 논리적인 것이 된다.[252] 결과만 놓고 말하자면, 두 가지 태도 사이에 차이점이란 없다. 두 가지 태도가 받아들여지는 순간부터 대지는 사막이 된다.

사실상 순전히 역사적인 절대란 상상조차 할 수 없다. 예컨대 야스퍼스 사상의 본질적 내용은 인간이 전체성을 파악할 수 없다는 사실을 강조하고 있다. 인간이 전체성의 내부에 존재하기 때문이다. 전체로서의 역사란 오직 역사와 세계의 외부에 있는 관찰자의 눈에만 존재할 수 있을 것이다. 결국 신만이 역사를 파악할 수 있으리라. 그러므로 인간이 세계 역사의 전체성을 포괄하는 계획에 따라 행동한다는 것은 불가능한 일이다. 모든 역사적 기도는 다소 이치에 맞거나 근거가 있다 해도 하나의 모험일 수밖에 없다. 그것은 애초에 위험하다. 위험으로서의 그것은 어떠한 과도함도, 어떠한 무자비하고 절대

---

252 우리는 또한 절대적 합리주의는 합리주의가 아니라는 것을 안다. 이 점은 아무리 강조해도 지나치지 않다. 양자의 차이는 시니시즘과 사실주의의 차이와 같다. 전자는 후자에게 의미와 정당성을 부여하는 한계 밖으로 후자를 밀어낸다. 좀 더 거칠게 말하자면, 절대적 합리주의는 결국 덜 효율적이다. 그것은 위력에 맞선 폭력이다. [원주]

적인 입장도 정당화할 수 없다.

만일 반항이 하나의 철학을 정립할 수 있다면, 그것은 오히려 한계의 철학, 정밀하게 계산된 무지의 철학, 위험의 철학일 것이다. 모든 것을 알지 못하는 사람은 모든 것을 죽일 수도 없다. 반항자는 역사를 절대적인 것으로 만들기는커녕, 자기 고유의 본성에서 비롯되는 사상의 이름으로 역사를 거부하고 역사에 이의를 제기한다. 그는 자신의 조건을 거부하는데, 그 조건은 대부분 역사적인 것이다. 불의와 허무와 죽음은 역사 속에서 모습을 드러낸다. 그것들을 거부한다면, 인간은 역사 자체를 거부하는 셈이다. 물론 반항자는 그를 둘러싸고 있는 역사를 부정하지 않는다. 그는 바로 그 역사 속에서 자신을 긍정하고자 애쓴다. 그러나 그는 예술가가 현실 앞에 서듯 역사 앞에 선다. 그는 역사에서 벗어나지 않으면서 역사를 거부한다. 그는 한순간도 역사를 절대화하지 않는다. 설령 불가피한 사정으로 어쩔 수 없이 역사의 범죄에 끼어든다 해도, 그는 그 범죄를 정당화하지 않는다. 합리적 범죄는 반항의 차원에서 용납될 수 없는 것일 뿐만 아니라, 한 걸음 더 나아가 반항의 죽음을 의미한다. 이 명백한 사실을 더욱 분명히 하기 위해, 합리적 범죄는 일차적으로 반항자들에게 저질러진다. 왜냐하면 그들이 이후 신격화될 역사에 이의를 제기하기 때문이다.

오늘날 혁명적이라고 자처하는 사람들의 고유한 속임수는 부르주아의 속임수를 되풀이하면서 그것을 더욱 심화한다. 그 속임수는 절대적 정의를 약속하면서 영속적 불의와 한없는 타협과 비열함을 정당화한다. 하지만 반항은 상대적인 것만을 목표로 하고, 상대적 정의에서 발원되는 확실한 존엄성만을 약속한다. 반항은 한계를 지지하는데, 그 한계 지점에서 인간 공동체가 수립된다. 반항의 세계는 상대성의 세계다. 헤겔과 마르크스를 본떠 전체란 필연적인 것이라고 단언하는 대신, 반항은 단지 전체가 가능한 것이고 또 일정한 한계에 이르면 그 가능성은 희생을 요구한다는 것을 거듭 강조할 따름이다. 신과 역사 사이에서, 요가 수도자와 경찰 사이에서 반항은 하나의 어려운 길을 연다. 그 길에서 모순은 삶의 대상이 되고 극복의 대상이 된다. 그러면 이제 예로 제시한 두 가지 이율배반을 고찰하자.

본래의 기원에 일치되려는 혁명적 행동이란 상대성에 대한 적극적 동의로 요약되어야 마땅하리라. 그러한 혁명적 행동은 바로 인간 조건에 대한 충실성으로 귀결될 것이다. 수단에 대해서는 비타협적일지라도 그것은 목적에 관한 한 근사치를 받아들일 것이고, 그 근사치가 점점 더 분명하게 규정될 수 있도록 언론에 자유를 부여할 것이다. 그리하여 그것은 자신의 반역을 정당화하는 그 공통의 존재를 유지할 것이다. 그것은 특히 의사 표현의 항구적인 가능성을 권리로서 간직할 것이다. 이러한 사실이야말로 정의와 자유에 대한 태도를 규정한다. 정의의 바탕을 이루는 자연법이나 민법상의 권리 없이는 정의가 존재할 수 없는데, 이 권리는 공공연히 표명될 필요가 있다. 지체 없이 권리가 표명되면, 조만간 그 권리에 근거한 정의가 세계에 도래할 개연성이 생긴다. 존재를 획득하기 위해서는 우리 내부의 작은 부분에서 출발해야 하고, 그것을 부정하지 말아야 한다. 정의가 확립될 때까지 권리를 침묵시키는 것, 그것은 곧 권리를 영원히 침묵시키는 것이다. 만약 정의가 영원히 지배하게 되었다면 권리에 대해서는 더 이상 언급할 필요가 없을 것이기 때문이다. 그러므로 다시 정의는 유일하게 발언권을 가진 자들, 즉 강자들에게 맡겨진다. 수 세기 전부터 강자들에 의해 분배된 정의와 존재는 '짐의 뜻대로' 처리되는 것이었다. 정의를 군림시키기 위해 자유를 죽이는 것은 신의 중개 없이 은총의 관념을 복원시키고, 현기증을 일으키는 반동으로 더없이 저열한 교회를 복원시키는 결과에 이른다. 그런데 정의가 실현되지 않았을 때조차 자유는 항의의 힘을 보존하고, 인간들의 상호 소통을 유지한다. 침묵의 세계에 깃든 정의, 노예화된 벙어리의 정의는 인간들의 상호 이해를 파괴하므로 결국 더 이상 정의일 수 없다. 20세기의 혁명은 정복이라는 과도한 목적을 위해 분리할 수 없는 두 관념을 독단적으로 분리했다. 절대적 자유는 정의를 비웃는다. 절대적 정의는 자유를 부정한다. 이 두 관념이 생산성을 지니기 위해서는 각자 상대방 속에서 자신의 한계를 발견해야 한다. 어떤 인간도 자신의 조건이 정의롭지 않으면 그 조건을 자유롭다고 생각하지 않으며, 자신의 조건이 자유롭지 않을 때 그 조건을 정의롭다고 생각하지 않는다. 자유란 정의와 불의를 확실히 구분하는 힘, 죽기를 거부하는 부분적인 존재의 이름으로 전체적인 존재를 요구하는 힘 없이는 상상될 수 없다. 끝으로 무척 색다른 정의, 즉 역사가 지닌 유일한 불멸의 가치인 자유를 복원하고자 하는 정의가 있다. 인간들은 오직 자유를 위해서 죽을 때 훌륭하게 죽을 수 있다. 그들은 그때 완전히 죽는다고 생각하지 않는다.

동일한 추론이 폭력의 문제에도 적용된다. 절대적 비폭력은 예속과 폭력을 소극적으로 정당화한다. 조직적 폭력은 살아 있는 인간 공동체를 파괴하고, 우리가 그 공동체로부터 얻고 있는 삶을 적극적으로 파괴한다. 이 두 관념이 생산성을 지니기 위해서는 각자 자신의 한계를 발견해야 한다. 역사가 절대로 간주될 때, 폭력은 정당화된다. 폭력은 하나의 상대적인 위험으로서 인간의 상호 소통을 파괴한다. 그러므로 반항자의 경우, 폭력은 불법 침입처럼 일시적 성격을 지녀야 하고, 만약 그것이 불가피할 때는 개인적 책임과 직접적 위험에 반드시 연결되어 있어야 한다. 조직적 폭력은 질서정연하다. 어떤 의미에서 그것은 편안하다. 폭력에 근거를 제공하는 질서가 '지도자 원리'이든 '역사적 이성'이든, 그 무엇이든 간에 폭력은 사물의 세계를 지배하는 것이지 인간의 세계를 지배하는 것이 아니다. 반항자가 어쩔 수 없이 살인하게 될 때, 그는 그 살인을 죽음으로 갚아야 하는 한계라고 생각한다. 이와 마찬가지로 폭력 역시 또 다른 폭력에 대항하는 극단적 한계일 뿐이다. 예컨대 반란의 경우가 그렇다. 설령 과도한 불의가 반란을 불가피한 것으로 만든다 해도, 반항자는 교의나 국가 이념에 봉사하는 폭력을 애초에 거부한다. 무릇 역사적 위기는 제도의 설정으로 끝난다. 우리는 순수한 위험을 뜻하는 위기 자체를 다스릴 수는 없을지라도 제도를 다스릴 수는 있다. 왜냐하면 우리 자신이 제도를 결정할 수 있고, 우리가 투쟁하는 목표로 제도를 선택할 수 있기 때문이다. 진정한 반항적 행동은 오직 폭력을 제한하는 제도를 위해서만 무장하는 데 동의할 뿐, 폭력을 법제화하는 제도를 위해서는 무장하는 데 동의하지 않을 것이다. 혁명이란 사형제도의 즉각적 폐지를 보장할 때 비로소 우리의 목숨을 걸 만한 것이 된다. 혁명이 애초에 무기징역을 거부할 때 비로소 우리는 그것을 위해 두옥을 견딘다. 만일 반항의 폭력이 이 같은 방향으로 전개된다면, 그것이야 말로 폭력이 정녕 일시적인 것이 될 수 있는 유일한 방식이리라. 목적이 절대적일 때, 즉 역사적으로 말해 목적이 확실하다고 여겨질 때, 사람들은 타인들을 희생시키는 데까지 나아갈 수 있다. 목적이 절대적이지 않을 때, 사람들은 인간 공통의 존엄성을 위한 투쟁에서 오직 자기 자신만을 희생시킬 수 있다. 목적이 수단을 정당화할 수 있는가? 그럴 수 있다. 하지만 그렇다면 누가 목적을 정당화할 것인가? 역사적 사상이 대답하지 못하는 그 물음에 반항은 이렇게 대답한다. 수단이 목적을 정당화한다.

　이러한 태도는 정치적으로 무엇을 뜻하는가? 그리고 먼저, 그것은 효율적인가? 그것은 오늘날 유일하게 효율적인 태도라고 주저 없이 대답해야 한다. 두 가지 종류의 효율성, 즉 태풍의 효율성과 수액樹液의 효율성이 있다. 역사적 절대주의는 효율적인 것이 아니다. 그것은 결과 지향적일 뿐이다. 역사적 절대주의는 권력을 장악했고, 권력을 지켜왔다. 일단 권력을 손에 넣자, 그것은 유일한 창조적 현실을 파괴한다. 반항에서 태어난 비타협적이며 한계 있는 행동은 이 창조적 현실을 유지하고 확대하고자 애쓴다. 그 행동은 정복할 힘이 없지 않다. 하지만 그 행동은 정복하지 않는 위험, 그리하여 죽음의 위험을 무릅쓴다. 혁명은 두 가지 가운데 하나를 택해야 할 것이다. 즉 혁명 또한 그 위험을 무릅써야 하리라. 아니면 주인만 바뀌었을 뿐 혁명 또한 예전과 똑같이 경멸받아야 할 대상이라는 사실을 고백해야 하리라. 명예에서 유리된 혁명은 자신의 명예로운 기원을 배반하는 셈이다. 어쨌든 혁명은 물질적 효율성을 선택할 때, 허무가 된다. 반면에 혁명은 위험부담을 선택할 때, 창조가 된다. 옛 혁명가들은 가장 시급한 문제부터 착수했고, 그들의 낙관주의는 완전했다. 그러나 오늘날 혁명 정신은 의식과 통찰력이 더욱 성장했다. 오늘날의 혁명 정신은 배후에 성찰의 창고, 즉 150년의 경험을 지니고 있다. 게다가 혁명은 축제의 매력을 상실했다. 오늘날의 혁명은 전 세계로 확대되는 엄청난 계산일 뿐이다. 오늘날의 혁명은 스스로 고백하지는 않을지라도, 세계적인 것이 되거나 존재하지 않게 되리라는 것을 알고 있다. 오늘날의 혁명에게 승리의 기회는 세계대전의 위험과 무관할 수 없다. 그 대전에서 승리하더라도 이 혁명은 단지 폐허의 제국만을 가지게 될 것이다. 그러므로 오늘날의 혁명은 허무주의에 사로잡힌 채 대량 학살의 시체 더미 속에서 역사의 궁극적 이성을 구현하고자 애쓰는 셈이다. 어쩌면 지상의 지옥을 다시 한번 탈바꿈시킬 침묵의 음악을 제외하고서는 모든 것을 포기해야 할지도 모른다. 그러나 혁명 정신은 유럽에서 처음이자 마지막으로 자신의 원리를 반성할 수도 있고, 공포정치와 전쟁 속에서 길을 잃고 헤매게 하는 탈선이 어떤 것인지 자문할 수도 있으며, 반항의 이유와 충실성을 온전하게 되찾을 수도 있으리라.

반항인

절도와 과도

혁명의 탈선은 무엇보다 반항이 인간 본성과 연관된 한계를 무시하거나 일부러 오해했다는 사실로 설명된다. 허무주의적 사상들은 이 한계를 무시하기에 결국 하나같이 가속화되는 운동에 빠져들고 만다. 아무것도 그 사상들의 돌진을 저지하지 못하며, 그리하여 그 사상들은 전적인 파괴와 무한한 정복을 정당화하기에 이른다. 반항과 허무주의를 오래도록 탐구한 끝에 이제 우리는 역사적 효율성 외에 아무런 한계를 가지지 않은 혁명이 한없는 예속을 뜻한다는 것을 안다. 혁명 정신이 이러한 운명을 벗어나 살아 있는 정신으로 남고자 한다면, 그것은 반항의 원천에 다시 몸을 담가야 하고, 그 기원에 충실한 유일한 사상인 한계의 사상을 본받아야 한다. 만일 반항이 찾은 한계가 모든 것을 바꿀 수 있다면, 만일 일정한 한계를 넘어서는 사상과 행동이 정당성을 인정받지 못한다면, 과연 사물과 인간에게는 절도_{節度}가 존재하는 셈이다. 심리에서도 역사에서도, 반항은 심오한 리듬을 찾는 까닭에 더없이 광포한 진폭으로 흔들리는 불규칙한 진자와도 같다. 그러나 이 불규칙한 탈선은 도를 넘는 법이 없다. 그것은 결코 기준점을 벗어나지 않는다. 반항은 인간 공통의 본성을 전제하는 동시에, 그 본성의 원리에 존재하는 절도와 한계를 분명히 한다.

허무주의적인 고찰이든 실증적인 고찰이든 오늘날 모든 고찰은 가끔 불현듯 사물의 한계를 명시한다. 예컨대 과학 또한 이러한 한계를 확증해준다. 양자론, 상대성 이론, 불확실성 이론은 평균적인 중간 크기의 단계에서만 정의될 수 있는 현실로 이루어진 하나의 세계를 정의하고 있다.²⁵³ 우리의 세계를 이끄는 이데올로기들은 과학이 절대적으로 위세를 떨치는 시대에 태어났다. 그러나 우리의 현실적 지식은 오직 상대적 크기만을 인정한다. "지성이란 우리가 여전히 현실을 믿을 수 있도록, 우리가 생각하는 바를 극단까지 밀고 나갈 수 없게 하는 우리의 자질이다"라고 라자르 비켈은 말한다. 절도 있는 사상만이 유일하게 현실을 생성하는 힘을 가진다.²⁵⁴

물질적 힘조차 맹목적으로 나아가면서도 절도를 지킨다. 사실상 기술을 되돌리고자 하는 것은 쓸데없는 일이다. 물레의 시대는 이미 지나갔으니 다시 장인제도의 문명으로 돌아갈 수는 없다. 기계가 나쁜 게 아니라 현재 기계를 사용하는 방법이 나쁠 따름이다. 기계의 폐해는 거부해도 기계의 이점은 받아들여야 한다. 운전사가 밤낮으로 운전하는 트럭은 그것을 완전히 알고 다정하게 효율적으로 사용하는 운전사를 욕되게 하지는 않는다. 진정으로 비인간적인 과도過度는 노동 분업에 있다. 이러한 과도와 더불어 언젠가 단 하나의 물품을 만들기 위해 수많은 일을 하는 기계를 단 한 사람이 조종하는 날이 온다. 이 사람은 자신이 장인제도에서 소유했던 창조력을 매우 다른 차원에서 부분적으로 되찾을 것이다. 그리하여 이 익명의 생산자

---

253 이 점에 대해서는 라자르 비켈Lazare Bickel의 탁월하고 흥미로운 논문 「물리학은 철학을 확증한다」*La physique confirme la philosophie*를 볼 것. [원주]

254 오늘날의 과학은 국가적 테러리즘과 권력 정신에 봉사함으로써 자신의 기원을 배반하고 자신의 성과를 부정한다. 과학의 부패와 타락은 추상적 세계 내에서 파괴와 예속의 수단만을 생산해낸다는 데 있다. 그러나 마침내 한계점에 이르면, 과학은 아마도 개인적 반항에 봉사하리라. 이 무서운 필연성이야말로 결정적 전환점이 될 것이다. [원주]

는 창조자에 가까워진다. 물론 현재의 산업적 과도가 곧 이러한 길로 들어설지는 미지수다. 그러나 그것은 기능상 절도의 필요성을 보여 주고 있으며, 이 절도를 어떻게 실현할지 성찰하게 만든다. 어쨌든 이러한 한계의 가치가 공공연히 인정될 수도 있고, 아니면 현재의 과도가 오직 세계의 파괴에 이르러서야 비로소 규칙과 평화를 찾을 수도 있으리라.

이러한 절도의 법칙은 또한 반항적 사상의 온갖 이율배반으로 확대 적용된다. 현실도 전적으로 합리적이지 않고, 합리도 전적으로 현실적이지 않다. 우리가 초현실주의를 살피면서 확인했듯, 통일성에 대한 욕망은 모든 것에 합리성을 요구하지는 않으며, 비합리가 희생되지 않기를 바란다. 모든 것이 무의미하다고 말할 수는 없는데, 그렇게 말함으로써 우리는 이미 하나의 판단으로 하나의 명제에 가치를 부여하고 있기 때문이다. 모든 것이 의미 있다고 말할 수도 없는데, 모든 것이라는 말은 우리에게 의미가 없는 말이기 때문이다. 비합리는 합리를 제한하고, 합리는 비합리에 척도를 제공한다. 결국 무엇인가가 의미를 지닌다면, 그 의미는 우리가 무의미에 근거하여 획득해야 할 의미다. 이와 마찬가지로 존재가 본질의 차원에만 있다고 말할 수는 없다. 실존과 생성 변화의 차원이 아니라면 어디에서 본질을 파악할 것인가? 그러나 존재란 실존일 뿐이라고 말할 수도 없다. 항상 생성 변화하는 것이란 있을 수 없으리라. 시작이 필요하다. 존재란 오직 생성 변화 속에서만 체험될 수 있다. 생성 변화란 존재 없이는 아무것도 아니다. 세계는 순수한 고정성 속에 있지 않다. 하지만 세계는 단순히 운동만도 아니다. 세계는 운동이자 고정성이다. 예를 들어 역사적 변증법은 미지의 가치를 향해 무한히 질주하지는 않는다. 그것은 최초의 가치인 한계 주위를 맴돈다. 생성 변화를 발견한 헤라클레이토스가 영원한 흐름에 한계를 부여했다. 이 한계는 과도한 자들을 궤멸하는 절도의 여신 네메시스로 상징되었다. 반항의 현대적 모순을 해결하고자 하는 성찰이라면 반드시 이 여신에게서 영감을 얻어야 하리라.

　도덕적 이율배반들 역시 이 중재적 가치의 조명을 받아 설명되기 시작한다. 미덕은 현실과 분리될 때, 반드시 악의 원리가 된다. 그리고 미덕은 현실과 절대적으로 일치할 때, 반드시 자신을 부정한다. 반항으로 탄생한 도덕적 가치는 역사와 삶보다 상위에 있지 않으며, 거꾸로 역사와 삶 또한 그 가치보다 상위에 있지 않다. 정녕 그 가치가 역사 속에서 현실성을 얻는 것은 한 인간이 그 가치를 위해 자신의 생명을 바칠 때만이다. 자코뱅적이고 부르주아적인 문명은 그 가치가 역사보다 상위에 있다는 사실을 전제로 한다. 그리하여 그 형식 미덕은 혐오스러운 속임수의 근거가 된다. 20세기의 혁명은 그 가치가 역사의 운동에 뒤섞여 있다고 선언한다. 그리하여 역사적 이성이 새로운 속임수를 정당화한다. 절도는 이런 변칙과 탈선에 맞서 다음과 같은 사실을 우리에게 가르쳐준다. 모름지기 도덕에는 일정한 현실주의가 필요한데, 지극히 순수한 미덕은 살인에 이르기 때문이다. 모름지기 현실주의에는 일정한 도덕이 필요한데, 시니시즘은 살인에 이르기 때문이다. 이런 까닭에 인도주의적 객설은 냉소적인 도발만큼 근거가 박약하다. 인간은 결국 전적으로 유죄하지는 않다. 왜냐하면 인간이 역사를 시작한 것은 아니기 때문이다. 인간은 완전히 무죄하지도 않다. 왜냐하면 인간이 역사를 지속시켜나가기 때문이다. 이 한계를 넘어 전적인 무죄를 주장하는 자들은 결정적 유죄의 광란 속에서 끝난다. 반면 반항은 우리를 계산된 유죄의 길로 인도한다. 반항의 유일한 희망 그러나 물리칠 수 없는 희망은 한계에 이르러 죄 없는 살인자에게서 구현된다.

　　이 한계에 이르러 '우리는 존재한다'라는 명제는 역설적으로 새로운 개인주의를 확립한다. 오직 역사 앞에서 '우리는 존재한다'. 역사는 '우리는 존재한다'라는 명제를 고려해야 하고, '우리는 존재한다'라는 명제는 역사 속에서 유지되어야 한다. 나는 타인들을 필요로 하고, 타인들은 나를 필요로 하며, 각자는 각자를 필요로 한다. 모든 집단적 행동, 모든 사회는 하나의 규율을 전제로 하는데, 개인이 이 규율을 일탈하면 적대적 집단의 억압에 굴종하는 한갓 이방인에 지나지 않게 된다. 그러나 사회와 규율은 만약 그것들이 '우리는 존재한다'라는 명제를 부정하면 방향을 잃는다. 어떤 의미에서 나는 나 자신이나 타인이 짓밟히도록 내버려둘 수 없는 인간 공통의 존엄성을 나 혼자 힘으로 지탱해나간다. 이 개인주의는 쾌락이 아니다. 그것은 언제나 투쟁이요, 가끔 자랑스러운 연민의 정상에 존재하는 비할 데 없는 기쁨이다.

정오의 사상

이 같은 태도가 현대 세계에서 정치적으로 어떻게 표현되는지 알고자 할 때, 하나의 예에 불과하기는 하지만, 우리는 전통적으로 혁명적 생디칼리슴(조합주의 운동)이라고 불리는 것을 떠올리게 된다. 이 생디칼리슴은 효율적인가? 대답은 간단하다. 한 세기 만에 일당 16시간에서 주당 40시간으로 노동조건을 놀랍도록 개선한 것이 다름 아닌 생디칼리슴이다. 그런데 이데올로기의 제국이 생디칼리슴을 후퇴시켰고, 대부분의 성과를 파괴했다. 왜냐하면 생디칼리슴은 직업이라는 구체적 토대로부터 출발하고, 정치적 질서에서 코뮌이 점하는 역할을 경제적 질서에서 점하며, 조직 체계가 그것을 기반으로 구축되는 살아 있는 세포인 데 비해, 독재적 혁명은 교의에서 출발하고 현실을 교의 속에 억지로 집어넣기 때문이다. 생디칼리슴은 코뮌처럼 구체적인 현실을 살리기 위해 관료적이고 추상적인 중앙집권주의를 부정한다.[255] 반대로 20세기의 혁명은 경제에 토대를 두고 있다고 주장하지만, 무엇보다 먼저 정치요, 이데올로기이다. 그것은 기능상 공포정치 그리고 현실에 가해지는 폭력을 피할 수 없다. 앞에 내세우는 구호와는 달리, 20세기의 혁명은 절대에서 출발하여 현실을 억지로 두드려 맞춘다. 거꾸로, 반항은 현실을 토대로 하여 끊임없이 투쟁하며 진리를 향해 나아간다. 전자는 위에서 아래로 완성되고자 하고, 후자는 아래에서 위로 완성되고자 한다. 반항은 낭만주의가 아니라 진정한 현실주의의 편에 선다. 만일 반항이 혁명을 원한다면, 그것은 삶을 위한 것이지 삶에 반한 것이 아니다. 그런 까닭에 반항은 무엇보다 가장 구체적인 현실, 즉 인간들의 살아 있는 마음과 존재가 투명하게 드러나는 직업이나 마을에 기반을 둔다. 반항의 경우, 정치란

---

255 훗날 파리코뮌에 가담한 톨랭Tolain은 이렇게 말한다. "인간 존재는 오직 자연스러운 집단 가운데에서만 해방된다." [원주]

이러한 진리를 따라야 한다. 결국 반항이 역사를 전진시키고 인간들의 고통을 덜어줄 때, 반항은 그 일을 불가피한 폭력이 불가피하더라도 공포정치 없이, 전혀 다른 정치적 조건 속에서 행한다.[256]

그러나 지금 제시한 예는 겉보기보다 더욱 심각한 결과를 초래한다. 제왕적 혁명이 생디칼리슴적이고 자유주의적인 정신에 승리를 거둔 바로 그날, 혁명 사상은 평형추를 잃었다. 타락하지 않기 위해 반드시 지녀야 하는 이 평형추, 삶에 균형을 주는 이 정신이야말로 우리가 태양 사상이라고 부르는 장구한 전통에 생명을 주는 바로 그 정신이다. 그 정신 속에서 그리스 시대 이후 자연이 언제나 생성 변화와 균형을 이루어왔다. 독일 사회주의가 프랑스, 스페인, 이탈리아의 자유주의적 사상과 끊임없이 싸웠던 제일인터내셔널의 역사는 독일 이데올로기와 지중해적 정신이 벌인 투쟁의 역사라고 할 수 있다.[257] 국가 대 코뮌, 절대주의 사회 대 구체적인 사회, 합리적 폭정 대 반성적 자유, 끝으로 대중의 식민화 대 이타적 개인주의는 고대 세계 이래 서양의 역사에 동력을 제공한 절도와 과도 사이의 장구한 대립을 다시 보여주는 모순들이다. 금세기의 심오한 갈등은 어떤 의미에

---

256 한 가지 예를 들자. 오늘날의 스칸디나비아 사회는 순전히 정치적인 적대 관계 내에는 인공적이며 살인적인 요소가 있다는 사실을 거꾸로 보여준다. 거기서는 더없이 풍요로운 생디칼리슴이 입헌군주제와 평화롭게 공존하고 있고, 정의 사회의 근사치를 실현하고 있다. 반면 역사적이고 합리적이라고 자처하는 국가가 맨 먼저 행한 일은 직업의 세포조직 및 공동체의 자치를 영원히 분쇄하는 것이었다. [원주]

257 다음을 참조할 것. 엥겔스에게 부치는 편지(1870년 7월 20일)에서 마르크스는 프로이센-프랑스 전쟁에서 프로이센이 승리하기를 바란다. "프랑스 프롤레타리아에 대한 독일 프롤레타리아의 우월성은 프루동의 이론에 대한 우리의 이론의 우월성을 뜻하리라." [원주]

서 공모 관계를 형성한 독일의 역사 이데올로기와 기독교 정책 사이의 갈등이 아니다. 그것은 독일적 꿈과 지중해적 전통, 영원한 청춘의 폭력과 성숙한 남성의 힘, 지식과 책으로 깊어진 향수와 삶의 흐름 속에서 계발되고 굳세어진 용기, 요컨대 역사와 자연 사이의 갈등이라고 할 수 있다. 그러나 독일 이데올로기는 이 점에 있어서 하나의 상속자일 뿐이다. 독일 이데올로기 속에서는 먼저 역사적 신의 이름으로, 다음에는 신격화된 역사의 이름으로 자연에 대한 2000년의 헛된 투쟁이 완성된다. 기독교는 분명 그리스 사상에서 흡수할 수 있는 것을 모두 흡수함으로써 보편성을 띨 수 있었다. 그러나 교회가 그 지중해적인 유산을 내던졌을 때, 교회는 자연 대신에 역사를 강조하게 되었고, 로마네스크 양식을 버리고 고딕 양식을 택했으며[258], 자체의 한계를 파괴함으로써 세속적 권력과 역사적 역동성을 요구하게 되었다. 관조와 경탄의 대상이기를 멈춘 자연은 이제 한낱 변형의 재료에 지나지 않게 되었다. 기독교의 진정한 힘이 될 수 있었을 그 중재와 매개의 관념 대신에, 위와 같은 경향들이 현대 사회에서 승리를 구가하고 있다. 신이 역사적 세계로부터 추방될 때 과연 독일 이데올로기가 탄생하는데, 독일 이데올로기에서 행동은 더 이상 완성이 아니라 순수한 정복, 이를테면 폭정이 된다.

그러나 역사적 절대주의는 승리에도 불구하고 인간 본성의 물리칠 수 없는 요구와 끊임없이 충돌을 일으켰는데, 눈부신 태양과 지성

---

258 여기서 로마네스크 양식은 고대 로마 시대의 건축양식을 가리키고, 고딕 양식은 중세 가톨릭 시대의 건축양식을 가리킨다.

이 결합하는 지중해가 그 요구의 비밀을 간직하고 있다. 파리코뮌 사상, 혁명적 생디칼리슴 같은 반항적 사상들은 제왕적 사회주의와 부르주아적 허무주의 앞에서 끊임없이 그 요구를 외쳤다. 권위주의 사상은 세 번의 전쟁을 통해 반항하는 엘리트들을 압살한 덕분에 이 자유주의적 전통을 침몰시켰다. 그러나 그 초라한 승리는 일시적일 뿐, 투쟁은 여전히 계속되고 있다. 유럽은 이 투쟁을 회피했을 때, 또는 낮을 밤으로 지워버렸을 때, 그때마다 어김없이 타락했다. 그런데 균형의 파괴가 오늘날 엄청난 결과를 불러일으키고 있다. 매개와 중재라는 수단을 잃고 아름다운 자연으로부터 추방된 우리는 또다시 구약의 세계로 돌아간 채 잔인한 파라오와 비정한 하늘 사이에서 꼼짝달싹할 수 없게 되었다.

그리하여 공동의 비참 속에서 그 오래된 요구가 부활한다. 자연이 역사의 눈앞에서 다시 몸을 일으키는 것이다. 확실히 무엇인가를 경멸하거나, 한 문명에 반해 다른 한 문명을 찬양하는 것이 문제는 아니다. 문제는 단지 오늘날의 세계에 더 이상 없어서는 안 될 하나의 사상이 있다는 사실을 말하는 것이다. 물론 러시아 민족에게는 유럽을 위해 희생할 역량이 있고, 미국 국민에게는 소정의 건설적 역량이 있다. 그러나 세계의 젊음은 여전히 똑같은 바닷가에서 발견된다. 더없이 자부심이 강한 민족이 아름다움과 우정을 상실한 채 죽어가고 있는 유럽, 그 천박한 유럽에 내던져진 우리 지중해인들은 여전히 똑같은 햇빛 속에서 살고 있다. 유럽의 어둠 한복판에서 태양의 사상, 즉 두 얼굴을 지닌 문명이 새벽을 기다리고 있다. 그것은 벌써 진정한 지배의 길을 밝게 비추고 있다.

진정한 지배는 이 시대의 편견들, 그중에서도 가장 깊고 불행한 편견, 즉 과도함에서 해방된 인간은 초라한 예지밖에 가지지 못한다고 생각하는 편견을 심판하는 데 있다. 과도함이 니체의 광기에 일치할 때, 그것은 일종의 신성이 될 수 있다. 그러나 우리 시대 문화의 전면에 전시된 영혼의 음주벽, 그것이 여전히 과도의 현기증이요, 한번 그 속에 빠져든 사람이면 결코 그 상처를 지울 수 없는 불가능의 광기일까? 프로메테우스가 노예의 얼굴 또는 검사의 얼굴을 가져본 적이 있을까? 아니다, 우리 시대의 문명은 비겁하고 증오에 찬 영혼의 만족 속에서, 늙은 청년들의 허영에 들뜬 소망 속에서 목숨을 부지하고 있다. 사탄 역시 신과 함께 죽었지만, 그의 유골에서 한 비열한 악마가 태어났다. 그 악마는 자신이 어디서 모험을 하는지조차 모른다. 1950년 현재, 과도는 언제나 안락이고 때때로 직업이다. 그 반대로, 절도는 순수한 긴장이다. 절도는 틀림없이 미소를 짓기에 고난의 묵시록에 헌신하는 우리 시대의 광신자들은 절도를 경멸한다. 그러나 그 미소는 끝없는 노력의 정상에서 찬란하게 빛나고 있다. 그것은 여분의 힘이다. 인색하고 탐욕스러운 얼굴을 가진 초라한 유럽인들은 더 이상 미소 지을 힘조차 없으면서 어찌하여 그들의 절망적 경련을 우월성의 본보기로 제시하려 드는 것일까?

진정한 과도의 광기는 사멸하거나 혹은 자신의 절도를 창조하는 법이다. 그러한 광기는 자신의 알리바이를 만들기 위해서 타인들을 죽게 하지 않는다. 가슴 찢기는 극도의 고통 속에서 그것은 자신의 한계를 발견하는데, 칼리아예프처럼 필요하다면 그 한계 위에서 자신을 희생하기도 한다. 절도는 반항의 반대가 아니다. 반항이 곧 절

반항인

도이다. 반항은 절도를 주문하고, 절도를 옹호하며, 역사와 혼돈을 통해 절도를 재창조한다. 그 가치의 기원 자체가 그 가치가 찢길 수밖에 없는 것임을 확실히 보여준다. 반항에서 태어난 절도는 오직 반항을 통해서만 존속할 수 있다. 절도는 지성에 의해 끊임없이 유발되고 통제되는 하나의 지속적인 갈등이다. 절도는 불가능도 심연도 제압하지 않는다. 절도는 그것들과 균형을 이룬다. 우리가 무엇을 하든, 과도는 언제나 인간의 마음 한구석에 고독과 함께 자리 잡을 것이다. 우리는 저마다 내면에 우리의 감옥, 우리의 범죄, 우리의 피폐를 지니고 있다. 그러나 우리의 과업은 세계 도처에서 그것들을 폭발시키는 데 있지 않다. 우리의 과업은 우리와 타인의 내면에서 그것들을 분쇄하는 데 있다. 바레스[259]가 말했듯 맹종하지 않으려는 장구한 의지인 반항은 오늘날 여전히 이 투쟁의 원리를 벗어나지 않는다. 형태의 어머니이자 진정한 삶의 원천인 반항은 형태 없는 역사의 광란적 운동 속에서 우리를 꿋꿋이 서 있게 해준다.

---

259 Maurice Barrès(1862-1923). 19세기 말에서 20세기 초까지 활약한 대표적인 프랑스 우파 민족주의자이다.

허무주의를 넘어서

인간에게는 인간에게 적합한 중간적 수준에서 가능한 행동과 사상이 있다. 그보다 야심적인 모든 기도는 모순적인 것으로 드러난다. 절대란 역사를 통해서는 도달될 수도, 특히 창조될 수도 없다. 정치는 종교가 아니다. 어떻게 사회가 절대를 정의할 수 있단 말인가? 아마도 인간 각자가 만인을 위해 절대를 탐구하고 있으리라. 사회와 정치는 단지 인간 각자가 이 공통의 탐구를 위한 여가와 자유를 누릴 수 있도록 갖가지 일을 해결할 책임을 지고 있을 뿐이다. 그러므로 역사는 더 이상 숭배의 대상이 될 수 없다. 역사는 하나의 기회일 뿐이다. 문제는 분별 있는 반항으로써 그 기회를 생산적으로 만드는 일이다.

르네 샤르는 "수확에 대한 집념과 역사에 대한 무관심이 내 활의 양쪽 끝이다"라고 절묘하게 썼다. 만약 역사의 시간이 수확의 시간이 될 수 없다면, 역사는 인간이 더 이상 참여할 수 없는 하나의 덧없고 잔인한 그림자에 불과할 것이다. 따라서 역사에 몸을 바치는 자는 아무것도 아닌 것에 몸을 바치는 셈이며, 그 자신조차 아무것도 아닌 것이 되어버린다. 그러나 자신이 살아가는 시간, 자신이 지키는 집, 뭇 생명의 존엄성에 몸을 바치는 자, 그런 자는 대지에 몸을 바치는 셈이며, 대지로부터 수확을 얻어 그 수확으로 다시 씨를 뿌리고 양식을 얻는다. 결국 적절한 시기에 역사에 반항할 줄 아는 사람들이야말로 역사를 앞으로 나아가게 한다. 그것은 끝없는 긴장과 르네 샤르가 말하는 고요한 경련을 전제로 한다. 참된 삶은 가슴 찢기는 고통 그 자체요, 빛의 화산 위를 비행하는 정신이요, 공정성을 지향하는 열정이요, 절도를 구현하려는 불굴의 집념이다. 이 기나긴 반항적 모험의 끝에 이르러 우리의 가슴에 울려 퍼지는 것, 그것은 불행의 극단에서 빚어지는 낙천주의의 상투적 언어가 아니라 바닷가에서 미덕이 되는 지성과 용기의 언어다.

오늘날 어떤 예지도 이보다 더 많은 것을 준다고 주장할 수 없다. 반항은 지칠 줄 모른 채 악에 맞서고, 이를 발판으로 새롭게 도약한다. 인간은 통제되어야 할 모든 것을 자신의 내부에서 통제할 수 있다. 인간은 수정될 수 있는 모든 것을 창조 속에서 수정해야 한다. 그런 후 완전한 사회에서조차 여전히 어린아이들이 부당하게 죽어갈 것이다. 최선의 노력을 쏟음으로써 인간은 단지 세계의 고통을 산술적으로 감소시킬 수 있을 따름이다. 불의와 고통은 사라지지 않을 것이며, 한정된 것이라 해도 여전히 추문으로 남을 것이다. 드미트리 카라마조프의 "왜?"라는 절규가 계속 울려 퍼질 것이다. 따라서 예술과 반항은 최후의 인간이 사라질 때, 그때 비로소 사멸할 것이다.

확실히 인간들이 미친 듯이 통일성을 갈망하는 가운데 쌓이는 하나의 악이 있다. 그러나 문제는 여전히 그 무질서한 운동을 촉발한 또 다른 악, 기원의 악이다. 그 악, 말하자면 죽음 앞에서 인간은 가장 깊은 내면에서부터 정의를 부르짖는다. 역사적 기독교는 악에 맞선 인간의 항의에 오직 미래의 왕국과 영생의 예고로써 대답했는데, 이 예고는 당연히 신앙을 요구한다. 하지만 고통은 희망과 신앙을 마멸시키고, 고통은 영문도 모른 채 홀로 남는다. 고통과 죽음에 지친 노동 대중은 신 없는 군중이 된다. 옛 박사들에게서도 새 박사들에게서도 멀어진 우리는 그때부터 노동 대중의 옆에 자리를 잡는다. 역사적 기독교는 역사 안에서 고통을 유발한 악과 살인, 그 악과 살인의 교정을 역사 너머로 미루고 있다. 현대의 유물론 역시 모든 문제에 답하고 있다고 믿는다. 그러나 역사의 노예에 불과한 현대 유물론은 역사적 살인을 증폭시키고, 아울러 신앙을 요구하는 미래 속에서만 그 정당성을 찾고 있다. 말하자면 이 경우에도 저 경우에도 인간은 기다릴 수밖에 없는데, 그동안 죄 없는 자들이 끊임없이 죽임을 당한다. 2000년 전부터 이 세계에서 악의 총합은 줄어든 적이 없다. 신의 낙원도 혁명의 낙원도, 그 어떤 낙원도 실현되지 않았다. 인간들이 보기에 더없이 가치 있어 보이는 고통에도 불의가 달라붙어 있다. 프로메테우스의 기나긴 침묵은 그를 짓누르는 힘 앞에서 여전히 절규한다. 그러나 프로메테우스는 그동안 인간들이 그를 거역하고 조롱하는 것을 보았다. 인간의 악과 운명, 테러와 독선 사이에 끼인 그에게 남은 것은 반항의 힘뿐이다. 이 반항의 힘으로, 그는 신성모독이라는 오만에 빠지지 않으면서 살인으로부터 구할 수 있는 것을 구하고자 한다.

이제 우리는 반항이란 하나의 기이한 사랑 없이는 존재할 수 없다는 사실을 이해하게 된다. 신에게서도 역사에서도 안식을 얻지 못한 사람들은 그들처럼 삶이 힘든 자들을 위해, 즉 모욕받은 자들을 위해 살 수밖에 없다. 그리하여 가장 순수한 반항 운동은 카라마조프의 비통한 외침으로 귀결된다. 만일 인간 모두가 구원되지 못한다면, 단 한 사람의 구원이 무슨 소용이 있겠는가! 이러한 까닭에 오늘날 스페인 감옥의 가톨릭 죄수들은 어용 사제들이 의무화한 영성체를 거부하고 있다. 십자가에 못 박힌 무죄의 유일한 증인인 그들 역시 구원이 불의와 압제의 대가로 얻어지는 것일 때 단호히 그 구원을 거부한다. 이러한 광적인 고결성이 바로 반항의 고결성이다. 그것은 지체 없이 사랑할 힘을 주고, 지체 없이 불의를 거부한다. 그 명예는 아무것도 계산하지 않고, 현재 살아 있는 형제들에게 모든 것을 나누어 주는 데 있다. 이것이야말로 미래의 인간들에게 헌신하는 태도다. 미래에 대한 진정한 사랑은 현재에게 모든 것을 주는 데 있다.

요컨대 반항은 생의 운동이다. 아무도 삶을 포기하지 않고서는 반항을 부정할 수 없다. 반항이 내지르는 더없이 순수한 절규는 번번이 한 인간 존재를 일으켜 세운다. 그러므로 반항은 사랑이요 풍요다, 그렇지 않으면 그것은 아무것도 아니다. 육체를 가진 인간보다 추상적 인간을 선호함으로써 필요할 때면 언제든지 인간 존재를 부정하는 명예 없는 혁명, 계산에 의한 혁명은 바로 원한을 사랑의 자리에 놓는다. 반항이 고결한 기원을 잊은 채 원한에 의해 더럽혀지자마자, 반항은 삶을 부정하고 파괴로 치달으며 하찮은 반역자들의 냉소적 무리를 낳는다. 노예들의 씨앗인 그들은 오늘날 유럽의 시장에서 온갖 예속에 몸을 바치고 있다. 그것은 더 이상 반항도 혁명도 아니다. 그것은 오히려 원한이요 폭정이다. 혁명이 권력과 역사의 이름으로 과도한 살인 기계가 된 셈이다. 바로 그때, 하나의 새로운 반항이 절도와 삶의 이름으로 성스럽게 나타난다. 지금 우리는 그 극단에 와 있다. 암흑의 끝에 이르면, 반드시 빛이 나타나기 마련이다. 이미 희미한 서광을 예감하고 있으므로, 우리는 광명의 도래를 위해 투쟁해야 한다. 허무주의를 넘어서, 우리는 모두 폐허 한복판에서 부활을 준비하고 있다. 그러나 그 사실을 알고 있는 사람은 거의 없다.

반항이 모든 일을 해결할 수는 없지만, 적어도 모든 일에 도전할 수는 있다. 정오의 태양이 역사의 운동 위에서 이글거리고 있다. 그 불타는 태양 아래에서 여러 그림자가 한순간 서로 싸우다가 사라졌고, 뒤이어 장님들이 눈꺼풀을 비비며 이것이 역사라고 외쳤다. 유럽인들은 그림자에 탐닉한 채, 빛을 발하는 그 정점을 외면했다. 그들은 미래를 위해 현재를 잊었고, 허망한 권력을 위해 인간의 희생을 잊었고, 찬란한 도심을 위해 변두리의 비참을 잊었고, 헛된 약속의 땅을 위해 일상의 정의를 잊었다. 그들은 개인의 자유를 단념하고 인류의 기이한 자유를 꿈꾼다. 그들은 고독한 죽음을 거부하고, 단말마의 집단적 고통을 영생이라고 부른다. 그들은 현재 있는 그대로의 것을, 세계를, 살아 있는 인간을 더 이상 믿지 않는다. 유럽의 비밀은 유럽이 더 이상 삶을 사랑하지 않는다는 데 있다. 이 장님들은 경박하게도 단 하루의 삶을 사랑하면 수 세기의 압제가 정당화된다고 생각했다. 그러므로 그들은 세계의 칠판에서 삶의 기쁨을 지워버리고자 했고, 삶의 기쁨을 훗날로 미루고자 했다. 한계를 인정하지 않는 조바심, 자신이 이중적 존재라는 사실을 거부하는 태도, 인간 존재 자체에 대해 느끼는 절망이 마침내 그들을 비인간적인 과도 속으로 던져넣었다. 자신에게 걸맞은 삶의 크기를 인정하지 않는 그들은 자신의 우월성에 내깃돈을 걸어야 했다. 그들은 어쩔 수 없이 자신을 신격화했고, 그리하여 그들의 불행이 시작되었다. 이를테면 그들은 눈먼 신이 된 것이었다. 반면 칼리아예프와 그의 형제들은 신성을 거부한다. 왜냐하면 죽음을 초래하는 무한한 권력을 거부하기 때문이다. 그들은 오늘날 독창적인 오직 하나의 규범을 선정하여 우리에게 본보기로서 제시한다. 사는 법과 죽는 법을 배울 것. 그리고 인간이 되기 위해 신이 되기를 거부할 것.

사상의 정오에서 반항자는 이처럼 인간 공통의 투쟁과 운명을 공유하기 위해 신성을 거부한다. 우리는 변함없이 충실한 땅 이타카[260], 대담하면서도 소박한 사상, 명철한 행동, 현자의 관용을 택할 것이다. 눈부신 빛 속에서 세계는 우리의 최초이자 최후의 사랑으로 남아 있다. 우리의 형제들은 우리와 같은 하늘 아래 숨 쉬고 있고, 정의는 여전히 살아 있다. 그리하여 삶과 죽음에 도움이 되는 그 기이한 기쁨, 우리가 훗날로 미루기를 거부하는 그 기이한 기쁨이 탄생한다. 고통의 대지 위에서 이 기이한 기쁨은 끝없이 흔들리는 들풀이요, 쓰디쓴 양식이요, 바다에서 불어오는 바람이요, 낡고도 새로운 새벽 빛이다. 그 기쁨과 더불어 투쟁을 계속하면서 우리는 시대의 영혼을, 아무것도 배제하지 않을 유럽을 새롭게 만들 것이다. 그가 죽은 후 12년 동안 서양이 최고의 양심과 허무주의의 벼락 맞은 이미지로서 찾곤 하던 니체도 배제하지 않으리라. 착오로 인해 하이게이트 공동묘지의 무신앙인 구역에 누워 있는 저 무자비한 정의의 예언자[261]도 배제하지 않으리라. 유리 관 속에서 신격화되어 있는 저 행동가의 미라[262]도 배제하지 않으리라. 유럽의 지성과 활력이 비참한 한 시대의 오만에 제공했던 것 가운데 아무것도 배제하지 않으리라. 정녕 모든

260　호메로스의 서사시 『오디세이아』에 나오는 영웅 오디세우스의 고향을 가리킨다. 트로이를 함락시킨 오디세우스는 온갖 시련과 고난을 겪으며 10년을 항해한 끝에 아내 페넬로페가 기다리는 고향 이타카로 되돌아간다.

261　카를 마르크스를 가리킨다.

262　블라디미르 레닌을 가리킨다.

사람이 1905년의 희생자들 곁에서 부활할 수 있다. 그러나 그것은 모든 사람이 서로를 교정해주고, 하나의 한계가 모든 사람을 태양 아래 멈춰 서게 한다는 것을 이해하는 조건에서만 그렇다. 각자가 타자에게 당신은 신이 아니라고 말해준다. 바야흐로 여기서 낭만주의가 끝난다. 우리 각자가 자신의 진가를 발휘하기 위해 팽팽하게 활을 당겨야 하는 이 시간, 자신의 기득권, 즉 자신의 밭에서 나는 작은 수확과 대지를 향한 짧은 사랑을 역사 속에서 그리고 역사에 반해 유지하기 위해 시위를 당겨야 하는 이 시간, 마침내 한 인간이 탄생하는 이 시간, 시대와 시대의 젊은 열광을 내버려 두지 않으면 안 된다. 활이 휘고, 활등이 울린다. 최고조의 긴장이 절정에 이를 때, 곧은 화살은 더없이 힘차고 더없이 자유롭게 하늘을 헤쳐 날아갈 것이다.

"아닙니다, 나는 실존주의자가 아닙니다."

- 아닙니다, 나는 실존주의자가 아닙니다. 사르트르와 나는 우리의 이름이 한데 묶인 걸 보고 언제나 놀랍니다. 그래서 우리는 언젠가 광고를 내서 우리가 아무런 공통점이 없다는 사실, 서로에게 진 빚이 있다고 해도 그 빚을 책임지지 않기로 했다는 사실을 천명하려고 해요. 물론 농담입니다. 사르트르와 나는 서로 알게 되었을 때 이미 모든 책을 세상에 내놓은 상태였습니다. 서로를 알게 된 후, 우리는 오히려 우리의 차이점을 확인할 수 있었죠. 사르트르는 실존주의자이지만, 내가 출간한 유일한 사상서[264]인 『시시포스 신화』는 이른바 실

---

263 「레 누벨 리테레르」*Les Nouvelles littéraires*(1945년 11월 15일). [원주]

264 이 인터뷰가 발표된 해가 1945년이기에 카뮈는 『시시포스 신화』를 자신의 유일한 사상

존주의적인 철학의 기본 방향을 거스르는 책입니다.

[…]

사르트르와 나는 신을 믿지 않습니다, 그건 사실이죠. 그러나 우리는 절대적인 합리주의도 믿지 않습니다. 그뿐만 아니라 쥘 로맹도, 말로도, 스탕달도, 폴 드 콕도, 사드 후작도, 앙드레 지드도, 알렉상드르 뒤마도, 몽테뉴도, 외젠 쉬도, 몰리에르도, 생테브르몽도, 드 레츠 추기경도, 앙드레 브르통도 믿지 않습니다. 이 사람들을 모두 똑같은 학파에 넣어야 할까요? 그렇게 하지 않는 게 좋을 듯합니다. 어쨌든 은총 속에서 살지 않는 모든 이에게 내가 관심을 갖는 것은 사실이지만, 그 사실에 대해 용서를 구해야 한다고 생각하지는 않아요. 이제 은총에 기대지 않는 사람이 너무나 많기 때문에, 그들에게 관심을 갖는 것은 당연합니다.

◆ 세계의 부조리를 강조하는 철학이 그들을 절망에 빠뜨릴 위험은 없나요?

- 나는 여기서 내가 말하는 내용이 얼마나 상대적인지를 가늠하면서 단지 개인 자격으로 답하고자 합니다. 우리를 둘러싼 모든 것이 부조리하다는 사실을 받아들이는 것, 그것은 꼭 필요한 하나의 단계, 하나의 경험입니다. 그것을 막다른 골목으로 이해하면 안 돼요. 부조리는 반항을 유발하는데, 반항은 생산적일 수 있습니다. 반항을 탐구하다 보면, 위태로운 의미일지 몰라도 실존에 하나의 상대적인 의미를 부

서로 일컫고 있다. 『반항인』이 출간된 해는 1951년이다. [옮긴이]

여해줄 몇몇 개념을 발견할 수 있습니다.

♦ 반항은 각각의 존재마다 개별적이고 특별한 형식을 띱니다. 모두에게
　유효한 개념으로써 반항을 집단화하는 것이 가능할까요?
－ 가능합니다. 지난 5년 동안 확인된 것처럼 인간들 사이에 지극한
연대가 존재하기 때문이죠. 어떤 이들의 경우 범죄의 연대가, 어떤 이
들의 경우 저항의 연대가 존재합니다. 피해자들의 연대도 있고, 가해
자들의 연대도 있습니다. 체코에서 진압군이 발포했을 때, 그 과녁이
어쩌면 파리 본가의 식료품점 주인이었을지도 모르죠.

♦ 프랑스인들의 개인주의가 이러한 연대 의식의 조성을 어렵게 만들고 있
　습니다.
－ 글쎄요, 그선 쉽게 단정할 수 없을 듯합니다. 외견상 몹시 단단한
부조리의 세계에서도 인간들끼리 상호 이해를 증진하고, 진정성을
제고해야 합니다. 그렇게 하지 못하면 모두 사멸할 게 분명해요. 물론
그렇게 하기 위해서는 몇몇 조건이 필요합니다. 사람들이 솔직해져
야 합니다. (거짓은 불화의 씨를 뿌리죠.) 사람들이 자유로워야 합니다.
(노예와 소통할 수는 없는 법이니까요.) 끝으로, 사람들 주위에 정의로운
분위기가 조성되어야 합니다.

♦ 당신은 『시시포스 신화』에서 이렇게 썼습니다. "희망을 지니지 않은 인
　간에게는 더 이상 미래의 삶이 중요하지 않다." 당신은 기본적으로 종교
　적인 희망을 신뢰하지 않습니다. 당신은 신을 믿지 않는 젊은이, 즉 희망

을 지니지 않은 젊은이들이 행동을 외면할까 두렵지 않은지요?

– 신의 품을 떠난 삶도 행동도 가능하지 않다면, 오늘날 대다수 서양인은 불모의 인생을 살 수밖에 없을 테죠. 젊은이들도 그 점을 잘 알고 있습니다. 예컨대 내가 청년 학생들에게 큰 연대감을 느낀다면, 그것은 우리가 똑같은 문제에 직면해 있고, 그들도 나처럼 인류를 위해 효율적으로 그 문제를 해결하려 한다고 믿기 때문입니다.

♦ 젊은이들을 아주 잘 아시는군요, 당신은 예전에 교수였습니까?

– 아닙니다. 하지만 공부를 계속하기 위해 나는 여러 직업을 전전해야 했습니다. 철물점, 기상대, 해운 중개회사에서 일했어요. 그리고 도청 직원, 배우(한 달에 보름을 극단에서 연기했고, 나머지 보름을 대학에서 공부했습니다), 끝으로 기자 생활을 했습니다. 기자 생활 덕분에 여기저기를 여행했죠.

♦ 직업 생활을 거친 후 작가로서 글을 쓰는 것은 프랑스에서보다 미국에서 더 빈번히 볼 수 있는 일입니다. 당신의 첫 번째 소설『이방인』은 포크너, 스타인벡의 몇몇 소설을 연상시킵니다. 우연의 일치인가요?

– 아닙니다. 그러나 내가 보기에 미국 소설 기법은 궁지에 이른 듯해요.『이방인』에서 미국 소설 기법을 활용한 것은 사실입니다. 그 기법이 명징한 의식을 지니지 않은 한 인간을 묘사하려는 내 목적에 알맞기 때문이죠. 하지만 이 방식을 일반화하면, 귀결점은 자동 인형과 본능의 세계일 겁니다. 그건 정말이지 소설을 빈곤하게 만드는 일이죠. 물론 나는 미국 소설의 장점을 정당하게 평가합니다. 하지만 나는 한

명의 스탕달을, 한 명의 뱅자맹 콩스탕을 백 명의 헤밍웨이와 바꾸지 않겠습니다. 나는 젊은 작가들에게 끼치는 미국 문학의 영향을 유감스럽게 생각해요.

♦ 그렇지만 당신은 혁명적 작가로 통합니다.

– 혁명적 작가라는 말이 무엇을 뜻하는지 잘 모르겠군요. 만일 혁명적이라는 수식어가 자신의 예술 기법을 깊이 고민하는 태도와 관련이 있다면, 내가 그렇게 불릴 수도 있겠지요…. 어쨌든 나는 스타일이 없는 문학을 상상할 수 없습니다. 시대를 막론하고 예술의 영역에서 내가 아는 혁명은 한 가지뿐이에요. 그것은 내용에 형식을, 주제에 언어를 정확하게 맞추는 일입니다. 그런 면에서 내가 진실로 좋아하는 문학은 위대한 프랑스 고전문학이죠. 물론 내가 생테브르몽과 사드의 작품을 그 범주에 넣는 것은 사실입니다. 하지만 내가 현재 또는 과거 아카데미 회원의 작품을 그 범주에서 빼는 것도 사실입니다.

♦ 당신의 계획은 무엇입니까?

– '페스트'에 관한 소설과 '반항인'에 관한 에세이를 쓰는 일입니다. 또한 실존주의를 공부해둬야 할 것 같아요….

상파울루의 『디아리우』Diario 신문 인터뷰[265]

결정적인 갈등이나 분쟁을 겪지 않은 아메리카인들의 경우, 여러 형
태의 억압이 유럽인들의 심리에 남긴 상흔을 이해하기가 쉽지 않습
니다. 우리가 여전히 고통스럽게 기억하는 강제수용소는 우리를 절
망시켰죠. 그런 억압을 거치고 나면 우리는 사회를 나락에 빠뜨리는
심각한 모순들을 인식하게 됩니다. 도대체 어떻게 인류애가 고문 수
용소를 낳을 수 있나요? 상황이 이러하니, 우리는 지체 없이 반항하
지 않을 수 없었습니다.

---

265 1949년 8월 6일. 본문에 나오는 소제목들은 신문사가 붙인 것이다. 장 코스트가 포르투
갈어를 프랑스어로 번역했다. [원주]
이 인터뷰는 『반항인』(1951) 출판 이전인 1949년에 이루어졌는데, 갈리마르 출판사가
간행한 『카뮈 전집』 제2권의 『반항인』 해설에 수록되어 있다. [옮긴이]

반항과 자유

내 생각으로 현재 가장 중요한 문제는 자유의 문제입니다. 자유가 무엇인지 이해하는 사람은 자유가 인류의 발전과 평화의 필수 조건이라는 사실을 잘 알고 있어요. 독재 정치의 수혜자들, 강제수용소의 책임자들만이 전쟁을 지지합니다. 작가에게는 경보를 울리고 예속에 맞서 싸울 책임이 있습니다.

범죄 문제

범죄는 곧 반항입니다. 채플린의 영화《베르두 씨》*Monsieur Verdoux*[266]에서 나는『이방인』의 테마와 유사한 점을 전혀 발견하지 못해요. 두 작품이 부정성의 측면에서 동일한 의미를 지니는 것은 사실이지만 말입니다. 채플린이 두 경찰관 사이에서 처형대로 걸어가는 장면을 기억해야 해요….

심리학 분야에서 정신분석학이 이룬 놀라운 발전 이후, 가장 세련된 심리학적 연구를 전개한 주체가 바로 정치경찰이라는 사실 또한 기억해야 합니다.

신화

이미 유명한 '세계의 시민'인 게리 데이비스[267]와 국제연합(UN) 사

---

266 《살인광 시대》라고도 불리는 《베르두 씨》에서 주인공 베르두는 가족을 부양하기 위해 살인하지만, 법정에서 그는 대량 학살을 자행하는 전쟁광들에 비하면 자신은 아마추어라고 항변한다. [옮긴이]

267 Garry Davis(1921-2013). 1948년에 '세계의 시민들Les Citoyens du Monde'이라는 운동 조직

이에서 나는 전자의 순박한 이상주의를 선호합니다. 민족주의적이고 지역주의적인 여러 입장이 첨예하게 맞서는 상황에서, 정치가 전적으로 국제적인 성격을 띠어야 한다는 게리 데이비스의 주장이 유토피아적이기는 해요. 하지만 그는 사람을 죽이지는 않습니다.

르네 샤르

르네 샤르는 랭보 이후 프랑스 시에서 가장 위대한 사건입니다. 오늘날 프랑스에서 자신의 노래를 가장 크게 부르는 시인, 가장 위대한 인간적 자산을 전달하는 시인이죠. 시에 대해서 말할 때, 우리는 사랑에 더욱 가까워집니다. 시는 비루한 돈으로 대체할 수 없고, 도덕이라고 불리는 불행한 관념으로도 대체할 수 없는 위대한 힘입니다.

실존주의의 공헌

실존주의라는 심각한 철학적 탐구를 가볍게 취급하는 것은 중대한 오류입니다. 실존주의의 기원은 성 아우구스티누스에게로 거슬러 올라가요. 인류의 지식에 대한 실존주의의 주요 공헌은 의심의 여지 없이 놀랍도록 풍요로운 방법론에 있습니다. 실존주의는 무엇보다 방법론입니다. 사르트르의 저술과 나의 저술 사이에서 일반인들이 보는 유사성은 당연히 우리가 똑같은 시대를 살고 있고, 공통의 문제와 염려에 직면해 있다는 바로 그 사실에서 비롯됩니다.

을 창설한 국제 평화주의 투사로, '세계정부'를 요구하기 위해 국제연합 총회를 방해했다. [옮긴이]

카뮈의 사회·정치사상과 반항

유기환

1942년 『이방인』 출간 이후 알베르 카뮈라는 이름을 빼놓고는 프랑스 지식인 사회를 생각할 수 없게 되었다. 시, 소설, 희곡은 물론이거니와 수필, 논문, 시론을 쓴 카뮈는 작가, 철학자, 기자, 연출가, 심지어 배우였다. 그렇지만 우리에게 가장 익숙한 카뮈는 작가일 것이다. 지금 이 시점에서 작가 카뮈를 연구하겠다는 것은 애초에 연구의 독창성을 포기하겠다는 말로 들릴 정도로 기존의 연구가 넓고 깊다. 그러나 '참여 지식인' 카뮈에 관한 한, 연구 수준은 상대적으로 빈곤하다. 그것은 아마도 그의 사회·정치사상이 당대 프랑스 사회의 주류를 이루지 못했기 때문일 것이다. 카뮈의 사회·정치 사상이 가장 잘 드러나 있는 글은 『반항인』이다.

1. 부조리와 반항

습관과 타성으로 살아가던 인간에게 어느 날 문득 죽음이라는 근원적인 사실이 떠오른다. 왜 죽음인가? 죽음에 질문을 던지는 자는 당연히 삶에 질문을 던진다. 왜 삶인가? 애초에 대답 없는 이 물음들로 소위 '부조리의 감수성'이 태동한다. 세계 내에 던져진 실존에 부재하는 존재 이유, 그 부재의 존재 이유를 찾으려는 인간의 이성, 부조리는 양자 간의 화해 없는 대립, 괴리, 갈등으로부터 태어난다. 쉽게 말하면 어느 날 새벽 문득 잠에서 깨어 생명, 죽음, 우주, 존재, 무 등을 생각할 때 일어나는 막막하고 아연한 감정, 그것이 바로 부조리 감정이다.

부조리는 인간'에'도, 세계'에'도 없다. 그것은 합리성을 열망하는 인간과 비합리성으로 가득 찬 세계 '사이에' 있다. 말하자면 부조리는 합리도 아니요, 비합리도 아니다. 그것은 합리와 비합리의 뒤섞임, 즉 코스모스 이전의 카오스 같은 것이다. 코스모스가 카오스의 부분집합이듯, 합리는 부조리의 부분집합이다. 부분이 전체를 다 설명할 수 없는 까닭에, 우리의 이성은 부조리를 명쾌하게 이해할 수 없다. 이를테면 부조리란 논리로 설명할 수 있는 것이 아니라 감정으로 느낄 수 있을 뿐이다.

카뮈에 의하면 부조리는 인간의 숙명이다. 그렇다면 선험적 조건으로 부과된 부조리 앞에서 인간은 과연 어떻게 살 것인가? 반항은 이 물음에 대한 대답이다. 카뮈는 『시시포스 신화』에서 부조리한 삶에 대한 대책으로서 '자살' '희망' '반항' 세 가지를 예시하면서, 반항을 참된 해결책으로 꼽는다. 자살이 해결책이 못 되는 것은 부조리의 한쪽 항인 인간의 의식을 삭제하기 때문이고, 희망, 즉 종교가 해결책이 못 되는 것은 부조리의 다른 쪽 항인 현재 있는 그대로의 세계를 삭제하기 때문이다. (종교는 항상 피안의 세계를 상정한다.) 따라서 자살과 종교는 문제의 해결이 아니라 문제의 회피다. 그렇다면 가장 존귀한 진실은 끊임없는 의식의 유지인데, 반항이란 세계의 모순을 살아 있는 의식으로 바라보며 정면으로 맞서 싸우는 것이다. 카뮈가 시시포스를 '부조리의 신'으로 만든 것은 이런 맥락에서다.

『시시포스 신화』에서 카뮈는 '행복한 시시포스'를 상상했다. 거대한 바위를 뾰족한 산정에 들어 올리는 신벌, 어느 날 이 신벌의 부조리함을 깨달은 시시포스는 그 부조리를 정통으로 바라보며 온몸으로 살아내려고 결심한다. 그는 기꺼이 땀 흘리며 바위를 굴렸다. 악전고투 끝에 마침내 바위를 산정에 올려놓는 순간, 그 간발의 순간에 시시포스는 자신의 고역에 행복과 자부심을 느낀다. 벌이란 죄에 대해 일정한 고통을 주는 행위가 아니던가. 형벌에서 행복을 느끼는 시시포스는 부조리의 한계 속에서 최선의 삶을 찾아낸 반항아라고 할 수 있다.

그러나 '행복한 시시포스'는 이념적 선명성이 요구되던 1950년대에 카뮈를 몹시 곤혹스럽게 했다. 시시포스는 부조리를 응시할 줄 알게 됨으로써 무한한 행복을 느꼈고, 행복을 느낌으로써 신벌을 내린 제우스를 조롱했다. 하지만 이러한 행복과 조롱도 바위가 다시 굴러떨어지는 것을 막지는 못했다. 이 땅에는 불가능한 바위 올려놓기에서 행복은커녕 끝없는 고통만을 맛보는 수많은 시시포스의 형제가 있다. 1950년대의 지식인들이 '반항'의 샘에서 갈증을 해소하지 못하고 '혁명'이라는 또 다른 샘을 찾아 떠난 이유가 바로 여기에 있다.

2. 반항과 혁명

반항인은 '아니요'와 '예'를 동시에 말하는 사람이다. 반항인은 참을
수 없는 구속에 대해 '아니요'라고 말하며, "인간의 내면에 지켜 보
존해야 할 영원한 그 무엇", 즉 인간의 존엄성에 대해 '예'라고 말한
다.[268] 인간의 내면에 지켜 보존해야 할 영원한 그 무엇? 그렇다. 카
뮈의 경우에는 사르트르의 경우와 달리 선험적 가치, 즉 본질이 실존
에 앞선다. (이런 점에서 자신은 실존주의자가 아니라고 한 카뮈의 주장은
옳다.) 모든 인간이 공유하는 선험적 가치는 소위 '숙명의 동일화'를
가능케 하는데, 반항은 박해받는 당사자뿐만 아니라 타인이 박해받
는 광경을 목격하는 자에게서도 태어난다. 이를테면 숙명의 동일화
를 통해 반항은 개인의 차원에서 보편의 차원으로 넘어간다. 이런 맥
락에서, 카뮈는 반항을 데카르트의 '코기토$_{cogito}$'의 위치에 놓아 명제
를 재정리한다. "나는 반항한다, 그러므로 우리는 존재한다$_{Je\ me\ révolte,}$
$_{donc\ nous\ sommes.}$"[269] 데카르트가 일자의 사유로 일자의 존재를 확립했
다면, 카뮈는 일자의 반항으로 집단의 존재를 확립한 셈이다.

　　반항은 '형이상학적 반항$_{révolte\ métaphysique}$'과 '역사적 반항$_{révolte}$
$_{historique}$'으로 대별된다. 인간이 신을 거부하려 할 때, 그것은 실존적

　Albert Camus, *L'Homme révolté in Oeuvres Complètes, Essais*, Bibliothèques de la Pléiade, Gallimard, 1965, p.425.

269　Albert Camus, *L'Homme révolté*, p.432.

　　　　　　　　　　　　　　반항인

차원의 형이상학적 반항이 된다. 노예가 주인을 거부하려 할 때, 그것은 사회적 차원의 역사적 반항이 된다. 형이상학적 반항자는 부정하기보다는 도전하며, 신의 무질서를 인간의 질서로 대체하고자 한다. 역사적 반항의 논리는 형이상학적 반항의 논리를 연장한 것이다. 역사적 반항은 신의 화신인 왕의 시해, 구체적으로 말하면 1793년 루이 16세의 시해와 더불어 진정으로 시작되는데, 카뮈의 사회·정치사상이 역사적 반항에 맞닿아 있음은 말할 필요조차 없다.

「역사적 반항」이라고 명명된 『반항인』의 한 장은 혁명이 반항이라는 기원에 얼마나 충실한가 하는 물음을 검토하는 데 할애되었다. 혁명적 지식인들이 카뮈를 의혹에 찬 시선으로 바라보는 것은 그가 '반항'과 '원한ressentiment'을 구분하여 설명할 때다. 반항은 소유하고 있는 것을 타자에게 인정하게 하려는 반면, 원한은 질투와 더불어 소유하고 있지 못한 것을 탐낸다. 이를테면 원한은 현재 있는 그대로의 자기와는 다른 것이 되려는 반면, 반항은 현재 있는 그대로의 자기의 완전을 위해 투쟁한다. 여기서 카뮈는 주인의 권력을 장악하려는 노예의 혁명을 원한에 가까운 것으로 몰아붙이는 듯하다. 『반항인』의 논지를 종합하면 이렇다. 반항이 일종의 항의에서 출발하여 점진적인 해방을 추구한다면, 혁명은 하나의 이론적 틀에서 출발하여 역사를 전복하고 세계를 뒤바꾸고자 한다. 이런 까닭에 카뮈가 말하는 혁명에는 늘 화약 냄새가 난다. 그리스적 균형을 지향하는 카뮈에게 (폭력적인) 혁명은 무엇보다 균형의 상실이요, 현재의 죽음이요, 추상의 사랑이었다.

『반항인』은 찬사보다는 비판을 훨씬 더 많이 받았다. 조르주 바타이유는 『반항인』이 출판되기 전부터 큰 관심을 보였고, 한나 아렌트는 "너무 좋다"라고 했으며, 폴란드 작가 곰브로비치는 "우리는 같은 싸움을 벌이고 있다"라고 격려했다. 반면 앙드레 브르통은 카뮈를 "체제 순응주의자"라고 비난했고, 프랑시스 장송은 카뮈의 사상을 "애매한 휴머니즘"이라고 불렀으며, 사르트르는 『반항인』을 "철학적 무능", "원전은 읽지 않는 이상한 버릇", "급하게 간접적으로 취한 지식" 등의 수사로 폄훼했다.[270] 요컨대 카뮈에게는 혁명이 극단적인 반항이지만, 사르트르에게는 반항이 한계 있는 혁명이다. 누가 옳든 간에, 사르트르와 카뮈는 둘 다 행동하는 양심으로서 치열한 사회 참여를 멈춘 적이 없었다는 사실을 기억하자.

3. 역사와 인간

칼 포퍼는 역사를 거역할 수 없는 힘에 의해 운명 지어지는 것으로 보는 태도를 '역사주의'라고 불렀는데, 카뮈가 보기에 역사주의의 원조는 헤겔이었다. 인간은 인간에게 늑대이며, 역사는 권력의지가 충돌하는 장이다. 주인-노예 변증법으로 특징지어지는 헤겔의 역사관을 이어받은 마르크스는 특이하게도 그 역사에 종말을 상정했다. 부르주아에 대한 프롤레타리아의 투쟁이 끝나는 날, 역사는 계급도 국가도 없는 공산주의 낙원 속에서 완성될 것이다. 이를테면 공산주의 체제는 주인-노예 변증법에 종지부를 찍을 수 있는 유일한 체제다.

메를로퐁티는 역사주의의 승리를 위해 좀 더 멋진 이론을 제공

---

270 Olivier Todd, *Albert Camus, Une vie*, Gallimard, 1996, p.543, p.555, pp.560-566.

했다. 『휴머니즘과 테러』*Humanisme et terreur*에 등장하는 '진보적 폭력violence progressive' 이론이 바로 그것이다. 현재 모든 정치체제가 폭력을 행사한다면, 폭력 자신을 없애고자 하는 폭력은 정당화되어야 하지 않을까? 이런 점에서 보편적 정의를 겨냥하는 프롤레타리아의 폭력, 궁극적으로 자신을 폐지하고자 하는 프롤레타리아의 폭력은 정당하다. 메를로퐁티의 진보적 폭력 이론은 소련에서 입증된 폭력의 효율성이 동시대 지식인들에게 얼마나 매력적으로 다가왔는지를 잘 보여준다.

카뮈 역시 평생을 역사 발전에 투신한 지식인이었다. 레지스탕스 투쟁, 그리스 공산주의자들의 구명 운동, 프랑코 정권을 가입시킨 유네스코 탈퇴, 동베를린 소요를 일으킨 독일 노동자 지지, 헝가리 봉기 지지 등 그의 사회 참여는 끊임없이 계속되었다. 그러나 지중해 바다에서 형성된 카뮈의 역사성은 파리의 지식인 사회에서 형성된 사르트르의 역사성과는 전혀 다르다. "태양은 나에게 역사가 전부는 아니라는 것을 가르쳐주었다." 카뮈는 언제나 "소박한 행복, 인간들의 정념, 자연의 아름다움"이 인정되기를 바란다. 즉 그에게는 역사라는 추상성보다 인간이라는 구체성이 앞선다. 한마디로 역사는 "인간의 꿈에 실체를 부여하기 위한 절망적 노력"일 뿐이다.[271]

카뮈는 나아가 마르크스주의적 역사철학을 메시아사상으로 비판한다. 그는 헤겔의 주인-노예 변증법에는 동의하지만, 그 변증법적 운동이 공산주의라는 지상낙원에서 끝나리라고는 생각하지 않는다. 변증법은 하나의 영원한 운동이다. 그렇다면 어떻게 그 영원한 운

---

271 Morvan Lebesque, *Camus*, Seuil, Ecrivains de Toujours, 1981, pp.34-35.

동에 종말을 상상할 수 있단 말인가? 프롤레타리아 무한 증식을 통해 국가와 계급이 소멸하고 낙원이 오리라는 마르크스의 '예측'은 오류로 판명되었다. 예측이 절대적으로 '예언'할 때, 그것은 이미 과학이 아니라 종교라는 것이 카뮈의 판단이다.

4. 공산주의와 카뮈

해방 직후 프랑스의 정치 지도 속에서 공산주의의 위치는 단연 돋보였다. 마르크스는 '프롤레타리아에게 조국은 없다'라고 했지만, 당시의 소련은 프롤레타리아의 조국처럼 보였다. 『이방인』 출간 이후 오래도록 지속된 카뮈와 사르트르의 우정은 스탈린의 소련이라는 난제로 갈라지기 시작했다. 모럴리스트 카뮈가 '집단 수용소 사회주의'를 수용할 수 없었던 반면, 사르트르는 강고한 친소비에트주의자가 되었다. 알다시피 『반항인』 출간을 계기로 둘의 관계는 결정적 파국을 맞이한다.

훗날 『지식인의 아편』*L'Opium des intellectuels*(1955)에서 레몽 아롱은 이렇게 말했다. "사르트르와 카뮈는 둘 다 공산주의자도 아니고 나토 지지자도 아니다. 그들은 둘 다 동서 진영에서 벌어지는 타락의 삶을 알고 있다. 카뮈는 동서 진영을 모두 규탄하고자 한다. 사르트르는 동구 진영의 현실을 인정하면서 서구 진영만을 규탄하고자 한다."[272] 레몽 아롱의 말대로 카뮈가 동서 진영 모두를 비판한 것은 사실이지만, 그래도 중심점은 소련 체제에 기울어져 있었다. 『반항인』에서도 공산

---

272 Raymond Aron, *L'Opium des intellectuels*, Calmann-Lévy, 1955, p.65.

주의 비판이 분량과 강도에서 자본주의 비판을 압도했다.

물론 카뮈는 공산주의자가 아니었다. 하지만 늘 자신이 좌파라고 말했다는 사실은 주목할 만하다. 말하자면 공산주의자가 아니라는 사실이 빈자들의 편에 서는 것까지 막지는 않은 것이었다. 사르트르는 자신이 메를로퐁티의 오른쪽, 카뮈의 왼쪽에 있다고 말함으로써 그들의 이념적 좌표를 정리했다. 중용에 대한 호소, 관용에 대한 호소, 인간적 한계의 수용에 대한 호소…. 좌파 지식인들은 카뮈를 다소 경멸적인 의미에서 모럴리스트라고 불렀다. 『반항인』의 결론에서 모럴리스트 카뮈는 자유와 정의, 역사와 인간, 목적과 수단, 동구와 서구 등 사회·정치적 주제와 관련하여 자신의 윤리를 집대성하는 사유의 탑을 쌓는다.

5. 정오의 사상

카뮈를 머리에서 발끝까지 지배한 사상이 있다면, 그것은 지중해 사상, 즉 헬레니즘이다. 그는 언제나 헬레니즘의 고요와 균형 속에서 살고 싶어 했다. 1936년 공산당원 신분의 알제 대학생 카뮈가 학위논문으로 「기독교적 형이상학과 신플라톤 철학」을 제출한 것도 이러한 맥락에서 이해해야 한다. 그리고 『반항인』을 통해 카뮈가 역설하는 것도 헬레니즘적 전통에 충실한 한계와 절도의 사상, 이름하여 '정오의 사상la pensée de midi'이다. "인간에게는 인간에게 적합한 중간적 수준에서 가능한 행동과 사상이 있다. 그보다 야심적인 기도는 모두 모순적인 것으로 드러난다. 절대란 역사를 통해서는 도달될 수도, 창조될 수도 없는 것이다."[273] 카뮈의 철학은 온갖 형태의 초월과 부정에 맞서는 데 있다. 정오의 사상은 지상에서의 삶을 가치 있게 하려는 긍정의 몸부림이다. 세계가 없으면 구원도 없다. 대지에의 동의, 그것만이 행복의 열쇠다.

관용·대화·타협을 강조하고 한계·절도·중용을 중시하며 현재 있는 그대로의 세계를 긍정하는 정오의 사상은 카뮈의 철학에 독특한 음색을 부여했다. 그러나 마르크스주의자들에게 중요한 것은 세계의 변혁이었다. 정의를 추상적 정념으로 바꾸어놓았다고 역사주의를 비판하는 정오의 사상, 어쩌면 그것 또한 추상적이었다. 관용과 균형의 한계는 어디인가? 상대적 정의, 상대적 자유, 상대적 폭력이란 절대적 정의, 절대적 자유, 절대적 폭력만큼이나 애매하지 않은가? 그러나 정오의 사상이 극우 나치즘과 극좌 스탈린주의가 유럽을 휩쓰는 와중에 제시되었다는 사실을 상기하자. 한계와 균형이 비극일지라도, 오직 그 비극만이 인간과 세계를 구하는 시점도 있는 법이다.

『반항인』을 모두 읽고 책을 덮는 순간에도 반항과 혁명을 똑 부러지게 구분하기란 쉽지 않다. 그러나 동시대의 '살아 있는 권력'이었던 스탈린주의, 세계의 절반을 지배하고 있었던 스탈린주의를 정당하게 비판하려는 양심적 목소리는 귓전에 생생하게 남는다. 카뮈에게 스

---

273 Albert Camus, *L'Homme révolté*, p.705.

반항인

탈린주의는 혁명의 얼굴을 한 야만이었다. 영국 역사학자 로버트 콘퀘스트에 따르면, 1936년과 1950년 사이에 소련 수용소에서 사망한 사람은 대략 3천만 명에 이른다.[274] 카뮈는 이러한 소련 수용소를 아우슈비츠와 구분하지 못한다. 절대가 있다면, 그것은 역사가 아니라 인간이다.

레몽 아롱의 『지식인의 아편』이 우파의 관점에서 공산주의를 비판했다면, 카뮈의 『반항인』은 좌파의 관점에서 공산주의를 비판했다. 모두가 검은 진실을 말하기를 꺼렸던 시대에, 좌파가 좌파를 비판하는 것은 쉬운 일이 아니었다. 짧게 말해 "임금님은 벌거벗었다"라고 외친 소년의 용기, 그것이야말로 카뮈의 가장 큰 미덕이 아닐까. 냉전 시대가 막을 내리면서 전 세계에 강요된 또 하나의 절대, 또 하나의 극단은 '미국의 세계화' 혹은 '세계의 미국화'였다. 그리고 지금 이 시각, 이번에는 미국과 중국이 지열하게 절대의 패권을 다투고 있다. 우리 시대의 반항인은 언제, 어떤 모습으로 우리에게 다가올 것인가?

---

274 Eric Werner, *De la violence au totalitarisme*, Calmann-Lévy, 1972, p.35.

카뮈 연보

1913년 11월 7일 알제리 몽도비에서 아버지 뤼시엥 오귀스트 카뮈(Lucien-
Auguste Camus, 1885년생)와 어머니 카트린 생테스(Catherine Sintès,
1882년생)의 둘째 아들로 태어난다. 아버지의 직업은 포도 농장 지하
창고 담당 노동자이다.

1914년 제1차 세계대전의 발발로 아버지가 프랑스 보병 연대에 징집된다.
어머니는 두 아들과 함께 (자신의 어머니가 사는) 알제리의 수도 알제
의 빈민가 벨쿠르로 이주한다. 아버지가 마른 전투에서 중상을 입은
후 생브리외크 병원에서 사망한다.

1918년~1923년 초등학교 재학 시절 담임교사 루이 제르맹의 총애를 받으며,
그의 추천으로 장학생 선발 시험에 합격하여 중고등학교에 진학할
수 있게 된다. 훗날 카뮈는 노벨문학상 수상 연설집 『스웨덴 연설』
을 그에게 헌정한다.

1924년~1930년 알제의 뷔조 중고등학교에서 장학생으로 수학한다.

1930년 바칼로레아 시험을 치른다. 알제 대학 문과반에서 장 그르니에 교수
를 만나 사제의 연을 맺는다. 훗날 스승에게 『안과 겉』, 『반항인』을
헌정하며, 스승의 책 『섬』*Les Îles*에 서문을 쓴다.

1931년 외할머니의 집을 떠나 정육점 주인인 이모부 귀스타브 아코의 집에서 산다. 외할머니가 사망한다.

1934년 대학 동문 시몬 이에와 결혼하지만, 2년 후에 이혼한다. 이후 잊고 싶은 추억인 듯 이 결혼 생활에 대해 극도로 말을 아낀다. 건강 문제로 병역을 면제받는다. 장 그르니에 교수의 권유로 공산당에 가입하지만, 이듬해에 탈당한다.

1935년 '노동극단'을 창설하고 연극 활동에 몰두한다. 작가와 배우와 관객이 우정을 나누는 무대를 사랑하여 평생 연극계를 떠나지 않는다.

1936년 헬레니즘과 기독교의 관계를 주제로 하여 「기독교적 형이상학과 신플라톤 철학」이라는 제목으로 졸업 논문을 발표한다. 중부 유럽을 여행하던 중 아내 시몬 이에의 부정을 알게 되어 그녀와 이혼한다.

1937년 데뷔작이라고 할 수 있는 산문집 『안과 겉』*L'Envers et l'endroit*을 발표한다. 무엇인가 탐탁하시 않았던 듯 이 작품의 재출판을 오랫동안 허락하지 않는다.

1938년~1940년 파스칼 피아가 창간한 신문 『알제 레퓌블리캥』에서 기자 생활을 한다.

1939년 인간과 자연의 결합을 축복하는 산문집 『결혼』*Noces*을 발표한다. 알제리의 산악지방 카빌리를 탐사하여 「카빌리의 참상」*La misère de la Kabylie*이라는 제목의 기사를 쓴다. 제2차 세계대전이 발발한다.

1940년 파스칼 피아의 주선으로 프랑스 신문 『파리 수아르』의 편집 담당 직원으로 채용되어 파리로 이주한다. 『이방인』을 탈고한다. 리용에서 알제리 오랑 출신의 수학 교사 프랑신 포르와 재혼한다.

1941년 알제리의 오랑으로 가서 잠시 교사 생활을 영위한다.

1942년 프랑스로 돌아와서 레지스탕스 운동에 참여한다. 전후 최고의 소설 가운데 하나로 꼽히는 『이방인』*L'Étranger*을 발표한다.

1943년 부조리 철학을 담은 에세이 『시지프 신화』*Le Mythe de Sisyphe*를 발표한다. 사르트르의 희곡 『파리 떼』*Les Mouches*의 리허설 공연장에서 사르트르를 만난다.

1944년 희곡 『오해』*Le Malentendu*를 발표한다. 사르트르와의 우정의 관계가 시작된다. 레지스탕스 신문 『콩바』의 편집부에서 활약한다. 『콩바』의 편집장이 된다.

1945년 쌍둥이 자녀 장과 카트린이 태어난다. 독일 협력자 숙청 문제와 관련하여 소설가 프랑수아 모리악과 논쟁을 벌인다. 희곡 『칼리귈라』*Caligula*를 발표하여 대성공을 거둔다.

1946년 미국을 방문하여 대학 특강을 하며, 대학생들에게서 뜨거운 호응을 얻는다.

1947년 소설 『페스트』*La Peste*를 발표하여 즉각적인 호평을 받는다. 정치적 논쟁을 계기로 메를로퐁티와 결별한다.

1948년 희곡 『계엄령』*L'Etat de siège*을 무대에 올리지만, 실패한다.

1949년 희곡 『정의의 사람들』*Les Justes*을 발표하여 대성공을 거둔다. 연극배우 마리아 카사레스를 만나 연인 관계를 맺는다.

1950년 동시대 문제에 대한 의견을 모은 『시사평론1』*Actuelles I*을 발표한다. 파리에서 아파트를 구입하고, 오랑에 머물던 가족을 불러 함께 산다.

1951년 반항 철학을 담은 에세이 『반항인』*L'Homme révolté*을 출간한다. 반항과 혁명에 대한 견해 차이로 인해 앙드레 브르통과의 불화가 깊어진다.

1952년 『반항인』 출간을 계기로 사르트르 진영과의 일대 논쟁이 1년 이상 계속되는데, 논쟁은 결국 사르트르와의 절교로 끝난다.

1953년 『시사평론 2_Actuelles II_』를 발표한다. 아내 프랑신의 우울증이 깊어진다.

1954년 산문집 『여름_L'Été_』을 발표한다. 알제리 민족주의 세력이 폭력 시위를 조직한다.

1955년 『이방인』을 상찬했던 롤랑 바르트가 『페스트』를 비판함으로써 촉발된 불화가 돌이킬 수 없는 상처를 남긴다. 폭력 사태가 격화된 알제리에 다녀온다.

1956년 알제리 전쟁의 와중에 민간인의 희생을 줄이기 위해 휴전을 제안하지만, 동향인들로부터 혹독한 비난을 받는다. 포크너의 『어느 수녀를 위한 진혼곡_Requiem pour une nonne_』을 각색하여 무대에 올린다. 전편이 독백에 가까운 대화체로 구성된 문제작 『전락_La Chute_』을 발표한다. 헝가리 민중 봉기를 지지한다.

1957년 단편소설집 『유배지와 왕국_L'Exil et le royaume_』을 출간한다. 『사형에 대한 성찰_Réflexions sur la peine capitale_』을 발표한다. 우리 시대의 인간 의식에 제기된 주요 문제를 규명했다는 이유로 노벨문학상 수상자로 선정된다.

1958년 노벨문학상 수상 연설집 『스웨덴 연설_Discours de Suède_』을 발표한다. 미숙함이 느껴져 오랫동안 재출판을 허락하지 않았던 데뷔작 『안과 겉』을 새로운 서문과 함께 재출판한다. 『시사평론 3_Actuelles III_』을 발표한다. 엑상프로방스, 아비뇽, 압트가 이루는 삼각지대 한가운데 위치한 루르마랭에 별장을 마련한다.

1959년 도스토옙스키의 『악령』을 직접 각색하고 연출하여 무대에 올린다.

『반항인』 논쟁 이후 긴 슬럼프에 빠져 있었지만, 루르마랭에서 심기

일전하여 『최초의 인간』*Le Premier homme*을 의욕적으로 집필한다.

1960년 갈리마르 출판사 사장의 조카인 미셸 갈리마르의 자동차로 루르마

랭에서 파리로 가던 중, 파리 근교 빌블뱅에서 불의의 자동차 사고

로 사망한다.

옮긴이 유기환

한국외국어대학교 프랑스어과를 졸업했고, 프랑스 파리 제8대학교에서 '노동소설의 미학' 연구로 불문학 박사학위를 받았다. 현재 한국외국어대학교 프랑스어학부 교수로 재직하고 있다. 『알베르 카뮈』, 『조르주 바타이유』, 『노동소설, 혁명의 요람인가 예술의 무덤인가』, 『에밀 졸라』, 『프랑스 지식인들과 한국전쟁』(공저) 등을 썼고, 현대지성 클래식 『이방인』을 비롯하여 바르트의 『문학은 어디로 가고 있는가』, 바타이유의 『에로스의 눈물』, 졸라의 『나는 고발한다』, 『실험소설 외』, 『목로주점』, 『돈』, 『패주』, 외젠 다비의 『북 호텔』, 그레마스/퐁타뉴의 『정념의 기호학』(공역) 등을 번역했다.

현대지성 클래식 52

반항인

1판 1쇄 발행 2023년 9월 1일
1판 2쇄 발행 2023년 11월 14일

지은이 알베르 카뮈
옮긴이 유기환
발행인 박명곤 **CEO** 박지성 **CFO** 김영은
기획편집1팀 채대광, 김준원, 이승미, 이상지
기획편집2팀 박일귀, 이은빈, 강민형, 이지은
디자인팀 구경표, 구혜민, 임지선
마케팅팀 임우열, 김은지, 이호, 최고은

펴낸곳 (주)현대지성
출판등록 제406-2014-000124호
전화 070-7791-2136 **팩스** 0303-3444-2136
주소 서울시 강서구 마곡중앙6로 40, 장흥빌딩 10층
홈페이지 www.hdjisung.com **이메일** support@hdjisung.com
제작처 영신사

ⓒ 현대지성 2023

"Curious and Creative people make Inspiring Contents"
현대지성은 여러분의 의견 하나하나를 소중히 받고 있습니다.
원고 투고, 오탈자 제보, 제휴 제안은 support@hdjisung.com으로 보내 주세요.

현대지성 홈페이지

이 책을 만든 사람들
편집 이은빈 **교정교열** 박혜민 **디자인** 구경표

"인류의 지혜에서 내일의 길을 찾다"
현대지성 클래식

현대지성 클래식 살펴보기